Elke Aybar

Back to Wonderland

Hinter dem Schleier

Drachenmond Verlag

Drachenmond Verlag GmbH
Auf der Weide 6
50354 Hürth
http: www.drachenmond.de
E-Mail: info@drachenmond.de

Lektorat: Nina Bellem
Korrektorat: Michaela Retetzki
Satz & Layout: Astrid Behrendt

Umschlagdesign: Jaqueline Kropmanns
Bildmaterial: Shutterstock & Depositphotos

Druck: Booksfactory

ISBN 978-3-95991-203-7

Für Berkman

love of my life

Ein für Alice bedeutsames Ereignis in der Zukunft, bei dem sie nicht dabei ist

Myrkur war ein notorischer Lügner und die erste Lüge war sein Geruch. Daran dachte ich, als ich seine Höhle betrat. Es roch nach Heu und herben Kräutern. Fast konnte man glauben, über eine Blumenwiese im Spätsommer zu spazieren. Es war der ureigene Duft des Drachen, seine Tarnung, seine Version von einem guten Witz. Nicht nur einmal hatte ich beobachtet, wie Lämmer direkt unter seiner Nase friedlich weideten. Myrkur kauerte unterdessen geduldig über ihnen, seinen Wohlgeruch verströmend, mit einem gierigen Ausdruck in den Augen. Er wartete, bis ihre Mägen mit Gras und Blumen gefüllt waren. Danach senkte er das gewaltige Haupt, öffnete das Maul und gab ihnen einen ersten gehauchten Vorgeschmack auf den Geruch der Verwesung. Schlagartig wurden sie unruhig, doch es war zu spät. Der Drache rupfte sie ebenso beiläufig von der Wiese, wie die Mädchen meiner Heimat Gänseblümchen für ihre Blumenkrone pflückten. Die Lämmer starben einen grausamen Tod. Myrkur stopfte sich ein paar Exemplare in seine Backentaschen und wartete, bis sein Speichel sie halb zersetzt hatte, ehe er zu kauen anfing. Eine Notwendigkeit, wie er behauptete; seinem empfindlichen Magen geschuldet, da sie auf diese Weise bekömmlicher würden. War er sich im Klaren darüber, dass er das Leid der Tiere mit dieser barbarischen Praktik vervielfachte? Vermutlich. Er musste ihr dünnes, angstvolles Blöken hören, musste spüren, wie sich winzige Hufe im Todeskampf in seine Wange bohrten. Nervöser Magen hin oder her, ein Gefühl sagte mir, dass er ihre Qual genoss und ich vielleicht bald auch, falls mein Plan aufgehen sollte.

Ich blieb stehen, atmete schwer in der Dunkelheit. Meine Hände ballten sich zu Fäusten. Ich spürte, wie meine Fingernägel sich in die Handballen gruben. Der Schmerz war mir willkommen. Ich war konditioniert darauf, mit geschärften Sinnen auf ihn zu reagieren, und nie zuvor in meinem Leben hatte ich einen wachen Verstand mehr gebraucht, als in diesem Moment. Mein Plan sah vor, dass ich meinen Geist mit Myrkurs Geist verschmelzen würde. Freiwillig. Schlimmer noch, denn ich hatte Myrkur hierzu erst überreden müssen, hatte ihm ein Versprechen gegeben. In der Höhle war es stockfinster. Unter meinen bloßen Fußsohlen spürte ich die Glätte der kostbaren Seidenteppiche, die an manchen Stellen gleich fünffach übereinanderlagen. Ich war nackt, doch es war trocken und warm, ich fror nicht.

Da bist du endlich. Die Stimme des Drachen flüsterte in meinem Schädel. *Du stinkst nach Angst.*

Und du nach Selbstgefälligkeit.

Hast du dein Wort gehalten und sie geheiratet?, fragte er.

Das habe ich.

Einen Herzschlag später zischte an meiner linken Flanke ein greller Flammenstrahl vorbei. Durch die vorsorglich zusammengekniffenen Augenlider sah ich den rötlichen Widerschein. Der Gestank nach brennendem Pech verriet mir, dass Myrkur die Fackeln an der hinteren Wand entzündet hatte.

Sein Gelächter hallte in meinem Schädel wider. Es war ein unangenehmes Gefühl. *Du hast gezuckt!*

Das hättest du wohl gern.

Forderst du mich heraus?

Wir wissen beide, dass dir zumindest heute mein unversehrter Körper nützlicher ist, erinnerte ich ihn.

Verlass dich nicht darauf, dass das so bleibt.

Das tue ich nicht. Das meinte ich bitterernst. Ich nahm zwar nicht an, dass Myrkur mich aus einer Laune heraus töten würde, denn ich war eine der wenigen Zerstreuungen, die er hatte. Andererseits hatte er nie Skrupel, mich mit einer Flamme zu kitzeln, um beispielsweise ein Argument zu bekräftigen. Meistens waren die Verbrennungen oberflächlicher Natur; schmerzhaft, ja, dank meiner Selbstheilungskräfte jedoch nie lange während. Je nachdem, wie er sein inneres Feuer einstellte, konnte er allerdings Brandwunden verursachen, gegen die meine Heilmagie machtlos war. Meine linke Hand, die ich wegen des hässlichen Narbengewebes unter einem Lederhandschuh verbarg, war eine stete Erinnerung daran. Während ich darauf wartete, dass er das Gespräch fortführte, ging ich langsam tiefer in die Höhle hinein. Das Licht der Fackeln genügte gerade so, um den Eingangsbereich zu erleuchten. Der gewaltige unterirdische See am entgegengesetzten Ende dagegen lag weitgehend im Dunkeln. War der Drache zu Hause, hielt er sich gewöhnlich im Wasser auf. Auch jetzt ragte nur sein ausgemergelt aussehender Schädel über dem Wasserspiegel auf. Die hundeähnliche Schnauze lag auf dem steinumfassten Uferrand. Feiner Dampf quoll aus seinen Nüstern, die so riesig waren, dass ich mich nicht einmal bücken müsste, um hineinspazieren zu können. Unter knochigen Augenbrauenwülsten lagen die Augen mit den geschlitzten Pupillen. Myrkurs Schuppenkleid war tiefschwarz. Klappte er die Augenlider herab, war er nahezu unsichtbar. Jetzt jedoch blinzelte er nicht einmal. Es kostete mich wie immer eine Überwindung, mich ihm zu nähern. Ich zwang mich zu einem entspannten Lächeln und schlenderte auf ihn zu. *Genießt du dein Bad?*

In der Mitte des Sees blubberte es und der Gestank nach mit Schwefel versetzten Fäkalien waberte durch die Höhle.

Angewidert verzog ich das Gesicht.

Myrkur kicherte und löste damit das irritierende Gefühl aus, als würde etwas die Innenseite meines Schädels kitzeln. *Du hast gefragt.*

Furzen ist keine gesellschaftlich anerkannte Antwort.

Jaja, bla, bla, bla. Lass mich sehen.

Etwa fünf Meter vom Beckenrand entfernt blieb ich stehen. Ich hatte keinen Zweifel, dass Myrkur gleich nach dem Entzünden der Fackeln mit einem raschen Blick überprüft hatte, ob ich meinen Teil der Abmachung eingehalten hatte. Dennoch streckte ich den linken Arm vor. Der Drache ließ sich Zeit damit, die feinen weißen Verästelungen zu studieren, die Alice' Einverständnis bekundeten, meine Ehefrau zu werden. Meine Ehefrau. Dieser Gedanke löste einen Gefühlssturm in mir aus. Bedauern, Begehren und so heftige Sehnsucht nach ihr, dass es schmerzte. Doch ich war hierhergekommen, um sie zu schützen. Wenn mir das gelingen sollte, musste ich umgehend zu meiner Gelassenheit zurückfinden. Schließlich knurrte Myrkur zufrieden. *Ausgezeichnet. Dann können wir beginnen.*

Deswegen bin ich hier.

Deswegen bist du hier. Setz dich.

Das Herz dröhnte mir in der Brust, als ich mich im Schneidersitz vor ihm niederließ. Ich schloss die Augen und unternahm im Geiste einen Spaziergang durch sämtliche Muskelregionen, um sie nacheinander zu entspannen. Das Ritual erforderte, nichts am Körper zu tragen, keine Kleidung, keinen Schmuck. Ich fühlte mich unbehaglich. Selbst im Hochsommer trug man in Wynterhaav eine leichte Jacke und mit Einbruch des frühen Winters war jedermann bemüht, so viele Kleiderschichten wie nur irgend möglich übereinander zu tragen. Nackt zu sein setzte ich folglich ganz automatisch mit schutzlos gleich. Ich drängte das Gefühl entschlossen beiseite und unternahm einen zweiten geistigen Spaziergang durch meinen Körper. Nach und nach wich die Anspannung, mein Atem ging ruhig, so auch mein Herzschlag. In der Bibliothek des Königshofes hatte ich ein einziges schmales Buch ausfindig machen können, das sich mit dem längst vergessenen Ritual der Trârakyi befasste. Darin stand, dass der Grad der körperlichen und geistigen Entspannung entscheidend für das Gelingen war. Die Trârakyi waren die Vorfahren der heutigen Drachen. Der Schrift zufolge hatten sie das Ritual der Geistverflechtung praktiziert, um bei einem Angriff gegen ihr Volk ihre magischen Kräfte zu vereinen. Dem Trârakyos, dem es gelang, während des Rituals die geistige Oberhand zu gewinnen, war es bestimmt, die Führung im Kampf zu übernehmen. Ich war entschlossen, alles, wirklich alles zu tun, um Myrkur auf keinen Fall diese Rolle zu überlassen. Ein letztes Mal wanderte ich durch meinen Körper, ließ jegliche Anspannung los, bis ich am Ende einen Zustand vollkommener Entspannung erreicht hatte.

Doch natürlich machte Myrkur mir einen Strich durch die Rechnung. Ein Drache besitzt kein Mienenspiel, er lässt dich fühlen, was er empfindet. Eine Welle ungefilterter Wut schlug über mir zusammen. Das Gefühl war so intensiv, dass ich kampfbereit aufgesprungen war, noch ehe ich nachdenken konnte. Adrenalin schwappte durch meine Adern. *Weshalb bist du zornig?*

Myrkur bedachte mich mit einem verschlagenen Blick und ich fühlte mich wie eines der Lämmer, die er vor wenigen Stunden gefressen hatte. *Kein Zorn. Jagdfieber.*

Und dann ging es los.

Brandgefahr

Um vier Uhr in der Früh schlich ich auf Zehenspitzen durch den Flur in die Küche. Ich war so aufgeregt und glücklich, dass ich die Müdigkeit nicht spürte. Lewis, der samtschwarze Kater, der mir vor einigen Wochen zugelaufen war, humpelte hinter mir her. Seit er gestern Abend zurückgekommen war, schonte er das linke vordere Bein. Sein Maunzen hörte sich zum Glück aber nicht schmerzerfüllt an, sondern vorwurfsvoll. Normalerweise kraulte ich ihn nach dem Aufwachen lang und ausgiebig. Heute war ich allerdings vor der üblichen Zeit aus dem Bett gehüpft. Das hatte er mir offenbar übel genommen, wie das erneute lautstarke Maunzen kundtat. Ich legte einen Zeigefinger an die Lippen. »Pst! Mit deinem Gemecker weckst du Kjell auf.«

Prompt wurde Lewis zu einem schweigenden schleichenden Schatten. Er und Kjell konnten einander nicht ausstehen. Das war natürlich keine Erklärung dafür, warum Lewis eben reagiert hatte, als habe er genau verstanden, was ich gesagt hatte. Andererseits, was wusste ich schon von Katzen? Vor Lewis hatte ich nie zuvor eine zur Gesellschaft gehabt. In der Küche stapelten sich verschmutzte Teller und einige Salatschüsseln im Waschbecken, doch das war halb so wild. Durch die Terrassentür fiel mein Blick jedoch auf ein durchweichtes Brötchen am Boden, aus dem Zigarettenkippen wie Igelstacheln herausragten. Ärger blitzte in mir auf und drängte die gute Laune für einen Augenblick beiseite. Im Nu war ich in den Nieselregen hinausgesaust, um das matschige Ding mit einer Papierserviette aufzunehmen. Ich hatte nicht übel Lust, es Kjell unter die Nase zu halten, warf es dann aber doch nur in den Mülleimer. Dabei hatte ich die Streitereien der letzten Zeit gründlich satt. Deshalb hatte ich auch nichts gesagt, als Kjell gestern Abend spontan Geschäftsfreunde zu uns eingeladen hatte. Noch vor einigen Wochen hätte ich sie *spontan* wieder ausgeladen und die darauffolgende Auseinandersetzung in Kauf genommen. Zurzeit schluckte ich jedoch lieber ein paar Kröten mehr, wenn ich dadurch meine Nerven schonen konnte. Seit einem guten halben Jahr arbeitete ich unermüdlich daran, mir den Traum vom eigenen Café zu erfüllen. Ich hatte eigenhändig den alten Dielenboden im Wonderland geschliffen und geölt, die Wände verputzt und sämtlichen Regalen und Vitrinen, die ich auf Flohmärkten erstanden hatte, einen neuen Anstrich verpasst. Der Eröffnungstag war für morgen geplant und daher wartete heute noch ein letzter anstrengender Tag in der Backstube auf mich.

Bei dem Gedanken an mein wundervolles Café erhielt meine Laune erneut Aufwind. Summend ließ ich heißes Wasser ins Spülbecken laufen. Ich hätte das Geschirr auch in die Spülmaschine räumen können, doch ich mochte es, von Hand zu spülen, weil ich dabei gut nachdenken konnte, und noch war ich gut in der Zeit. Kjells Geschäftskollegen waren mir nie zuvor begegnet und mein Gefühl sagte mir, dass er sie ebenfalls nicht näher kannte. Die drei waren mir alles andere als sympathisch gewesen. Immer wieder hatte ich einen der Männer erwischt, wie er mich beobachtete, und zwar ein wenig zu gründlich für meinen Geschmack. Dabei konnte ich mich nicht des Eindrucks erwehren, dass keiner von ihnen an mir als Frau interessiert gewesen war. Es hatte eher etwas vom Blick eines Menschen gehabt, der ein Schmuckstück in der Vitrine eines Juweliers taxiert, ehe er die Entscheidung fällt, ob die Beute den Überfall wert ist oder nicht. Kjell hatte sie auch nicht gemocht, das hatte ich an hundert Kleinigkeiten gemerkt. Normalerweise hätte er mich nicht von seiner Seite gelassen und in das Gespräch eingebunden. Gestern hatte er jedoch ständig Gründe gesucht, mich aus dem Wohnzimmer zu schicken, hatte mich gebeten, Kaffee, Nüsse und Ähnliches zu holen, was dann unberührt geblieben war. Bereits gegen neun hatte er, mit Hinweis auf den anstrengenden Tag heute, vorgeschlagen, dass ich mich doch ins Schlafzimmer zurückziehen solle. Was ich zu gern getan hatte.

Hinter mir war ein schleifendes Geräusch zu hören. Ich drehte mich zu Lewis um und beobachtete amüsiert, wie er seinen Futternapf Richtung Kühlschrank schob. Auffordernd richtete er den Blick auf mich. Lewis' Augen hatten mich von unserer ersten Begegnung an fasziniert, sie waren dämmergrau, doch um die Pupille herum tanzten bernsteinfarbene Sprenkel. Obwohl jeder weiß, dass man einen derartigen Wettbewerb gegen eine Katze unmöglich gewinnen kann, hielt ich seinem Blick stand. »Für dich wird diese Tür nicht aufgehen, das weißt du.«

Er starrte.

Ich starrte. »Vergiss es!«

Sein Blick blieb fest auf mich gerichtet.

»Im Kühlschrank ist sowieso nur Grünzeug. Willst du Spinat haben?« Meine Augen begannen zu tränen. Gleich musste ich wegsehen.

Überraschenderweise war es Lewis, der den Kopf senkte. Wenn auch nur, um seinen Fressnapf ein weiteres Stückchen auf den Kühlschrank zuzuschieben. Egal, der Sieger des heutigen Starrwettbewerbs war ich! Ich stellte den Napf zurück in die dafür vorgesehene Ecke und gab eine ordentliche Portion Trockenfutter hinein. »Lass es dir schmecken, mein Lieber.«

Lewis drehte mir den Rücken zu.

Ich unterdrückte ein Lachen. »Beleidigt zu sein hilft dir nicht weiter, du bleibst nur länger hungrig.«

Er fing an, eine Pfote zu lecken. Ein Bild vollkommener Gleichmut, wäre da nicht sein Schwanz gewesen, der ärgerlich hin und her peitschte. Ich ignorierte ihn meinerseits, trocknete das Geschirr und räumte es in den Schrank. Es dauerte nicht lange, bis aus der Katerecke gierige Knusperlaute zu hören waren. Yay! Zwei zu null für Alice! Nachdem ich das Spülbecken trocken gerieben hatte, holte ich eine Packung Mandelmilch aus der Vorratsschublade, um eine Goldene Milch zuzubereiten. Ich schüttete die Mandelmilch in einen Topf, gab Zimt, Kokosöl und Pfeffer dazu und brachte die Mischung zum Köcheln. Unterdessen hatte Lewis sein Frühstück beendet, kam zu mir und strich fordernd um meine Beine.

»Nervensäge.« Lächelnd ging ich in die Hocke. Noch ehe meine Finger über seinen seidenweichen Pelz glitten, schnurrte er bereits.

Schließlich war es Zeit, mich wieder um die Goldene Milch zu kümmern. Ich erhob mich. »Du willst raus, oder?«

Das war eine rhetorische Frage, denn Lewis ignorierte seit jeher das Katzenklo. Er trabte zur Terrassentür und sah zu mir auf.

»Du könntest eine Wohnungskatze werden.«

Aufforderndes Maunzen.

Widerwillig öffnete ich die Tür für ihn. Wenigstens herrschte so früh am Morgen noch kein allzu dichter Verkehr. »Pass auf dich auf, okay?«

Mein Kater warf mir einen unergründlichen Blick zu, rieb sich zum Abschied an meiner Wade und schoss dann wie ein schwarzer Blitz über die Straße und aus meinem Sichtfeld. Verblüfft starrte ich ihm hinterher. Von seinem Humpeln war nichts mehr zu erkennen gewesen.

Für die Goldene Milch fehlte nur noch ein Esslöffel Kurkumapaste, die ich im Kühlschrank aufbewahrte. Mein Blick wanderte suchend über die gut bestückten Fächer abwärts. Spinat, eine halbe Ananas, Zitronengras und Kokoswasser … dann stutzte ich. Was zum Teufel?! Perplex starrte ich das dicke Stück Frühstücksspeck an, das in Folie eingeschweißt neben meinem Tofu lag. Kein Wunder, dass Lewis so viel Interesse am Kühlschrank gezeigt hatte! Diesmal überwog der Zorn meine Abneigung gegen einen Streit. »Verdammt, Kjell!«

Im Wohnzimmer herrschte weniger Chaos als in der Küche, dafür roch es nach Kneipe, in der man seit Wochen nicht gelüftet hatte. Drei leere Whiskyflaschen standen auf dem Couchtisch, aber keine Gläser. Hatten sie den Whisky etwa direkt aus der Flasche getrunken? Und wer zum Teufel vertrug solche ungeheuren Mengen Alkohol? Ich hatte angenommen, dass Kjell auf dem Sofa geschlafen hatte, um mir vor einem anstrengenden Tag eine ungestörte Nacht zu gönnen. Nun sah es danach aus, als sei er einfach nur zu betrunken gewesen, um es bis ins Schlafzimmer zu schaffen. Würde er überhaupt begreifen, was ich von ihm wollte, wenn ich ihn weckte? Unschlüssig sah ich auf ihn hinunter.

Kjell war höllisch attraktiv, was er leider nur zu gut wusste. Seine Gesichtszüge waren männlich, seine Schultern breit und sein Hintern so sexy, dass ihm Frauen auf der Straße ungeniert hinterherschauten, vor allem wenn er seine geliebten hautengen Jeans trug. Mit seinen eins dreiundneunzig war er zu groß für das zierliche Sofa und hatte daher seine Knie angezogen. Sein Kopf war in einem ungemütlichen Winkel zurückgebogen. Mein Blick wanderte über das stoppelige Kinn, die gerade edle Nase, verharrte auf den violetten Schatten unter seinen geschlossenen Lidern und langsam, ganz langsam verrauchte meine Wut. Kjell hatte oft Albträume und seit ein paar Wochen war es sogar schlimmer als sonst. Das schreckliche Unglück in unserer Kindheit hatte uns aneinandergeschmiedet, wir hatten das Erlebnis jedoch auf unterschiedliche Weise aufgearbeitet. Wobei ich in Kjells Fall nicht der Ansicht war, dass verarbeitet der richtige Ausdruck war. Nach außen hin trotzte er dem Feuer, stand mit der Zigarettenkippe im Mundwinkel am Lagerfeuer und wärmte sich demonstrativ die Hände. Nachts schreckte er schweißgebadet und schreiend aus seinen Träumen hoch. Er sprach nie über das Erlebte, während ich bereits vor einer Weile meine Therapie abgeschlossen hatte. Seufzend schnappte ich mir das Wollplaid von der Sofalehne, um ihn zuzudecken. Ich wollte mich schon abwenden, um in die Küche zurückzugehen, als mir ein Fleck im pflaumenfarbenen Samt der Rückenlehne ins Auge stach. Das würde doch nicht etwa …? Ich beugte mich hinüber, schnupperte und fand meinen Verdacht bestätigt. Nach kurzem Suchen wurde ich fündig. Neben der Armlehne, auf Höhe von Kjells rechter Hand, entdeckte ich einen Zigarettenstummel. »Verdammte Scheiße.« War er mit der brennenden Zigarette zwischen den Fingern eingeschlafen? Alles in mir verkrampfte sich. Vor Wut am ganzen Körper zitternd, starrte ich auf den Mistkerl hinunter. »Wach auf!«

Er rührte sich nicht.

»Kjell!« Ich rüttelte ihn an den Schultern. »Ernsthaft, das ist zum Kotzen! Wir haben darüber gesprochen. Du hast mir …« Ich verstummte. Kjells Lider sprangen auf, aber er sah nicht so aus, als wüsste er, wen er vor sich habe. »Hey! Bist du wach?«

Keine Reaktion, nur dieses beängstigende Starren. Lag es am Restalkohol? Auf einmal schien es die beste aller Ideen, ihn ausschlafen zu lassen. Instinktiv dämpfte ich meine Stimme, ließ sie beruhigend klingen. »Okay, schlaf noch eine Ru…«, weiter kam ich nicht.

Mit einem Ruck richtete Kjell sich auf. Ein harter Schlag gegen den Brustkorb nahm mir die Luft und ließ mich rückwärts taumeln. Heftig mit den Armen fuchtelnd landete ich rücklings auf dem Couchtisch, fegte dabei die Fernbedienung und einige Zeitschriften hinunter und erwischte auch die Whiskyflaschen. Ehe ich begriff, was geschehen war, hatte Kjell sich auf mich gestürzt. Seine Hände schlossen sich um meinen Hals, drückten zu. Ich reagierte instinktiv und fuhr ihm mit den Fingernägeln quer übers Gesicht.

»Verdammt!« Kjell gab mich frei und richtete sich auf. Er befühlte die langen Kratzer auf Wange und Kinn, die ich ihm beigebracht hatte. Verwirrt betrachtete er erst das Blut an seinen Fingerkuppen, dann sah er mich an. »Was ist in dich gefahren?! Spinnst du?«

Mein Herz raste, ich spürte es im Hals klopfen, in den Ohren, überall. »Ich? Ob ich spinne?«

Er ließ einen schnellen prüfenden Blick durch das Wohnzimmer gleiten, dann strich er sich durch das blonde halblange Haar. Er wirkte nun vollkommen verwirrt. »Was ist passiert? Was hab ich getan?«

»Du hast mich gewürgt! Arschloch!« Vorsichtig betastete ich meinen Hals. Dabei ließ ich ihn nicht aus den Augen. War er wirklich wach oder hielt ihn noch der Albtraum gefangen? Denn das musste es gewesen sein, was ihn zu dieser krassen Aktion gebracht hatte, nicht wahr? Ein Albtraum.

»Ich soll dich gewürgt haben? Ich?«

»Sonst jemand hier?«

Wieder sah er sich um, als sei das nicht so ganz klar. Schließlich wandte er sich mit besorgter Miene mir zu. »Bist du okay?«

»Nein, du Arsch, bin ich nicht!«

»Verdammt, Alice! Das wollte ich nicht.« Er streckte seine Hand nach mir aus. »Tut mir leid. Wirklich.«

Ich sah ihn kühl an und ignorierte die Geste. Diesmal würde ich nicht gleich wieder schwach werden und die Sache unter den Teppich kehren. Der brodelnde Zorn in meinem Inneren bekämpfte erfolgreich meine Sehnsucht nach Harmonie. Es war gut, sich so zu fühlen. Der Zorn war echt. Echt? Ich horchte diesem Wort nach. Was meinte ich damit? Verwirrt runzelte ich die Stirn.

Er zog die Hand zurück und strich sich verlegen eine Haarsträhne hinter das Ohr. Sein Blick wich meinem jedoch nicht aus. »Verstanden, du bist sauer. Und mit Recht. Die einzige Entschuldigung, die ich dir bieten kann, ist, dass du mich aus einem ziemlich«, für einen Moment schloss er die Augen, »ziemlich wüsten Traum gerissen hast.«

»Wovon hast du geträumt? Vom Feuer?«

Er presste die Lippen aufeinander.

»Kjell! Du musst endlich darüber sprechen.«

»Das machen wir doch ab und zu.«

»Wir haben das Thema ein einziges Mal angeschnitten und – lass mich überlegen – sind ganze zwei Minuten dabei geblieben, ehe du wieder abgebrochen hast. Aber ich verlange auch gar nicht, dass du mit mir sprechen sollst. Du brauchst professionelle Hilfe. Ernsthaft. Das eben war …«, ich unterbrach mich, um zu schlucken. Es tat weh, nicht nur auf körperlicher Ebene, und nun wurde mir endgültig die Tragweite des Geschehens klar. Das hätte für mich verdammt übel ausgehen können! Mit leiser, ernster Stimme fuhr ich fort: »Du hast mich zu Tode erschreckt.«

»Alice«, Kjell ging vor dem Tisch auf die Knie und sah mich flehend an, »es wird nie wieder vorkommen! Nie, nie wieder. Versprochen.«

Ich hatte in seinem wunderschönen Gesicht nie zuvor einen solchen Ausdruck von Qual gesehen. »Such dir Hilfe.«

»Wenn ich das verspreche, ist dann alles wieder gut?«

Ich nickte zögernd.

Offensichtlich erleichtert, weil er vermutlich annahm, dass er nun vom Haken war, sprang er auf und streckte mir beide Hände entgegen, um mir hoch zu helfen.

Ich ignorierte die Geste ein weiteres Mal. »Das solltest du lieber ernst meinen.«

»Verstanden.« Er wollte meine Hände ergreifen.

Ich zog sie jedoch zurück und setzte eine eiskalte Miene auf. »Du wirst mich sehr lange nicht anfassen, Kjell.«

»Das meinst du nicht ernst.«

»Mir war selten etwas ernster.«

Zu meiner Überraschung wagte er einen weiteren Versuch. Es gelang ihm, zärtlich über meine Wange zu streicheln. »Komm schon, Alice … würdest du mir bitte verzeihen?«

»Lass das!« Ich bewegte meinen Kopf ruckartig zur Seite. Doch bereits die leise Berührung hatte genügt, um das bekannte Gefühl der Sehnsucht im mir zu wecken. Oft konnte ich selbst nicht glauben, was für ein Glück ich hatte, denn die Chemie zwischen uns war einfach nur perfekt. Die andere Seite der Medaille war jedoch, dass ich viel zu schnell in die Harmoniefalle tappte. Es gelang mir nur noch mit Mühe, den kalten Gesichtsausdruck zu wahren. »Du erwartest nicht im Ernst, dass ich da so rasch darüber hinweggehe, oder?«

»Nein.« Er senkte den Blick.

Ich hatte das verräterische Glitzern in seinen Augen jedoch gesehen. Auf einmal kam es mir grausam vor, was ich hier tat. Es ging Kjell nicht gut. Er musste endlich Hilfe in Anspruch nehmen. Durfte ich ihn aber wirklich mit Liebesentzug erpressen, damit er das tat, von dem ich glaubte, dass es gut für ihn war?

Er hob den tränenfeuchten Blick, sah ernst und wunderschön aus. »Bitte, Alice, was du gerade mit mir machst, ist grausam. Das weißt du, nicht wahr? Ich halte es nicht aus, dich nicht anfassen zu dürfen.«

Tatsächlich konnte ich mir keine schlimmere Strafe für ihn ausdenken. Kjell berührte mich ständig, immer und in jeder Situation. Wenn wir nicht gerade sowieso Händchen hielten, ließ er seine Finger zärtlich über jedes freie Fleckchen Haut wandern, das er finden konnte. Selbst in einem Restaurant schob er unter dem Tisch seine Füße zu mir herüber.

»Bitte sag was.«

Noch nie hatte er so zerknirscht ausgesehen. Ich seufzte. Und dann, ganz gegen meinen Willen, schmolz das Eis in mir. »Idiot.«

Er spürte, dass ich zum Nachgeben bereit war. Stürmisch zog er mich hoch und in seine Arme. Das war's. Für einen kurzen Moment sträubte ich mich noch, dann schmiegte ich mich mit einem Gefühl unendlicher Erleichterung an ihn, genoss den Schauer kleiner Küsse, die er auf meine Stirn, Schläfen und Wangen regnen ließ. Seine Lippen fanden meine. Es folgte ein langer, sanfter, liebevoller Kuss, der nicht darauf aus war, meine Leidenschaft zu entfachen, sondern der sich vergewissern wollte, dass zwischen uns noch alles in Ordnung war. Wir würden über das Thema reden und wenn ich wieder davon anfing, war er es mir schuldig, zuzuhören. Ich würde ihn – und mich – jedoch nie wieder mit Liebesentzug bestrafen. Mit einem letzten tiefen Seufzer ließ ich die restliche Anspannung aus mir entweichen. »Ich mag deine Geschäftskollegen nicht.«

»Du wirst sie nicht wiedersehen.«

Ich sah überrascht zu ihm hinauf. »Was ist passiert? Ich dachte, der Kontakt sei dir so wichtig?«

»Ich hab mich getäuscht. Im Lauf des Abends stellte sich heraus, dass wir unterschiedliche Ansichten hatten über dieses und jenes. Über alles eigentlich. Ich kann mir zum Glück aussuchen, mit wem ich zusammenarbeiten will. Außerdem haben sie dich ein bisschen zu lüstern angestarrt.«

»Lüstern? Das Gefühl hatte ich gar nicht. Sie wirkten eher, als wäre ich, keine Ahnung, irgend ein exotisches Tier im Zoo. Eins, das sie nie zuvor zu Gesicht bekommen haben.«

»Mein süßer Schatz, du merkst doch nie, wie Männer dich ansehen. Frauen übrigens auch. Der Blick der drei war eindeutig lüstern.« Mit leisem Grollen in der Stimme fügte er hinzu: »Ich weiß, wenn dir jemand an die Wäsche will.«

Ich lachte auf. »Tu nicht so, als wärst du eifersüchtig.«

»Aber ich bin es.«

Ich stellte mich auf die Zehenspitzen, um ihn zu küssen. Mir fiel auf, dass er gar keine Fahne hatte. Ich schob meine Hand unter sein T-Shirt, strich mit den Fingerspitzen die Wirbelsäule hinauf, zart, sehr, sehr zart, damit ich spüren konnte, wie sich die kleinen Härchen auf seiner Haut aufrichteten.

Kjells Kuss wurde drängender. Weit hinten in meinem Kopf tauchte das Bild einer Alice an der Ausgangstür auf, die ungeduldig mit dem Autoschlüssel klimperte. Ich wusste, dass mein schönes Zeitpolster gerade dabei war zu schmelzen, doch das war völlig unwichtig. Nur Kjell zählte, seine Lippen, seine Hände, seine Zunge, die mit meiner spielte, sie neckte und herausforderte.

Ein durchdringendes Maunzen erklang. Ich wandte den Kopf. Vor dem Fenster war Lewis. Er stand aufgerichtet auf den Hinterbeinen, die Vorderpfoten drückten gegen das Fensterglas. Auffordernd starrte er zu uns herein.

Kjell nahm mein Gesicht in beide Hände und sah mich mit vor Verlangen dunklen Augen an. »Der Kater wartet heute mal!«

Wir küssten uns erneut. Lewis' zunehmend schriller werdendes Maunzen war der Romantik jedoch nicht förderlich. Der Zauber verflog. Ich machte mich los und öffnete das Fenster.

»Alice, ziehst du gerade ernsthaft den Kater mir vor?«

»Vielleicht hat er Schmerzen. Gestern Abend kam er verletzt nach Hause.«

»Er hat doch ständig was. Ich kenne keine andere Katze, die so tollpatschig ist.«

Beinahe schien es, als wolle Lewis diese Aussage widerlegen, denn er sprang in einem höchst eleganten Satz vom Fenstersims. Mit hochgerecktem Schwanz trottete er zum Sofa, ein weiterer Sprung und er ließ sich auf der Lehne nieder, von wo aus er Kjell mit der Gelassenheit einer Sphinx fixierte.

Dieser starrte böse zurück. »Wir werden ihn kastrieren lassen.«

Empört fuhr ich zu ihm herum. »Kommt nicht infrage.«

»Er hat meine nagelneuen Wildlederschuhe markiert. Das wird aufhören!«

»Meine Schuhe lässt er in Ruhe. Sei netter zu ihm, dann verschont er auch deine.«

»Dafür setzt er sich auf deine Unterwäsche.«

Mit einem Auflachen ging ich ins Schlafzimmer, um nach meiner Strickjacke zu suchen, die dort irgendwo liegen musste. »Das denkst du dir aus.«

Kjell folgte mir. »Möglich. Aber du solltest dich jedenfalls nicht allzu sehr an ihn gewöhnen. Er ist ein Streuner. So wie er mit dir nach Hause spaziert ist, verschwindet er irgendwann wieder.«

»Das wär dir wohl recht.« Ich sah böse zu Kjell und fügte frostig hinzu: »In der Küche steht ein Topf Goldene Milch für dich. Tu deiner Leber etwas Gutes und trink eine Tasse. Und schlaf dann noch eine Runde.«

»Ich bin hellwach und meiner Leber geht es ausgezeichnet. Ich sagte doch, ich habe nicht getrunken.« Er musterte mich kritisch. »Willst du so gehen?«

»Was ist daran falsch?« Ich sah an mir herunter. Zu einem maronenfarbenen langärmligen Shirt trug ich einen kurzen ockerfarbenen Cordrock und dicke Wollstrumpfhosen. Ein gemütlicher Herbstlook, wie ich fand, passend zu den fallenden Blättern und dem weichen goldenen Licht meiner Lieblingsjahreszeit. Fehlte nur noch die Strickjacke. Suchend sah ich mich um.

Kjells Mienenspiel war zu entnehmen, dass er meine Ansicht darüber nicht teilte, was ein passender Herbstlook war. »Wie wäre es, wenn wir demnächst shoppen gehen? Du hast in den vergangenen Wochen so geschuftet, ich möchte dich verwöhnen.«

»Das ist lieb, aber ich brauche nichts.«

»Das sagst du immer. Ich wüsste gern, was verkehrt daran ist, dass ich dir etwas schenken möchte?«

»Nichts.« Das stimmte. Irgendwie. Es war nicht so, dass ich von Kjell nichts annehmen wollte. Das Problem war, dass er mich mit seinem Geschenk in jemanden zu verwandeln versuchte, der ich nicht war, nicht sein wollte. Kjell mochte es edel. Selbst an den Jeans, die er kaufte, hingen Preisschilder, für deren Gegenwert ich mich für eine komplette Saison einkleiden könnte. Seit ich auf eigenen Füßen stand, kaufte ich in Secondhandläden. Jeder auf diese Weise gesparte Penny war auf meinem Sparbuch gelandet und steckte nun im Wonderland. Es gab absolut keine Notwendigkeit, daran etwas zu ändern.

»Na gut.« Er seufzte. »Von mir aus können wir auch eine Tour über die Flohmärkte machen – in Paris zum Beispiel. Das ist ein Kompromiss. Paris für mich, Flohmarkt für dich.«

Ich lächelte. »Sehr raffiniert und ich finde die Idee gut, aber …«

»Ich weiß, das Wonderland ist im Augenblick wichtiger. Dann im Frühling, wenn der erste Stress vorbei ist?«

»Na gut.« Ich zwang mich zu einem Lächeln, doch in meinem Bauch war ein kleiner unwilliger Knoten entstanden. Kjell wusste besser als jeder andere, dass ich kein Interesse am Reisen hatte. Ich war am liebsten zu Hause in London, das ich in- und auswendig kannte. Ich mochte meine Routine, ich mochte mein eigenes Bett, mein Bad, meine Küche und ich wollte vor allem das Wonderland nicht für ein Wochenende schließen, nur um in Paris neue Kleider zu kaufen. Kjell sprach davon, mich belohnen zu wollen, doch in Wirklichkeit, das wurde mir nun erst richtig bewusst, war ich es, die ihm mit dieser Zusage einen Gefallen tat.

Er rieb sich die Hände und sah mich unternehmungslustig an. »Was kann ich sonst tun, um dir wieder ein Lächeln zu entlocken?«

»Ich glaub, vorhin sind die Whiskyflaschen in Scherben gegangen. Kümmerst du dich bitte darum, ehe Lewis sich daran verletzt?«

»Mach ich später. Er will sowieso in fünf Minuten wieder vor die Tür.«

»Möglich. Aber du hast gefragt und mir ist es wichtig. Also? Kümmerst du dich?«

Kjell wirkte nun deutlich irritiert. So einen scharfen Ton war er nicht von mir gewohnt. Doch ich ärgerte mich zum einen über mich selbst, weil ich nicht eher an die Scherben gedacht hatte. Und zum anderen – warum fragte er überhaupt, wie er helfen konnte, wenn er nicht bereit war, es zu tun?

Schließlich verschwand er grummelnd, um Schaufel und Besen zu holen. Ich suchte unterdessen weiter nach meiner Strickjacke. In Küche und Backstube war ich ordentlich und organisiert, überall sonst in der Wohnung herrschte Chaos. Auf dem Nachttisch im Schlafzimmer türmten sich Koch- und Backbücher übereinander, gekrönt von ineinander gestapelten Teetassen. Zwei Wäschekörbe, einer mit frischer Kleidung und einer mit Schmutzwäsche, standen mitten im Raum. Eine Stolperfalle, wie Kjell behauptete. Ich nannte es eine gute Idee. Ich hatte die Körbe nämlich nur deshalb dort platziert, weil ich davon erfahrungsgemäß irgendwann so genervt war, dass ich die Arbeit endlich in Angriff nahm. Kjell, der seine Kleidung zu einer Reinigung brachte, bot regelmäßig an, eine Haushaltshilfe anzustellen, doch das kam nicht infrage. Ich achtete akribisch darauf, dass wir uns alle Haushaltskosten teilten, und so schön es auch gewesen wäre, ich konnte mir das einfach nicht leisten. Ich ließ einen nachdenklichen Blick über das Chaos auf dem Boden gleiten. Vor ein paar Tagen hatte ich den abgegriffenen Schuhkarton unter dem Bett hervorgezogen, der mich begleitete, seit ich ein Teenager gewesen war. Man konnte genau erkennen, wo ich gesessen hatte, um darin zu stöbern. Wie ein Regenbogen waren die Erinnerungsstücke um den Platz herum aufgefächert. Auf den meisten Fotos war ich als Baby und Kleinkind zu sehen. Fast immer war nur meine Mutter mit auf dem Bild. Vater hatte viel auswärts gearbeitet, was höchstwahrscheinlich der Grund dafür war. Vielleicht war er aber auch nur extrem kamerascheu gewesen, wie Kjell vermutete. Leider konnte ich ihn nicht danach fragen. In dem Karton bewahrte ich auch einige wenige Gegenstände auf, die aus meiner Babyzeit stammten; die ersten Babyschuhe aus butterblumengelbem Satin, eine Hasenrassel, zerlesene Bilderbücher, eine geliebte Puppe, das Miniaturteeservice aus echtem Porzellan, das ich zu meinem sechsten Geburtstag bekommen hatte. Ich kniete mich nieder, um die Sachen rasch wieder in den Karton zurückzulegen, und schob ihn anschließend unter das Bett zu seinen beiden Kartonfreunden. In einem befanden sich Ausschnitte aus Zeitschriften und Notizzettel, auf denen ich Ideen fürs Wonderland gesammelt hatte. Im letzten Schuhkarton, dem heimlichen Karton, sammelte ich alles für meine Hochzeit. Kjell und ich hatten zwar über dieses Thema noch nicht gesprochen, ich nahm jedoch fest an, dass es auch für ihn keine Frage war. Es wäre nichts dabei gewesen, ihm den Inhalt zu zeigen. Eigentlich war es albern, es nicht zu tun. Vor allem, weil er inzwischen ohnehin wusste, was sich darin befand. Ich wusste es deshalb, weil etwas nicht ganz oben lag, was sich eigentlich dort hätte befinden müssen. Stattdessen befand sich dort der Flyer einer Floristin, die bezaubernd einfache und natürliche Brautsträuße fertigte. Mit meinem Hochzeitskarton verhielt es sich wie mit einem Baumkuchen, Schicht für Schicht fügte ich neues Material hinzu. Papiermuster für Einladungskarten mischten sich unter ausgerissene Seiten aus Zeitschriften mit Ideen für die Hochzeitstorte, die Dekoration, das Blumenarrangement und die Gastgeschenke. Dazu kamen Adressen von Fotografen und einem vegetarischen Cateringservice. Schuhe, Handtasche und eine leichte Jacke würde ich bestimmt secondhand finden, doch beim Hochzeitskleid wollte ich eine Ausnahme machen und es schneidern lassen. Ich wusste haargenau, wie es aussehen sollte, seit ich es auf dem Cover eines Liebesromans entdeckt hatte. Auf der Stelle hatte ich mich in die Vorstellung verliebt, in himbeerroter Seide zu heiraten, war in die Buchhandlung gestürmt, um das Buch zu kaufen. Der Umschlag war in meiner Hochzeitskiste gelandet, während das Buch selbst in einem Regal im Wonderland auf Leser wartete. Weil ich den Buchumschlag so oft in die Hand nahm und mich hineinträumte, lag er gewöhnlich obenauf im Karton. Beim letzten Mal, als ich hineinsah, hatte ich jedoch den Flyer der Floristin obenauf gefunden und dann in den Papierlagen wühlen müssen, bis ich ihn endlich am Boden des Kartons gefunden hatte. Ganz klar. Kjell war neugierig gewesen. Es hätte mich vielleicht stören sollen, dass er in meinen Sachen kramte, doch das tat es nicht. Im Gegenteil freute ich mich sogar darüber.

Lewis schlenderte zur Tür herein und sprang auf die halbhohe Kommode, in der ich die Bettwäsche aufbewahrte. Nachdem ich mich vergewissert hatte, dass meine Strickjacke nicht unter dem Bett lag, erhob ich mich und ging zu ihm. Am Vorabend hatte ich Wäsche aus dem Trockner auf der Kommode platziert. Lewis hatte sich natürlich genau in die Mitte des Haufens gesetzt. Ich schimpfte jedoch nicht mit ihm, da ich in diesem Moment den Jackenärmel entdeckte, der unter dem Wäschehaufen hervorblitzte. »Danke fürs Finden. Gehst du bitte runter?«

Lewis gähnte.

Ich hob ihn hoch, setzte ihn auf dem Boden ab und zog meine Strickjacke unter dem Wäschehaufen hervor. Dabei stieß ich die gerahmte Fotografie um, die meine Eltern als junges Paar am Pier von Brighton zeigte. Ich stellte den Rahmen wieder auf. Mit einem wehmütigen Gefühl im Bauch betrachtete ich das Foto. Mum naschte aus einer gigantisch großen Tüte Fish und Chips. Dad stand hinter ihr, ein bisschen gebückt, damit er sein Kinn in ihre Halsbeuge schmiegen konnte, die Arme hatte er um ihre Taille geschlungen, eine Hand lag schützend auf ihrem Bauch. Man sah es nicht, doch ich war an diesem Tag bei ihnen gewesen, klein wie ein Reiskorn in Mums Bauch. Beide strahlten mit dem wolkenlosen Sommerhimmel um die Wette. Für mich sah Liebe ganz genau so aus! Jedes Mal, wenn ich das Bild betrachtete, erinnerte es mich daran, dass ich mich nie mit weniger zufriedengeben könnte, und wie dankbar ich sein konnte, dass Kjell und ich zusammengefunden hatten.

Heute war das Gefühl allerdings gedämpft. Mit einem Grummeln im Bauch dachte ich an den Angriff vom Morgen. Kjell und ich kannten uns unser ganzes Leben lang, aber kannte ich ihn wirklich oder erfand ich nur Entschuldigungen für ihn?

Lewis maunzte leise. Ich sah zu ihm. So intensiv, wie er mich anstarrte, wollte er wohl auf einen zweiten Starrwettbewerb hinaus. »Sorry, mein Bester, aber ich muss los.« Ich strich ein letztes Mal über seinen Rücken, schlüpfte in die Jacke und eilte in den Flur. Kjell tauchte im Türrahmen auf. In der Hand hielt er Schaufel und Besen. Er leckte sich über die Lippen. »Danke für die Milch.«

Ich nickte knapp. Also hatte er sich entschieden, erst seine Goldene Milch zu trinken, ehe er sich um die Scherben kümmerte.

Er warf einen irritierten Blick auf den Autoschlüssel in meiner Hand. »Wolltest du gerade ohne Abschiedskuss verschwinden?«

»Ich bin ja noch da.«

»Du machst Ausflüchte, Liebling, aber heute darfst du dir erlauben, was du willst. Du hast etwas gut bei mir.« Kjell hob einen Mundwinkel zu dem Halblächeln, das ich so sehr an ihm liebte, weil es ihn jungenhaft und unglaublich verführerisch aussehen ließ. Gleichzeitig zog er sein T-Shirt halb hoch, um sich am Bauch zu kratzen, und präsentierte dabei rein zufällig sein Sixpack.

»Du bist so was von eitel. Glaubst du, das wirkt bei mir?«

»Nicht?«

»Kein Stück.« Das war gelogen, wir wussten es beide. So unwichtig mir Äußerlichkeiten sonst im Leben auch waren, fuhr ich auf Kjells anmutigen schönen Körper total ab.

»Mmmh, ich mag deinen Blick. Soll ich das T-Shirt für dich ausziehen?« Er wedelte mit seinem Handbesen. »Ich könnte nackt putzen. Nur für dich. Bist du interessiert?«

»Vielleicht.« Diesmal war mein Lächeln so echt, wie es nur sein konnte. Ich wusste, dass für viele Menschen der Reiz einer Beziehung schwand, wenn die Partner sich zu gut kannten. Für mich war das genaue Gegenteil der Fall. Ja, Kjell traf nicht immer ins Schwarze, wie sein Vorschlag mit Paris vorhin gezeigt hatte, und er beurteilte die Dringlichkeit von Scherben im Wohnzimmer anders als ich, dennoch kannte er mich besser als jeder andere Mensch. Er war meine Familie. So wie eben, mit ihm herumzuplänkeln war vertraut und gab mir ein Gefühl von Geborgenheit. »Ich werde auf deinen Vorschlag sicher zurückkommen. Du könntest zum Beispiel meine Wäsche machen, während ich im Bett liege und dir dabei zuschaue.«

»Abgemacht, und weil ich ein egoistischer Arsch bin, komme ich heute mit ins Wonderland und helfe dir.« Er zwinkerte mir zu. »Dann bist du am Abend nicht so müde.«

Ich ließ einen bezeichnenden Blick zu seinem immer noch nackten Bauch wandern. »Du würdest mich nur ablenken.«

»Ich verspreche hoch und heilig, dass mein T-Shirt unten bleibt.«

»Hm.«

»Also, kann ich mitkommen?«

Ich nickte zögernd. Kjell würde mich in jedem Fall ablenken, da machte ich mir gar keine Illusionen, doch ich wollte die gute Stimmung zwischen uns nicht schon wieder zerstören. »Einverstanden.«

»Fantastisch. Lass mich nur schnell noch wie versprochen die Scherben im Wohnzimmer beseitigen, dann können wir gehen.« Er zwinkerte mir zu und bewies erneut, wie gut er in mir lesen konnte. »Ich weiß, dass dir die Idee nicht behagt, aber spätestens wenn du mich nachher wie einen Packesel mit dem ganzen Zeug aus deinem Auto beladen kannst, wirst du froh sein, dass ich mitgekommen bin.«

»Heute wird hart gearbeitet, Kjell, ich sag es dir gleich! Für mehr reicht die Zeit nicht.«

»Ist mir klar.«

Statt in der Wohnung auf ihn zu warten, beschloss ich vorauszugehen, um schon mal den Beifahrersitz für ihn frei zu machen. Kjell hatte recht. Mein uralter Mercedes war mit Einkaufstaschen vollgestopft. Doch bereits auf dem Weg zu meinem Parkplatz überlegte ich es mir anders. Ich kannte Kjell. Ich kannte uns. Es war immer dasselbe. Schloss er mich in seine Arme, schmolz meine Widerstandskraft schneller dahin als Schokolade im Wasserbad. Kurz entschlossen setzte ich mich hinter das Steuer. Heute würde ich ihm zur Abwechslung keine Gelegenheit geben, seinen unwiderstehlichen Zauber auf mich zu wirken.

Essig für das Eichhörnchen

Ich kauerte unter einem tropfenden Busch und beobachtete Alice, die vor ihrer alten Karre stand, den Nacken leicht eingezogen. Der Nieselregen färbte den herrlichen Rotton ihrer Wuschellocken dunkler. Sie klopfte die Taschen ihrer Strickjacke ab, dann durchsuchte sie zunehmend hektisch ihre riesengroße Handtasche. Ah ja, das Handy. Sie hatte es vermutlich in der Ladestation vergessen, wie so oft. Ich sah, wie sie die Unterlippe zwischen die Zähne sog. Wenn sie das tat, war sie gewöhnlich im Begriff, etwas zu tun, wofür sie sich später entschuldigen musste. Gespannt wartete ich, was passieren würde. Sie ließ den Blick zum Haus hinüberhuschen, in dem sie und Kjell wohnten, dann stieg sie ein. Nach zwei stotternden Versuchen sprang der Motor an und sie brauste davon. Einerseits war das nicht gut. Es wäre besser gewesen, wenn Kjell sie begleitet hätte. Andererseits, wenn wirklich eine Abteilung der Grauen Garde in der Anderswelt auftauchen sollte, um sich Alice zu schnappen, würde ein Mensch ohnehin nichts ausrichten können. Kurz war ich in Versuchung, in meinem feuchten Versteck auszuharren, bis Kjell herausgekommen war. Es würde mir Vergnügen bereiten, die Enttäuschung in seinem Gesicht zu sehen. Kaum war Alice zur Tür hinaus, hatte der Schweinehund mich zur Terrassentür hinausgescheucht. Na gut, ich hatte ohnehin gehen wollen, aber der Punkt war, dass er das nicht gewusst hatte. Allmählich spitzte sich die Lage zwischen uns zu. Vor zehn Tagen hatte er bei einem Tierarzt angerufen und einen Termin für die Kastration ausgemacht. Alice wusste noch gar nichts davon. Ich hatte es auch nur deshalb mitbekommen, weil ich oben auf dem Kleiderschrank gelegen und vor mich hin gedöst hatte, als er sich für das Gespräch ins

Schlafzimmer verkrümelt hatte. Seither lief ich ihm im ungünstigsten Moment vor die Füße und brachte ihn damit zum Stolpern, setzte mich auf Alice' Schoß, wenn er in zärtlicher Stimmung war, und hatte erst kürzlich mit ungeahntem Genuss seine Schuhe markiert. Würde ich mich unauffällig verhalten, wie es die Vernunft gebot, würde er sich mit meiner Gegenwart früher oder später bestimmt arrangieren. Kjell war nicht bösartig, vielleicht ein bisschen zu besitzergreifend, was Alice anbelangte. Sie bedeutete ihm alles. Zumindest hatte ich das angenommen, bis ich vorhin die Würgemale an ihrem Hals entdeckt hatte. Womöglich war es doch gut, dass sie ohne ihn ins Wonderland gefahren war. So gern ich Alice rund um die Uhr bewacht hätte, es war leider nicht möglich. Ab und zu musste ich mich am Königshof blicken lassen und jetzt war es zum Beispiel nötig, einen Abstecher in den Park zu machen. Dort lagen nämlich gleich drei übel zugerichtete Tierleichen, die meiner Aufmerksamkeit bedurften.

In Katergestalt rannte ich über die Straße und verschwand durch eine Lücke in der Hecke in dem weitläufigen verwilderten Garten. Das war der Ort, an dem ich mich jeden Morgen erleichterte, denn natürlich würde ich nie im Leben die Katzentoilette benutzen, die Alice angeschafft hatte. Wenig später hatte ich die Gestalt gewechselt und turnte als Eichhörnchen getarnt von Ast zu Ast, bis ich unter dem Haselnussstrauch saß, in dessen Nähe die drei grausam zugerichteten Fuchsleichen lagen. Es wäre klug gewesen, sie zu untersuchen, solange die Spuren frisch waren. Aus Angst um Alice hatte ich jedoch gleich nach meiner Entdeckung umgedreht und war zurückgerast, nur um festzustellen, dass der Angriff aus einer anderen, völlig überraschenden Ecke heraus gekommen war. Noch immer kam ich nicht darüber hinweg, dass Kjell zu so einer Tat fähig sein sollte. Es bedeutete, dass ich ihn falsch eingeschätzt hatte, und das war beunruhigend. Mir fielen mehrere Möglichkeiten ein, wie ich darauf reagieren könnte, doch ehe ich mich auf eine davon festlegte, musste ich wissen, wer die Toten waren und was genau vorgefallen war.

Während ich mich zur Tarnung an einer Haselnuss gütlich tat, blickte ich mich um. Der ältere Herr, dem der Garten samt zugehöriger Villa gehörte, war für ein paar Tage verreist, sodass von dieser Seite her keine Störung zu erwarten war. Schwieriger war es herauszufinden, ob ich mich in Gesellschaft aus meiner Heimat befand. Magiebegabte, wie ich einer war, erkannte man an ihrer Aura. In der Anderswelt, in der Alice lebte, war diese jedoch leider nicht sichtbar. Also hatte ich mir angewöhnt, darauf zu achten, ob sich ein Tier in meiner Umgebung merkwürdig verhielt. Zum Beispiel war mir erst gestern eine Krähe mit einem Zweig im Schnabel über mehrere Stunden durch ganz London gefolgt, statt damit ihren Nistplatz aufzusuchen. Natürlich stellten sich die wenigstens Wandler so dämlich an. Trotzdem, jeder Wurm, jedes Spinnchen um mich herum konnte jemand von drüben sein. Ich knackte eine zweite Nuss, blieb trotz meiner zunehmenden Nervosität geduldig und sah mich weiter um. Seit über vier Monaten hielt ich mich nun bereits in der Anderswelt bei Alice auf und nichts war passiert. Erst gestern war die Wende eingetreten. Zuerst hatte ich im Morgengrauen zwei tote Amseln auf dem Treppenabsatz vor der Haustür gefunden, dann war mir die Krähe gefolgt. Am Abend hatte Kjell Gäste ins Haus gebracht, die Whisky wie pures Wasser getrunken hatten. Ich hätte locker mithalten können, denn ehe es einem Wandler gelang, betrunken zu werden, musste er sich wenigstens ein volles Whiskyfass in den Rachen schütten. Besser waren zwei. Zu meiner Überraschung hatte sich herausgestellt, dass Kjells Riecher für Gefahr gar nicht mal so übel war. Wie mir schien auch ihm das gesteigerte Interesse seiner Besucher an Alice aufgefallen zu sein. Statt mit ihnen mitzutrinken, wie sie nicht müde wurden, ihn aufzufordern, hatte er sich an Mineralwasser gehalten. Ich lag die ganze Zeit auf dem Fenstersims im Wohnzimmer und hörte daher mit, wie sie sich ärgerlich darüber äußerten, als Kjell kurz das Wohnzimmer verlassen hatte. Leider sagten sie sonst nichts, was von Interesse gewesen wäre. Kjell hatte vorgegeben, nach Alice schauen zu wollen, die früh im Bett verschwunden war. Stattdessen war er jedoch in sein Arbeitszimmer gegangen, wo er seine Golfausrüstung aufbewahrte, denn als er zurückkam, schwang er einen Schläger in der Hand und forderte seine Gäste in barschem Ton auf, zu verschwinden. Ich war darauf gefasst gewesen, dass sie sich wandeln und ihn angreifen würden, vielleicht als Wölfe. Mein Verdacht war nämlich, dass die drei den Grauen angehörten. Natürlich hätte ich mich auf der Stelle eingemischt und Alice' ahnungslosem Freund beigestanden, so unsympathisch ich ihn auch fand. Zum Glück war das nicht nötig geworden. Der Sprecher, ein dürrer Buchhaltertyp mit gegelter Igelfrisur und einer Nickelbrille auf der Nase, hatte Kjell versichert, dass sie keinerlei böse Absichten hegten. Er verlor viele Worte darüber, wie bedauerlich es war, dass es nun nicht mehr zu einer Zusammenarbeit kommen würde. Dann gingen sie. Völlig friedlich. Kjell überraschte mich ein weiteres Mal, als er mit grimmiger Miene in jedem Zimmer die Holzfensterläden vorzog, was er sonst nie tat. Anschließend schob er den Golfschläger griffbereit unter das Sofa. So ungern ich es zugab, hatten wir einander in der vergangenen Nacht zu Alice' Gunsten perfekt ergänzt. Kjell patrouillierte bis weit nach Mitternacht durch die Wohnung. Ich hingegen war durch die angelehnte Schlafzimmertür geschlüpft, um aus allernächster Nähe über den Schlaf meiner Prinzessin zu wachen.

Heute Morgen dann, als Alice mich zum Austreten vor die Tür gelassen hatte, war ich auf die Tierleichen gestoßen.

Obwohl mein Bedarf an Nüssen bereits gedeckt war, vertilgte ich noch eine. Nachdem mir bis dahin nichts Verdächtiges aufgefallen war, wagte ich endlich loszulaufen. Ich flitzte über das Rasenstück auf das Gebüsch zu, unter dem die toten Füchse lagen.

Dort angekommen erlebte ich eine Überraschung. Die Kadaver waren verschwunden. Eine Weile lief ich schnüffelnd umher. Als Eichhörnchen verfügte ich über einen grandiosen Geruchssinn, mit dem ich im Winter sogar Nüsse aufspüren konnte, die dreißig Zentimeter unter Schnee vergraben waren. Eine ausgesprochen nützliche Fähigkeit, die mir auf meinen anstrengenden Reisen in Wynterhaav öfter als einmal das Leben gerettet hatte. Hier war sie völlig nutzlos. Jemand hatte auf die gesamte Fläche Essig geschüttet und damit alle Spuren getilgt.

Der Klang von Regen

Das Wonderland lag in einem spätviktorianischen Gebäudekomplex in der Nähe von Covent Garden. Als ich in die Nebenstraße einbog, die darauf zuführte, war ich noch immer aufgewühlt. Zum Teil hatte ich ein schlechtes Gewissen, weil ich ohne Kjell losgefahren war, doch ein anderer Teil in mir kämpfte gleichzeitig darum, nicht wieder wütend auf ihn zu werden. Ich versuchte, gegen dieses negative Gefühl anzukommen, indem ich ganz bewusst tief in unsere Vergangenheit eingetauchte. Angefangen hatte unsere gemeinsame Geschichte an einem Sonntagnachmittag vor zehn Jahren. Meine Eltern hatten Kjell eingeladen, mit uns in den neu eröffneten Filmpalast zu gehen. Aufgeregt reihten wir uns am Eröffnungstag in die lange Schlange vor der Kasse ein. Die Eingangshalle war mit Wimpeln geschmückt, es duftete nach Popcorn, das in dreieckigen Tüten kostenlos verteilt wurde. Kjell kaufte uns von seinem Taschengeld saure Frösche und Eiskonfekt. Ringsum herrschte die erwartungsfrohe, aufgeregte Atmosphäre eines Jahrmarkttags und ich wusste gar nicht, wohin ich zuerst schauen sollte. Der Filmpalast beherbergte auf drei Ebenen zwölf Kinosäle, vier Bars und ein Restaurant. Jeder Saal war nach einer amerikanischen Stadt benannt. Unser Film lief im New Yorker, dem kleinsten Kinosaal, der sich zusammen mit zwei Geschwistersälen und einer Bar in der dritten Etage befand. Ich hüpfte an der Hand meines Vaters vergnügt die Treppe hinauf. Kjell rannte voraus, um einen der Doppelsitze zu erobern, die für Pärchen vorgesehen waren. Aufgeregt winkte er mich zu sich. Meine Eltern wechselten einen dieser langen Blicke, mit denen sie sich wortlos zu verständigen pflegten, dann ließen sie es lächelnd zu, dass wir beide auf dem gemütlichen Samtsessel Platz nahmen. Mein Herz pochte wie verrückt, denn ich hatte Kjell vor Kurzem zum Opfer für meine Übungsversuche im Flirten auserkoren. Neulich erst hatte ich ihn dabei ertappt, wie er einen versonnenen und ausgiebig langen Blick auf mein T-Shirt geheftet hatte. Es war mein Lieblingsshirt, sonnengelb mit weißen Gänseblümchen. Kjell bewunderte jedoch nicht das Muster, wie ich anfangs dachte, er starrte vielmehr auf die kleinen unschuldigen Erhebungen unter dem eng anliegenden Stoff. Eine überwältigende Mischung aus Erregung und Triumph durchschoss mich. Als er den Blick hob und mich ansah, war ihm sofort klar, dass ich ihn ertappt hatte, und er wurde rot bis über beide Ohren. Endlich wurde das Licht gedämpft, der Theatervorhang aufgezogen und die Leinwand kam zum Vorschein. Bambi war ein Babyfilm, ich wäre viel lieber in einen Actionfilm gegangen, schon weil ich dachte, dass das Kjell besser gefallen hätte, doch meine Eltern hatten nicht mit sich diskutieren lassen. Der leise Ärger darüber schwand vollständig, als Kjell den Arm auf die Rückenlehne legte. Vorsichtig ließ er seine Finger unter mein Haar wandern, kaum wahrnehmbar streichelte er meine bloße Haut am Nacken. Als Bambis Mutter erschossen wurde, war ich der glücklichste Mensch auf Erden, dabei würde meine eigene Mutter nur noch eine knappe halbe Stunde zu leben haben, auch wenn ich das jetzt noch nicht wusste. Im Kinosaal war es kühl, was gut war, denn ich schwitzte fürchterlich. Die Sessel waren mit dunkelblauem Kunstsamt bezogen. Dasselbe Material, in unterschiedlichen Farben und Mustern, verkleidete die Wände in sämtlichen Kinosälen, im Foyer sowie im Treppenhaus. Alles roch neu und ein bisschen chemisch. Später wurde in den Zeitungen darüber spekuliert, ob ein Elektroschaden, in Kombination mit einem gegen alle Wahrscheinlichkeit viel zu leicht entflammbaren Stoff, die Ursache für den verheerenden Brand gewesen sein könnte. Es wurde nie geklärt. Ebenso wenig wie die Frage, weshalb die Sprinkleranlage kaum Wirkung gezeigt hatte. Doch davon wussten wir noch nichts, als wir durch die Notausgangstür aufs flache Dach flüchteten. Dad rannte voraus, die Arme ausgebreitet, um uns vor den erwachsenen Kinobesuchern zu schützen, die in ihrer eigenen Panik rücksichtslos jeden zur Seite stießen, der im Weg war. Die meisten Kinobesucher waren jedoch Kinder. Die Angstschreie gellen mir bis heute in den Ohren, das Weinen, die verzweifelten Rufe um Hilfe. Kjell umklammerte meine Hand. Wie alle anderen stürmten wir zur Feuertreppe, diesem stählernen Nadelöhr, das an einer der Außenwände in die Sicherheit hinabführte. Die Panik war unbeschreiblich. Ein Mann in kariertem Anzug, seine vor Schock erstarrte Tochter auf dem Arm, stieß mich auf halbem Weg grob mit dem ausgestreckten Fuß beiseite. Meine schwitzige Hand rutschte aus Kjells. Ich stürzte, schlug seitlich mit dem Kopf auf dem Boden auf. Dann ein ohrenbetäubender Knall. Etwas sauste über uns hinweg, die Notfalltür, wie ich später erfuhr. Die Hitze vertausendfachte sich. Ringsherum gellten immer lauter werdende Schreie, die meinen schmerzenden Kopf wie Pfeile durchbohrten.

»Alice!« Meine Mutter kniete sich neben mich. In ihrem Blick flackerte Panik. »Kannst du mich verstehen?«

Es gelang mir, ein Ja herauszupressen.

»Hör zu, Füchschen, ich weiß nicht, ob wir am Abend noch alle zusammen sein werden, ich muss dir unbedingt sagen …«, sie stockte, schüttelte den Kopf, »mir bleibt keine Zeit für Erklärungen. Vertraue immer deinem Gefühl! Hörst du? Besonders, wenn es um Menschen geht. Der Verstand kann täuschen. Dein Herz weiß Bescheid.«

»Mum?« Ich versuchte mich aufzurichten, gab aber sofort auf. Ein grausamer Schmerz, wie von einem Axthieb mitten durch den Schädel, ließ mich wimmernd zurücksinken.

»Pst, Füchschen, bleib noch kurz liegen. Alles wird gut.«

»Eda, wir müssen hier weg!« Mein Vater ragte auf einmal neben uns auf.

»Gleich.« Sie legte mir eine Hand auf die Stirn. Ich wurde schläfrig, hörte nur mit halbem Ohr, wie mein Vater auf sie einredete. Schließlich die energische Stimme meiner Mutter. Nein, nicht energisch. Befehlend. Nie zuvor hatte ich sie in diesem Tonfall mit meinem Vater reden hören. »Geh und hilf!« Er widersprach nicht länger, beugte sich zu mir herab, um mich auf den Scheitel zu küssen. Dann verschwand er aus meinem Sichtfeld. Mum half mir dabei, mich aufzusetzen. Mir war schwindlig und übel. »Kjell.« Mum legte meine Hand in Kjells Hand, die meine umgehend fest umklammerte. »Pass auf Alice auf!«

»Das werde ich!«

Sie umarmte mich. »Ich liebe dich, Füchschen!« Keine Ahnung, woher ich es wusste, doch ich spürte, dass sie dabei war, sich zu verabschieden.

»Mum!« Ich klammerte mich an sie. Tränen strömten mir über das Gesicht. »Geh nicht weg!«

»Ich muss deinem Vater helfen, Füchschen, hier sind so viele Kinder. Und auch du musst später da sein, wann immer deine Hilfe gebraucht wird. Es ist unsere Aufgabe, jedes Wesen zu schützen, das schwächer ist als wir. Vergiss das nie!« Sanft machte sie sich von mir los und stand auf.

»Mum!« Mein Hals kratzte von den öligen Rauchschwaden, die über das heißer werdende Dach auf uns zukrochen. Ich hatte nur einen einzigen Gedanken, dass kein anderes Kind auf dieser Welt sie im Augenblick mehr brauchte als ich, doch ich blinzelte und drängte die Tränen beiseite.

»Du bist stark, Füchschen. Stärker, als du denkst. Du schaffst das. Und jetzt hilf ihr hoch, Kjell! Ihr geht da vorne hin.« Sie zeigte zu einer Ecke des Daches, wo sich kaum Leute aufhielten, da alle zur Feuerleiter drängten.

Kjell zog mich auf die Beine und stützte mich, bis der Schwindel nachließ. Er war damals schon fast so groß wie mein Vater, wenn auch längst nicht so muskulös wie heute. Seine Züge waren jedoch noch die eines Jungen. Eines ängstlichen, zu allem entschlossenen Jungen. Ich hörte Sirenengeheul. Erst ganz leise wie ein Wispern, dann wurde es rasch lauter und lauter. Ein ungeheures Gefühl der Erleichterung erfasste mich. Es hielt bis zu der Sekunde, in der ich registrierte, dass meine Mutter in dem wimmelnden Chaos um uns herum verschwunden war.

»Wir müssen sie suchen!« Ich hustete. Der widerlich stinkende Rauch kroch mir in die Nase, in die Augen. Ich kniff sie zusammen und zog ungeduldig an seiner Hand. »Komm schon!«

»Langsam, Alice, oder willst du vom Dach stürzen? Wir sehen fast nichts.«

Doch ich hörte nicht auf ihn. Ich wollte zu meiner Mum, zu meinem Dad und die waren nicht dort, wo meine Mutter uns hingeschickt hatte, sondern da, wo die Schreie immer lauter und panischer wurden. Kjell zog in die eine Richtung, ich in die andere. Eisern umklammerte er meine Hand und da er der Stärkere war, setzte er sich durch. Ich tobte und schrie, doch er zog mich unbeirrt mit sich. Der Qualm wurde dichter. Beide husteten wir wie verrückt. Ich krümmte mich, wollte weder durch den Mund noch durch die Nase einatmen. Es stank. Es brannte in meiner Lunge. Luft! Ich brauchte Luft! In meinen Ohren brauste es und dann wurde mir schwarz vor Augen.

Erst im Krankenhaus kam ich wieder zu mir. Mein Hals war wund und entzündet und ich atmete ein paar Tage Sauerstoff durch eine Maske. Das und eine leichte Gehirnerschütterung, mehr war mir nicht zugestoßen. Kjell war ebenfalls gut davongekommen, hatte nur leichte Verbrennungen an den Waden davongetragen. Es waren nicht mal Narben zurückgeblieben. Als ich aufwachte, saß er neben mir am Bett und hielt meine Hand so fest umklammert, als habe er sie nie losgelassen. Eine mitfühlende Ärztin erklärte mir, dass meine Eltern im Feuer umgekommen seien. Danach war ich lange nicht ansprechbar. Erst später erfuhr ich, dass sie Helden gewesen waren. Irgendwie hatte meine Mutter wohl geahnt, dass der Teil des Daches, an dem sich die Feuerleiter befand, in Gefahr stand einzustürzen. Trotzdem waren sie und mein Vater genau dorthin gegangen. Gemeinsam war es ihnen gelungen, Ruhe in die panische Menge zu bringen und einen Großteil der Leute zu Kjell und mir zu schicken, wo kurz darauf die herangerückten Rettungsfahrzeuge ihre Feuerleitern ausfahren würden. Kjell hatte dafür gesorgt, dass ich unter den Ersten war, die gerettet wurden. Zwanzig Kinobesucher, darunter meine Eltern, starben jedoch in der brodelnden, zischenden Feuerhölle, als ein Teil des Daches einstürzte.

Ein lang gezogenes Hupen riss mich aus meinen Gedanken. Ich merkte, dass ich an einer grünen Ampel stehen geblieben war und drückte aufs Gaspedal. Kalter Schweiß rann mir den Rücken hinab. Ich umklammerte das Lenkrad. Ein paar Mal atmete ich tief durch, um mich wieder zu fangen. Der Regen hämmerte auf das Autodach. Ich mochte das Geräusch. Ich mochte Wasser in jeder Form. Da die Heizung meines betagten T-Modells nicht funktionierte, hatte ich das Gebläse auf höchste Stufe gedreht, dennoch war die Windschutzscheibe beschlagen. Ich kurbelte das Fenster einen Spaltbreit hinunter und beugte mich vor, um die Scheibe mit dem Ärmel meiner Strickjacke abzuwischen. Das war der Moment, in dem die Scheibenwischer ihren Geist aufgaben. Ärgerlich starrte ich die nutzlosen Dinger an, die senkrecht an der Windschutzscheibe aufragten. Kjell lag mir schon lang in den Ohren, das Tee-Mobil, wie ich meine alte Karre liebevoll nannte, durch einen neueren Wagen zu ersetzen, den er mir natürlich schenken wollte. Diesmal ärgerte ich mich nicht, denn mir war mit einem Schlag bewusst geworden, dass er das nur aus Sorge um mich vorgeschlagen hatte. Seit damals auf dem brennenden Dach war Kjell um meine Sicherheit bemüht und dazu zählte in seinen Augen auch, dass ich in einem funktionstüchtigen Auto unterwegs war. Ich fuhr im Schneckentempo weiter, dankbar, weil der Verkehr zu dieser Uhrzeit ein gnädiges Rinnsal war, das um mich herumfloss. Ich lechzte nach der ersten Tasse Tee des Tages, schwarz und stark und so heiß, dass man sich die Zunge daran verbrannte. Als das Metallschild in Sicht kam, auf dem in altmodischer Schrift Wonderland geschrieben stand, wurde mir schlagartig klar, dass mein Morgen weiterhin anstrengend bleiben würde. Ich nahm den Fuß vom Gas, setzte den Blinker und hielt an. Es gab insgesamt zehn nebeneinanderliegende Parkplätze. Auf neun davon parkten seit einigen Wochen die Wagen einer Handwerksfirma, die eine der Wohnungen in den oberen Geschossen des Gebäudes modernisierte. Sie hatten die Parksituation natürlich mit mir abgesprochen. Voraussetzung für meine Zustimmung war allerdings gewesen, dass der Parkplatz direkt vor der Eingangstür für mich frei blieb und sie spätestens am Eröffnungstag verschwunden sein würden. Die Bauleute hielten sich vorbildlich an meine Bedingung. Doch ausgerechnet heute hatte ein fremdes Fahrzeug den Platz besetzt und das, obwohl ein Schild darauf hinwies, dass dies ein Privatparkplatz war. Bei dem Auto handelte es sich um einen ausgemusterten Leichenwagen. Der rechte Kotflügel war eingedellt, ebenso das Blech der Fahrertür. Die gefältelten angegrauten Gardinen auf der Innenseite der Fenster waren bis auf den letzten Spalt zugezogen. Stirnrunzelnd trommelte ich mit den Fingern auf das Lenkrad. Und jetzt? Würde ich irgendwo am Ende der Welt parken und dann alles hierher schleppen müssen? Verdammt! Hinter mir hupte es, ein

Mal, zwei Mal, Dauerton. Fluchend drückte ich den Fuß wieder aufs Gaspedal und kroch halb blind im Schneckentempo vorwärts. Schließlich ergatterte ich einige Straßen weiter einen Parkplatz. Es dauerte eine gefühlte Ewigkeit, bis ich meine Einkäufe ins Wonderland gebracht und eingeräumt hatte. Zwischendurch versuchte ich, Kjell vom Festnetzanschluss im Café anzurufen, erreichte ihn jedoch weder zu Hause noch auf seinem Mobiltelefon.

Schließlich rannte ich ein allerletztes Mal zum Tee-Mobil, um den wichtigsten Karton zu holen. Darin befand sich das Teegeschirr, das ich am vergangenen Wochenende auf einem meiner Lieblingsflohmärkte erstanden hatte. Das hauchfeine Porzellanservice war von allerliebsten Blüten übersät, in Puderrosa, Weiß und Gold und beinhaltete eine bauchige Teekanne, sechs Tassen mit Untertassen und ein Zuckerdöschen. Wie einen kostbaren Schatz trug ich den Karton durch den Verkaufsraum in den Wintergarten, der das Herz meines Cafés bildete. Durchnässt wie ich war, hinterließ ich bei jedem Schritt eine kleine Pfütze auf dem Boden und schon seit einer Weile klapperten meine Zähne vor Kälte. Ärgerlich erkannte ich, dass es nicht mehr nur genügte, Kjell anzurufen und mich dafür zu entschuldigen, dass ich ihn stehen gelassen hatte. Nun musste ich ihn bitten, mir trockene Kleidung vorbeizubringen. Natürlich würde er kommen. Er würde sich sogar ein schadenfrohes Grinsen verkneifen. Danach würde es jedoch schwer werden, ihn wieder wegzuschicken. Ich beschloss, dass dies ein Problem für Später-Alice war. Diese Alice jetzt brauchte erst einmal dringend ihren Morgentee. Ich eilte in die kleine Küche hinter der Backstube und brühte mir einen Earl Grey auf. Die herrlich heiße Tasse mit beiden Händen umfassend, ging ich wenig später in den Wintergarten zurück. An der Stirnseite des Raumes hatte ich eine große Glasvitrine platziert. Hinter den blank geputzten Glastüren würden sich bis zum Abend Papiertüten drängen, befüllt mit einem Sortiment meiner Kekse. Vier weitere kleine Vitrinen standen an einer der Längswände. Eine von ihnen hatte ich mit Gläsern meiner selbst gemachten Marmeladen bestückt, in den anderen waren Teekannen und Teetassen ausgestellt, die meine Gäste erwerben konnten. Dort fand auch das Service vom Flohmarkt seinen Platz. Ich betrachtete es zufrieden. In der neuen Umgebung sah es kostbar aus, ich würde es dreimal so teuer verkaufen können wie zu dem Spottpreis, den ich dafür gezahlt hatte. Zufrieden ging ich zu dem mit mauvefarbenem Samt bezogenen Sofa hinüber. Oberhalb der hohen Lehne hing ein antiker Silberspiegel, ebenfalls ein Flohmarktfund. Er war rechteckig mit an den Ecken geschwungenen Kanten. Je nach Lichteinfall zeigte sich ein filigranes Muster aus dünnen silbernen Linien, die auf der Spiegelfläche eingeätzt waren. Um sich darin zu spiegeln, taugte er nicht wirklich, doch für meinen Zweck genügte es. Ich zupfte das Haarband von meinem Handgelenk, das ich am Morgen im Bad übergestreift hatte, und nahm mein regennasses Haar zu einem Knoten am Hinterkopf zusammen. Dann schloss ich für einen Moment die Augen. Ich lauschte dem Regen, der auf die bleigefassten Glasscheiben plätscherte, ehe er mit einem gemütlichen Gurgeln in der Regenrinne verschwand, und wusste, dass meine Gäste das Geräusch ebenfalls lieben würden. Mit meinem Wonderland hatte ich einen Ort geschaffen, an dem die Menschen so angenommen werden würden, wie sie waren. Hautfarbe? Egal. Nationalität? Egal. Auch egal, ob jemand seinen Burberry Regenmantel an die Garderobe hängte oder, wie ich, in Kleidung aus dem Secondhandladen hereinspazierte. Hier würde nur nach einem einzigen Maß gemessen – nach meinem. Wer nicht auf Vorurteile verzichten konnte und Unfrieden verbreitete, würde sich ein anderes Café suchen müssen. Ich liebte Ruhe, ich liebte Harmonie. Aber nicht um jeden Preis. Die Erinnerung an Kjells Übergriff flatterte in mir auf wie ein aufgeschreckter Vogel. Konnte ich ihm diesen Angriff wirklich verzeihen? Erst nachdem ich die Tasse geleert hatte, war es mir gelungen, das unbehagliche Gefühl zu verscheuchen. Weil ich immer noch fröstelte, ging ich besonders schwungvoll an die Arbeit. Schnell wurde mir warm und zufrieden vor mich hin summend wirbelte ich durch die Backstube. Vielleicht bringt es Unglück, wenn man sich zu sehr auf etwas freut, doch ich konnte nicht anders. Es war einfach großartig! Morgen fing mein neues Leben an.

Ich wusste nur noch nicht, wie neu es tatsächlich sein würde.

Wer fährt schon einen verdammten Leichenwagen?

Der Regen hatte über die vergangenen Stunden nicht nachgelassen und der Himmel versprach jede Menge Nachschub.

Am späten Vormittag gab es jedoch eine kleine Regenpause. Schnell füllte ich einen meiner To-go-Becher aus Bambus, die ich im Laden verkaufte, mit wärmendem Kräutertee. Dann belegte ich rasch vier Sandwiches, die ich mit einem Muffin und einer Serviette in eine mit Wachs beschichtete Papiertüte packte.

Ich schlüpfte in meine immer noch feuchte Strickjacke, schloss den Laden ab und bog links um die Häuserecke. Donner rollte über den Himmel. Das nächste Gewitter in der Reihe stand schon parat. Eilig steuerte ich auf einen Fliederbusch zu, der einen langen Häuserspalt verdeckte. Nachdem ich mich umgesehen und festgestellt hatte, dass mich niemand beobachtete, schlüpfte ich hinter den Busch. Ich spähte in den etwas mehr als handbreiten Spalt und lächelte erfreut. Normalerweise legte ich Jaspers Frühstück auf einem Stapel aufeinandergeschichteter Ziegel ab und hoffte darauf, dass es dank der Wachsschicht auf dem Papier trocken blieb. Nun hatte er aus aufgestellten Holzbrettern eine Art Kasten gebaut. Ein bescheidener Unterstand, unter dem sein Frühstück geschützt war, bis er irgendwann im Laufe des Tages vorbeikommen und es sich holen würde. Eingeklemmt zwischen zwei Ziegel lag die Plastiktüte von gestern. Darin eingewickelt waren mehrere rotbraun glänzende Kastanien. Jasper gab immer etwas zurück. Ich platzierte die mitgebrachte Tüte mit seinem heutigen Frühstück in dem kleinen Häuschen und rannte gut gelaunt ins Wonderland zurück. Die Himmelsschleusen öffneten sich in dem Moment, als ich über die Schwelle hüpfte.

Ich warf einen Blick auf den Anrufbeantworter, für den Fall, dass Kjell sich ausgerechnet in meiner kurzen Abwesenheit gemeldet hatte, was nicht der Fall war. Nachdem ich die Kastanien auf einem der Regale arrangiert hatte, brühte ich mir eine Kanne nach Sommergräsern duftendem Gyokuro First Flush und stellte mich an die offene Ladentür, um dem Regen zuzusehen. Wenn ich nicht gerade mit kaputten Scheibenwischern im Auto saß oder ohne passende Kleidung und Schirm draußen sein musste, liebte ich Regentage eigentlich. Sie luden dazu ein, es sich mit Tee und einem Buch gemütlich zu machen oder sich, wie heute, ordentlich in der Backstube auszutoben.

Fußgänger eilten vorbei, tief geduckt unter ihren aufgespannten Regenschirmen. Irgendwo heulte eine Sirene. In meiner Nase kribbelte es. Prompt nieste ich und beschloss, dass das genug frische Luft gewesen war. Ich wollte die Eingangstür gerade schließen, als ich einen Mann sah, der eiligen Schrittes auf den Leichenwagen zusteuerte. Er trug einen Stapel Bücher unter dem Arm. Sofort war ich wie elektrisiert. Ich beobachtete, wie er den Leichenwagen umrundete, die Tür der Beifahrerseite öffnete und sein Bündel auf den Sitz legte. »Hab ich dich erwischt!« Ich war schon fast zur Tür hinaus, als er die Wagentür zuschlug, sich zu mir umdrehte und nach einem kurzen Moment des Zögerns auf das Wonderland zusteuerte. Erleichtert, weil ich nicht noch einmal nass werden musste, zog ich mich in den Eingangsbereich zurück. Dafür, dass ein halber Ozean über ihm ausgeschüttet wurde, hatte er es nicht besonders eilig. Gut, vielleicht wirkte mein wütender Gesichtsausdruck auch nicht eben einladend. Um ihn nicht gleich wieder in die Flucht zu schlagen, was nur bedeutet hätte, dass ich ihm im Regen hinterherrennen müsste, bemühte ich mich um eine neutrale Miene. An seinem Tempo änderte sich indes nichts, was hieß, dass mir genug Zeit blieb, ihn gründlich zu mustern.

Er trug hellblaue Jeans mit Bügelfalte und einen Trenchcoat, der ihm mindestens eine Nummer zu klein war. Unter den zu kurzen Ärmeln ragten knochige Handgelenke hervor; ich entdeckte keine Uhr, dafür steckte seine linke Hand in einem dünnen schwarzen Lederhandschuh. Und hoppla, was war das? Ich versuchte, nicht allzu offensichtlich hinzustarren, es interessierte mich jedoch brennend, was das für Narben waren, die an der Innenseite seines Unterarms zu sehen waren. Obwohl – Narben waren es eigentlich nicht, eher glich es einer weißen Tätowierung, einer … Rosenranke? Er schien meine unangebrachte Neugierde bemerkt zu haben, denn er zupfte an den Ärmeln herum und als sie einfach nicht länger werden wollten, steckte er die Hände in die Manteltaschen.

Ich ließ meinen Blick zu seinem Gesicht hochwandern. Sein volles Haar war dunkel vom Regen und hing ihm bis auf den hochgeschlagenen Mantelkragen. Merkwürdigerweise hatte er sich eine hellblau verspiegelte Sonnenbrille mit unwahrscheinlich großen Gläsern auf die Nase gesetzt. Hatte er empfindliche Augen oder wollte er nicht erkannt werden? Ich schenkte ihm ein reserviertes Lächeln. »Hallo.«

»Hallo.« Das Lächeln, mit dem er meinen Gruß erwiderte, war viel zu strahlend für jemanden, der von Rechts wegen ein schlechtes Gewissen haben sollte. Ich wartete darauf, dass er etwas sagte, vielleicht sogar mit einer guten Erklärung ankam, warum er gar keine andere Möglichkeit gehabt hatte, als auf einem ausgeschilderten Privatparkplatz zu parken. Als jedoch nichts kam, zog ich die Augenbrauen hoch. »Ja?«

Er räusperte sich. »Die ganze Straße duftet nach frisch Gebackenem.« Er spähte an mir vorbei zur Tür hinein. »Wenn meine Nase mich nicht täuscht, dürfte das hier die Quelle des Wohlgeruchs sein.«

Quelle des Wohlgeruchs? Ich nickte steif.

»Wunderbar.« Sein Lächeln wurde breiter. Rechts und links zeigten sich Grübchen in seinen Wangen. »Darf ich mich ein bisschen im Café aufwärmen?«

»Ich eröffne erst morgen.«

»Wie außerordentlich schade! Man hat mir heute Morgen ein erbärmliches Frühstück serviert. Trocken, dazu völlig geschmacklos.«

Das hörte sich nach Discountbäcker an. Bei der Erkundung der näheren Umgebung hatte ich gleich drei solcher Filialen entdeckt. Fast hätte ich ihn bedauert. Aber nur fast. »Immerhin hatten Sie Frühstück. Mir blieb dafür keine Zeit.« Ich warf ihm einen vielsagenden Blick zu. »Irgend so ein Vollidiot hat meinen Parkplatz besetzt. Den mit dem großen Schild, auf dem Privat steht. Ich musste mehrmals laufen, ehe ich alle Einkäufe im Laden hatte. Jetzt hinke ich mit meiner Arbeit hinterher und werde womöglich erst weit nach

Mitternacht fertig.« Das war ein klitzekleines bisschen übertrieben. Es schadete jedoch bestimmt nicht, ihm die Konsequenzen vor Augen zu halten, die seine Achtlosigkeit zur Folge gehabt hatte.

»Den Idioten habe ich wohl verdient.« Er nickte ernst und schien tatsächlich ein bisschen geknickt zu sein. »Ich hab den Wagen gestern Nacht abgestellt. Ich muss gestehen, dass ich erst seit Kurzem Auto fahre. Vermutlich war ich zu sehr mit diesen ganzen Pedalen und Schaltern beschäftigt, um auch noch auf die Schilder zu achten. Ich entschuldige mich in aller Höflichkeit für die Umstände, die ich verursacht habe.«

Hm. Ich war nicht sicher, ob ich ihm das abnahm. Die Monsterbrille bedeckte sein halbes Gesicht und das erschwerte eine Einschätzung, ich schätzte ihn jedoch auf Anfang dreißig. Dass jemand so spät den Führerschein machte, war ungewöhnlich. Aber immerhin nicht unmöglich. »Na gut. Von mir aus können wir es vergessen.«

»Sehr großzügig.«

Schwang da ein Hauch Ironie mit? Ich sah ihn prüfend an, doch er lächelte mich nur weiter an. Ich erwartete, dass er ging. Er blieb jedoch stehen und etwas an seiner Haltung wirkte auf einmal angespannt. Wegen der Brille konnte ich es natürlich nicht genau sagen, doch ich hatte das Gefühl, dass er auf meinen Hals starrte. Warum hatte ich heute Morgen nicht daran gedacht, mir ein Halstuch umzulegen? Unbehaglich zog ich die Schultern hoch. Fröstelnd rieb ich mir die Oberarme. »Sie sollten jetzt wirklich umparken.« Ich verlieh meiner Stimme einen freundlichen, aber entschlossenen Ton. »Sonst muss ich Sie abschleppen lassen.«

»Mich?«

Ich zog die Augenbrauen hoch.

Er räusperte sich. »Da Sie heute sowieso schon an anderer Stelle geparkt haben, kann ich ebenso gut stehen bleiben, oder nicht?« Er legte den Kopf leicht zur Seite und schenkte mir wieder ein Lächeln, das jedoch verriet, wie unsicher er war. »Außerdem würde ich mich gern nützlich machen. Ich meine, als Entschädigung wegen des Ärgers, den ich verursacht habe. Ich hab den ganzen Tag Zeit. Sie können mir die niedrigsten Arbeiten geben. Gibt es vielleicht Abwasch zu erledigen? Ich könnte auch Müll wegbringen, Möbel rücken … lassen Sie es mich wiedergutmachen.« Er hob die Hand, um sich eine klatschnasse Haarsträhne aus dem Gesicht zu streichen, und jetzt erst wurde mir bewusst, dass er immer noch im strömenden Regen stand. Seufzend gab ich den Weg in den Laden frei. »Kommen Sie herein. Sie können sich aufwärmen und dann sehen wir weiter. Kaffee oder Tee?«

»Kaffee wäre wunderbar!«

Wow, das klang ja sehr enthusiastisch. Jetzt freute ich mich fast, dass ich ihm das Hereinkommen angeboten hatte. Er trat ein und hängte seinen tropfenden Trenchcoat an die Garderobe. Darunter trug er ein weißes bis zum Hals zugeknöpftes Hemd. Die Sonnenbrille behielt er auf, was ich merkwürdig fand, jedoch nicht kommentierte. Während ich hinter der halbhohen Glasscheibe verschwand, die den Verkaufsraum von der Backstube trennte, und die Espressomaschine anschaltete, sah er sich um. »Eine interessante Idee, das mit der Glasscheibe.«

»Ich werde hauptsächlich mit Backen beschäftigt sein und habe zwei Servierkräfte eingestellt. Die Backstube in den Verkaufsraum zu integrieren gibt mir die Möglichkeit, meine Gäste trotzdem kennenzulernen.«

»Das würde mir an Ihrer Stelle auch gefallen.« Er lächelte wieder sein offenes Lächeln, dann drehte er sich ruckartig zu einem der Regale, um die dort ausgestellte Teeauswahl zu begutachten. In einer verstohlen wirkenden Bewegung nahm er die Sonnenbrille herunter, wischte sie an seiner Hemdbrust ab und setzte sie schnell wieder auf, ehe er sich zu mir zurückdrehte. Viel hatte die Aktion nicht gebracht, denn die babyblauen Gläser sahen immer noch nass aus, zudem waren sie nun verschmiert. Ich fragte mich, ob er mir nur deshalb den Rücken zugedreht hatte, damit ich seine Augen nicht sah? Aber warum? Kjell warf mir oft vor, dass meine offensichtliche Neugierde bei Fremden keinen guten Eindruck machte. Also schluckte ich die Frage danach, ob irgendetwas mit seinen Augen nicht in Ordnung war, hinunter und sprach stattdessen etwas Unverfängliches an. »Sie fahren ein sehr ungewöhnliches Auto.«

»Ach ja?«

»Und ob!«

Nach kurzem Nachdenken nickte er bedächtig. »Darüber hab ich nicht nachgedacht. Es schien für meinen Zweck geeignet, das ist alles.«

Nun hätte ich natürlich zu gern gewusst, was für ein Zweck gemeint war, lenkte meine Neugierde jedoch erneut in ruhigere Bahnen. »Also sind Sie nicht in dem Beruf tätig? Ich hab zumindest keinen Schriftzug an dem Wagen gesehen.«

Wieder dachte er kurz nach, ehe er vorsichtig fragte: »Was für einen Beruf hat man denn, wenn man so ein Auto fährt?«

Ich lachte auf. »Na ja, da es sich um einen ausgemusterten Leichenwagen handelt, bieten sich nicht gerade viele Möglichkeiten.«

Er kratzte sich am Kinn und wirkte verlegen. »Ein Leichenwagen. Natürlich, das … stimmt. Ich, äh, nein, ich bin kein Bestatter.«

Konnte es sein, dass er bis eben nicht gewusst hatte, was für ein merkwürdiges Auto er fuhr? Nachdem wir einige Worte gewechselt hatten, war mir mittlerweile auch der leichte Akzent aufgefallen. Womöglich sahen die Leichenwagen da, wo er herkam, ganz anders aus als bei uns. »Sie sind nicht von hier, oder?«

»Nein.«

»Woher dann?«

»Wynterhaav.«

»Nie gehört. Wo liegt das?«

Er schüttelte den Kopf. »Unwichtig.«

Wie schade, dass ich mein Handy nicht dabei hatte, denn nun musste ich mich bis zum Abend gedulden, ehe ich den Namen googeln konnte. Während der Kaffee schwarz und köstlich duftend in die bereitgestellte Henkeltasse lief, häufte ich eine Auswahl an Keksen auf einen Teller und brachte sie ihm. »Greifen Sie zu. Und können wir uns vielleicht duzen?«

»Gern.« Er lächelte erfreut, begutachtete das Angebot und sah dann zu mir auf. »Welche Sorte magst du am liebsten?«

»Die hier.« Ich deutete auf die mit Ingwer.

Er nahm sich einen, brach ein Stück ab und steckte es sich in den Mund. Ein zufriedener Ausdruck breitete sich auf seinem Gesicht aus. »Wo ich herkomme, vertraut man blind darauf, dass das Essen dort am besten schmeckt, wo alle hingehen. Getreu dieser Maxime betrat ich gestern Abend ein belebtes Gasthaus, an dem ich zufällig vorbeikam. Ich bestellte einen Burger, Kartoffelfinger und ein Stück Kuchen. Dazu wollte ich einen Becher Kaffee genießen. Ist dir schon einmal aufgefallen, wie wohlig und zufrieden man sich nach einer guten Mahlzeit fühlt?«

»Natürlich.«

»Gestern war das Gegenteil der Fall. Über Stunden hatte ich das Gefühl, als läge ein fettiger, versalzener Klumpen in meinem Magen.« Er nahm einen weiteren von den Ingwercookies und betrachtete ihn nachdenklich. »Fast noch schlimmer als der Burger war der Kuchen. Dabei sah er so wunderschön aus mit den Zuckerblüten.«

»Zu süß?«

»Richtig. Und zu fettig noch dazu! Vom Kaffee kann ich immerhin sagen, dass er heiß war.«

Ich musterte ihn neugierig. »Gibt es da, wo du lebst, keine Schnellrestaurants?«

»Das hier«, er hielt lächelnd den Ingwercookies hoch und ignorierte meine Frage, »das sind ehrliche Kekse.«

Ich lachte auf. Es war eine charmante Bemerkung und ich hätte nicht erst seine Story von dem Schnellrestaurant hören müssen, um zu verstehen, was er meinte. Die Ingwercookies waren schlicht, Mehl, Butter, Golden Syrup und die Schärfe des Ingwers, kein Chia-Espressokern, kein Walnuss-Cranberrymix, keine Lavendelglasur. Ehrliche Kekse. Doch, ich mochte den Ausdruck. Mein Timer klingelte und ich eilte in die Backstube, um das nächste Blech aus dem Backofen zu ziehen. Als ich wieder zu ihm sah, leckte er sich gerade ungeniert Krümel von den Fingern. Lächelnd brachte ich ihm eine weitere Fuhre Kekse, füllte seine Tasse noch einmal mit Kaffee und schenkte auch mir neuen Tee ein. Spontan beschloss ich, meine Pause ein bisschen zu verlängern. Zum Teil, weil ich mich in seiner Gesellschaft wohlfühlte und dann hatte er meine Neugierde wachgekitzelt. Menschen kennenzulernen und mir ihre Geschichten anzuhören, war einer der Gründe, warum ich mein eigenes Café eröffnen wollte, und bei ihm, das spürte ich überdeutlich, war in dieser Hinsicht etwas zu holen. »Wie lange bleibst du in der Gegend?«

Er hielt sich die Tasse dicht unter die Nase, schnupperte, legte den Kopf schräg, trank einen Schluck und sah dann auf. »Das ist eine andere Sorte als vorhin.«

»Du hast einen guten Geschmackssinn.« Und eine auffallende Neigung, Fragen zu ignorieren, fügte ich in Gedanken hinzu.

Er zuckte die Schulter. »Gewöhnlich sind meine Mahlzeiten einfach gehalten. Daher fällt mir natürlich auf, wenn ich etwas so Gutes bekomme.«

Kjell hatte vor einiger Zeit eine Dose mit seiner sündhaft teuren Lieblingsmischung ins Wonderland gebracht. Bei jedem Besuch war sein erster Gang stets der zu der Espressomaschine. Ich selbst trank selten Kaffee und hoffte, dass ihm nicht auffallen würde, wenn bei seinem nächsten Besuch ein paar Gramm von seinen Edelbohnen fehlten.

In den nächsten Minuten widmeten wir uns schweigend unseren Getränken. Wohin mein Gast schaute, konnte ich wegen der Brille nicht erkennen. Da sein Kopf aber Richtung Schaufensterscheibe gedreht war, nahm ich an, dass er wie ich den Regen beobachtete, der gegen die Scheibe klatschte und in breiten Strömen daran hinablief. Meine entspannte Stimmung hielt an, bis ich den letzten Schluck getrunken hatte. Er hatte den Kopf inzwischen mir zugewandt. Ich stellte die Teetasse auf der Untertasse ab. Es war offensichtlich, dass er statt des Regens nun mich studierte. »Starrst du mich gerade an?«

»Was ist mit deinem Hals passiert?«

Automatisch fuhr meine Hand nach oben, um die Male an meinem Hals zu bedecken. Ich spürte, wie ich rot anlief. Ich setzte meinen besten Verpiss-dich-Blick auf. »Ich wüsste nicht, was dich das angeht.«

»Ich kann das kaum ansehen und mir keine Sorgen machen, oder?«

»Sorgen? Das ist lächerlich. Wir sind Fremde.«

»Wenn man sieht, dass jemand in Schwierigkeiten ist, kümmert man sich. So sehe ich das zumindest«, sagte er.

»Ich bin nicht in Schwierigkeiten.«

»Und wie lässt sich das da dann erklären?«

»Es wird nicht wieder vorkommen.«

»Was macht dich so sicher?«

»Ich bin es eben!«, erwiderte ich.

»Wie ist es passiert?«

»Ich habe ihn erschreckt.«

»Wie das?«

»Er hat schlecht geträumt und als ich ihn dann weckte …« Ich verstummte, als ich den skeptischen Zug um seinen Mund sah. Sollte ich ihm erzählen, dass es noch gar nicht so lange her war, dass ich mit einem Feuerlöscher neben dem Bett geschlafen hatte? Kjell hatte, was unser gemeinsames Kindheitstrauma anbelangte, auch mit mir einige Höhen und Tiefen durchgemacht. Außerdem kannte ich ihn gut. Hinter seinem Angriff steckte keine Bosheit, geschweige denn der Wunsch, mich zu verletzen. »Kjell ist nicht …« Wieder unterbrach ich mich. Mir war aufgegangen, dass es wie eine Rechtfertigung klingen würde, wenn ich meine Gedanken aussprach. »Ich danke dir dafür, dass du dich kümmern möchtest, aber es ist wirklich unnötig. Lassen wir es gut sein.«

»Du entschuldigst sein Verhalten damit, dass es angeblich einen verzeihbaren Grund für seinen Ausrutscher gab. Ich sehe das anders.«

»Ach ja? Bitte lass mich unbedingt deine Meinung dazu hören!«

Leider entging ihm, dass die Bemerkung ironisch gemeint war. »Hätte er in vollem Bewusstsein dessen gehandelt, was er dir antut, wäre sein Angriff nicht minder verachtenswert, doch was man bewusst tut, kann man zumindest kontrollieren. Man kann sein Verhalten ändern. Deinen Worten von vorhin zufolge hast du ihn jedoch erschreckt.« Seine Stimme wurde eindringlich. »Was könnte passieren, wenn du ihn wieder einmal überraschen solltest?«

Der Gedanke war mir im Laufe des Vormittags selbst gekommen, doch ich hatte ihn erfolgreich verdrängt. Und das tat ich jetzt wieder. Der Zorn, den ich deswegen auf mich empfand, schob ich auf diesen Fremden, der so unverfroren war, sich einladen zu lassen, um dann meine Grenzen zu überschreiten. »Es langt!« Mit der flachen Hand klatschte ich so heftig auf die Tischplatte, dass der Löffel in der Zuckerdose klirrend gegen das Porzellan schlug. Ich beugte mich über den Tisch und zischte: »Als jemand, der weder Kjell noch mich kennt, darfst du dir kein Urteil erlauben. Dein Verhalten ist extrem unhöflich.«

Er wirkte entspannt, als er antwortete, wie ein Mann, der selbstsicher davon ausging, dass er im Recht war. »Du kannst über meine Worte gern verärgert sein. Lieber wäre mir natürlich, du würdest erkennen, dass nur Sorge um dich aus mir spricht. Im Augenblick willst du nicht sehen, was offen auf der Hand liegt. Vielleicht denkst du aber später darüber nach und dann war es das wert, dass ich uns den schönen Morgen verdorben habe.«

Ich trat einen Schritt vom Tisch zurück und warf einen auffordernden Blick Richtung Tür. »Ich hab zu tun, wenn es dir also nichts ausmacht, wäre jetzt ein guter Zeitpunkt, um den Wagen wegzufahren.«

»Darf ich austrinken, ehe ich gehe?«

»Von mir aus. Aber schnell!« Innerlich krümmte ich mich. Das Wonderland hatte nicht geöffnet und streng genommen war er noch kein Gast: Mein Ton und überhaupt mein ganzes Verhalten waren jedoch nicht im Rahmen dessen, wie ich normalerweise mit Gästen umging, nicht einmal mit den schwierigen. Ich sagte mir, dass er zuerst angefangen hatte und ich mich nur wehrte. Er machte indes keine Anstalten, die Tasse auch nur anzuheben. Ich warf einen auffordernden Blick in Richtung seiner Kaffeetasse und dann in Richtung Tür.

Subtilität war nicht seins. Er weigerte sich schlichtweg, auf den Hinweis zu reagieren. Höchste Zeit, ihm auf die Sprünge zu helfen. Ich biss mir auf die Lippen, was ihn aus irgend einem Grund zum Lächeln brachte. Dummer Kerl! Mit einem ärgerlichen Schnauben verschwand ich hinter der Verkaufstheke, um eine bereits abgepackte Tüte mit Keksen und einen der Coffee-to-Go-Becher aus Bambus zu holen, die ich an die wiederkehrenden Gäste verkaufen wollte. »Darf ich?« Ich nahm seine Tasse, leerte den restlichen Kaffee in den Bambusbecher und stülpte den Deckel darauf. Ich knallte beides vor ihn hin. Mit gespielt freundlichen Lächeln zog ich seinen Trenchcoat vom Bügel, warf ihn ihm zu und öffnete die Ladentür. »Einen schönen Tag noch.«

Er wirkte eher amüsiert als verärgert, klemmte sich den Trenchcoat jedoch unter den Arm, nahm Becher und Cookietüte und trat vor den Laden. Es regnete immer noch so heftig, dass sein Hemd innerhalb von Sekunden komplett durchfeuchtet war. »Danke, dass ich mich aufwärmen durfte.«

Ich beobachtete ihn und wurde immer zorniger. »Zieh endlich die verdammte Jacke an!«

Demonstrativ hob er beide Hände hoch, in denen er Becher und Tüte hielt. Die Papiertüte hatte große dunkle Flecken. »Ich kann das unmöglich auf den Boden stellen.«

»Gib her!« Ich nahm ihm Kaffee und Kekse ab.

Er schlüpfte in die Jacke und knöpfte sie zu. Untendrunter war seine Kleidung natürlich immer noch nass. Ich mochte mir gar nicht vorstellen, wie ungemütlich sich das anfühlen musste. Ich reichte ihm Kaffee und Kekse. »Gute Weiterfahrt.«

»Oh, ich fahre nicht weg.«

Ich sah ihn ungläubig an. »Ich dachte, es sei klar, dass du nicht auf meinem Parkplatz stehen bleiben darfst!«

»Wir haben uns ja bereits geeinigt, dass du ihn im Augenblick nicht brauchst.«

»Nein, das stimmt so nicht … außerdem ist es auch egal. Es ist mein Parkplatz und du fährst jetzt deine verdammte Karre weg!«

»Tut mir leid, aber ich hab hier noch zu tun.«

Nun hatte ich endgültig genug. »Ich geb dir eine halbe Stunde, dann rufe ich den Abschleppdienst an. Und das gilt auch für morgen und die nächsten Tage. Solltest du jemals wieder einen meiner Parkplätze blockieren, gibt es keine weitere Warnung!«

»Selbst wenn ich als Gast ins Wonderla…«

Ich warf die Tür zu und schnitt ihm damit das Wort ab. Was für ein unmöglicher Mensch! Aufdringlich! Frech! Und undankbar! Bebend vor Wut beobachtete ich durch das Schaufenster, wie er die Tüte in die Jackentasche stopfte, ehe er mit hochgezogenen Schultern zum Auto rannte. Ich schielte zum Telefon. Er hätte es verdient, dass ich jetzt sofort den Abschleppdienst anrief. Mir war allerdings klar, dass meine Wut mehr mit mir als mit ihm zu tun hatte. Ich musste runterkommen und an die Arbeit zurück. Ich rührte mich jedoch nicht von meinem Platz. An der Schaufensterscheibe rann der Regen in breiten Schlieren herab und die Scheiben des Leichenwagens waren beschlagen, dennoch erkannte ich Bewegung im Wageninneren. Neugierde gesellte sich zu meiner Wut. Ich trat näher an das Fenster und kniff die Augen zusammen, um besser sehen zu können. Nach einem weiteren kurzen Moment öffnete sich im Heckteil des Wagens die Gardine einen winzigen Spalt. Was zum Teufel machte er? Beobachtete er das Wonderland? Doch warum sollte er das tun? Unwillkürlich ließ ich meine Hand zu meinem Hals hinauf wandern, strich vorsichtig über die schmerzenden Male. *Er will auf dich aufpassen.* Etwas in mir wusste, dass dieser Gedanke richtig war und auf eine Weise, die ich nicht näher beleuchten wollte, freute mich das. Nachdenklich kaute ich auf meiner Unterlippe herum. Nun, nachdem sich der Zorn allmählich auflöste, pochte das schlechte Gewissen an die Tür. Was hatte er noch mal gesagt? *Wenn man sieht, dass jemand in Schwierigkeiten ist, kümmert man sich. So sehe ich das zumindest.* Sollte ich ihn wieder hereinbitten, ihm vielleicht sogar etwas Warmes zu essen machen? Seufzend nahm ich von der Idee Abstand. Er war ein erwachsener Mann. Wenn er tatsächlich in seinem Auto wohnte, wie ich allmählich zu argwöhnen begann, ging mich das nichts an. Das Einzige, was ich für ihn tun konnte, war, ihn nicht auch noch abschleppen zu lassen. Statt ein paar Eier für die Windbeutel zu zerschlagen, die ich vorbereiten wollte, blieb ich jedoch vor der Schaufensterscheibe stehen, als hätte ich Wurzeln geschlagen. Den restlichen Tag über wog, mischte, raspelte und rührte ich, schmolz Schokolade im Wasserbad, packte später die abgekühlten Kekse in Tüten und versah diese mit Aufklebern in Teekannenform, die der Schriftzug Wonderland zierte. Mit jedem weiteren Blech, das ich aus dem Backofen zog, entspannte ich mich ein Stück mehr, weil es bedeutete, dass ich den Eröffnungstag morgen gemütlich würde angehen können. Ab und zu warf ich einen Blick vor die Tür. Inzwischen hatte er wieder hinter dem Steuer Platz genommen. Der Gedanke, dass er da geblieben war, um auf mich aufzupassen, kam mir inzwischen lächerlich vor. Viel wahrscheinlicher war, dass er zum Warten gezwungen war, weil sich jemand verspätete, den er besuchen wollte.

Es wurde früh dunkel. Der Regen ließ nach. Ehe ich die letzte Runde durch die Backstube drehte, sah ich noch einmal hinaus. Eisiger Wind war aufgekommen. Nur wenige Passanten waren unterwegs. Jeder wollte zu Hause im Warmen und Trockenen sein. Er saß jedoch immer noch in seinem Auto. Erneut packte mich das schlechte Gewissen. Wäre es wirklich so schlimm gewesen, wenn ich ihn zu mir ins Warme geholt hätte? Ja, er hatte mich mit seinen aufdringlichen Fragen verärgert, und dass er immer noch da war, würde wohl jedem zumindest merkwürdig vorkommen. Ich hätte vielleicht beunruhigt sein sollen, doch ich spürte, dass mir von diesem Mann keine Gefahr drohte. Oder war ich mit meinem unbedingten Wunsch, nur das Beste in einem Menschen zu sehen, gefährlich naiv, wie Kjell gern behauptete? In nachdenklicher Stimmung ging ich in die kleine Küche und bereitete einige Sandwiches mit Humus, Gurkenscheiben und gekochtem Ei zu. Ich brühte ein Kanne Kräutertee und ließ einige Scheiben Ingwer darin ziehen. Erst als ich fertig war, stellte ich fest, dass ich Abendessen für zwei gemacht hatte. Lächerlich! Trotzdem marschierte ich gleich darauf mit einem Pappteller und einem weiteren meiner Bambusbecher zum Auto. Ich klopfte an die Fensterscheibe der Fahrerseite. Er kurbelte sie herunter. Das rote Licht der Ampel spiegelte sich in der Sonnenbrille, die er trotz Dunkelheit immer noch trug.

»Hallo!« Er lächelte mich erfreut an.

Kommentarlos reichte ich ihm Teller und Becher, wirbelte herum und stapfte ins Wonderland zurück. Sein hinterhergerufenes »Danke« ignorierte ich. *Wie erwachsen, Alice!* Ich schnaubte. Dann seufzte ich. Lustlos knabberte ich an meinem Sandwich, trank den Tee und fühlte mich kein bisschen besser. Wenn ich mir unsere kleine Auseinandersetzung von vorhin ins Gedächtnis rief, war sein Ton nicht frech gewesen, sondern im Gegenteil ausgesprochen höflich. Höflich und besorgt. Was er wohl von mir dachte? Stirnrunzelnd stellte ich fest, wie wenig mir der Gedanke gefiel, er könne mich als armes blindes Opfer sehen. Kjell und ich waren nach der Eskalation am Morgen relativ schnell zu unserem normalen Verhalten übergegangen. Zu schnell? Doch was hätten wir sonst machen sollen? Uns trennen etwa? Die ganzen Jahre, das Vertrauen, die gewachsene Liebe wegen einer einzigen Entgleisung wegwerfen? Nein. Ich gehörte nicht zu denen, die so leicht aufgaben. Ich aß das halbe Sandwich, dann hatte ich keinen Appetit mehr. Entschlossen drehte ich dem Fremden in seinem Auto sowohl innerlich als auch äußerlich den Rücken zu und wappnete mich für den Endspurt. Noch eine Stunde, höchstens zwei, dann war alles für die Eröffnung bereit.

Sehr spontan und ohne Ring

Gegen zwanzig Uhr flog die Ladentür auf. Kjell stürzte herein. Er schüttelte sich wie ein nasser Hund, war unrasiert, die Augen blutunterlaufen. »Hey.«

»Hey, du bist ja klatschnass! Bist du etwa hergelaufen?«

»Bin ich. Vielleicht hab ich mir einen tödlichen Schnupfen geholt.« Er bedachte mich mit dem Blick eines waidwunden Rehs, was irgendwie niedlich war bei so einem Schrank von einem Mann. Irgendetwas umschwirrte ihn, was zusammen mit ihm zur Tür hereingekommen war. Eine Wespe? Verwundert sah ich dem Insekt hinterher, wie es in Richtung Backstube davon schwirrte. Eigentlich war es für Wespen zu spät im Jahr und lange würde sie wohl nicht mehr leben. Ich freute mich, dass das arme Tierchen seine letzten Tage hier bei mir im Warmen verbringen konnte. Kjell hatte sich unterdessen ein Geschirrtuch geschnappt und rubbelte sich die Haare trocken. Als er fertig war, fiel sein Blick auf meinen Hals. Sämtliche Farbe wich aus seinem Gesicht. Ich wusste warum, der kleine Spiegel in der Toilette hatte mir gezeigt, dass die Flecken über die vergangenen Stunden grünblau geworden waren. Es sah absolut verboten aus. »Herrje, Alice! Es tut mir so verdammt leid! Hast du jetzt Angst vor mir?«

»Nein!«

»Warum hast du mich dann heute Morgen im Regen stehen gelassen? Wortwörtlich übrigens.«

»Weil ich besser vorankomme, wenn ich allein bin.«

Sein Blick flog zu den beiden Tassen auf dem Stehtisch, die ich noch nicht abgeräumt hatte. »Offenbar hattest du aber trotzdem Gesellschaft.«

»Nur kurz.«

»Wer?«

»Ein Gast.«

»Du hast noch gar nicht geöffnet.«

»Ich weiß, Kjell.«

»Mann oder Frau?«

»Wie bitte? Was macht das für einen Unterschied?« Es fiel mir schwer, nicht schon wieder wütend zu werden. Zurzeit war wirklich der Wurm drin in unserer Beziehung.

»Und wegen heute Morgen. Du hättest mir sagen können, dass du deine Ruhe willst. Ich wäre nicht böse gewesen. Du hast mich jedoch wie einen Idioten stehen lassen. War das eine Art Rache? Soll ich begreifen, dass ich dir nicht mehr wichtig bin?«

»Nein, natürlich nicht! Ohne dich zu fahren war ein spontaner Entschluss und ich hätte dich ja gleich angerufen, aber das Handy steckt wohl immer noch in der Ladeschale. Du kennst mich, ich vergesse es ständig …« Ich schloss mit einem genervten Seufzer.

»Ich will dich nicht schon wieder ärgern, Schatz, ich bin um unsere Beziehung besorgt. Als das heute Morgen geschah … ich war nicht bei mir. Ich hab noch nie etwas getan, was mir so verdammt leidtut!«

»Mit uns ist alles in Ordnung.« *Wen lügst du gerade an?* Ich verpasste meiner inneren Stimme einen Knebel. »Vergessen wir es.«

Kjell sah nicht so aus, als ob er überzeugt wäre, doch er bohrte nicht nach und hängte endlich seinen Trenchcoat an die Garderobe. Anschließend zog er eine zusammengefaltete Tageszeitung aus der Innentasche und legte sie neben die beiden leeren Tassen. Ernst deutete er auf die Schlagzeile auf der ersten Seite. »Das solltest du lesen.«

»Worum geht es?«

»Die Entführungen. Wir haben darüber gesprochen, weißt du nicht mehr?«

Nun wurde ich aufmerksam. Kjell las mir oft aus der Zeitung vor. Meistens lag ich dabei auf dem Sofa, meine Füße in seinem Schoß, die er mit sanftem Druck so lange massierte, bis ich fast wie Lewis zu schnurren anfing. In dem Gespräch, auf das er anspielte, war es um die fünf Frauen gegangen, die seit Anfang des Jahres in London entführt worden waren. Ernst fuhr er fort: »Sie müssen verzweifelt sein, denn sie haben sich entschlossen, einige sehr beunruhigende Informationen herauszugeben. Anscheinend sind alle Opfer rothaarig.«

»Kein Scherz?«

»Als würde ich über so etwas scherzen, Alice!«

Der Leichenwagen. Er wäre perfekt, um jemanden zu entführen. Stand er noch draußen? Mein Blick schoss zum Fenster. In der reflektierenden Schaufensterscheibe sah ich jedoch nur Kjells und meine Silhouette. Dann rief ich meine aufgescheuchten Gedanken wieder zur Ruhe. Nein, natürlich war genau dieses Fahrzeug nicht geeignet. Und zwar aus demselben Grund, warum höchstwahrscheinlich auch kein Detektiv darin saß. Ich hätte wetten können, dass jeder in der Straße berichten konnte, dass heute den kompletten Tag über ein ausrangierter Leichenwagen vor dem Wonderland geparkt hatte. Welcher Entführer hinterließ freiwillig solche Hinweise?

In meine Überlegungen vertieft hatte ich nicht mitbekommen, dass Kjell weitergesprochen hatte. Er räusperte sich. »Hörst du mir zu, Alice? Das ist wichtig.«

»Ich war gerade in Gedanken. Entschuldige. Sagst du es noch mal?« Ich ging in die Backstube, um auch ihm einen Teller mit Keksen zu bringen. »Kaffee?«

»Espresso und eine Tasse Tee.«

Ich lächelte in mich hinein und war sicher, dass Kjell, der nie Tee trank, nur deshalb eine Tasse wollte, um auf irgendeine Weise eine Verbindung zu mir zu schaffen. Der Tee in der Kanne, den ich zuvor aufgebrüht hatte, reichte noch für zwei. Ich schenkte uns ein und brachte die Tassen zum Tisch und ging dann zur Espressomaschine. »Also?«

»Ich hab dein Auto nicht gesehen.«

»Ich hab in einer Nebenstraße geparkt.«

Er sah mich irritiert an. »Wieso das?«

»Weil alles voll war.«

Sein Stirnrunzeln vertiefte sich. »Etwa die Jungs von der Baufirma? Ich werde …«

Ich unterbrach ihn rasch. »Nein. Es war ein Fremder und es ist jetzt auch egal. Erzähl, was noch in der Zeitung steht.«

»Anscheinend sind die Frauen alle ungefähr in deinem Alter.« Er sah auf. Eine steile Falte erschien über seiner Nasenwurzel. »Das gefällt mir gar nicht.«

»Nein. Mir auch nicht.« Ich brachte Kjell seinen Espresso. Ein Gefühl namenloser Angst kroch in mir hoch. Es galt jedoch nicht meiner eigenen Sicherheit. Wo waren diese armen Frauen? Was war mit ihnen geschehen? Tränen stiegen mir in die Augen. »Denkst du, sie leben noch?«

»Ich hoffe es.« Kjell hatte weder seinen Espresso noch seinen Tee angerührt. Er trat um den Tisch zu mir. »Komm her.« Ich ging zu ihm. Er schloss mich in die Arme und wie immer durchströmte mich augenblicklich ein intensives Gefühl von Geborgenheit, seine spezielle Kjell-Magie. Er vergrub seine Nase in meinem Haar und murmelte: »Ich werde nicht zulassen, dass du entführt wirst.« Er nahm mein Gesicht in beide Hände und sah ernst zu mir hinunter. »Ich würde für dich töten, Alice.«

Ich gab einen erschrockenen Laut von mir. »Sag so etwas nicht!«

»Ich weiß, wie sich das in deinen Ohren anhört. Doch darüber werde ich nicht lügen. Du bist alles, was in meinem Leben zählt, Alice. Ich darf dich nicht verlieren.«

Die Leidenschaft, die in seinen Worten mitschwang, berührte mich tief. Gleichzeitig fand ich seine Reaktion ein bisschen zu dramatisch. Für mich töten? Würde ich das umgekehrt auch für ihn tun? Ich konnte ja nicht einmal einer Fliege etwas zuleide tun und das war wortwörtlich gemeint. Vorsichtig, weil ich nicht wollte, dass er sich erneut zurückgewiesen fühlte, löste ich mich aus seiner Umarmung. Ich massierte meine Schläfen, doch ich ahnte schon, dass es auf Kopfschmerzen hinauslaufen würde, wie so oft in letzter Zeit. Ich war einfach überanstrengt. Wie zur Bestätigung durchlief mich ein Schauder und ich nieste zwei Mal. Großartig. Mit einer Serviette putzte ich mir die Nase und sah dann zu Kjell. »Weshalb hat der Entführer es gerade auf Rothaarige abgesehen, was meinst du?«

Er ging zurück zu seinem Platz. Während er nachdachte, massierte er seinen Nasenrücken. »Jemand mit einem Fetisch für rotes Haar? Ein Psychopath?«

Ich schüttelte abwehrend den Kopf. Das gehörte in einen Thriller. Im echten Leben waren die Motive vermutlich simpler; Eifersucht, Habgier, Wut, etwas in der Art.

»Vielleicht hast du recht. Wir können nur spekulieren.« Kjells Stimme klang ruhig, doch ich sah, wie er ein ums andere Mal die

Zeitung zusammenrollte und wieder entrollte. Als er meinen Blick bemerkte, hörte er damit auf. »Wie auch immer. Morgen früh fahr ich dich.« Er sah mich ernst an. »Bis sie den Verrückten geschnappt haben, gehst du nicht mehr allein aus dem Haus.«

Ich hasste es, wenn er diesen Ton anschlug, als könne er mir ernsthaft befehlen, was ich zu tun hatte. »Kjell, das hier ist eine belebte Gegend mitten in London.«

»Ach ja? Das mag an einem schönen Sommerabend zutreffen. Hast du in der letzten Stunde einmal hinausgeschaut?«

Er hatte recht. Nur wer keine andere Wahl hatte, ging bei diesem Wetter vor die Tür. »Normalerweise hab ich nur zwei Schritte vom Auto bis hinein. Dass ich heute woanders parken musste, ist eine Ausnahme.«

»Eins der Opfer verschwand aus einem Restaurant. Sie ging auf die Toilette und kam nie zurück.«

»Steht das auch in der Zeitung?«

Er nickte düster und mich durchlief ein Schauder. Plötzlich richtete sich seine Aufmerksamkeit auf etwas in meinem Rücken. »Ist es nicht schon zu kalt für die Viecher?«

Da ich zuvor denselben Gedankengang gehabt hatte, wusste ich sofort, wovon er sprach. In Gedanken war ich damit beschäftigt, mir das Szenario vorzustellen, das er mir gerade geschildert hatte. Entführt aus einem Restaurant? Das schien mir beinahe undenkbar. Zu spät erkannte ich daher, was er zu tun beabsichtigte und schon sauste sein mit der Zeitungsrolle verlängerter Arm durch die Luft. Etwas kleines schwarz-gelb Gestreiftes taumelte zu Boden.

Traurig sah ich auf die Wespe hinunter. Sie lag auf dem Rücken. Ein Beinchen zuckte. »Warum hast du das nur gemacht?«

»Weil es sich höchstwahrscheinlich um eine Königin handelt. Hättest du gern im nächsten Frühjahr ein Wespennest im Rollladenkasten? Das hier ist ein Café. Es kann nicht in deinem Sinne sein, eine Wespeninvasion zu dulden.« Er trat vor und ich wusste augenblicklich, dass er vorhatte, auf das hilflose Wesen zu treten.

Ich stieß ihn beiseite und blitzte ihn zornig an. »Wage es nicht!«

»Es ist ein Insekt, Alice. Es hat nicht einmal genug Gehirn, um etwas von seinem Tod zu bemerken.«

»Das weißt du nicht.« Ich riss ein Eck von der Zeitung ab, schob es vorsichtig unter die Wespe. Das arme Ding krabbelte ein Stück und bewegte sich dann nicht mehr. Obwohl es vermutlich zu spät war, nahm ich meine improvisierte Bahre auf, ging damit in den Wintergarten und platzierte sie auf einem der Bistrotische. Anschließend holte ich ein bisschen Kirschmarmelade auf einem Teelöffel und legte ihn dicht neben die Wespe auf das Papier. Sie rührte sich nicht. Ich war so wütend auf Kjell, dass ich am ganzen Körper bebte.

»Komm raus und lass uns darüber reden.«

Ich schwieg.

»Alice …«

»Gleich.« Tränen brannten in meinen Augen. Die Missstimmung, die in letzter Zeit immer wieder zwischen uns aufflammte, stresste mich. Dabei war ich vorhin in seinen Armen beinahe geschmolzen vor Wonne. Ich streckte die Hand aus und beobachtete das Zittern, in dem sich meine innere Anspannung manifestierte. Wie ließ sich dieser ständige Gefühlsumschwung erklären? Liebe, Verlangen, Abneigung, Wut, zwischen diesen gegensätzlichen Polen vibrierten meine Nerven seit Monaten und ich wurde immer empfindlicher. Oder war das normal? Ich hatte nur wenige Erinnerungen an meine Eltern, doch ich erinnerte mich, dass auch zwischen ihnen manchmal laute Worte gefallen waren. Trotzdem waren sie so glücklich miteinander gewesen, wie man nur sein konnte. Es kam eben darauf an, wie man mit dem unweigerlichen Stress in einer Beziehung umging. An jeder Beziehung musste man arbeiten.

»Kommst du?« Kjell klang traurig und gereizt zugleich. Er verstand einfach nicht, wo mein Problem war. Ich hatte keine Lust, zu ihm zu gehen, es war jedoch spät und ich konnte nicht ewig hier drinnen schmollen. Also ging ich in die Backstube zurück. Ich blickte ihm fest in die Augen. »Mach das nicht noch einmal, sonst haben wir ein ernsthaftes Problem.«

»Ist in Ordnung.« Kjells Miene wirkte unglücklich. »Eigentlich bin ich gekommen, um vor dir zu Kreuze zu kriechen und nicht, um erneut einen Streit anzufangen.« Er machte Anstalten, mich in die Arme zu ziehen, doch ich wich aus. Betroffen sah er mich an. »Stoß mich nicht immer wieder zurück, Alice. Das tut verdammt weh!«

»Ich kann dich nicht umarmen, wenn ich wütend bin.«

Er nickte unglücklich. »Kannst du meine Hand halten?«

»Nein.«

»Alice …«

»Was stellt dich über die arme Wespe? Wie kannst du einfach entscheiden, dass sie sterben soll?«

Er starrte mich an und sein Ausdruck änderte sich. Ich hatte das Gefühl, dass er innerlich vor Zorn kochte. In mir sah es jedoch nicht anders aus. »Was diese Sache angeht, gibt es für mich nichts zu diskutieren.«

»Gut. Das ist in Ordnung.« In unserer Beziehung war es Kjell, der sich besser beherrschen konnte. Während in mir noch der Zorn kochte, wurde sein Blick bereits wieder sanft. Der harte Zug um seinen Mund verschwand. »Friede?«

Ich zuckte die Schultern. Mein Herz pochte schmerzhaft. Diese Auseinandersetzung kostete mich mehr Kraft als jeder Streit zuvor, den wir gehabt hatten.

»Hör zu, Alice.« In seinen Augen lag unendliche Traurigkeit. »Du hast recht mit der Wespe und ich liebe dich gerade dafür, dass du jedes Lebewesen beschützen willst. Ich liebe dein großes Herz. Ich verstehe nicht, woher dieser Impuls eben kam.« Er schluckte hart und musste sich räuspern, ehe er fortfuhr. »Ich bin oft wütend, wirklich schrecklich, schrecklich wütend und es fällt mir dann schwer, mich zu beherrschen.«

So offen, so verletzlich hatte Kjell sich noch nie gezeigt. »Meinst du das ernst?«

»Absolut. Ich werde nie wieder nach einer Wespe oder einem anderen Insekt schlagen. Ich werde eine Weile brauchen, bis ich auf Fleisch verzichten kann, und um ehrlich zu sein, was das anbelangt, bin ich nicht sicher, ob ich es tatsächlich hinbekomme. Aber ich verspreche, dass ich es ernsthaft versuchen werde. Und wegen der anderen … Sache. Ich werde eine Therapie machen, wie du vorgeschlagen hast.« Er trat wieder zu mir, ganz nahe. »Darf ich dich anfassen? Bitte?«

Ich ließ zu, dass er die Arme um mich schloss. Sofort ging es mir besser. Mein Herzschlag beruhigte sich, alles Schwere fiel von mir ab. »Wie machst du das nur immer?«

»Was?« Federleicht strich er mit dem Handrücken über meine Wange.

»Dass ich mich in deinen Armen so wohlfühle.«

Er lächelte mich zärtlich an. »Das ist unsere gemeinsame Magie, was sonst?«

Ich schmiegte mich an ihn und genoss das Wohlgefühl, das mich durchströmte. Kjell gab mir einen Kuss auf die Nasenspitze und strich mir mit seinen großen warmen Händen langsam den Rücken hinab, was einen wohligen Schauer nach dem anderen durch meinen Körper schickte. Alles in mir schrie danach, mich fallen zu lassen, doch eben hatte er zum ersten Mal seit Langem eine Tür in sein Inneres für mich geöffnet und das mussten wir für unsere Beziehung nutzen. »Wir sollten Regeln festlegen.«

»Und was genau?«

Ich hob den Kopf, damit ich ihn ansehen konnte. »Keine Zigaretten in der Wohnung, nicht einmal wenn Gäste da sind. Keine Jagd auf Insekten und kein Fleisch im Kühlschrank. Als Ausgleich kotze ich dir nicht auf den Teller, solltest du dir im Restaurant in meiner Gegenwart ein Steak bestellen.«

Er grinste. »Das ist deiner Ansicht nach eine faire Aufteilung?«

»Japp.«

Kjell brach in Lachen aus. »Ich liebe dich, Alice! Also gut, niemand wird jemals wieder in der Wohnung rauchen. Die Sache mit den Insekten habe ich ja bereits versprochen. Für die Sache mit dem Fleisch im Kühlschrank hab ich sogar die perfekte Lösung.«

»Ich bin gespannt.«

»Um ehrlich zu sein, hab ich mir deswegen schon seit einer Weile Gedanken gemacht.«

Ein prickelndes Glücksgefühl stieg in mir auf. Die Unsicherheit über meine Gefühle, die mich nun seit Wochen begleitet hatte, löste sich endgültig auf. Ich wusste wieder ganz genau, warum wir ein Paar waren.

»Alice! Baby, wo bist du mit deinen Gedanken?« Kjell lächelte auf mich hinab. Ich suchte seinen Blick, hielt mich daran fest. Er war alles, was ich noch hatte, er war meine Familie. Ich presste mich an ihn. »Ich liebe dich!«

»Ach, mein Schatz. Mein süßer Engel, und ich dich erst.« Seine Stimme war ein bisschen kratzig, wie immer, wenn er versuchte, seine Gefühle zu kontrollieren. Er räusperte sich. »Wie würde es dir eigentlich gefallen, morgens in zwei, höchstens drei Minuten bei der Arbeit zu sein?«

»Gut.« Ich wischte mir mit dem Handrücken eine Träne von der Wange und sah ihn forschend an. »Warum fragst du?«

»Ist dir aufgefallen, dass deine Parkplätze in den letzten Wochen von einer Baufirma besetzt waren?«

Ich schnaubte. »Machst du Witze?«

»Die Jungs sind in meinem Auftrag hier.« Kjell ließ mich los und kramte in der Tasche seiner Jeans. Er zog einen Schlüsselring hervor und hielt ihn mir vor die Nase. »Ich hab für uns eine der Wohnungen sanieren lassen.«

»Du hast, was?«

Er strahlte mich an. »Die Inneneinrichtung überlasse ich dir. Ich kann mit deiner Mischung aus Samt und Flohmarktgeschirr leben, aber du vermutlich nicht mit Glas und Edelstahl, was meine Wahl wäre.« Er blickte mir tief in die Augen. »Das Einzige, auf das ich bestehe, ist ein breites Bett.«

Mit einem ungläubigen Lachen nahm ich den Schlüssel entgegen. »Das ist verrückt.«

»Wenn du nicht so weit fahren musst, können wir morgens länger im Bett bleiben. Ich finde, das ist die winzige Summe von zweieinhalb Million wert.«

»Wie bitte?« Mit einem unguten Gefühl im Bauch stellte ich fest, dass mir bis eben nicht einmal bewusst gewesen war, wie reich Kjell tatsächlich war. Ich wusste natürlich, dass seine Beraterfirma gut lief, trotzdem hätte ich nicht erwartet, dass er einfach mal so zweieinhalb Millionen für eine Wohnung freimachen könnte. »Woher hast du das Geld? Du machst doch nicht irgendwelche krummen Dinger, Kjell?«

Kjell zuckte lässig die Schultern. »Ob das, was ich tue, deinen hohen moralischen Ansprüchen gerecht werden würde, bezweifle ich. Allerdings bewege ich mich strikt innerhalb des Gesetzes.«

»Trotzdem. Es ist so viel Geld.«

»Die Wohnung ist eine hervorragende Geldanlage. Sie ist zweihundertfünfzig Quadratmeter groß und da du immer so eisige

Füße hast, hab ich eine Fußbodenheizung einbauen lassen. Auch sonst haben wir nur Technik vom Feinsten, ich kann fast alles vom Handy aus steuern. Rollladen, Heizung, sogar die Musikanlage und das Licht. Weißt du aber, auf was ich mich am meisten freue?«

Ich merkte, wie verkrampft mein Lächeln war. »Auf was?«

»Darauf, mit dir auf der Dachterrasse im Jacuzzi zu sitzen.« Er grinste stolz. »Falls du aber partout nicht willst, werde ich sie vermieten.«

»Nein! Das hört sich großartig an.« In Wirklichkeit fand ich das gar nicht. Es machte mir sogar Angst. Wenn ich kalte Füße hatte, genügten mir Wollsocken und Lewis, der sich an mich kuschelte. Doch ich sagte mir, dass auch ich einmal bereit sein musste, über meinen Schatten zu springen. Seit wir zusammenwohnten, hatte Kjell nicht ein Wort darüber verloren, dass ihm die Wohnung zu klein wäre. Er hatte akzeptiert, dass ich meinen Anteil daran bezahlen wollte und da ich mir mehr nicht leisten konnte, lebten wir eben vergleichsweise bescheiden. Verdammt. Zweihundertfünfzig Quadratmeter! Das war schon beinahe pervers. Wer bitte sollte das putzen?

»Es wird wunderbar.« Kjell vergrub seine Hände in meinem Haar.

»Ja.« Ich drängte meine Zweifel beiseite und schmiegte mich an ihn.

»Ich liebe dich so sehr.«

»Ich dich auch.« Eine heiße Glückswelle überspülte mich. Ja, wir hatten manchmal unsere Schwierigkeiten, aber wir würden für immer zusammen sein.

»Freust du dich wirklich?«

Als Antwort saugte ich an seiner Unterlippe, was ihm ein leises Stöhnen entlockte.

»Gut, weil … da ist noch etwas.«

Alarmiert sah ich zu ihm auf.

»Ich werde bald für einen Job ins Ausland gehen müssen.«

»Okay? Lass hören.«

Er kratzte sich hinter dem Ohr. »Na gut, also, meine aktuell wichtigste Kundin besteht darauf, von Angesicht zu Angesicht mit mir zu verhandeln. Telefonkonferenzen sind nichts für sie.«

Ich nickte verständnisvoll. »Dann ist sie schon älter?«

»Eher ein wenig jünger als du.«

Völlig überraschend durchzuckte mich ein Gefühl von Eifersucht. Ich schob es sofort beiseite. Niemandem auf der Welt vertraute ich mehr als Kjell. »Wirst du ein paar Tage weg sein? Oder für ein paar Wochen? Von was für einem Zeitraum sprechen wir?«

»Ich weiß es nicht. Es hängt von Faktoren ab, auf die ich nur wenig Einfluss habe.« Kjell wirkte auf einmal nervös. Er nahm meine Hand. »Unser Streit heute hat mich erschüttert.«

»Geht mir genauso.«

»Alice, mein Liebling.« Er ging auf ein Knie und sah ernst zu mir auf. »Möchtest du mich zum Mann nehmen?«

Schlagartig wurde mir heiß.

Kjell sah mich erwartungsvoll an.

Ich lachte nervös auf und fächelte mir mit der Hand Luft zu. »Wow, zwei Überraschungen an einem Tag!«

Kjell sah mich erwartungsvoll an, dann schlug er sich gegen die Stirn. »An dieser Stelle zückt man normalerweise den Ring, oder?« Nervös klopfte er alle Taschen ab. Ich sah ihm zu, lächelte ein wenig verkrampft und fragte mich, wie das damals bei meinen Eltern gewesen war. Bestimmt hatte meine Mutter meinen Vater nicht einmal aussprechen lassen, ehe sie ihr Ja gehaucht hatte. Weshalb zum Teufel ließ ich ihn überhaupt nach dem dämlichen Ring suchen? Doch ich schwieg und endlich gab er auf. Er räusperte sich verlegen. »Seit Wochen bereite ich mich darauf vor und jetzt hab ich es total vermasselt.« Seine Hand umklammerte meine mittlerweile so fest, dass es schmerzte.

»Kjell?«

»Ich bin so ein Idiot.«

»Kjell!«

Endlich war ich zu ihm durchgedrungen. »Ja?«

»Ich möchte dich heiraten. Aber wenn es geht, mit heilen Knochen.«

Erleichtert strahlte er mich an. »Was meinst du?«

»Du gibst gerade dein Bestes, um meine Hand zu zerquetschen.«

»Entschuldige!« Mit einem befreiten Lachen sprang er auf die Füße. »Also war das ein Ja?«

»Ja.« Lachend schüttelte ich meine Finger aus. Die Zweifel waren so gründlich weggewischt, als wären sie nie da gewesen. »Natürlich will ich dich heiraten!«

Wir sahen einander in die Augen und dann küssten wir uns und zum ersten Mal seit sehr langer Zeit war zwischen uns nichts als Liebe.

Es war Kjell, der sich von mir löste. Er stürzte den inzwischen sicher kalten Espresso hinunter und ließ den Tee folgen. Dann nahm er das Geschirr und brachte es zur Spüle. »Wie lange brauchst du noch?«

»Ein paar Minuten. Hat der Regen eigentlich aufgehört?«

Er öffnete die Ladentür und spähte hinaus. »Klarer Himmel, Sterne. Die perfekte romantische Nacht wartet auf uns. Was hältst du davon: Wir holen deinen Hochzeitskarton unter dem Bett hervor, kuscheln uns zusammen und schauen ihn durch.«

Ich strahlte ihn an. »Das ist die beste Idee, die du je hattest, aber können wir das noch ein paar Tage verschieben? Ich bin hundemüde und morgen …«

»Ist dein großer Tag, ich weiß. Wo steht dein Wagen noch mal?«

Ich beschrieb ihm den Weg.

»Ich mach einen kleinen Umweg zum Kiosk um die Ecke und hol mir die Abendzeitung. Vielleicht ist ein Wunder geschehen und sie haben den Entführer geschnappt. Brauchst du noch was?«

»Kommst du an einer Apotheke vorbei? Halsbonbons und Nasenspray wäre toll. Ich glaube, ich hab mich am Morgen erkältet.«

»Das besorge ich dir, kein Problem.« Kjell musterte mich mit ernster Miene. »Ohne mich gehst du aber nicht vor die Tür, verstanden? Niemand weiß, wo sich dieses Arschloch rumtreibt.«

Ich nickte, wenn auch widerwillig. Schlimme Dinge geschahen ständig. Man konnte sich sowieso nicht davor schützen. Man war nicht einmal dann sicher, wenn man an einem hellen sonnigen Nachmittag mit seinen Eltern ins Kino ging.

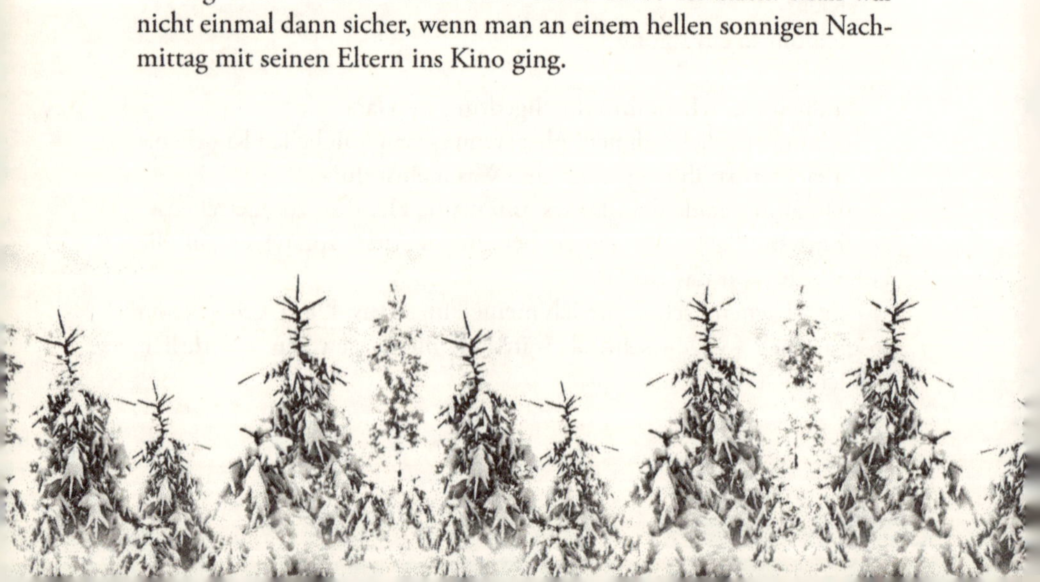

Du sollst keinen Tee von Fremden trinken

Das restliche Geschirr war im Handumdrehen gespült und anschließend hatte ich nichts mehr zu tun. Kjell würde mindestens zwanzig Minuten brauchen, bis er zurück war, vielleicht sogar länger, falls er nicht gleich eine Apotheke fand. Ich ging in den Wintergarten, um nach der Wespe zu sehen. Sie rührte sich nicht, doch ich hatte das Gefühl, dass sie ein Stückchen näher am Marmeladenlöffel lag als zuvor. Müde ließ ich mich aufs Sofa plumpsen. Das stellte sich jedoch als schlechte Idee heraus. Ich war so erledigt, dass ich beinahe im Sitzen eingeschlafen wäre. Grummelnd rappelte ich mich auf und trottete in den Verkaufsraum zurück. Ich gähnte und beschloss, dass es besser war, an der frischen Luft auf Kjell zu warten. Nicht einmal er würde etwas dagegen sagen können, wenn ich mich in unmittelbarer Nähe zur Eingangstür aufhielt. Ein weiteres Gähnen unterdrückend schlüpfte ich in meine Strickjacke, knöpfte sie bis obenhin zu, öffnete die Tür und atmete dann in tiefen Zügen die erfrischende Abendluft ein. Die Fahrzeuge der Baufirma waren wie erwartet verschwunden. Der Leichenwagen stand nach wie vor auf meinem Parkplatz und leider hatte ich das ebenfalls erwartet. Nur wenige ärgerliche Schritte und ich war an der Fahrertür. Genervt klopfte ich mit dem Fingerknöchel gegen die Scheibe. Das Glas war beschlagen, dennoch hätte ich es sehen müssen, wenn sich im Inneren etwas gerührt hätte. Mein Gefühl sagte mir, dass der Wagen morgen früh immer noch da stehen würde. Super! Das hatte ich davon, dass ich so gutmütig gewesen war. Einem Impuls folgend griff ich nach dem Türgriff und zog daran. Zu meiner Überraschung war die Fahrertür nicht abgeschlossen. Ich zog sie auf und spähte hinein. Auf dem Beifahrersitz entdeckte ich ein aufgeschlagenes Taschenbuch. Quantenphysik. Aha. Direkt daneben lagen die Wonderland-Papiertüte und der Coffee-to-go-Becher sowie ein Fernglas. Hinter mir war ein lautes Rasseln zu hören. Kjell hatte mir mit dem Entführer so Angst gemacht, dass ich einen Schreckensschrei ausstieß und herumwirbelte. Es dauerte einige schreckensstarre Sekunden, bis ich realisierte, woher das Geräusch stammte. Es war der Rollladen des Blumenladens, der eben mit Getöse nach unten fuhr. Ich lachte erleichtert auf. Offenbar waren meine Nerven etwas überreizt. Wieder mutig geworden, ging ich zum Heck. Ehe ich darüber nachdenken konnte, ob es nicht eine ausgesprochene Dummheit war, hatte ich bereits die Hand am Griff.

Im Wageninneren roch es intensiv nach nassem Hund, und wie ich es befürchtet hatte, wohnte der Mann offenbar in seinem Auto. Unmittelbar hinter den Fahrersitz lag ein aufgeklappter Koffer, darin befanden sich, ordentlich zusammengelegt, T-Shirts, Hosen und Pullover. Obenauf lag ein Paar Socken. In der Dunkelheit leuchteten die darauf aufgedruckten neongrünen Flamingos. Lächelnd ließ ich den Blick weiter durch das Wageninnere gleiten.

Ich entdeckte einen Campingkocher, zwei Töpfe, einen Teller, Besteck und mehrere Dosen, vermutlich Suppe oder Eintopf. Ein Schlafsack lag ordentlich zusammengerollt auf einer Isomatte. Daneben stapelten sich zerlesene Bücher. Ganz wie bei mir zu Hause. Nachdem ich das alles gesehen hatte, konnte ich ihm nicht mehr böse sein. Vielleicht war er einfach nur pleite, hatte kaum noch Sprit im Tank und musste zuerst irgendwoher Geld herbeischaffen, ehe er fortfahren konnte? Ich beschloss, dass ich ihm das Leben nicht zusätzlich schwer machen würde. Gleich wenn ich ihn wieder sah, würde ich ihn beruhigen und ihm versichern, dass er vorerst bleiben konnte.

In Gedanken ganz bei meinem Parkplatzdieb, schlenderte ich zur Tür zurück. Nach dem Blumenladen hatte inzwischen auch der Puppendoktor das Rollgitter runtergelassen, ebenso die meisten Anwohner. Mir war kalt und ich rieb mir über die Arme. Sollte ich reingehen? Für Kjell war es immer noch zu früh. Ich sah die dunkle Straße entlang. Der Verkehr tröpfelte vor sich hin, alle paar Minuten kam ein Auto, Fußgänger waren keine unterwegs. Doch halt. Da hinten führte ein älterer Mann seinen kleinen Hund spazieren. Gemächlich trotteten die beiden in meine Richtung. Er ging gebückt mit schlurfenden Schritten. An seinem Arm hing eine Jutetasche. Alle paar Meter blieb er geduldig stehen, damit sein Mops in Ruhe schnüffeln konnte. In unmittelbarer Nähe zu mir hielten die beiden wieder an. Der Alte nickte mir höflich zu. »Guten Abend.«

»Guten Abend.« Ein kräftiger Wind kam auf und fegte nasses Laub über die Straße. Ich schlang die Arme um mich.

»Frisch geworden.«

»O ja.«

Wir lächelten einander an und sahen dann dem Hund dabei zu, wie er interessiert an meiner Türschwelle schnüffelte. Ich hoffte, dass er nicht das Bein heben würde. »Wie heißt der Kleine?«

»Larry. Aber es ist nicht mein Hund, ich führe ihn für eine Bekannte aus.«

»Hallo, Larry.« Ich setzte mich in die Hocke und ließ ihn an meiner Hand schnüffeln. Wie Lewis es finden würde, wenn ich nach Eau de Hund riechend heimkam? Während ich den Mops unter dem Kinn kraulte, fiel mein Blick auf die Schuhe des Alten. Die Sohlen sahen fürchterlich abgetragen aus und auch die Umschläge seiner Stoffhose waren an den Kanten abgestoßen. Ein unangenehmer Geruch wehte von ihm zu mir herüber und ich brauchte ein bisschen, bis ich darauf kam, was es war – eine Mischung aus Mottenkugeln und Urin. Hatte der Ärmste denn niemanden, der sich um ihn kümmerte?

»Dann ist es also so weit? Der große Tag rückt näher?«

»Wie bitte?« Im ersten Moment dachte ich, dass er auf den Antrag anspielte, den Kjell mir eben gemacht hatte. Was natürlich völliger Quatsch war. Der Alte deutete auf das Plakat im Schaufenster, auf dem *Neueröffnung* stand. »Nicht weggehen!« Ich sprang auf, rannte in den Laden und holte einen der Gutscheine, die nach meiner Verteilaktion in der Nachbarschaft übrig geblieben waren. »Damit können Sie morgen ein kleines Frühstück im Wonderland genießen.«

Er schüttelte abwehrend den Kopf. »Diese Freundlichkeit habe ich nicht verdient.«

»Wieso das denn? Bitte nehmen Sie ihn. Ich würde mich freuen, Sie morgen begrüßen zu dürfen.«

Eine Weile sah er mich aus wässrigen Augen traurig an. Endlich nahm er mir den Flyer ab. Er faltete ihn umständlich zusammen und steckte ihn in die Innentasche seines Sakkos.

Genau in diesem Moment gingen die Straßenlaternen aus. Mit einem unguten Gefühl im Bauch sah ich über die Schulter. Das Display am Backofen war ebenfalls schwarz. »Verdammter Mist!« Ich hatte nur die Kekse ausgebacken, alles andere lagerte als Rohling in meinem großen Kühlschrank.

Ein Stück weiter die Straße hinunter startete ein Wagen den Motor und fuhr langsam rückwärts aus dem Parkplatz. Die Luft war so klar, dass der Abgasgeruch bis zu uns drang. Nervös trat ich von einem Fuß auf den anderen. »Das ist unheimlich.«

»Ach was. Ich kann mich noch so gut daran erinnern, wie es ohne Strom war, als sei es erst gestern gewesen.« Der Gedanke schien ihn köstlich zu amüsieren.

Ich hörte nur mit halbem Ohr zu, da ich überlegte, woher ich notfalls noch ein Notstromaggregat herbekommen könnte. Vielleicht hatte Kjell eine Idee. Überhaupt, wo blieb er eigentlich? Ich starrte die Straße hinunter. In drei oder vier Fenstern flackerte Kerzenlicht. Ein Taxi fuhr vorbei. Dann herrschte wieder Ruhe. »Wie lang dauert so etwas normalerweise, wissen Sie das?«

»Leider nein, aber dieser feine Mops und ich leisten Ihnen bis dahin Gesellschaft, wenn Sie wollen.«

»Das wäre nett.« Ich rieb mir wieder die Arme.

»Ihnen ist wohl sehr kalt?«

»Ich bin eher müde.« Ich machte mich auf einen Vortrag gefasst, wie ihn ältere Leute öfter hielten, darüber, wie sie in ihrer Jugend mit viel zu dünner Kleidung bei Wind und Wetter einen kilometerweiten Weg zu Schule gegangen waren. Noch vor Sonnenaufgang. Und ohne Schuhe. Ich lächelte ihn aufmunternd an. Solange Kjell auf sich warten ließ, konnte ich wenigstens einen alten Mann glücklich machen, indem ich seinen Geschichten lauschte. Doch er hatte offenbar etwas anderes im Sinn.

Umständlich holte er eine Thermosflasche aus seiner Jutetasche hervor. Mit zitternder Hand mühte er sich damit ab, den Deckel abzuschrauben. Liebend gern hätte ich ihm Hilfe angeboten, die

Erfahrung hatte mich allerdings gelehrt, dass so ein Angebot oftmals falsch verstanden wurde. Also ging ich abermals in die Hocke, um Larry zu streicheln und dem Alten dadurch ein bisschen Privatsphäre zu verschaffen. Als ich wieder hochkam, konzentrierte er sich gerade darauf, Tee in den Thermobecher zu schütten. Von der dampfenden Flüssigkeit lief fast mehr über seine Finger als in den Becher. Okay, jetzt war doch Handeln angesagt. »Darf ich das erledigen?«

»Gern.« Mit einem sowohl dankbaren als auch beschämten Gesichtsausdruck akzeptierte er mein Angebot. Ich füllte den Becher zur Hälfte und wollte ihn ihm reichen, doch er schüttelte den Kopf. »Der ist für Sie.«

»Wie freundlich, danke.« Unschlüssig, was ich jetzt tun sollte, schnupperte ich an der tintenschwarzen Flüssigkeit. Der aufsteigende Dampf roch bitter. Ich hatte absolut kein Verlangen danach, dieses Gebräu zu kosten.

»Sie können ruhig trinken, meine spezielle Teemischung wird Sie wieder munter machen. Und wärmen!«

»Eigentlich möchte ich gerade keinen Tee.«

»Ein Schluck genügt. Sie werden sofort merken, wie wunderbar er wirkt.«

Die Art, wie er mir sein Gebräu aufzudrängen suchte, war mehr als unangenehm. Meine Sympathie für ihn schwand rapide. Ich schnupperte erneut, achtete jedoch darauf, dass meine Lippen nicht einmal in die Nähe des Bechers kamen. »Ein ziemlich starker Kräutertee.«

Er nickte eifrig. In einem seiner Mundwinkel hing ein Speicheltröpfchen.

Er war eben doch nur ein alter Mann, der mir etwas Gutes tun wollte. Zwar würde ich auf gar keinen Fall davon trinken, aber ich konnte Interesse heucheln. »Melisse, Hopfen und … Baldrian? Sie sagten, er macht wach. Ist das nicht eher eine Mischung für einen Schlaftee?«

»Sie hätten recht, wenn der Tee nicht eine Geheimzutat enthalten würde, die die Wirkung der genannten Kräuter ins Gegenteil verkehrt. Kommen Sie darauf, was es sein könnte?«

Was er sagte, machte absolut keinen Sinn. Ich war nicht die weltgrößte Expertin für Tee, doch ein Kraut, das die Wirkung der genannten Kräuter ins Gegenteil verkehrte, gab es nicht. Ich beschloss, es dennoch so stehen zu lassen. Wenn er sich wacher fühlte, nachdem er seinen Tee getrunken hatte, war das gut für ihn, das wollte ich ihm nicht kaputt machen. Wieder hielt ich mir das Getränk unter die Nase. Irgendwo im Hintergrund der Duftwolke erschnupperte ich eine extrem bittere Note. »Extra viel Schafgarbe?«

Er schüttelte den Kopf. Sein Blick war der eines Kindes mit einem großen Geheimnis, das gespannt war, ob jemand es erraten konnte. In der Ferne war das Röhren eines Motors zu hören, der sich wie der meines Tee-Mobils anhörte. Auf einmal fühlte ich mich unbehaglich. Wie würde Kjell die Situation beurteilen? Auch wenn ich in keiner Sekunde vorgehabt hatte, von dem Tee zu trinken, konnte ich mir nur zu gut vorstellen, was in ihm vorgehen würde, sobald er mich so sah. Dann wurde mir mit einem Schlag bewusst, dass er mich mit seiner argwöhnischen Art bereits angesteckt hatte. Auch mir war der Gedanke gekommen, dass sich ein bitterer Tee hervorragend dazu eignete, ein Betäubungsmittel zu verstecken. Wer würde einen so harmlosen alten Mann schon verdächtigen, ein Entführer zu sein?

Ganz hinten am Ende der langen Straße tauchten die Lichter des Mercedes auf.

Mein Besucher streckte die zitternde Hand aus. Es war offensichtlich, dass er sich bemühte, nicht beleidigt zu wirken. Es gelang ihm schlecht. Sein Lächeln wirkte plötzlich aufgesetzt. »Ich muss mich entschuldigen, ich hab Sie viel zu lang aufgehalten. Die dumme Idee eines alten Mannes.«

»Aber nein, wir haben uns nett unterhalten. Außerdem will ich noch Ihre Teemischung kosten.« Ich hob den Becher zum Mund und bereute es auf der Stelle. Der Geruch so nahe an meiner Nase ließ mich beinahe würgen. Ich dachte an vergiftete Äpfel und in einer Reihe aufgestellte Glassärge, in denen rothaarige Frauen mit vor Schreck weit aufgerissenen Augen stumm die Lippen bewegten. *Nicht. Trinken. Nicht. Trinken.* Ich wusste, dass es wahrscheinlich klüger wäre, auf diese Warnung zu hören, doch wie schon so oft entschied ich mich, an das Gute im Menschen zu glauben. Vorsorglich nahm ich jedoch nur den allerwinzigsten Schluck, befeuchtete kaum meine Lippen mit Flüssigkeit. Doch bereits das war zu viel. Hölle, das war ja noch bitterer, als ich befürchtet hatte! Ich krächzte. »Sehr belebend.«

Der Mops fiepte, wollte ganz offensichtlich endlich weiter.

Der Alte ruckte scharf an der Leine. »Gib Ruhe, Flynn!«

»Heißt er nicht Larry?«

Er ging nicht darauf ein. »Und? Wird Ihnen bereits warm?«

Der Mercedes rollte auf den Parkplatz.

Der Alte warf einen flüchtigen Blick hinter sich, dann straffte er die Schultern und wirkte auf einmal nur noch halb so alt. Im Plauderton fügte er hinzu. »Ich hab lang an der perfekten Mischung getüftelt.«

Mittlerweile wollte ich den bitteren Geschmack in meinem Mund so dringend loswerden, dass mir jegliche Höflichkeit abhanden kam. Ich versuchte auszuspucken. Nur ging das leider nicht. Meine Schleimhäute waren so trocken, als hätte man sie mit dem Föhn angeblasen. Auf höchster Stufe! Der Motor des Tee-Mobils erstarb. Die Tür wurde aufgestoßen. Kjell stieg aus dem Wagen. In derselben Sekunde verabschiedete sich mein Kreislauf. Kalter Schweiß brach mir überall am Körper aus. Mir wurde speiübel. Der Thermobecher war auf einmal viel zu groß und zu schwer und rutschte mir aus den Fingern. Er schlug auf dem Boden auf und Tee ergoss sich auf die Türschwelle.

»Alice!« Kjell klang alarmiert.

Zu der Übelkeit und dem Schwindel gesellte sich eine verzerrte Wahrnehmung. Alles um mich herum schien zu wachsen. Oder … halt, nein, verdammt! Ich wurde kleiner; schrumpfte in rasender Geschwindigkeit. In meinem Magen war ein Gefühl wie beim Achterbahnfahren, wenn es abwärts geht. Binnen eines Herzschlags befand ich mich auf Augenhöhe mit dem überraschten Mops. Dieser erholte sich wesentlich schneller von dem Schrecken als ich. Während ich benommen dastand und hoffte, dass die Bewegungslosigkeit mich unsichtbar für ihn werden ließ, fing er bereits neugierig an, mich zu beschnüffeln. Entsetzt wich ich vor der zuckenden feuchten Hundeschnauze zurück. Der Mops folgte mir mit freudig wedelndem Schwanz. Er wirkte nicht aggressiv, wollte vermutlich nur spielen. Doch auch als Hundespielzeug würde das hier böse für mich enden.

Ein Geräusch von rechts ließ mich herumfahren. Die Tür zum Wintergarten war aufgeflogen und schlug nun mit Schwung gegen die Wand. Ein Fellknäuel auf vier Beinen schoss hervor und flitzte geradewegs auf mich zu. Ich stieß einen gellenden Schrei aus. Dann erkannte ich, dass das pelzige Geschoss Lewis war. Fauchend und mit gesträubtem Nackenfell baute sich er sich zwischen mir und dem Hund auf. Mein Kater war eigentlich von zierlicher Gestalt. Aus meiner Perspektive betrachtet war er allerdings ein Gigant. Und ich schrumpfte immer noch weiter, wie das Aufzuggefühl in meinem Bauch bewies. Wie lange würde das gehen? Bis ich zum Staubkorn wurde oder mich im Nichts auflöste? Der Gedanke war so absurd, dass ich endlich anfing, klar zu denken. So etwas wie schrumpfen gab es nicht, das war völlig unmöglich. Das wiederum bedeutete, dass dies hier nicht die Realität sein konnte. Hatte ich mich nicht vorhin auf das Sofa gesetzt? Statt jedoch aufgestanden zu sein, wie ich glaubte, war ich eingeschlafen. Alles, was danach geschehen war, hatte ich geträumt, besser gesagt, ich träumte immer noch. Daraufhin entspannte ich mich ein wenig, sah mich um und versuchte, meine Größe einzuschätzen. Davon ausgehend, wie riesig Lewis neben mir aufragte, hatte ich mittlerweile die Größe einer Feldmaus. Dabei würde es vorerst wohl auch bleiben, denn das Aufzuggefühl in meinem Bauch hörte endlich auf. Der nächste Schreck folgte jedoch postwendend. Der Griff der Hundeleine polterte nur wenige Zentimeter von mir entfernt zu Boden. Ich spürte die Erschütterung wie ein kleines Erdbeben. Der Mops erschrak ebenfalls und flitzte in Richtung der offenen Tür zum Wintergarten. Da der Hund nach wie vor in seinem Geschirr steckte, folgte ihm der Plastikgriff der Leine in einer wilden Schlangenbewegung. Alles ging so schnell. Mir blieb keine Zeit, um zu reagieren. Das harte Geschoss hätte mich frontal erwischt, wäre Lewis nicht vor mich gesprungen. Der Plastikgriff traf ihn seitlich am Kopf. Ich gab einen mitfühlenden Laut von mir und wollte zu ihm eilen, als ein tiefes und bedrohliches Knurren meine Aufmerksamkeit auf sich zog.

Ich sah in die Richtung, aus der das Geräusch gekommen war. Kjell stand mit dem Rücken zu mir auf dem Parkplatz. Ihm gegenüber duckte sich ein Wolf. Zunächst lehnte mein Verstand sich gegen das Bild auf, doch dann wurde mir wieder bewusst, dass ich ja träumte. Der Traumwolf war nicht sonderlich groß und mager. Sein Pelz sah so schmutzig und mottenzerfressen aus, als habe er wie ein vergessenes

Plüschspielzeug jahrelang im Staub unter einer Kommode gelegen. Nachdem ich ihn gesehen hatte, wurde mir auch klar, was das für ein Gestank war, der schon geraume Zeit zu mir herübergeweht war.

Abermals grollte ein Knurren durch die Nacht. Auch wenn es nur ein Traum war, konnte ich unmöglich herumstehen und nichts tun. Ich stürzte los, um meinen Traumkjell zu retten.

Ich kam genau zwei Schritte weit.

Etwas packte mich in Höhe der Schulterblätter an der Strickjacke, es gab einen Ruck und dann baumelten meine Arme und Beine hilflos herab. Nur dem Umstand, dass meine Jacke bis zum Hals hinauf zugeknöpft war, war es zu verdanken, dass ich nicht herausrutschte. Das plötzliche Spannungsgefühl rund um die Brust raubte mir für einen Moment den Atem. Außerdem war es unmöglich, den Kopf zu drehen, um nachzusehen, wer mich geschnappt hatte. Doch das brauchte ich auch nicht. Mir war klar, dass es nur Lewis sein konnte, der mich wie eine Katzenmutter am Nacken gepackt hatte, wahrscheinlich in der Absicht, mich aus der Gefahrenzone herauszubringen. »Lass mich runter!«

Das Ergebnis meines Gebrülls war, dass ich kurz und kräftig durchgeschüttelt wurde. Ich war geschockt. Dieses Gefühl hielt jedoch nicht lang, dann brach sich heißer Zorn Bahn. »Lass mich runter, undankbares Katzenvieh. Sofort!«

Lewis' Reaktion kam prompt. Diesmal schlenkerten meine Arme und Beine so wild und unkontrolliert umher, dass ich mir mit der Hand ins Gesicht schlug. Ich unterdrückte einen Fluch, dann sagte ich mit kaum hörbarer Stimme: »Schon okay, ich halt still.«

Auf buchstäblichen Samtpfoten und in Zeitlupe schlichen wir vorwärts.

Der Gestank nach Raubtier war so intensiv, dass es mir den Atem verschlug. Ich schaute zwischen Kjell und dem Wolf hin und her. Kjell stand breitbeinig auf dem Asphalt, die Arme angewinkelt und leicht vorgestreckt. Der Wolf hatte sich geduckt, bereit zum Sprung. Seine Lefzen waren weit nach hinten gezogen, was mir eine viel zu gute Aussicht auf das gelbliche Raubtiergebiss verschaffte. Die Blicke der beiden waren so fest miteinander verschränkt, als wollten sie sich gegenseitig hypnotisieren.

Ich presste meine Hände auf den Mund, um ja keinen Ton von mir zu geben. Es war nicht aus Sorge, dass Lewis mich erneut durchschütteln könnte. Kjell und der Wolf waren so bewegungslos, dass sie wie Standbilder wirkten. Ich hatte Angst, dass ein Laut, und sei er noch so gering, den Zauber brechen und das Untier losstürzen lassen würde.

Es stellte sich jedoch heraus, dass nicht Kjell in Gefahr war, sondern Lewis und ich. Der Kopf des Raubtiers schwenkte zu uns herum. Sofort gab mein Kater das Schleichtempo auf. In langen Sätzen jagte er zum Leichenwagen. Hilflos und mit vor Schreck weit aufgerissenen Augen pendelte ich in seinem Maul hin und her. Als Lewis sich duckte, um unter den Wagen zu kriechen, schrammten meine Sneaker über den rauen Asphalt. Ich beachtete es nicht, denn der Zug der Strickjacke um meine Brust war so brutal, dass ich vor Schmerz wie erstarrt war. Nie zuvor in einem Albtraum war mir etwas so real vorgekommen. Leider bot der nach Öl stinkende Unterschlupf keine anhaltende Sicherheit. Ein heftiger Aufprall am Heck ließ den Wagen erzittern. Lewis flitzte bis unter die Motorhaube und dann wieder hinaus auf den offenen Parkplatz. Der Wolf hatte uns entweder gehört oder gerochen. Krachend und scheppernd nahm er den Weg über das Dach, um weiter hinter uns herzujagen.

Lewis raste indessen wie ein geölter Blitz am Wonderland vorbei und schräg über die Straße.

Das Aufheulen eines Motors war zu hören, das sich verdächtig nach meinem Tee-Mobil anhörte. Es folgten ein Krachen und Scheppern. Ich hörte das Aufheulen eines verletzten Tiers.

Lewis wollte sich offenbar nicht darauf verlassen, dass der Wolf aufgegeben hatte. Er bog am Ende des Häuserblocks um die Ecke und raste in unvermindertem Tempo auf den Fliederbusch zu, hinter dem ich Jaspers Essen zu verstecken pflegte. Im letzten Moment schlug er einen Haken um das Gebüsch und sprang in einem langen geschmeidigen Satz auf das Dach des kleinen Frühstück-Unterstands. Einige Sekunden blieb er auf dem Unterstand stehen. Vermutlich, um zu horchen, und das tat ich auch. Von unserem Verfolger war nichts zu hören. »Könntest du mich bitte runterlassen?«

Überraschenderweise hörte Lewis auf mich. Meine Freiheit währte jedoch nur kurz. Ich kam nicht einmal dazu, mich zu ihm umzudrehen, da hatte er mich bereits erneut gepackt. Diesmal am unteren Rücken. Der Druck um meine Brust war nicht mehr ganz so schmerzhaft wie zuvor, was aber noch lang kein Grund zur Freude war. Die unverschämte Fellnase hatte nämlich beschlossen, den Weg in dem schmalen Spalt zwischen den beiden Häusern fortzusetzen. Die ersten paar Meter bewegten wir uns langsam und vorsichtig. Plötzlich raste Lewis jedoch wieder los. Ich wusste nicht, was ihn dazu gebracht hatte, befürchtete jedoch, dass er einen sehr guten Grund dafür hatte.

Nie hat man Mondlicht, wenn man es braucht

Wynterhaav, die Welt, in der ich lebe, wird von einem König regiert. Ohne die Zustimmung seines Kronrats darf er nichts entscheiden, was das Land oder seine Untertanen betrifft. Allerdings hat er das Recht, pro Jahr bis zu drei Ratsmitglieder zu ersetzen. Man ahnt, was dieser Kronrat wert ist. Zustimmung bedeutet überdies nicht, dass sämtliche Mitglieder einverstanden sein müssen, damit der Monarch seine Wünsche durchsetzen kann. Dafür genügen fünf Unterstützer. Da es nur Vorteile mit sich bringt, einen Sitz im Kronrat innezuhaben, mag es nicht verwundern, dass die meisten eher bereit sind, ihr Gewissen aufzugeben als ihre einflussreiche Position.

Eine einzige Sache gibt es allerdings, an der die Ratsmitglieder seit jeher einmütig festhalten, obwohl jeder König während seiner Amtszeit mindestens einmal versucht, das Ganze zu kippen. Es handelt sich um das Gesetz, welches besagt, dass die Krone niemals die Vergabe der Runen kontrollieren darf.

Runen befähigen die Bewohner Wynterhaavs dazu, ihre Magie überhaupt erst wirken zu können. Wie fähig ein Magier schlussendlich ist, hängt natürlich noch von weiteren Faktoren ab. Will man sich beispielsweise eine Wandlerrune aneignen, ist es ratsam, sich zuvor gründlich mit dem entsprechenden Tier auseinanderzusetzen. Transformiert ein Magier seinen Körper in den eines Hasen, nimmt er nur dessen Gestalt an. Sind ihm Wesen und Gebaren des Hasen fremd, wird er nicht lange überleben. Entweder erwischt ihn der nächstbeste Fuchs oder ein Feind auf zwei Beinen. Die höchsten Tugenden für einen Magier sind daher Geduld und Beobachtungsgabe. Eine der ersten Runen, die sich junge Magier normalerweise aneignen, ist diejenige, die uns befähigt, in die Anderswelt zu reisen. In Wynterhaav geben seit einigen Jahrhunderten die Traditionalisten den Ton an, zu denen gewöhnlich auch das Herrscherhaus gehörte. Das hat zur Folge, dass die Uhren des Fortschritts stehen geblieben sind, während in der Anderswelt eine spannende Entwicklung die nächste jagt. Viele, die ich kenne, haben sich daher dort ein Zweitleben eingerichtet, mit Zentralheizung, Fernseher und Pizzaservice. Warum sollte man sich die ganzen Vergnügungen der Anderswelt versagen und in einer Provinzwelt wie Wynterhaav versauern? Es gab Magier, die nur noch zu Hause auftauchten, wenn eine Ratssitzung anstand. Die Traditionalisten schäumten deswegen vor Wut und beriefen in wöchentlichem Rhythmus Sitzungen ein. König Walther, der amtierende König Wynterhaavs, erkannte, wie günstig der Umstand war und dass es nie wieder einen so passenden Zeitpunkt geben würde, um ungestraft am Runengesetz zu rütteln. Das tat er prompt und stellte es dazu auch noch klug an. Er forderte nicht die komplette Kontrolle über die Runenvergabe, was sogar bei den Traditionalisten kaum durchzusetzen gewesen wäre, sondern behauptete, sich auf eine einzige Rune beschränken zu wollen – die Reiserune. Bei der Abstimmung standen die Traditionalisten geschlossen hinter ihm und die Sache war entschieden. Ein Wettbewerb wurde ausgeschrieben, mit dem Ziel, Vorschläge zu sammeln, wie das unkontrollierte Weltenreisen in den Griff zu bekommen sei. Niemand rechnete mit einem schnellen Ergebnis.

Zu jedermanns Überraschung dauerte es jedoch nicht einmal vier Monate, bis zwei Magierinnen aus den Reihen der Grauen Garde die Lösung für das Problem präsentierten. Statt eine neue Rune zu entwickeln, was Jahre an Forschungsarbeit erfordert hätte, waren sie auf den Gedanken verfallen, zwei bereits existierende Runen miteinander zu verknüpfen. Eine davon war eine einfache Zählrune, wie sie von Kaufmännern verwendet wurde, um beispielsweise den Warenbestand zu kontrollieren. Der Kaufmann brauchte nur durch sein Lager zu spazieren, die Augen hierhin und dahin zu richten und sich am Ende des Durchgangs an seine Bücher zu setzen. Sobald er zu schreiben anfing, standen ihm die Zahlen vor Augen, ohne dass er sich dessen zuvor bewusst gewesen wäre, und er musste sie einfach nur notieren.

Kombiniert wurde diese einfache Zählrune mit der Reiserune, die fortan bis zwanzig zählte, ehe eine mehr als unliebsame Konsequenz eintrat – der Verlust der Fähigkeit, in die Anderswelt zu wechseln.

Nicht weniger unwillkommen war die Art und Weise, wie wir an diese neue Rune kamen.

Sämtliche Magiebegabte wurden zum Königshof nach Salebyrr befohlen. Die frisch ernannten Runen-Ingenieurinnen hatten ihr Labor im Ostturm eingerichtet, der direkt über der königlichen Magiequelle aufragte. Labor und Ingenieurinnen, moderne Worte aus der Anderswelt, die darüber hinwegzutäuschen versuchten, dass wir in unserer gesellschaftlichen Entwicklung gerade einen Schritt rückwärts machten. Es schmerzt höllisch, wenn eine Rune wächst, eine Erinnerung daran, die Macht der Magie nie zu unterschätzen. Statt die neue Reiserune zu Hause an der eigenen Magiequelle in stiller Versenkung wachsen zu lassen, wie wir es üblicherweise getan hätten, mussten wir uns in einer Reihe aufstellen und die Schmerzen öffentlich ertragen.

Meine Schwester Ellinor, die ohnehin nicht gern reiste, verfiel auf den Gedanken, sich die königliche Ranke zu entfernen, sobald sie zu Hause war. Magier tun so etwas selten. Eine Ranke verkümmern zu lassen, damit man sie entfernen kann, ist noch viel schmerzhafter, als sie wachsen zu lassen, und im Grunde unnötig, da einen ja niemand zwingen kann, eine Rune zu benutzen. Natürlich war Ellinor nicht die Einzige, die auf diesen Einfall gekommen war. Andere planten jedoch, die ursprüngliche Reiserune wiederherzustellen. Das böse Erwachen folgte auf dem Fuß, denn das stellte sich als nicht machbar heraus. Bis sich das herumgesprochen hatte, war die Hälfte der Magier schon nicht mehr fähig, überhaupt in die Anderswelt zu wechseln.

Bei denen, die noch reisen konnten, blühte fortan bei jedem Sprung in die Anderswelt eine winzige Rosenknospe an der Zählrune auf. War die Rune voll erblüht, was nach zwanzig Sprüngen der Fall war, musste man im Labor der Ingenieurinnen vorsprechen und um Löschung bitten. Weder das Wachsen der Knospen noch das Zurücksetzen auf null war leicht zu ertragen. Keine andere Rune hatte jemals solche Schmerzen verursacht und von Mal zu Mal schien es schlimmer zu werden. Eine weitere Sorge kam noch dazu. Viele meiner Gestaltwandlerrunen lagen dicht an der Reiserune. Zwar ohne dass sie einander berührten, dennoch traute ich der Sache nicht. Möglicherweise war es paranoid, aber ich kannte die Gesinnung von König Walther und die seiner Tochter, Prinzessin Malena. Gerüchten zufolge stattete sie dem Labor wöchentliche Besuche ab. Am liebsten hätte ich es Ellinor nachgemacht und die neue Rune entfernt, doch noch war ich darauf angewiesen, in die Anderswelt wechseln zu können. Im Augenblick verbargen sich meine sämtlichen Runen unter Katzenfell. Früher hätte ein Gedanke genügt, um gemeinsam mit Alice nach Wynterhaav hinüberzuwechseln. Seit der letzten Auffrischung der Reiserune gab es jedoch eine weitere Schikane, denn nun benötigte ich zusätzlich die Energie des Mondlichts, um die letzte der verbliebenen Knospen zu aktivieren. Ach ja, und nicht zu vergessen eine große Pfütze natürlich, die mir als Verbindungstür zwischen den Welten dienen würde. Beides bitte schnell, ehe mir das Frettchen an die Kehle sprang, das uns inzwischen anstelle des Wolfs hinterherjagte.

Ich aktivierte die Kraftrune an meiner rechten Wade, die mir zusätzliche Energie schenkte, und hetzte weiter zwischen den beiden Häusern entlang. Diese Rune verwendete ich nur im allergrößten Notfall, da ich dafür am nächsten Tag mit einer bis in die Knochen gehenden Erschöpfung bezahlen musste. Jetzt genoss ich jedoch das Gefühl, wie frische Kraft meine Glieder durchströmte. Mein Vorsprung vergrößerte sich. Mein Verfolger war, wie ich annahm, in Wirklichkeit niemand anders als Adlon, der Hauptmann der Grauen Garde. Leider besaß er ebenfalls eine Kraftrune und so verkürzte sich der Abstand zu uns schnell wieder. Ich hörte hinter mir ein Geräusch, als würden Zähne ins Leere schnappen. Mein Nackenfell sträubte sich und obwohl ich mir Sorgen um Alice machte, die schrecklich durchgeschüttelt wurde, legte ich an Tempo zu. Endlich war das Ende der Häuserspalte erreicht. Ich kannte die Gegend rund ums Wonderland ebenso gut wie das Wohngebiet, in dem sich Alice' Wohnung befand, und wusste daher, dass ich auf einer belebten Straße herauskommen würde. Eine Weile hetzte ich parallel dazu den Gehsteig entlang. Ich hielt nach einer günstigen Lücke im Verkehr Ausschau. Es musste so knapp werden, dass uns das Frettchen nicht gleich folgen konnte, gleichzeitig durfte ich Alice keinem unkalkulierbaren Risiko aussetzen. Endlich war es so weit. Ich schlug einen Haken und jagte wie ein geölter Blitz über die Straße. Alice schrie vor Angst. Bremsen quietschten. Das Frettchen gab ein wütendes Fauchen von sich. Vermutlich würde Adlon nun zum dritten Mal die Gestalt wechseln. Auf dieser Straße waren glücklicherweise noch Passanten unterwegs, wodurch er gezwungen sein würde, sich eine unbeobachtete Ecke für die Wandlung zu suchen. Mit ziemlicher Sicherheit würde seine Wahl auf einen Nachtvogel fallen. Als Kater hatte ich einem Angriff von oben wenig entgegenzusetzen. Immerhin hatte ich uns aber einen Vorsprung verschafft, egal, wofür er sich entschied.

Sobald ich auf der gegenüberliegenden Straßenseite angekommen war, drückte ich mich in den Schatten eines Backsteingebäudes. Dicht an der Häuserseite entlang schlich ich weiter. Dabei spähte ich in alle Richtungen, richtete meine Aufmerksamkeit aber vor allem nach oben. Vereinzelt waren Passanten unterwegs, doch niemand beachtete den nachtschwarzen Kater. Ich sprang durch einige Pfützen, die groß genug gewesen wären, um den Übergang nach drüben zu ermöglichen. Zwei Mal war ich kurz davor, die königliche Reiseranke zu aktivieren, doch jedes Mal tauchte der Mond wieder hinter der Wolkendecke ab. Als ich an einer Ginsterbuschhecke vorbeikam, schlüpfte ich unter die Zweige. Adlon war noch nicht wieder aufgetaucht und das machte mich nervös. Die Hecke war jedoch ein Glücksfall. Sie war so dicht, dass wir uns darunter verbergen konnten, gleichzeitig gab es genug Lücken zwischen den Ästen, durch die ich die Umgebung in alle Richtungen im Auge behalten konnte. Das Beste war, dass sich unmittelbar davor eine Pfütze ausbreitete. Schließlich wagte ich es, Alice vorsichtig auf das Straßenpflaster zu legen. Sorgenvoll sah ich auf sie hinunter. Seit wir über die Straße gerannt waren, hatte sie sich nicht mehr gerührt. Ihre Augen waren geschlossen, das Haar hing ihr zerzaust ins Gesicht und auf ihrer Stirn war ein langer blutiger Kratzer. Doch ihr Brustkorb hob und senkte sich regelmäßig und soweit ich es beurteilen konnte, ging ihr Puls ruhig. Ich machte einen Katzenbuckel und gähnte ausgiebig, um meine verkrampfte Kiefermuskulatur zu entspannen. Dann kauerte ich mich dicht neben Alice auf den Boden. Ich wartete auf das Mondlicht und dachte nach. Wo mochte Adlon abgeblieben sein? Und was machte wohl Kjell im Augenblick? Hatte er mitbekommen, dass seine

Freundin geschrumpft war? So oder so musste er außer sich vor Angst um Alice sein. Kurz empfand ich Mitleid mit dem Mann. Widerwillig zollte ich ihm sogar Bewunderung für sein geistesgegenwärtiges Eingreifen. Sich ins Auto zu setzen und den Wolf anzufahren war eine großartige Idee gewesen. Ich fragte mich allerdings auch, wie Kjell sich den Wolf erklärte?

Neben mir gab Alice ein leises Stöhnen von sich. Sie legte die Stirn in Falten, als würde sie über ein Problem nachgrübeln, doch ihre Augen blieben weiter fest geschlossen. Ich war ziemlich sicher, dass ihre Bewusstlosigkeit auf den Schrumpfungstrank zurückzuführen war, und da sie vermutlich noch eine ganze Weile bewusstlos bleiben würde, beschloss ich, mich in eine Waldohreule zu wandeln. In der Luft gab es für Adlon weniger Möglichkeiten, mich zu überraschen. Ein letztes Mal überprüfte ich den Nachthimmel, ebenso die Bäume und Dächer der näheren Umgebung. Als ich sicher war, dass mich niemand belauerte, richtete ich den Strahl meiner Konzentration auf die Eulenrune.

Einem Geist, der in den wissenschaftlichen Bahnen der Anderswelt zu denken gewohnt ist, zu beschreiben, wie das Wandeln vor sich geht, würde mir schwerfallen. Dabei hatte ich mittlerweile mehr als genug Fachbücher gelesen. Ich hatte es mit der Chemie versucht, mit Physik, Biologie und sogar der Quantenmechanik. Nichts kam auch nur annähernd dem Wirken der Magie gleich, wie ich es kannte. Das Gesetz zur Erhaltung der Masse zum Beispiel, traf am allerwenigsten zu. Initiierte ich die Wandlung, schmolz mein Körper zu einer Art Pfütze, die in Farbe und sogar Konsistenz an Quecksilber erinnerte. Daraus erwuchs im Bruchteil einer Sekunde die neue Gestalt. Diese war manchmal größer, manchmal kleiner, besaß folglich mehr oder weniger Masse. Ich hatte keine Erklärung dafür, wohin das überschüssige Material verschwand oder woher im umgekehrten Fall die zusätzlich benötigten Körperzellen stammten. Die ersten Magier hatten ganz gewiss genaue Kenntnisse darüber gehabt, was während des Transformationsprozesses mit einem Körper geschah. Um sich die Arbeit mit der Magie zu erleichtern, hatten sie die Runen entwickelt und das tiefere Wissen über das Wirken der Magie war verloren gegangen. Schon seit Äonen genügte es, die passende Rune zu aktivieren, und innerhalb eines Lidschlags wurde aus einem Kater ein Mensch oder, wie im Augenblick bei mir, eine Eule. Alice' bewusstlosen Körper vorsichtig in meinen Krallen bergend, drehte ich Runde für Runde über meiner Pfütze. Adlon tauchte nicht auf und schließlich trat ein majestätisch blasser Vollmond hinter dem Wolkenschleier hervor. Im Sturzflug nahm ich Anflug auf die Pfütze, in der sich ein zitterndes Mondgesicht spiegelte. Alice und ich sprangen nach Wynterhaav und nur die alten Götter wussten, wie sehr ich mich dafür hasste, dass ich ihr das antat.

Schafblöken

Mitten in der Nacht wachte ich auf. Es war stockdunkel und ich bekam keine Luft. Etwas Schweres lag auf meiner Brust. Panik überrollte mich. Hatte uns der Wolf erwischt und unter sich begraben? Dann hörte ich das vertraute Schnurren und begriff, dass es Lewis war, der es sich auf mir gemütlich gemacht hatte. Wow! Das war vielleicht mal ein Albtraum gewesen! Und er wirkte immer noch nach, wie mein völlig verkrampfter Körper bewies. Um mich zu beruhigen, durchlief ich einige Male die Atemübung, die mir meine Psychologin beigebracht hatte, um den Panikattacken zu begegnen, mit denen ich nach dem Tod meiner Eltern zu kämpfen gehabt hatte. Ausatmen, bis acht zählen, Luft anhalten auf vier, Einatmen auf sieben. Es war eine simple Technik, die jedoch zuverlässig funktionierte. In kürzester Zeit hatte mein Puls sich normalisiert. Ich seufzte und machte mir noch einmal bewusst, wie sicher und kuschelig mein Bett war. Da ich den Eröffnungstag gut vorbereitet hatte, konnte ich außerdem mit gutem Gewissen länger schlafen als die Tage zuvor. Und das war auch nötig. So zerschlagen, wie ich mich gerade fühlte, brachte ich es nicht einmal fertig, mich zur Seite zu drehen, um mich an Kjell zu kuscheln. Mit der Hand auf Lewis' Kopf schlief ich wieder ein.

Ich erwachte von einem Geräusch, das ich nicht einordnen konnte, gähnte und streckte unter der Bettdecke den Fuß nach Kjell aus. Der lag jedoch nicht neben mir. Erneut war das ungewohnte Geräusch zu hören. War das Schafsblöken? Was zur Hölle … Mit gerunzelter Stirn setzte ich mich auf – und bereute es sofort. Mein Kopf dröhnte, die Sicht war verschwommen und überhaupt schmerzte jeder einzelne Muskel, als wäre ich gestern einen Marathon gelaufen. Außerdem, wieso war es eigentlich so hell? Ein heißer Schreck fuhr mir in den Bauch. Hatte ich verschlafen? Ausgerechnet heute? Wie spät war es? Hektisch drehte ich mich zu meinem Nachttisch um. Nach wie vor war meine Sicht verschwommen, doch was ich erkennen konnte, war genug, um meinen Puls rasen zu lassen. Leider waren nicht nur die Geräusche fremd. Alles war fremd; das Bett, der Schrank, das ganze verdammte Zimmer! Das einzig Vertraute war Lewis, der am Fußende des Bettes saß und offenbar Mühe hatte, die Augen offen zu halten.

Ich legte eine Hand auf meine Brust, nahm sie jedoch rasch wieder weg. Zu spüren, wie ängstlich mein Herz schlug, lockte erneut die Panik herbei. Atmen, Alice, atmen und zählen! Sieben, vier, acht. Sieben, vier, acht. Sieben. Vier. Acht. Endlich wurde ich ruhiger. Ein bisschen zumindest. Und jetzt, schau dich um.

Der Raum war geräumig mit einer hohen Decke. Er war mit dunklen, abgewohnten Holzmöbeln eingerichtet. Außer dem Bett und dem zugehörigen Nachttisch gab es noch einen Kleiderschrank und eine Wäschekommode. Die Ecke rechts vom Bett wurde von einem Kachelofen mit tannengrünen Kacheln beherrscht. Davor stand eine Sitzbank, deren Polster reichlich abgeschabt war. Es gab zwei Türen. Die dem Bett gegenüberliegende war einen Spaltbreit geöffnet, sodass ich in den angrenzenden Raum hineinspähen konnte. Ich sah das Waschbecken und ein Stück von einem schlicht eingefassten Spiegel. Die andere Tür musste die Zimmertür sein.

Jetzt das Fenster. Ich atmete tief durch, schlug die Bettdecke beiseite und musste entdecken, dass ich nur meine Unterwäsche trug. Neuer Schreck. Neue Panik. Ich sah mich um, entdeckte jedoch nirgendwo meine Kleidung. Zählen und atmen. Sehr, sehr lange zählen und atmen. Schließlich war ich so weit, dass ich die Beine zur Seite schwingen und aufstehen konnte. Sofort durchzuckte ein heftiger Schmerz meinen linken Fußknöchel. Ich plumpste auf das Bett zurück und betastete vorsichtig die Schwellung. Wann und wie war das passiert? Ich hatte keinen Schimmer. Verwirrt startete ich einen zweiten Versuch, aufzustehen. Diesmal achtete ich darauf, den verletzten Fuß nicht zu belasten.

Der nackte Steinboden unter meinen Füßen war eisig, wie im Übrigen auch die generelle Temperatur im Raum. Als ich am Ofen vorbei kam, legte ich flüchtig eine Hand an die Kacheln. Kalt. Zunehmend verängstigt schlich ich zum Fenster hinüber, drückte mich seitlich an die Wand und spähte hinaus. Von der Höhe ausgehend schätzte ich, dass ich mich im dritten Stock befand. Ans Haus angrenzend streckte sich ein baumloses Stück Land bis zum Horizont. Verwitterte Holzzäune unterteilten das riesige Gelände in unterschiedlich große Rechtecke. In einem der Pferche drängte sich eine Schafherde aneinander. Die rabenschwarze Wolle der Tiere bildete einen harten Kontrast zum verschneiten Land ringsum. Verschneites Land! Das erschreckte mich mehr als alles andere. Es bedeutete, dass ich weit weg von London war, wo gerade erst der Herbst Einzug gehalten hatte. Nirgendwo waren andere Häuser zu sehen, keine Straße, nicht einmal Strommasten oder sonstige Anzeichen von Zivilisation. Wo zum Teufel war ich? Und wichtiger, warum war ich hier? *Entführt.* Das Wort geisterte in meinem Kopf umher, sorgte dafür, dass mein ohnehin schon viel zu schneller Herzschlag noch einmal zulegte. Ich fuhr mir mit den Händen ins Haar, massierte meine Schläfen, in der Hoffnung, die unerträgliche Anspannung zu lösen. Du bist jetzt eine von den Rothaarigen, über die in der Zeitung geschrieben wird. Ich fing zu zittern an. Nein, zu schlottern. Meine Zähne schlugen heftig aufeinander. Oh Kjell! Er hatte so recht gehabt mit seiner Angst und Vorsicht. Man hatte mich entführt. Entführt! Ich konnte nicht aufhören, dieses Wort zu denken, nur dieses Wort. Für mehr war in meinem Kopf kein Platz. Ich musste lange so gestanden haben, denn als eine kleine Gruppe Männer um die Häuserecke bog, waren meine Füße so eisig, dass ich sie kaum noch spürte. Meine Aufmerksamkeit war jedoch augenblicklich hellwach. Die Männer trugen grobe Tweedjacken, Handschuhe und Mützen, dazu fellbesetzte Schneestiefel. Sie unterhielten sich leise miteinander. Ihr Englisch war rau mit einem mir unbekannten Akzent. Sie sprachen darüber, dass man einem gewissen Myrkur am Abend ein Dutzend Schafe bringen musste. Keiner schien diese Aufgabe übernehmen zu wollen. Schon die wenigen Worte genügten, um mir den Eindruck zu verschaffen, als sei dieser Myrkur nicht eben beliebt bei ihnen. Ehe ich erfahren konnte, auf wen die

Aufgabe fallen würde, waren sie bereits um die nächste Häuserecke verschwunden. Plötzlich kraftlos geworden lehnte ich mich an die eiskalte Wand. Ich war doch eine Idiotin! Wieso hatte ich nicht das Fenster aufgerissen und um Hilfe gerufen? Oder war das vielleicht sogar klug gewesen? Immerhin wusste ich nicht, wer mich entführt hatte. Oder wie viele es waren. Trotzdem war es keine schlechte Idee, einen gründlicheren Blick nach draußen zu werfen. Ehe mich wieder die Angst lähmte, machte ich mich am Griff zu schaffen. Ich musste ein bisschen rütteln, doch dann hatte ich es geschafft, den Fensterflügel zu öffnen. Die Luft war noch kälter als erwartet und biss schmerzhaft in jede freie Hautstelle. Ich zwang mich dazu, wenigstens einen raschen Blick in beide Richtungen zu werfen. Rechts und links reihten sich Fenster und ich hatte recht gehabt mit meiner Vermutung, dass ich mich im dritten Stock befand, denn unter mir befanden sich drei identische Fensterreihen. Dies hier schien ein Landschloss oder Ähnliches zu sein. Auf jeden Fall war genug Platz vorhanden, um mehrere Dutzend entführte Frauen unterzubringen. Mein nächster Gang führte zur Zimmertür, die abgeschlossen war. Ich hatte nichts anders erwartet, weswegen es mich nicht allzu sehr schockte. Weil ich gar nicht mehr damit aufhören konnte, mit den Zähnen zu klappern, humpelte ich zum Bett zurück und kuschelte mich unter die Bettdecke. Nachdem ich nicht mehr ganz so stark zitterte, konnte ich auch wieder klarer denken. Die Männer hatten nicht viel Informationen preisgegeben. Am interessantesten war der Name Myrkur. Ich hatte ihn nie zuvor gehört. Er klang exotisch, nordisch. War das ein Hinweis darauf, wo ich mich befand? Ich wandte mich dem Nachttisch zu. Die Lampe war altmodisch, ein messingfarbener Fuß und ein geblümter Glasschirm. Sie funktionierte nicht. Mein Blick folgte dem Kabel, das nicht wie erwartet in einer Steckdose mündete. Es gab nämlich im ganzen Zimmer keine Steckdosen. Einen Lichtschalter entdeckte ich im Übrigen auch nicht, obwohl eine Hängelampe von der Decke baumelte. Merkwürdig. Es kam mir der Gedanke, die Lampen seien nur Staffage. Doch was machte das für einen Sinn? In der Nachttischschublade lagen ein zusammengefaltetes Stofftaschentuch, ein schwarzes ledergebundenes Notizbuch, unbeschrieben, und ein Kugelschreiber mit dem Aufdruck einer Tankstelle aus der Nähe meiner Wohnung. Das sorgte wieder für eine Runde Herzrasen. Hatte man mich beobachtet? Wie lange schon? Auf einmal hielt ich es im Bett nicht mehr aus. Ich wickelte mich in die Decke und tappte zum Schrank. Vielleicht waren meine Entführer ja ordentliche Leute und hatten meine Kleider hineingehängt. An den Holzbügeln hingen jedoch nur einige abgetragene Wollhemden in Weiß und Grau. Ich nahm mir das erstbeste und schlüpfte hinein. Es war an den Schultern zu breit und natürlich zu lang, doch nicht annähernd so riesig, wie es eines von Kjells Hemden gewesen wäre. Die weiche braune Wollhose, die ich als Nächstes vom Bügel zog, war zu weit und zu lang. Ich krempelte die Hosenbeine hoch und befestigte die Hosenträger am Bund, die ich ebenfalls im Schrank gefunden hatte. In einem Schrankfach lag Unterwäsche. Darin wollte ich lieber nicht stöbern. Dafür nahm ich mir zwei Paar Wollsocken aus dem nächsten. Drei Schrankfächer waren leer, bis auf ein weiteres Paar Hosenträger und eine flache Schale, auf der Manschettenknöpfe lagen. Ich zog die Socken übereinander und wackelte ein paar Mal mit den Zehen. Angezogen fühlte ich mich gleich ein ganzes Stück besser und nun war ich auch bereit, mich dem Bücherstapel am Schrankboden zu widmen, den ich dort entdeckt hatte. Es handelte sich ausnahmslos um naturwissenschaftliche Werke, hauptsächlich aus dem Bereich der klassischen Physik, aber auch Astronomie, Chemie und Biologie. Die Bände waren zerlesen und offenkundig durch viele Hände gegangen, da die Anmerkungen und Unterstreichungen im Inneren die unterschiedlichsten Handschriften aufwiesen. In einem Buch, das Genetik zum Thema hatte, steckte als Lesezeichen einer der Gutscheine für ein kostenloses Frühstück im Wonderland, die ich neulich verteilt hatte. Ohne Vorwarnung packte mich ein Heulkrampf. Ich hatte keine Kraft mehr zum Stehen und sank auf die Knie. Schluchzend schlang ich die Arme um meinen Oberkörper und wiegte mich hin und her. Heute hätte der Tag sein sollen, an dem sich mein Traum verwirklichte, doch stattdessen kniete ich in viel zu großen Klamotten vor einem muffig riechenden Kleiderschrank und hatte keine Ahnung, wie lange ich noch leben durfte. Als sei noch irgendetwas nötig, um meine Verzweiflung zu verstärken, fiel mir nun auch noch Jasper ein, der heute sein Frühstück nicht bekommen würde. Es hatte mich Monate gekostet, bis ich sein Vertrauen errungen und er etwas von mir angenommen hatte. Jetzt würde er seinen Glauben wieder verlieren, dass es Menschen gab, die sich zuverlässig um ihn kümmerten. Dieser Mistkerl von einem Entführer hatte nicht nur mein Leben ruiniert, sondern auch das von meinem Freund Jasper.

Irgendwann zwang mich der zunehmende Druck auf die Blase dazu, das Bad aufzusuchen. Nachdem ich mich erleichtert hatte, wusch ich mir das Gesicht am Waschbecken. Das Wasser war so eisig, als käme es direkt aus einem Gebirgsbach. Als ich fertig war, brannte meine Haut vor Kälte. Eine Weile begutachtete ich mein vom Weinen fleckiges Gesicht in dem stumpfen Spiegelglas. Ich hob die Hand und strich mit den Fingerspitzen über einen bereits verkrusteten Kratzer an meiner Stirn. Es war ein schreckliches Gefühl, nicht zu wissen, wie und wo ich ihn mir zugezogen hatte. Ganz anders verhielt es sich mit den dunklen Malen an meinem Hals, die plötzlich in doppelter Hinsicht eine schmerzliche Erinnerung an Kjell waren. Mein Haar hatte sich aus dem Nackenknoten gelöst. Ich entfernte das Haarband und fuhr mit den Fingern durch die Locken, um sie zu entwirren, ehe ich sie wieder zusammenband. Nachdem ich fertig war, fand ich endlich den Mut, mir in die Augen zu sehen und mich der Wahrheit zu stellen.

Man hat dich entführt. Die Spiegel-Alice nickte zaghaft. *Aber du wirst jetzt nicht noch einmal ausflippen, verstanden?* Energisches Nicken. Immer noch strömten mir Tränen über die Wangen. Ich wischte sie weg. Jammern würde mich nicht nach Hause bringen. Wenn ich mich nicht meiner Angst ergeben wollte, musste ich sie in ein Gefühl wandeln, das mir Energie schenkte, statt sie mir zu rauben. Mir das bewusst zu machen, half schon ein Stück. Dass Kjell von einem Wolf angegriffen worden war, war entweder ein Traum oder der Effekt eines Betäubungsmittels gewesen, das man dir verabreicht hat. Kjell würde bereits alle Hebel in Bewegung gesetzt haben, um mich zu finden. Er besaß Geld, Macht. Er würde nie aufgeben. *Ich würde für dich töten, Alice.* Das hatte er wortwörtlich zu mir gesagt. Ich zog die Nase hoch und merkte, dass ich ruhiger wurde und mein Denken wieder klar. Plötzlich fiel mir etwas ein, was nicht ins Bild passte. Ich sprang auf und rannte ins Schlafzimmer. Lewis hatte auf dem Bett gelegen, als ich aufgewacht war, doch da war er nicht mehr.

Katzen sind Zauberkünstler, wenn es ums Verstecken geht. In diesem spartanisch eingerichteten Raum gab es aber selbst für die begabtesten Vertreter unter ihnen nur wenig Möglichkeiten: Schrank, Bett, Nachttisch und im Bad die Wanne sowie ein dreibeiniger Hocker. Lewis war nirgendwo zu finden. Ich begann mich zu fragen, ob er überhaupt da gewesen war. Wie wahrscheinlich war es, dass man mich zusammen mit meinem Haustier entführt hatte? Eher war es den Nachwirkungen des Betäubungsmittels geschuldet, dass ich glaubte, ihn gesehen zu haben. Ich ging ins Bad zurück, um aus dem Wasserhahn zu trinken. Das kalte Wasser schmerzte an meinen Zähnen. Nachdenklich betrachtete ich die dunkelblaue Badewanne, die auf Krallenfüßen in einer Ecke stand, von denen die Goldfarbe abblätterte. Es gab zwei Hähne, doch als ich sie ausprobierte, spuckte zu meinem Bedauern keiner von ihnen heißes Wasser aus. Nachdem ich meine Hände an einem fadenscheinigen Handtuch abgetrocknet hatte, ging ich ins Schlafzimmer zurück. Helles Tageslicht erfüllte den Raum und wischte die letzten Schattenpfützen aus den Zimmerecken. An einer Wand entdeckte ich einige vom Sonnenlicht ausgebleichte Rechtecke. Ich frage mich, was dort für Bilder gehangen haben mochten und warum man sie abgehängt hatte. Nachdem ich erneut die Bettdecke um meine Schultern drapiert hatte, setzte ich mich auf die Bettkante, den Blick zur Tür gerichtet. Ich war auf eine lange Wartezeit eingestellt.

Tatsächlich klopfte es aber schon wenig später an der Tür. Ich sprang auf. Die Bettdecke rutschte herab und landete auf dem Boden. Ich beachtete sie nicht. In mir war nur ein Gedanke, mich an dem Besucher vorbei zur Tür hinaus zu drängen und dann zu rennen, nur zu rennen. Es kostete mich mehr Selbstbeherrschung, als ich bisher im Leben hatte aufbringen müssen, doch als die Tür aufschwang, saß ich auf der Bettkante und hielt den Blick gesenkt, wie ich es mir vorgenommen hatte. Leise zählte ich meinen Atem.

»Guten Morgen, Alice.«

Die angenehm dunkle und warme Stimme war mir auf Anhieb vertraut. Fast hätte ich den Blick gehoben, konnte mich jedoch gerade rechtzeitig zusammenreißen. Ich senkte den Kopf noch ein wenig mehr, damit auch ja klar war, dass ich ihn nicht sehen und auf gar keinen Fall wiedererkennen konnte. »Guten Morgen.«

Gähnen. Räuspern. Seine Stimme war angespannt, doch der muntere Ton, den er anschlug, sollte wohl vermitteln, dass der Sprecher entspannt war. »Hast du gut geschlafen?«

Ich nickte.

»Das freut mich.«

Stille. Nervenaufreibende Stille. Ich starrte entschlossen auf meine Hände.

»Ich hoffe, dir war nicht zu kalt? Wir sind gestern spät angekommen, ich wollte niemanden vom Personal wecken, um hier einzuheizen.« Grummelnd fügte er hinzu: »Nicht dass Santina das zu schätzen weiß. Im Gegenteil, sie wird mir sogar Vorwürfe machen.« Wieder versuchte er, locker zu sein, witzig. Als wäre das hier ein normales Gespräch.

»Danke, mir war warm genug.« Ich bückte mich nach der Bettdecke und legte sie neben mich. »Wer ist Santina?«

»Sie ist erste Hausdame und Zofe meiner Schwester.« Ich hörte ein Geräusch, als würde sich jemand mit Dreitagebart am Kinn kratzen, dann erneut ein Räuspern. »Es wird bald noch sehr viel kälter werden. Sag bitte Bescheid, wenn du eine zweite Bettdecke brauchst.«

Wenn er dir eine zweite Bettdecke anbietet, will er dich zumindest nicht gleich töten. Der Gedanke tröstete mich, doch gleichzeitig sank mir das Herz. Es hieß nämlich auch, dass er plante, mich noch längere Zeit hierzubehalten. Ich sah, wie sich die Hände in meinem Schoß verkrampften und entspannte sie. »Wo sind wir? Wohin hast du mich gebracht?«

Schweigen.

Ich wagte nicht, meine Frage zu wiederholen. Es war kaum anzunehmen, dass er sie beim ersten Mal nicht gehört hatte. Das Schweigen hielt an. Hatte ich ihn verärgert? Ach verdammt! Es war unmöglich, jemanden einzuschätzen, dem man nicht ins Gesicht schauen konnte. Über das Stück kahlen Steinbodens, das zwischen uns lag, ließ ich den Blick unauffällig zu seinen Füßen kriechen. Die dunkelbraunen Lederhalbschuhe sahen gepflegt aus und schienen von guter Qualität zu sein, die Spitzen waren jedoch abgestoßen. Er hob einen Fuß und überkreuzte ihn, als ob er sich gemütlich an den Türrahmen gelehnt hatte. Das ließ darauf hoffen, dass er nicht vorhatte, zu mir hereinzukommen. Zumindest für den Augenblick konnte ich mich ein wenig entspannen. »Wie darf ich dich nennen?«

»Rodin. Und schau mich ruhig an. Du ahnst doch sowieso längst, wer ich bin.«

»Ich hab keinen Schimmer.«

Die Anspannung in seiner Stimme nahm zu. Es hörte sich an, als würde er kaum richtig atmen können. »Erinnerst du dich an den Idioten, der seinen Wagen auf deinem Parkplatz abgestellt hatte?«

Ich konnte nicht verhindern, dass mich ein Zittern durchlief. Wie wahrscheinlich war es, dass er mich freilassen würde, wenn ich ihn identifizieren konnte? Gar nicht. Genau. »Tut mir leid. Der gestrige Tag war superanstrengend. Ich … hab alles vergessen.« Das nahm er mir nie ab! Ich schluckte und merkte, wie die nächsten Worte sich dagegen sperrten, ausgesprochen zu werden. »Wirst du mich töten?«

»Nein, bei allen stinkenden Drachenfürzen! Nein!« Sein Ausruf klang aufrichtig entsetzt. »Vor mir musst du keine Angst haben. Schau mich an. Bitte!«

In Zeitlupe ließ ich den Blick ein Stück höher wandern. Er trug eine dunkelbraune Hose aus dickem Gewebe, die dem Exemplar glich, das ich trug. Über einem wollweißen Shirt spannten sich Hosenträger. In der einen Hand hielt er eine Porzellantasse, die andere hatte er in der Hosentasche vergraben. Versteckte er dort etwas? Eine Waffe vielleicht? Sofort beendete ich meine Musterung.

Er seufzte. »Hast du Hunger?«

»Nein.«

»Durst?«

»Nein.«

Nun schwang ein Lächeln in seiner Stimme mit. »Man kann dein Magenknurren bis hierher hören. Bald gibt es Frühstück. Darf ich hereinkommen?«

Seine Höflichkeit überraschte mich. Kurz erwog ich, ihm ein weiteres Nein an den Kopf zu werfen. Ich verwarf den Gedanken sofort. »Bitte, es ist dein Haus.«

»Eigentlich ist es das nicht.«

»Wessen dann?« Ich fixierte wieder seine Schuhe, sah ihn Schritt für Schritt auf mich zusteuern. Was sollte ich tun, wenn er mich anfasste? Es mit zusammengebissenen Zähnen erdulden, so tun, als ob es mir gefiele? Bisher wirkte er umgänglich. Mit etwas Glück würde es eine höfliche Vergewaltigung werden. Es gab Schlimmere als ihn, da war ich ziemlich sicher. Als er fast heran war, ließ ich die Schultern hängen. Ich wollte mutlos und ängstlich wirken, wie eine Frau, die alles mit sich machen lassen würde. In Wirklichkeit war ich fest zur Gegenwehr entschlossen. Mit Zähnen und Fingernägeln konnte ich ihm den Spaß zumindest ein bisschen verderben.

»Hier.« Die Tasse erschien in meinem Blickfeld. Kaffeeduft stieg mir in die Nase, stark und bitter. »Ich weiß, dass du lieber Tee trinkst, doch in der Küche war der Teufel los und ich wollte keine Umstände machen.«

Erst entführte er mich, dann wollte er keine Umstände in der Küche machen. Wie bitte passte das zusammen? Unschlüssig starrte ich auf die schwarze Flüssigkeit. Seine Hand zitterte leicht. Der Duft lockte mich, doch durfte ich der Sache trauen? Kaffee war bitter genug, um von Medizin bis Gift alles unbemerkt hineinmischen zu können.

Die Tasse verschwand aus meinem Blickfeld. Ich hörte Schlürfgeräusche. Als sie wieder vor mir auftauchte, war sie sichtlich weniger gefüllt. »Beruhigt?«

»Danke.« Ich nahm das dargebotene Getränk entgegen. Trinken würde ich aber trotzdem nicht.

»Trink vorsichtig, er ist ziemlich heiß.«

»Okay. Danke für die Warnung.« Was für ein bescheuertes Gespräch. Verlegen pustete ich auf die nachtschwarze Oberfläche, von der feiner Dampf aufstieg.

Er wippte ein paarmal auf den Fußsohlen auf und ab und schlenderte dann Richtung Fenster. Ich schielte zur offen gebliebenen Tür, sah, dass der Schlüssel von außen steckte. Wenn ich jetzt losrannte, hatte ich das Überraschungsmoment auf meiner Seite. Die Tür zuschlagen, den Schlüssel drehen, mehr war nicht nötig. Als Nächstes musste ich es nur noch aus dem Haus schaffen und mich irgendwo verkriechen, bis es dunkel wurde. Das mit dem Verkriechen war das Problem. Wegen der Schneedecke war es ein Leichtes, meiner Fußspur zu folgen. Schweren Herzens beschloss ich, erst mehr über diesen Ort herauszufinden, ehe ich einen Fluchtversuch wagte. Aus dem Augenwinkel linste ich zu ihm. Er hatte sich vor dem Fenster positioniert, die Arme vor der Brust verschränkt. Ich hob die Tasse an den Mund, tat so, als ob ich trank. Dann wagte ich wieder eine Frage. »Was hast du mit mir vor?«

»Ehrlich gesagt weiß ich es nicht.«

»Wunderbar! Hört ein Entführungsopfer nicht wirklich genau das am allerliebsten?« Erschrocken horchte ich meinen Worten nach. War ich denn völlig bescheuert, ihn auch noch zu reizen? Er lachte jedoch nur leise. Puh! Glück gehabt. Ich hatte einen Entführer mit Humor erwischt. Der Galgenhumor erhielt mich für herrliche zehn Sekunden aufrecht, ehe mich die nächste Panikwelle zu überrollen drohte.

»Ich bedaure sehr, dass ich dich so gänzlich unvorbereitet mitnehmen musste. Du hast bestimmt das Gefühl, in einem Albtraum aufgewacht zu sein.«

Mitnehmen? Nenn das Kind beim Namen, Mistkerl. Du hast mich entführt! Diesmal hatte ich es nur gedacht und wie ein braves Opfer die Klappe gehalten. Dass ich fähig war, außerhalb der Angst Verärgerung zu spüren, nahm ich allerdings als gutes Zeichen. »Aber du musst doch irgendetwas damit bezwecken. Wirst du Lösegeld fordern?«

»Ich habe dich nicht entführt.«

»Ach nein?«

»Nun ja, es sieht natürlich so aus, das ist mir bewusst. Mir wäre es jedoch lieber, du würdest dich als meinen geschätzten Gast sehen.«

»Dann kann ich jederzeit gehen?«, fragte ich.

»Nein.«

»Darf ich draußen einen Spaziergang machen?«

»Nein.«

Was für eine Überraschung. »Dann behaupte nicht, dass ich dein Gast sei.«

»Hast du zum Fenster hinaus gesehen? Wenn du dabei das Gefühl hattest, dass dies eine abgelegene Gegend ist, pack lieber ein paar Quadratkilometer unbewohnte Landschaft obendrauf. Selbst das wird noch nicht reichen. Das hier ist buchstäblich das Ende der Welt.«

Ich versuchte, möglichst glaubhaft zu klingen. »Okay. Hab ich verstanden. Ich brauche auch nur einfach ein bisschen frische Luft. Ich werde nicht weglaufen.« *Glaub mir. Glaub mir. Glaub mir!*

»Wie gesagt, es ist zu gefährlich. Vielleicht später am Nachmittag, wenn ich Zeit habe, dich zu begleiten.«

»Aber jetzt ist es gerade so schön. Die Sonne scheint. Ich gehe jedes Risiko ein.«

Die zögerliche Sprechweise vom Anfang unseres Gesprächs war nun klarer Entschlossenheit gewichen. Bei dieser Sache schien er sich sicher zu sein, was er wollte. »Du kannst keine vernünftige Entscheidung treffen, solange du die Umstände nicht kennst.«

»Dann klär mich auf!«

Schweigen.

Ich war knapp davor, die Geduld zu verlieren. Daher atmete ich lange aus und verlieh meiner Stimme einen ruhigen und, wie ich hoffte, rationalen Klang. »Rodin, rede bitte Klartext mit mir. Warum bin ich hier?«

»Weil ich dich nur auf diese Weise beschützen kann.«

»Das ist … freundlich, danke, aber unnötig. Ich kann sehr gut auf mich selbst aufpassen.«

»Nein, Alice, tut mir leid, doch das kannst du nicht. Es sind Kräfte am Werk, die du nicht einschätzen kannst.«

»Was für Kräfte?«

Schweigen.

Oh Mann! Ich wollte ihm etwas an den Kopf werfen! Wieder atmete ich lange aus, ehe ich sprach. »Du nimmst mir den freien Willen und rechtfertigst es damit, dass ich eine Gefahr nicht einschätzen kann. Gleichzeitig weigerst du dich, mich über besagte Gefahr aufzuklären. Das ist nicht akzeptabel!«

»Es ist akzeptabel, wenn es die Lage erfordert.«

»Was für eine Lage!?« Ich merkte sofort, dass ich zu laut geworden war, doch ich hatte dieses Gespräch mit all der Geduld geführt, derer ich fähig war. Erst hatte ich Angst gehabt, dann hatte ich mich verwirrt gefühlt, nun sprudelte der Zorn in mir hoch wie Sodawasser, in das man ein Päckchen Brause gekippt hatte. Krampfhaft hielt ich die Tasse fest.

Es dauerte einen endlosen Moment, der mich bis an den Rand der Klippe brachte, ehe er antwortete. »Bitte schau mich an, Alice. Diesmal trage ich nicht einmal eine Sonnenbrille. Mir in die Augen zu sehen könnte dir helfen, mir zu vertrauen.«

Es irritierte mich, dass er mit mir sprach, als seien wir beste Freunde. Er hatte einen kostenlosen Kaffee geschnorrt und meinen Parkplatz besetzt. Das war alles! Ich biss die Zähne zusammen, um ihm nicht alles an den Kopf zu werfen, was mir auf der Zunge lag. Es wäre mir leichter gefallen, die Klappe zu halten, wenn er mir ein

Messer an die Kehle gehalten hätte, denn anscheinend funktionierte mein Instinkt nicht so, wie er sollte. Dieses Geplänkel mit ihm fühlte sich nämlich kein bisschen gefährlich an. Da hatte ja sogar ein Streit mit Kjell mehr Sprengkraft. *Schau ihn an. Das könnte deine Meinung ändern. Er hat seine Brille nicht auf, du kannst direkt in seine finstere Seele schauen.* Ich seufzte und hielt den Blick gesenkt. »Wo befinden sich die anderen?«

»Welche anderen?« Seinen Worten folgte ein langes, sehr andauerndes Gähnen. »Verzeihung, meine Nacht war ein bisschen turbulent.«

»Die anderen Entführten.«

»Ach so.« Er wirkt betroffen. »Ich weiß es leider nicht.«

Wieder hörte er sich völlig aufrichtig an. Ich wusste, dass ich ihm kein Wort glauben durfte, tat es aber dennoch. Es war irritierend. *Aufpassen! Stockholm-Syndrom. Du befindest dich in einer Extremsituation. Du willst ihm vertrauen, deshalb trickst deine Psyche dich aus.* »Kannst du mir wenigstens verraten, was mit meinem Verlobten geschehen ist? Er kam am Café an, kurz nachdem ich den Tee getrunken hatte.«

Ich hörte ihn scharf einatmen, dann räusperte er sich. »Leider weiß ich nicht, wo dein … Verlobter ist.«

Er höre sich immer noch aufrichtig an. So verdammt verstörend aufrichtig. Doch mir war die kurze Pause nicht entgangen, die es vor dem Wort Verlobter gegeben hatte. Rührte die Tatsache, dass ich jemandem versprochen war, an seinem Gewissen oder war das Gegenteil der Fall und er ärgerte sich darüber? Doch dann drängte sich eine andere Frage in den Vordergrund. Wie war das mit der Entführung eigentlich abgelaufen? Hatte er mir bereits etwas in den Tee gemischt, als er sich mit meinem Gebäck vollgestopft hatte? Dann wäre alles, an was ich mich danach erinnere, auf die Wirkung des Betäubungsmittels zurückzuführen. Was hieß, dass ich den Alten, den Wolf und Kjells Ankunft nur geträumt hätte. Das konnte ich ihn allerdings nicht fragen, wollte ich nicht verraten, dass ich wusste, wer er war. Ich beschloss, einen letzten Versuch zu wagen, den Grund für die Entführung herauszufinden. Wenn das endlich heraus war, konnte ich mir vielleicht auch den Rest zusammenreimen. »Bitte, Rodin, sag mir jetzt endlich, was du von mir willst. Warum hast du mich entführt?«

»Es ist enervierend, wie hartnäckig du auf diesem Wort bestehst.«

»Entschuldige, aber dass ich kein Gast bin, haben wir bereits konstatiert.«

Ein Brummlaut, dann ein erneutes langes Gähnen. »Gut. Ich werde es dir sagen. Ich fürchte allerdings, dass sich meine Erklärung in deinen Ohren merkwürdig anhören wird. Sei es drum – ich hab dich entführt, damit du nicht entführt wirst.«

Ich schnaubte verächtlich. Für wie dumm hielt er mich?

»Mein völliger Ernst.«

»Bullshit!«

»Schau mir in die Augen und überzeuge dich, wie ernst es mir damit ist!«

Hartnäckig hielt ich den Blick auf die schwarze Brühe in meiner Tasse gerichtet. Dabei war dieses Verhalten Unfug. Er war ohnehin überzeugt, dass ich wusste, wer er war. Mir kam der Verdacht, dass ich inzwischen mehr aus Trotz daran festhielt, ihn nicht anzusehen, als aus echter Besorgnis.

»Hör, zu, Alice, ich bin heute leider weder körperlich noch geistig auf der Höhe und dieses Gespräch ist wichtig.«

»Dann lass dir Zeit.«

»Ein guter Rat, natürlich, doch es gibt so viel abzuwägen. Ich bin unschlüssig, was besser ist: dich für kurze Zeit im Unklaren zu lassen, oder dich mit Informationen zu belasten, die dich im besten Fall verwirren, höchstwahrscheinlich jedoch erschrecken werden.«

Er hatte eher zu sich selbst gesprochen, als eine Frage gestellt. Dennoch antwortete ich prompt. »Natürlich mich mit Informationen versorgen!«

Schweigen.

»Immerhin kannst du gar nicht wissen, was ich zu verkraften imstande bin oder nicht.«

Schweigen.

Himmel, diese ständigen Gesprächspausen zerrten immer stärker an meinen Nerven. »Rodin, bitte. Es ist ein grässliches Gefühl, wenn man nicht weiß, was die Zukunft bringen wird.«

»Als könnte man das je wissen. Dachtest du gestern beim Aufwachen daran, dass der Tag mit einer Entführung enden würde?« Das war ein neuer Ton, zynisch.

»Entführung, ja?«

Er seufzte. »Einigen wir uns darauf, dass es von meiner Seite nicht als Entführung geplant war, ich aber akzeptiere, dass es sich von deiner Seite aus gesehen so anfühlt.«

Es schien ihm tatsächlich wichtig zu sein, dass wir uns aufeinander zubewegten. Das war ein gutes Zeichen, oder nicht? Vielleicht konnte ich an sein Gewissen appellieren. »Das heute hätte ein besonderer Tag für mich werden sollen«, fuhr ich fort.

Gepresste Stimme. Schuldbewusster Ton. »Ich weiß.«

»Du hast mir das kaputtgemacht.«

»Auch das ist mir klar und es tut mir sehr, sehr leid. Glaub mir nur eins, Füchschen, ich werde alles tun, um dich vor …«

Füchschen! Das war der Kosename, den meine Mutter mir gegeben hatte. Ihn ausgerechnet aus seinem Mund zu hören, ließ in mir sämtliche Sicherungen durchknallen. Nicht einmal Kjell hatte ich erlaubt, mich so zu nennen! Rasende Wut erfasste mich und riss mich auf die Füße. Beim Aufspringen schwappte Kaffee aus der Tasse und platschte auf den Boden. Ich beachtete es nicht. »Nenn mich nicht so! Nie. Wieder!«

»Es lag nicht in meiner Absicht, dich zu ärgern. Betrachtet man dein wunderschönes Haar, kommt man leicht auf dieses Kosewort.«

Er war ruhig geblieben, was mich nur noch mehr gegen ihn aufbrachte. »Ach so. Ja, das verstehe ich natürlich. Es ist ja auch zauberhaft, wenn dir der Mann, der dich entführt hat, einen Kosenamen gibt. Weil er dein Haar mag. Welche Frau würde sich nicht darüber freuen?«

Ich hörte ein Geräusch und wusste, dass er seinen Platz am Fenster verlassen hatte. Mist, ich war zu weit gegangen.

Etwa eine Armeslänge von mir entfernt blieb er stehen. Zu meinem Erstaunen war seine Stimme immer noch freundlich, geduldig und sanft. Es brachte mich zur Weißglut! »Komm schon, Alice. Was sagt deine Intuition? Tief in dir drinnen spürst du, dass du vor mir keine Angst haben musst. Wir kennen uns. Gut sogar.«

Endlich hielt ich es nicht eine Sekunde länger aus. Mit einem Ruck hob ich den Kopf. Rodin war größer als ich, aber nicht so sehr, dass ich wie bei Kjell den Kopf weit in den Nacken legen musste. Er hatte einen Dreitagebart und ein kleiner unwichtiger Teil in mir war stolz darauf, dass ich das kratzende Geräusch vorhin richtig gedeutet hatte. Dann sah ich ihm endlich in die Augen. »Oh!«

Er lächelte und ein Kranz feiner Fältchen bildete sich in seinen Augenwinkeln. Er wirkte erwartungsvoll.

»Du hast dieselbe Augenfarbe wie Lewis.«

»Stimmt.« Rodin hielt meinen Blick fest und ein kribbelndes Gefühl breitete sich in meinem Bauch aus. Leise fuhr er fort: »Lewis war hier, als du aufgewacht bist. Er und ich haben dieselbe Augenfarbe. Ahnst du, was das bedeutet?«

»Dass ich den Verstand verliere?«

Ein Schatten huschte über sein Gesicht. Auf einmal war er wieder besorgt. »Alice, lass mich dir in aller Ruhe …«

Ich wollte die Erklärung jedoch nicht hören. »Halt! Sprich nicht weiter!«

Er verstummte und sah mich fragend an.

Ich biss mir auf die Lippen. »Entschuldige bitte.«

Seine Augen weiteten sich. »Was hast du …?«

»Tut mir wirklich leid.« Ich kippte ihm den Kaffee ins Gesicht und hoffte inständig, dass er ihn nicht allzu sehr verbrühte. Die Tasse entglitt meinen Fingern und ich hörte noch wie sie zu Bruch ging, doch da schoss ich bereits auf die Tür zu – und knallte in vollem Lauf gegen meinen Entführer.

Mit vor Schreck weit aufgerissenen Augen starrte ich in Rodins verärgertes Gesicht. Kaffee tropfte von seinem Kinn und hinterließ feuchte braune Flecken an Kragen und Brust. Er packte mich an den Oberarmen. Sein Griff war fest, jedoch nicht schmerzhaft. Für den Bruchteil eines Herzschlags hielt er meinen Blick gefangen. Tief, tief unten in meiner Seele wurde etwas angestoßen und fing sanft zu schwingen an. »Hab ich dich verbrüht?« Wie dumm war ich doch, dass mich das kümmerte.

Er schüttelte den Kopf.

»Gut.«

Für einen Moment schloss er die Augen. »Ach Alice, es tut mir leid. Wirklich. Von Herzen leid.« Es schien, als wolle er noch etwas hinzufügen, dann gab er mich jedoch frei und ging zur Tür hinaus.

Zweimal öffnet sich die Tür

Rodin vergaß nicht, den Schlüssel zu drehen, natürlich nicht. Keine Ahnung, wie lange ich da stand und die Tür anstarrte. Das Herz hämmerte mir wild in der Brust. Was war eben passiert? Wer war dieser Mann? Angst fiel erneut über mich her und raubte mir sämtliche Kraft. Ich konnte kaum noch aufrecht stehen. Mit hängenden Schultern schlurfte ich ans Fenster. Draußen war außer den Schafen nichts Lebendiges zu sehen. Ich lehnte mich an die Wand und versuchte, den pochenden Fußknöchel zu entlasten. Das zarte Blöken, das von Zeit zu Zeit zu mir herüberklang, beruhigte mich schließlich. Hoffentlich kam bald jemand, um die Tiere zu holen und zu diesem Myrkur zu bringen. Wenn das geschah, wollte ich um Hilfe rufen. Nach einer Weile war der Schmerz in meinem Knöchel kaum noch auszuhalten. Ich sagte mir, dass ich ebenso gut im Bett warten und den Fuß dabei schonen konnte. Ringsum war es so still, dass ich es bestimmt hören würde, wenn jemand draußen vorbeikam.

Bibbernd zog ich die Daunendecke bis zur Nase hoch. Warum war ich so bescheuert gewesen, Rodins Angebot auszuschlagen, für Wärme zu sorgen? Ich kuschelte mich zurecht, behielt die Zimmertür im Blick, lauschte dem Geblöke und dachte über meinen Entführer nach.

Auf den ersten Blick schien er ein freundlicher, aufmerksamer Mensch zu sein. Jedes seiner Worte war darauf ausgelegt gewesen, mir die Angst zu nehmen. Das war ihm sogar viel zu gut gelungen, wie ich nun feststellte. Wenn ich mein Verhalten von vorhin reflektierte, konnte ich über mich nur den Kopf schütteln. Klug war anders. Immerhin war die lähmende Angst verschwunden, dass er mich umbringen würde. Das mit dem Kaffee in seinem Gesicht …

nun, mein Gefühl sagte mir, dass er sogar dafür Verständnis hatte. Er war ärgerlich gewesen, doch vollkommen beherrscht geblieben. Und als wir uns in die Augen geblickt hatten … hatte ich für einen kurzen beschämenden Augenblick das Bedürfnis verspürt, mich in seine Arme zu schmiegen, um mich über das schreckliche Erlebnis hinwegtrösten zu lassen. *Stockholm-Syndrom, Alice. Behalte das immer im Auge!* Zwei Dinge waren jedoch verstörend. Ich konzentrierte mich auf den Moment, als ich direkt in ihn hineingelaufen war. Wie zum Teufel hatte er es angestellt, dass er vor mir an der Tür gewesen war? Gut, er konnte natürlich außergewöhnlich reaktionsschnell sein. Trotz des Adrenalinschubs war ich außerdem bestimmt nicht die schnellste Läuferin auf dem Planeten. Dennoch hätte ich einfach bemerken müssen, dass er mich überholt hatte. Aber ich hatte es nicht! Das größere Rätsel war jedoch seine und Lewis' absolut identische Augenfarbe. Rodins Augen besaßen nicht nur denselben Grauton wie die meines Katers, auch die bernsteinfarbenen Sprenkel waren vorhanden. Nachdem ich mich eine Weile ohne befriedigendes Ergebnis damit beschäftigt hatte, gab ich auf. Ich döste ein.

Als es abermals klopfte, geschah es so leise, dass ich es beinahe überhört hätte. Mit einem Satz war ich aus dem Bett, landete auf dem falschen Fuß und musste einen Schmerzenslaut unterdrücken. »Herein!«

Ich hatte Rodin erwartet. Als an seiner Stelle eine Frau in meinem Alter an der Türschwelle auftauchte, war ich im ersten Moment enttäuscht. Die Frau trug eine altmodisch wirkende Dienstmädchenuniform, schwarz mit knöchellangem Rock. Dazu eine weiße Bluse, eine Schürze und eine Haube, die das ovale Gesicht mit den melancholischen Augen einrahmte. Sie knickste. »Mein Name ist Santina. Darf ich eintreten?«

»Hallo. Und ja, gern.« Ich versuchte, mir nicht anmerken zu lassen, wie aufgeregt ich über ihr Erscheinen war.

»Danke.« Sie lächelte schüchtern, doch es war nicht zu übersehen, dass sie auch neugierig war. »Lord Vertanen bat mich, Euch das hier zu geben.« Sie zog einen versiegelten Briefumschlag aus ihrer Schürze und hielt ihn mir entgegen.

»Wer ist Lord Vertanen? Etwa Rodin?«

Santina nickte.

Überrascht griff ich nach dem Brief, schob ihn dann aber in die Hemdtasche. Das hatte Zeit. Erst musste ich herausfinden, ob Santina nicht vielleicht bereit war, mir zu helfen. Ich ermahnte mich, nicht zu viel Druck auf sie auszuüben, es langsam angehen zu lassen.

»Ich bin geschickt worden, um die Scherben zu beseitigen.«

»Das kann ich selbst machen.«

»Nein, bitte nicht. Dafür bin ich doch da.«

»Auf keinen Fall, ich hab die Sauerei verursacht, ich bring das wieder in Ordnung.«

Entschlossen nahm ich Santina die beiden Eimer ab, die sie mitgebracht hatte. Sie ließ es sich nur widerstrebend gefallen.

Rasch sammelte ich die Scherben ein und legte sie in den leeren Eimer. Im zweiten befand sich Seifenwasser, eiskalt natürlich. Ein grauer Stricklappen hing am Eimerrand. Ich wischte die Kaffeeflecken auf, wrang den Lappen aus und hängte ihn wieder über den Rand. »So, fertig. Ich entschuldige mich für die Umstände.«

»Ihr hättet das wirklich mir überlassen sollen.« Unglücklich starrte sie die Eimer an.

Ich biss mir auf die Lippen. Ich hatte das nicht getan, um mich bei ihr einzuschmeicheln, sondern weil es mir richtig vorgekommen war. Diese Reaktion hatte ich jedoch auch nicht auslösen wollen. »Das nächste Mal, wenn ich etwas verschütte, machen wir es zusammen und sag doch bitte du zu mir.«

Sie warf mir einen verwirrten Blick zu, nahm die Eimer auf und wandte sich zum Gehen. »Vergesst Euren Brief nicht.«

»Santina!«

»Ja?« Sie blieb stehen und sah über die Schultern zu mir. »Habt Ihr noch einen Wunsch? Soll ich Euch vielleicht einen neuen Kaffee bringen?«

»Kaffee hört sich wunderbar an!« Ich gab mir alle Mühe, nicht so verzweifelt zu klingen, wie ich mich fühlte, doch meine ganze untere Gesichtshälfte war von dem falschen Lächeln verkrampft, zu dem ich mich zwang. »Ich möchte dir keine Mühe machen und werde daher mitkommen. Wollte mir ohnehin die Füße vertreten.«

Ihr Blick flackerte unsicher. »Das geht leider nicht. Lord Vertanen wies mich ausdrücklich darauf hin, dass Ihr das Zimmer nicht verlassen dürft.«

»Hat er einen Grund genannt?«

»Wegen der Sicherheit. Er meinte, Ihr wäret fremd in Wynterhaav.«

Wynterhaav? Den Namen hatte ich bereits einmal gehört, doch ich kam nicht gleich darauf, wann das gewesen war. »Ich bin fremd, das stimmt. Der wahre Grund ist aber, dass ich nicht freiwillig hier bin.«

Sie wirkte irritiert. »Nein?«

»Nein.« Ich beschloss, alles auf eine Karte zu setzen. »Ich wurde entführt!« Ich sah ihr in die Augen und hoffte, dass sie darin die Wahrheit lesen konnte. »Hilf mir! Bitte!«

Santina klang jedoch abweisend. »Das muss ein Irrtum sein. Sicher wird Lord Vertanen die Sache aufklären, sobald er wieder da ist. Bis dahin müsst Ihr leider warten.«

Fieberhaft suchte ich nach den richtigen Worten, mit denen ich sie dazu überreden könnte, mir zu helfen. In meinem Gehirn herrschte jedoch völlige Leere.

Santina war mittlerweile auf den Flur getreten. Ein Anflug von Mitgefühl blitzte in ihrer Miene auf. »Ihr könnt darauf vertrauen, dass Lord Vertanen der anständigste Mensch ist, den man sich vorstellen kann.«

Sie musste etwas in meinem Gesicht gelesen haben, was ihr nicht gefiel, denn ihre Augen blickten auf einmal wieder kühler als zuvor. »Ich bringe Euch dann den Kaffee.«

Ich lauschte angespannt. Drehte sie den Schlüssel? Ich konnte nichts hören und fing wider besseres Wissen zu hoffen an. Santina wirkte nicht wie eine Person, die eine wichtige Pflicht vergaß. Aber vielleicht hatte sie doch genug Mitgefühl in sich, um ausnahmsweise dagegen zu handeln? Während ich lauschte, zählte ich langsam bis hundert, dann drückte ich vorsichtig die Türklinke hinunter. Abgeschlossen. Verdammt! Verdammt! Verdammt! Ich warf mich bäuchlings auf das Bett, vergrub das Gesicht in den weichen Kissen. Der Staudamm, den ich aus Hoffnung errichtet und den ganzen Morgen immer wieder zusammengeflickt hatte, zerbarst. Eine wahre Sturzflut an Tränen versickerte im Kissenbezug. Diesmal tat ich nichts, um sie zurückzuhalten. Leer geweint und erschöpft drehte ich mich schließlich auf den Rücken und zog Rodins Brief aus der Hemdtasche.

Liebe Alice,

das Gespräch mit dir hat einen anderen Verlauf genommen, als ich mir vorgestellt und gewünscht hatte. Und nun muss ich mich überraschend einer wichtigen und leider unaufschiebbaren Pflicht widmen. In spätestens zwei Wochen bin ich zurück und dann werde ich alle deine Fragen beantworten. Was weiter geschehen soll, wird ganz allein deine Entscheidung sein, die ich respektieren werde. Bis dahin bitte ich dich, sei geduldig und vertraue darauf, dass ich eine Lösung finden werde.

Bei meiner Schwester Lady Ellinor befindest du dich in Sicherheit, aber dir wird auffallen, dass die Umgangsformen in Wynterhaav ein bisschen steifer sind, als du es gewohnt bist. Außerhalb der Familie und des engsten Freundeskreises spricht man sich strikt in der dritten Person an, und jemandem ins Wort zu fallen, wird als besonders ungehörig angesehen. Ich bitte dich, achte unbedingt darauf. Ellinor ist, was solcherlei Unhöflichkeiten anbelangt, empfindlich und duldet sie nicht.

Herzlichst, Rodin Vertanen

P.S. Ich versuche herauszufinden, wie es Kjell geht. Du bist bestimmt auch wegen Jasper in Sorge. Ich nehme an, dass ich ihn nicht antreffen werde, doch ich kaufe ihm ein Sandwich und lege es zusammen mit einer Nachricht, dass du verhindert bist, an den gewohnten Platz. Dann weiß er zumindest, dass du ihn nicht vergessen hast.

Ich las den Brief ein zweites und dann noch ein drittes Mal, ehe ich ihn sinken ließ. Vor allem Rodins Fürsorge für Jasper rührte mich. Dass er von ihm wusste, davon, dass ich ihn mit Frühstück versorgte, bestätigte jedoch meinen Verdacht, dass er mich bereits seit Langem beobachtet hatte. Und meinte er es ernst, dass ich über meine Zukunft entscheiden durfte? Mein Gefühl sagte Ja. Von neuer vorsichtiger Hoffnung erfüllt, ging ich ins Bad, um noch einmal zu trinken. Zwei Wochen, bis er wieder da war. Das konnte ich aushalten. Alles, was ich tun musste, war, mich wie jemand aus dem vergangenen Jahrhundert zu verhalten. Ihr und Euch. Das war nicht schwer. Ich hatte genug Romane gelesen und Filme gesehen, in denen so gestelzt gesprochen wurde. Und nun hatte ich auch eine Erklärung dafür, wieso Santina so gesprochen hatte. Andererseits, erklärte es das wirklich? Wo, zum Teufel war ich gelandet, dass man sich wie im letzten Jahrhundert gebärdete?

Santina hatte den versprochenen Kaffee offenbar vergessen. Was ich vor allem deshalb schade fand, weil ich nun keine weitere Gelegenheit bekam, um mit ihr zu sprechen. Nachdem ich meinen Durst im Bad gestillt hatte, gab es nichts weiter zu tun. Ich hatte die vergangenen Wochen von morgens bis abends geschuftet und der erzwungene Stillstand tat mir nicht gut. Ich hatte außerdem einen ganzen Sack voller Fragen, die nach Auflösung drängten. Wo lag Wynterhaav? Wie hatte Rodin mich hergebracht? Waren wir geflogen? War vielleicht gar nicht nur ein Tag vergangen? Mist. Nach dem Datum hätte ich ihn wirklich fragen können. Aber das würde ich bei Santina nachholen, falls sie mir irgendwann doch noch den Kaffee bringen sollte. Wieso war sie übrigens so altmodisch gekleidet? Klar, es passte zu den von Rodin angesprochenen steifen Umgangsformen, aber es erklärte nicht das Warum. Und überhaupt machte nichts einen Sinn. *Ich habe dich entführt, damit du nicht entführt wirst.* Dieser Ausspruch Rodins kehrte immer wieder zu mir zurück. Ich fragte mich, wann und wie ich das Betäubungsmittel bekommen hatte. Am Vormittag im Café hätte er es mir in den Tee kippen können. Doch die darauffolgenden Stunden bis hin zu Kjells Antrag waren mit zu vielen Details gespickt gewesen, als dass ich da schon unter Drogen gestanden hätte. Die wahrscheinlichste Möglichkeit war, dass der alte Mann etwas in diese bittere Brühe getan hatte, die ich in meiner Dummheit probiert hatte, denn direkt im Anschluss daran war der irre Traum losgegangen. Ich las Rodins Brief ein letztes Mal und danach stand für mich fest, dass alles gut werden würde. Dass die Eröffnung nicht geklappt hatte, war schade, doch das war nichts, was nicht wieder in Ordnung kommen konnte. Was auch immer hinter dieser Entführung steckte, es würde sich aufklären. Wenn Rodin und seine Schwester sich ähnlich waren, vielleicht sogar eher als in zwei Wochen. Bestimmt war auch ihr daran gelegen, diese Angelegenheit rasch aufzuklären, die ihr unverhofft einen Hausgast beschert hatte. Mir fiel ein Stein vom Herzen. Oh Optimismus. Du gibst Kraft, aber du kannst ein Mädchen auch ganz schön in die Pfanne hauen!

Als sich meine Gefängnistür zum dritten Mal öffnete, wurde nicht angeklopft. Ich spürte auf der Stelle, dass dies kein gutes Zeichen war, drängte das Gefühl aber beiseite. Neugierig sah ich zur Tür.

Die Frau an der Schwelle war so schön, dass ich sie anstarrten musste und gar nicht merkte, wie unhöflich ich mich verhielt. Sie trug ein bodenlanges tiefschwarzes Samtkleid mit eng anliegenden Ärmeln. Es war schmal geschnitten und eher schlicht gehalten, wirkte an ihr jedoch überaus kostbar. Vielleicht wegen ihrer Haltung, die kerzengerade war, dabei aber nicht steif, sondern anmutig wie bei einer Ballerina. Ihr Haar besaß den exakt selben Farbton wie das Samtkleid und ich konnte nicht ausmachen, wo die glatt herabfallenden Haarsträhnen aufhörten und der Stoff anfing. Der Kontrast von dem übermäßigen Schwarz zu ihrer blütenweißen Gesichtshaut hätte hart wirken können, doch überraschenderweise vervollkommnete er ihr Erscheinungsbild nur. Die Haut war blütenzart, fast durchscheinend. Unter ihren Augen lagen bläuliche Schatten und auch sie passten hervorragend in das Bild. Das Blau ihrer Augen hingegen wirkte wässrig und die Pupille war so winzig, dass ich sie kaum ausmachen konnte.

»Alice, ja?« Sie musterte mich von oben bis unten.

»Richtig. Ich bin Alice.« Rasch schlug ich die Bettdecke zurück und sprang auf. Diesmal achtete ich darauf, nicht den verletzten Fuß zu belasten. »Ich hab das Klopfen nicht gehört. Sonst hätte ich nicht mehr im Bett gelegen.«

Wir wussten beide, dass sie nicht geklopft hatte. Sie verzog den schön geformten Mund zu einem kühlen Lächeln und trat endgültig ein. Dabei stützte sie sich auf einen Gehstock, den ich erst jetzt bemerkte. Der Knauf besaß die Form eines bis ins Detail ausgearbeiteten Schlangenkopfes. Ich blinzelte und sah ihn mir genauer an. Kurz hatte ich geglaubt, dass eine lange gespaltene Schlangenzunge aus dem Maul hervorgeschnellt war. Davon war natürlich nichts zu sehen, dennoch lief mir eine Gänsehaut den Rücken hinab. Ich konzentrierte mich wieder auf meine Besucherin. Etwas an dem Anblick der Frau beunruhige mich, ohne dass ich hätte sagen können, was es war. Ich hob die Hand und berührte flüchtig die Hemdtasche, in der Rodins Brief steckte. *Bei ihr bist du in Sicherheit.* Ich beschloss, Rodins Worten zu vertrauen, und lächelte sie an. »Und du, ich meine, Ihr seid sicher Lady Ellinor?«

»Hat dir Rodin von mir erzählt?«

»Na ja, nicht direkt erzählt. Wo sind wir hier eigentlich?«

»So schönes rotes Haar.« Ihre Stimme war extrem leise und ich beugte mich unwillkürlich vor, um sie besser zu verstehen. »Diese Kupfersträhnen. Sehr ungewöhnlich.«

»Danke. Ich hab die Haare von meiner Mutter geerbt.«

»Tatsächlich?« Ihre ohnehin schon kühler Ton rutschte nun endgültig ins Tiefkühlfach.

Ich zwang das Lächeln auf meine Lippen zurück, dabei hätte ich mich am liebsten wie ein kleines Kind im Schrank versteckt. Es war kaum zu glauben, dass Rodin und diese Frau Geschwister sein sollten, so unterschiedlich wie ihre Ausstrahlung war.

»Nun, vor seiner Abreise bat mein Bruder mich, ein Auge auf dich zu haben. Ein Auge!« Sie gab ein amüsiertes Schnauben von sich. »Rodin ist der Einzige, der über mein Gebrechen Witze macht. Er tut es mir zuliebe, damit ich mich normal fühle, und ich bin ihm tatsächlich dankbar dafür. Nichts ist lästiger, als wenn jemand sich in meiner Gegenwart verkrampft, weil er meint, Rücksicht nehmen zu müssen.«

Sie war blind? Das erklärte die ungewöhnlichen Augen. Doch woher wusste sie dann das mit meinem Haar? Hatte Santina mit ihr darüber gesprochen?

Sie winkte mich mit der freien Hand zu sich. »Komm her. Ich will deine Gesichtszüge abtasten.«

Alles in mir sträubte sich gegen diese Idee. »Ich beschreibe dir gern, wie ich aussehe. Mein Gesicht ist herzförmig, ich hab dichte Augenbrauen und einen großen Mund, etwas zu groß für meinen Geschmack, und …« Ich unterbrach mich, als ich sah, dass ihr Gesicht sich zunehmend verdüsterte.

»Du nennst mich Lady Ellinor und verwendest gefälligst die höfliche Form der Anrede.«

Mist. So viel dazu, dass es ganz einfach war, sich an die hiesigen Gepflogenheiten anzupassen. Ich schluckte. »Okay, Entschuldigung, ich bin es nicht gewohnt, mit Adligen umzugehen. Rodin hat mich nicht …« Ich wusste nicht, wie ich den Satz beenden sollte, und unterbrach mich wieder. Was hatte Rodin mich nicht? Auf diese Situation vorbereitet? Nein. Das war verdammt richtig. Das hatte er nicht!

»Mein Bruder ist in dieser Hinsicht ein wenig salopp. In meiner Gegenwart wirst du ihm jedoch dieselbe Höflichkeit erweisen wie mir, wenn du über ihn sprichst.«

»Natürlich.« Ich atmete tief durch, ehe ich fortfuhr: »Vielleicht könnt Ihr mir sagen, wieso Lord Vertanen mich hergebracht hat?«

»Das wüsste ich selbst gern. Ich weiß überhaupt erst seit wenigen Stunden, dass du hier bist, womit ich im Übrigen nicht einverstanden bin.«

»Kein Problem. Ruft mir ein Taxi, oder egal, ich kann auch laufen. Ich bin schon so gut wie weg.«

»Du wirst bleiben, auch wenn das uns beiden nicht gefällt. Und nur um kein Missverständnis aufkommen zu lassen: Was Rodin mit dir im Anschluss an seine Rückkehr machen wird, ist mir gleichgültig. Ich bezweifle aber, dass in irgendeinem Fall aus dieser Sache etwas Gutes für meine Familie erwächst.«

Du bist ja ein Schatz! Ich ließ mir meine Verärgerung jedoch nicht anmerken. »Aus welcher Sache? Was meint Ihr damit?«

»Das soll Lord Vertanen dir erklären.« Sie winkte ungeduldig mit der Hand. »Nun mach schon, Kindchen, komm her! Darf eine blinde Frau nicht erfahren, wie ihr Gast aussieht?«

Ich dachte wieder an Rodins Brief. Er hatte mir darin versichert, dass ich seiner Schwester vertrauen könne; davon, dass sie eine sympathische Person sei, hatte er nichts geschrieben. Ich entschied, dass es angesichts der folgenden Wochen, die wir zusammen verbringen würden, besser war, zu kooperieren.

Als ich vor ihr stand, stellte ich überrascht fest, dass ich sie um einige Zentimeter überragte. Sie hielt sich einfach nur sehr gerade, wovon ich mich hatte täuschen lassen. Federleicht wie eine Schneeflocke kam ihre Hand auf meiner Schulter zu liegen. Von dort ließ Lady Ellinor sie weiter zu meinem Gesicht hinauf wandern. Sie tastete meine Züge ab, war dabei nicht grob, im Gegenteil, dennoch hätte ich sie am liebsten von mir gestoßen und so lange über meine Gesichtshaut gerieben, bis die Erinnerung an ihre Berührung getilgt war. Wieder und wieder fuhr sie mit ihren Fingerspitzen meine Züge ab. Dabei sah sie mir ins Gesicht und ich konnte mich nicht des Eindrucks erwehren, dass sie mich ansah. Trotz dieses Stocks in ihrer Hand und der milchigen Augen dachte ich kurz, dass das alles nur ein Vorwand war, um mich berühren zu können. Warum auch immer.

»Bist du eine Schönheit, Alice?«

Ich zuckte die Schultern. Ich fand mich nicht hässlich, aber eine Schönheit? Nein, das war ich sicher nicht. Und wer bitte war so arrogant, auf eine derartige Frage mit Ja zu antworten?

»Bescheidenes Schweigen, sehr löblich.« So, wie sie es sagte, klang es eher nach Spott denn nach Lob. Eigentlich klang es wie eine Beleidigung. Ich wollte mich von ihr entfernen, doch sie krallte ihre Hand in meine Schulter.

»Würdest du, ich meine, würdet Ihr mich bitte loslassen!«

Anstatt meiner Aufforderung nachzukommen, ließ sie ihren Gehstock fallen. Automatisch folgte mein Blick der Bewegung. Statt des Stocks, landete zu meiner Überraschung eine silbergrüne Schlange auf dem Steinboden. Sie hob den Kopf und zischelte. Ich erstarrte. Diesen Moment nutzte Lady Ellinor, um mich mit einer Hand am Nacken zu packen, während sie mir den Handballen der anderen gegen die Stirn presste. Ich wollte protestieren, brachte aber kein Wort heraus. Rühren konnte ich mich ebenfalls nicht. Die Schlange glitt auf uns zu. Schweiß brach mir aus allen Poren aus. Jetzt war sie an meinem Bein, steckte ihr Haupt unter das viel zu weite Hosenbein. Innerlich schrie ich vor Angst. Äußerlich konnte ich immer noch keinen Muskel rühren. Ich spürte einen scharfen Schmerz am Knöchel. Ohne dass ich es selbst angestoßen hätte, blitzten Erinnerungen auf. Es war wie eine rasend schnelle Diashow, Bilder über Bilder aus meiner Kindheit, Mum und Dad, lachende Gesichter; unsere Urlaube, Weihnachten und meine Geburtstage, an denen Mum immer ganz früh am Morgen in mein Kinderzimmer geschlichen kam. Sie pflegte zu mir ins Bett zu schlüpfen, um mir wie jedes Jahr an diesem Tag von dem Wunder zu erzählen, einer Tochter das Leben geschenkt zu haben. An sie zu denken war schön und schmerzlich zugleich. Aber auch verstörend, weil ich mich nicht des Gefühls erwehren konnte, dass ein fremder Geist meine Gedanken steuerte. Erinnerungen an mein Zusammenleben mit Kjell folgten. Ich hatte das irre Gefühl, dass dieser Lebensabschnitt deutlich schneller durchgeblättert wurde als meine Kindheit. Schließlich erlebte ich noch einmal den Traum der vergangenen Nacht, als der Alte gekommen war, um mir Tee anzubieten und sich später in einen Wolf zu wandeln. Ich konnte die Schlange nicht mehr spüren und sie auch nicht sehen. Mein Knöchel fühlte sich taub an. Lag es am Gift? Wie lange würde es dauern, bis der Tod kam? Ich wollte die Augen schließen, konnte es jedoch nicht. Angst, Schmerz, das Gefühl, vor einem Abgrund zu stehen, in dessen Tiefe Wahnsinn lauerte. Unmöglich zu sagen, wie lange die Tortur dauerte. Atmen fiel mir schwerer und schwerer. Schließlich musste sie mich losgelassen haben, denn ich sackte zu Boden.

»Steh auf.«

Benommen sah ich zu Lady Ellinor hinauf.

Ihre Miene war bei ihrem Eintritt nicht gerade herzlich gewesen, aber auch nicht ablehnend. Ich erschrak, als ich ihre von Hass verzerrte Miene bemerkte. »Ich sagte. Du sollst. Aufstehen!«

»Ich … kann nicht.« Ängstlich sah ich mich nach der Schlange um, konnte sie jedoch nirgendwo entdecken. Lady Ellinors Stock befand sich dort, wo er hingehörte, in ihrer Hand.

Sie atmete hörbar aus und ihre Stimme klang nun wieder ruhig. Weit weg von herzlich oder auch nur annähernd freundlich, aber ruhig. »Es ist kein Schaden entstanden. Im Gegenteil. Deinem verstauchten Knöchel müsste es besser gehen.«

Ich schob das Hosenbein hoch. An der Stelle an meinem Bein, wo ich den Biss zu spüren gemeint hatte, war nichts zu sehen. Der Knöchel hingegen war tatsächlich abgeschwollen. Ein unangenehmer Geruch stieg mir in die Nase. Zu meiner unendlichen Verlegenheit stelle ich fest, dass ich nach Urin stank. Himmel! Ich hatte mich vor lauter Angst angepinkelt und es nicht einmal bemerkt.

»Alice, ich hab nicht den ganzen Tag Zeit. Steh auf!«

Seitwärts wie ein Krebs schob ich mich auf die Wand zum Badezimmer hin zu. Mehr Abstand zu Lady Ellinor war in diesem Zimmer nicht zu holen. Ich hielt den Blick ängstlich auf sie gerichtet. »Was habt Ihr eben mit mir gemacht? War das … habt Ihr einen … einen Elektroschocker benutzt?« *Der Halluzinationen verursacht?* »Wo ist die Schlange?«

»Ich hoffe, deine Mutter ist unter Schmerzen gestorben.«

Die Ungeheuerlichkeit ihrer Worte schockierte mich mehr als alles, was ich bisher in Wynterhaav erlebt hatte. Du bist bei ihr in Sicherheit, hatte er geschrieben. Wie dumm konnte man sein, dem Mann vertrauen zu wollen, der einen entführt hatte? Aber gut, nun wusste ich Bescheid, was ich zukünftig von Lord Vertanen halten sollte. Meine Augen brannten vor unterdrückten Tränen, doch ich wusste, dass ich keine einzige entwischen lassen würde. Alles an Lady Ellinor demonstrierte, wie viel Wert sie auf persönliche Stärke legte. Selbst über ihre Blindheit spottete sie. Ich würde einen Teufel tun, mich vor ihr wie ein Opfer zu gebärden. Nicht gerade einfach, wenn man wie eine öffentliche Toilette stank. Ich holte tief Luft, stand auf und drückte den Rücken durch. »Ich möchte mich gern frisch machen.«

»Santina hat dir neue Kleider gebracht.« Sie deutete mit dem Stock aufs Bett. Verwirrt starrte ich auf das wie durch Zauberhand wieder ordentlich zurechtgemachte Bett und den Kleiderstapel am Fußende. Ich wusste genau, dass sich vorhin nichts dort befunden hatte.

»Trödel nicht, Alice, sonst werde ich böse.«

Niemand wäre so dumm, das zu riskieren! Ich drängte alle Fragen und Ungereimtheiten in den Hintergrund, schnappte mir die bereitgelegte Kleidung und eilte ins Bad. Man hatte mir frische Unterwäsche gebracht, ein Leibchen sollte offenbar den Büstenhalter ersetzen. Die zugehörige Wollstrumpfhose kratzte beim Anziehen, war aber schön warm. Ich hätte die Wollstrümpfe, die ich aus dem Schrank gemopst hatte, gern anbehalten, doch damit passte ich nicht in meine Sneaker, die als einzig Vertrautes der neuen Kleidung beigelegen hatten. Das Kleid selbst war knöchellang, aus schwarzem Baumwollsamt und ein wenig fadenscheinig, zum Glück jedoch sauber. Es war dieselbe Dienstmädchenuniform, die Santina getragen hatte.

Drachenflug bei schlechtem Wetter und noch schlechterer Laune

Ein weiteres Kuckucksei, das mir die Runen-Ingenieurinnen bei einer der letzten Aufladungen untergeschoben hatten, war, dass neuerdings auch Sprünge innerhalb Wynterhaavs gezählt wurden. Bei dem Sprung mit Alice war die letzte Knospe erblüht und die Rune damit vollständig verbraucht, weswegen ich gezwungen gewesen war, für die Reise an den Königshof Myrkur um eine Gefälligkeit zu bitten. Nun saß ich zusammengekauert in einer engen, knarzenden Sänfte, die unter den Bauch des mürrischen alten Scheusals geschnallt war. Er musste etwas gefressen haben, was ihm auf den Magen geschlagen hatte. Von Zeit zu Zeit entließ er einen zischenden Furz, dessen Gestank mich jedes Mal nahe an den Rand einer Ohnmacht brachte.

Myrkur und ich achteten beide sorgfältig darauf, dass unser Arrangement die Flüge betreffend geheim blieb. Er, da es an seiner Drachenehre kratzte, sich für so einen niederen Dienst herzugeben. Ich, weil es meinem Ruf förderlich war, stets schneller vor Ort zu sein, als man mich erwartete. In der Drachensänfte nahmen die Reisen zum Königshof im Schnitt drei Tage in Anspruch. Bei guten Flugbedienungen verkürzte Myrkur die Zeit manchmal. Der Schneesturm, in dem wir diesmal unterwegs waren, würde uns jedoch eine Woche kosten. Mindestens. Im Vergleich dazu, wie lange ich auf mich allein gestellt für die Reise brauchen würde, war das natürlich immer noch eine erfreuliche Zeitersparnis, dennoch nahm meine Anspannung mit jedem weiteren Tag zu, der verstrich. Auf dieser Reise gebärdete Myrkur sich zudem noch übellauniger als sonst. Den ersten Teil der Strecke hatte ich zum

Glück verschlafen. Der wiederholte Einsatz der Kraftrune in den vergangenen Tagen hatte mich mehr als ausgelaugt. Kaum erwischte Myrkur mich jedoch in einem wachen Moment, ging das Gemecker los. Ich hätte ihn nicht rechtzeitig über meinen Reisewunsch informiert und mitten aus seinem Verdauungsschlaf gerissen. Wegen mir litte er nun unter Magenkrämpfen. Die Qualität der Schafe, die man ihm neuerdings schickte, habe außerdem nachgelassen. Ihre Wolle sei über Gebühr kratzig, weswegen er nach dem Fressen unentwegt husten müsse. Ständig blieben Fasern des zähen Fleisches zwischen seinen Zähnen hängen. Er erdreistete sich sogar, zu verlangen, dass man ihm die Tiere zukünftig nur noch geschoren brachte. Wohl wissend, dass ich seinen Feueratem in der Sänfte unter seinem Bauch nicht zu fürchten brauchte, hatte ich ihn wegen seines Ansinnens ausgelacht. Nach einer holprigen Landung auf dem Plateau vor der Höhle, in der ich übernachten wollte, hatte er mit spürbarer Ungeduld still gehalten, bis ich Vorrichtung und Geschirr voneinander lösen konnte. Kaum war ich fertig, war er beleidigt davongeflogen, um zu jagen. Seither herrschte himmlische Ruhe in meinem Kopf.

Die Art des Drachen, sich im Kopfraum zu unterhalten, war nur auf den ersten Blick ähnlich zu dem, was Ellinors Schlange vermochte. Sie ging sehr viel weiter. Myrkur konnte Unterhaltungen führen, sogar getrennt voneinander, mit mehreren Personen zugleich, doch soweit ich wusste, war das alles an Geistmagie, zu der er fähig war. Die Schlange wiederum kommunizierte ausschließlich mit Ellinor. Darüber hinaus ermöglichte sie es meiner Schwester, den Verstand eines Menschen auszuspionieren, ihn sogar zu manipulieren.

Meine Höhle lag auf tausendzweihundert Metern. Über die Zeit hatten Myrkur und ich uns auf unseren Flügen zum Königshof auf solche Übernachtungsgelegenheiten geeinigt, die in der Nähe einer anderen Drachenhöhle lagen. Er würde folglich die Gelegenheit nutzen, nach der Jagd einen Freund zu besuchen. Das Wissen, dass ich ihn vor dem Morgen nicht zu sehen bekommen würde, hob meine Laune. Auf dem kleinen vorgelagerten Plateau war der Schnee gefroren. Darüber lag eine dünne Schicht Neuschnee. Seit unserer Landung schneite es jedoch ohne Unterlass weiter und auf der Plane, die ich eben über der Sänfte ausgebreitet hatte, wuchs die Schneeschicht im Rekordtempo. Ich schaufelte eine gute Portion Schnee in meinen mitgeführten Kochtopf und brachte ihn in die Höhle. Dort hängte ich ihn an einer Vorrichtung über das Lagerfeuer, das ich nach unserer Ankunft zu allererst aus den mitgebrachten Vorräten entfacht hatte. Es war ein kleines Feuer nahe am Eingang, trotzdem trieb der Qualm mir bald Tränen in die Augen. Während das Wasser heiß wurde, löffelte ich etwas von dem löslichen Kaffee in einen Thermobecher. Als es so weit war, packte ich den Topfstiel mit einem Lederlappen und schüttete Wasser über das Pulver. Ich hatte meine kleine Campingausrüstung, zu der außer dem Geschirr auch ein Schlafsack, ein Sturmfeuerzeug und ähnliche praktische Helfer gehörten, bei meinem allerersten Ausflug in die Anderswelt erstanden. Damals war es mir wie eine Offenbarung vorgekommen, dass man sich auch unterwegs löslichen Kaffee zubereiten konnte. Während meiner Zeit bei Alice hatte ich dann ständig den Duft von exzellentem Kaffee in der Nase gehabt und gelernt, dass es große Unterschiede gab, sowohl in der Qualität der Kaffeebohnen als auch in deren Zubereitung. Kjell besaß ein edelstahlfunkelndes Gerät mit Temperatur und Dampfanzeige, das die Bohnen mahlte und frisch brühte und um das ich ihn glühend beneidete. Einmal, ich war wie immer in Alice' Wohnung in meiner Katergestalt unterwegs, wäre ich fast der Versuchung erlegen, einen Rest aus Kjells Tasse zu lecken. Er erwischte mich mit dem Kopf über der Kaffeetasse und scheuchte mich vom Küchentisch. Ein unerquicklicher Moment. Aber das galt im Grunde für die allermeisten unserer Begegnungen. Eine Weile hatte ich mit dem Gedanken geflirtet, mir eine Espressomaschine anzuschaffen. Doch wo hätte ich sie nutzen können? Wohl kaum in dem Fahrzeug, das mir beim letzten Besuch in der Anderswelt als provisorisches Lager für die Dinge gedient hatte, die ich nicht so einfach in Alice' Wohnung schleppen konnte wie eine tote Maus. Und in Wynterhaav besaßen wir keinen Strom. Davon abgesehen war es aber auch erstaunlich kompliziert, an Geld heranzukommen. Wollte man beispielsweise ein Schmuckstück in die örtliche Währung tauschen, musste man zuerst nachweisen, dass es einem gehörte. Als ich endlich jemanden gefunden hatte, der ohne Zertifikate dazu bereit gewesen war, einen derartigen Tausch vorzunehmen, hatte ich nur einen Bruchteil dessen bekommen, was die Perlenkette wert war. Mit dem mageren Erlös hatte ich den ausgemusterten Leichenwagen gekauft, über den sich Alice so sehr geärgert hatte. Na ja, gekauft war nicht der korrekte Ausdruck, da ich dem vorherigen Besitzer nicht die Gelegenheit gegeben hatte, sich mit dem Geschäft einverstanden zu erklären. Ich hoffte, dass die Entschädigung genügte, die ich ihm unter seiner Haustür durchgeschoben hatte. Danach hatte ich ein paar kleine Einkäufe erledigt und war schließlich wieder pleite gewesen, wie man drüben sagt. Umso mehr hatte ich den Kaffee genossen, den Alice mir an diesem bezaubernden Ort zubereitet hatte, den sie Wonderland getauft hatte. Daran zu denken, wie sie für die Erfüllung ihres Traums geschuftet hatte, ohne den Tag der großen Eröffnung erleben zu dürfen, versetzte mich in düstere Stimmung. Überhaupt war ich ihretwegen innerlich bis zum Zerreißen angespannt. Myrkur war wettererprobt, doch er flog die ganze Zeit mit Gegenwind. Dass ich in dem Brief bis zu meiner Rückkehr die Frist von zwei Wochen angegeben hatte, war ebenso optimistisch wie dumm gewesen, das war mir inzwischen klar geworden. Ellinor würde sich gut um Alice kümmern, da hatte ich keine Sorge. Es wurmte mich aber, dass ich neben dem Bild des miesen Entführers nun auch als unzuverlässig vor Alice dastehen würde.

Nach den Stunden, die ich in unbequemer Haltung in der Sänfte verbracht hatte, brauchte ich dringend Bewegung, ehe ich mich in einen Wolf wandeln und zum Schlafen in den rückwärtigen Höhenbereich zurückziehen wollte. Meine tränenden Augen verlangten zwar danach, das Feuer mit ein paar Schaufeln Schnee von draußen zu löschen. Da ich später aber noch einen zweiten Kaffee trinken wollte, entschied ich mich dagegen. Mit dem Thermobecher in der Hand marschierte ich auf und ab und blieb nur manchmal stehen, um mir einen Schluck von dem heißen Getränk zu gönnen. Normalerweise linderte Bewegung meine Nervosität. Diesmal half sie jedoch nicht. Unentwegt kreisten meine Gedanken um das Gespräch mit Ellinor kurz vor der Abreise. Sie war zornig gewesen, weil ich ohne vorherige Absprache einen Gast auf das Anwesen gebracht hatte. Dabei wusste sie noch nicht einmal, wer Alice in Wirklichkeit war.

Es ihr zu gestehen und Alice anschließend mit Ellinors Reaktion auf diese Eröffnung allein zurückzulassen, wäre allerdings die schlechteste aller Ideen gewesen. Doch was, wenn sie einen Verdacht geschöpft hatte und auf die Idee kam, sich zu vergewissern? Die Wahrscheinlichkeit war nicht groß, ausgeschlossen war es jedoch nicht.

Während ich mich als Heranwachsender darauf konzentriert hatte, mir eine Gestaltwandlerrune nach der anderen anzueignen, hatte sie sich auf diejenigen konzentriert, die nach innen wirkten. Ellinor war eine begabte Heilerin. Auch wenn sie ihre Blindheit abtat und mithilfe ihrer Schlange besser sehen konnte als jeder andere, wusste ich, dass sie nie aufgehört hatte, nach einer Heilung für sich zu forschen. Doch darüber hinaus war meine Schwester auch eine Meisterin der Geistmagie. Durch Berührung vermochte sie es, in den Verstand eines anderen einzudringen. Die meisten Menschen spürten das nur, wenn sie besonders sensitiv waren. Ich bemerkte es immer, wobei das nicht nur auf erhöhte Empfindsamkeit zurückzuführen war. Während meiner Kindheit war ich Ellinors liebstes Versuchsobjekt gewesen. Ihre ungebetenen Besuche in meinem Kopf hatten mich auf vielerlei Weise geprägt. Wenn deine ältere Schwester nur eine Berührung benötigt, um herauszufinden, dass du derjenige warst, der ihrer Puppe den Arm abgerissen hat, lernst du, dass du auch gleich die Wahrheit sagen kannst. Selbstredend versuchte ich zuvor natürlich erst einmal, ihr zu entwischen. Diesen frühen Tagen, als Ellinor mich mit ihrem Schlangenstock in der Hand, der ihr beim Sehen half, über die Wiesen hinter dem Anwesen jagte, war die Motivation entsprungen, mir so rasch ich konnte eine große Anzahl Gestaltwandlerrunen anzueignen. Rückblickend war ich ihr dankbar dafür, denn auch heute noch gab es genügend Gelegenheiten, da eine Flucht dem offenen Kampf vorzuziehen war. Dann kam der Tag, an dem Ellinor entdeckte, dass sie mithilfe ihrer Schlange zu Geistmanipulationen fähig war. Als sie mir das voller Begeisterung offenbarte, hatten wir unseren allerersten großen Streit. In meinen Augen ist es ein Verbrechen, den Geist eines anderen zu manipulieren. Diese Praktik, sich den Verstand eines Menschen untertan zu machen, stammte aus einem unserer Nachbarländer, wo Vater die Schlange für Ellinor gekauft hatte. Auf diese Weise machten sich die Adligen dort ihre Sklaven hörig. Ich rang noch mit mir, ob ich sie verpetzen sollte, als unser Vater sie dabei erwischte, wie sie ihre Zofe dahingehend zu beeinflussen versuchte, ihr den Nachtisch abzutreten. Ich weiß nicht, was in Vaters Arbeitszimmer gesprochen wurde, in das er sie umgehend zitierte, doch Ellinor verzichtete im Anschluss an das Gespräch die nächsten Wochen freiwillig auf ihren Nachtisch, den sie stattdessen ihrer Zofe Santina überließ. Seither hatte Ellinor ihre Macht nie wieder ausgenutzt. Mich daran zu erinnern, wie sie tränenüberströmt aus Vaters Arbeitszimmer geschlichen war, half dabei, das leise Unbehagen zu verscheuchen, das ich bei dem Gedanken empfand, Alice mit ihr allein gelassen zu haben. Alice selbst wusste nicht, wer sie in Wirklichkeit war und so bestand auch nicht die Gefahr, dass sie sich versehentlich verriet.

Ich bereitete einen zweiten Kaffee zu und trat vor die Höhle. Bei meiner Ankunft war der Schnee still und beinahe verträumt der Erde entgegengeschwebt. Statt der weichen Wattebäusche, schleuderten die Wolken mittlerweile jedoch scharfkantige Eiskristalle hinab. Von der Plane waren gerade noch die Zipfel zu sehen, an denen der Wind heftig zerrte.

Ich trank den letzten Schluck Kaffee, solange er noch heiß war, und richtete mein Lager im hinteren Teil der Höhle ein, denn auch in meiner Wolfsgestalt lag ich lieber auf einem einigermaßen weichen und warmen Untergrund, statt mich direkt auf dem eisigen Höhlenboden auszustrecken. Anschließend stocherte ich einige große flache Steine aus der Asche hervor. Sie stammten aus Myrkurs Höhle und waren nicht in Gefahr, in der Hitze zu bersten. Nachdem ich jeweils einen Stein in einen Lederlappen gewickelt hatte, schob ich sie in den Schlafsack. Ehe ich mich wandelte, wollte ich noch ein bisschen in dem Buch lesen, das ich für die Reise mitgenommen hatte. Zurzeit lag mein Hauptinteresse auf der Genetik. Zu meiner Freude hatte ich einige fortgeschrittene Werke zu diesem Thema in einem offenen Bücherschrank gefunden und sie bis auf das letzte regelrecht verschlungen. Ich war geradezu süchtig danach, zu lernen. Ellinor und ich waren von einem Gelehrten namens Oskaa unterrichtet worden. Er und seine Schwester Santina, die später Ellinors Zofe wurde, kamen in unser Haus, als ich gerade mal drei Jahre alt gewesen war. Sein Unterricht war nicht mit der Schulbildung zu vergleichen, die Kindern in der Anderswelt zuteilwird. Er war von unseren Eltern auf das Anwesen geholt worden, um Ellinors und mein Denken zu schulen.

Um das Gedächtnis und die Merkfähigkeit zu stärken, hatte er uns seitenlange Gedichte auswendig lernen lassen und erwartete, dass wir zu jedem Zeitpunkt in der Lage waren, sie frei zu rezitieren. Manchmal wollte er den kompletten Text hören, manchmal verlangte er zu wissen, wie oft ein bestimmtes Wort darin vorkam. Zuhören, beobachten, genau hinzuschauen lehrte er uns, indem er mit uns einen Spaziergang im Wald unternahm. Während wir neben ihm hergingen, sprach er von etwas, das völlig belanglos, ja, geradezu einschläfernd langweilig war oder er erzählte so spannend, dass wir mit vor Aufregung klopfendem Herzen lauschten. Beides war gleichermaßen ablenkend, wie wir nur zu schnell feststellten. Im ersten Fall konnten wir später seine Fragen nach Einzelheiten des Erzählten oft nicht so detailliert beantworten, wie er es forderte. Im anderen Fall waren wir so abgelenkt, dass wir nicht auf unsere Umgebung achteten und den Weg nach Hause nur mit Mühe fanden, was er regelmäßig von uns verlangte. Es war mir nicht erlaubt, mich zu wandeln, um mithilfe der sehr viel besseren Nase eines Tieres den Weg zurückzufinden. Wir durften nichts aufschreiben, um uns etwas zu merken. Einmal in der Woche war es uns im Gegenzug erlaubt, uns eine Aufgabe für ihn auszudenken. Wir sahen das lange Zeit als willkommene Möglichkeit, ihm all die Mühen heimzuzahlen, doch natürlich lernten wir dadurch nicht weniger, unseren Verstand zu gebrauchen. Stellte Oskaa uns seine Aufgaben, war er stets fähig, sie selbst zu lösen, was er uns jederzeit auf Nachfrage bewies. Dasselbe forderte er von Ellinor und mir. In der ersten Zeit unter seiner Fuchtel fühlte ich geradezu, wie meine Gehirnmasse dank der ständigen Herausforderung zitterte wie ein überanstrengter Muskel. Nie hätte ich damit gerechnet, wie sehr mein Lehrer und seine Aufgaben mir fehlen würden. Eines Tages wartete er nicht wie gewöhnlich auf uns. Niemand konnte uns sagen, wo er war oder wann er wiederkehren würde. Sehr viel später erzählte Santina Ellinor, dass er tot und seiner Magie völlig beraubt aufgefunden worden war. Weil wir beide so sehr an ihm hingen, hatte Mutter beschlossen, es uns zu verschweigen, doch mit ihm hatte damals das Töten der Magiebegabten angefangen.

In Gedanken verneigte ich mich vor meinem alten Lehrer, dann scheuchte ich die Erinnerung beiseite. Das Feuer war mittlerweile heruntergebrannt und wenn ich noch lesen wollte, brauchte ich Licht. Im Augenblick war ich randvoll mit Magie, denn ich hatte den Aufenthalt bei Ellinor natürlich dazu genutzt, die Magiequelle der Familie Vertanen zu besuchen. Wenn ich sparsam damit umging, reichte mein Magievorrat für mehrere Hundert Wandlungen. Zwei Mal die Kraftrune zu bemühen, würde die Kapazität für die Wandlungen halbieren und es gab Runen, deren Einsatz einen noch höheren Magieverbrauch zur Folge hatte. Heilen war besonders energieraubend und Ellinors Geistmagie schluckte sogar eine so gigantische Menge an magischer Kraft, dass sie sich nie allzu weit von der Quelle entfernen durfte. Ich verzichtete also darauf, die Rune zu aktivieren, die meine Nachtsicht verstärken würde, und holte stattdessen meine Taschenlampe aus dem Rucksack. Beides, Rucksack und Taschenlampe, hatte Kjell gehört und war von allerbester Qualität. Es war mir unbegreiflich, warum er diese beiden immer noch funktionsfähigen Gegenstände ausgemustert hatte, minderte jedoch nicht mein Gefühl der Zufriedenheit, als ich die Taschenlampe anknipste. Dann legte ich sie jedoch wieder weg. Ich wusste, ich würde mich heute nicht auf meine Lektüre konzentrieren können. Egal, was ich heute auch tat, ein Teil meiner Gedanken kreiste immer um Alice. Ich fragte mich, wie sie Ellinors Enthüllung über die magische Welt aufgenommen hatte, in die sie geraten war. Ich hätte da sein müssen, um Alice den Zugang zu erleichtern. Zwar hatte ich Ellinor gebeten, es ihr so schonend wie möglich beizubringen, doch ich kannte die nüchterne Art meiner Schwester. Die Sorge um Alice war jedoch nicht alles, was mich erfüllte. Ich vermisste es bereits jetzt, nicht länger in meiner Katergestalt neben ihr liegen zu können, ihren Atem zu hören, die kleinen Seufzer, die sie immer von sich gab und die mir verrieten, dass sie sich endlich entspannte.

Auf einmal drang mir der Geruch nach Sommergräsern in die Nase. Erstaunt sah ich zum Höhleneingang.

Myrkurs gewaltiger Kopf schob sich durch die Öffnung. Mehr von ihm passte nicht hinein. Seine Gefühle überspülten mich mit der Wucht einer Springflut. Myrkur war nicht nur sauer, er brodelte vor Wut. *Was ist los, Drache? Warum die schlechte Laune? Du wolltest doch einen Freund besuchen?*

Seine Höhle ist unbewohnbar.

Nun, das ist Pech. Dies ist jedenfalls meine Höhle. Falls du es nicht gemerkt haben solltest, sie ist ein paar Schuhnummern zu klein für dich. Schlaf draußen. Das hast du schon oft genug gemacht.

Ich hab dich nicht um Rat gebeten! Diesmal war sein Grollen so intensiv, dass ich die Vibration unter meinen Fußsohlen spürte. Das machte mir klar, dass dies nicht auf das übliche Geplänkel hinauslaufen würde und ich besser rasch mein Augenmerk von Alice weg- und zu Myrkur hinlenken sollte. Ich konzentrierte meine Aufmerksamkeit auf die Gefühlswelle, die beständig zu mir herüberschwappte. Hinter seinem Jähzorn versteckt lag eine weitere Emotion. War es Beunruhigung? Nein. Dieses Gefühl war mir unbekannt, es war scharfkantiger, tiefer und dunkler, es war … Angst?

Tyrfûl ist ein entfernter Bekannter von mir. Er wohnt schon lange in seiner Höhle.

Ich nickte und versuchte zu begreifen, warum er das sagte. Er konnte kaum so durcheinander sein, dass er vergessen hatte, dass ich das schon lange wusste. Oder wollte er auf ein bestimmtes Thema hinaus und wählte nur einen etwas umständlichen Weg, um dort hinzukommen? Durch unsere geistige Verbindung schickte ich ihm ein Gefühl freundlichen Interesses.

Das genügte überraschenderweise, um ihn zu besänftigen. Ein wenig ruhiger fuhr der Drache fort. *Die Höhle stinkt so gewaltig, dass ich zunächst annahm, er habe einen fraglichen Geschmack an wurmzerfressenem Fleisch entwickelt, das er zu lang lagert.*

Fraglicher Geschmack? Das sagte ausgerechnet der Drache, der es bevorzugte, lebendige Schafe mit seiner Zunge in der Backentasche so lange hin und her zu schieben, bis sein aggressiver Speichel sie halb zersetzt hatte, ehe er überhaupt daran dachte, sie zwischen seinen kräftigen Kiefern zu zermalmen? Ich behielt meine Meinung zu dieser Praktik jedoch für mich. *Wenn ich es richtig deute, hat der Gestank eher nichts mit der Vorratshaltung deines Freundes zu tun? Du sagtest, er sei alt. Ist Tyrfûl selbst gestorben?*

Ja! Das Wort hallte in voller Drachenlautstärke in meinem Schädel wider. Myrkur war so wütend wie schon lange nicht mehr. An den Rändern seiner Gefühlswolke flackerten jedoch nach wie vor Spuren von Angst auf. Ich atmete tief in meinen Bauch, um die eigenen aufgeschreckten Gefühle zu beruhigen. Nachdenklich sagte ich: *Es ist zu kalt dafür, dass etwas verwest.*

Wenn ich sage, dass es nach Verwesung stinkt, kannst du davon ausgehen, dass es so ist.

Daran zweifle ich auch gar nicht. Ich überlege nur, wie so was möglich ist.

Magie, was denn sonst.

Ja, natürlich, aber welche Art von Magie? Ich fing an, hin und her zu gehen, teils, weil mir bitterkalt war, und teils, weil ich auf diese Weise besser denken kann. Myrkurs Nachricht beunruhigte mich über alle Maßen. Ich nahm nicht an, dass der alte Drache eines natürlichen Todes gestorben war, das hätte Myrkur kaum so stark aufgewühlt. Er hatte seinen Freund bei Gelegenheit durchaus erwähnt, doch dabei war nie ein Gefühl allzu tiefer Verbundenheit mitgeschwungen. Drachen lebten zurückgezogen. Man begegnete ihnen nur, wenn sie sich finden lassen wollten. *Konntest du die Todesursache feststellen?*

Es gibt keine äußeren Verletzungen.

Woher weißt du dann, dass er nicht an Altersschwäche oder einer Krankheit gestorben ist?

Weil es in diesem Fall keinen Körper mehr gegeben hätte. Wir Drachen gestatten es nicht einmal Maden, in den Genuss von totem Drachenfleisch zu gelangen. Wir lösen uns im Tod auf. Ungesagt schwand der Zusatz mit, dass ich ein dummer, ignoranter Mensch war.

Über Drachen gab es so gut wie kein Wissen, dafür war eine Vielzahl Halbwahrheiten im Umlauf. Auch jetzt war ich nicht sicher, ob Myrkur mir nicht einfach etwas erzählte, was mystisch und geheimnisvoll klingen sollte. Mit einem Seufzen erhob ich mich. *Ich werde ihn mir ansehen.*

Tatsächlich?

Bist du nicht hier, um mich genau darum zu bitten?, erwiderte ich zuckersüß.

Kurzes Schweigen. Ich war ziemlich sicher, dass ich sein Vorhaben richtig eingeschätzt hatte und er nur nicht gewusst hatte, wie er seine Bitte formulieren sollte. Myrkur bat normalerweise nicht, er forderte. Nachdem er den ersten Schreck allmählich überwunden zu haben schien, fiel ihm das anscheinend wieder ein. Die übliche Arroganz kehrte in seine Stimme zurück. *Ich habe einen Verdacht, was ihn getötet haben könnte, und möchte dir Gelegenheit geben, ebenfalls Schlüsse zu ziehen.*

Sag das Zauberwort.

Brandblasen.

Wie bitte?, hakte ich nach.

Du verstehst schon.

Freundlichkeit tut nicht weh, weißt du?

Brüsk zog der Drache seinen Kopf aus dem Höhleneingang zurück. Es wurde eine Spur heller, aber auch deutlich kälter.

Ich folgte ihm hinaus. Vom Tag war nur noch eine dünne Scheibe übrig. Es schneite nicht mehr, dafür suchten und fanden die eisigen Finger des Nordwinds jede Ritze in meiner Kleidung. Missmutig betrachtete ich den Schneehügel, unter dem sich die Sänfte befand. Myrkur hatte sich damals, als ich mit dem Vorschlag einer Zusammenarbeit zu ihm gekommen war, überraschend schnell bereit erklärt, mich darin zu transportieren. Weniger überrascht hatte mich indes, dass er das erste Exemplar, das ich hatte anfertigen lassen, kurzerhand verbrannte, um sich anschließend für einen Monat schmollend in seine Höhle zurückzuziehen. Er war oft wechselhaft in seinen Launen und das zeigte sich besonders dann, wenn er etwas tun sollte, was seiner Ansicht nach unter seiner Würde war.

Ich hatte die Schaufel mitgebracht und stapfte zur Sänfte hinüber, um sie von ihrer Schneelast zu befreien. Wir hatten uns darauf geeinigt, dass Myrkur auch während einer Rast sein Geschirr aus magisch verstärkten Lederriemen trug, an dem die Sänfte angebracht wurde. Ich konnte vieles mithilfe der Runenmagie bewerkstelligen, mir für einen kurzen Zeitraum zu mehr Schnelligkeit und Gewandtheit verhelfen, dennoch blieb es wenig vergnüglich, auf einem Drachenkörper herumzuklettern und Riemen festzuzurren, wenn es stürmte und die Finger vor Kälte steif waren.

Wo willst du hin? Myrkur, der sich seitlich vom Höhleneingang niedergekauert hatte, richtete sich auf.

Die Sänfte freischaufeln.

Unnötig. Die brauchen wir nicht.

Das denke ich doch. Sogar wenn ich mich als Schnee-Eule in deinem Windschatten halte, ist der Wind immer noch zu kräftig für mich. Ich habe nicht einmal genug Kraft für eine kurze Strecke.

Du fliegst nicht selbst.

Ich verbarg meine Überraschung. Wollte er mich auf seinem Rücken mitnehmen? Das wäre eine Premiere. Noch weniger als die Sänfte mochte er nämlich die Vorstellung, dass jemand auf ihm reiten könnte. Die Idee behagte mir im Übrigen sogar noch weniger als ihm. Myrkurs Schuppen waren höllisch glatt und mit einer Eigenschaft ausgestattet, die in Alice' Welt Lotuseffekt genannt wurde. Ich könnte mich nicht einmal an den Lederriemen festhalten, da diese so straff an seinem Körper anlagen, dass man kaum eine Hand darunter zu schieben vermochte. Auf die Schnelle fiel mir keine Methode ein, wie er mich sonst noch transportieren könnte. Außer …

Myrkur breitete die mächtigen Schwingen aus und erhob sich in die Luft. Der Wind, den er verursachte, ließ mein Haar flattern. Seine kräftigen Beine mit den Klauen streckten sich mir entgegen. Er würde hoffentlich nicht wirklich das im Sinn haben, was ich befürchtete?

Doch, natürlich war es genau das.

Myrkurs Krallen schlossen sich um mich und bildeten einen Käfig. Einem Käfig mit sehr großen Lücken, die mich dazu nötigten, breitbeinig auf jeweils einem Krallensegment zu stehen. Fluchend umschlang ich mit beiden Armen seine Mittelkralle. Ich brüllte: »Du verdammtes Miststück! Ich komme freiwillig mit, um dir einen Gefallen zu tun. So dankst du mir das also?« Der Wind riss mir die Worte von den Lippen, was vielleicht gut war. Ich traute Myrkur alles zu, auch dass er mich kurzerhand fallen ließ. Zwar würde er mich mit großer Wahrscheinlichkeit kurz vor dem Aufprall wieder zu packen bekommen, doch auf diese Erfahrung wollte ich gern verzichten.

Tyrfûls Höhle lag höher als mein Unterschlupf und ihre Öffnung war groß genug, dass sogar ein Drache von Myrkurs Format direkt hineinfliegen konnte. Der Krallenkäfig öffnete sich anderthalb Meter über dem Boden. Ich hatte damit gerechnet, landete in der Hocke und rappelte mich schnell auf, um Myrkur Platz zum Landen zu machen.

Myrkur watschelte hinter mir her ein wenig tiefer in die Höhle hinein und kauerte sich schließlich zusammen. *Beeil dich.*

Kommst du nicht mit? Ich war wieder einmal mehr als froh, dass wir in Gedanken kommunizierten, denn meine Gesichtsmuskeln waren wie eingefroren. Prüfend sog ich Luft durch die Nase. Es roch süßlich, doch nicht so, als würde irgendwo Fleisch verwesen. Was ich wahrnahm, erinnerte mich eher an den Geruch, der einer aufgeplatzten überreifen Frucht entströmte, die in der Mittagssonne auf dem Boden liegt und von Fliegen umschwirrt wird. Es roch unangenehm, doch alles andere als ekelerregend. Kurz fragte ich mich, ob Myrkur dafür den Gestank eines verwesenden Menschen weniger ekelhaft empfinden würde, als ich es tat? Mir fiel auf, dass er meine Frage nicht beantwortet hatte. Ich konzentrierte mich auf seine Gefühle und stellte fest, dass ich sie überhaupt nicht mehr wahrnehmen konnte. Es kam so gut wie nie vor, dass er eine gefühlsmäßige Regung vor mir verbarg. Der Drache war ganz offensichtlich tief erschüttert. Sanft sagte ich: *Nun, möchtest du mitkommen?*

Ich hab vorhin schon alles gesehen, was ich sehen musste.

In Ordnung. Wie weit ist es, bis ich auf den Kadaver stoße?

Finde es selbst heraus.

Ich hatte gewusst, dass er das sagen würde, und zwar wortwörtlich! Irgendwann würde ich ihm unter die Nase reiben, wie durchschaubar er im Grunde war, doch damit hätte ich einen Vorteil verspielt. Also gab ich ein ärgerliches Schnauben von mir, was wiederum er mit großer Sicherheit von mir erwartet haben würde. Steifbeinig vor Kälte stapfte ich tiefer in die Höhle hinein. Nicht zum ersten Mal fragte ich mich, wie sich unsere merkwürdige Verbundenheit weiter entwickeln könnte, wenn wir uns nicht ständig gegenseitig Theater vorspielen würden.

Es dauerte nicht lange, bis ich mich wieder auf den Rückweg machen konnte. Als er mich bemerkte, erhob der Drache sich aus seiner kauernden Haltung und streckte den langen Hals, um sich zu dehnen. Dabei stieß sein Kopf fast an die Höhlendecke. *Und? Hast du ihn gesehen?*

Ich hätte ihn kaum übersehen können, denn der tote Drache war sogar größer als Myrkur. Ich ersparte mir jedoch jede spöttische Bemerkung und nickte nur zustimmend.

Was sagt dir seine Aura?

Nur Magier sind dazu fähig, Auren zu erkennen, was der vorrangige Grund gewesen war, warum er mich gebeten hatte, mir seinen toten Freund anzusehen.

Ich habe keine Spur einer Aura ausgemacht. Das kann zweierlei bedeuten … Der Rest des Satzes ging in dem Lärm unter, den seine Schwingen verursachten. Ich wusste diesmal, was kommen würde, spannte die Muskeln an und wappnete mich innerlich gegen die Unannehmlichkeiten eines Fluges durch einen nächtlichen Schneesturm.

Wie zuvor ließ Myrkur mich einfach fallen. Ich stürzte etwa vier Meter tief und verdankte es nur dem Pulverschnee, dass ich mir nicht sämtliche Rippen brach. Dennoch verschlug es mir bei der Landung auf dem Rücken den Atem. *Danke für die Rücksichtnahme. Mistvieh!*

Du bist verweichlicht. Soll ich dir vielleicht auch noch nach dem Scheißen den süßen Popo pudern?

Es genügt, wenn du nicht ständig vergisst, dass ich ein Mensch bin und kein Spielzeug.

Als käme das nicht auf dasselbe heraus.

Ich presste die Kiefer zusammen, rollte mich zur Seite, stand auf und klopfte mir den Schnee ab. Ärgerlich stampfte ich auf den Höhleneingang zu. Mein neu entfachtes Lagerfeuer schlug erste Funken, als er den Kopf erneut zu mir hineinschob. Ich würdigte ihn keines Blickes. *Für heute hab ich genug von deiner Gesellschaft.*

Sag mir, was du darüber denkst.

Ach? Auf einmal willst du es wissen?

Ich bin nicht in bester Stimmung, Mensch. Wenn du nicht möchtest, dass ich ohne dich davonfliege, lässt du die Frechheiten lieber.

Unser Vertrag ist bindend. Er sieht vor, dass du mich an den Königshof und wieder zu Ellinor bringst, und dass du mich unterwegs weder fressen noch anzünden noch abstürzen lassen darfst. Das eben bei der Landung war knapp an der Grenze. Jemand mit weniger Langmut als ich würde es nämlich durchaus einen Sturz nennen.

Vertrag? Myrkurs verächtliches Lachen durchdrang mich. *Als würde mich so was kümmern.*

Du liebst Gold, mach dir nichts vor. Wenn du mich hier sitzen lässt, bekommst du die zweite Hälfte nicht.

Bedauerlicherweise hat Ellinor in ihrem traurigen Haus kaum noch ein Stück, das mich interessiert. Er legte das Kinn auf dem Steinboden ab. Das Wasser im Topf war inzwischen heiß genug, um mir einen frischen Becher Kaffee aufzugießen. Obwohl Myrkur mich seine Ungeduld deutlich fühlen ließ, trank ich einen ersten Schluck und genoss die Wärme, die mich durchströmte. Ich tat es nicht einmal, um ihn zu provozieren, sondern weil mir jämmerlich kalt war und mir das gerade ziemlich auf die Laune schlug.

Nun?

Wie ich schon sagte, es kann zweierlei bedeuten … Ich trank einen weiteren Schluck und dachte nach, wie ich fortfahren sollte. Dieses Thema war heikel, der Drache war angespannt und ich hatte keine Lust, mich später um irgendwelche Verbrennungen an meinem Körper kümmern zu müssen.

Myrkur schnaubte, drängte mich jedoch nicht. Es war ein gutes Gefühl, dass er zur Abwechslung mal was von mir wollte. Ich trank ein letztes Mal und wusste, dass ich mich mit dieser Verzögerung einer Grenze gefährlich näherte. *Wie lange dauert es, bis die Aura bei euch Drachen nach dem Tod verblasst?*

Kann ich dir nicht sagen.

Weil du es nicht weißt, oder weil du es nicht sagen willst?

Myrkur rülpste. Ich hielt den Atem an, doch in der Höhle konnte der Gestank nirgendwohin entweichen. Als ich schließlich Atem schöpfen musste, tat ich es durch den Mund. *Diese Angewohnheit ist so widerlich!*

Gern geschehen.

In irgendeiner Schrift hatte ich einmal gelesen, dass Drachen höfliche, gebildete Wesen seien. Falls das stimmte, war Myrkur die berühmte Ausnahme.

Mach weiter, Menschlein. Lass mich hören, was du für Schlüsse gezogen hast.

Falls du dich jemals fragen solltest, warum du so wenig Freunde hast, kenne ich die Antwort.

Ach, das weiß ich doch selbst. Myrkur öffnete die lange Schnauze und blies mir erneut seinen Pesthauch entgegen. *Es liegt am Mundgeruch, oder?*

Sein Lachen dröhnte in meinem Schädel. Genervt presste ich die Hände an die Schläfen. *Ich habe danach gefragt, wie viel Zeit vergehen muss, bis die Aura eines Drachen verblasst, weil ich herausfinden möchte, wie lang er schon tot ist.*

Was wir bereden, bleibt unter uns. Verstanden?

Natürlich.

Wenige Sekunden nach dem Tod löst der Körper eines Drachen sich auf und geht in die lebendigen Sterne ein.

Die lebendigen Sterne? Ich hätte gern gefragt, was damit gemeint war, doch ich war klüger, als ihn mit unwillkommenen Fragen zu bedrängen. Ich sah Myrkur nachdenklich an. Sein Freund hätte sich also auflösen müssen, was nicht geschehen war. *Ich hab keine Spur seiner Aura finden können.*

Ist dir schon mal ein magisches Wesen begegnet, das keine Aura um sich gehabt hat?

Nein.

Ich hab noch nie die Aura eines meiner Artgenossen gesehen. Er schloss die Augen, war eine Weile still und fragte dann in beiläufigem Ton: *Wie sieht meine aus?*

Als wärst du in eine Wolke aus Goldstaub gehüllt. Diese Worte lösten in Myrkur ein Gefühl tiefster Befriedigung aus. Vorsichtig fuhr ich fort: *Ich hab in den letzten zehn Jahren leider viele ähnliche Fälle gesehen. Tote magische Wesen der unterschiedlichsten Art, deren Aura schlicht nicht vorhanden war. Eine weitere Gemeinsamkeit war, dass ihre Körper unnatürlich lange benötigten, bis auch nur Spuren von Verwesung zu sehen waren. Ich fürchte, dass Tyrfûl durch dieselbe kranke Art von Magie getötet wurde, die meiner Vermutung nach auch in den anderen Fällen am Werk gewesen ist.*

Entsetzen. Reines, pures Entsetzen schlug mir entgegen.

Unter euch Drachen ist es vermutlich noch kein Gesprächsthema, dass jemand in Wynterhaav umhergeht und magischen Kreaturen ihre Kraft entzieht?

Ich war so an Myrkurs Gegenwart in meinem Kopf gewöhnt, dass ich nicht gleich begriff, was diese fremde Stille bedeutete. Erst als er sich auch physisch aus der Höhle zurückzog, wurde mir klar, dass er mich vollkommen aus seinen Gedanken und Gefühlen ausgesperrt hatte. Verblüfft stellte ich fest, dass ich das bedauerte. Das Wissen, dass da draußen jemand herumlief, der die Magie anderer Wesen raubte, beunruhigte mich schon lange und ich hätte gern mit Myrkur darüber geredet. Nachdem nun auch Drachen betroffen waren, war es etwas, das uns zu Verbündeten machen könnte. Ich überlegte, ob ich zu ihm hinausgehen sollte. Mir fiel ein, dass ich ihm noch nicht einmal mein Bedauern wegen Tyrfûls Tod ausgesprochen hatte. *Hörst du mich?*

Keine Antwort.

Das musste natürlich nichts besagen. Vielleicht hatte er nur meine Seite der Leitung blockiert. *Ich bedaure den Tod deines Freundes. Komm wieder herein. Wir suchen gemeinsam nach einer Lösung.*

Keine Antwort.

Ohne wirklichen Genuss trank ich meinen Kaffee aus, dann wandelte ich mich endlich in meine Wolfsgestalt. Auf vier Pfoten trottete ich in die hintere Höhle. Die Wärmesteine waren erkaltet und der Schlaf ließ trotz der Bequemlichkeit aus Schlafsack und Decke, die meine Wolfsgestalt selten genießen durfte, lange, sehr lange auf sich warten.

Am nächsten Morgen war der Himmel klar und strahlend blau, kein Wind. Ich entfachte mein kleines Feuer, wärmte Wasser und als es ausreichend erhitzt war, schüttete ich eine Portion über meine Frühstücksflocken, die andere über das Kaffeepulver. Nach dem Frühstück packte ich die wenigen Utensilien in meinen Rucksack, nahm die Schaufel und machte mich daran, die Sänfte vom Schnee zu befreien. Myrkur ließ sich Zeit mit seiner Jagd fürs Frühstück. Um mich aufzuwärmen, rannte ich eine Weile auf der Stelle. Dabei behielt ich den Himmel im Auge. Selbst ein Drache hatte nicht immer auf Anhieb den gewünschten Jagderfolg, doch so lange brauchte er selten, um mich wieder einzusammeln. Gegen Mittag hielt ich die Ungewissheit nicht länger aus. Kurz entschlossen wandelte ich mich in eine Schnee-Eule und flog zur Tyrfûls Höhle hinauf. Den Weg zu finden fiel mir nicht schwer. Zwar waren mir gestern fast die Augenlider zugefroren, doch die Unterweisungen meines alten Lehrers waren immer noch lebendig in mir und ich hatte mir jede Kleinigkeit der näheren Umgebung eingeprägt.

Schon aus weiter Ferne sah ich es im Höhleneingang der Drachenhöhle blinken. Ich landete, wandelte mich zurück in meine Menschengestalt, ging ein Stück in die Höhle hinein und begutachtete die zerborstene Holztruhe, die gestern noch nicht da gewesen war. Natürlich hatte es irgendwo einen Drachenschatz gegeben und natürlich hatte Myrkur danach gesucht. Wie viele Truhen es wohl gewesen waren? In seiner Gier hatte mein Drache vermutlich versucht, mehrere auf einmal zu packen und davonzuschleppen. Damit war jedenfalls klar, dass unsere Geschäftsbeziehungen buchstäblich auf Eis gelegt waren. Wohl wissend, dass er bis aufs Stück genau wissen würde, wie viele Münzen er zurückgelassen hatte, stopfte ich mir die Jackentaschen voll. Dann wandelte ich mich erneut in die Eule und machte mich auf den langen Weg in den Süden.

(Nicht) willkommen im neuen Heim

Lady Ellinor schlug ein beachtliches Tempo an, wobei der Stock mehr Zierde als Hilfe zu sein schien, denn sie hielt ihn einfach nur in der Hand. Gut, es war ihr Haus, das sie in- und auswendig kannte, und in dem Korridor, den wir im Eiltempo durchschritten, standen nur hie und da Möbel, Vasen oder sonst irgendetwas im Weg. Obwohl der Gang breit genug für uns beide gewesen wäre, hielt ich mich ganz selbstverständlich hinter ihr. Da sich meine Aufmerksamkeit auf Lady Ellinor konzentrierte, nahm ich meine Umgebung nur flüchtig wahr. Dennoch war nicht zu übersehen, dass das Anwesen seine Glanzzeiten hinter sich gelassen hatte. Die Wände waren schmucklos, von der Decke platzte Putz herab. Nur alle paar Meter lag ein abgewetzter Läufer auf dem mit Sprüngen übersäten Steinboden. Dagegen wirkte ihr Kleid direkt kostbar und hatte sogar eine kleine Schleppe, die im Takt ihrer Schritte über den Boden wischte. Wusch, wusch, wusch. Das Geräusch war so dominant in meinem Kopf, dass ich kaum denken konnte. Überhaupt war mein Geist wie benebelt, alles um mich herum kam mir vor, als würde ich es durch einen flirrenden Schleier betrachten. Ein Korridor folgte auf den nächsten. Ehe wir eine breite Treppe erreichten und in die Empfangshalle hinabstiegen, hatte ich siebenunddreißig Zimmertüren gezählt, vielleicht waren es aber auch weniger, denn ab und zu sah ich doppelt.

Die Empfangshalle endlich erinnerte ein bisschen mehr an den Glanz eines Herrenhauses. Den Boden bedeckten smaragdgrüne achteckige Fliesen, die Wände waren zwar immer noch kahl, dafür aber ordentlich verputzt und in frischem Weiß gestrichen. Die Möbel wirkten nicht ganz so angeschlagen. Der große Schrank und die vier an die Wände gelehnten Kommoden waren aus hellem Holz gefertigt und besaßen goldschimmernde Knäufe. Auf einem besonders prachtvollen Stück nahe der Eingangstür entdeckte ich etwas, was mein Herz vor Aufregung schneller schlagen ließ. Es handelte sich um eines dieser altertümlichen schwarz lackierten Telefone mit Wählscheibe und langer Hörerschnur. Der Anblick des Telefonmonsters schenkte mir ein klein wenig Hoffnung. Ich sah nur kurz hin und richtete meine Aufmerksamkeit schnell wieder auf den schwarz gekleideten Rücken vor mir. Lady Ellinor war blind und ich sagte mir, dass sie ganz sicher keine Augen am Hinterkopf besaß, dennoch fühlte ich mich von ihr beobachtet. Wir durchquerten die Halle in entgegengesetzter Richtung zur Eingangstür, gelangten in einen schmalen Korridor, stiegen eine Wendeltreppe hinab und landeten in einem Vorraum. Lady Ellinor stieß die erste der vier Türen auf. Stimmengewirr, Wärme und der Duft nach frisch gebackenem Brot empfingen uns.

Die Küche war fensterlos und etwa so groß wie das gesamte Wonderland. Außer der Tür, durch die wir eingetreten waren, gab es noch eine weitere auf der gegenüberliegenden Seite. Sie war mit einem breiten Metallriegel versehen, was darauf hindeutete, dass es sich um eine Außentür handelte. Der Anblick gefiel mir. Riegel, die sich an der Innenseite befanden, dienten dazu, Leute vom Hereinkommen abzuhalten, ich hingegen wollte hinaus.

An einem Ende des Raums waren einige Küchenmädchen in ähnlicher Kleidung wie Santina, und nun auch ich, damit beschäftigt, Berge von Kartoffeln zu schälen. Weitere Körbe standen auf dem Boden, in denen sich erdverkrustete Möhren häuften, dazu riesige Zwiebeln, deren Haut wie rot lackiert glänzte. Die Schälmesser in den Händen der Mädchen bewegten sich schnell und geschickt, obwohl ihre neugierigen Blicke auf mich gerichtet waren und nicht auf das Gemüse. Einen Arbeitstisch weiter vergrub ein dünner Mann mit einem gewaltigen Walrossschnurbart seine Fäuste im Brotteig, die Arme unter den hochgekrempelten Ärmeln waren bis zu den Ellenbogen hinauf mit Mehl bestäubt. Er schien mit ganzem Herzen bei der Sache und auf seiner Stirn glänzte Schweiß. Direkt daneben saß eine ältere Frau mit blutbespritzter Lederschürze auf einem Schemel. Weiße und hellbraune Federn häuften sich zu ihren Füßen. Ein totes

Huhn lag kopflos in ihrem Schoß, während sie ungerührt ein Federbüschel nach dem anderen herausrupfte. Drei weitere nackte schlaffe Vögel lagen in einer Eisenwanne vor ihr. Im nebenstehenden Blecheimer sammelte sie die abgeschlagenen Köpfe und Krallen. Ausgerechnet sie war die Einzige, die mir ein Lächeln schenkte. Beim Anblick der toten Vögel fiel es mir schwer, zurückzulächeln, doch ich gab mir Mühe, es so herzlich wie möglich zu erwidern. Während ich mich weiter umsah und die neue Umgebung auf mich wirken ließ, atmete ich gierig den warmen Brotduft ein. Trotz meiner Angst vor dem, was mich noch erwartete, hatte ich einen Bärenhunger! Ich konnte mir kaum vorstellen, dass alle Personen hier im Raum wussten, dass ich entführt worden war, und wartete gespannt, was für eine Erklärung Lady Ellinor ihnen für meine Anwesenheit geben würde. Vielleicht würde die Hühnerlady ihr die Geschichte nicht glauben und meine erste Verbündete werden? Das nächste Büschel Federn schwebte zu Boden. Ich konnte den Blick nicht von den blutigen Federkielen abwenden. Ein heftiger Würgereiz überkam mich. Schnell drehte ich den Kopf weg. Um mich abzulenken und weil es mich wirklich interessierte, musterte ich den kolossalen Backofen, der neben einem nicht minder gewaltigen Kochherd thronte. Dazwischen war Brennholz ordentlich aufgestapelt. Beide Herde waren in Betrieb, was sowohl das muntere Knacken und Prasseln verriet als auch die Hitze, die von den Kolossen ausging. Ich hätte mich über die Temperatur freuen sollen, immerhin schlotterte ich schon seit Stunden vor Kälte. Stattdessen verstärkte die Hitze meine Übelkeit.

Santina kam eben zur Tür herein. Ihr Blick flog zuerst zu mir und dann zu Lady Ellinor. Eilig kam sie näher. »Was kann ich für Euch tun, Herrin?«

Lady Ellinor sprach im Plauderton. »Sagtest du nicht neulich, dass dir Hilfe fehlt?«

Santina bestätigte es mit einem Nicken, gefolgt von einem unsicheren Blick in meine Richtung. »Ein weiteres Paar tüchtiger Hände kann ich immer gebrauchen.«

»Wunderbar!« In gespielter Nachdenklichkeit legte Lady Ellinor einen Finger an die Lippen. »Mal sehen, wo könnte man eine verwöhnte Prinzessin wie unsere Alice am besten einsetzen?«

Santina zog ein Gesicht, als schien es ihr nicht zu gefallen, wie Ellinor mit mir umsprang. Vielleicht war das aber auch nur Wunschdenken von mir, weil ich mir so dringend eine Verbündete wünschte. Ich hatte das Gefühl, als wolle sie etwas sagen, und warf ihr einen aufmunternden Blick zu.

Doch es war Lady Ellinor, die weitersprach. »Nun, Alice, willst du nicht antworten?«

»Mir war nicht klar, dass Ihr die Frage an mich adressiert hattet.« Ich zuckte die Schultern. »Setzt mich da ein, wo Hilfe gebraucht wird.« Hauptsache, sie verlangte nicht, dass ich Hühner rupfte.

Meine Antwort schien sie zu ärgern. »Und wenn ich dich nun sämtliche Zimmer putzen lasse?«

»Dann putze ich sämtliche Zimmer. Das macht mir nichts aus. Wenn Ihr Euch allerdings meiner Fähigkeiten bedienen wolltet, könnte ich zum Beispiel auch beim Backen helfen. Ich habe Erfahrung.« Im Stillen gratulierte ich mir dazu, wie gut es mir gelungen war, mich an die gestelzte Sprechweise anzupassen.

Lady Ellinor machte jedoch ein Gesicht, als hätte sie in eine Zitrone gebissen. »Du würdest wohl alles behaupten, nur um hier im Warmen bleiben zu dürfen.« An Santina gewandt fügte sie hinzu: »Alice wird deine neue Hilfsmagd. Sie wird sämtliche niederen Aufgaben verrichten, die anfallen. Sie soll täglich die Böden schrubben, angebrannte Töpfe auskratzen, Kamine auskehren, sich um den Schweineeimer kümmern und Ähnliches. Es wird ihr guttun zu sehen, womit sich das gewöhnliche Volk beschäftigen muss.«

Santinas Miene zeigte ihre zunehmende Unsicherheit. »Ich habe Lord Vertanen so verstanden, dass ich mich gut um Lady … um Alice kümmern soll. Er sagte, sie sei sein Gast. Sicher wünscht er nicht«, sie schluckte, »dass Alice den Schweineeimer leert.«

Im Raum wurde es totenstill.

Santina senkte den Blick.

»Glaubst du, die Wünsche meines Bruders besser zu kennen als ich?«

Kurzes Zögern. »Nein. Selbstverständlich nicht.«

»Es hörte sich aber so an. Bist du sicher?«

Diesmal keine Spur von Zögern. »Ganz sicher.«

Lady Ellinor erwiderte nichts darauf. Sie ließ die Stille lastend werden. Schließlich kehrte das Lächeln auf ihr Gesicht zurück und alle einschließlich mir atmeten auf. In täuschend freundlichem Ton sprach Lady Ellinor wieder zu mir. »Nun, Alice, ich werde dich meiner lieben Santina überlassen. Stell dich gut mir ihr, denn sie ist die einzige Person, mit der du sprechen darfst. Alle anderen«, ihr blinder Blick ging durch den Raum und schien jeden einzelnen zu erfassen, »alle anderen verhalten sich so, als ob Alice gar nicht hier wäre.«

Niemand durfte mit mir sprechen? Wie sollte ich Verbündete finden, wenn ich auf diese Weise geknebelt wurde? Mein Herz hämmerte in einem erneuten Anfall von Panik los. Würden diese fremden Frauen sich daran halten? Ich drehte den Kopf hin und her, suchte nach Augenkontakt, einem Rettungsanker. Es war kaum vorstellbar, dass sämtliche Anwesenden damit einverstanden waren, dass ich derart isoliert werden sollte?! Wo ich hinsah, entdeckte ich jedoch nur gebeugte Nacken. Selbst über die Anteilnahme der Hühnerlady hätte ich mich gefreut. Doch auch sie sah mich nicht an, stand mit dem Rücken zu uns und sammelte Federn in einen groben Leinensack.

Als ich zu Lady Ellinor zurücksah, stellte ich fest, dass sie mich mit einem zufriedenen Ausdruck im Gesicht beobachtete. Was hatte diese Frau nur gegen mich? Wir kannten uns nicht, dennoch spürte ich, dass es etwas zutiefst Persönliches war. Außerdem glaubte ich nicht länger, dass sie blind war.

Wie zur Bestätigung fing sie meinen Blick und deutete mit ihrem falschen Blindenstock zur Hintertür. »In dieser Richtung liegt das nächste Dorf. Bis dahin ist es ein guter Wochenmarsch, da draußen gibt es Wölfe und andere Raubtiere. Ich weine dir keine Träne nach, sollte eines Morgens deine zerfetzte Leiche im Wald gefunden werden. Ich habe Lord Vertanen jedoch versprochen, dass ich auf dich aufpassen werde und deswegen gebe dir den sehr guten Rat, an Flucht gar nicht erst zu denken.«

Rodin hatte also darum gebeten, dass sie auf mich aufpasste? Das und der zaghafte Protest, den Santina vorhin versucht hatte, rückte ihn wieder in ein etwas besseres Licht. Es war jedoch klar, dass er kein Stück Menschenkenntnis zu besitzen schien, wenn er nicht wusste, wie seine Schwester tickte.

»Ich werde keinen Fluchtversuch unternehmen.«

»Bleib bei deiner Ent…« Plötzlich legte Lady Ellinor den Kopf zur Seite, als würde sie horchen. Ihre Augenbrauen zogen sich zusammen. »Ist Beth in der Küche?«

»Nicht dass ich wüsste. Aber wir wissen ja, wie gut die kleine Kröte sich tarnen kann.« Santina eilte zum Holzstapel hinüber, der sich tatsächlich als einziger Ort in der Küche als Versteck eignete, und zerrte prompt ein Mädchen dahinter hervor. Die Kleine war circa dreizehn Jahre alt und sah halb verhungert aus. Kastanienbraunes Haar fiel ihr strähnig auf die Schultern. Sie trug einen langen rostroten Wollrock, dazu eine völlig zerknitterte schwarze Samtbluse mit einem Blümchenmuster. Ihre veilchenblauen Augen waren starr auf Lady Ellinor gerichtet. Trotz zeichnete ihre Miene. Ich hatte keine Ahnung, was so schlimm daran sein sollte, dass sie sich in der Küche aufhielt, doch die erneut angespannte Stimmung im Raum deutete darauf hin, dass ernste Folgen für das Kind zu befürchten waren.

Santina stellte sich hinter Beth und legte ihr fest die Hände auf die Schultern. »Entschuldige dich und dann verschwindest du schnell. Mach einen schönen langen Spaziergang an der frischen Luft.«

»Ich denke nicht daran!« Die Kleine versuchte, sich aus Santinas Griff zu winden. »Draußen ist es scheißkalt!«

»Ganz genau! Sei dankbar dafür.« Lady Ellinors Stimme war streng. »Und achte zukünftig auf deine Sprache. Scheißkalt ist kein Ausdruck, den eine junge Lady benutzen sollte.«

Die Stimme der Kleinen wurde schrill. »Warum ist es hier wärmer als bei uns? Das ist nicht gerecht. Wir müssen den ganzen Tag frieren.« Sie hob das Kinn. »Alle denken wie ich. Ihr habt es hier schön gemütlich, wir dagegen haben es … scheißkalt.«

»Beth!« Eine dringliche Warnung lag in Santinas Stimme. »Halt jetzt den Mund!«

»Du hast mir nix zu sagen, Küchenmagd!«

Santina schüttelte ärgerlich den Kopf. Ihr Ton blieb aber beherrscht. »Im Herrenhaus ist es auch nur in der Küche warm. Das lässt sich nicht vermeiden, wenn man am Abend eine heiße Suppe essen möchte, und das willst du doch, oder?«

»Nein, will ich nicht. Ich bin Besseres gewohnt. Und außerdem hat niemand hier Tischmanieren! Die anderen in meiner Hütte schmatzen und schlingen. Ihnen schmeckt der Fraß, mir aber nicht! Ich verdiene es, ein Zimmer im Herrenhaus zu bekommen.« Das Mädchen redete sich mehr und mehr in Rage. »Wir müssen uns in einem Eimer waschen und zu dritt in einem Bett schlafen. Wenn meine Eltern gewusst hätten, wie es hier ist, hätten sie mich nie hergeschickt. Ich möchte auf der Stelle nach Hause!«

Lady Ellinors Stimme war wie gehabt streng, jedoch zu meinem großen Erstaunen nicht unfreundlich. »Du bist alt genug, um zu verstehen, was für dich auf dem Spiel steht.«

»Das ist alles nur ein Trick von Euch.«

»Ach ja? Und was soll mir der angebliche Trick einbringen, außer solch unerquicklicher Szenen wie dieser?«

»Man muss sich nur im Haus umsehen. Ihr seid verarmt. Die angebliche Bedrohung habt Ihr nur erfunden, damit dumme Menschen wie meine Eltern gutes Geld dafür bezahlen, dass Ihr uns aufnehmt.«

Santina sah Beth entsetzt an. Sie wollte etwas sagen, doch Lady Ellinor lachte schallend. »Immerhin beweist du denselben Mut, den auch deine Tante Fran gewöhnlich an den Tag legt. Das wird dir im Leben noch nützlich sein.«

»Es war meine Tante, die dafür gesorgt hat, dass ich herkommen musste, nicht wahr? Ich hasse sie.«

»Du kannst es ihr selbst sagen, wenn sie das nächste Mal vorbeikommt. Und nun, Beth, geh hinaus und mach einen langen Spaziergang.« Sie warf mir einen raschen Seitenblick zu. »Du weißt, warum das jetzt eine gute Lösung wäre.«

»Nein. Weiß ich nicht. Ich weiß nur, was Ihr immer behauptet und habt Ihr nicht eben gerade gesagt, dass einen die Wölfe fressen, wenn man sich draußen herumtreibt?« Beth streckte den Arm aus und deutete auf mich. »Was ist überhaupt mit der da? Sie ist keine von uns. Was soll sie hier?«

Ich unterdrückte ein Lächeln. Hier war endlich jemand, der ein bisschen rebellisch war. Vielleicht konnte ich Beth später, in einem ruhigen Moment, dazu bringen, mit mir zu reden und ein paar Fragen zu beantworten.

Die Kleine warf sich das ungekämmte Haar über die Schulter und bedachte Santina mit einem hochmütigen Blick. »Du kannst mich jetzt in das Zimmer bringen, in dem ich ab heute wohnen werde. Danach will ich ein ordentliches Frühstück.«

»Kinder sind doch eine rechte Plage.« Lady Ellinor und Santina wechselten einen Blick. Irgendeine Botschaft wurde ausgetauscht. Santina wirkte unglücklich, nickte aber.

Mit einem Seufzer ließ Lady Ellinor ihren Stock fallen.

Gebannt starrte ich ihn an. Zu meiner ungeheuren Erleichterung verwandelte er sich diesmal aber nicht in eine Schlange. Trotzdem wusste ich, was als Nächstes kommen würde.

Unvermittelt packte Lady Ellinor das Mädchen am Nacken. Wie vorhin bei mir, presste sie den Handballen der freien Hand gegen Beth' Stirn.

Die Kleine stieß einen schrillen Schrei aus. Wie ich vorhin, schien sie sich nicht mehr rühren zu können. Nur ihre Finger an den ansonsten reglos herabhängenden Armen zuckten wie im Krampf.

Ehe ich wusste, was ich tat, stürzte ich vor. Ich rammte Lady Ellinor wie ein Rugbyspieler von der Seite. Sie machte einen Ausfallschritt. Ihr Fuß verfing sich jedoch in der Schleppe ihres Kleides.

Santina sprang vor, um ihre Herrin zu stützen, doch sie kam zu spät.

Das Geräusch, mit dem Lady Ellinors Kopf auf den Steinfliesen aufschlug, würde ich nie vergessen können. Vor Entsetzen über meine Tat war ich wie erstarrt. Ein greller blutroter Heiligenschein breitete sich unter dem seidigen rabenschwarzen Haar aus. Jemand schrie vor Entsetzen. War ich das gewesen? Ich schlug die Hand vor den Mund. Seit dem Brand wusste ich, wie rasend schnell alles gehen konnte. Morgens frühstückte man noch gemeinsam, stritt sich lachend um den Rest aus dem Marmeladenglas und am Abend war man ein Waisenkind. Hatte Rodin nun durch mich seine Schwester verloren? *Mörderin! Verdammt! Verdammt! Verdammt!* Ein Geräusch ließ mich zur Hintertür blicken, durch die Beth eben hinaus schlüpfte.

Santina hatte jedoch nicht vor, das Kind entwischen zu lassen. »Luise, Alma! Schnappt sie euch und dann ab mit ihr ins Eisloch. Schnell!«

Wie der Blitz stürzten die beiden angesprochenen Dienstmädchen dem Mädchen nach. Eisloch! Hatte ich gerade richtig gehört? Das war hoffentlich nicht wortwörtlich gemeint. Doch so oder so konnte ich Beth nicht helfen. Die Hühnerlady schlug hinter den beiden die Tür zu. Jegliches Wohlwollen, das sie mir gegenüber zu Anfang empfunden haben mochte, war aus ihrer Miene gewichen. Aus zusammengekniffenen Augen warf sie mir einen Blick zu, der klar besagte, dass ich es nur wagen sollte, auch sie umzuschubsen.

Unterdessen hatte Santina sich zu Lady Ellinor gekniet. Besorgt sah sie auf die totenblasse Frau hinab, die mit geschlossenen Augen und kaum sichtbaren Atembewegungen auf dem Rücken lag. Mein Werk! Ganz allein meins! Verdammt! Gestern hatte ich mit Kjell wegen der armen Wespe gestritten. Wenn ich ehrlich war, hatte ich mich ihm moralisch überlegen gefühlt. Heute fühlte ich mich klitzeklein und so mies wie nie zuvor in meinem Leben. Das Gefühl wurde schlimmer, als ich mir ins Gedächtnis rief, wie abgelegen das Herrenhaus lag. Es würde ewig dauern, bis der Krankenwagen käme, dabei zählte bei einer Schädelfraktur jede Sekunde. Als ich so weit gekommen war, fuhr mir erneut ein Schreck in die Glieder. Hatte überhaupt schon jemand daran gedacht, Hilfe zu rufen? Ein rascher Rundumblick bestätigte mir, dass außer den beiden Mädchen, die Beth gefolgt waren, niemand sonst die Küche verlassen hatte. Ich rannte zur Tür. Oben war ein Telefon. Was für ein Glück, dass ich es vorhin gesehen hatte.

Diesmal stellten sich mir gleich zwei Frauen in den Weg.

»Lasst mich durch, ich will den Notdienst anrufen!«

Sie rührten sich nicht von der Stelle.

Ich sah mich zu Santina um. »Irgendjemand muss das machen!«

Santina sah nicht auf. Ihre Stimme klang beherrscht. »Dazu besteht kein Anlass, Alice.«

Langsam drehte ich mich zu Santina herum. Ihre Worte konnte nur eins bedeuten: Lady Ellinor war gestorben. »Oh Gott. Es tut mir so leid.«

Santina sah mich kühl an. »Geh vor die Tür und warte dort.« Und zu den beiden Frauen, die mir eben die Tür verstellt hatten, sagte sie: »Lasst sie hinaus.«

Im Hinausgehen spürte ich die anklagenden Blicke der anderen im Rücken. Ich schaffte es bis in den Vorraum, ehe mich die Kraft verließ und ich zu Boden sank. Verzweifelt krümmte ich mich zusammen und barg das Gesicht in Händen.

Irgendwann öffnete sich die Tür. Mit vom Weinen brennenden Augen sah ich auf. Dann erkannte ich, wer aus der Tür trat.

In einer Sekunde war ich auf den Füßen. »Lady Ellinor!« Wieder stürzten mir Tränen über das Gesicht. Diesmal jedoch vor Erleichterung. Es interessierte mich kein Stück, wie gemein sie mich zuvor behandelt hatte. Sie lebte und ich war keine Mörderin! Das war alles, was zählte. Vor Glück überschäumend trat ich vor, um ihr um den Hals zu fallen.

Santina, die ihrer Herrin auf den Fuß gefolgt war, schob sich zwischen uns. Zornig blitzte sie mich an. »Wage es nicht!«

Zu spät wurde mir klar, wie das gewirkt haben musste. Beschwichtigend hob ich die Hände. »Ich wollte Lady Ellinor nur … umarmen.« *Du bist eine Idiotin, Alice!* Beklommen fügte ich hinzu: »Wirklich, ich bin einfach so überglücklich, dass es noch einmal gut ausgegangen ist.«

Santina zischte: »Das sollen wir glauben?«

Ich nickte unglücklich.

»Was du getan hast, ist unverzeihlich.«

Ich nickte erneut und hielt mich so aufrecht, wie ich konnte. Dann wandte ich mich direkt an Lady Ellinor, die stumm neben Santina gestanden hatte. Ich starrte in ihre milchigen Augen. »Ich wollte Beth beschützen, doch ich hatte nie den Wunsch, Euch zu verletzen. Bitte glaubt mir, es tut mir von Herzen leid!«

»Wie aufrichtig du es klingen lässt.« Sie sprach leise. Der Spott war dennoch nicht zu überhören. »Hast du dir nach heute Morgen nicht gewünscht, ich würde mir den Schädel einschlagen und nie wieder erwachen?«

»Nein!« Ich sah von Lady Ellinor zu Santina und dann zur offenen Tür, wo sich die anderen Frauen drängten. Aus allen Richtungen schlug mir Ablehnung entgegen. Würde irgendwer mir glauben? »Ich halte nichts von Rache. Gewalt als Antwort führte zu einer Endlosschleife von Vergeltung und Wiedervergeltung. Das ist ein Pfad, den ich nie beschreiten würde.«

»Große Worte.«

»Es ist die Wahrheit. Ich achte das Leben in jeder Form.«

Lady Ellinors Mund verzog sich zu diesem verächtlichen Ausdruck, mit dem sie mich in der kurzen Zeit unserer Bekanntschaft ständig bedachte. »Du bist natürlich daran gewöhnt, dass andere deine Kämpfe ausfechten. Ich kann sogar verstehen, dass es ein Schock für dich war, echtes Blut zu sehen. Arme Prinzessin.«

Ich starrte sie mit großen Augen an. Wovon zum Teufel sprach sie? »Kann es sein, dass Ihr mich mit jemandem verwechselt?«

»Du wirst feststellen, dass keiner meiner Leute sein Leben für dich riskieren wird.«

»Das würde ich auch nie verlangen! Meine Eltern sind gestorben, um andere zu retten. Niemals würde ich ihr Andenken enttäuschen!«

Sie schnaubte höhnisch. »Gestorben, um andere zu retten? Dieses Märchen kannst du jedem erzählen, nur nicht mir.«

»Ihr kennt weder meine Eltern noch mich!«

»Ich weiß genau, was für eine Art Frau du bist. Die großen seelenvollen Augen, die zarte Figur, du gibst das hilflose Weibchen, appellierst an den Beschützerinstinkt eines Mannes. Mein Bruder ist der eindeutige Beweis dafür, wie gekonnt du das ausspielst.«

Ich atmete lang aus, um mich zu beruhigen. Trotzdem zitterte meine Stimme. »Euer Bruder hat mich entführt, Lady Ellinor. Seid versichert, dass ich ihn nicht darum gebeten habe, hierher zu kommen.«

»Nun, ich kenne ihn. Er machte immer dann Dummheiten, wenn man an sein Herz appelliert. Du hast ihn offenbar besonders gründlich um den Finger gewickelt.«

Mir war klar, dass Lady Ellinor an ihrem Bild von mir festhalten würde, egal, was ich sagte. Nur Rodin konnte das aufklären, sobald er zurück war. Zwei Wochen konnten lang werden, doch es war auszuhalten und bis dahin würde ich einfach die Klappe halten und nett zu ihr sein. Ich hätte sie beinahe getötet. Wenn irgendjemand auf der Welt etwas bei mir gut hatte, dann sie.

»Besser, Ihr legt Euch ein wenig hin.« Santina berührte Lady Ellinor sanft am Arm.

»Wie immer werde ich deinem guten Rat folgen.« Lady Ellinor drückte Santinas Arm. »Um Beth hast du dich gekümmert, nehme ich an?«

»Das habe ich.«

»Ich wäre verloren ohne deine Hilfe.«

Eine sanfte Röte stieg Santina ins Gesicht. Sie sah aus, als hätte sie einen Orden bekommen. An mich gewandt sagte sie kühl: »Bis ich zurück bin, machst du bitte keine Dummheiten.«

Ich nickte und unterdrückte die Frage, was sie mit Dummheiten meinte. Atmen? Existieren?

Ich blickte den beiden nach, wie sie langsam davongingen, sah die blutverklebten Haare an Lady Ellinors Hinterkopf. Verdammte Scheiße! Ich ahnte, dass meine Einmischung nicht erwünscht war, aber ich konnte nicht anders und rief ihnen hinterher: »Santina! Ist es nicht vielleicht doch besser, das im Krankenhaus abklären zu lassen?«

Ich bekam keine Antwort. Ich sagte mir, dass sie erwachsene Frauen waren, die selbst wissen mussten, was zu tun war. Gut fühlte ich mich damit allerdings nicht.

Ich hätte gern gewusst, was für eine Meinung die anderen Frauen dazu hatten, doch als ich mich zur Küchentür drehte, stellte ich fest, dass sie offenbar an ihre Arbeit zurückgekehrt waren. Ich beschloss, mich ebenfalls nützlich zu machen und wenigstens die Blutlache zu beseitigen. Zögernd trat ich in die Küche. Die Unterhaltung war noch nicht wieder in Gang gekommen und die Anspannung war greifbar. Ich sah mich nach einem Schrank um, der aussah, als würde er Putzutensilien beherbergen, doch so ein Möbelstück gab es hier drin nicht. »Könnte mir jemand verraten, wo sich das Putzzeug befindet?«

Keine Antwort. Dafür stellte ich fest, dass die Blutpfütze bereits beseitigt worden war. Ich zwang mich, in die Runde zu lächeln, obwohl ich mich fühlte, als müsse ich gleich weinen. »Ach, ich sehe es gerade. Wer auch immer das Blut weggeputzt hat: Vielen Dank!«

Die Einzige, die darauf reagierte, war die Hühnerlady. Sie sah mir in die Augen und senkte mit einer knappen, kaum sichtbaren Bewegung das Kinn. Dann war ausgerechnet sie es gewesen, die das Blut beseitigt hatte? Ich lächelte ihr dankbar zu, doch sie sah es nicht, weil sie damit beschäftigt war, einem armen toten Huhn die Eingeweide aus dem aufgeschnittenen Bauch zu ziehen. Beklommen fragte ich mich, ob sich zu dem Hühnerblut auf ihrer Schürze das von Lady Ellinor hinzugesellt hatte. Ich atmete tief durch und wandte mich erneut an die Schweigemauer. »Gibt es etwas, wobei ich helfen kann?«

Keine Reaktion.

»Alice.« Santina hatte eben die Küche betreten. »Du hast doch gehört, dass sie nicht mit dir reden dürfen. Bring sie nicht in Schwierigkeiten.«

»Das hab ich nicht vor. Entschuldigung.« Ich sah Santina besorgt entgegen. »Wie geht es Lady Ellinor?«

»Sie kommt zurecht.«

»Es könnte ein schlimmerer Schaden entstanden sein als nur eine Platzwunde. Ich finde wirklich, dass man das im Krankenhaus überprüfen sollte.«

»Lass es jetzt gut sein, Alice.«

»Selbst wenn es nur eine Gehirnerschütterung ist, wäre es besser, sie nicht allein zu lassen.«

Je länger ich argumentierte, desto genervter sah Santina aus. »Du kannst davon ausgehen, dass wir bisher ohne deine klugen Ratschläge ausgekommen sind und es auch weiterhin können.«

»Es tut mir leid, wenn ich dich nerve, aber ich bin verantwortlich für das, was geschehen ist.«

»Jemand, dem ich zu hundert Prozent vertraue, ist bei ihr und passt auf.« Sie musterte mich stirnrunzelnd. »So gewaltbereit hätte ich dich gar nicht eingeschätzt.«

Ich erwiderte ihren kühlen Blick nicht minder frostig. »In diesem Raum sind«, ich sah mich rasch um, »fünfzehn Erwachsene. Niemand außer mir war bereit, Beth zu beschützen.«

Santina runzelte die Stirn. »Sie hatte keinen Schutz nötig.«

»Ach nein? Lady Ellinor wollte sie bestrafen und vielen Dank auch, ich weiß, wie sich das anfühlt.«

»Bestrafen? Wovon sprichst du?«

Ich dachte an den Blick, den Lady Ellinor und sie ausgetauscht hatten. »Du weißt ganz genau, was ich meine!«

»Die einzige Person, von der Gewalt ausging, warst du.«

»Ach ja? Dann hat Beth wohl darum gebeten, dass Lady Ellinor sie am Nacken packte? Wie ich schon sagte, ich hab selbst erlebt, wie sich das anfühlt. Was ist das für ein Griff? Ich nehme an, sie drückt bestimmte Nervenpunkte, die einen lähmen?«

»Ich kann dir dazu nichts sagen.«

»Aber du und alle anderen hier wissen, dass es nicht okay ist, oder? Ihr nehmt es in Kauf, warum auch immer.«

Santina schüttelte unglücklich den Kopf, doch sie ging nicht darauf ein.

»Und blind ist sie auch nicht!«

»Sie ist blind, ich versichere es dir. Und jetzt komm, ich werde dir zeigen, welche Aufgaben du übernehmen musst.«

Der Duft von Haferkeksen

An einer Hakenleiste neben der Hintertür hingen schwere dunkelbraune Wollumhänge. Santina reichte mir einen, ehe sie sich selbst einen umhängte. Der raue Wollstoff kratzte am Hals und der ganze Umhang roch nach Küche, doch er war warm und nur das zählte. Sie deutete auf einige grobe Fellstiefel. »Du wirst bis morgen auch ein Paar Stiefel bekommen und Pantoffeln fürs Haus, aber heute musst du dich mit deinen komischen Schuhen begnügen und das wird wohl leider auf kalte Füße hinauslaufen.«

Ich sah auf meine Sneaker und verdrängte, dass ich sogar hier im Haus schon kalte Füße hatte. »Ich friere nicht so leicht. Außerdem ziehe ich nichts an, was aus Leder oder Pelz gefertigt wurde.«

»Warum?«

»Weil ich nicht möchte, dass ein anderes Lebewesen sterben muss.«

Santina sah mich mit einem Blick an, als sei ich ein Rätsel, von dem sie wusste, dass sie es nicht so rasch würde knacken können, erwiderte jedoch nichts weiter. Vom Platz neben dem Herd nahm sie einen großen Blecheimer am Henkel, der bis zum Rand mit Küchenabfällen gefüllt war. In einem Nest von Kartoffelschalen lagen mehrere Hühnerköpfe und auch einige Krallen. Es stank grässlich. Sie wollte mir den Eimer reichen, überlegte es sich dann jedoch anders. Auf ihr Geheiß öffnete ich die rückwärtige Tür. Sofort biss ein übellauniger kalter Wind mich in sämtliche unbedeckten Hautstellen und davon gab es leider einige. Das Haus war in den Hang hinein gebaut. Santina zog mich am Arm zwei Schritte weiter bis zur steilen Treppe, die den Hang hinauf führte. Dann drehte sie sich um und zeigte zum Dach hinauf. »Am Eingang solltest du nie länger als nötig stehen bleiben.«

Ich folgte mit dem Blick ihrem ausgestreckten Zeigefinger. Überall an der Dachkante hingen armlange Eiszapfen. Sogar in dem wolkengedämpften Nachmittagslicht glitzerten die Spitzen bedrohlich. »Sind die nicht erst im Frühling gefährlich, wenn es taut?«

»Ich würde mich nicht darauf verlassen.«

»Okay. Danke für die Warnung.«

Wir quälten uns die eisverkrusteten Stufen hinauf. Das heißt, ich quälte mich, denn Santina eilte in einem Tempo voraus, bei dem mir angst und bange wurde. Zweimal fiel ich auf die Knie und wusste jetzt, warum sie den Eimer trug. Hätte sie ihn mir überlassen, wären die Abfälle jetzt überall verstreut. Mir lag die Frage auf der Zunge, weshalb man kein Streusalz verwendet hatte, doch ich schluckte sie hinunter, weil ich ahnte, dass Santina es als Vorwurf auffassen würde. Außerdem hatte sie ja ganz offensichtlich kein Problem damit. Ich betrachtete den eisernen Handlauf, verzichte jedoch darauf, mich daran festzuhalten, denn ich war mir nicht sicher, ob meine nackte Handfläche nicht daran festfrieren würde. Oben angekommen zog ich den Kopf ein, so gut ich konnte. »Das ist ein ganz schön fieser Wind.«

»Fies?« Sie lachte auf. »Warte, bis es Winter ist. Das hier ist eine frische Brise, mehr nicht.«

»Kann es kaum erwarten.« Doch in Gedanken sagte ich mir, dass ich bis dahin weg sein würde. Ich sah mich um. Bis zum Horizont breitete sich flaches schneebedecktes Gelände aus. Nur ab und zu ragte ein Baum auf, dessen Äste sich unter der Schneelast bogen. Das einzige andere Gebäude befand sich in etwa einem halben Kilometer Entfernung. Menschen waren keine zu sehen, auch keine Autos oder landwirtschaftliche Geräte. Ich hatte mich zwar dafür entschieden, mit einer etwaigen Flucht zu warten, bis Rodin zurückkam. Gegen alle Vernunft hoffte ich aber trotzdem, dass er in seinem Brief an mich die Wahrheit gesagt hatte und die Entscheidung über meine Zukunft bei mir lag. Für den Fall, dass ich mich in ihm irrte, wollte ich die Gegend aber schon einmal vorsorglich auskundschaften. Meine Zehen fühlten sich nach wenigen Schritten bereits so an, als würden sie absterben. Längere Spaziergänge, selbst wenn sie mir erlaubt werden sollten, konnte ich vergessen.

Ein breiter festgetrampelter Pfad führte auf das gegenüberliegende Gebäude zu. Ich klemmte meine Hände unter die Achseln und war nicht böse, dass Santina ein flottes Tempo anschlug. Die Stille, die uns umgab, war beinahe unheimlich. Nur das Knirschen unserer Schritte im Schnee war zu hören und mein keuchender Atem. Eine Weile gingen wir so. Santina wirkte nachdenklich und ich zögerte, sie dabei zu stören. Glücklicherweise fing sie von selbst ein Gespräch an. »Da vorne sind die Ställe, die Schmiede sowie die Käserei. Der Hühnerstall und das Gewächshaus liegen direkt dahinter.« Mit hörbarem Stolz in der Stimme fügte sie hinzu: »Lady Ellinor besitzt mehrere Dutzend Hühner und Gänse, achtzehn Schweine, vierzehn Kühe und sechs Rappen.«

»Und ein paar Schafe, würde ich sagen.«

»Richtig, aber die sind für Myrkur bestimmt.«

»Wer ist dieser Myrkur? Wohnt er in der Nähe?«

»Lord Vertanen fliegt meistens mit ihm, wenn er verreisen muss. Die Schafe sind Teil seiner Bezahlung.«

Ein Pilot, der in Naturalien bezahlt wurde? Ich konnte das klapprige Propellerflugzeug, mit dem er unterwegs sein würde, direkt vor mir sehen. »Damit steht fest, dass ich am Arsch der Welt gelandet bin.«

Santina sah mich belustigt an. »Was bedeutet Arsch der Welt?«

Ich seufzte. »In meinem Fall bedeutet es, sehr, sehr weit weg von zu Hause.«

Ein Anflug von Mitgefühl huschte über ihr Gesicht. Ich hatte so wenig, woran ich mich aufrichten konnte, dass ich mich an den Gedanken klammerte, sie könne vielleicht irgendwie doch meine Rettung sein. Inzwischen wirkte sie auch längst nicht mehr so streng wie vorhin in der Küche. Plötzlich kam mir eine Idee. Ich blieb stehen und zog mit heftig klopfendem Herzen Rodins Brief aus der Jackentasche. Mit vor Kälte steifen Fingern streckte ich ihn Santina entgegen. »Den hast du mir vorhin gegeben. Er ist von Lord Vertanen, richtig?«

»Ja?« Sie sah mich misstrauisch an.

»Lies ihn bitte.«

»Auf keinen Fall!«

»Bitte!« Ich wedelte auffordernd mit dem Umschlag.

»Nein!«

»Von mir aus.« Ich las ihr die entsprechende Stelle vor und sah sie dann wieder an.

»Er legt den Zeitpunkt für diese Entscheidung auf den Tag seiner Rückkehr fest.«

»Ja, aber seine Absicht geht aus den Zeilen klar hervor. Bitte, Santina, hilf mir, von hier zu verschwinden. Er ist damit einverstanden.«

Wieder schüttelte sie den Kopf.

»Warum nicht?«

Sie blickte mir fest in die Augen. »Ich vertraue darauf, dass Lady Ellinor das Richtige tut.«

Mit viel Mühe schluckte ich meine aufflammende Wut hinunter. Trotzdem sah Santina mir offenbar an, was in mir vorging. »Du kannst über mich denken, was du willst, aber auf meine Herrin lasse ich nichts kommen!«

»Deine Herrin? Wo lebst du? Im Mittelalter?«

»Du hast ja keine Ahnung!« Santina seufzte. Sie wirkte eher frustriert als verärgert. »Lass uns weitergehen.«

Wir stiefelten wieder los. »Ich will deine Herrin ja nicht angreifen und dich im Übrigen auch nicht. Ich möchte nur verstehen, warum ich hier bin, okay?«

Zu meiner Überraschung kicherte sie.

»Was ist so lustig?«

»Das Wort.«

»Was meinst du?«

»Okay.« Wieder kicherte sie.

»Was ist damit? Kannst du es mir erklären?«

»So, wie du es sagst, erinnert es mich an den Balzruf der Pâstuskröten im Sommer, okee-okee-okee. Niemand würde diesen Ton wählen, um sein Einverständnis mit einer Sache kundzutun, wie du es ständig machst.«

»Okay.« Ich zog das Wort in die Länge und freute mich, dass der Trick wieder funktionierte. Santina schüttelte sich geradezu vor Lachen. Mir wurde ein bisschen leichter ums Herz. »Von dieser Krötenart hab ich noch nie gehört.«

»Es sind wirklich sehr hässliche Geschöpfe, ihre Leber, in Zwiebeln gebraten, ist allerdings köstlich.«

Ich sah sie entsetzt an und Santina fühlte sich offenbar gedrängt, sich zu verteidigen. »Jeder mag das gern essen und der Leber sieht man nicht an, wie schleimig und stinkig die Haut der Kröten ist.«

Höchste Zeit, das Thema zu wechseln. »Was hast du vorhin mit Eisloch gemeint? Als du die Frauen der kleinen Beth hinterhergeschickt hast.«

»Nichts Wichtiges.«

Ein ungutes Gefühl beschlich mich. Ich sah mich um. Außer dem Stallgebäude und einem Wald, dessen Ausläufer jedoch noch ein ganzes Stück weit entfernt waren, konnte man sich nirgendwo verstecken. Von dem Mädchen und ihren Verfolgerinnen war nichts zu sehen. »Das mit dem Loch in Eisloch ist hoffentlich nicht wortwörtlich gemeint?«

Schweigen. Santinas ertappter Gesichtsausdruck ließ jedoch darauf schließen, dass ich einen Treffer gelandet hatte. Als sie bemerkte, wie ich sie ansah, seufzte sie frustriert. »Du musst um das Mädchen wirklich keine Angst haben und … auch um deine eigene Sicherheit musst du dich nicht sorgen. Ich werde mich Lady Ellinors Anweisungen nicht widersetzen, doch ich passe auf dich auf so gut ich kann.«

Das kam so unerwartet, dass mir Tränen in die Augen stiegen. Meine Stimme war kratzig und ich konnte nur flüstern. »Danke.«

»Schon gut.« Sie warf mir einen unbehaglichen Seitenblick zu. »Hast du sonst noch Fragen?«

»Ja, wegen Beth.« Bei jedem Wort drang Kälte in meine Lunge und reizte mich zum Husten. Vermutlich war es keine gute Idee, sich hier draußen allzu lang zu unterhalten. Doch ich musste einfach erfahren, was für unbekannte Regeln hier galten. »Was war so schlimm daran, dass sie sich in die Küche geschlichen hatte?«

»Den Grund dafür kann ich dir nicht sagen, doch es ist den Kindern streng verboten, ins Herrenhaus zu kommen. Sie wissen das auch ganz genau.«

»Aber die Kinder frieren. Stimmt das etwa nicht?«

»Es stimmt.«

»Das ist nicht in Ordnung! Santina, siehst du das nicht ein? Kinder sollen nicht frieren. Niemand sollte das.«

»Wir alle hätten es gern warm, aber so ist es nun einmal.« Eine leichte Gereiztheit schlich sich in ihre Stimme. »Es ist besser, wenn sie es ein bisschen kalt haben. Glaub mir, die Alternative ist nicht wünschenswert. Bald wirst du es verstehen.«

»Nie im Leben!«

»Alice, ich kann einfach nichts dazu sagen. Ich darf nicht. Warte es bitte einfach ab.«

Vorerst kam ich hier nicht weiter. Ich beschloss, mich wie Wasser zu verhalten, das stetig einen Stein umspült. Kein allzu großer Druck, dafür aber Beständigkeit. Früher oder später würde ich Santina zu einem Sandkorn geschliffen haben. »Gut. Lassen wir das Thema ruhen. Okay?« Ich schielte zu Santina hinüber. Kein Lächeln.

Das Stallgebäude war zum Glück nun schon recht nahe. Unter dem Umhang war mir dank unseres raschen Tempos einigermaßen warm geworden. Meine Füße hatten sich jedoch leider, wie von Santina vorausgesagt, in Eisklumpen verwandelt. Unwillkürlich stöhnte ich vor Schmerz.

»Was ist?«

»Meine Füße.«

»Morgen, wenn du deine Schuhe bekommst, wird es besser.«

»Könnte ich vielleicht einfach ein Paar dicke Wollsocken haben?«

»Das wird nicht genug sein. Außerdem passen sie nicht in deine Schuhe.«

Stimmt, das hatte ich ja am Morgen schon festgestellt.

Santina schüttelte den Kopf, sagte jedoch nichts weiter dazu.

Im Näherkommen sah ich, dass das Stallgebäude wesentlich größer war, als es von Weitem ausgesehen hatte. Die Mauern waren aus klobigen Steinen zusammengesetzt. Sofort fühlte ich mich an die Hütte in Schottland erinnert, in der ich mit meinen Eltern einen langen Sommer verbracht hatte. Im Vergleich zu dem Stall war sie natürlich winzig gewesen, doch ebenso rustikal anmutend. Sie hatte aus einem einzigen Zimmer bestanden, in dem alles untergebracht war. Ich konnte mich nicht erinnern, warum wir damals dort gewesen waren, vielleicht hatte es mit Dads Jobsuche zu tun gehabt. Ehe er im Sportstudio in London East angefangen hatte, verreisten wir sehr oft. Es kam gar nicht so selten vor, dass wir mitten in der Nacht die Koffer packten. In Schottland war Dad oft ohne uns unterwegs gewesen. Mum und ich waren erst wieder fröhlich, wenn er zurück war und an solchen Abenden übernahm immer er das Bettritual. Meistens war er so erschöpft, dass er beim Vorlesen einschlief. Es gab jedoch Tage, an denen er zu Hause blieb und dann erkundeten wir zu dritt die Gegend. Ich ging zwischen ihnen, beide hielten meine Hand und ließen mich am ausgestreckten Arm schaukeln. Ich hatte unsere Reisen geliebt und manchmal wünschte ich, wir wären für immer in Schottland geblieben, auch wenn das bedeutete, dass ich Kjell nie kennengelernt hätte. Die Trauer über den Tod meiner Eltern war in den langen Jahren danach zu einer Freundin geworden. Ich wehrte mich nicht gegen sie, wenn sie mich besuchen kam. Eine Weile saßen wir zusammen, hielten einander im Arm, weinten zusammen und irgendwann ging sie wieder. Die Abstände, in denen sie mich besuchen kam, wurden größer und größer. An Kjell zu denken war jedoch etwas anderes und es zog mich nun so richtig herunter.

Bestimmt war er halb wahnsinnig vor Angst um mich. Ich sah ihn vor mir, wie er in der Wohnung auf und ab tigerte, telefonierte, in den Hörer schrie. Später im Bett würde er seine Nase in meinem Schlafshirt vergraben, meinen Namen murmeln. Verblüfft stellte ich fest, dass ich ihn noch nie gesehen hatte, wie er richtig weinte. Das verstärkte die Traurigkeit in mir. Wir kannten uns gut, doch es gab noch so viel aneinander zu entdecken. Wenn Rodin nun nicht Wort hielt und ich Kjell nie wiedersehen würde? Genug! Hör sofort damit auf, dich selbst zu bemitleiden! Ich blieb stehen, bückte mich nach einer Handvoll Schnee und rieb ihn mir ins Gesicht. Gleich darauf brannte meine Haut noch stärker vor Kälte als zuvor. Ich steckte die Hände unter die Achseln und stapfte ärgerlich an Santina vorbei, die stehen geblieben war und mich verblüfft beobachtet hatte.

»Was war das gerade? Ist dir noch nicht kalt genug?«

»Das ist eine Methode, um aus dem Gedankenkarussell auszusteigen.«

»Verstehe ich nicht.«

»Wenn ich nicht damit aufhören kann, an etwas Schlechtes zu denken, lenke ich mich auf körperliche Weise ab. Ich gehe zum Beispiel ins Bad und schaufle mir Wasser ins Gesicht.«

»Musst du dich oft ablenken?«

»Früher ja. Nach dem Tod meiner Eltern war ich oft, na ja«, ich zuckte die Schultern, »das kann sich wohl jeder denken, wie es einem da geht.«

Sie nickte ernst.

Ich hätte sie gern gefragt, ob ihre Eltern noch lebten, verkniff es mir jedoch. So sehr ich mir auch wünschte, eine gemeinsame Basis mit Santina zu finden, ich wollte es nicht ausgerechnet durch dieses Thema erreichen.

»Meine Familie ist ebenfalls tot. Hast du Geschwister?«

»Nein.«

»Ich hatte einen Bruder. Einen älteren, klugen und wunderbaren Bruder. Er sprach nur, wenn es nötig war, wusste immer, wann ich eine Umarmung brauchte. Ich weiß, dass ich es in der Erinnerung vermutlich idealisiere, doch ich kann mich nicht erinnern, dass wir jemals gestritten hätten. Es gibt keinen Tag, an dem ich ihn nicht vermisse.«

Ich glaubte nicht, dass sie ihn idealisierte. Mir stand das Bild meiner Eltern klar vor Augen. Ich wusste genau, wie sie gewesen waren und das war bei Santina bestimmt nicht anders.

Danach schwiegen wir. Schließlich erreichten wir das Stallgebäude. Das große rechteckige Scheunentor stand einen Spalt weit offen. Leises Muhen war zu hören, das Rascheln scharrender Hufen im Stroh. So schöne friedliche Geräusche. Ich hoffte, dass wir hineingehen würden. Bestimmt war es in der Gesellschaft der gemütlich wiederkäuenden Kühe herrlich warm. Bedauerlicherweise eilten wir jedoch an der Scheunentür vorbei. Ich spitzte die Ohren, um nach Stimmen oder sonstigen Arbeitsgeräuschen zu lauschen, doch da war nichts. »Arbeitet um diese Zeit niemand?«

»In den Ställen arbeitet immer jemand.«

»Hat Lady Ellinor ihnen die Zunge rausgeschnitten oder warum hört man nichts?« Sofort bereute ich meine Worte. Ich hatte mir doch vorgenommen, nur nett über Rodins Schwester zu reden, verdammt! »Entschuldige, Santina. Das war geschmacklos. Manchmal ist meine dumme Zunge schneller als mein Kopf.«

»Dann sollte man sie dir wohl herausschneiden, oder?«

Ich sah sie entsetzt an.

Santina zuckte die Schultern. »Keine Sorge. Das war nur ebenfalls eine geschmacklose Bemerkung.«

Wir mussten erst um das ganze Stallgebäude herumgehen, bis auf die Rückseite, ehe ich die Antwort auf meine ursprüngliche Frage bekam. »Wir reden alle nicht so viel. Du hast ja bemerkt, dass es kalt ist. So viel, wie wir beide auf dem Weg gesprochen haben, werden wir wohl einen rauen Hals bekommen.«

»Den hab ich jetzt schon. Und lass mich raten, niemand geht zum Arzt, wenn er sich erkältet hat?«

»Das ist richtig.«

Was war das hier? Was waren das für Leute? Zum ersten Mal kam mir der Gedanke, dass ich in einer Sekte gelandet sein könnte. »Warst du schon mal in London?«

»Leider nein. Ich könnte höchstens mit Lady Ellinor reisen, aber sie mag London nicht.«

Auf dem Gelände hinter dem Stall fanden sich einige kleinere Holzhütten, denen es einigermaßen gelang, den Wind abzuhalten. Zwischen ihnen und um sie herum verzweigte sich ein Netz aus in den Schnee getrampelten Pfaden. Das bedeutete, dass hier normalerweise Leute unterwegs waren. Dass niemand zu sehen war, war beinahe unheimlich. Mir kam der unsinnige Gedanke, dass sie sich alle vor mir versteckten. Ein Frösteln überlief mich. »Und wohin gehst du dann in Urlaub?«

»Nirgendwo hin.«

»Auch an deinen freien Tagen nicht?«

Santina gab ein unwilliges Schnauben von sich. »Das waren genug Fragen für einen Tag. Komm schon. Wir haben eine Aufgabe zu erledigen.«

Doch ich blieb stehen. Aus der Richtung der Hütten drangen die aufgeregten Stimmen zweier Frauen und das Protestgeschrei eines wütenden Mädchens.

Sofort rannte ich los.

Das Gelände hinter den Hütten wurde in etwa hundert Metern Entfernung von den Ausläufern eines Tannenwalds begrenzt. Ich jagte den Pfad entlang, der in schnurgerader Linie auf den Wald zulief. Als ich unter die Bäume trat, war ich am Rücken vollkommen nass geschwitzt. Hektisch sah ich mich um. Von hier aus führten gleich fünf Pfade in unterschiedliche Richtungen zwischen den Bäumen hindurch. Es gab nur wenig Gehölz und ich konnte weit zwischen den Bäumen hindurchsehen. Wo waren die Stimmen hergekommen? Santina tauchte keuchend neben mir auf. Sie hielt sich die Seite. »Wir gehen sofort zurück!«

»Hast du den Schrei vorhin gehört? Wo kam er her? Das war bestimmt Beth.«

»Mit ihr ist alles in Ordnung. Komm.«

Ich fuhr zu ihr herum. »Hör auf, mir ständig diesen Scheiß zu erzählen. Nichts an diesem Ort ist auch nur annähernd in Ordnung!«

Etwas Dunkles blitzte in meinem rechten äußeren Gesichtsfeld auf. Ich wandte den Kopf und sah die beiden Dienstmädchen, die Beth hinterhergerannt waren. Sie kamen ein Stück auf unserem Weg, bogen dann aber in Richtung auf das Herrenhaus ab. Ich warf Santina einen beunruhigten Blick zu. »Wo ist die Kleine?«

Santina seufzte. »Du wirst sowieso keine Ruhe geben, oder?«

Das Eisloch befand sich auf einer Lichtung. Es war circa vier Meter tief und groß genug, dass mehrere Erwachsene darin Platz gefunden hätten. In einer der Ecken, die Arme fest um sich geschlungen, stand Beth. Sie zog geräuschvoll die Nase hoch. Statt Santina einen giftigen Blick zuzuwerfen, die schließlich die Anweisung gegeben hatte, das arme Kind in diese Eisgrube zu stecken, funkelte sie mich giftig an. »Was willst du hier?«

»Ich werde dafür sorgen, dass du hier herauskommst.«

»Das darfst du nicht!« Das Mädchen sah zu Santina. »Sie hat wohl gar keine Ahnung, oder?«

Santina trat an den Rand der Grube und stützte die Hände in die Hüften: »Du hast doch Lady Ellinor gehört. Niemand außer mir darf mit Alice sprechen.«

»Ich lass mir von Lady Ellinor nichts sagen.«

Santina seufzte. »Du machst dir das Leben selbst schwer, Beth.«

Schon beim Herankommen hatte ich die lange Holzleiter neben der Grube entdeckt. Ich bückte mich, um sie aufzuheben, doch schon war Santina neben mir. Sie stellte einen Fuß auf die Leiter. »Das wird nicht passieren, Alice.«

Ich richtete mich auf und sah sie ernst an. »Beth ist nur wegen mir in diesem Loch gelandet. Richtig?«

Sie zögerte. »In gewisser Weise, ja.«

»Gut. Ich hab kapiert, dass ihr hier nach eigenen Regeln lebt. Sie gefallen mir nicht, aber so lange ich Lord Vertanens Gast bin, werde ich mich ebenfalls daran halten. Wir haben uns ja eben geeinigt, dass ich an dieser Situation mitschuldig bin. Deshalb ist es nur fair, wenn ich die Konsequenzen trage. Ich gehe da hinunter und Beth geht nach Hause.«

Santina schenkte mir zum allerersten Mal ein Lächeln, das von Herzen kam. »Dein Vorschlag ehrt dich, Alice, und ich würde dir gern erklären, wozu Beth' Aufenthalt im Eis nötig ist. Und das ist er wirklich. Glaube mir bitte. Dir diese Erklärung zu geben ist nur leider nicht meine Aufgabe.« Nun wurde sie wieder ernst. »Wenn du trotzdem versuchen solltest, Beth aus dem Eisloch zu befreien, werde ich es verhindern. Notfalls hole ich mir ein paar Stallburschen zu Hilfe.«

Vor hilfloser Wut knirschte ich mit den Zähnen. »Sie hat nicht einmal eine Jacke!«

Santina wandte sich an Beth. »Frierst du?«

»Ja.«

»Sag die Wahrheit, Beth.«

»Ich friere fürchterlich, das ist die Wahrheit!«

Santina seufzte. »Sie würde gerade alles sagen, um dir ein schlechtes Gewissen zu machen. Beth ist ein kleines Miststück.«

»Beth ist in erster Linie ein Kind.« Es fiel mir zunehmend schwerer, ruhig zu bleiben. »Wie lang muss sie ausharren?«

»Im schlimmsten Fall bis zum Abend. Wir alle hatten schon längere Zeiten im Eis.«

Voller Entsetzen hörte ich ihr zu. Also geschah diese Form der Bestrafung öfter. Ich war so fassungslos, dass mir geradezu körperlich übel wurde. Ich versuchte dennoch, es mir nicht anmerken zu lassen. »Können wir den Eltern Bescheid geben? Sicher werden sie doch etwas tun können, um die Situation zu beheben.«

»Beth' Eltern leben im Süden. Du kannst mir aber glauben, dass sie froh und sogar dankbar wären, dass Lady Ellinor so umsichtig ist. Und nun werde ich keine Fragen mehr beantworten.«

Ich seufzte. Im Augenblick konnte ich wohl wirklich nichts ausrichten. Ich hegte keine Zweifel, dass Santina wie angedroht die Stallburschen zu Hilfe holen würde. »Darf ich später noch einmal nach ihr sehen?«

»Nur in meiner Begleitung und ich kann dir nicht versprechen, dass ich dafür Zeit finden werde.«

»Danke.« Ich spähte zu Beth hinunter. Die Nasenspitze der Kleinen war rot. »Hast du gehört? Ich komme wieder.«

»Dann ist es bestimmt zu spät. Mein Leben ist eine einzige Qual.«

Ich runzelte die Stirn. Selbst in meinen Ohren klang das etwas zu melodramatisch.

»Alice! Wir haben zu tun, bitte komm.«

Widerwillig folgte ich Santina. Im Gehen winkte ich Beth noch einmal zu, doch diese streckte mir im Gegenzug nur die Zunge heraus. Nachdenklich trottete ich hinter Santina her zum Stallgebäude zurück.

Wir gingen an den fünf Hütten vorbei und Santina nahm wieder den Eimer auf, den sie dort zurückgelassen hatte, ehe sie mir hinterhergerannt war. Auf der Rückseite der letzten Hütte war ein von einem Maschendrahtzaun umgrenztes Gehege. Das Gatter stand offen, da sich die Hühner laut Santina während des Winters im Inneren der Hütte aufhielten. Am äußersten Ende des Geheges wiederum befand sich ein dampfender Misthaufen und in unmittelbarer Nähe dazu ein riesiges Holzfass, das offenbar unser Ziel gewesen war.

Santina wuchtete den Deckel herab, legte ihn in den Schnee und zog eine Grimasse. »Bitte schön, der Schweineeimer! Hier landen sämtliche Küchenabfälle.«

»Das stinkt ja widerlich!«

»Sei froh, dass nicht Sommer ist.« Santina zog einen Holzstab auf dem Schnee und hielt ihn mir entgegen. »Leer die Abfälle hinein und dann umrühren.«

Widerwillig steckte ich den Stab in die zähe grünbraune Masse. Ich rührte zögerlich im Kreis, was ein schmatzendes Geräusch verursachte. Mit jeder Umdrehung intensivierte sich der Gestank. Ich atmete angestrengt durch den Mund. »So etwas fressen Schweine?«

»Sogar mit Genuss.«

Santina ließ mich rühren, bis auch die letzte Kartoffelschale verschwunden war. Schließlich befahl sie mir, den Deckel wieder aufzulegen. Als ich mich nun danach bückte, begriff ich zunächst nicht, was die weißen Klümpchen am Rand waren. Dann fiel mir auf, dass sie sich bewegten. »Igitt! Sind das etwa Maden?«

Santina lachte, doch in ihren Augen lag ein prüfender Ausdruck. »Sei nicht so zimperlich. Die Maden sind, wie die Hühnerreste, eine wunderbare Eiweißquelle. Das brauchen die Schweine, um fett zu werden.«

»Ich bin nicht empfindlich, ich hatte den Anblick nur nicht erwartet.« Mit zusammengebissenen Zähnen hob ich den Deckel erneut auf und wuchtete ihn auf die Tonne. »War's das?«

»Für heute ja. Immer wenn der Kücheneimer voll ist, bringst du ihn hierher und rührst kräftig um. Die Schweine musst du nicht füttern, das machen die Stallburschen.«

»Ich hätte kein Problem damit, sie zu füttern. Im Gegenteil. Ich mag Schweine, sie sind sehr intelligent.«

Santina musterte mich nachdenklich. »Lady Ellinor geht davon aus, dass du dir für solche Arbeiten zu gut bist und dich erniedrigt fühlst.«

»Denkst du das auch?«

»Du hättest heute Morgen wohl kaum die Scherben von eigener Hand beseitigt, wenn du die verwöhnte Prinzessin wärst, als die sie dich sieht. Ich war gespannt, wie du dich mit dem Schweinefraß anstellen würdest. Ich bin zufrieden.«

»Danke. Ich bin auch zufrieden.«

»Ach ja? Weswegen?«

»Du könntest das Bild korrigieren, das deine Lady offenbar von mir hat.«

Santinas Schultern versteifen sich augenblicklich, ich wusste, dass ich zu weit gegangen war. »Schon gut. Ich erwarte nicht, dass du dir wegen mir Ärger einhandelst.«

»Ich habe gesagt, das ich dir helfen werde, und ich halte mein Wort.« Sie sah mich mit zusammengekniffenen Augen an. »Du hoffst besser nicht darauf, dass ich zwischen euch beiden wähle. Lady Ellinor ist meine Herrin, aber sie ist auch meine Freundin.«

Auf dem Rückweg zog ich zähneklappernd Bilanz. Das herrschende Wetter und meine ungeeignete Kleidung machten eine Flucht in nächster Zeit erst mal unmöglich. Was ich jedoch probieren würde, war, mich in die Eingangshalle zu schleichen und Kjell anzurufen, der in meiner Vorstellung hundert Mal am Tag sein Handy hervorholte, um nachzuschauen, ob ich mich gemeldet hatte. Lady Ellinor war mein größtes Problem. Aus irgendeinem Grund, den ich nicht kannte, schien sie mich regelrecht zu hassen. Santina hingegen schien sich noch nicht sicher, wie sie zu mir stehen sollte. Ich hatte das Gefühl, dass sie versuchen würde, einen Spagat zu machen zwischen Rodins Anweisungen und dem, was Lady Ellinor mit mir vorhatte. Meine allergrößte Hoffnung ruhte jedoch ausgerechnet auf dem Mann, der mich entführt hatte.

Ich fand, dass ich mich ganz gut hielt, angesichts dessen, was ich gerade erlebte. Das kleine Hochgefühl, das mich demzufolge bis zum Haus aufrechterhalten hatte, fiel jedoch in sich zusammen, sobald wir die Küche wieder betraten. Vielleicht war der Zusammenbruch aber ohnehin unabdingbar gewesen. Der Auslöser war ein Blech mit schlichten Hafercookies, das zum Abkühlen auf einem der Tische stand. Ich roch die Süße von Malzsirup und Ingwer und fragte mich, ob Kjell heute Morgen im Wonderland gewesen war, um den Leuten mit Gutscheinen wenigstens eine Tüte mit Keksen in die Hand zu drücken? Oder würde meine ganze Arbeit in den Vitrinen vertrocknen? Oh! Und hoffentlich dachte er daran, Lewis sein Futter hinzustellen! Die beiden mochten einander nicht, aber bestimmt würde er es doch mir zuliebe tun. Von Jasper hatte ich Kjell nie etwas erzählt und konnte nur hoffen, dass Rodin umsetzte, was er in seinem Brief geschrieben hatte. Meine Augen fingen zu brennen an, dann strömten Tränen über meine Wangen. Still weinte ich vor mich hin, während ich die Kekse anstarrte. Würde ich Kjell und meinen Kater jemals wiedersehen?

Jemand schlang die Arme um mich. »Alice, shhhh, beruhige dich. In ein paar Tagen ist Lord Vertanen zurück und es klärt sich alles auf.« Santina strich mir sanft über das Haar. Obwohl wir eben erst aus der eisigen Kälte hereingekommen waren, strahlte sie eine tröstliche Wärme aus und sie roch gut, nach Zimt und Honig. Dass sie mich tröstete, machte die Sache aus irgend einem Grund jedoch noch schlimmer. »Jasper wird nie wieder zu unserer Stelle kommen.«

»Wer ist Jasper?«

»Ein Obdachloser.« Ich hickste. »Ich bringe i- ihm immer Frühstück. Und ab und zu auch mal einen Pullover. Aber a- a- außer dem Essen nimmt er kaum etwas an.«

»Was hältst du davon, wenn ich jemanden zu Beth schicke, der ihr ein paar von den Keksen bringt? Sie ist noch nicht lange bei uns und hat bisher keine Freundinnen gefunden. Für eine Portion Haferkekse wird ihr bestimmt eines der anderen Mädchen Gesellschaft leisten, bis sie wieder heraus darf. Sie wissen schließlich, wie man sich im Eisloch fühlt.«

Was sie sagte, war auf bemerkenswerte Weise freundlich und schrecklich zugleich. Die armen Kinder. Mein Schluchzen verstärkte sich.

Aufmunternd tätschelte Santina mir den Rücken. »Sieh es so. Wenn Beth heute eine Freundin findet, ist das eine gute Sache. Sie wird vielleicht weniger rebellisch sein und kommt dadurch auch nicht mehr so oft in Schwierigkeiten.«

Wie selbstverständlich das für Santina war, dass man Menschen mitten im Winter in ein Loch im Boden warf, und sogar Kinder! Dennoch war ich auf einmal weit davon entfernt, sie zu verurteilen. Ich wusste absolut nichts darüber, wie ihr Leben bis heute verlaufen war. Falls sie immer nur hier gelebt hatte und auch nicht vergleichen konnte, wie es im Rest der Welt zuging, war es nicht ihre Schuld.

»Geht es wieder?«

»Ja. Danke.« Schniefend zog ich die Nase hoch. »Allerdings fürchte ich, dass meine Zehen abgefroren sind.«

»Das war abzusehen.« In munterem Ton wandte Santina sich an die Frau am Herd, die in einem riesigen Topf rührte und so tat, als ob sie von meinem Zusammenbruch nichts mitbekommen hätte. »Leanor, würdest du Alice einen Kanten Brot geben? Und leg auch ein paar Kekse auf den Teller. Ich schätze, sie kommt um vor Hunger.«

Ich presste meine Hand auf den Magen, der sich wie ein kalter Stein anfühlte. Wie verdammt recht sie damit hatte. Ich war geradezu ausgehungert!

Kurz darauf saß ich am Tisch, die Füße bis zu den Waden in einer Wanne mit warmem Wasser. Vor mir dampfte ein Teller Hühnersuppe, die Leanor, ohne mich eines Blickes zu würdigen, vor mich gestellt hatte. Das Brotstück daneben war trocken und hart, ich verschlang es dennoch mit wenigen Bissen. Dann knabberte ich die Haferkekse und schloss dabei genießerisch die Augen. Mir war die ganze Zeit bewusst, dass Leanor mich beobachtete und sich bestimmt fragte, warum ich die Suppe noch nicht angerührt hatte. Seufzend leckte ich mir Krümel von den Fingern und dachte dabei unwillkürlich an Rodin. Merkwürdig. Wir waren uns nur zweimal begegnet, dennoch war es so, als sei er mir schon lang vertraut. Ich hing dem Gefühl eine Weile nach, bis mir wieder bewusst wurde, woran das lag. Zum einen daran, dass seine und Lewis' Augen einander glichen wie die von Zwillingen, und natürlich litt ich unter dem Stockholm-Syndrom.

Santina war aus der Küche gegangen, um etwas für mich zu holen, wie sie sagte. Als sie in die Küche zurückkam, trug sie ein Kleiderbündel auf dem Arm. Nachdenklich sah sie von mir zur Suppe und dann zu Leanor. Diese hatte die Arme vor dem üppigen Busen verschränkt und starrte missmutig zu uns herüber.

Santina setzte sich zu mir. »Ist das Fußbad noch warm genug?«

»Das ist super, danke.« Ich deutete auf den Krug mit dem heißen Wasser, den sie mir gebracht hatte. »Ich hab immer wieder aufgegossen.«

»Fein. Und die Suppe?«

Ich sah zu Leanor und dann zu Santina und sprach so laut, dass die wütende Frau am Suppentopf es auch ja hören konnte. »Ich bin überzeugt, dass die Suppe köstlich schmeckt. Wenn man Fleisch mag, jedenfalls. Ich esse allerdings schon seit Jahren keine Tiere mehr.«

Die Köchin schnaubte abfällig. »Ich bin zufällig im Raum, man kann mich getrost direkt ansprechen, wenn man ein Problem mit meiner Suppe hat.« Dann erst schien ihr das Verbot ihrer Herrin wieder einzufallen. Sie sah Santina erschrocken an. »Das wird nicht leicht.«

»Ich weiß.« Santina schob den Suppenteller näher vor mich hin. »Iss das. Es wird dir guttun.«

Ich betrachtete die gelben Fettaugen, die auf der Oberfläche schwammen, und sah dann gequält zu ihr hin. »Selbst wenn ich es wollte, könnte ich nicht. Mir würde schlecht werden.«

Leanor funkelte Santina böse an. »Will sie damit sagen, dass ich schlecht koche?«

Santina sah mich fragend an. »Willst du das sagen?«

»Nein! Natürlich nicht.« Ich sah zu der Köchin, doch die wandte rasch den Kopf ab. Also richtete ich meine Antwort wieder an Santina. »Für mich haben Tiere denselben Stellenwert wie Menschen. Ich esse keine Menschen und ich esse auch keine Tiere.«

»Das ist vielleicht in deinem London eine gute Idee, aber hier brauchen wir die Kraft, die uns das Fleisch verleiht. Du wirst bis zu Lord Vertanens Rückkehr harte Arbeit verrichten. Das Haus hat dreiundzwanzig Zimmer, und es verlangt, dass sie reihum gesäubert werden. Uns stehen außerdem nicht die Hilfsmittel zur Verfügung, die du von zu Hause kennst. Ich fürchte, mit Brot allein wirst du nicht lange durchhalten.«

»Was meinst du damit, dass das Haus das verlangt?«

»Ich meinte, dass … Lady Ellinor es so wünscht.«

Ich sah sie prüfend an. Santina wurde knallrot. Sie hatte gelogen! Welcher Art die Lüge gewesen war, begriff ich jedoch nicht. »Okay, aber harte Arbeit schreckt mich nicht, das hatten wir doch schon geklärt.« Ich schickte rasch ein Lächeln hinterher. Sie sollte nicht denken, dass ich es böse meinte. »Heute ist zufällig der Tag, an dem ich mein Café eröffnen wollte.« Ich schluckte, um den Kloß herunter zu bringen, der sich in meinem Hals gebildet hatte. »Ich hab es Wonderland genannt, in Gedenken an das Lieblingsbuch meiner Mutter. Ich schufte schon seit Monaten für meinen Traum, hab es ganz allein renoviert und es wäre ebenso arbeitsreich weitergegangen. Das hab ich auch ohne Fleisch geschafft.«

»Du wolltest andere Leute bedienen?«

»Ja. Warum schaust du mich so an? Ich backe zufällig auch gern.« Ich lächelte zu Leanor hinüber, sprach dann aber wieder Santina an. »Wer auch immer die Haferkekse gebacken hat, sie sind sehr lecker.«

Ich beobachtete Leanor aus dem Augenwinkel und hatte den Eindruck, dass ihr fast ein Lächeln entwischt wäre. Ihr musste das auch aufgefallen sein, denn nun drehte sie uns den Rücken zu und rührte brummend ihre Suppe um. In mir wuchs das Gefühl, dass nicht alles hoffnungslos war.

»Na ja, wir werden sehen. Vielleicht möchtest du deine Suppe ja später doch noch essen. Hast du dich ein bisschen erholt?«

Ich nickte und ahnte, dass ich die herrlich warme Küche gleich würde verlassen müssen.

»Gut. Wir machen eine Runde durchs Haus, dann kann es dich kennenlernen.« Sie schob das Kleiderbündel zu mir herüber. Es handelte sich um eine zweite Dienstmädchenuniform und mehrere Garnituren Wäsche zum Wechseln. Obenauf lagen drei Paar Wollsocken. Ich lächelte sie dankbar an.

Im Untergeschoss befanden sich der Stiefelraum und eine kleine Werkstatt, die Speisekammer, der Weinkeller und ein Tagesraum für das Personal. Zentralheizung gab es nicht und die Kachelöfen, von denen in jedem Zimmer einer stand, waren gerade mal lauwarm. Die beiden Dienstmägde, die im Aufenthaltsraum Kaffee tranken, wirkten entsprechend verfroren, wie sie da mit hochgezogenen Schultern saßen und ihr Getränk aus groben Steinguttassen schlürften. Sie grüßten Santina und ignorierten mich. Ich hatte es erwartet, trotzdem versetzte es mir einen Stich. Als Nächstes stiegen wir die Treppe ins Erdgeschoss hinauf. Santina öffnete zu jedem Raum kurz die Tür, zeigte mir die Bibliothek, den Herrensalon, das Damenzimmer, das Frühstückszimmer und den riesigen Speisesaal, dessen dunkler Holzboden gerade von drei Dienstmädchen geschrubbt wurde. Auf Knien! Nun verstand ich, was Santina mit harter Arbeit gemeint hatte. Ja, das würde unangenehm werden. Ich hatte meinen Dielenboden eigenhändig geölt und wusste, was es bedeutete, den ganzen Tag auf den Knien herumzurutschen. Und das war nur drei Tage lang gewesen. Wie würde es sein, das täglich tun zu müssen? Ich drängte die Vorstellung beiseite. Damit würde ich mich beschäftigen, wenn es so weit war. Ich wusste auch genau, wie ich mich ablenken würde. Es war Zeit für eine neue Fragerunde. »Werden oft Feste gefeiert? Der Speisesaal ist riesig.«

»Schon lange nicht mehr.«

»Weshalb nicht?«

»König Walther wurde vor einem Jahr krank und seither haben sich die Verhältnisse geändert. Es ergab sich einfach nicht mehr. Lady Ellinor ist das aber ganz recht, sie hat keinen Hang zu unsinnigen Vergnügungen.«

»Das kann ich mir vorstellen.«

Santina warf mir einen ärgerlichen Blick zu. »Wenn du möchtest, dass ich weiter deine Fragen beantworte, darfst du mich nicht verärgern.«

»Ich kann es mir bei ihr einfach nicht vorstellen, dass sie Feste mag. Das ist nichts Schlimmes und ich bin auch kein Fan von Prunk, ganz im Gegenteil.«

Santina brummte. »Vielleicht erwarte ich nur, dass du gegen sie wetterst.«

Ich gab mir alle Mühe, es nicht zu tun, doch es war schwer. Ich lächelte sie an. »Wir haben es ja geklärt.«

Während wir weitergingen, überlegte ich angestrengt, wo in der Welt Monarchie herrschte, Englisch gesprochen wurde und der Wintereinbruch so früh im Jahr erfolgte. Nicht zu vergessen, dass man Piloten für ihre Dienste mit Schafen bezahlte. Hm. König Walther? Den Namen hatte ich nie gehört. »Von welchem Königshaus sprechen wir eigentlich?«

»Komm weiter.« Santina deutete auf die nächste Tür, machte aber keine Anstalten, sie zu öffnen. »Hier befindet sich Lady Ellinors Empfangszimmer und im Anschluss daran ihr privater Salon. Die Schlafgemächer der Herrschaft liegen im ersten Stockwerk. Jedes dieser Zimmer betrete nur ich.«

Wir stiegen in den ersten Stock hinauf. »Santina?«

Sie seufzte. »Hört die Fragerei denn nie auf?«

»Würdest du an meiner Stelle nicht fragen?«

»Doch.«

»Gibt es weitere Gäste wie mich im Haus?« Ich vermied bewusst das Wort Entführungsopfer.

»Nein und Schluss jetzt.«

»Okay.«

Ich bekam ein halbes Lächeln. »Im ersten Stockwerk befinden sich auch die Gästezimmer. Leider kannst du nicht in dem Zimmer bleiben, in dem du aufgewacht bist. Ich zeige dir, wo du zukünftig schlafen wirst.«

Nachdem sie mir einige der Gästezimmer gezeigt hatte, stiegen wir die Treppe wieder hinab bis in den Keller und stiegen von dort über eine zweite, wesentlich schmalere Treppe bis unter das Dach hinauf. Dort war es gleich um einige Grad kälter. Sofort fing ich an, mit den

Zähnen zu klappern. Santina erklärte mir, dass nur das weibliche Personal im Haus wohnte. Das männliche war in einem Seitenteil des Stallgebäudes untergebracht.

Mein Zimmer war der ungemütlichste Raum, den ich je gesehen hatte. Das Eisenbett war höchstens siebzig Zentimeter breit, der zugehörige Nachttisch und ein eintüriger Holzschrank waren ebenso schäbig wie der abgetretene Dielenboden. Auf eine Heizung hatte ich gar nicht erst zu hoffen gewagt. Als Ausgleich dafür war die Bettdecke dünner als die, unter die ich mich vergangene Nacht gekuschelt hatte. Sinkenden Herzens trat ich ans Fenster und sah hinaus. Der volle Mond stand hoch am klaren Himmel. In der Ferne heulte ein Wolf. Ein weiterer fiel ein, dann ein dritter. Obwohl sie im Chor ihre Stimmen in die Nacht schickten, waren es einsame Laute. In meinem Herzen heulte ich mit ihnen.

Malena

Mit demütig gesenktem Haupt kniete ich im Empfangssaal des Königshofs von Salebyrr. König Walther war immer noch krank. An seiner statt führte daher immer noch Prinzessin Malena übergangsweise die Regierungsgeschäfte. Sie ließ mich schon eine Weile knien, was wahrscheinlich mir und dem ganzen Hofstaat klar machen sollte, dass ich in Missgunst geraten war. Leider nahm Malena viele Dinge persönlich, die gar nichts mit ihr zu tun hatten, und schien meine Verspätung als Beleidigung aufgefasst zu haben. Gleich bei meiner Ankunft hatte sie mich dafür getadelt, dass ich drei Wochen gebraucht hatte, um zum Königshof zu reisen. Ich hatte darauf verzichtet, sie auf die limitierende Reiserune hinzuweisen und darauf, dass ich vom entlegensten Ende des Reiches anreisen musste. Malena wusste das ebenso wie alle anderen hier. In ihren Augen hatte ich mich vermutlich nur nicht genug angestrengt. Ein Schweißrinnsal lief kitzelnd meinen Rücken hinab. Der Kragen des hochgeschlossenen Wollhemdes kratzte und ich wünschte, ich könnte mit dem Finger hineinfahren, um ihn zu lockern, was ich mir aus Gründen der Schicklichkeit natürlich versagte. Durch die hohen Bogenfenster am südlichen Ende des Saals drang strahlendes Vormittagslicht. Bodenlange duftige Vorhänge wiegten sich in einer zarten Brise. Über die niedrige Balustrade aus Marmor hinweg konnte ich einen Blick auf das azurblaue Meer erhaschen, inklusive Schaumkronen und malerisch dahinsegelnder Möwen.

»Schaut mich an, Lord Vertanen.«

Langsam hob ich den Kopf.

König Walthers verwaister Thron stand auf einem dreistufigen Podest. Gefertigt war er aus dem schneeweißen Holz der Thurmaweide. Die Lehne ragte hoch und gerade auf. Darin eingelassen waren unzählige Diamanten, deren kühles Feuer in der Sonne funkelte. Niemand, der den Audienzsaal zum ersten Mal betrat, hatte Augen für den kleinen und bescheidenen Thron der Prinzessin, der aus Eiche gefertigt auf der linken Seite des Podestes stand. Die Prinzessin hielt sich wie immer kerzengerade und lehnte sich nicht an, dabei hatte sie sich mehrere paillettenbesetzte Samtkissen in den Rücken gestopft. Ich hegte den Verdacht, dass die schimmernde Kissenpracht darüber hinwegtäuschen sollte, dass ihr Thron keinen einzigen Edelstein aufzuweisen hatte.

Obwohl sie mir mittlerweile vor gut fünf Minuten befohlen hatte, sie anzusehen, beachtete sie mich nicht mehr als den Möwenschiss, der überall im Thronsaal den Boden befleckte, weil er gar nicht so schnell beseitigt werden konnte, wie die Vögel nachlegten. Die Möwen waren eine ähnlich lästige Plage wie die Tauben in der Anderswelt, über die Kjell gern schimpfte. Die größte Plage hier im Saal, im ganzen Königreich, war jedoch die Prinzessin selbst. Ich verabscheute Malena. Jede Sekunde, die ich in ihrer Gegenwart verbringen musste, war mir verhasst. Die Aufgabe, derentwegen ich ursprünglich an den Hof gekommen war, lautete allerdings, ihr Herz zu erobern. Damit war ich sogar eine ganze Weile erfolgreich gewesen. Der Trick bestand darin, wie ein Schauspieler in eine Rolle zu schlüpfen, sobald ich in Salebyrr weilte. Das war gar nicht so schwer. Nicht ich umwarb die Prinzessin, sondern Lord Vertanen, der, wie alle ledigen Männer im Reich, hinter dem Thron her war. Doch dann war ich als Kater getarnt in Alice' Leben spaziert und auf einmal war es dann doch schwer. Seither fiel ich immer öfter aus meiner Rolle. Die Wahrheit war, dass ich in meinen Bemühungen um die Prinzessin nachgelassen hatte. Ich versuchte krampfhaft, Malena nicht mit Alice zu vergleichen, doch das wurde zunehmend schwerer, je besser ich Alice kennenlernte. Bei meinem letzten Besuch am Königshof, als Malena mich huldvoll eingeladen hatte, sie als einziger der anwesenden Lords bei einem Ausflug zu begleiten, hatte ich unter einem fadenscheinigen Vorwand abgesagt. Nun büßte ich diesen Fehler, indem ich mir meine Verspätung vorhalten lassen und wie ein in Ungnade gefallener Lakai vor ihr knien musste.

Hin und wieder trank die Prinzessin von ihrem Weißwein, der ihr in einem schweren Kristallglas gereicht wurde. Nach jedem Schluck tupfte ihr eine Dienerin, die neben ihr in gebückter Haltung ausharren musste, die vollen sinnlichen Lippen mit einem goldbestickten Tüchlein ab. Ich musterte die Dienerin besorgt. Sie wirkte fahl, geradezu krank und ich sah, wie ihre Hand zitterte. Malena merkte es entweder nicht oder es war ihr egal. Vermutlich Letzteres.

Endlich war das Glas leer. Malena seufzte auf eine Art, als müsse sie sich gleich einer höchst unangenehmen Aufgabe widmen. »Nun, Lord Vertanen, nie zuvor ist mir einer meiner Edlen in so grober Kleidung, unrasiert und verschwitzt gegenübergetreten. Erklärt Euch.«

Myrkurs Verrat hatte mich nicht nur Zeit, sondern auch mein ganzes Gepäck gekostet, da ich es in der Sänfte zurücklassen musste. In den beiden Koffern befand sich neben einigen Büchern vor allem die Garderobe, die Ellinors Schneiderin mir für die neue Saison angefertigt hatte. Die Moderichtung in Salebyrr wechselte immer zur Blutmondnacht, der kürzesten Nacht des Jahres. Dieses Ereignis hatte vor einer Woche stattgefunden und war mit einem prunkvollen Fest begangen worden. Bedauerlicherweise hatte ich zu diesem Zeitpunkt noch in meinem Schnee-Eulenkörper gesteckt und war meilenweit vom Königshof entfernt gewesen. Wollte man Prinzessin Malena gefallen, war es überaus wichtig, sich mit seiner Garderobe an die Empfehlungen für die Saison zu halten. Ich hatte vor der Wahl gestanden, mich entweder um angemessene Kleidung zu kümmern, was bedeutet hätte, dass ich mindestens einen weiteren halben Tag verloren hätte, oder unverzüglich bei der Prinzessin vorzusprechen. Ich hatte es als klüger erachtet, ihr zuerst meine Aufwartung zu machen. Nun bereute ich es.

Ich sah Malena ernst an. »Meine Verspätung ist ebenso unentschuldbar wie meine unangemessene Kleidung. Ich bitte Euch demütig um Verzeihung.«

Wie ich es mir gedacht hatte, fragte sie nicht weiter nach den Umständen, die dazu geführt hatten, dass ich in so einem Aufzug im Palast erschienen war. Es interessierte sie schlicht nicht, was mir zugestoßen war. Ihr war es nur darum gegangen, meinen derangierten Zustand vor den übrigen Edlen zu tadeln. In Malenas Welt drehte sich alles um den Schein. Vermutlich konnte sie sich nicht einmal vorstellen, dass es Menschen wie Alice gab, die es schlicht nicht interessierte, was anderen über sie dachten. »Werdet Ihr mir verzeihen?«

Sie machte einen Schmollmund. »Nun, wenn Ihr versprecht, dass Ihr mir nie wieder so einen Anblick zumutet, dann vielleicht.«

»Ich danke Euch.« Vorsichtig fügte ich hinzu: »Wie geht es meinem König?«

Trauer überschattete ihre Züge. »Unverändert.«

Aber er lebte und das war die Hauptsache. Ich hatte nämlich befürchtet, dass sein Tod der Grund für die überhastet einberufene Zusammenkunft der Edlen gewesen sein könnte. Sämtliche Ratsmitglieder mussten anwesend sein, um Malenas Anspruch auf die Nachfolge ihres Vaters zu bestätigen. Nun war ich natürlich gespannt, was der wirkliche Grund war. Ich mochte es nicht, so völlig im Dunkeln zu tappen, und hoffte, dass mir vor dem Treffen Zeit blieb, ein paar Informationen einzuholen. »Prinzessin, bitte gestattet mir, mich zurückzuziehen, damit ich mich um eine angemessene Garderobe kümmern kann.«

Plötzlich befand ich mich im Fokus ihrer sturmgrauen Augen. Ihre Haltung wurde weicher, sie beugte sich vor, schenkte mir einen Einblick in ihr tief ausgeschnittenes Dekolleté. »Ihr schwitzt wohl.«

»Das stimmt und ich bitte um Verzeihung.«

»Ein Edelmann schwitzt nicht … außer in bestimmten Situationen.«

Das war so plump, dass ich innerlich zusammenzuckte. Leider besaß die Prinzessin weder Wortwitz noch Schlagfertigkeit, was ich bei einem Flirt für unverzichtbar hielt. Statt weiter mit Malena zu schäkern, hätte ich mir lieber den Augapfel mit einer Nagelfeile poliert, doch sie zu betören war die Aufgabe, wegen der ich mich am Königshof aufhielt. Dummerweise fiel mir nichts ein, was ich erwidern könnte. Also lächelte ich nur vielsagend.

»Habt Ihr den Sommer sehr vermisst in Eurem kalten Gemäuer?«

Die eigentliche Frage dahinter lautete anders. Es wurde allerhöchste Zeit, in meine gewohnte Rolle zu schlüpfen. Da sie es offensichtlich darauf anlegte, weidete ich meinen Blick ganz ungeniert im Ausschnitt ihres Dekolletés. Sie hatte kleine feste Brüste und milchweiße Haut, denn von den Damen am Hof wurde es als gewöhnlich angesehen, sich der Sonne auszusetzen. »Ob ich den Sommer vermisst habe?« Ich hob den Kopf, um ihrem Blick zu begegnen. »Nein. Ich liebe die Winter meiner Heimat und vermisse den Sommer nicht. Euch ansehen zu dürfen, hat mir jedoch schmerzhaft gefehlt.« Ich schämte mich für das Geschwafel, das ich in ihrer Gegenwart regelmäßig von mir gab, doch aus Erfahrung wusste ich, dass die Prinzessin erfreut auf derartige Komplimente reagierte.

Auch diesmal lächelte sie geschmeichelt. »Dann muss es ein gewichtiger Grund gewesen sein, der Euch aufgehalten hat.«

»Was würdet Ihr sagen, wenn ich die Chance ergriffen hätte, eine Drachenhöhle zu plündern?«

»Ihr beliebt zu scherzen!«

»Mitnichten.«

»Nun habt Ihr es geschafft, mich wirklich neugierig zu machen.« Sie beugte sich abermals vor. Dabei zupfte sie die puderrosa Seide über ihrem Ausschnitt zurecht. Statt den Ansatz ihrer Brüste zu verbergen, verschaffte sie mir damit aber nur einen tieferen Einblick.

Ich schenkte ihr mein bestes Verführerlächeln. »Darf ich um eine Privataudienz bitten? Ich würde Euch gern von meinem Erlebnis erzählen und Euch außerdem ein Geschenk überreichen.«

Ihr Gesicht leuchtete auf. »Etwa ein Stück des Drachenschatzes?«

Ich lächelte geheimnisvoll. »Möglich.«

»Ich schicke heute Abend einen Diener nach Euch.« Sie wedelte mit der Hand und damit war ich entlassen.

Mein Appartement lag in einem eher ruhigen Flügel des weitläufigen Palastes. Ich verfügte über ein Schlafzimmer mit angrenzendem Bad, ein Ankleidezimmer, einen Teesalon, in dem ich das Frühstück einzunehmen pflegte, und sogar ein Gästezimmer sowie eine Terrasse mit Ausblick auf das Meer. Dafür musste ich jedes Jahr einen happigen Obolus an die königliche Schatulle abtreten, was regelmäßig meine Finanzen sprengte. Die Miete war seit einiger Zeit überfällig und die zwölf Goldstücke, die ich aus der Drachenhöhle mitgenommen hatte, kamen mir mehr als gelegen.

Zwei Stunden später hatte ich bis auf drei Münzen alles ausgegeben. Zuerst hatte ich eine komplett neue Garderobe in Auftrag gegeben und dann beim Schatzmeister meine Miete für die nächsten sechs Monate beglichen. Malena wollte ich keine Münze schenken. Für sie hatte ich die Ohrringe vorgesehen, die Myrkurs zweiter Teil der Bezahlung gewesen wären.

Die Zusammenkunft der Lords war für den späten Nachmittag angesetzt. Ich nahm an, dass Prinzessin Malena mich im Anschluss daran zu sich einladen würde. Obwohl unser Gespräch vorhin gegen Ende zu einer gewissen Leichtigkeit zurückgefunden hatte, war mir klar, dass ich Sympathiepunkte bei ihr verloren hatte. Ich würde mir Mühe geben müssen, um an unser zuvor gutes Verhältnis anzuknüpfen.

Gegen Mittag legte sich die gewohnt brütende Hitze über das Sommerland und seine Bewohner. Wer konnte, zog sich in die kühleren Bereiche zurück und gönnte sich ein Schläfchen. Ich verbrachte einige träge Stunden auf meiner Terrasse im Schatten einer Palme, beobachtete den Flug der Möwen und naschte von dem Obstsalat, den ich mir hatte bringen lassen. Da ich keinen Besuch erwartete, trug ich nur eine weite weiße Leinenhose und dazu ein Shawaram, eine ärmellose Weste. Eine Weile genoss ich die Hitze und das Nichtstun. Es gelang mir jedoch nicht, Alice aus meinem Kopf herauszuhalten. Das war schlecht, denn ich hatte doch gerade erst begriffen, wie wichtig es war, Malena meine volle Aufmerksamkeit zu schenken. Ich beschloss, mir ein erfrischendes Bad zu gönnen und mich mit einem Buch abzulenken. Da meine Bücher in der Sänfte zurückgeblieben waren, machte ich mich auf den Weg zur Bibliothek.

Die königliche Bibliothek erstreckte sich über fünf Räume hinweg. Darin war es nicht nur stockduster und heiß wie im Bauch eines Drachen, die Luft war außerdem unangenehm stickig, da man wegen der zersetzenden Wirkung der salzigen Meeresluft auf Papier auf Fenster verzichtet hatte. Bücher waren nicht die Art der Zerstreuung, nach der die Bewohner des Königshofs verlangten, und wie immer war außer mir niemand hier. Gunnar, der Bibliothekar, hatte mir eine Blendlaterne mitgegeben. Das funzelige Licht genügte jedoch nicht und ich stieß mir auf meinem Weg zum Register mehr als einmal das Schienbein an einem hervorspringenden Regalbrett. Eine Weile durchblätterte ich im Register die Abteilung Mystik und Legenden. Tatsächlich fand ich einige Bücher zu dem Thema, die mich interessierten. Ich merkte mir die Nummer des Regalfachs sowie die Position des Werks, das sich am vielversprechendsten anhörte. Gunnar hätte mir bei der Suche natürlich helfen können, doch ich wollte vermeiden, dass irgendjemand von meinem Interesse an diesem einen ganz speziellen Thema erfuhr, über das ich nachlesen wollte. Schließlich fand ich die richtige Abteilung. Rasch wurde klar, dass unter den Büchern zu meinem Thema tatsächlich nur ein einziges Werk von Nutzen war. Ich schob es unter mein Hemd. Ich mochte Gunnar, er war ein liebenswürdiger Mann und, soweit ich wusste, verschwiegen. In diesem Fall wollte ich jedoch sicher gehen. Niemand sollte wissen, was für ein Buch ich heute ausleihen würde. Auf dem Weg zum Ausgang griff ich daher im Vorübergehen wahllos nach einem Band mit Gedichten, den ich ihm vorlegte. Arglos trug er den Titel in das Leihregister ein. Wir verabschiedeten uns mit Lächeln und Nicken und ich eilte davon.

Der Palast von Salebyrr war über mehrere Ebenen hinweg terrassenförmig in einen Felshang gebaut. Eine Seite des Hangs grenzte ans Meer. Auf der anderen Seite breitete sich die Stadt Salebyrr aus. Die Häuser waren niedrig, weiß getüncht und auf den Dächern hatte man Gärten angelegt. Die Königsstadt war von Blütenduft und dem Geschrei der Möwen erfüllt. Es war ein schöner Ort zum Leben. Wer im Palast wohnte, brauchte aber gerade wegen dieser Weitläufigkeit kräftige Beine und eine gute Kondition, woran es nicht wenigen Edlen fehlte. Vor jedem Appartement saß daher mindestens ein Page, den man mit einem Auftrag losschicken konnte. Es handelte sich dabei hauptsächlich um Jungen im Alter von sechs bis vierzehn Jahren. An der Anzahl der Diener, die vor der Tür eines Edlen herumlungerten, war leicht erkennbar, wie großzügig derjenige mit Trinkgeld war. Natürlich mussten die Jungen jedem der Lords, der einen Auftrag für sie hatte, zu Diensten sein. War jemand jedoch nicht bereit, diese Mühen mit einer kleinen Aufmerksamkeit zu honorieren, musste er unter Umständen lange im Korridor vor seiner Tür stehen und nach Hilfe rufen. Als ich die Tür öffnete und den Kopf auf den Gang hinausstreckte, wandten sich mir gleich fünf eifrige Köpfe zu. Ich kramte einige Kupfermünzen aus meiner Börse und legte sie in die Holzschale, die für diesen Zweck auf dem Boden neben der Tür bereitstand. Ich erledigte das immer im Voraus im Vertrauen darauf, dass die Jungen ihre Arbeit gut erledigten, und war auch tatsächlich noch nie enttäuscht worden.

Ich richtete mich an Torry, den kleinsten der Jungen, den ich wegen seines sonnigen Gemüts besonders ins Herz geschlossen hatte. »Wie stehen meine Chancen, dass ich in fünf Minuten ein kühles Bad genießen kann?«

Er war schon aufgesprungen, ehe ich die Tür ganz geöffnet hatte. »Die Chancen stehen sehr gut, Lord Vertanen. Wir sind in einem Augenblick zurück.« Die fünf Jungs stoben los.

Während ich wartete, schenkte ich mir einen Whisky ein und fing an, mich zu rasieren. Die Tür zum Appartement hatte ich offen gelassen. Es dauerte nicht einmal fünf Minuten, bis Torry hereinkam. Ich schäumte gerade mein Kinn ein und beobachtete im Spiegel, wie er mit hoch konzentrierter Miene seine acht schwebenden Wassereimer zur kreisrunden Wanne hindirigierte. Es platschte und spritzte, als sich das Wasser in das Becken entleerte, doch die leeren Eimer polterten anschließend nicht zu Boden, wie ich es beispielsweise in meinen Anfängen mit dieser Rune oft erlebt hatte. Ich nickte ihm anerkennend zu. »Nicht schlecht. Du hast mit der Tragerune sehr rasch Fortschritte gemacht.«

»Ich benötige nur noch halb so viel Kraft wie am Anfang.«

»Versuch beim nächsten Mal, die Eimer weiter hinabsinken zu lassen, ehe du sie ausleerst. Dann musst du den Boden nicht trocken wischen.«

»Ach, bei der Hitze ist das doch schnell getrocknet.«

»Aber bis dahin könnte jemand ausrutschen.«

Er grinste mich an, dann zuckte die aus Palmblättern geflochtene Bodenmatte unter meinen Füßen. Ich trat einen Schritt zur Seite, um sie freizugeben. Sie rutschte über den Steinboden, bis sie auf der kleinen Pfütze zu liegen kam. Torry wirkte hoch befriedigt. »Genügt das?«

»Gut gelöst. Aber die Wanne ist groß.«

Er lächelte erfreut und rannte wieder hinaus.

Die anderen Pagen kamen nun zügig hintereinander ins Bad. Keiner von ihnen schaffte acht Eimer, auch Torry nicht mehr. Nach drei weiteren Durchgängen war die Wanne gefüllt und ich glatt rasiert. Allerdings hatte ich es fertiggebracht, mich zweimal zu schneiden. Ich starrte mein Spiegelbild an. Das Gesicht, das mir entgegensah, war in den letzten Monaten hager geworden, die Augen blickten sorgenvoll. Meistens vermied ich es, über mein Leben nachzudenken. Für mich war nie persönliches Glück vorgesehen gewesen, erst recht nicht eine Ehe aus Liebe. Ich hob das Glas zum Mund und sah mir zu, wie ich trank. Mein Adamsapfel hüpfte auf und ab. Meine Augen blickten starr. Ich stürzte den Whisky hinunter wie ein Verdurstender. Es brauchte zwei weitere Gläser, bis ich mir eingestehen konnte, was mich quälte. Dass ich mich für Alice verantwortlich fühlte, war nicht ungewöhnlich. Ich war der Idiot mit dem romantischen Ehrbegriff, wie Ellinor mich zu nennen pflegte. Es entsprach einfach meinem Charakter, dass ich Alice beschützen wollte. Nur dass das nicht alles war, was ich wollte. Stirnrunzelnd drehte ich meinem Spiegelbild den Rücken zu. Ich war von mir angewidert. Es war in jede nur mögliche Richtung falsch, mir über Alice romantische Gedanken zu machen. Sie sehnte sich nur danach, zu Kjell und ihrem Café zurückzukehren. Ich würde Prinzessin Malena um ihre Hand bitten, und zwar bald. Der Inhalt von Glas vier machte sich brennend auf den Weg die Speiseröhre hinunter. Gewöhnlich trank ich, weil ich den Geschmack eines guten Whiskys schätzte. Die Magie in mir, die den Alkohol zügig neutralisierte, verhinderte, dass ich seine Wirkung mehr nur als flüchtig spürte. Wenn ich mich betrinken wollte, musste ich daher sehr schnell eine sehr große Menge hochprozentigen Alkohols zu mir nehmen. Ich setzte die Flasche an und stürzte den restlichen Inhalt hinunter. Anschließend war mir zwar schwindelig, doch die Entspannung, die ich mir erhofft hatte, blieb aus. Stattdessen bissen meine Gedanken sich an den Geschehnissen des Abends fest, an dem ich Alice mitgenommen hatte. Ich war sicher, dass Adlon einen weiteren Versuch starten würde, Alice in die Finger zu bekommen. Natürlich musste er zunächst herausbekommen, wo sie sich befand. Zum Glück konnte er nicht ahnen, wer ihm die Beute unter der Nase weggeschnappt hatte. Je länger ich darüber nachdachte, wurde mir eins jedoch klar. Alice durfte nicht zurück in ihre Welt. Vielleicht war das sogar nie mehr möglich. Auf meinem kräftezehrenden Flug hierher hatte ich eine vage Idee entwickelt, wer Interesse daran haben könnte, rothaarige Frauen zu entführen. Leider hatte Alice in dieser Idee die tragende Rolle bekommen. Sollte sich herausstellen, dass ich mit meinem Verdacht richtig lag, änderte es alles. Das machte mir schreckliche Angst.

Obwohl mein Bad auf mich wartete, streifte ich ruhelos durch meine Räume, trank mehr Whisky und starrte eine lange Zeit schlecht gelaunt aus dem Fenster, ehe ich meine Wanderung erneut aufnahm. Die Wohnung hatte ich nicht selbst eingerichtet, sie war für meinen Geschmack viel zu luxuriös. Mit Verachtung betrachtete ich die gestreiften Seidentapeten an Wänden und Türen, die kostbaren Seidenteppiche, die den nackten Füßen schmeichelten. Der Raum war mit Möbeln vollgestopft und bei meinem rastlosen Auf und Ab musste ich Obacht geben, mir nicht ein ums andere Mal das Schienbein zu stoßen wie vorhin in der Bibliothek. Zweimal passierte es doch. Endlich hatte der Alkohol mein Gehirn so weit benebelt, dass ich daran denken konnte, mich in der Wanne zu entspannen.

Seufzend ließ ich mich in die erfrischende Kühle gleiten. Kaum hatte ich die Lider jedoch geschlossen, tauchten Alice' Züge vor meinem inneren Auge auf. Seufzend stieg ich noch einmal aus der Wanne, um das Bibliotheksbuch zu holen. Der gelbe Leineneinband wies Stockflecken auf, einige der Seiten waren an den Rändern zusammengeklebt und so würde es nicht schaden, wenn vielleicht noch ein paar Wasserspritzer dazu kamen. Es roch außerdem unappetitlich und ich wollte lieber nicht ergründen, wonach. Zunächst las ich quer, um mir einen ersten Einblick über den Inhalt zu verschaffen. In der Hauptsache handelte der Text von einem alten, wenig bekannten Ritual des Drachengeschlechts. Der Verfasser war ein Mensch und somit konnte ich leider nicht sicher sein, wie viel Wahrheit in seinen Worten steckte. Schließlich hatte ich mir einen groben Überblick verschafft, blätterte zur ersten Seite und fing zu lesen an. Ich verschlang den Inhalt mit großen gierigen Bissen und war im Nu am Ende angekommen. Ich legte das Buch auf den Boden und gab ihm einen Stoß, damit es in eine Ecke in Sicherheit rutschte. Dann schloss ich die Augen und dachte nach.

Seit jeher verschlang ich alles, was mir über Drachen in die Finger kam. Hauptsächlich waren jedoch von Menschenhand geschriebene

Werke über die ersten Drachenkämpfe im Umlauf. Über die Kultur der Drachen fand sich nur sehr wenig. Von dem Ritual, über das ich gerade gelesen hatte, war noch nie zuvor die Rede gewesen und überhaupt hatte ich nur einmal davon gehört. Myrkur hatte es in einem unserer Gespräche erwähnt und anschließend so getan, als wüsste er nicht, wonach ich fragte. Bedauerlicherweise hielt das Werk nur einen sehr vagen Rat parat, wie man in diesem Ritual gegen einen Drachen bestehen konnte. Dafür wurde ausführlich und in anschaulichen Worten beschrieben, was im gegenteiligen Fall passierte – Auflösung der Persönlichkeit, geistiger Verfall bis hin zu unrettbarem Wahnsinn. Es schien so gut wie nie vorzukommen, dass ein Mensch gegen einen Drachen obsiegte, weswegen der letzte Absatz die dringende Warnung beinhaltete, sich nie und unter keinen Umständen auf solch ein Ritual einzulassen.

Ich schwankte ordentlich, als ich aus der Wanne stieg. Mein Geist war allerdings nicht betäubt genug, um den quälenden Gedanken Einhalt zu bieten. Eins wusste ich gewiss: Ich musste Alice davon überzeugen, dass sie in Wynterhaav bleiben musste, weil ihr Leben davon abhing. Notfalls musste ich sie zwingen. Damit war die Gefahr zwar geringer, jedoch noch lange nicht gebannt. Und wenn ich nun Myrkur zu diesem Ritual überreden könnte? Doch was für einen Anreiz konnte ich ihm anbieten, damit er mitmachte? Meine Gedanken wirbelten im Kreis umher. Alice. Das Ritual. Myrkur. Und wieder das Ritual. War ich verrückt, über so was überhaupt nachzudenken? Natürlich war ich das. Ein Entschluss reifte in mir.

Ich war der Erste, der den Thronsaal betrat. Da mein Schneider bis zu meinem Aufbruch noch nichts von sich hatte hören lassen, entstammte meine Kleidung dem, was aus der vergangenen Saison in meinem Schrank hängen geblieben war. Zu einer eng anliegenden apfelgrünen Satinhose trug ich ein Seidenhemd in Flieder. Dazu leichte, mit Blütenranken und Perlen bestickte Halbstiefel. Ich fühlte mich in dieser Art Kleidung nicht wohl, doch ich hatte mich daran gewöhnt. Es gehörte zum Hofleben ebenso dazu wie die Spielabende, die unzähligen Bälle und Jagdausflüge. Dann betrat der erste Lord den Saal, sah mich, verkniff sich ein Lächeln und ich stellte fest, dass die Mode dieser Saison einen so drastischen Wandel gemacht hatte, wie ich es nie zuvor erlebt hatte. Früher hatten höchstens die bevorzugten Farben gewechselt, man war von Seide zu Satin oder Samt übergegangen, hatte mal Rüschenkragen getragen, mal mehr, mal weniger Ringe an die Finger gesteckt. Nun, Ringe trug keiner der Lords, die nach und nach den Thronsaal betraten. Samt und Seide waren im Übrigen auch nicht mehr modern, ganz zu schweigen von den wie eine Pfauenfeder schillernden Farben. Ich hätte gern Ellinors Schneiderin die Schuld an meinem Unwissen gegeben, doch wie der Schneider, dem ich hier am Hofe den Auftrag gegeben hatte, konnte sie nichts dafür, dass ich jedes Mal abwinkte, wenn man mit mir darüber hatte sprechen wollen. Was ich in diesem Affenzirkus tragen musste, um mitzuspielen, hatte mich noch nie interessiert. Jedenfalls war das bis heute so gewesen.

Prinzessin Malena ließ uns warten. Die Nachmittagshitze sorgte dafür, dass den Herren in ihren Lederstiefeln, Lederhosen und Lederhemden bald ein feiner Schweißfilm auf die Stirn trat. Mir in meinem Satin ging es nicht viel besser. Unter mal mehr, mal weniger freundlichem Gespött drehte ich eine Runde, um mich bei den Anwesenden für meine verspätete Ankunft am Hof zu entschuldigen. Mir war bewusst, dass sich dieses Treffen wegen mir hinausgezögert hatte. Nicht alle Edlen lebten am Hof, denn das war ein teurer Spaß, wie ich nur zu genau wusste. Auf mich warten zu müssen hatte sie folglich nicht nur Zeit gekostet, sondern auch Geld. Natürlich erzählte ich nichts von Myrkur und schon gar nicht davon, dass er mich im Stich gelassen hatte. Stattdessen schob ich es auf meine Reiserune, an der sämtliche Knospen erblüht waren, und musste mir mehr als einmal anhören, dass ich nicht in der Lage sei, gut haushalten zu können.

Schließlich wurde die Tür aufgestoßen. Ein Marschall trat vor und stieß seinen Stab dreimal auf den Boden, ehe er die Ankunft der Prinzessin verkündete.

Prinzessin Malena trug ein langes weißes Kleid, das mit so vielen Goldfäden bestickt war, dass der Anblick einen beinahe blendete. Ihr Blick fiel auf mich und ihre Augen weiteten sich, ehe sie die Stirn runzelte. Oh ja. Die Dinge hatten sich wahrlich nicht zum Guten gewandt.

»Verehrte Lords, mein Vater wird nicht wieder genesen, das steht nun fest.«

Bestürztes Murmeln wurde laut. Sie hob die Hand und augenblicklich wurde es wieder still. »Sein Leibarzt gibt ihm höchstens noch drei Monate.«

Betretene Blicke gingen umher. Die Sache wurde ernst.

»Wie Ihr wisst, muss ich, um die Erbfolge sicherzustellen, noch vor dem Krönungstag verkünden, wen ich zum Gemahl nehmen werde. Am Tag der Thronbesteigung selbst wird dann die Hochzeit stattfinden.«

Niemand sagte etwas dazu. Was sagte, war uns allen längst bekannt. Ruhig und gefasst ließ die Prinzessin den Blick über die anwesenden Männer gleiten. Gespannte Stille trat ein. Kandidaten gab es viele. Nicht wenige der Lords hatten einen Sohn im passenden Alter. Wie jeder im Raum, verfolgte auch ich genau, ob und bei wem ihr Blick ein wenig länger verweilte. Hier und da nickte sie jemandem zu. Ich war der Letzte, den sie ansah. Unsere Blicke trafen sich nur flüchtig, ihre Miene verriet nichts. Schließlich drehte sie uns den Rücken zu, um gemessenen Schrittes zu ihrem Thron zu gehen. Vor dem Podest, auf dem der verwaiste Thron König Walthers stand, hielt sie einen Moment inne. Ich nahm an, dass sie sich vorzustellen versuchte, wie es sein würde, die Herrscherin über Wynterhaav und seine achtundsechzig Provinzen zu sein. Dann straffte sie den Rücken. Entschlossen stieg sie die drei Treppenstufen hinauf, drehte sich schwungvoll zu uns herum und nahm dann mit hoheitsvoller Miene auf dem Thron Platz, der ihr rechtmäßig erst nach dem Tod ihres Vaters zustand.

Im Grunde war es nur eine Formalität. Der Thron gehörte ihr so oder so, doch es zeigte, dass die Prinzessin vorhatte, Althergebrachtes zu ändern. Gespannt wartete ich, ob es jemand wagte, ihr Respektlosigkeit vorzuwerfen. Immerhin war der König noch nicht tot. Doch niemand murrte auch nur.

Sie ließ sich nicht anmerken, wie zufrieden sie mit der Situation sein musste. Kerzengerade, die Hände im Schoß gefaltet, sah sie auf uns hinab. Ein langes Schweigen folgte. Schließlich nickte sie. »Ich habe Euch, meine Lords, aus einem wichtigen Grund zusammengerufen. Seit einigen Monaten verschwinden allerorts Kinder von Niederen. Sie gehen vor die Tür, um zu spielen, und wenn die Mutter nach ihnen sehen will, sind sie verschwunden. Oder man schickt sie auf Botengänge, von denen sie nie wieder heimkehren.«

Ich sah mich um. Für die meisten war das keine Neuigkeit mehr. Doch bei einigen der Lords aus den entfernteren Provinzen gab es entsetzte Gesichter.

Die Prinzessin wartete, bis wieder Stille eingekehrt war. Dann sagte sie: »Beinahe täglich werden tote, ihrer Magie beraubte Kinder aufgefunden. Meine Lords, die Sache muss umgehend aufgeklärt werden. Bis morgen erwarte ich Vorschläge.«

Rufe der Bestürzung. Einige Lords gaben sich so erschüttert, dass ich ihnen am liebsten die Faust ins Gesicht geschlagen hätte, weil es so offensichtlich war, dass es sie zuvor auch nicht gekümmert hatte. Kaum einer der Anwesenden, die Prinzessin allen voran, nahm jemals Notiz von den Niederen. Malenas Mutter, die zweite Ehefrau König Walthers, war diejenige gewesen, die den monströsen Vorschlag in die Welt gebracht hatte, die Bewohner Wynterhaavs in Sippen zu unterteilen.

An der Spitze standen die Edlen Lords, zu denen bis auf eine Ausnahme sämtliche hier Anwesenden zählten, und die Königsfamilie selbst. Ihnen gehörten die bedeutendsten Magiequellen des Landes, die sich wie Punkte auf einer sich nach außen weitenden Spirale über Wynterhaav verteilten. Im Süden lag Salebyrr, die mächtigste Magiequelle. Dazwischen sprudelten unzählige kleinere magische Quellen. Kleinmagier war der wenig einfallsreiche Name, den die verstorbene Königin den Besitzern dieser kleineren Quellen verliehen hatte. Edle Lords und Kleinmagier waren auf ihre Kraftquelle angewiesen, um Magie wirken zu können. Während wir uns regelmäßig an unserer Familienquelle aufladen mussten, nicht anders als eine der Batterien, die Alice in ihre technischen Geräte steckte, waren viele Bewohner Wynterhaavs aus sich heraus magisch. Ihre Fähigkeit war der der Kleinmagier mindestens gleichzusetzen. Während die Kleinmagier jedoch noch ein gewisses Ansehen besaßen, da sie als Mittelschicht Wynterhaavs den Handel und das Handwerk unter sich aufteilten, blieb den übrigen magischen Wesen nur ein Leben am Bodensatz der Gesellschaft. Entweder lebten sie gar nicht in den Siedlungen oder wenn doch, dann als Diener der

Edlen. Völlig lächerlich war, dass sogar die Drachen als Niedere angesehen wurden, dabei war gerade ihre magische Kraft legendär. Nur deshalb beherrschten die Menschen Wynterhaav und nicht die Drachen, weil diese Einzelgänger waren und eher eine Gelegenheit nutzten, sich gegenseitig zu berauben, als ein gemeinsames Ziel zu verfolgen. Das war der Grund, warum sie aus den letzten Drachenkämpfen als Verlierer hervorgegangen waren. Seither gab es nur noch wenige Drachen und wie Myrkur waren sie nicht gut auf die Menschen zu sprechen.

Inzwischen hatte Prinzessin Malena das Thema gewechselt und damit auch gleich ihren ernsten Gesichtsausdruck abgelegt. Bestens gelaunt bat sie die Lords, die alt genug waren, um schon bei der Krönung König Walthers anwesend gewesen zu sein, um einen Bericht über die Feierlichkeiten von damals.

Innerlich vor Wut schäumend, weil sie dieser Nichtigkeit mehr Raum gab als den toten Kindern, gab ich vor, interessiert zu lauschen. Ich lächelte an den richtigen Stellen und kam zweimal in den zweifelhaften Genuss, der Prinzessin tief in die Augen blicken zu dürfen. Ich fühlte mich erbärmlich. Um mich von meinen trüben Gedanken abzulenken, nahm ich die übrigen Anwesenden ins Visier.

Der Einzige, der immer noch eine besorgte Miene zur Schau trug, war Lord Finch. Der ehemalige Kleinmagier verbrachte wenig Zeit am Königshof und wenn er da war, zeigte ihm jeder die kalte Schulter. Finch war vergangenes Jahr in den Rang eines Edlen erhoben worden, obwohl sich in seinem Familienbesitz nur eine unbedeutende Magiequelle befand. Möglich war das nur deshalb gewesen, weil Finch völlig überraschend das jährlich stattfindende Frühlingsturnier für sich entschieden hatte. Dabei mussten die angetretenen Magier einen Parcours mit unterschiedlichen Aufgaben bewältigen. Rücksichtnahme auf den Gegner wurde nicht erwartet. Im Gegenteil, Fairness wurde als Schwäche angesehen. Meistens nahmen auch einige Kleinmagier daran teil. Da sie es kräftemäßig nicht mit den Edlen aufnehmen konnten, setzten sie auf Geschicklichkeit im Umgang mit der Magie. Es war theoretisch möglich, dass ein Kleinmagier gewann. Doch erst als Finch den Siegerpokal mit Triumphgeschrei in die Luft gereckt hatte, war es zum allerersten Mal Wirklichkeit geworden. Sein Gegner war Lord Orbedi gewesen, der über einen Erfahrungsschatz aus vielen gewonnenen Turnieren verfügte. Wie wir alle, war der Lord davon überrascht worden, dass Finch unerwartet kraftvolle Magie einsetzte. Ehe der Wettkampf richtig angefangen hatte, regneten bereits die Trümmer der Begrenzungsmauer auf Orbedi herab. Einer der Steinklötze traf ihn am Kopf und das Turnier war vorbei. Ich mochte den herablassenden Orbedi nicht und hatte ihm die Niederlage gegönnt. Finch bemerkte, dass ich ihn ansah, und erwiderte meinen Blick unter zusammengezogenen Augenbrauen. Er war ein bulliger Mann mit breiten Schultern und schweren Schritten. Seine Gesichtshaut war dunkel getönt und spottete dem höfischen Ideal, das einen möglichst hellen Teint favorisierte. Das dunkelbraune Haar trug er militärisch kurz. Seine Augen waren schmal, er blinzelte selten. Jedem einzelnen Edlen am Hof begegnete er mit Ablehnung und Misstrauen. Dazu war er laut, unhöflich und roch unangenehm nach Schweiß und Zwiebeln. Es kam mir fast vor, als würde er mit Absicht alles daransetzen, die üblichen Vorurteile gegenüber Kleinmagiern zu bekräftigen. Ich hatte mehrere Versuche gestartet, mich mit ihm zu befreunden, mit dem unrühmlichen Ergebnis, dass Finch mich noch verabscheuungswürdiger zu finden schien als alle anderen. Wenn jemand der Anwesenden über das Verschwinden der Kinder Bescheid wissen könnte, dann er. Ich nahm mir vor, einen neuen Kontaktversuch zu starten.

Malena löste die Versammlung überraschend schnell auf, indem sie uns noch einmal daran erinnerte, ihr morgen Vorschläge zu bringen, was wegen der Kinder unternommen werden sollte. Anschließend erhob sie sich anmutig, strich sich den goldschimmernden Rock glatt, stieg die Stufen hinab und schlenderte auf die Flügeltür zu, die in einen der hundert Ziergärten des Palastes führte.

Ich beobachtete, wie Finch sich eiligen Schrittes der Gruppe näherte, die sich an der Ausgangstür um die Prinzessin gebildet hatte. Ich eilte ihm hinterher. »Perri, habt Ihr einen Moment?«

Unwillig drehte er sich zu mir herum. »Was wollt Ihr?«

»Eure Meinung hören.«

»Zu welchem Thema?«

»Es geht mir um die Kinder. Seid Ihr mit dem Ergebnis der Besprechung zufrieden?«

Er schob das Kinn aggressiv vor. »Weshalb fragt Ihr ausgerechnet mich? Bin ich ein verdammter Experte für Kleinmagier? Nur weil ein Schwein mit anderen Schweinen im selben Stall steht, ist es nicht gleich ein Schweineexperte.«

Ich unterdrückte ein Lächeln. Ihm schien es jedoch nicht einmal in den Sinn zu kommen, dass dies ein sehr unglücklicher Vergleich gewesen war. »Ich bin in Sorge, dass es zu lange dauern wird, bis eine Lösung in Sicht ist. Was meint Ihr, wie könnte man den verängstigten Familien bereits jetzt schon helfen?«

»Mir egal.«

Es war verdammt schwer, sich nicht über ihn zu ärgern. Ich versuchte, ein gleichmütiges Gesicht zu machen. »Es ist in der Bevölkerung noch nicht überall bekannt, dass Kinder entführt werden. Ihr kennt die Strukturen des dörflichen Zusammenlebens besser als ich. Lasst uns gemeinsam überlegen, wie man die Nachricht ver…«

»Und schon seid Ihr munter dabei, mich wieder mit einem Schwein zu vergleichen.«

»Wie bitte?«

»Mein Schweinevergleich vorhin.« Er schob den Kiefer vor und knurrte. »Ihr denkt, ich sei ein verdammtes Expertenschwein.«

War der Mann wirklich so dumm oder gab er sich nur so? »Perri, ich wollte nie …«

»Für Euch bin ich Lord Finch!«

»Entschuldigt, ich wollte Euch nicht brüskieren. Wir sprechen einander alle mit Vor…«

Wieder unterbrach er mich. »Wir sind fertig!« Damit stürmte er davon.

Nachdenklich sah ich ihm nach. Er könnte die Magie der Kinder gestohlen und daraus die ungewöhnliche Stärke gewonnen haben. War es außerdem denkbar, dass er nicht dumm, sondern im Gegenteil besonders schlau war? Es brüskierte uns vielleicht alle nur deshalb, damit wir ihn in Ruhe ließen. Wer nicht redet, kann nichts verraten.

Der restliche Teil des Nachmittags gestaltete sich zäh. Ich hatte keine Verpflichtung und streunte daher in Katergestalt durch die verschlafenen Straßen Saleburrys, nur um festzustellen, dass ich auf vier Pfoten sogar mehr Sehnsucht nach Alice verspürte als auf zwei Beinen. Später ließ ich mir eine Mahlzeit ins Teezimmer bringen. Schließlich klopfte es und die Pakete mit meiner Garderobe wurden gebracht. Leder, dunkle Stoffe, maskuline Schnitte. Erleichtert hängte ich den Papageienaufzug vom Nachmittag in den Schrank zurück. Für meinen geplanten Besuch bei Malena entschied ich mich für eine eng anliegende Lederhose und ein schwarzes Seidenhemd, dazu hohe Stiefel. Als ich davon ausgehen konnte, dass die Prinzessin mich jeden Augenblick zu unserer Privataudienz holen lassen würde, entkorkte ich die letzte Flasche Whisky aus meinem Vorrat und stürzte den Inhalt hinunter. Nur so würde ich den Abend ertragen können. Mitternacht verstrich und ich saß immer noch in meinem Sessel am Fenster. Inzwischen war ich wieder völlig nüchtern. Mir wurde klar, dass sie mich nicht rufen lassen würde. Ich war erleichtert und bestürzt zugleich. Auf dem Weg in mein Schlafzimmer entdeckte ich, dass jemand einen Briefumschlag unter der Eingangstür durchgeschoben hatte. Prinzessin Malena befahl mir mit wenigen unpersönlichen Worten, mich am nächsten Morgen im Labor der Runen-Ingenieurinnen einzufinden.

Das neue England wird Alltag

Meinen ersten Abend auf dem Anwesen erlebte ich wie in Trance. Schwankend vor Erschöpfung, einen Angstkloß im Bauch, trottete ich Santina hinterher, um zu lernen, wie die Dinge hier gehandhabt wurden. Ich war unendlich dankbar, dass sie mir noch keine Arbeit zuteilte, denn es erforderte bereits meine sämtliche verbliebene Energie, mich aufrecht zu halten. Irgendwann forderte Santina mich auf, mit ihr nach draußen zu gehen. Der Himmel war klar und so voller Sterne, dass ich mit offenem Mund in die schwarze Unendlichkeit hinaufstarrte. Ein Gefühl von Ehrfurcht überkam mich. Wie schön das war! Santina ließ mir Zeit, den Anblick in mich aufzunehmen, ehe sie mich auf die beiden Gestalten aufmerksam machte, die ein paar Schritte weiter warteten. Ich erkannte Beth. Ein zweites Mädchen hielt sich im Hintergrund. Ich winkte ihnen zu, was sie nicht erwiderten, trotzdem hatte der Moment mich ein klein wenig glücklich gemacht. Santina entließ sie mit einem Winken und sie rannten in Richtung Wald davon.

Obwohl ich seither jeden Tag nach Beth Ausschau gehalten und sie auch tatsächlich ein paarmal von Weitem gesehen hatte, war es mir nicht gelungen, mit ihr zu sprechen. Ich löcherte Santina, erfuhr aber nur, dass die Kinder im Wald lebten, jeweils zu viert oder fünft in einer Kate, ohne einen Erwachsenen, der nach ihnen sah. Die Größeren passten auf die Kleineren auf. Zweimal am Tag packten wir Essen in mit Stroh gefütterte Kisten, die anschließend in den Wald gebracht wurden. Obwohl ich darum gebeten hatte, diesen Dienst versehen zu dürfen, teilte Santina mich nie dafür ein. Waren die Kinder Waisen, um die sich Lady Ellinor kümmerte? Unwahrscheinlich. Außerdem hatte Beth von ihren Eltern gesprochen, die sie hergeschickt hatten. Das Telefon hatte sich leider als Enttäuschung erwiesen. Es war mir bereits am zweiten Tag gelungen, unbemerkt zum Hörer zu greifen, doch kein Signal drang daraus hervor. Ich verfolgte das Kabel an der Wand entlang bis in den hintersten Teil der Eingangshalle, nur um festzustellen, dass die Telefonbuchse nicht existierte. Überhaupt gab es nirgendwo im Haus irgendwelche technischen Geräte, geschweige denn Elektrizität. Das wusste ich deshalb so genau, weil ich mittlerweile, bis auf Lady Ellinors Räume, überall sonst die Böden mit einem Strohbesen gefegt und anschließend geschrubbt hatte. Darunter auch die neun Gästezimmer mit den tuchverhangenen Möbeln. Von Zeit zu Zeit gewann ich den Eindruck, unter Drogen gesetzt worden zu sein. Dass Zimmertüren direkt vor meiner Nase zuschlugen, ohne dass ein Luftzug zu spüren gewesen wäre, war vergleichsweise harmlos. Bedenklicher war, dass ich oft den Eindruck hatte, als würden die Wände auf mich zu rücken. Die Lampen waren ein weiteres Thema. Jedes Mal, wenn ich ein Zimmer betrat, schienen sie von einem anderen Punkt an der Zimmerdecke herab zu baumeln. Ich gab mir Mühe, das alles zu ignorieren, doch es gelang mir nie, mich völlig zu entspannen. Ein paar Tage lang verweigerte ich das Essen und ließ in einer Tasse auf dem Holzstapel neben dem Kochherd Schnee schmelzen. Falls der Nahrung Drogen zugesetzt waren, würden sich die Substanzen irgendwann abgebaut haben. Die Halluzinationen blieben jedoch. Das mit dem Schneewasser behielt ich bei, aber den Hunger hielt ich nur wenige Tage aus. Zum Frühstück gab es meistens Porridge. Abends bestanden die Mahlzeiten abwechselnd aus Bohnensuppe, Getreidebrei oder einem dicken Gemüseeintopf. Viel zu oft schwammen Fleischbrocken darin, sonst wäre die Ernährung aus vegetarischer Sicht nicht einmal übel gewesen. So musste ich mich jedoch an vielen Tagen mit gerösteten Brotscheiben und dem Schälchen rote Beete begnügen, das pflichtgemäß zur Tagesration gehörte.

Santina war nach wie vor die Einzige, mit der ich ein paar Sätze wechseln konnte, denn alle anderen im Haus hielten sich eisern an das Sprechverbot, das Lady Ellinor erteilt hatte. Neben der Organisation des Haushalts bestand ihre Aufgabe jedoch vor allem darin, Lady Ellinor als Zofe und Gesellschafterin zu dienen. Es vergingen oft Tage, bis wir wieder ein paar Worte wechseln konnten. Nachdem Lady Ellinor mitbekommen hatte, wie ich ein paar Mal versucht hatte, über Santina als Vermittlerin mit Leanor und zwei der anderen zu kommunizieren, wurde auch das verboten. Fortan sahen die drei nicht einmal mehr in meine Richtung. Die Isolation wurde zur schweren Last, die mich jeden Tag ein bisschen tiefer in graue Gedanken versinken ließ. Gegen die körperliche Anstrengung hatte ich nichts einzuwenden. Leider erschöpfte die Arbeit mich nicht so sehr, dass ich schnell einschlafen konnte. Hunger, Kälte, Angst und Einsamkeit sorgten dafür, dass ich die halbe Nacht zitternd unter meiner Bettdecke lag. Besonders die Sache mit dem Eisloch machte mir Sorgen. Es kam fast jeden Tag vor, dass Lady Ellinor jemanden auf diese Weise bestrafte. Ich kam nicht dahinter, was der Auslöser dafür war. Es schien pure Willkür. Mich hatte es bisher nicht getroffen, doch ich war weit davon entfernt, mich in Sicherheit zu wiegen. Von Tag zu Tag wurde Lady Ellinor reizbarer. Selbst Santina, ihr erklärter Liebling, musste einige Stunden im Eis ertragen. Es war nur eine Frage der Zeit, bis es auch mich einmal erwischen würde. Ich war mager geworden und auf dem Weg zum Schweineeimer klapperte ich mit den Zähnen. Santina hatte erst am Morgen wieder mit mir geschimpft, weil ich mich hartnäckig weigerte, die gefütterten Lederstiefel anzuziehen, die sie mir gebracht hatte.

Die Zeit verging und von Rodin gab es kein Lebenszeichen. Seine Vorhersage, dass es sehr viel kälter werden würde, hatte sich jedoch erfüllt. Ich dachte oft an Rodin, wesentlich öfter als an Kjell, was dazu führte, dass ich noch niedergeschlagener wurde. Während ich der oft stumpfsinnigen Arbeit nachging, träumte ich mich ins Wonderland. Ich stellte mir die Wärme vor, roch den Duft der Gewürze, plauderte in Gedanken mit den Gästen. In der achtzehnten Woche meiner Entführung kapitulierte mein Körper. Ein quälender Husten setzte sich fest, der die ohnehin unruhigen Nächte zur Qual werden ließ. Santina befahl mir schließlich, mich ins Bett zu legen. Es war, als hätte ich damit den Startbefehl bekommen, erst recht krank zu werden. Ich glühte und schlotterte abwechselnd, versank in einem Delirium, in dem ich meine Zimmertür ein trauriges Lied singen hörte, in dem vom Sterben die Rede war. Jeden Abend brachte Santina einen Tiegel mit Thymiansalbe, mit der sie mir Brust und Rücken einrieb. Anschließend legte sie mir ein Päckchen mit in Geschirrtüchern eingewickelten heißen Kartoffeln auf die Brust und wickelte mich zusätzlich in ein dickes Wolltuch. Jedes Mal, wenn sie aus dem Zimmer ging, gaukelte der Fieberwahn mir vor, dass sie die Zimmertür wegen der traurigen Lieder ausschimpfte, was mich erst zum Lachen brachte und dann zum Husten. Drei ganze Wochen schwitzte ich die Laken nass. Schließlich wachte ich eines Morgens auf, körperlich entkräftet, aber fieberfrei.

»Du bist fast durchsichtig, Alice! Ich kenne niemanden, der so dünn ist und trotzdem noch lebt.« Santina saß auf einem Schemel neben meinem Bett und hatte einen strengen Blick aufgesetzt.

»Du übertreibst. Und danke übrigens.«

»Wofür?«

Ich wusste, dass ihre Aufgaben im Haus so vielfältig waren, dass sie sich keine ruhige Minute gönnte. Trotzdem war sie es gewesen, die mich gepflegt hatte, die bei mir gesessen und mit mir geredet hatte, obwohl ich den Inhalt ihrer Worte im Fieberwahn kaum verstanden hatte. Sogar wenn sie nicht im Zimmer war, hatte ich manchmal den Eindruck gehabt, als streiche sie mir mit der Hand das verschwitzte Haar aus der Stirn. Ich war nicht sicher, hatte jedoch das Gefühl, dass wir irgendwo auf dem Weg zu einer Freundschaft stecken geblieben waren. Ein Grund dafür war, dass ich ihr die ungebrochene Loyalität zu Lady Ellinor übel nahm. Es spielte jedoch auch eine Rolle, dass unsere Gespräche bisher weitgehend an der Oberfläche geblieben waren. Ich lächelte sie warm an. »Ich danke dir dafür, dass du dich um mich gekümmert hast.«

»Ach, das war doch nichts.« Sie streckte mir den Löffel entgegen. »Und jetzt mach den Mund auf. Ein Löffelchen für Santina …«

Ich schnupperte misstrauisch. »Was ist das?«

»Lass mal sehen.« Sie starrte in die Schüssel, als wäre nicht sie die Person, die den wöchentlichen Speiseplan machte. »Sellerie, Karotten, Brühe.«

»Und was noch?«

»Salz. Wasser.«

Ich schnaubte. »Zu deiner Information, mein Geruchssinn ist wieder vollständig da und ich weiß leider ganz genau, wie Hühnersuppe riecht. Gib mir das Brot.«

»Hühnersuppe ist Medizin. Du brauchst Kraft. Lady Ellinor hat extra vier Hühner schlachten lassen.«

»Aber nicht wegen mir, das kannst du mir nicht verkaufen.«

»Für dich und die anderen Kranken.«

»Dann haben die mehr Suppe. Freut mich für sie.«

Sie seufzte, stellte die Schale aber auf das Tablett. Eine Weile sah sie mir stirnrunzelnd beim Kauen zu. »Wer ist übrigens Kjell?«

Überrascht sah ich sie an. »Wie kommst du auf ihn?«

»Du hast im Fieberwahn von ihm gesprochen. Das hat mich neugierig gemacht.«

»Er ist der Mann, den ich liebe. Wir wollen heiraten.« Ich horchte meinen Worten nach und frage mich verblüfft, warum ich nichts fühlte, keine Liebe, keine verzweifelte Sehnsucht, keine Trauer oder wenigstens Sorge darum, wie er mit meinem Verschwinden zurechtkommen würde. Ich hätte ebenso gut über das Wetter sprechen können. Mit weit aufgerissenen Augen starrte ich Santina an.

Beunruhigt erwiderte sie meinen Blick. »Was ist?«

»Die verdammten Drogen.«

»Wie bitte?«

»Du wirst kaum Schnee für mich geschmolzen haben, also hab ich in den letzten Tagen normales Wasser getrunken.«

»Natürlich hab ich das nicht. Dieser Tick mit dem Schneewasser ist sowieso …«

Wütend fiel ich ihr ins Wort. »Dadurch habe ich eine größere Dosis von den Drogen bekommen als sonst und jetzt, jetzt ist gar nichts mehr übrig.«

»Wovon sprichst du, Alice? Was für Drogen sollen das sein, und vor allem, zu welchem Zweck sollte sich jemand die Mühe machen?«

»Das ist eine Frage, die du deiner sogenannten Herrin stellen solltest.«

Santina sah mich zutiefst besorgt an. Doch dann räumte sie nur schweigend das Tablett voll und ging. Natürlich. Am Ende ließ sie nichts auf die geliebte Herrschaft kommen. Ich weinte den ganzen Tag und die Nacht hindurch. Wie würde es sein, wenn ich Kjell wiedersah? Falls ich ihn jemals wiedersah. Ich hoffte inständig, dass die Drogen das, was uns verbunden hatte, nicht für immer zerstört hatten.

Am folgenden Morgen stand ich auf und schleppte mich in die Küche. Ich stellte mich so nahe an den Herd, wie ich es aushalten konnte, trotzdem überlief mich ein Schauder nach dem anderen. Seit Tagen wütete ein Schneesturm über dem Anwesen. Ich schielte missmutig zu dem Eimer mit den überquellenden Küchenresten. Allein bei dem Gedanken, damit gleich zum Schweineeimer gehen zu müssen, zogen sich meine Zehen in den Sneakern ängstlich zusammen. Meine Füße waren vermutlich nur deshalb noch nicht erfroren, weil ich den Weg zum Stall und zurück rennend zurücklegte und mich bei meiner Rückkehr in die Küche in unmittelbarer Nähe zum Herd nützlich machte. Heute war ich nicht sicher, ob ich die Kraft zum Rennen überhaupt haben würde. Leanor pflegte in letzter Zeit aus den Gemüseschalen eine Brühe zu kochen, da uns das eingelagerte Gemüse nach und nach knapp wurde. Nun kippte sie die ausgelaugten Reste in den Eimer, der damit fast überquoll, und sah mich auffordernd an. Ich zog meinen Umhang an, wappnete mich innerlich gegen die Kälte und schnappte mir den Eimer.

Santina stürmte in die Küche, sah mich und schüttelte den Kopf. »Lass den Eimer, ich brauch dich drinnen. Das Haus verlangt Aufmerksamkeit. Erster Stock, Korridor, Boden schrubben.«

Ich wunderte mich schon lange nicht mehr über die merkwürdige Formulierung, dass das Haus nach irgendetwas verlangte. Dankbar, weil ich der Kälte offenbar entkommen war, machte ich mir einen Putzeimer zurecht, schleppte ihn ins erste Stockwerk hinauf. Dort sank ich auf die Knie und fing an, den Boden mit der Holzbürste zu bearbeiten.

Gespräch im Herrensalon

Auch in den nächsten Tagen beorderte Santina mich und jedes Dienstmädchen, das Leanor in der Küche entbehren konnte, zum Putzdienst. Mit jedem Mal, dass ich meine Hände in das kalte Putzwasser tauchte, wurden sie röter und rissiger. Wie so oft versuchte ich, Kontakt zu den anderen Frauen aufzunehmen und dachte mir deshalb kleine Geschichten aus, in denen ich das Haus mit einem Raubfisch verglich und uns mit einem Schwarm Putzerfische. An den fragenden Blicken, die sie einander zuwarfen, bemerkte ich, dass sie nicht wussten, wovon ich sprach. Niemand fragte jedoch nach, obwohl ich das Gefühl hatte, dass sie es gern getan hätten. Also versank ich wieder in meinen eigenen Gedanken. Es kam vor, dass ich tagelang kein Wort sprach.

»Alice?«

Verträumt wandte ich den Kopf zu Santina, die eben die große Treppe heraufgestürmt war. Ich hatte mich wieder ins Wonderland geträumt und war nun von einem Gefühl der Wehmut erfüllt. Sie sah mich prüfend an. »Wo warst du in Gedanken? Bei deinem Café?«

Ich nickte und sah sie überrascht an. Vor ein paar Tagen hatte ich beim Frühstück versucht, das geballte Schweigen um mich herum dadurch zu brechen, indem ich von meinem geliebten Wonderland erzählt hatte. Ich hatte den anderen in der Küche den Wintergarten beschrieben mit dem Samtsofa, den Bistrotischen und jedem einzelnen Geschirrstück, das ich auf dem Flohmarkt gefunden und in den Vitrinen ausgestellt hatte. Santina war jedoch nicht dabei gewesen und das hieß, dass sie über mich gesprochen hatten. Vielleicht war das Eis zwischen uns noch lange nicht gebrochen, doch sie tauten mir gegenüber auf. Tatsächlich kam es seither immer öfter vor, dass mich jemand flüchtig am Arm oder der Schulter berührte. Ich war in Tränen ausgebrochen, als das zum ersten Mal passiert war. Erst da war mir aufgefallen, wie sehr ich körperliche Berührungen vermisste! Ich war es gewohnt gewesen, an Kjell angekuschelt einzuschlafen, und ich hatte Lewis gehabt, der jeden Morgen, ehe ich ihn hinaus ließ, seine Stirn an meine gedrückt hatte.

Santina sah mich mit zur Seite geneigtem Kopf an. »Ich würde gern mehr über dein Café erfahren. Vielleicht … kann ich es irgendwann mal sehen.«

»Jetzt gleich! Komm, lass uns verschwinden!« Ich meinte es nicht ernst, natürlich nicht. Santina hatte sich zu keinem Zeitpunkt Lady Ellinor gegenüber illoyal verhalten. Ich war nicht sicher, was sie tun würde, würde sie mich bei einem Fluchtversuch erwischen. Zwar nahm ich nicht an, dass sie mich verraten würde, aber helfen würde sie mir nicht.

»Vielleicht bist du ja bald nicht mehr hier, und wer weiß, ob wir dann noch Kontakt haben werden.«

»Klar, und wenn wir jetzt vor die Tür gehen, ist der Frühling ausgebrochen.«

»In Wynterhaav ist der Frühling zwar kurz, dafür kommt er mit überwältigender Macht.« Sie schenkte mir ein trauriges Lächeln. »Nimm deinen Eimer und komm mit.«

Ich sah sie fragend an, stand jedoch auf und streckte den schmerzenden Rücken. »Ich glaube, nicht nur mir schlägt das trübe Wetter langsam auf das Gemüt. Was ist los?«

»Nichts.«

»Erzähl doch keinen Quatsch. Du bist seit Tagen angespannt. Ich mag dich und wenn dich etwas bedrückt, interessiert mich das!«

»Vielleicht hast du recht und es ist dieser nicht enden wollenden Winter. Vielleicht sehne ich mich aber auch einfach nur nach meiner Heimat.«

»Wo ist das?«

Sie schüttelte den Kopf.

Ich kannte das schon. Auf einige Fragen bekam ich einfach nie eine Antwort. Also stellte ich sie anders. »Wie ist es dort?«

»Heiß!« Sie lächelte bei der Erinnerung. »So heiß, dass sich das Leben vor allem nachts abspielt. Die Nachmittage werden verschlafen. Ich habe oft draußen in meiner Hängematte gelegen und den Kolibris dabei zugesehen, wie sie von Blüte zu Blüte geschwirrt sind. Ach, und die verführerischen Düfte erst. Unser Essen wird scharf gewürzt, der Gaumen erfreut sich aber auch an den mannigfaltigsten Süßspeisen.« Sie verzog das Gesicht. »Hier … gibt es immer nur Porridge und Hühnersuppe.«

Ich grinste sie spöttisch an. »Du wirst doch wohl nichts auf deine gute Hühnersuppe kommen lassen?«

»Natürlich nicht. Vor allem für so einen Hungerhaken wie dich ist sie gut.« Sie führte mich zu dem Zimmer, in dem ich an meinem Ankunftstag erwacht war. Es war nicht das erste Mal, dass ich hier putzte, weshalb ich mir dabei nichts dachte.

»Du wischst Staub, ich beziehe das Bett.«

Das mit dem Bett beziehen war eine interessante Änderung im üblichen Ablauf. Aufregung erfasste mich. »Bekommen wir Besuch?« Es wäre das allererste Mal gewesen, seit ich hier war.

»Nein.«

»Besucht überhaupt niemand jemals Lady Ellinor?«

»Vielleicht im Frühsommer.« Der Gedanke schien Santina mit Sorge zu erfüllen.

»Wer kommt?«

»Das wirst du sehen, wenn es so weit ist.«

Dann würde ich es wohl nicht erfahren. Sobald das Wetter besser wurde, würde ich nämlich einen Fluchtversuch starten. Der Gedanke heiterte mich auf. Beschwingt machte ich mich mit meinem Lappen an die Arbeit. Staub wirbelte auf und ein Kratzen in der Kehle ließ mich husten.

»Geht es wieder los? Ich dachte, der Husten sei weg!« Santina klang beinahe panisch. Nacheinander waren wir alle krank geworden. Auch heute fehlten zwei der jüngeren Dienstmädchen.

»Keine Sorge, war nur der Staub.«

»Du musst endlich zu Kräften kommen. Wenn du nachher nicht freiwillig von der Fleischbrühe trinkst, werde ich sie dir einflößen.«

»Hör damit auf!«

»Womit? Mich um dich zu sorgen?«

Ich drehte mich zu ihr um. »Ich habe hier nicht gerade viele Freiheiten, wie du sehr gut weißt. Was ich esse und was nicht, ist ganz allein meine Sache.«

»Ich soll also zusehen, wie du dich zu Tode hungerst?«

»Das hab ich nicht vor. Aber selbst wenn das mein Plan wäre, ginge es dich nichts an.«

»Ich verstehe es einfach nicht! Niemand von uns geht durchs Leben, ohne irgendeinem Tier das seine zu nehmen. Läufst du im Sommer nie über eine Wiese? Ich könnte wetten, dass du schon Hunderte von Käfern und Schnecken getötet hast.«

Mit einem heftigen Anflug von schlechtem Gewissen dachte ich an die vielen Insekten, die jeden Sommer an meiner Windschutzscheibe zerplatzten. Hatte ich keine Waren zu transportieren, nahm ich zwar gewöhnlich das Fahrrad, doch an den übrigen Tagen war ich eine Insektenmörderin im Großformat. »Stimmt, ich bin nicht perfekt. Allerdings sehe ich nicht, warum ich das als Ausrede nehmen sollte, überhaupt nicht mehr auf das Wohl anderer Lebewesen zu achten.«

Santina gab einem Kissen, das sie frisch bezogen hatte, einen Knuff und wechselte dann überraschend das Thema. »Dafür, dass er deine große Liebe ist, erzählst du sehr wenig von deinem Kjell.«

»Weil es mich traurig macht. Die Drogen haben mich abgestumpft. Ich denke kaum noch an ihn.«

Mit ernster Miene kam Santina zu mir. Sie fasste mich bei den Schultern. »Es gibt keine Drogen, Alice. Bitte glaube mir. Mir ist bewusst, dass dir einiges hier im Haus merkwürdig vorkommt, doch das hat Gründe und die haben mit Drogen nichts zu tun.«

Ich merkte, wie ich wieder wütend wurde. »Lass uns über etwas anderes reden.«

Sie sah mich unglücklich an, gab mich dann jedoch frei. »Erzähl mir von ihm, von euch! Wie sieht er eigentlich aus?«

»Kinnlange blonde Locken, strahlendes Lächeln und ein perfekter Körper. Kurz, ein ziemlich heißer Typ.«

Auch wenn Santina mit manchen meiner Ausdrücke nicht gleich etwas anfangen konnte, verstand sie meistens, was ich meinte. Sie nickte mir auffordernd zu. »Weiter.«

»Manchmal bin ich eifersüchtig, weil ihn so viele Frauen anschmachten.«

»Das ist das, was du über ihn zu erzählen hast?«

Diesmal blieb zur Abwechslung ich ihr mal die Antwort schuldig. Das Problem war, dass alles, was mich innerlich mit Kjell verband, immer mehr zu einem Flirren in meiner Erinnerung verblasste. Wieso fiel es mir so schwer, ein beständiges Gefühl für den Mann in meinem Herzen zu bewahren, den ich liebte, dessen Antrag ich angenommen hatte, mit dem ich bis an mein Lebensende zusammen sein wollte? Ich dachte an meine Eltern, daran, wie glücklich sie gewesen waren. Mum hatte Kjell gemocht, sie hatte ihm auf dem brennenden Dach mein Leben anvertraut. Vermutlich war das Geheimnis einer guten Ehe ganz einfach. Man schob die Zweifel beiseite und machte weiter. Alles würde wie früher werden, sobald ich zu Hause war.

Ich hatte gar nicht gemerkt, wie tief ich in meinen Gedanken versunken war, und schreckte auf, als Santina wieder sprach. »Was hast du gesagt?«

»Dass du aufgehört hast, mir Fragen zu stellen.«

»Was für Fragen meinst du?«

»Keine Ahnung. Anfangs hast du mich geradezu gelöchert, seit ein paar Wochen hat das aufgehört.«

Ich zuckte die Schultern. »Sei froh. Es war dir doch sowieso lästig.« Ich wandte mich mit meinen Staublappen dem Kachelofen zu, um den breiten Sims zu abwischen. »Wozu braucht man so einen Ofen überhaupt, wenn er doch nie richtig beheizt wird?«

»Früher war das anders.«

»Warum heute nicht mehr? Wieso besteht Lady Ellinor darauf, dass wir uns alle den Arsch abfrieren? Da draußen ist ein ganzer Wald, den man verheizen könnte!«

»Tatsächlich bin ich derselben Ansicht. Wir sind an einem Punkt angelangt, an dem …« Sie unterbrach sich und fuhr dann fort: »Ich hatte heute Morgen deswegen eine Diskussion mit Lady Ellinor und sie hat nachgegeben.«

»Das ist nicht wahr!«

»Sie ist nicht stur, Alice. Man kann durchaus mit ihr reden. Sie weiß sehr gut, wie viele vom Personal krank geworden sind. Lord Vertanen wird nicht erfreut sein, wenn er es erfährt.«

Ich wagte nicht darauf zu hoffen, dass er bald zurück sein würde und in der Vergangenheit hatte mich eine Antwort auf die Frage danach jedes Mal frustriert. Trotzdem musste ich es auch diesmal versuchen. »Gibt es Neuigkeiten von ihm?«

»Ja. Lady Ellinors Schneiderin ist heute Morgen aus Salebyrr gekommen.«

Den Namen Salebyrr hatte ich schon gehört. Normalerweise wurde in meiner Gegenwart nur belangloses Zeug geredet. An diesem Tag war ich jedoch so leise in den Aufenthaltsraum getreten, dass ich einen Teil des Gespräches aufgeschnappt hatte. Darin war es um den sterbenskranken König und seine Tochter gegangen, die wohl der Ansicht war, dass der Thron bereits ihr gehöre. Als die beiden Sprecherinnen mich bemerkt hatten, waren sie mitten im Satz verstummt. Ich sah Santina verwundert an. »Ich hab von der Ankunft der Schneiderin gar nichts mitbekommen.«

Santina zuckte die Schultern.

»Und das sollte ich wohl auch nicht. Hattest du mich am Vormittag deshalb zum Putzen in den Nordflügel geschickt?« Weiter konnte man sich im Inneren des Anwesens nicht von Lady Ellinors Salon entfernen. Trotzdem, in der winterlichen Stille, die in dieser Gegend herrschte, wäre ein Automotor nicht zu überhören gewesen, selbst im Nordflügel nicht. »Wie ist sie angereist?« Das waren anscheinend wieder die Sorte Fragen, die ich am besten gleich in den Sack ohne Antworten gesteckt hätte. Und da beschwerte Santina sich, dass ich die Fragerei aufgegeben hatte. »Na gut. Und was hat die Schneiderin mit Rodin zu tun?«

»Sie hat eine Botschaft von ihm mitgebracht. Er ist auf dem Weg nach Hause.«

Er kommt zurück. Endlich. Auf einen Schlag war ich von übersprudelnder Energie erfüllt. Natürlich war mir bewusst, wie krank und dumm es war, meine neu erwachte Hoffnung ausgerechnet auf den Ursprung des ganzen Übels zu richten, doch ich konnte gar nicht anders. Ich lächelte Santina breit an. »Wann trifft er ein?«

»Morgen? Übermorgen? In einer Woche …«

Das dämpfte meine Freude ein bisschen. »Sicher, dass er kommen wird?«

»Ja.«

Ich legte den Kopf zur Seite und sah sie prüfend an. Sie schien alles andere als glücklich darüber zu sein. »Was ist los? Und sag nicht wieder, dass nichts ist.«

»Ich bin müde.«

»Du bist nie müde.«

»Zurzeit bin ich es eben. Gehst du nachher bitte runter in den Herrensalon? Lord Vertanen schätzt es, sich mit einem guten Schluck zu entspannen. Ich hab auf einem Tablett Whisky bereitgestellt. Hol es und stelle es auf seinen Nachttisch. Zuvor machst du bitte noch das Bad sauber und lüften nicht vergessen.«

Ich sah missmutig zum Fenster. »Es zieht durch jede kleine Ritze herein. Ich finde, das geht als lüften durch.«

»Du wirst feststellen, dass ich nicht nur zum Spaß vom Frühling gesprochen habe. Es ist wärmer geworden und ganz abgesehen davon schätzt das Haus frische Luft.«

Ich öffnete das Fenster, doch natürlich war von dem versprochenen Temperaturanstieg nichts zu bemerken. Fröstelnd rieb ich mir die Arme. »Wie ich es mir dachte, es ist arschkalt.«

»Wenn du von der Hühnerbrühe trinken würdest, wäre dir schnell warm.«

»Das ganze Haus ist ein einziger riesiger Kühlschrank, da hilft nicht einmal deine hochgelobte Suppe.«

»Du kannst dich nachher in der Küche aufwärmen. Wie wäre es, wenn du uns diese Schokocookies backen würdest, von denen du erzählt hast?«

Ich strahlte sie an. »Dein Ernst?«

»Ja. Der Winter war hart, wir alle brauchen eine kleine Freude, um uns die Seele zu wärmen.«

»Und wird Lady Ellinor auch nichts dagegen haben?«

Santina verzog den Mund. »Gerade sie braucht von uns allen am dringendsten etwas, das die Seele wärmt.«

Ich sah sie prüfend an, bohrte jedoch nicht nach. »Okay, also ich würde natürlich für mein Leben gern backen. Für Schokocookies brauche ich allerdings Schokolade oder wenigstens Kakao und das haben wir nicht. Lass mich einfach nachschauen, was ich verwenden könnte.«

Ihre Mundwinkel hoben sich, doch ihre Augen lächelten nicht mit. Das konnte nicht nur die Enttäuschung wegen der Schokocookies sein. Etwas bedrückte sie. Mit hängenden Schultern ging sie zur Tür.

»Santina!«

»Hm?«

»Sag mir doch bitte, was los ist.«

»Nichts.«

»Hühnerkacke!« Ich warf meinen Lappen so schwungvoll in den Eimer, dass es spritzte, und ging zu ihr. »Sag es mir.«

Sie zupfte eine Weile an ihrer Haube herum, ehe sie mir in die Augen sah. »Hab ich dich je schlecht behandelt?«

Ich runzelte die Stirn. »Wie kommst du darauf?«

»Das ist nicht die Antwort auf meine Frage.«

Ich sah sie ernst an. »Du weißt, dass ich gegen meinen Willen hier bin. Du akzeptierst aber trotzdem, dass man mich hier festhält.«

»Verstehe.«

»Ich bin dir nicht böse. Ich glaube, wenn du es tatsächlich als ein Unrecht sehen könntest, würdest du mir helfen.«

Diesmal schenkte sie mir ein echtes Lächeln. »Ich hoffe, dass Lord Vertanen das ebenfalls so sieht. Vergiss den Whisky nicht.«

»Ich werde Rodin nichts Schlechtes über dich erzählen. Aber das ist nicht alles, was dich bedrückt, oder?«

»Ach es ist nur ... die vielen Krankheiten in der letzten Zeit, du weißt es ja selbst, und dann ist Lady Ellinors Schneiderin im Haus.« Sie verzog das Gesicht. »Fran ist ein bisschen anstrengend.« Müde strich sie sich mit dem Handrücken über die Stirn.

Besorgt musterte ich sie. »Du siehst nicht gut aus. Vielleicht wirst du auch krank?«

»Mir geht es prächtig.«

Nachdem sie gegangen war, beschloss ich, dass ich genug gelüftet hatte. Ich ließ den Blick durch das Zimmer gleiten. Es sah immer noch so aus wie bei meiner Ankunft. Rodin hatte mich damals also nicht in irgendeines der Gästezimmer gebracht, sondern mir sein Bett überlassen. Es war irgendwie ... nett. Nett. Ich zog eine Grimasse. Das Wort traf es nicht im Mindesten. Ich stellte fest, dass mich die Vorstellung,

Rodin endlich wiederzusehen, im Gegenteil so in Unruhe versetzte, dass mir beinahe übel wurde. Das Ziehen im Bauch, der schnelle Herzschlag, der trockene Mund. Deutliche Anzeichen von … Aufhören! Ich gab ein ärgerliches Schnauben von mir. *Wie ein Date.* So ein hirnverbrannter Blödsinn! Trotzdem rannte ich ins Bad, um in den Spiegel zu starren. Wie Santina und die anderen trug ich eine eng anliegende Haube. Ohne die rote Lockenwolke, die meinen Kopf früher umgeben hatte, lenkte nichts vom Anblick meines Gesichtes ab. Ich sah verhärmt aus. Meine Nase schien irgendwie spitzer als früher und sie war gerötet. Die Schatten unter meinen Augen waren auch alles andere als kleidsam und das galt erst recht für die rotfleckigen Hautstellen an Stirn und Wangen. Ich hatte mich immer für eine attraktive Frau gehalten. Nicht schön, aber durchaus ansehnlich. Zum allerersten Mal in meinem Leben fand ich mich hässlich. Für ganze zehn Sekunden fühlte ich mich schrecklich, dann wurde mir bewusst, wie mies ich gerade mit mir umging. Wer in Wynterhaav sollte mich lieben und sich um mich kümmern, wenn nicht ich selbst es tat? Der Gedanke half. Einigermaßen getröstet holte ich meinen Eimer mit dem Putzwasser und machte mich im Bad an die Arbeit.

Ich war im Rekordtempo fertig, dann rannte ich die Treppen hinunter in den Besuchersalon, um den Whisky zu holen. Ich war bis zur Zimmermitte gestürmt, als mir aufging, dass Rodin nicht irgendwann in den nächsten Stunden, morgen oder in einer Woche kommen würde. Er war bereits da.

Im Kamin brannte Feuer und es war zum allerersten Mal warm in diesem Raum. Rodin saß mit geschlossenen Augen und zurückgelegtem Kopf in einem der Kaminsessel. Die langen Beine hatte er in Richtung Feuer gestreckt. Er trug ein Lederhemd, das bis zur Hälfte aufgeknöpft war. Seine Brust war bandagiert. Entweder war er bewusstlos oder er schlief sehr tief, denn während der ganzen halben Ewigkeit, in der ich mit angehaltenem Atem vor ihm stand und ihn anstarrte, rührte er sich nicht. Wenn ich vorhin gedacht hatte, dass ich erschöpft aussah, dann sah er aus, als sei er dem Tode nah. Sein Gesicht war leichenblass und von tiefen Linien der Erschöpfung gezeichnet, das linke Auge zugeschwollen, die Wange darunter von einer großflächigen Prellung gelbgrün verfärbt. Unterhalb des Haaransatzes entdeckte ich eine längliche klaffende Wunde. Erschrocken trat ich näher, um mir die Verletzung genauer anzusehen. Mist! Das sah übel aus! War er in eine Prügelei geraten, in eine Messerstecherei? Irgendwie schien das nicht zu ihm zu passen. Andererseits, woher wollte ich wissen, was zu ihm passte und was nicht? Und jetzt? Sollte ich ihn wecken? Ein Schreck durchzuckte mich, als ich das dachte. Es schien eine Ewigkeit her, dass ich vor Kjell gestanden hatte, der auf dem Sofa schlief, und mich dasselbe gefragt hatte. Kjell zu wecken war keine gute Idee gewesen. *Und Rodin zu wecken ist auch nicht clever. Er ist verletzt und offensichtlich erschöpft. Was meinst du, wie er reagiert, wenn du ihn wach rüttelst?* Dann eben Rückzug. Das Tablett, von dem Santina gesprochen hatte, befand sich auf dem Beistelltisch neben Rodins Sessel. Flasche und Glas standen nahe beieinander und rutschten aufeinander zu, als ich es aufnahm. Es klirrte leise. Ich hielt den Atem an, doch Rodin reagierte nicht. Zögernd ging ich weiter. Und wenn er seinen Whisky lieber hier haben wollte? Andererseits war es in seinem Zustand besser, nur Wasser und Tee zu trinken. Ich beschloss, mich an Santinas Anweisung zu halten. Sie wollte, dass ich das Tablett in sein Schlafzimmer hinaufbrachte und das würde ich jetzt tun. An der Tür überfiel mich jedoch erneut Unsicherheit. Und wenn er nicht schlief, sondern bewusstlos war? Verdammt! Ich wusste doch, was Lady Ellinor von Ärzten hielt. Ich ging zurück und sah unschlüssig auf Rodin hinab. Das Feuer im Kamin war zur Hälfte heruntergebrannt und flackerte nur noch müde vor sich hin. Im herrschenden Dämmerlicht war nicht zu erkennen, ob sein Brustkorb sich bewegte. Das Tablett mit einer Hand balancierend hielt ich ihm einen Finger unter die Nase. Sein Atem strömte warm und regelmäßig. Erleichtert richtete ich mich auf. Dabei geriet das Tablett in Schieflage. Erneut rutschte das Kristallglas auf die Whiskykaraffe zu. Diesmal war das Klirren lauter und weckte ihn. Rodins gesundes Auge öffnete sich einen Spalt. Er fluchte, fasste sich an die Stirn und schloss es wieder. »Bist du das, Santina?«

Ich biss mir auf die Lippen. Sollte ich mich jetzt schon zu erkennen geben oder lieber auf einen besseren Zeitpunkt warten?

Er nahm mir die Entscheidung ab. »Also nicht Santina. Dann bist du ein neues Mädchen? Keine Sorge, ich sehe zwar schlimm aus, bin aber ganz erträglich.« Er tastete nach dem Tablett, natürlich erfolglos, da ich es immer noch in Händen hielt. »Wolltest du mir gerade einschenken? Mach das Glas voll, sei so freundlich. Und schau anschließend in der Küche nach, ob es etwas zu essen gibt. Ich nehme alles, solange es nur schön heiß und fettig ist. Und viel!«

Mir war klar, dass er mich anders in Erinnerung hatte, als ich gerade aussah. Dazu war das Licht unzureichend. Er hatte außerdem nur einen sehr kurzen Augenblick die Augen geöffnet. Ein Auge, um genau zu sein. Ich durfte nicht erwarten, dass er mich erkannt hatte. Aus irgendeinem Grund ärgerte es mich trotzdem. Mit reichlich Klirren und Poltern stellte ich das Tablett an seinen Platz zurück. Ich schüttete zwei Fingerbreit Flüssigkeit in das Kristallglas. Wie zuvor tastete er blind danach. Ich beobachtete ihn einen Moment. Dann nahm ich seine Hand und führte sie zum Glas. Er lächelte dankbar und stürzte den Whisky hinunter. Es wäre nun an der Zeit gewesen, in die Küche zu verschwinden, wie er angeordnet hatte. Andererseits war er jetzt wach, oder nicht? »Warum hast du mir diesen Brief geschrieben, wenn du gar nicht vorhattest, in zwei Wochen zurück zu sein?« Es war einfach so aus mir herausgeplatzt und halb fürchtete ich, dass Rodin nicht wissen würde, wovon zum Teufel ich sprach.

»Alice?« Rodin riss die Augen auf. Sogar das linke geschwollene Auge öffnete sich einen Spaltbreit. Sein Gesicht verzog sich vor Schmerz, doch er behielt die Augen offen. Rodin wirkte völlig fassungslos. »Bei den lebenden Sternen! Du siehst furchtbar aus!«

Es traf mich unerwartet hart, dass er das bemerkt hatte, und das wiederum war Treibstoff für meinen Zorn. »Ach, findest du?« Ich zerrte mir die Haube vom Kopf und fuhr mit den Händen durch die fettigen Strähnen. »Tut mir leid, aber zwischen dem Bodenschrubben und dem Schweineeimer blieb mir weder Zeit für den Friseur noch für die Kosmetikerin.« Er setzte zum Sprechen an. Ich sprach jedoch weiter, ohne ihn zu Wort kommen zu lassen. »Erinnerst du dich, was du geschrieben hast? Ich sollte ihr vertrauen.« Ich spuckte ihm das Wort regelrecht vor die Füße. »Vertrauen! Entweder kennst du deine Schwester schlecht oder wir definieren dieses Wort jeweils anders.

Dass ich dir geglaubt habe, hat jedenfalls alles nur umso schlimmer gemacht!«

Rodin starrte mich immer noch an, als könne er nicht begreifen, was er sah. Er wirkte nicht nur bestürzt, sondern geradezu entsetzt. Doch als er sprach, war seine Stimme ruhig. »Beruhige dich bitte! Es lag mir eben fern, dein Aussehen zu kritisieren. Niemand könnte dich jedoch ansehen und sich keine Sorgen machen.« Fassungslos schüttelte er den Kopf »Du bist nicht schlank, nicht einmal dünn. Du bist völlig abgemagert!« Er streckte die Hand nach mir aus, zog sie aber gleich zurück, als habe er Angst, durch seine Berührung könne ich zerbrechen.

»Mich kümmert nicht, was du über mein Aussehen denkst!«

»Ich weiß, du bist wegen Ellinors Verhalten zornig.«

»Wieder falsch!« Meine Worte überschlugen sich. »Ich bin zornig, weil du mich verraten hast!«

»Glaub mir, ich selbst bin dir dahingehend mit meiner Wut voraus.« Er wollte noch etwas hinzufügen, doch dann unterbrach er sich und sah an mir vorbei zur Tür. Seine Miene versteinerte.

Irgendwie ahnte ich, warum. Langsam drehte ich mich um.

Lady Ellinor stand an der Tür wie ein schwarzes Schreckgespenst. Sie sah erst Rodin an, dann mich. »Alice, was tust du hier? Hat Santina dir keine Aufgabe gegeben? Und setz sofort die Haube auf. Solche Nachlässigkeiten dulde ich nicht bei meinem Personal.«

Wir waren uns in den vergangenen Monaten glücklicherweise selten begegnet und wenn, hatte sie mich ignoriert. Wieder im Zentrum ihrer Aufmerksamkeit zu stehen, war kein gutes Gefühl. Ich wich ihrem Blick jedoch nicht aus. Vielleicht war es dumm, nein, ganz bestimmt war es dumm, doch erneut und trotz allem setzte ich all meine Hoffnung auf Rodin. Seine Bestürzung eben war echt gewesen. Das wollte ich unbedingt glauben. Ich wandte den Kopf, um ihm direkt in die Augen zu sehen. »Wünschst du ebenfalls, dass ich die Haube aufsetze und in die Küche verschwinde?«

»Nein! Das wünsche ich ganz sicher nicht.« Und an Ellinor gewandt fügte er hinzu. »Wie konntest du nur?«

»Wie konnte ich was? Meinen Haushalt so führen, wie ich es für richtig halte? Misch dich nicht in meine Angelegenheiten, Rodin.«

»Du wirst mir bald dankbar sein, dass ich mich eingemischt habe.«
»Wohl kaum.«

Die beiden starrten einander an. Lady Ellinor hatte zwar noch keinen Schaum vor dem Mund, doch sie war nahe dran. »In diesem Haus bestimme ich.«

»Alice gehört nicht in die Küche, sondern nach Salebyrr.«

»Was meinst du damit?«

Er musterte sie prüfend. »Wenn ich dein Verhalten richtig deute, vermutest du längst, wer Alice ist.«

»Selbst wenn. Wir haben einen Plan und bei dem bleiben wir.«

Rodins Gesicht verdüsterte sich mehr und mehr. »Das, Schwesterherz, ist ein Irrtum.«

Mein Blick war während dieses kleinen Wortwechsels zwischen den beiden hin und her geflogen. Zweifelsohne sprachen sie über mich, doch der Sinn erschloss sich mir nicht. Was wusste Ellinor über mich, was ich selbst offenbar nicht wusste? Und was meinte Rodin damit, dass ich nach Salebyrr gehörte?

Schweigen breitete sich aus. Mich schienen sie vergessen zu haben. Rodin und seine Schwester starrten einander wütend an und wieder einmal war ich sicher, dass mit Lady Ellinors Sehkraft alles in Ordnung war. Wie hätte sie sonst wissen können, wo sich die Augen ihres Bruders befanden? »Warum hasst du mich so sehr?« Plötzlich stützte Lady Ellinor sich schwer auf ihren Stock. Der Blick, der eben noch hart und unversöhnlich auf Rodin gerichtet gewesen war, war nun schmerzerfüllt.

»Was redest du? Natürlich hasse ich dich nicht. Und das weißt du! Doch ich kritisiere allerdings dein Handeln.«

»Du musst lügen, denn obwohl du meine Gefühle genau kennst, bringst du ihr Kind hierher.«

»Bis vor Kurzem hatte ich nur eine Vermutung, wer sie sein könnte. Dann wurde ich zum Handeln gezwungen und wo hätte ich sie sonst hinbringen können, als zu dir?«

Die Spannung zerriss mich fast. Tausend Fragen wollten gefragt werden, doch ich war einmal in meinem Leben klug genug, um die Klappe zu halten. Wenn sie noch ein klein wenig länger vergaßen, dass auch ich hier in diesem Raum war, würde ich vielleicht endlich erfahren, was es mit allem auf sich hatte.

Lady Ellinors Lippen waren so fest aufeinandergepresst, dass sie kaum zu sehen waren. Rodins Körperhaltung hingegen war offen. Seine Hände lagen ruhig auf den Lehnen. »Nun, hör zu, Ellinor, wir sprechen später weiter. Jetzt möchte ich erst in aller Ruhe mit Alice sprechen.« Er blickte zu mir herüber. Unsere Blicke verhakten sich ineinander.

Ich floss beinahe über vor Dankbarkeit und versuchte, ihm das auch zu übermitteln. Er hatte sich für mich eingesetzt, es sogar auf einen Streit mit seiner Schwester ankommen lassen. Alles würde gut werden.

Ich registrierte erst, dass Lady Ellinor gegangen war, als die Tür ins Schloss knallte. In der darauf folgenden Stille lauschte ich dem Eishagel, der gegen die Fensterscheiben prasselte. Es kam mir vor, als würde der Sturm ihren Zorn spiegeln. Rodin löste als Erster den Blick. Müde strich er sich über das Gesicht. Seine Besorgnis war greifbar und feuerte meine eigene Unruhe an. Er deutete auf den Sessel, der seinem eigenen gegenüberstand. »Setz dich doch bitte. Du siehst zu Tode erschöpft aus.«

Ich war erschöpft, gleichzeitig aber auch zu nervös, um still und gemütlich am Feuer zu sitzen. »Ich stehe lieber, vielen Dank.«

»Dann werde ich das ebenfalls.« Rodin hievte sich aus dem Sessel. Er bemühte sich, das linke Bein nicht zu belasten und stand daher ein bisschen schief. »Erzähl mir, was zwischen dir und meiner Schwester vorgefallen ist.«

»Zuerst möchte ich wissen, was ihr beide gerade über mich geredet habt!«

»Ich werde alle deine Fragen beantworten. Später.«

»Oh nein!« Ich hob das Kinn und sah ihn beschwörend an. »Ich möchte dir deine lange Abwesenheit nicht vorwerfen, ehe ich nicht weiß, ob es nicht vielleicht einen guten Grund dafür gab. Aber ich hab lange genug auf meine Antworten gewartet.«

Er nickte. »Das verstehe ich. Hör zu. Ellinor hat einen schlimmen Fehler begangen, indem sie dich …« Sein Blick glitt an mir herunter, blieb an meinen mittlerweile abgetragenen Sneakern hängen. Er schluckte schwer. »Am liebsten würde ich ihr gerade den Hals umdrehen. Aber Ellinor ist nicht allein daran schuld. Ich habe dich hergebracht und die Situation ganz offensichtlich in mehr als nur einer

Hinsicht falsch eingeschätzt.« Er wandte den Blick von mir ab und sah auf seine Hände, die sich zu Fäusten geballt hatten. Er atmete tief durch und öffnete sie langsam. »Wenn ich gleich mit ihr sprechen werde, muss ich aufpassen und meine Worte klug wählen. Mir wäre es daher lieber, ich würde jetzt gleich von deinen Lippen hören, was sie dir angetan hat. Dann kann ich meinen Ärger vor dem Gespräch mit Ellinor ein bisschen abbauen.«

Ich hatte nichts dagegen, dass er ihr die Meinung sagte, doch ich wollte ihn nicht in einen Streit drängen. Wenn er ihr gegenüber nachher ein paar deutliche Worte verlor, dann nur deshalb, weil es seinem Wunsch entsprach.

Er seufzte und sah mich wieder an. »Es kann sein, dass Ellinor in diesem Moment darüber nachdenkt, ob sie dich und mich vor die Tür setzen soll. Es ist ihr Haus, sie hat das Recht, das zu tun. Und sie wird es tun, sobald sie es erst einmal beschlossen hat. Deshalb lass bitte mich zuerst meine Fragen stellen, eh ich deine beantworte. Was ist zwischen euch vorgefallen?«

Die Sanftheit, mit der er seine Frage stellte, war alles, was noch nötig war, um den Damm brechen zu lassen. Tränen stiegen mir in die Augen. »Ich hab deine Schwester angegriffen, Rodin. Dass ich das getan habe, quält mich immer noch. Ich habe ihr einen Stoß versetzt. Sie ist gestürzt und hat sich den Kopf aufgeschlagen. Ich dachte … ich hätte sie getötet.«

Er hob die Augenbrauen, wirkte jedoch nicht ansatzweise so erschüttert, wie ich erwartet hätte. Er lächelte sogar. »Du hast jemanden angegriffen? Dafür muss es einen nicht zu unterschätzenden Auslöser gegeben haben. Was war los?«

Ich erzählte ihm, was sie am Morgen mit mir gemacht hatte und wie ich davon ausgegangen war, dass Beth dasselbe drohte.

»Sie hat dir also nicht erklärt, was sie zu tun beabsichtigte und warum?«

»Nein und wenn es eine Erklärung dafür gibt, wüsste ich sie sehr gern. Ganz am Ende war da dieses Gefühl«, ich stockte bei der Erinnerung, »dieses Gefühl, als würde mein Verstand in einen Gummihandschuh gezwängt. Ab und zu fühle ich es immer noch.« Ich verstummte. Fasziniert beobachtete ich, wie Rodins Gesicht, das ich bisher als sanft, ja fast schon als gütig bezeichnet hätte, einen aggressiven, beinahe brutal zu nennenden Zug annahm. *Pass auf, Ellinor! Das bedeutet Ärger!* Ich erlebte einen kurzen intensiven Moment der Schadenfreude. Dann besann ich mich. Damals, nach dem Kinobrand, hatte mein Hass sich auf die ganze Welt erstreckt, den Inhaber des Kinos, die Menschen, die mit uns aufs Dach geflohen waren, die Feuerwehrleute, auf Kjell und ja, sogar auf meine Eltern. Besonders auf meine Eltern, die sich dafür entschieden hatten, Fremden zu helfen, statt bei ihrem Kind zu bleiben. Bis ich gelernt hatte, was für eine Erleichterung, was für eine Freiheit es bedeutete, ihnen allen zu vergeben, hatte dieses zersetzende Gefühl mich beinahe aufgefressen. In so eine Geisteshaltung würde ich nie wieder zurückkehren! Ich setzte ein spöttisches Lächeln auf. »Deine Schwester ist ein echtes Miststück. Ich werde sie nie leiden können, aber für mich ist die Sache erledigt. Kein Grund, dass du dich jetzt auch noch aufregst. Du wolltest das alles wissen, damit du ein besonnenes Gespräch mit ihr führen kannst und nicht, um noch mehr Gründe dafür zu finden, warum du ihr den Hals umdrehen solltest. Schon vergessen?«

»Gut für Ellinor, dass du mich daran erinnert hast.« Die Spannung, die seinen Körper erfasst hatte, ließ eine winzige Spur nach. Rodin bedachte mich mit einem Blick, den ich fast als liebevoll gedeutet hätte.

Ich spürte, wie mein Puls beschleunigte, und ärgerte mich darüber. »Was hat es mit ihrem Stock auf sich? Ist es wirklich ein Blindenstock? Ist sie überhaupt blind? Am Tag meiner Ankunft, als sie diese Sache mit mir gemacht hat, hatte ich eine Halluzination, ich dachte, der Stock habe sich in eine Schlange verwandelt.« Ich lachte nervös. »Gibt es dafür zufällig eine gute Erklärung?«

Diesmal ging er auf die Frage ein und vertröstete mich nicht wieder. »Ellinor ist blind und braucht ihren Stock, wenn auch nicht in der Art, wie du es dir im Moment wohl vorstellst.«

»Das ist nur eine halbe Antwort.«

»Das ist das, was ich dir darüber sagen darf. Eine weitergehende Erklärung muss dir meine Schwester selbst geben.«

»Verstehe.«

»Gut.«

Wir standen einander gegenüber, beide mit ein wenig steifer Körperhaltung. Während des ganzen Gesprächs trafen unsere Blicke sich immer wieder, lösten sich dann aber schnell, weil entweder er oder ich den Kopf abwandte. Im Moment hatten sie sich jedoch wieder einmal fest ineinander verhakt und die Wirkung, die das auf mich hatte, war überwältigend. Mein Atem stockte. Mein Puls jagte. Ich hatte das Gefühl, als spönnen sich feine Fäden zwischen uns, immer mehr und mehr, die leise vibrierend Botschaften hin und her schickten. Über den Inhalt der Botschaft wagte ich nicht zu spekulieren.

Rodin löste den Blick zuerst. Ich meinte ihn leise seufzen zu hören. »Gut. Nun …«, er räusperte sich, »lass mich noch ein paar Fragen stellen, ehe ich zu Ellinor gehe. Wie hat sie dich dazu gebracht, das Dienstmädchen zu spielen?«

»Das Dienstmädchen zu spielen? Das war kein Spiel, Rodin. Zieh es nicht ins …« Ich verstummte, weil mir in diesem Moment etwas aufgefallen war. Nun trat ich doch einen Schritt näher auf ihn zu, aber nicht, weil ich mich wie zuvor nach seiner Nähe gesehnt hätte. Ich musterte ihn und tatsächlich, ich hatte es richtig gesehen. Die Schwellung an seinem Auge war verschwunden und überhaupt wirkte der gute Lord Vertanen auf einmal recht munter. Er stand auch ganz anders vor mir. Locker. Ungezwungen. Keine Spur davon, dass er sein Bein schonen musste. »Wie machst du das?«

Ich sah an seinem Blick, dass er wusste, was ich meinte. »Ich bitte dich ein weiteres Mal um ein klein wenig Geduld, Alice. Diese Frage kann nicht mit drei oder vier Worten beantwortet werden.«

Er ahnte nicht, wie viel er mir damit abverlangte. Ich brauchte endlich Antworten, wenn ich nicht durchdrehen sollte! Doch ich nickte. Wie er war ich überzeugt, dass seine Schwester keine Sekunde zögern würde, uns hinauszuwerfen, wenn es zwischen den beiden zu einem Eklat kam. »Es war in jeder Hinsicht falsch, dass sie mich in diese Rolle gezwungen hat. Es ist schrecklich, wenn man nicht selbst über sein Leben bestimmen darf, doch auf der anderen Seite bin ich froh, dass ich arbeiten durfte. Harte Arbeit hat mir noch nie etwas ausgemacht und es hat mich wenigstens ein bisschen von meiner Lage abgelenkt.«

Seine Stimme klang rau. »Ich bedaure, was geschehen ist, Alice, ich bedaure es so sehr. Mein Brief muss dir wie der reine Hohn vorgekommen sein.«

»Jetzt bist du da und alles wird gut. Das wird es doch, oder?«

Er ging zum Fenster, verschränkte die Hände hinter dem Rücken und sah hinaus.

»Rodin?«

»Lass mich mit Ellinor sprechen, ehe ich etwas verspreche, was ich nicht halten kann.«

Meinte er die Gefahr, mitten in der Nacht vor die Tür gesetzt zu werden, oder wagte er nicht, mir zu gestehen, dass ich nie wieder nach Hause durfte?

»Du liebst Kjell sehr, nicht wahr?«

Ich blinzelte verwirrt. Wo kam das auf einmal her? »Wieso fragst du?«

»Ist die Frage schwer zu beantworten?«

Ja, verdammt! Ob es mir gefiel oder nicht, im Augenblick hätte ich gelogen, wenn ich die Frage bejaht hätte. »Was ich empfinde, geht dich nichts an. Woher kennst du überhaupt den Namen meines Verlobten?« Das letzte Wort betonte ich und richtete es damit zwischen uns auf wie einen Schutzschild.

»Richtig. Da war ja was.« Rodin dreht sich langsam zu mir herum. Der flackernde Schein des Kaminfeuers zuckte über sein Gesicht. Für einen Moment glaubte ich, einen Ausdruck von schrecklicher Hoffnungslosigkeit auf seinen Zügen zu erkennen. Dann hatte er sich wieder unter Kontrolle und sein Gesicht verschloss sich. »Du trägst keinen Ring.«

»Weil Kjell nicht dazu kam, ihn mir anzustecken. Er hat mich an dem Tag gefragt, als du mich mitgenommen hast.«

Rodin öffnete das Fenster. Er beugte sich hinaus und atmete in tiefen Zügen ein.

»Hey!« Eiskalter Wind fegte ins Zimmer hinein. Ich lachte unsicher auf, ging zu ihm, wollte eine Hand auf seinen Rücken legen, fand dann jedoch, dass es keine gute Idee war. »Du wirst nass. Außerdem regnet es herein.«

Er rührte sich nicht.

»Du stehst gleich in einer Pfütze.«

Endlich gab er nach. Als er sich zu mir umdrehte, war sein Gesicht nass und Eiskristalle glitzerten in seinen Haaren. Seine Miene verriet nichts.

»Hast du irgend ein Problem damit, dass ich verlobt bin?« Ich stellte die Frage, obwohl ich sicher war, dass ich die Antwort lieber nicht hören wollte. Der Wind pfiff weiter ungehindert herein, da Rodin offenbar nicht vorhatte, das Fenster zu schließen. Wie ich es vorausgesagt hatte, bildete sich eine Pfütze auf dem Boden.

Ich wartete. Er hingegen schien nicht gewillt, mir zu antworten. Wieder einmal. Zunehmend ärgerlich rieb ich mir die Oberarme warm.

Als Rodin das sah, knöpfte er sofort sein Lederhemd auf und zog es aus. »Hier!« Er hielt es mir entgegen. Dann erst bemerkte er meinen Gesichtsausdruck. Er betrachtete das Hemd. »Entschuldigung. Es hat Blut abbekommen. Das ekelt dich sicher.«

»Das stört mich nicht, es ist das da …« Bestürzt deutete ich auf die Wunden, die unter seinem zerfetzten Unterhemd hervorlugten. »Hat dich ein Tier angefallen?«

Er kratzte sich hinter dem Ohr und stieß etwas hervor, was, wenn ich es richtig verstand, mehrmals das Wort Drachenfurz enthielt.

»Du musst zum Arzt!«

»Es sieht schlimmer aus, als es ist.«

»Oder es heilt womöglich genau so schnell wie der Rest deiner Verletzungen?«

Er wirke auf einmal angespannt. »Das ist sogar sehr wahrscheinlich.«

»Damit willst du sagen, dass ich richtig liege?«

»Ja.«

»Warum sprichst du es dann nicht einfach aus?«

»Ich heile extrem schnell.«

Ein Schauder überlief mich. »Wie ist das möglich?«

»Du frierst.« Er schloss das Fenster und sah sich suchend um. »Sieht so aus, als könnte ich dir nur das Hemd anbieten, um dich zu wärmen.«

Er hatte zugegeben, dass er in Rekordzeit heilte, drückte sich aber immer noch um die Erklärung. Gab es keine oder war sie so merkwürdig, dass er annahm, ich würde sie nicht schlucken? Ich nahm das

Hemd, das er mir immer noch entgegenhielt, und legte es mir um die Schultern. Sofort wurde mir wärmer. Rodin hingegen schien sich gar nicht gut zu fühlen. Er schwankte, Schweiß glänzte auf seiner Stirn. Er atmete tief durch und musste sich merklich zusammenreißen. »Zurück zu Kjell und seinem Antrag. War das früher schon einmal im Gespräch zwischen euch?«

»Meine Beziehung wird zwischen uns kein Thema sein.« Ich ignorierte einfach, dass ich diesen Teil des Gespräches angestoßen hatte, als ich die Verlobung erwähnte. »Geh jetzt zu deiner Schwester und kläre dein Ding mit ihr. Oder weißt du, was? Das ist noch besser. Bring mich nach Hause. Auf der Stelle!«

»Das kann ich nicht.«

»Du hast mir versichert, dass es meine Entscheidung sein wird, was nach deiner Rückkehr geschieht.« Das Bedauern, das sich in seiner Miene zeigte, verriet mir alles. Auf einmal fand ich kaum noch die Kraft, aufrecht zu stehen. Die Enttäuschung trieb mir die Tränen in die Augen, doch ich gab noch nicht auf. »Wenn Lady Ellinor mich sowieso hinauswerfen will, wo ist dann das Problem?«

»Es ist kompliziert.« Rodin fuhr sich mit der Hand durchs Haar. »Ich weiß einfach nicht, was ich dir …«

»Ich hasse dich!«

»Alice …«

»Ich hab dir vertraut, du verdammter Arsch! Verdammte Scheiße! Ich war so dumm.«

Rodin krümmte sich zusammen, als litte er große Schmerzen. Seine Stimme klang gepresst. »Verzeih! Wir … sprechen später weiter.« Mit diesen Worten rannte, nein stolperte er zur Tür. Und dann war er weg. Wieder einmal.

Im Eisloch

Es gibt Auslöser, die es einem Magier erschweren, die Kontrolle über seine Kräfte zu wahren; Erschöpfung, Schmerzen und emotionale Erschütterungen sind am gefährlichsten. Wärme kann ebenfalls problematisch sein, besonders in Kombination mit einer der zuvor genannten Ursachen und erst recht, wenn man ein noch sehr junger Magier ist. Kommt es zu einer unkontrollierbaren magischen Entladung, schießt die Energie wie eine Feuerwerksrakete in den Himmel und geht in einem Funkenregen wieder nieder. Selbst die entferntest lebenden Nachbarn sehen das. Allen Magiern passierte es von Zeit zu Zeit, vor allem jedoch den ungeübten. Kinder, die gerade erst ihre Kräfte entdeckt haben, sind dabei besonders gefährdet. In der Anfangszeit, nachdem Ellinor ihre Schutzbefohlenen zu sich geholt hatte, war es häufig vorgekommen, dass sich eines der Kinder nicht unter Kontrolle gehabt hatte. Nachdem einer unserer wenigen Nachbarn vor der Tür gestanden und sich besorgt erkundigt hatte, was bei den Vertanens los sei, achteten wir streng darauf, alles zu vermeiden, was einen Ausbruch begünstigte. Niemand durfte erfahren, wie viele Personen auf unserem Grund und Boden lebten und lieber froren wir alle, als unerwünschte Aufmerksamkeit auf uns zu ziehen.

Für gewöhnlich hielt ich mich eisern unter Kontrolle. Zum einen war ich die Gluthitze gewohnt, die am Hof von Salebyrr herrschte, vor allem sorgten aber Myrkurs ständige Angriffe und Provokationen dafür, dass ich darin geübt war, meine Gefühle zu kontrollieren. Die Schmerzen heute hatten mich daher kaum aus dem Gleichgewicht gebracht. Auch dem Kaminfeuer, das ich mir nach einer Tagesreise durch den grässlichen Schneeregen gegönnt hatte, wäre es nicht gelungen, meine Selbstkontrolle zu erschüttern. Dann war Alice in den Salon gekommen. Sie so zu sehen, halb verhungert, erschöpft, wie sie mich mit traurigen und zugleich hoffnungsvollen Augen anblickte. Das hatte mich erschüttert. Am liebsten hätte ich sie geschnappt, ins Bett gesteckt und unter hundert Daunendecken geborgen. Ich wollte eine Goldene Milch für sie kochen, wie sie es so oft für Kjell getan hatte, und mich dann in meiner Katergestalt an sie kuscheln, denn mehr wagte ich nicht, mir zu wünschen. Sie schien nicht nur körperlich ausgehungert zu sein, sondern auch seelisch. War es das Heimweh? Nein. Ich durfte mir nichts vormachen. Sie vermisste Kjell. So einfach war das und so schmerzlich.

Ich war noch etwa zehn Meter vom Eisloch entfernt, als ich spürte, dass der Ausbruch unmittelbar bevorstand. Ich versuchte, schneller zu rennen, rutschte aus, rappelte mich auf und schlitterte weiter. Wenn ich zu spät ins Eis kam, würde nicht einmal die mich von allen Seiten umgebende Kälte noch etwas gegen den drohenden Ausbruch ausrichten können. Höchstens würde sie ihn etwas dämpfen. Mein Herz donnerte wie eine Trommel in meiner Brust. Der Druck in meinem Inneren war kaum auszuhalten. Das letzte Stück bis zu der Vertiefung im Boden schlitterte ich auf dem Bauch über den eisigen Matsch. Ungebremst ging es abwärts. Es gelang mir, mich im Fallen so zu drehen, dass ich auf der Seite aufschlug und nicht auf den Rücken knallte. Oben war die Kälte ungemütlich, aber zum Aushalten gewesen, hier unten fühlte sie sich ungleich schlimmer an. Gierig schlug die magisch verstärkte Kälte ihre Zähne in mich hinein, nagte an meinen Knochen. In den Fällen, in denen die Kälte das Schlimmste noch verhindern konnte, war es jeden Schmerz wert. Diesmal war es jedoch zu spät. Mit Gewalt brach die Magie sich Bahn. Mein Körper versteifte sich wie in einem Krampf. Feine Nadelstiche schienen meine Haut von innen zu perforieren. Ich schrie und war nicht sicher, ob vor Schmerz oder im Rausch der Erleichterung. Um mich herum schmolz das Eis, das bekam ich noch mit, ehe mein Bewusstsein erlosch.

Als ich zu mir kam, lag ich in eisigem Wasser. Mühsam und unter Stöhnen rappelte ich mich auf. Selbst stehend ging mir das Eiswasser bis an die Waden. Ich zitterte am ganzen Leib. Ich hatte keine Zeit gehabt, die Leiter ins Loch zu stellen, und ohne Magie konnte ich mich nicht in irgendetwas mit Flügeln wandeln, um hinaufzufliegen. Ich würde ausharren müssen, bis jemand kam und nach mir sah. Aus dem Zittern wurde Schlottern. Ich presste die Zunge fest an den Gaumen, um sie mir nicht abzubeißen. Auch sonst fühlte ich mich so zerschlagen wie seit Langem nicht mehr. Anscheinend war durch den Sturz eine weitere Rippenprellung dazugekommen. Dazu ein angebrochenes Handgelenk. Was Ellinor mit mir machen würde, weil ich eben ein Magiefeuerwerk in den Himmel hinaufgeschossen hatte, dass man bis zum übernächsten Nachbarn oder sogar noch weiter gesehen haben würde, wollte ich mir nicht einmal vorstellen.

Wie aufs Stichwort erklang ihre Stimme von oben zu mir herunter. »Gemütlich bei dir?«

Ich legte meine Hand vor die Augen, um sie vorm Eisregen zu schützen, erkannte beim Hochsehen aber nur eine dunkle unförmige Silhouette, die sich über das Loch beugte. »War es sehr schlimm?«

»Die Frage ist dumm, Rodin. Natürlich war es das, was denkst du?« Die Holzleiter rauschte zu mir herab. Es dauerte eine Weile, bis ich es nach oben geschafft hatte.

Ellinor stand einige Schritte vom Eisloch entfernt. Winzige Eiskörner prasselten auf uns nieder. Sie hatte dennoch die Kapuze ihres Pelzmantels abgestreift und hielt das Gesicht in den Eisregen. Als sie merkte, dass ich herankam, *sah* sie mir entgegen. Erstaunen malte sich auf ihren Zügen. »Trägst du etwa gar kein Hemd?«

»Ich hab es Alice gegeben. Sie hat gefroren.«

»Dafür darfst du jetzt frieren.« Sie warf mir einen mitleidlosen Blick zu.

Wir gingen los. Die angeknackste Rippe ließ kein schnelles Tempo zu. Bis zum Haus würden wir mindestens zwanzig Minuten benötigen. Zwanzig ausgesprochen ungemütliche Minuten. Ellinor gab vor, in Plauderlaune zu sein. »Seit wann trägt man am Hof Leder? Fran hat mir davon erzählt.«

»Die Prinzessin hat genug davon, ihre Edlen in Samt und Spitze gekleidet zu sehen. Zum Glück.«

»Ich bin ungern einer Meinung mit ihr, aber das hat mir auch nie gefallen.«

»Die neue Garderobe hat ein Vermögen verschlungen.« Ich überlegte, ob ich ihr erzählen sollte, dass die Kleidung, in der ich angereist war, nicht von Fran stammte, sondern vom Hofschneider, der sehr viel teurer war, beschloss dann jedoch, dass diese Beichte Zeit hatte. Während wir gingen, musterte ich sie von der Seite. Sie bewegte sich neben mir ebenso sicher auf dem eisigen und unebenen Gelände wie ich. »Du hast Fortschritte mit der Schlange gemacht.«

»Inzwischen ist es beinahe so, als könne ich wie ein Gesunder sehen. Nur wenn ich müde bin, ist alles beim Alten und in letzter Zeit bin ich oft müde.«

Ich wusste, wie ungern sie über ihre Blindheit sprach und wechselte das Thema. »Und du planst also einen Besuch bei Hofe?«

»Wie kommst du darauf?«

»Du hast deine Schneiderin zu dir beordert.«

»Ich denke noch darüber nach. Mir sind schon wieder schreckliche Dinge zu Ohren gekommen, Rodin.« Ihre Stimme bebte vor unterdrücktem Zorn. »Allein in der vergangenen Woche sind in der Gegend um Konnorstaas vier tote Kinder gefunden worden. Auch sie waren restlos ihrer Magie beraubt. Ich überlege, ob es nicht eine gute Idee ist, König Walther einen Besuch abzustatten und ihn auf die Geschehnisse aufmerksam zu machen.« Sie verstummte und sprach dann stockend weiter. »Seit es angefangen hat, sind so viele Ratssitzungen abgehalten worden, ich warte und warte, doch nichts ändert sich. Im Gegenteil, es wird immer schlimmer. Ich weiß, dass du dein Bestes gibst. Sieh es bitte nicht als Vorwurf. Ich glaube, ich habe daran gedacht, an den Hof zu reisen, weil ich mich so hilflos fühle. König Walther schätzte es früher einmal, sich die Ansichten einer Frau anzuhören.«

Und dann rannte das Miststück von einer Königin davon und nahm unsere Rechte mit sich. Sie sprach es nicht laut aus, doch ich war sicher, dass Ellinor etwas Sinngemäßes gedacht hatte. Nachdem seine erste Frau mit ihrem Liebhaber geflohen war, hatte König Walther über die Jahre dafür gesorgt, dass die Frauen in Wynterhaav nach und nach ihre Rechte verloren.

Ich legte meine Hand auf ihren Unterarm und drückte ihn zur Bestätigung. Ich konnte Ellinor nur zu gut verstehen. Seit dem Ende der Drachenkriege saßen nur noch Männer im Rat der Edlen. Einige Frauen am Hof sprachen ihre Hoffnung darüber offen aus, dass sich das unter Prinzessin Malena ändern würde, doch ich glaubte nicht daran. Meiner Ansicht nach gefiel es der Prinzessin viel zu gut, die einzige Frau im Rat zu sein. Ellinor, die Malena aus ihrer Zeit am Hof kannte, dachte sich das vermutlich ebenfalls. Wir gingen ein paar Schritte schweigend weiter, ehe sie fortfuhr. »Fran hat mir erzählt, dass Prinzessin Malena niemanden zu ihrem Vater lässt. Wie schlimm ist es wirklich?«

»Wir werden gleich darüber reden. Zuvor haben wir etwas anderes zu klären.«

»Wenn du Alice meinst, da gibt es nicht viel zu klären.«

»Da bin ich anderer Ansicht.«

»Von mir aus.« Mürrisch fügte sie hinzu. »Und kannst du eigentlich nicht schneller laufen?«

»Nein.«

Ich bemerkte, wie sie mich von der Seite her musterte. »So schlimm scheint es gar nicht um dich zu stehen.«

»Schlimm ist es in deinen Augen erst, wenn einem die Gedärme aus dem aufgerissenen Bauch quellen.«

»Was nicht der Fall ist.«

»Mir reicht es.«

Sie hob die Augenbrauen. »Trotzdem bist du nicht wegen der Schmerzen ins Eis gerannt.«

»Stimmt.«

»Also?«

Ich schwieg.

Ellinor blieb stehen. »Machen wir es so: Geständnis gegen Geständnis.«

»Einverstanden. Dann heraus mit der Wahrheit. Was hast du mit Alice gemacht?«

»Welche meiner Gräueltaten meinst du? Es waren so unendlich viele.«

»Fang mit dem Tag ihrer Ankunft an.«

»Das hat sie dir doch längst erzählt.«

»Ich will es von dir hören.«

Ellinor machte eine wegwerfende Handbewegung. »Ich habe getan, was nötig war.« Unbewusst beschleunigte sich ihr Schritt. Ein sicheres Zeichen, dass sie innerlich aufgewühlt war.

Ich biss die Zähne zusammen und hielt ein paar Meter mit. Dann packte ich sie am Arm und brachte sie dazu, langsamer zu gehen. »Wieso hast du ihre Gedanken ausspioniert?«

»Du hast doch wohl nicht ernsthaft erwartet, dass ich die Ähnlichkeit nicht bemerke? Bei dem Haar? Ich musste einfach wissen, ob etwas an meinem Verdacht dran ist.«

»Alice hätte irgendeine Rothaarige sein können.«

»Die du zufällig anschleppst?« Ellinor lächelte spöttisch. »Nun, ich weiß genau, wie Königin Eda ausgesehen hat und Alice ist ganz das Ebenbild ihrer Mutter. Ich wollte es genau wissen, also habe ich es überprüft. Alice hat viele Erinnerungen an ihre Mutter, wenn natürlich auch aus der naiven und völlig verfälschten Sicht eines Kindes.« Mit eisiger Verachtung fügte sie hinzu: »Ich hätte nie erwartet, dass du Vater nacheiferst und dich wie er von so einem dahergelaufenen Rotschopf um den Finger wickeln lässt.«

Ich hatte nie eine ausgeprägte Vorliebe für rothaarige Frauen gezeigt. Ebenso wenig wie Vater. Für seine Loyalität Königin Eda gegenüber war die Haarfarbe gewiss nicht ausschlaggebend gewesen. Der Vorwurf sollte den Streit aber sowieso nur in eine andere Richtung führen, weg von dem, was Ellinor Alice angetan hatte. So leicht ließ ich mich jedoch nicht manipulieren. »Alice ist die Tochter Königin Edas und nicht ihre Inkarnation. Du hast deine Wut auf einen unschuldigen Menschen übertragen.«

»Wer sagt, dass ich meine Wut an ihr ausgelassen habe? Was hat sie behauptet, was ich ihr Schreckliches angetan habe?«

»Ich hab selbst Augen im Kopf, Ellinor. Alice steckt in einer Dienstmädchenuniform. Was anderes konntest du damit bezwecken, als sie zu demütigen? Oder wolltest du, dass sie sich zu Tode schuftet? Ich hab sie beinahe nicht wiedererkannt, so ausgemergelt wie sie aussieht.«

Fauchend fuhr Ellinor mich von der Seite an. »Daran ist sie selbst schuld! Sie verweigert das Essen.«

Dass Alice Vegetarierin war, war natürlich ein Problem, das sah ich ein. »Gut. Vergessen wir den letzten Punkt.«

»Ja. Vergessen wir diese grandiose Dummheit, mit der sich eine Göre wichtig machen möchte.«

»Als wir die Kinder zu uns holten, haben wir beschlossen, dass wir lieber in Kälte leben, als ihre Sicherheit zu riskieren. Alice hat sich dafür entschieden, lieber zu hungern, als den Tod eines anderen Lebewesens zu verursachen.«

Ellinor schwieg, doch ich ahnte, dass es ihr zu denken gab. Hingabe an eine Sache war etwas, was sie für gewöhnlich an anderen schätzte.

»Du hast eben selbst zugegeben, dass du wusstest, wer sie ist. Alice trotzdem so zu behandeln, wie du es tatest, war die reinste Dummheit.«

»Ich hab überlegt, ob ich sie töten soll. Hätte ich es getan, müsste ich nicht dieses unnötige Gespräch mit dir führen. Es geschehen schreckliche Dinge im Land. Darüber müssten wir sprechen, nicht über das verwöhnte Prinzesschen, das du unbedingt in deinem Bett haben willst.«

Ich blieb stehen, packte Ellinor wieder am Arm und nötigte sie damit, ebenfalls stehen zu bleiben. Um uns herum prasselte unaufhörlich der Eisregen herab. Mittlerweile war mein ganzer Körper so abgekühlt, dass ich kaum noch Schmerzen empfand. Doch daran dachte ich gerade sowieso nicht. Angst und Trauer ließen meine Stimme oft brüchig klingen. Dagegen wurde sie eiskalt und vollkommen ruhig, wenn ich zornig war. So wie jetzt. »Hör mir genau zu, Ellinor. Alice steht unter meinem Schutz. Ich werde nicht zulassen, dass ihr irgendjemand etwas antut. Sieh dich vor.«

Sie kniff die Lippen zusammen, nickte jedoch.

Ich wusste, sie war weit davon entfernt, eingeschüchtert zu sein. Dennoch würde sie meine Worte ernst nehmen.

»Können wir dann wieder?« Sie riss sich von mir los und steuerte mit ärgerlichem Gesichtsausdruck auf das Haus zu.

Wir hatten den Weg etwa zur Hälfte hinter uns gebracht. Der Untergrund war rutschig und meine angeknacksten Rippen zwangen mich zu einer gebeugten, schlurfenden Gangart. Ich tröstete mich damit, dass die Magie wieder in mich strömen würde, sobald ich über die Türschwelle trat, und dann konnte ich mithilfe meiner Heilrune dafür sorgen, dass ich mit einem Schnupfen davonkam, wenn überhaupt.

Nach ein paar Schritten drosselte Ellinor ihr Tempo wieder und ließ sich von mir einholen. »Na los. Du hast doch noch mehr Fragen. Ich möchte es hinter mich bringen.«

»Erzähl mir ganz genau, was du mit Alice' Geist angestellt hast. Sie hat mir erzählt, es habe sich angefühlt, als würde ihr Verstand eingesperrt.«

»Es wird schwierig, wenn jemand spürt, wie ich in sein Inneres eindringe. Bei Alice war das der Fall. Sie hat sich mit aller Macht dagegen gestemmt. Interessiert dich, was ich herausgefunden habe?«

»Nein.«

Ellinor lachte spöttisch. »Du lügst. Um das zu wissen, muss ich nicht einmal in deinen Kopf schauen. Gäbe es eine Möglichkeit, würdest du in sie hineinkriechen. Ich sehe deinen Blick, wenn du von ihr sprichst. Gib es zu, du willst einfach alles über sie wissen.«

»Wenn ich etwas erfahren möchte, frage ich.«

»Gespräche sind mit Missverständnissen gespickt. Ich bevorzuge meine Methode. Sie ist fehlerfrei.«

Wir waren endlich am Haus angelangt und schlüpften durch die Eingangstür. Von allen Seiten strömte Magie zu mir. Erleichtert wischte ich mir die triefenden Haare aus der Stirn und bückte mich dann, um mir die aufgequollenen Stiefel von den Füßen zu ziehen. Mit den angeknacksten Rippen und der halb verheilten Wunde im Bauch war das äußerst schmerzhaft. Ich hätte warten können, bis ich genug Magie in mir hatte und die Heilrune ihre Arbeit mit voller Kraft erledigen konnte, doch ich wollte nur noch raus aus dem eisigen Zeug.

Ellinor nestelte unterdessen am Verschluss ihres Mantels herum. Sie schien in Gedanken und war daher nicht ganz bei der Sache. Wenn ihre Finger außerdem ähnlich steif gefroren waren wie meine, würde es eine Weile dauern, bis sie den Verschluss aufbekam. »Soll ich dir helfen?«

»Wozu hab ich eine Zofe?« Sie drehte sich Richtung Treppe und rief mit erhobener Stimme nach Santina. Zu mir gewandt fügte sie hinzu: »Ich werde überall im Haus einen Klingelzug anbringen lassen, egal, ob Mutter sich deswegen im Grab umdrehen wird oder nicht.

Es kann nicht sein, dass ich ständig warten muss, bis sie irgendwann endlich kommt.«

Ich ging nicht darauf ein, denn auch das war wieder nur ein Versuch, mich vom Thema abzulenken. Gerade Ellinor wäre die Letzte, die Santina wie eine Dienstbotin behandeln würde. »Du sagtest, Alice habe es bemerkt, als du in ihrem Kopf warst. Könnte sie dafür sensibilisiert sein, weil es zuvor schon ein anderer versucht hat?«

»Hast du noch nicht genug von dem Thema?«

»Nein, Schwesterherz, das habe ich nicht.«

»Komisch. Neuerdings klingt Schwesterherz wie eine Drohung.« Ellinor verlor endgültig die Geduld mit dem störrischen Verschluss. Sie zerrte daran, ohne etwas zu erreichen. Ihre Stimme war laut und ungeduldig. »Santina, wo steckst du? Ich brauche dich. Sofort!«

Mit zwei Schritten war ich bei Ellinor. Erschrocken wich sie zurück. »Was willst du?«

»Dir jedenfalls nicht den Hals umdrehen, falls du das befürchtest.«

»Du siehst so wütend aus.«

»Ich bin wütend. Und nun halt still.« Ärgerlich konzentrierte ich mich auf den Verschluss, der aus einem Holzstift und einer Öse bestand. Es gab eine kleine Schutzklappe, die normalerweise dafür sorgte, dass er trocken blieb, doch Ellinor hatte sich heute offenbar nicht darum gekümmert. Durch die Feuchtigkeit war das Holz aufgequollen und ging nun nicht durch die Öffnung.

Ellinor schloss die Augen. »Hasst du mich?«

Zweimal am Abend diese Frage? Ich seufzte. »Wie du gerade festgestellt hast, bin ich sehr wütend auf dich, aber meine Liebe zu dir hält das schon aus. Du bist meine Familie. Wir haben uns derselben Sache verschworen und wir gehen zusammen bis zum Ende.« Ich strich ihr zärtlich über die blasse Wange. »Nur manchmal verstehe ich dich einfach nicht.«

Ihr Gesicht war zu einer starren Maske gefroren und ließ nicht erkennen, was sie empfand. »Natürlich arbeiten wir zusammen. Denkst du, ich bin so schwach, mich von Gefühlen leiten zu lassen?«

»Vielleicht wäre ein bisschen Schwäche von Zeit zu Zeit gar nicht so verkehrt.«

»Was heißen soll?«

»Ich möchte dich irgendwann glücklich und zufrieden sehen, frisch verliebt am Arm eines Mannes.«

»Das sind deine Wünsche, Rodin, nicht meine.«

Ich lächelte spöttisch. »Ich soll mir wünschen, am Arm eines Mannes zu hängen? Wohl kaum. Deine Schneiderin ist doch noch im Haus, oder?«

»Ist sie. Warum?«

»Weil hier nur rohe Gewalt hilft.« Ich packte die beiden Mantelhälften, ein kräftiger Ruck und das Problem mit dem Verschluss hatte sich erledigt.

Ellinor sah mich konsterniert an, wirkte jedoch erleichtert, endlich aus dem Pelz herauszukommen. Sie warf ihn auf die nebenstehende Kommode. Ihre Miene taute ein wenig auf. »Ich habe Alice arbeiten lassen, weil sie durchgedreht wäre, hätte ich sie wochenlang im Zimmer eingesperrt. Die Schufterei hat sie abgelenkt, sie müde gemacht. Ich möchte gar nicht wissen, was für ein Fragenfeuerwerk sie auf die arme Santina losgelassen hätte, wäre sie nicht halb tot vor Müdigkeit gewesen.« Ellinor zögerte, sah mir dann jedoch fest in die Augen. »Ich hatte tatsächlich erwartet, dass sie sich zu schade für diese Art von Arbeit wäre und ich gebe zu, dass mich das in meiner Meinung über die verwöhnte Prinzessin bestätigt hätte. Alice hat sich jedoch gut geschlagen.«

Ich hob die Augenbrauen. »Soso.«

»Warum dieser spöttische Blick?«

»Gerade hast du zugegeben, dich in einer Sache geirrt zu haben. Das ist nichts anderes als Zucker, mit dem die bittere Medizin versüßt werden soll. Du machst so was gewöhnlich nur dann, wenn du irgendetwas getan hast, von dem du weißt, dass ich es noch weniger gutheißen werde. Also, rück mit der Sprache heraus.«

Sie sah mich zerknirscht an. »Ich musste einen Schleier um ihr Bewusstsein legen.«

»Ich dachte mir schon, dass du das gemacht hast. Alice hat nämlich kein bisschen erkennen lassen, dass sie sich darüber bewusst ist, in einer magischen Parallelwelt gelandet zu sein.«

»Du wirst nicht ärgerlich?«

Ärger war ein zu mildes Wort für das, was ich empfand. Mein Tag war schrecklich gewesen, in jeder nur denkbaren Hinsicht, und was Ellinor Alice angetan hatte, brachte das Fass zum Überlaufen. Es hätte mich erleichtert, meinen Zorn an ihr abzureagieren. Wenn man seine Emotionen jedoch erst einmal entfesselt hat, ist es schwer, sie wieder in den Griff zu bekommen und noch schwerer, aufeinander zuzugehen. Wir brauchten keine Mauern. Wir brauchten Brücken. Eine Weile standen wir uns schweigend in der Eingangshalle gegenüber. Von der einstigen Pracht war kaum etwas übrig geblieben. Am schönsten war noch der Fliesenboden, auf dem ich mit nackten Füßen stand. Die Machtquelle, auf der mein Zuhause gründete, sandte ihre Energie unvermindert kraftvoll zu mir. Die Schmerzen hatten bereits nachgelassen. Das half mir, zu meinem Gleichmut zurückzufinden. Ich dachte nach. Das Problem war, dass sogar Ellinor, die eine Meisterin der Geistmagie war, nicht so gründlich arbeiten konnte, dass Alice nicht trotzdem die eine oder andere Absonderlichkeit unserer Welt bemerkt haben würde, die sie nicht einzuordnen wusste. Unter dem Einfluss des Schleiers waren Menschen wahnsinnig geworden. Aber das muss ich Ellinor nicht erst sagen. »Hat ihr Verstand gelitten?«

»Ich glaube nicht.« Sie senkte den Blick. »Ich sah einfach keine andere Möglichkeit.«

»Du hättest ihr erklären können, wo sie ist. Das war genau das, worum ich dich gebeten hatte.«

»Wenn man jemandem eröffnet, dass er in einer Welt voller Magie und Monster gelandet ist, muss man sich anschließend um ihn kümmern, ihm dabei helfen, es zu verkraften. Stimmst du mir zu?«

»Natürlich.«

»Du hast Alice hergebracht, bist gegangen und damit wurde sie zu meinem Problem. Dafür hatte ich aber weder Geduld noch Zeit«, erklärte sie.

»Du weißt, dass ich die Aufforderung, am Hof zu erscheinen, nicht einfach ignorieren konnte.«

Ellinor nickte. Ihre Hand krampfte sich um den Knauf ihres Stocks, der in Wirklichkeit Sarrazans Kopf war. Sie blinzelte, wie um ungebetene Tränen zu vertreiben. Ich trat einen Schritt auf sie zu, hielt aber inne. Es war der falsche Moment, um sie tröstend in den Arm zu nehmen. Nichts verabscheute Ellinor mehr als Mitleid. Sie war blind auf die Welt gekommen und unser Vater hatte sein halbes Vermögen für Sarrazan gegeben, der meiner Schwester seither das Augenlicht ersetzte. Ich wusste, dass Ellinor mit Freuden auf die Hilfe des Schlangengeists verzichtet hätte, damit unser Vater nicht gezwungen gewesen wäre, der königlichen Garde beizutreten, um den Vermögensverlust wieder auszugleichen. Dann würde er vermutlich noch leben. Mit Sarrazan verband Ellinor daher eine Art Hassliebe. Manchmal trug sie ihn als Kette um den Hals, meistens diente er ihr jedoch als Gehstock, und wenn sie besonders düstere Tage hatte, drosch sie damit auf das nächstbeste Möbelstück ein.

»Warum starrst du mich an?«

»Kannst du den Schleier wieder von ihr nehmen?«

Sie nickte und berührte mich dann sanft am Arm. »Weshalb bringst du Alice nicht einfach zurück nach Hause? Sie mag König Walthers Tochter sein, doch sie gehört nicht hierher. Sie will auch nicht hier sein. Konzentriere dich weiter auf Malena. Sie wird bald einen Ehemann wählen müssen. Mit deiner Ruhe und Besonnenheit könntest du sie lenken.«

»Ich kann Alice nicht zurückbringen und was Malena anbelangt …«, ich zuckte unbehaglich mit den Schultern, »jetzt kommen wir wohl zu dem Punkt, an dem ich mit der Sprache herausrücken muss.«

Ellinor sah mich alarmiert an. »Nun?«

Ich rieb mir fröstelnd die Arme. »Wir stehen schon zu lange in dieser eisigen Halle. Ich werde mir rasch ein Hemd holen, dann komme ich zu dir in deinen Salon.«

»Dein Verhalten macht mir Angst, Rodin.«

»Ich erzähle es dir gleich. Gib mir nur einen Moment, um mich aufzuwärmen und meine Gedanken zu ordnen.«

Sie nickte, die Stirn in sorgenvolle Falten gelegt.

»Soll ich vorher in der Küche nachfragen, ob jemand weiß, wo Santina steckt?«

»Nein, schon gut, beeil dich lieber. Ehe ich zu dir kam, bat ich Santina, nach Alice zu sehen. Wahrscheinlich ist sie noch bei ihr.« Ellinor sagte es leichthin, als ob es ihr nichts ausmachte. Ich kannte meine Schwester jedoch zu gut. Santina war mehr als eine Dienerin für sie. Dass sie sich offenbar entschieden hatte, bei Alice zu bleiben, statt auf Ellinors Ruf hin zu ihr zu eilen, musste meine Schwester verletzen. Was sie natürlich nie zugeben würde.

Wir trennten uns. Nachdem ich mich umgezogen hatte, steckte ich den Kopf rasch durch die Tür des Besuchersalons, um mich davon zu überzeugen, dass es Alice in Santinas Gesellschaft gut ging. Das Feuer im Kamin war heruntergebrannt. Die Glut genügte jedoch, um mir zu enthüllen, dass der Raum leer war. Ich überlegte, ob ich Alice suchen sollte, entschied mich dann aber dagegen. Bei Santina war sie in guten Händen und das Gespräch mit Ellinor hatte jetzt Vorrang.

Ellinor saß in einem der Kaminsessel und tupfte sich die Nase mit einem Taschentuch. Wie in jedem anderen Raum des Anwesens waren die meisten Möbel und sämtlicher Zierrat verschwunden. Ein einziger fadenscheiniger Teppich lag vor der Sitzecke am Kamin aus. Dass Fran im Haus war, erkannte man daran, dass mitten im Salon ein riesiger Kleiderständer aufgestellt war, an dem mehrere Kleider in unterschiedlichen Stadien der Fertigung zur Anprobe bereit hingen. Natürlich waren sie, wie jedes Stück in Ellinors Garderobe, vollkommen schwarz. Überall sonst im Raum breiteten sich Hüte, Handtaschen, Satinhandschuhe und Federfächer aus. Sie hatte offenbar wirklich vor, Salebyrr einen Besuch abzustatten. Ich war noch nicht sicher, wie ich die Idee finden sollte.

Erstaunt blickte ich zu dem Kamin, in dem ein bescheidenes Feuer brannte. »Sicher, dass das eine gute Idee ist?«

Ellinor rieb sich die Hände. »Santina hat mich überzeugt, dass ein wenig mehr Wärme eher nützen als schaden wird. Sie macht sich Sorgen. Diese Grippe ist besonders hartnäckig. Etwas ist anders als die Jahre zuvor. Die Heilrunen kommen kaum dagegen an.«

»Auch am Hof gab es einige Fälle. Anscheinend wurde die Krankheit von der Anderswelt herübergebracht.«

Sie verzog das Gesicht. »Wasser auf die Mühle der Traditionalisten. Bald wird überhaupt niemand mehr dorthin reisen dürfen.«

»Ich teile deine Bedenken.« Ich ging zum Kamin und nahm ein Holzscheit auf. »Soll ich noch ein bisschen auflegen?«

»Lieber nicht.« Sie lächelte schwach. »Gut möglich, dass du mich schrecklich aufregst und heute können wir uns kein weiteres Magiefeuerwerk über dem Anwesen leisten. Nimm dir die Wolldecke.«

Ich beugte mich zu dem dritten Sessel in der Runde hinüber, um ihrem Rat zu folgen. Ellinor sah so verfroren aus, dass ich die Decke am liebsten ihr um die Schultern gelegt hätte, doch sie konnte selbst am besten einschätzen, wie es ihr ging und ich hatte das zu respektieren. Ich setzte mich ihr gegenüber und breitete die Decke über meine Beine. »Spätestens im Sommer musst du überlegen, wie du weitermachst.«

»Ich hab schon vor einer Weile begonnen, die Kinder im Gebrauch der Stille zu unterrichten. Bald sind sie hoffentlich fähig, ihre Magie auch unter ungünstigen Umständen zu kontrollieren. Ich ermutige sie außerdem dazu, sich mit ihrer Heilrune zu beschäftigen. Es ist erschreckend, wie miserabel einige von ihnen ausgebildet sind.«

»Nicht ins Eisloch zu müssen, dürfte für jeden eine hervorragende Motivation sein, um sich anzustrengen.«

»Oh ja! Ich hab zu Beginn des Winters mit dem Unterricht angefangen. Zwischenzeitlich haben sie es alle mindestens drei oder vier Mal ins Eis geschafft und sie haben es gründlich satt.« Ellinor schenkte uns von dem Whisky ein, der auf dem Tischchen zwischen uns stand, und reichte mir mein Glas. »Aber genug davon. Wir müssen über Malena sprechen und über Alice. Wirst du sie in die Anderswelt zurückbringen?«

»Nein.«

Eine Zornesfalte zeigte sich auf Ellinors Stirn. »Begründe es. Und möglichst gut.«

»Ich muss dazu ein wenig ausholen, wenn du erlaubst.« Sie nickte hoheitsvoll und ich lächelte. »Du kennst die Gerüchte, denen zufolge König Walther nie aufgehört hat, nach seiner Erstgeborenen suchen zu lassen.« Es war eine rhetorische Frage. Dennoch nickte Ellinor zustimmend. »Ich war nicht oft drüben, aber sogar ich weiß, wie groß die Anderswelt im Vergleich mit Wynterhaav ist. Es muss schwer sein, jemanden dort aufzuspüren. Trotzdem ist dir offensichtlich gelungen, was König Walthers Gesandten vergeblich versucht haben.« Sinnend sah sie auf ihre Hände, die wie offene Schalen auf ihrem Schoß lagen. Sarrazan hatte sich darin wie in einem gemütlichen Nest zusammengerollt. Er konnte seine Größe beliebig anpassen und hatte im Augenblick die Maße einer Blindschleiche angenommen. Ellinor streichelte nachdenklich sein Köpfchen. Wie nebenbei fragte sie: »Und die Königin? Wieso lässt sie es zu, dass ihr Kind nach Wynterhaav gebracht wird?«

»Königin Eda und der Leibwächter sind seit Langem tot. Alice weiß nicht, wer ihr wirklicher Vater ist. Hast du das nicht in Alice' Verstand gesehen?«

»Bruchstückhaft. Da war die Ahnung eines schmerzhaften Verlustes, doch ich konnte nicht sehen, um wen sie trauert. Irgendetwas daran war merkwürdig.«

Ich horchte auf. »Was?«

Doch Ellinor schüttelte den Kopf. »Ich kann nicht fassen, was es ist, was mich an diesen Erinnerungen stört, doch irgendetwas stimmt damit nicht.«

»Was könnte es denn sein? Hast du wenigstens eine Richtung?«

»Bedauerlicherweise nicht.«

»Das ist merkwürdig.« Und beunruhigend, fügte ich in Gedanken hinzu.

»Vielleicht hat es auch nur damit zu tun, dass sie in der Anderswelt geboren wurde.« Nach einer kurzen Pause fügte sie mit gespielter Gleichmut hinzu: »Dann ist Königin Eda also wirklich tot?«

Ich nickte und starrte schweigend auf den kleinen Holzstapel in dem Korb neben dem Kamin, um Ellinor Zeit zu geben, unbeobachtet die Neuigkeit zu verarbeiten. Vielleicht wollte ich auch nicht sehen müssen, wie meine Schwester sich über den Tod zweier Menschen freute.

»Wie sind sie gestorben?«

»Ein Großbrand. Alice wuchs bei Pflegeeltern auf.«

»Du kannst damit aufhören, die Holzscheite nieder zu starren. Ich bin okay, um es mit Alice' Lieblingswort zu sagen.«

»Es muss eine große Befriedigung für dich sein, dass Königin Eda tot ist.«

Sie schwieg eine Weile und sagte dann leise:

»Seltsamerweise nein. Vielleicht gibt es auf meiner Seele ja ein paar weiße Flecken, die niemand dort vermutet hätte.« Ellinor stieß lang die Luft aus und fuhr in ihrem gewohnten energischen Ton fort: »Also. Wie hast du das Kunststück fertig gebracht, Alice zu finden?«

»Ich belauschte ein Gespräch zwischen Adlon und einem anderen Grauen, der ihm von ihr berichtete. Leider kam ich erst kurz vor Ende dazu. Ich erfuhr, dass sie den Ort, an dem die Erstgeborene sich höchstwahrscheinlich aufhielt, auf London eingekreist hatten. Bedauerlicherweise habe ich den Teil verpasst, in dem er seinen Verdacht begründete, warum er glaubt, dass Alice die Gesuchte sein könnte.« Ich trank einen Schluck, genoss das Brennen auf meiner Zunge und dachte kurz nach. »Wie auch immer. Es scheint, als wäre außer Adlon noch eine zweite, vielleicht sogar eine dritte Gruppe hinter der wahren Thronerbin her. Ich hab dir von den rothaarigen Frauen erzählt, die überall in London entführt wurden. Die Polizei hat bisher zwischen den einzelnen Fällen noch keinen Zusammenhang entdecken können, geht aber davon aus, dass mehrere Parteien beteiligt sind.«

»Und das weißt du woher?«

Ich zuckte die Schultern. »Du kennst meine Methoden.«

»Dass es einen Zusammenhang gibt, steht damit wohl fest.«

»Das ist doch wohl offensichtlich. Alle im selben Alter wie Alice, alle aus London, alle rothaarig.«

Ellinor sah mich streng an. »Das ist mir klar, Rodin. Denkst du, mir würde ein so ein offensichtlicher Zusammenhang entgehen?«

»Entschuldige. Nun, ich konnte jedenfalls nicht herausfinden, wer außer Adlon sonst noch an den Entführungen beteiligt sein könnte. Und auch bei ihm können wir nicht sicher davon ausgehen, dass wir seine Beweggründe für den Entführungsversuch kennen. König Walther hat ihn ursprünglich beauftragt, seine Erstgeborene zu finden. Ebenso gut könnte es natürlich sein, dass Prinzessin Malena ihm einen alternativen Auftrag erteilt hat. Bei der Prinzessin bezweifle ich, dass sie von derselben Sehnsucht nach Familienzusammenführung getrieben wird wie ihr Vater.« Ellinor nickte zustimmend und ich fuhr fort: »Möglicherweise ist aber auch eine dritte Partei an ihn herangetreten, mit dem Ziel, Alice vor den Rat zu bringen, um ihren Anspruch als Erstgeborene durchzusetzen.«

»Alice als Königin?« Ellinor lachte spöttisch. »Niemals.«

»Sie hat vor Malena Anspruch auf den Thron. Dem Rat wird gar nichts anderes übrig bleiben, als sie anzuerkennen.«

»Schön, dann erkennt der Rat sie von mir aus an. Nützen wird es ihr dennoch nichts. Prinzessin Malena wird ganz bestimmt nicht lächelnd beiseitetreten und ihrer Halbschwester den Thron überlassen. Hinter wen wird sich wohl die Graue Garde stellen?«

Das war eine der Fragen, mit denen ich bisher nicht weitergekommen war. »Ich habe die Leichen von drei Männern gefunden. Die drei waren kurz vor ihrem Tod Gäste von Alice' Verlobtem.« Ich war stolz darauf, dass man mir nicht anhörte, was ich bei der Vorstellung empfand, dass Kjell und Alice verlobt waren. »Die Männer waren in ihrer Tiergestalt, als sie getötet wurden.«

Ellinor schenkte mir einen undeutbaren Blick. »Interessant. Konntest du feststellen, wer sie waren?«

Ich schüttelte den Kopf.

»Aber du hast einen Verdacht, wer sie getötet haben könnte?«

»Nichts Konkretes. Es ist ärgerlich, dass man drüben keine Auren erkennen kann. Am ehesten kommt aber Adlon infrage.«

»Santina hat mir von Alice' Verlobten erzählt, wie ist sein Name… Kjell? Könnte er es gewesen sein?«

Ich wiegte nachdenklich den Kopf. »Kurz nachdem Adlon Alice den Schrumpfungstrank verabreicht hatte, tauchte Kjell zwar vor dem Wonderland auf, doch dann wandelte sich der Graue in seine Wolfsgestalt und griff ihn an. Wäre Kjell einer von uns, hätte er sich ebenfalls gewandelt, meinst du nicht?«

»Dann ist er tot?«

»Nein. Und ich muss ihm zugestehen, dass er geistesgegenwärtig gehandelt hat.« Ich erzählte Ellinor, wie ich mit Alice im Maul durch London geflüchtet war, und dass wir es nur deshalb geschafft hatten, weil Kjell den Wolf angefahren hatte. Was ich für mich behielt, war, dass er mich früher am Abend mit einer Zeitungsrolle aus der Luft geholt hatte. Ich verdankte Alice mein Leben, weil sie im letzten Moment verhindert hatte, dass er mich anschließend zertreten hatte. Es hatte eine ganze Weile gedauert, bis ich fähig gewesen war, die Gestalt zu wechseln, doch zum Glück war ich gerade noch rechtzeitig wieder zu mir gekommen, um Alice in meiner Katergestalt aus der Gefahrenzone zu retten.

Ich gähnte und stellte zu meiner Freude fest, dass die Rune, die meine Selbstheilung beschleunigte, ihr Werk beinahe beendet hatte. Sie war so entworfen, dass sie einen körperlichen Schaden erkannte und ihn selbst dann reparierte, wenn ich bewusstlos war. Während ich hier mit Ellinor saß, hatte sie wie immer still ihr Werk verrichtet. Ich streckte mich ausgiebig und genoss das Gefühl, mich schmerzfrei bewegen zu können. Ellinor hatte während des letzten Teils meiner Erzählung den Blick nachdenklich auf ihren Schoß gerichtet. Ihre Schlange hatte sich wie ein Armband um ihren Arm geschlungen. Der Kopf lag dabei in Ellinors Hand. Ab und zu schnellte die lange gespaltene Zunge vor und berührte zärtlich ihre Haut. Ich besaß eine gute Vorstellung davon, was hinter der Stirn meiner Schwester vor sich ging. Sie wusste nun, dass nicht nur die Graue Garde Alice hinterherjagte. Wenn durchgesickert war, dass die ältere der beiden Prinzessinnen lebte, würde vermutlich das halbe Königreich herauszufinden versuchen, wo sie sich befand. Ellinors erste Sorge galt ihren Schutzbefohlenen. Es war klar, dass ihr die Vorstellung missfiel, jemand könne auf der Suche nach Alice in diesen verlassenen Winkel Wynterhaavs kommen. Ich räusperte mich. »Ich denke, es ist nun klar, weshalb ich Alice nicht zurückbringen kann. Irgendeine der Parteien, die hinter ihr her sind, würde sie früher oder später aufspüren und sie womöglich töten. Das werde ich nicht zulassen.«

Ellinor sah auf. Ihre Augen blickten ernst. Um ihren Mund legte sich ein bitterer Zug. »Das hab ich verstanden, Rodin, vielen Dank.«

»Es gibt jedoch einen weitaus zwingenderen Grund, warum wir auf Alice setzen müssen.« Ich machte eine kurze Pause, um meine nächsten Worte besser wirken zu lassen. »Malena hat einen Favoriten.«

»Du bist ihr Favorit!«

»Nicht mehr.«

Schock und Sorge zeigten sich in Ellinors Miene. »Erzähl!«

»Ich habe über Wochen vergeblich versucht, eine Privataudienz bei ihr zu bekommen. Nicht einmal die Aussicht auf ein wertvolles Geschenk aus einem Drachenschatz hat mir die Tür zu ihrem privaten Salon geöffnet.«

»Drachenschatz?« Sie sah mich irritiert an.

»Das erzähle ich dir gleich. Der wichtige Punkt im Augenblick ist, dass ich in ihren Augen zu einem Nichts geworden bin.«

»Dass sie sich abschottet, hat nicht zwingend etwas zu bedeuten. Vielleicht ist sie nur um ihren Vater besorgt.«

»Das mag sein oder auch nicht, aber im direkten Anschluss an ihre Räume wird eine Zimmerflucht renoviert. Prinzessin Malena beschäftigt sich und ihre Hofdamen Tag und Nacht damit, Tapeten, Teppiche, Möbel und Ähnliches auszusuchen. Sie lässt aus dem ganzen Land Handwerker vorsprechen.«

»Dann darf derjenige, für den die Räume vorgesehen sind, anscheinend nicht mitreden. Wer ist es?«

»Der Botschafter von Anguristan.«

Sie runzelte die Brauen. »Seit wann hat Wynterhaav eine Beziehung zu diesen Räubern und Mördern aufgenommen?«

»Ich war ebenso überrascht wie du.« Ich wandte meine Aufmerksamkeit der Schlange zu, die jedoch weiterhin ruhig in Ellinors Schoß lag und zumindest äußerlich nicht auf die Nennung ihrer Heimat reagierte.

»Hast du den Botschafter kennengelernt?«

»Er hält sich im Augenblick nicht am Hof auf.«

»Das ändert alles!«

Ich erkannte, dass ein Entschluss in ihr herangereift war, und konnte nur hoffen, dass Ellinors lang währender Hass auf Königin Eda, den sie auf deren Tochter übertragen zu haben schien, ihrer Vernunft nicht im Weg stand. Eindringlich sagte ich: »So wie ich es sehe, gibt es nur einen Weg. Wir müssen Alice möglichst schonend beibringen, wer sie in Wirklichkeit ist. Sie wird nicht daran interessiert sein, einen Thron in einer ihr fremden Welt zu erobern. Es muss uns dennoch gelingen, sie zu überzeugen. Wird Alice die neue Herrscherin, kannst du dich darauf verlassen, dass deine Kinder nicht länger in Gefahr sein werden und auch kein anderes magisches Wesen. Sie stellt sich immer auf die Seite der Schwachen und würde alles tun, um ihnen zu Recht und Anerkennung zu verhelfen.«

»Das glaubst du wirklich?«

»Ja.«

»Es mag die Wahrheit sein oder auch nicht. Trotzdem hast du unverantwortlich gehandelt.« Ellinor sprang auf. Ihr sonst so blasses Gesicht war hochrot und das kam nicht von dem Whisky, an dem sie ohnehin kaum genippt hatte. »Die eine Hälfte der Edlen wird Alice töten wollen, um bei Malena gut dazustehen. Der Rest wird versuchen, sie vor den Traualtar zu schleppen.« Ellinors Gesicht verdüsterte sich zusehends. »Bei der Suche nach ihr werden sie ganz Wynterhaav auf den Kopf stellen. Sie können jeden Augenblick auf unserer Türschwelle stehen. Vielleicht tun sie das bereits!« Ellinor ging mit großen erregten Schritten auf und ab. »Wie konntest du nur?«

Es gelang mir, mich nicht von ihrem Zorn anstecken zu lassen. Ich zwang meine Stimme dazu, ruhig und besonnen zu klingen. »Es ist gefährlich, das streite ich nicht ab. Doch es ist auch eine Chance. Wir müssen in Ruhe darüber nachdenken, wie die nächsten Schritte aussehen sollten. Vor allem müssen wir aber Alice so schnell wie möglich in diese Überlegungen mit einbeziehen.«

»Irrtum, Rodin. Es gibt weder etwas zum Nachdenken noch hat Alice ein Entscheidungsrecht. Sie muss gehen. Sofort!«

Ein Beben lief durchs Haus. Die Zimmertür und sämtliche Fenster flogen auf. Wind pfiff herein. Ich konnte hören, wie kleine Eiskörner auf den Holzboden in der Nähe der Fenster prasselten.

»Schluss mit dem Theater.« Ellinor sprach ruhig, jedoch sehr bestimmt. Das Haus reagierte sofort. Beinahe kleinlaut fielen Tür wie Fenster wieder ins Schloss. Dann war ich an der Reihe, mit einem zornigen Blick beschossen zu werden. »Alles, was du mir gerade erzählt hast, weißt du schon seit dem Moment, als du Alice herbrachtest. Du hast mich mit Absicht im Unklaren gelassen. Ich kenne dich, Rodin, du bist ein ebenso romantischer Trottel, wie Vater es war. Alice hat dich mit ihrem Rehblick angesehen und schon hast du vergessen, was wir uns zu tun vorgenommen haben!«

Auch ich erhob mich. Ich ging zu ihr. Sanft nahm ich ihr das Whiskyglas aus der verkrampften Hand. »Ich fühle mich in erster Linie Wynterhaavs Bewohnern verpflichtet, das hat sich nicht geändert. Um das zu erreichen, haben wir damals unseren Plan geschmiedet. Doch Pläne dürfen niemals starre Konstrukte sein, Ellinor. Ich hätte über all das schon längst mit dir geredet. Du weißt, dass mich daran nur die hastige Abreise gehindert hat.«

Ellinor entzog mir ihre Hand. »Alice hierzubehalten ist ein zu großes Risiko. Morgen früh bringst du sie zurück in die Anderswelt. Du hast erlebt, wie lange es gedauert hat, sie beim ersten Mal ausfindig zu machen. Und da wusste sie noch gar nicht, dass sie sich verstecken muss.«

Mir war bewusst, dass hinter Ellinors Entschluss keine Bosheit steckte. Aus ihr sprach die Angst um die Kinder, die man ihr anvertraut hatte. Dieses Wissen half mir, auch weiterhin ruhig zu bleiben. »Ich habe dir noch nichts darüber erzählt, dass sämtliche Ratsmitglieder ins Runenlabor gerufen wurden. Ich hätte zwar sowieso vorbeigehen müssen, da mir keine einzige Knospe mehr geblieben war. Als mir jedoch klar wurde, dass wir alle antanzen mussten, lag der Verdacht nahe, dass sie die Ranke des Königs erneut modifiziert haben würden. Ich weiß nicht, was genau sie getan haben, doch wenn man in der Richtung weiterdenkt, die sie bisher eingeschlagen haben, geht es um noch mehr Kontrolle.«

»Hat das etwas mit dem ramponierten Zustand zu tun, in dem du hier angekommen bist?«

Das war ein Punkt, von dem ich gehofft hatte, nicht darüber sprechen zu müssen. Ich zuckte die Schultern, als wäre das alles keine große Sache. »Ich musste Haken schlagen, um ein paar Verfolger loszuwerden. War kein Problem.«

Meine schlaue Schwester ahnte aber natürlich, dass ich ihr nur einen Teil erzählt hatte. Mit misstrauisch zusammengekniffenen Augen sah sie mich an. »Warum musstest du überhaupt Verfolger loswerden? Es gibt keinen Grund, warum du vor irgendjemandem verheimlichen müsstest, dass du mich besuchen kommst. Außer«, sie sah mich nachdenklich an, »du warst in einer deiner Tiergestalten unterwegs, an einem Ort, an dem du nicht hättest sein sollen.« Sie stemmte die Hände in die Hüften. Die Schlange glitt um ihren Hals und wandelte sich in ein goldenes, mit Smaragden bestücktes Collier. »Du sagst nichts. Also ging es wohl tatsächlich darum, deine Identität zu verbergen. Wo haben sie dich erwischt? Und wer?«

Ich sah sie nur an.

Ellinor gab ein genervtes Geräusch von sich. »Du wirst es mir nicht sagen.«

»Reden wir über Myrkur.« In wenigen Worten berichtete ich ihr von meiner missglückten Reise zum Königshof, von dem ermordeten Drachen, seinem Schatz und wie Myrkur mich in der Einöde zurückgelassen hatte.

Ellinor hörte zu, ohne mich mit Zwischenfragen zu unterbrechen. Als ich zum Ende gekommen war, ging sie zu ihrem Sessel und ließ sich kraftlos hineinsinken. Sie schloss die Augen. Ich wusste, dass sie in ihrem Kopf einen Schlachtplan nach dem anderen entwickelte und ihn wieder verwarf. Schließlich öffnete sie die Augen wieder. Diesmal fand ihr Blick mich trotz der Schlangenmagie nicht gleich. Ein Zeichen dafür, dass sie zu Tode erschöpft war. »Alice muss gehen. In diesem Punkt kann ich nicht nachgeben. Allerdings noch nicht heute oder morgen. Wer auch immer dich verfolgt haben mag, wird im Augenblick höchstwahrscheinlich die nähere Gegend durchstöbern, um dich zu finden. Man müsste herausfinden, ob er schon bei den Nachbarn herumgeschnüffelt hat. Du darfst außerdem auf gar keinen Fall derjenige sein, der sie fortbringt, egal ob in die Anderswelt oder sonst irgendwohin in Wynterhaav. Wenn sie die Ranke des Königs tatsächlich noch einmal verändert haben, und ich stimme dir zu, dass sie das mit großer Sicherheit getan haben werden, ist das zu gefährlich.« Sie dachte einen Moment nach, dann nickte sie bekräftigend. »Eine Woche werden wir uns Zeit geben. Fran wird wie immer auch bei den Nachbarn für neue Garderobe sorgen. Ich werde sie bitten, bei ihren Besuchen Augen und Ohren offen zu halten.«

Ich nickte zustimmend. Fran war eine unbequeme und anstrengende Person, doch sie war der Familie Vertanen eng verbunden. Nicht zuletzt deshalb, weil ihre Nichte, die kleine Beth, sich ebenfalls in Ellinors Obhut befand. Mir war nun ein wenig leichter ums Herz. Eine einwöchige Frist, bis Alice gehen musste, war mehr, als ich mir ursprünglich erhofft hatte. Bisher hatte ich zwar nur eine sehr vage Idee, wie ich für Alice' Sicherheit würde sorgen können, doch in der Zeitspanne, die Ellinor mir zugestand, würde ich den Plan ausarbeiten können. Grob sah dieser vor, dass ich Alice nach Salebyrr mitnehmen würde. Eines der Probleme war, dass Adlon wusste, wie sie aussah, doch der Hauptmann der Grauen würde hoffentlich überall sonst in Wynterhaav nach ihr suchen und nicht ausgerechnet am Hof. Leider konnte ich nicht einschätzen, wie viele Edle außer ihm sonst noch Alice in der Anderswelt beobachtet hatten. Das bedeutete, dass sie meine Räume am Hof nicht würde verlassen können, bis ich die Angelegenheit vor den Rat gebracht hatte. Das würde Alice nicht gefallen, doch sie würde sich höchstwahrscheinlich fügen. Nachdenklich rieb ich mir das Kinn. Trotzdem würde es extrem knifflig werden.

Den meisten Edlen war ich magisch überlegen, was allerdings schon ab dem Moment keine Rolle mehr spielte, sobald sie zu zweit kamen. Wieder wanderten meine Gedanken zu dem Drachenritual. Vorausgesetzt, mein Verstand war im Anschluss daran noch intakt, und weiter vorausgesetzt, es gelänge mir, die Kontrolle über unseren vereinten Geist zu erlangen und nicht Myrkur, würde sich meine magische Kraft verhundertfachen.

»An was denkst du?«

Ich wollte nicht lügen, also schwieg ich.

»Rodin!«

»Du wirst es erfahren, wenn aus meiner Idee ein handfester Plan geworden ist.«

Sie sah mich ärgerlich an und schien weiter bohren zu wollen, doch zum Glück sprang in diesem Moment die Zimmertür auf.

Santina stürmte herein. Ihre Wangen waren von Kälte gerötet. Sie wirkte abgehetzt.

Ellinor sprang aus ihrem Sessel auf. »Ist etwas passiert?«

»Lady Ellinor, verzeiht! Ich habe Euren Ruf gehört, doch ich konnte nicht kommen. Einige der kleineren Kinder sind nun ebenfalls krank geworden. Drei von ihnen haben noch keine Heilrune.«

Ellinor war bereits an der Tür. »Wie kritisch ist es?«

»Bei mindestens zwei von ihnen steht ein Ausbruch kurz bevor. Sie müssten ins Eis, doch das wäre in ihrem Zustand unverantwortlich.«

Die beiden rannten hinaus. Ich folgte ihnen. »Kann ich helfen?«

»Nein, Herr.« Santina half Ellinor bereits in Stiefel und Mantel. Sie wirkte müde. Der leuchtende Goldschimmer, den ihre Haut normalerweise besaß, ging ins Grünliche. »Euch kennen sie zu wenig und daher würde Eure Anwesenheit sie nur noch mehr aufregen.«

»Weißt du, wo Lady Alice sich aufhält?«

»Leider nein.« Und dann waren die beiden schon in den Eisregen hinausgerannt.

Zwei Stunden früher – Alice

Enttäuscht und wütend starrte ich auf die Zimmertür, durch die Rodin eben verschwunden war. Jetzt ließ er mich schon zum zweiten Mal ohne Antworten zurück. Er hatte elend ausgesehen und ein Teil von mir wollte ihn in Schutz nehmen, eine Erklärung für sein Verhalten finden. Ein anderer Teil, der im Augenblick weitaus stärkere Teil, war jedoch der Ansicht, dass ich es mir nicht leisten konnte, mich um seine Probleme zu kümmern, solange meine eigenen noch unbearbeitet auf dem Tisch lagen. Rodin war heute angekommen. Ich erinnerte mich daran, wie Santina davon erzählt hatte, dass er auf seinen Reisen gewöhnlich mit Myrkur flog. Sofort wanderten meine Gedanken weiter zu den Schafen. Von den Schafen war es nur noch ein Gedankensprung zu dem Stallburschen, den ich schon so oft vom Fenster aus beobachtet hatte. Er zog mit seinem Heuschlitten nie in Richtung Stall los, sondern trabte damit immer nach Osten auf das weit entfernte Gebirge zu, wo, wie ich annahm, Myrkur wohnte. Lady Ellinor hatte ihrem Personal bestimmt auch Anweisungen gegeben, wie sie im Fall, dass ich sie um Fluchthilfe bat, mit mir umzugehen hatten. Doch ich musste es einfach auf einen Versuch ankommen lassen. Ich würde ihn bitten, mich zu diesem Myrkur zu bringen. Wenn bitten nichts half, wollte ich ihn bestechen.

Als ich mit meinen Überlegungen so weit gekommen war, schlich ich zur Zimmertür. Ich ekelte mich davor, die Türklinken anzufassen. Manchmal fühlten sie sich pelzig an, dann wieder, als würden sie vor klebrigem Schleim triefen. Ich hatte es mir daher angewöhnt, sie nur mit dem Schürzenzipfel anzufassen. Außer mir war niemand in den Korridoren unterwegs. Um diese Zeit waren alle in der Küche beschäftigt, wo sie bei der Essenszubereitung halfen. Santina sprach selten über die Kinder im Wald. Einmal hatte ich jedoch zugehört, als sie mit Leanor den Essensplan für die Woche besprochen hatte. Ich war bis dahin von fünf bis zehn Schützlingen ausgegangen. In Wirklichkeit waren es jedoch über hundert, die in eigens für sie zusammengezimmerten Katen im Wald lebten. Ich hatte Santina anschließend gelöchert, war aber, wie immer bei diesem Thema, gegen eine Betonmauer gerannt.

In der Eingangshalle sah ich mich noch einmal um. Aus Lady Ellinors Salon war eine lebhafte Diskussion zu hören. Ich erkannte die Stimmen von Santina und Lady Ellinor. Die fremde Sprecherin musste die Schneiderin sein, von deren Ankunft Santina gesprochen hatte. Mit etwas Glück waren die drei noch eine ganze Weile beschäftigt. Immer zwei Stufen auf einmal nehmend, rannte ich ins Obergeschoss hinauf. Ehe ich meinen Fluchtplan umsetzte, musste ich mir wettergerechte Kleidung besorgen.

Lady Ellinors Schlafzimmer war größer als das Rodins, aber ebenso spärlich möbliert. Außer einem Bett, das mit einem tiefschwarzen Samtüberwurf abgedeckt war, und dem Nachttisch befanden sich darin ein Kleiderschrank, zwei Kommoden sowie ein Sekretär. Für mich war vor allem der Schrank interessant. Als ich hineinsah, zog ich überrascht die Augenbrauen hoch.

Hätte mich jemand raten lassen, wie es im Inneren von Lady Ellinors Kleiderschrank aussah, hätte ich auf Wäschestücke getippt, die exakt Kante auf Kante gefaltet waren. Ich hätte nicht weiter daneben liegen können.

Auf der rechten Seite war der Schrank in Fächer unterteilt. Da jedes ihrer Kleidungsstücke wie in schwarze Tinte getaucht aussah, konnte ich in dem zusammengeknüllten Haufen zunächst kein Stück vom anderen unterscheiden. Ich hoffte auf wollene Unterwäsche, stellte nach einigem Kramen jedoch fest, dass sie nur Unterröcke, Strümpfe und Ähnliches aus Seide oder Satin besaß. Es wunderte mich, dass sie die Optik eines Kleidungsstückes anscheinend über Gemütlichkeit und Wärmevermögen zu stellen schien. Die Handtaschen, die sie ins mittlere Fach gequetscht hatte, waren für mich ebenfalls uninteressant. Abgesehen davon fragte ich mich, wozu sie die brauchte, da sie, soweit ich wusste, nie irgendwo hinging. Ganz unten im Schrank lagen in einem wirren Haufen ihre perlenbestickten Seidenpantoffeln. Keine Stiefel, aber das hatte ich auch nicht erwartet. Warmes Schuhwerk würde ich in der Stiefelkammer finden, der ich auf jeden Fall einen Besuch abstatten wollte, ehe ich ging. Dass ich am Ende doch noch bereit sein würde, gefütterte Lederschuhe anzuziehen, hätte ich nie von mir gedacht und es kam mir wie Verrat vor. Mit meinen Sneakern durfte ich es jedoch gar nicht erst auf einen Fluchtversuch ankommen lassen. Ich versuchte mich damit zu trösten, dass die Tiere, die für das Leder der Schuhe gestorben waren, ohnehin nicht mehr zu retten waren. Es half nur wenig.

In der zweiten Schrankhälfte hingen ihre Kleider, oft zwei oder drei übereinander. Den meisten Platz im Schrank beanspruchten ein bodenlanger Pelzmantel sowie ein Wollumhang. Keine Frage, dass ich Letzteren vom Bügel zog. Um meine Schultern hing nach wie vor Rodins Hemd. Merkwürdigerweise ekelten mich weder der leichte Schweißgeruch, der ihm entströmte, noch das getrocknete Blut. Ich knöpfte es zu, dann schlüpfte ich in den Umhang, dessen Ärmel lang genug waren, um die Fingerspitzen zu bedecken. Nachdem ich die Kapuze aufgesetzt hatte, betrachtete ich mich im Spiegel. Es war, als hätte ich mir ein kleines Stückchen Nacht um die Schultern gehängt. Nicht eben praktisch in einem Landstrich, in dem die Farbe Weiß dominierend war. Eine Alternative hatte ich jedoch nicht und daher nützte es nichts, sich noch länger so kritisch im Spiegel zu betrachten. Eine Sache fehlte nämlich noch.

Es war nicht sehr wahrscheinlich, dass Myrkur mir aus reiner Freundlichkeit helfen würde, von hier fortzukommen. Geldscheine hatte ich in diesem Haushalt noch nie zu Gesicht bekommen, doch wer sich mit Schafen bezahlen ließ, würde ein Schmuckstück ebenfalls nicht ablehnen. Das galt hoffentlich auch für den Stallburschen.

Nacheinander zog ich sämtliche Schubladen auf. Ich hatte gesehen, wie Lady Ellinor manchmal einen goldenen, mit Smaragden übersäten Armreif trug und ein anderes Mal eine ähnlich aussehende Kette. Heute hatte ich weder das eine noch das andere Schmuckstück an ihr entdeckt. Ich ging davon aus, dass es sich irgendwo hier im Schlafzimmer befand. In der einzigen Schublade ihres Sekretärs fand ich auf einem länglichen Silbertablett drei Schreibfedern, ein Tintenfass mit nachtschwarzer Tinte und mehrere Briefbögen. Die Nachttischschublade war mit Stofftaschentüchern vollgestopft und in den Kommodenschubladen fand sich Bettwäsche. Meine Suche im Badezimmer verlief ebenso enttäuschend. Nachdenklich ging ich ins Schlafzimmer zurück und blieb dort in der Zimmermitte stehen. Lady Ellinor führte bis auf wenige Ausnahmen immer ihren Stock bei sich. Diese Ausnahmen fielen, der Gedanke kam mir jetzt erst, grundsätzlich auf die Tage, an denen sie eines ihrer Schmuckstücke trug. Mein Instinkt verriet mir, dass es einen Zusammenhang gab, doch dieser erschloss sich mir auf die Schnelle nicht. Gut. Dann musste ich es eben sowohl bei dem Stallburschen als auch bei Myrkur mit Überredung versuchen. Die Türen des Kleiderschranks standen noch offen. Ich ging hin, um sie zu schließen. Mein Blick fiel auf die Handtaschen und ich schlug mir auf die Stirn. Da hätte ich auch früher draufkommen können.

Die erste Tasche, in der ich nachschaute, war aus nachtschwarzem, mit Silberfaden besticktem Samt und enthielt ein dünnes ledergebundenes Notizbuch. Die Ecken des Büchleins waren zum Schutz mit einem hellen, leicht angelaufenen Material umfasst und auf jeder prunkte ein funkelnder grüner Stein. Ich war keine Expertin für Edelsteine, doch für mich sahen sie echt aus. Ohne lang nachzudenken, steckte ich es in die Innentasche des Wollumhangs. Rasch durchsuchte ich noch die übrigen Taschen. In einer fand ich zwei silbrig glänzende Haarspangen, in einer anderen einen Handspiegel, dessen Griff ebenfalls mit Smaragden verziert war. Jetzt aber nichts wie weg. Ich rannte zur Tür.

Vor mir stand Lady Ellinor und sah verwundert auf den Spiegel, den ich immer noch in der Hand trug. Am Hals trug sie ihre Kette. Der Stock war nicht zu sehen. Sie fing sich zuerst. Ihre Lippen verzogen sich zu einem höhnischen Lächeln. »Schwarz steht dir nicht.«

Ich war so geschockt, dass ich das Erstbeste hervorstieß, das mir in den Kopf kam. »Euch dagegen steht es sehr.«

»Weil es meine schwarze Seele widerspiegelt? Wie lustig.« Zu meiner Überraschung fragte sie nicht nach, was ich in ihrem Zimmer zu suchen hatte. Na gut, mit ihrem Umhang um die Schultern und dem wertvollen Spiegel in der Hand war es offensichtlich.

»Ich werde diese Sache jetzt beenden.« Sie streckte den Arm nach mir aus.

»Oh nein!« Ich stolperte rückwärts in das Zimmer zurück. »Das macht Ihr kein zweites Mal mit mir!«

»Dass mir heute jeder sagen will, was ich zu tun und lassen habe.« Sie folgte mir in gemächlichem Tempo, die eine Hand ruhig auf ihrem Stock. Ich stutzte. Wo war der auf einmal hergekommen? Ein Blick zu ihrem Hals bestätigte meinen Verdacht: Die Kette war verschwunden. »Euer Stock und der Schmuck sind eins, nicht wahr?«

»Das ist richtig.«

Wie? Wie war das möglich? Meine Gedanken wirbelten durcheinander. Ich wusste, dass hier etwas Merkwürdiges geschah, etwas, was ich dringend begreifen musste. Doch mein Verstand konnte es nicht fassen. Mir wurde schwindelig und mein Herz klopfte wild. Rodin hatte mir versichert, dass seine Schwester wirklich blind sei und heute war wieder einer dieser Tage, an dem ich versucht war, das auch wirklich zu glauben. Ihr Blick war zwar auf mich gerichtet, doch ihr gelang kein direkter Augenkontakt. Ich schielte zur Tür. Würde ich an ihr vorbeikommen? Langsam und so leise wie ich konnte schlich ich darauf zu.

Ich hatte vorgehabt, an ihrer rechten Seite vorbeizuhuschen, doch natürlich war ihr Gehör scharf genug, um selbst meinen schleichenden Schritt zu hören. »Nicht weglaufen, Alice. Das wird dir sowieso nicht gelingen.«

Ich rannte los, wurde jedoch abrupt gestoppt. Um mich herum verdichte sich die Luft, wurde zu einem festen Band, das mich umschlang.

»Hör auf, herumzuzappeln, du verlierst sonst das Gleichgewicht.« Sie lachte böse. »Natürlich wäre es eine gerechte Strafe, wenn du hinfallen und dir den Schädel aufschlagen würdest.«

Ich folgte ihrem Rat und beschränkte mich darauf, den Widerstand mit kleinen Bewegungen auszutesten. »Was habt Ihr gegen mich? Oder meine Mutter?«

»Hat Rodin nichts darüber zu dir gesagt?«

»Nein.«

Sie lächelte maliziös und die Fesseln wuchsen bis zu meinem Hals hinauf. Trotz der zunehmenden Panik, die mir das Herz gegen die Rippen donnern ließ, hielt ich still. »Was seid Ihr? Eine Hexe?«

»Das ist ein so hässliches Wort. Jeder verbindet es mit krummen Nasen und Warzen.«

»Also ja?«

Wie zur Antwort flogen überall im Zimmer die Schubladen auf. Während ich reglos in meinen Luftfesseln hing, spazierte sie umher und spähte hinein. »Hast du noch mehr genommen als den Spiegel?«

»Die Haarspangen. Ich wollte sie Myrkur als Bezahlung dafür anbieten, damit er mich heimfliegt.«

Kurz wirkte sie verblüfft, dann brach sie in herzhaftes Gelächter aus. »Ich hätte dich zu ihm laufen lassen und heimlich beobachten sollen, was passiert, wenn du ihn zum ersten Mal siehst.«

»Das können wir immer noch machen. Wie finde ich ihn denn?«

»Gar nicht. Wenn, dann findet er dich.«

»Lassen wir es darauf ankommen. Lasst mich gehen, ich könnte in einer Minute aus dem Haus sein.«

Sie antwortete nicht, ging an mir vorbei zur Tür hinaus. Eine winzige Sekunde hegte ich wilde Hoffnung. Dann spürte ich einen Zug an meinen Luftfesseln und wurde gezwungen, hinter ihr herzustolpern. Das Band zog mich durch den langen Korridor, um die Ecke, einen weiteren Flur entlang und dann sprang vor uns die Tür zu einem der Gästezimmer auf, ohne dass Lady Ellinor die Türklinke berührt hätte. Wieder der Zug an meinem Band, der mich bis vor das Bett dirigierte. Lady Ellinor schien in Gedanken. Als sie ihren Stock fallen ließ und sich mir zuwandte, ahnte ich, was kommen sollte. »Nein! Das dürft Ihr nicht.« Ich zappelte in meinen Luftfesseln, wollte vor ihr zurückweichen, doch es ging nicht. »Rodin wird das nicht gefallen.«

Sie sah mich verächtlich an. »Hast du keinen Stolz in dir, dass du es nötig hast, dich hinter einem Mann zu verstecken?«

Die Luftfessel erlaubte es mir nicht, vor ihr auf die Knie zu fallen. Ich hätte es sonst sofort getan. Ich hätte sie angebettelt, nicht noch einmal in mein Gehirn einzudringen. Ich war überzeugt, dass sie bereits beim ersten Mal mein Gehirn manipuliert hatte, wie das auch immer möglich sein sollte. Seither hörte ich die Türen wispern oder leise traurige Lieder singen und fühlte mich überhaupt ständig beobachtet. Ich war sicher, dass ich durchdrehen würde, wenn Lady Ellinor diesen Zustand jetzt auch noch verstärken würde. Ich musste Zeit schinden. Vielleicht kam Santina, um nach mir zu sehen. Doch was würde sie tun? Würde sie mir diesmal helfen? Die anwachsende Panik schnürte mir die Luft ab. Ich versuchte, mit meiner Atemtechnik dagegen zu halten, doch es war unmöglich. Ich keuchte. »Erklärt Ihr mir wenigstens, warum Ihr das tun wollt?«

»Es ist zu deinem Besten.«

Meinem vor Panik kreischenden Gehirn fiel darauf nichts ein. Wieder legte sie mir eine Hand in den Nacken und die andere an die Stirn. Mein Herz schlug bis in den Hals hinauf. »Bitte tut das nicht.«

»Wehr dich nicht, dann spürst du es kaum.«

Ich kannte den Ratschlag, dass es einfacher war, Dinge anzunehmen, weil sie nur noch schlimmer wurden, wenn man sich dagegen wehrte. Umsetzen konnte ich es jedoch nicht. Ich hörte mich selbst vor Angst wimmern.

Diesmal fühlte es sich nicht an, als würde mein Gehirn zusammengequetscht, sondern so, als würde es aufgeblasen werden und vielleicht würde das ja tatsächlich geschehen. Der Angstknoten platzte endgültig. Ich schrie meine Angst hinaus.

Diesmal war es schnell vorbei. Die Luftfesseln gaben mich so überraschend frei, dass ich einige Schritte rückwärts taumelte, ehe ich mich fangen konnte.

»Du hast Lungenkapazität, Mädchen, das muss man dir lassen.«

»Danke.« Wir sahen uns an und sie schien wie ich über dieses Wort verwundert, das mir einfach so herausgerutscht war. Dann wurde mir klar, dass ich tatsächlich dankbar war. Ich hatte diesmal keine Schmerzen erleiden müssen und ich fühlte mich gut. Normal und gut.

»Wir beide sind fertig miteinander. Du bist jetzt voll und ganz Rodins Problem. Bis er Zeit für dich hat und dir alles erklären kann, musst du mit deiner neuen Sicht auf die Welt allerdings allein klarkommen.«

Alice

Wenn es Hexen gab, und daran zweifelte ich nach meinem jüngsten Erlebnis nicht, bedeutete neue Sicht nichts Gutes. Vor allem, da der Ton in Lady Ellinors letztem Satz ziemlich schadenfroh geklungen hatte. Ich wartete daher, bis sich mein Puls wieder in normalen Bahnen bewegte, ehe ich mich vorsichtig im Zimmer umsah.

Was mir zuerst auffiel, waren die Wände, die nicht länger so wirkten, als seien sie aus festem Material gebaut. Ein sanftes Pulsieren ging von ihnen aus, so als wären sie nichts anderes als eine dünne Membran, hinter der ein gigantisch großes Herz schlug. Staunend beobachtete ich eine Weile das Schauspiel. Dann hatte ich genug Mut geschöpft, um mich der Zimmertür zuzuwenden. Danach war ich sehr, sehr glücklich darüber, dass ich dieses Ding bisher fast immer mit dem Schürzenzipfel angefasst hatte.

»Alice?«

»Santina!« Ein Gefühl der Erleichterung überflutete mich. »Kommst du herein?«

»Gleich.«

Ihr Tonfall verriet, dass irgendetwas nicht stimmte. »Was ist los?«

»Nichts Schlimmes. Ich muss mich nur noch ein bisschen auf unsere Begegnung vorbereiten … und du solltest das auch.«

»Mich vorbereiten? Auf was?«

»Auf mich.«

»Oh. Siehst du zufällig anders aus?«

»Ja.« Es hörte sich kläglich an.

»Wie du aussiehst, kümmert mich nicht.«

»Sicher?«

»Total sicher.«

»Trotzdem.«

»Okay, dann lass dir die Zeit, die du brauchst.« Ich wartete und ignorierte dabei die Tür so gut ich konnte. »Sehen die Türen im Haus überall so aus?«

»Ja.«

»Nett.« Doch das war es ganz und gar nicht. Die neue Sicht auf meine Umgebung hatte mir offenbart, dass im Türblatt Hunderte Augen unterschiedlicher Größe wie Schmucksteine eingelassen waren. Einige der Augenpaare blinzelten verschlafen, ein paar blickten neugierig, der überwiegende Teil beobachtete mich mit einem irgendwie lauernden Ausdruck. Ich schluckte. »Wie sieht es aus bei dir?«

»Ich bin gleich so weit.«

»Santina, warum sollte dein Aussehen etwas daran ändern, wie ich über dich denke? Das wird es nicht. Vertrau mir.«

»Okay.«

Das war sehr zögerlich gekommen, trotzdem musste ich grinsen, weil ich Santina und auch einige der anderen Dienstmädchen in letzter Zeit immer öfter dabei ertappte, wie sie mein Okay verwendeten. »Dann los jetzt!«

»Komm du lieber raus.«

»Warum?«

»In deinem Zimmer ist es so hell.«

Ich unterdrückte einen Seufzer. »Gut. Würdest du bitte die Tür für mich öffnen?« Schaudernd fügte ich zu: »Das eklige Ding fasse ich nicht einmal mehr mit der Schürze an.«

Santina klang erschrocken. »Pst! Du beleidigst das Haus!«

Zum allerersten Mal konnte ich etwas damit anfangen, dass alle ständig das Haus personifizierten. Und dann ging mir auf, dass ich Santina einerseits versicherte, dass mich ihr Aussehen nicht stören würde, ich die Tür andererseits jedoch unbewusst wegen ihres Aussehens abgelehnt hatte. Ich wandte mich an die Tür und sagte ernst: »Bitte entschuldige, das war nicht nett.«

»Bitte sie einfach, aufzugehen.«

Ich knetete meine schweißfeuchten Hände. »Würdest du dich bitte für mich öffnen?«

Das Türblatt schwang ein kleines Stück auf, dann wieder zurück und erneut auf. Ich hatte das deutliche Gefühl, dass ich verspottet wurde. Ich nutzte die kurzen Momente, in denen ich freien Blick auf den Korridor hatte, um zu überprüfen, was da draußen an neuer Sicht auf mich wartete. Die Teppiche auf dem Boden sahen gewohnt fadenscheinig aus. Die Wände pulsierten. Neu waren die kleinen, hell schimmernden Blasen, die durch den Korridor schwebten. Ab und zu zerplatzte eine und verströmte Zimtgeruch. Bis heute hatte ich diesen Duft, der mich schmerzlich an meine Backstube erinnerte, nie wahrgenommen. Das, was Lady Ellinor mit meinem Gehirn gemacht hatte, war extrem wirkungsvoll gewesen. »Diese Blasen sind …?«

»Sein Atem.«

Dicht unterhalb der Decke entdeckte ich weitere Kugeln. Diese waren etwa so groß wie ein Tennisball, sahen massiv aus und bewegten sich inmitten der quirligen Zimtblasen eher träge durch den Raum und gaben dabei ein schwaches Leuchten von sich. Endlich hatte sich das Rätsel der ständig wandernden Lampen gelöst. Die Zimmertür schwang unterdessen immer noch in unregelmäßigem Rhythmus auf und zu. Ich hielt nach Santina Ausschau, konnte sie aus meinem Blickwinkel aber nicht entdecken. Schließlich öffnete das Türblatt sich weit genug, dass ich mich traute, über die Schwelle zu hüpfen. Unmittelbar hinter mir schlug die Tür heftig ins Schloss. Ich zuckte zusammen.

In einer etwas entfernt liegenden Ecke des Korridors hörte ich Santina kichern. Die Tür kicherte mit ihr.

»Ihr lacht mich also beide aus? Nett.«

»Es langweilt sich.«

»Das meinst du wirklich im Ernst, oder?« Mein Blick tastete sich durch das Dämmerlicht bis zu der Gestalt in ihrer dunklen Ecke. Ich winkte.

Die Gestalt winkte zurück. »Ich hab es dir doch schon erzählt. Früher war hier einiges los, obwohl wir so weit abgelegen wohnen. Es galt als schick, in den Norden zu reisen. Ein Fest löste das nächste ab, die Räume wurden geschmückt, die Kamine beheizt. Das Haus bekam die Aufmerksamkeit, die es verdient hat.« Santina seufzte. »Auch mir fehlt das alles.«

»Ist es lebendig, wie eine Pflanze zum Beispiel?« Ich ließ mir Zeit damit, auf Santina zuzugehen, und musterte sie dabei möglichst unauffällig. Ihre Größe hatte sich nicht verändert. Ihre Augen waren jedoch groß und kreisrund. Das Auffallendste waren die kleinen gebogenen Hörner, die aus Löchern in ihrer Haube hervorragten, und der golden schimmernde Haarflaum, der jeden Zentimeter Haut bedeckte. Mir gefiel, was ich sah. Ich strahlte sie an. »Hey, Schönheit!«

Santina schlug die dunklen seelenvollen Augen nieder. »Verspotte mich nicht.«

»Sorry. Aber falls du dir einbildest, Furcht einflößend zu wirken, muss ich dich enttäuschen. Du siehst wunderschön aus.«

Sie sah mich an, wirkte aber immer noch unsicher.

Ich wollte ihr beweisen, dass ich keine Berührungsängste hatte, und deutete deshalb auf ihre Hörner. »Darf ich sie anfassen?«

Santina sah mich konsterniert an. »Hast du jemals jemanden darum gebeten, seine Ohren befühlen zu dürfen oder die Nase?«

Ich merkte, wie ich rot wurde. »Bitte entschuldige. Das war dumm.«

»Wenn du es unbedingt willst, darfst du es.« Sie neigte einladend den Kopf in meine Richtung.

»Danke!« Die Oberfläche der Hörner fühlte sich weich und warm an, ich spürte ein rhythmisches Pochen. »Dein Puls?«

»Ja.«

»Er ist langsam.«

»Weil ich aufgeregt bin. Bei meiner Art ist es genau umgekehrt zu euch.«

»Weswegen bist du aufgeregt?«

»Ich wünsche mir schon so lang, dass Lady Ellinor den Schleier lüftet, gleichzeitig hatte ich Angst vor deiner Reaktion, dass … du mich abstoßend findest. Die meisten Menschen sind der Ansicht, dass wir Niedere ekelhafte Geschöpfe sind.«

»Ich glaub, jetzt bin ich beleidigt. Kennst du mich denn gar nicht?« Ich hatte es scherzhaft gemeint, doch auf einmal traten Tränen in Santinas Augen. Ich nahm ihre Hand und streichelte in heimlicher Faszination über den weichen Flaum. »Hey, ist ja gut. Zwischen uns ist alles in Ordnung. Wirklich.«

Mit feuchtem traurigen Blick schüttelte sie den Kopf. »Du hast recht, ich wusste eigentlich, dass du mich nicht für das verurteilen würdest, was ich bin. Ich bin es nur einfach gewohnt, dass Menschen auf mich herabsehen. Natürlich nicht Lord und Lady Vertanen«, fügte sie rasch hinzu. »In den früheren Zeiten wurde meine Art geschätzt. Wir sind die perfekten Diener. Unser Ansehen ist jedoch geschwunden. Inzwischen schwinden wir selbst, und zwar buchstäblich. Man macht Jagd auf uns. Man … tötet unsere Kinder.«

Was sie sagte, war so unglaublich, dass es einen Moment dauerte, bis ich es wirklich erfassen konnte. Mein Magen zog sich vor Angst und Wut zusammen. »Tötet eure Kinder? Wer tut so etwas? Und warum?«

»Keiner weiß es.«

»Wie schrecklich!« Mir wurde nun so einiges klar. »Ist Beth wie du?«

»Sie und die anderen Kinder.« Stolz fügte sie hinzu: »Lady Ellinor beschützt uns.«

Es gelang mir nur knapp, nicht das Gesicht zu verziehen. Na toll. Lady Ellinor war also eine gute Seele. Nichts, was ich heute erlebt hatte, brachte mein Weltbild stärker ins Wanken als diese Erkenntnis.

»Komm. Fran wartet auf dich. Sie ist übrigens Beth' Tante.«

Ich hob überrascht die Augenbrauen. »Ist das nicht Lady Ellinors Schneiderin? Wieso wartet sie auf mich?«

Santina schniefte und lächelte mich dann zufrieden an. »Ich schätze, deine Zeit als Dienstmädchen ist nun offiziell vorbei.« Spöttisch fügte sie hinzu: »Du kannst dir nicht vorstellen, wie erleichtert ich bin, dass ich mich nicht mehr mit deinen stümperhaften Diensten werde herumschlagen müssen.«

»Hey! Ich war nie scharf darauf, Böden zu schrubben, du kannst aber nicht leugnen, dass ich mir Mühe gegeben hab. Wenn ich etwas mache, dann richtig.«

»Ich stimme zu, du hast gut gearbeitet. Trotzdem musste ich mein Tempo dem deinen anpassen und das hat mich einiges an Nerven gekostet. Nerven und Zeit. Und jetzt komm.«

»Warte! Zuvor müssen wir nach Rodin sehen. Lady Ellinor sagte mir, dass er im Eis ist«, sagte ich.

»Inzwischen nicht mehr. Er hat mich beauftragt, dich zu Fran zu bringen.«

»Oh, gut. Wirklich gut.« Mir wurde leicht ums Herz.

»Ich soll dich später zu ihm bringen.« Sie sah mich neugierig an. »Du verkraftest es gut, dass du meine Welt nun so siehst, wie sie wirklich ist.«

»Ja, das finde ich auch. Merkwürdig, oder? Könnte es sein, dass ich das alles bereits im Unterbewusstsein wahrgenommen habe?«

»Ich kann es dir nicht sagen. Leider kenne ich mich mit Geistmagie, wie Lady Ellinor sie verwendet, nicht gut aus.«

»Darf ich dich trotzdem mit Fragen löchern?«

Sie zog die Augenbrauen hoch. »Könnte ich dich davon abhalten?«

Wir befanden uns mitten auf der Treppe, blieben stehen und grinsten uns an. Santina schüttelte den Kopf. »Warte einen Moment. Ich frage Lady Ellinor, was ich dir erzählen darf.«

»Wie machst du das? Gedankensprache?« Es kam mir merkwürdig vor, dass ich das einfach so gefragt hatte, ohne mich mehr als höchstens ein bisschen zu wundern.

Santina lächelte geheimnisvoll. »Nichts dergleichen.«

»Bitte verrate es mir!«

»Ich möchte es dir nicht nur erzählen, sondern zu einem passenden Zeitpunkt vorführen. Hab noch ein bisschen Geduld.«

Ich lächelte gequält. »Ich hab in den letzten Monaten die Geduld von zehn Leben aufgebraucht, aber von mir aus.«

Santina nickte schließlich zufrieden. »Sie ist im Augenblick im Wald bei den Kindern und ziemlich beschäftigt. Ich weiß nicht, ob sie mich wirklich verstanden hat …« Santina sah mich nachdenklich an. »Oder es ist ihr inzwischen völlig egal, was du erfährst.«

»Dann nehmen wir bitte Letzteres an. Ich brauche wirklich Antworten auf das alles, Santina.«

»Das denke ich schon lang.«

»Okay. Fang mit dem Eisloch an.«

»Das hat dir nie Ruhe gelassen, oder?«

»Natürlich nicht.« Ich warf ihr einen empörten Blick zu. »Selbst wenn ich berücksichtige, dass es so etwas wie … Magie gibt und magische Wesen, kann mir niemand erzählen, dass irgendjemand in diesem Eisloch Spaß hat und deshalb dort halbe Tage verbringt.«

»Nein. Spaß macht es tatsächlich nicht, aber die Alternative ist sehr viel unangenehmer.«

»Na, dann los! Erzähl!«

»Gut. Also, dir ist natürlich nicht entgangen, wie kalt es überall im Haus ist. Das ist jedenfalls nicht so, weil wir gern frieren. Kälte ist die Rettung, wenn jemand die Kontrolle über seine Magie zu verlieren droht.«

»Ist so ein Kontrollverlust gefährlich für die entsprechende Person oder für andere?«

»Je nach Intensität kann es schmerzhaft für einen selbst sein, aber wenigstens ist es nicht tödlich, außer du bleibst im Haus. Dann könnte es passieren, dass du dir das Dach über dem Kopf weg sprengst und du von einem herabfallenden Ziegel erschlagen wirst. Eis und generell Kälte lindern aber auch die durch einen Ausbruch verursachten körperlichen Beschwerden, vor allem die Krämpfe. Ein Ausbruch im Warmen ist zehnmal so unangenehm. Zieht man sich früh genug ins Eis zurück, gelingt es meistens, den Magieausbruch zu unterdrücken. Dann friert man höchstens ein bisschen. Niedere sind fähig, ihre Körpertemperatur aus eigener Kraft zu regulieren. Die Edlen wiederum benötigen dazu eine Rune.«

Ich hörte zu, ohne sie mit Zwischenfragen zu unterbrechen. Es schien aber sowieso, als könne Santina es nicht mehr erwarten, endlich alles loszuwerden, was sie in den Monaten zuvor vor mir verborgen gehalten hatte. Sie sprach schnell und aufgeregt. »Lady Ellinor ist einfach unglaublich, was das anbelangt. Sie hat einen siebten Sinn dafür, wann jemand in Gefahr steht, überzukochen. Ich meine, die Kontrolle über seine Magie zu verlieren. Sie weiß es meistens lange bevor es demjenigen selbst klar geworden ist, und kann einem mit ihrer Geistmagie helfen, die innere Erregung zu besänftigen. Die Bedrohung speziell hier für uns geht davon aus, dass ein vollständiger Ausbruch weit sichtbar ist. Es würde unerwünschte Aufmerksamkeit auf uns ziehen.«

»Verstehe.« Insgeheim ärgerte es mich, dass ich mein Bild von Lady Ellinor schon wieder in Richtung Positiv korrigieren musste. »Was ich mich frage: Wenn diese Entladungen alltäglich sind, warum ist es dann so schlimm, dass sie stattfinden? Oder dass sie jemand sehen könnte?«

»Wegen der Häufigkeit. Lord und Lady Vertanen und ihre paar Dienstboten würden nie so oft in Schwierigkeiten kommen. Aber bei der Anzahl der Kinder …«

»Verstehe. Sind diese Signale weit sichtbar?«

»Leider ja.«

»Okay.« Ich tippte mir nachdenklich gegen die Nasenspitze. »Wenn sich jemand bereits entladen hat, müsste das Problem sich dann nicht erledigt haben, weil er, nun ja, leer ist?«

»Bedauerlicherweise nicht. Während Großmagier wie Lord und Lady Vertanen ihre Magie nur aus den eigenen Quellen speisen können, nehme ich sie zum Beispiel im Vorübergehen in mich auf. Ich könnte es nicht einmal dann verhindern, wenn ich es darauf anlegen würde. Viele der Edlen sind deshalb der Ansicht, dass wir Niedere Schmarotzer sind. Einige nennen uns ganz offen Diebe.«

»Sind die Magiequellen in Gefahr, erschöpft zu werden, wenn Magie durch euch abgezogen wird?«

Santina schüttelte den Kopf.

»Es ist überall auf der Welt dasselbe. Wer viel hat, will immer noch mehr. Ich verachte das so sehr!«

Santina blieb stehen und zog mich in eine stürmische Umarmung. Dann nahm sie meine Hand. »Komm, wir müssen uns beeilen. Fran ist nicht die Geduldigste.«

»Gleich. Nur noch eins. Was ist der Auslöser für einen Magieausbruch?«

Santina lachte leise vor sich hin. »Hab ich wirklich jemals gedacht, dass mir deine Fragen fehlen würden? Es gibt unterschiedliche Auslöser.«

»Lord Vertanen ist … war … schwer verletzt, als ich ihn heute Abend im Salon fand.« Ich hatte wieder das Bild vor Augen, wie er zum Fenster gegangen war, um es zu öffnen, dem Eisregen zum Trotz. Seine Wunden waren zu diesem Zeitpunkt bereits weitgehend verheilt gewesen. »Ich nehme an, seine Magie hilft ihm beim Heilen?«

Sie nickte.

»Waren seine Verletzungen der Grund für den drohenden Ausbruch?«

»Unwahrscheinlich, er kommt ständig verletzt nach Hause.«

Wenn es also nicht die Schmerzen gewesen waren, hatte er dann vielleicht mit Emotionen zu kämpfen gehabt? Ich fragte Santina danach, ob psychische Anstrengungen ebenfalls ein Auslöser sein könnten, was sie bestätigte. Das machte mich nachdenklich und ich fragte mich, ob Rodins Problem damit zu tun haben könnte, dass ich ihm Kjells und meine tiefe Verbundenheit offenbart hatte? Dass wir verlobt waren? Auf einmal schlug mein Herz schneller. Für mein Leben gern hätte ich gewusst, ob ich richtig lag. Ich verscheuchte den Gedanken schnell wieder. »Könnte ich so einen Magieausbruch ebenfalls sehen?«

»Das vermögen nur Magier. Oder warte, vielleicht ginge es durch ein Spektrensichtgerät. Allerdings sind diese Geräte kostbar und in einem Magierhaushalt eher nicht zu finden. Notare haben solche Geräte.« Sie zuckte mit den Schultern. »Bestimmt könnte Lord Vertanen so ein Gerät für dich auftreiben, wenn du unbedingt möchtest. Er kann alles.«

Ein zufriedenes Lächeln trat auf meine Lippen. Zugegebenermaßen gefiel es mir, dass sie so gut von ihm dachte. Es bestätigte mich darin, dass ich mit meinem Vertrauen richtig lag, das ich trotz allem in Rodin setzte. Diese Erkenntnis wirkte sich auch körperlich aus. Die Muskeln an meinem Nacken und den Schultern, die seit meiner Ankunft in Wynterhaav ein einziger Knoten gewesen waren, lockerten sich zusehends. Sogar mein Schritt, mit dem ich neben Santina hereilte, wurde beschwingter. Ich steckte bis zu den Haarwurzeln voller Energie. Wie schade, dass ich nicht ebenfalls über Magie verfügte. »Santina?«

»Ja?«

»Du hast etwas von Runen gesagt. Könnte ich das mit der Magie auch irgendwie lernen? Muss man sich dazu nur tätowieren lassen?«

»Na ja, die Runen sind das Werkzeug, um Magie zu nutzen. Doch nur wenn beide Eltern Magier sind, wird auch das Kind …« Sie verstummte und sah mich unsicher an.

Aufregung erfasste mich und ließ mich beinahe hüpfen. »Gibt es Ausnahmen?«

»Nein.«

»Was dann? Ich kenne den Gesichtsausdruck, den du gerade machst. Du verschweigst mir etwas!«

Santina gab einen langen, tiefen Seufzer von sich. »Also gut. Dann sage ich es dir. Ich hab vorhin ein Gespräch zwischen Lord und Lady

Vertanen mit angehört. Zufällig.« Verlegen sah sie zu Boden. »Es ging dabei um dich …«Ihre komplette Körperhaltung drückte aus, wie unwohl sie sich fühlte. »Ich darf dir das vermutlich nicht sagen.«

»Aber du wirst es trotzdem tun, ja?«

Sie zögerte.

Irgendwie gelang es mir, keinen Druck auf sie auszuüben, obwohl ich vor innerer Anspannung am liebsten schreien wollte. Ich musste einfach darauf vertrauen, dass Santina die richtige Entscheidung treffen würde und mir alles erzählte, was wichtig für mich war.

Und so kam es auch. »Deiner Abstammung nach müsstest du eigentlich sogar eine sehr mächtige Magierin sein. Zeigen wird sich das vermutlich aber erst, wenn du an der Magiequelle deiner Familie stehst.«

Meine Abstammung? Die Magiequelle meiner Familie? Ich dachte nach. Hier war ein Puzzleteil, das zu den Teilen passte, die ich bei Rodins und Ellinors Gespräch im Salon eingesammelt hatte. Das machte das Bild aber noch lange nicht komplett. Beziehungsweise schien es sich um ein Puzzleteil zu handeln, das zu einem komplett anderen Motiv gehörte. »Kannst du mir nicht genauer sagen, was das heißt?«

»Ich weiß nicht, Alice, ich bin fast sicher, dass ich darüber nicht sprechen sollte.«

Fast sicher ließ die Tür einen kleinen Spalt geöffnet. »Frag noch einmal Lady Ellinor.« Ich hielt inne und versuchte dann, es zurückzunehmen. »Obwohl, lieber nicht. Sie sagt bestimmt Nein.«

»Ich bin ziemlich sicher, dass sie das tun würde.« Santina sah mich gequält an. »Es war ein Fehler, dass ich angefangen habe. Komm, Fran wartet auf uns.«

»Santina!« Ein Gefühl der Verzweiflung überkam mich, als ich ihren ablehnenden Gesichtsausdruck sah. »Bitte, nicht schon wieder Geheimnisse. Ich halte das nicht mehr aus!«

»Alice …«

»Es geht hierbei nicht um dein Leben, nicht um das von Rodin oder Lady Ellinors. Es geht um mein Leben! Es ist unfair, dass ich die Einzige bin, die keine Ahnung hat. Ich verspreche, dass ich alles, was ich von dir erfahre, für mich behalten werde.«

Wieder blieben wir stehen. Der Weg zu Lady Ellinors Salon schien nur aus Pausen zu bestehen, doch ich würde mich ganz sicher nicht beschweren. Santina zupfte an ihrer Haube herum und dachte nach, dann hatte sie ihren Entschluss gefasst und zu meiner unendlichen Erleichterung fiel er zu meinen Gunsten aus. »Du hast ja recht. Ich werde es dir sagen, aber mach dich besser gleich auf den nächsten Schock gefasst.«

»Okay.« Ich hielt den Atem an.

»Du bist die Erbin des Throns von Wynterhaav.«

Ich starrte sie an vorwurfsvoll an. »Und jetzt bitte die Wahrheit.«

»Das ist das, was ich gehört habe. In dem Gespräch, das ich, also, das ich, nun … dein Name ist jedenfalls gefallen. Mehrmals.«

Diese irre Idee mit der Thronerbin passte einfach zu gut zu dem, was Rodin zu seiner Schwester bei dem Streit im Salon gesagt hatte. *Sie hat das Recht, dir alles heimzuzahlen.* In diesem neuen Licht schien das zu heißen, dass ich Ellinor den Kopf abschlagen durfte, wenn ich wollte. Ich schlug die Hand vor den Mund, um ein hysterisches Kichern zu unterdrücken. Der Anfall verging jedoch rasch, als ich weiter darüber nachdachte. Falls beide Vertanens von diesem Irrsinn überzeugt waren, würde sich ihr Handeln danach ausrichten und das konnte nicht gut für mich sein. »Danke, dass du mir das gesagt hast. Es mag ja sein, dass die beiden das denken, aber es ist unmöglich. Ich stamme nicht aus Wynterhaav.«

»Na ja, du warst ja auch noch im Bauch von Königin Eda, als sie floh. Für mich hat es sich so angehört, als wüsste Lord Vertanen genau, wovon er sprach. Allerdings hab ich nicht das ganze Gespräch mit angehört.«

Im Bauch von Königin Eda. Eda Katharin, das war der Name meiner Mutter. Kurz erlaubte ich mir, es als reelle Möglichkeit zu betrachten, dass meine Mutter eine Königin gewesen sein könnte. Ihre Haltung war zweifelsohne königlich zu nennen gewesen. Jedem war immer aufgefallen, wie kerzengerade sie sich hielt und auch mich hatte sie ständig ermahnt, den Rücken durchzudrücken. Als Kind hatte ich ihr mit Freude nachgeeifert. Inzwischen war meine Haltung bestenfalls okay. Aber sonst? Meine Mutter hatte wie jede andere Frau in der Straße das Geschirr mit der Hand gespült, den Backofen ausgewischt und woher hätte eine Königin wissen können, wie man die besten Kekse der Welt backte? »Unmöglich.«

»Ach Alice.« Santina sah mich betrübt an. »Hör zu, ich hab die Entscheidung getroffen, dir davon zu erzählen, und ich werde dazu stehen. Falls Lord Vertanen dich nicht sowieso darauf anspricht, kannst du das Gespräch dahin lenken. Du musst einfach Bescheid wissen. Lady Ellinor mag vielleicht enttäuscht von mir sein, weil ich gelauscht habe, doch es gab Tage in der jüngsten Vergangenheit, an denen ich umgekehrt von ihr enttäuscht war.«

Das waren ja ganz neue Töne. »Bist du sicher, dass ich mit Rodin später darüber sprechen darf?«

»Absolut.«

»Danke.« Wir waren im Schneckentempo weitergegangen und ich hatte gar nicht auf den Weg geachtet. Als wir unten in der Halle stehen blieben, sah ich mich um. »Wie ist es dir eigentlich gelungen, die beiden zu belauschen? Hier gibt es kein Versteck. Kannst du dich in eine Maus verwandeln oder so?«

Santina lachte. »Igitt, nein!«

»Dann weiß ich nicht, wie die beiden dich übersehen haben könnten.«

Sie setzte ein zufriedenes Lächeln auf. »Ich kann das eben.«

»Magie?«

»Meine ganz spezielle Magie.« Sie drückte meine Hand und zog mich weiter, während ich mich gleichzeitig bemühte, so kleine Schritte wie möglich zu machen. Wir hatten gerade einen Lauf im Frage-Antwort-Spiel und ich wollte auf gar keinen Fall aufhören müssen, weil Fran zu uns stieß. »Was hast du noch mit angehört?«

»Lady Ellinor möchte, dass du das Haus verlässt.« Sie gab sich Mühe, es mit neutraler Stimme zu sagen, doch ich hörte die Wahrheit heraus. Sie war stinksauer.

Vorsichtig hakte ich nach: »Rodin hat das bereits angedeutet. Steht fest, wann ich gehen muss?«

»Das habe ich nicht mehr hören können. Es gab einen Notfall bei den Kindern …«, sie sah mich betrübt an. »Tut mir leid.«

»Schon gut. Ich hab mehr erfahren, als ich mir erhofft hatte.« Ich fiel ihr spontan um den Hals. »Danke, dass du eine so gute Freundin bist!«

Santina strahlte mich an.

In Lady Ellinors Salon wartete niemand auf uns. Santina stemmte die Hände in die Hüften. »Das hab ich mir doch gedacht. Wir haben zu lang gebraucht. Fran hat sich gelangweilt und ist höchstwahrscheinlich in die Küche gegangen, wo sie alle mit ihren Klatschgeschichten von der Arbeit abhält. Gib mir deinen Umhang und setz dich.« Sie deutete auf einen dunkelgrün gemusterten Sessel mit hoher Lehne, der am Kamin stand, in dem, Wunder über Wunder, sogar ein kleines lustiges Feuerchen brannte. Ich ging zu dem Sessel hinüber, bat jedoch darum, den Umhang anbehalten zu dürfen. Den Spiegel und die Haarnadeln hatte Lady Ellinor mir abgenommen. Warum sie mir den Umhang gelassen hatte, wusste ich nicht. Vielleicht war er als Abschiedsgeschenk gedacht. Oder sie hoffte, damit einen Punkt bei ihrem Bruder zu machen. Mir ging es jedenfalls nicht um den Umhang, sondern um das Notizheft mit den wertvollen Beschlägen, das ich behalten wollte und das immer noch in der Innentasche steckte. Santina hatte keine Einwände. Sie eilte zur Tür. »Ich hole Fran. Wir sind gleich zurück.«

»Bist du sicher, dass Lady Ellinor nichts dagegen hat, wenn ich allein in ihrem Zimmer bin?«

»Keine Sorge. Sie wird noch die nächste Stunde bei den Kindern bleiben. Seit sie da ist, haben die Kleinen sich beruhigt. Und jetzt setz dich endlich!« Santina warf mir einen liebevollen strengen Blick zu und ich gehorchte.

Vorsichtig, als würde ich mich auf einer Schachtel roher Eier niederlassen, nahm ich Platz. An den Armlehnen war der Samt abgewetzt und unter dem Hintern spürte ich die Sprungfedern, doch man sah dem Sessel an, dass er einst kostbar gewesen war. Das Kaminfeuer knisterte behaglich. Seit einer gefühlten Ewigkeit sah ich, wo ich auch hinblickte, nur Rabenschwarz, Steingrau, Schneeweiß und Frostblau, umso mehr genoss ich die satten Orange-, Rot- und Gelbtöne der züngelnden Flammen. Ich vergewisserte mich, dass die Tür zum Flur hin geschlossen war, dann holte ich das Notizbuch heraus. Ich blätterte darin, las vereinzelt ein paar Zeilen. Im ersten Moment nahm ich an, dass es sich um Notizen für einen Roman handelte, denn vieles war in wörtlicher Rede geschrieben, doch dann begriff ich, dass es sich tatsächlich um Lady Ellinors Tagebuch handelte und diese Art zu schreiben vermutlich einfach nur ihrem persönlichen Stil entsprach. So oder so dauerte es nicht lang und ich war völlig darin versunken.

Die Zeremonie zu Mutters Beerdigung war schlicht, wie sie es sich gewünscht hatte. Keine Gäste. Nur Rodin stand noch dicht neben mir. Das Hauspersonal war bereits gegangen. Schweigend starrten wir auf die aufgeworfene Erde. Ich hatte nicht damit gerechnet, mit Emotionen kämpfen zu müssen. Mutter und ich hatten im Laufe unseres Zusammenlebens eher ein höfliches denn ein herzliches oder gar liebevolles Verhältnis gepflegt. Die Beisetzung hatte mich jedoch erschüttert. Keine Ahnung, woher der plötzliche Gefühlssturm gekommen war.

Rodin berührte meinen Arm. »Sollen wir?«

Schweigend gingen wir auf die Vorderseite des Hauses, wo uns der königliche Notar erwartete. Ich hatte ihn bestellt, um die Magie bewerten zu lassen, die den Hauptteil des Erbes darstellte. Der Notar war einer der wenigen gewöhnlichen Menschen, die ebenfalls in Wynterhaav lebten, weswegen er ein Spektrensichtgerät bemühen musste. Er blickte durch das neuzeitliche Gerät hindurch und stieß einen überraschten Laut aus. Ich fragte mich im Stillen, ob es zum Geschäftsgebaren gehörte, ein dermaßen beeindrucktes Gesicht zu machen.

»Das ist eine der gewaltigsten Magiequellen, die ich je gesehen habe.« Er hielt das zylindrische Metallrohr meinem Bruder hin. Typisch. Immer durften Männer als Erste etwas Neues ausprobieren. Rodin lächelte den Notar auf seine höfliche, zurückhaltende Weise an. »Das ist eine nette Erfindung, doch ich brauche sie nicht, um die Magiequelle sehen zu können. Vielen Dank.«

»Es handelt sich um eine einzigartige Technik, die selbst Magiern ein neues Erlebnis des Sehens bietet.« Hartnäckig hielt er Rodin das Gerät entgegen.

Mein Bruder empfand es natürlich als unhöflich, bei seiner Weigerung zu bleiben, wo es dem Mann doch anscheinend so wichtig war. Er nahm das Spektrensichtgerät und presste die Öffnung ans Auge. Fast sofort stieß er einen überraschten Laut aus. »Das musst du dir ansehen!« Mit vor Begeisterung leuchtendem Gesicht hielt er mir das Rohr hin. Ich hatte ebenfalls ablehnen wollen und im Gegensatz zu ihm wäre ich dabei geblieben. Angesichts seiner Reaktion war ich nun doch gespannt. Ich hielt die Öffnung mit einem, wie ich hoffte, gelangweilten Blick ans Auge. Die Aura des Hauses war mir vertraut, der Anblick, der sich mir nun offenbarte, raubte mir dennoch den Atem.

»Kann ich noch mal?«

Ich ließ Rodin dreimal nachfragen, einfach aus Prinzip und vielleicht, weil ich hoffte, er würde endlich einmal seine höfliche, zurückhaltende Art aufgeben und mir das Rohr aus der Hand reißen. Doch das geschah natürlich nicht. Rodin behauptete immer, ich sei die Beherrschtere von uns beiden, aber das stimmte nicht, das war er.

Eine ganze Weile reichten wir das Spektrensichtgerät hin und her, während der Notar geduldig wartete. Sein Lohn wurde nach dem Wert der Magiequelle berechnet, die vererbt wurde. Ich an seiner Stelle hätte ebenfalls Langmut bewiesen. Endlich hatten wir uns sattgesehen und ja, die Magiequelle der Familie Vertanen war in der Tat beeindruckend. Doch das war es nicht allein. Das Zuhause einer Magierfamilie war mit gewöhnlichen Häusern nicht zu vergleichen. Die Wände hatte niemand gemauert. Sie waren aus purer Magie gebildet. Was das genau bedeutete, darüber hatte ich bisher nie nachgedacht. Die Anwesen von Magiern waren eben einfach auf ihre eigene Weise lebendig. Punkt. Nicht einmal die mit Augen versehenen Türen waren mir jemals merkwürdig vorgekommen. Wir kannten es nicht anders. Diese Augen gab es in jedem Haushalt von Edlen. Bei uns saßen sie in den Türblättern, anderswo fanden sie sich an der Zimmerdecke oder dem Fußboden. Vor allem Letzteres war tückisch. Als Junge war Rodin einmal, bei einem Besuch bei Freunden unserer Eltern, aus Versehen in ein schlafendes Auge getreten. Wegen des geschlossenen Lids hatte er es nicht gesehen. Mich hatte Sarrazan drauf aufmerksam gemacht. Meine treue Schlange verlieh mir ein besseres Sehvermögen, als ein nicht blinder Mensch es je haben könnte. Nur wenn ich zu ausgelaugt war, konnte auch er mir nicht mehr helfen. Rodin erzählte jedenfalls später, es sei ein Gefühl gewesen, als versänke sein Fuß in einer Lavapfütze, als er in das Auge getreten war, und tatsächlich zeigte er mir später die Brandblasen. Ich ließ mir das Spektrengerät ein letztes Mal geben und beobachtete meine liebste Santina, die in der Eingangshalle Schmutz zusammenfegte. Sie selbst war natürlich, ebenso wie ihre Kleidung, der Besen, die Schaufel und sogar die Schmutzpartikel, kein Bestandteil der Vertanenschen Magiequelle. Bestimmt ging sie davon aus, auf grundsolidem Fußboden zu stehen, nicht anders, als ich es bis eben auch angenommen hatte. Das Spektrensichtgerät offenbarte mir jedoch, dass sie knöcheltief in dem smaragdfarbenen Magiegeflecht versunken war, das den Boden der Eingangshalle lediglich imitierte. Dort, wo die Augen an den Türen saßen, waren die Farben besonders leuchtend, was, wie ich annahm, auf eine erhöhte Magiekonzentration hindeutete. Auch das Pulsieren der Wände erschien im Anblick durch das Spektrensichtgerät beeindruckender. So viel Magie. Springlebendige Magie. Magie, die sich freiwillig an die Familie Vertanen gebunden hatte. Ein Schauder überlief mich und ich war froh, dass ich diesen Anblick nicht tagtäglich vor mir hatte.

Nachdem ich dem Notar sein Sehgerät zurückgegeben hatte und er es vorsichtig in eine mit Holzwolle ausgelegte Kiste gepackt hatte, räusperte er sich und sah Rodin an. »Wir kommen nun zum entscheidenden Teil unseres Zusammentreffens. Lord Vertanen, wenn Ihr Euch bitte neben Lady Vertanen stellen würdet.«

Rodin tat wie verlangt. Wir tauschten einen langen Blick. In der Miene meines Bruders stand kein Zweifel. Dabei ahnte ich, wie unsicher er sich fühlen musste. Ich hoffte, dass man mir ebenfalls nicht ansah, was ich empfand.

Der Notar bückte sich erneut zu seiner Tasche. Diesmal holte er ein Gerät hervor, das entfernt an eine Stimmgabel erinnerte. In der Mitte des Haltegriffs befand sich eine Skala, deren Einteilung mir nichts sagte. Er räusperte sich erneut, nahm eine würdevolle Haltung an und richtete seine Apparatur mit der Spitze erst in Rodins, dann in meine Richtung und schließlich in die Mitte zwischen uns. »Ich bitte Eure Lord- und Ladyschaft nun, die Magie anzurufen. Am Ende wird jeder den Anteil besitzen, der ihm zugeströmt ist.« Feierlich fügte er hinzu: »Möge die Magie entscheiden.«

Rodin konzentrierte seine Aufmerksamkeit auf das Haus, doch ich behielt den Notar im Auge, der wiederum angestrengt sein Messgerät anstarrte. Als er urplötzlich betroffen dreinblickte, musste ich mich sehr anstrengen, um ein zufriedenes Lächeln zu unterdrücken. Er warf Rodin einen irritierten Blick zu, blickte wieder auf das Messinstrument. »Nun, das ging schnell.«

Rodin runzelte die Augenbrauen. »Was soll das heißen?«

»Es ist vorbei. Eure Schwester hat, nun … sie hat alles bekommen. Etwas Derartiges kommt nicht oft vor. Eigentlich nie. Ich hoffe …« Er unterbrach sich erneut.

Peinliches Schweigen breitete sich zwischen uns aus.

Meine Hände waren auf einmal eiskalt. Das Unglaubliche war geschafft. Die Magiequelle der Familie Vertanen gehörte tatsächlich mir allein. Für ein paar Augenblicke fühlte ich mich wie berauscht, dann gewann meine gewohnte Nüchternheit die Oberhand.

Sichtlich bemüht, die Situation als etwas völlig Normales dastehen zu lassen, zog der Notar ein blütenweißes Tuch hervor und wischte damit das Messgerät ab. Nachdem er fertig war, zierten smaragdgrüne Schlieren das Stoffgewebe. Der Notar faltete das Taschentuch zusammen und reichte es mir auf einem Silbertablett. Ich fand die Zeremonie höchst lächerlich, behielt die Ansicht jedoch für mich. Mit einem schnellen Griff nahm ich das Tuch und steckte es in den linken Ärmel. »Vielen Dank. Welche Formalitäten sind noch notwendig?«

»Eure Unterschrift, Lady Vertanen.«

Mit versteinerter Miene sah Rodin dabei zu, wie der Notar das Messgerät verstaute und dann eine Ledermappe aus seiner Aktentasche zog, in der zwei identische dicke Pergamentblätter lagen. Auf beiden setzte er in dem vorgefertigten Text meinen Namen ein und strich das Feld durch, in dem Rodins Name hätte stehen sollen. Anschließend bestätigte er den Inhalt mit dem königlichen Siegel und reichte mir die Dokumente zur Unterschrift. »Verehrte Lady, Ihr seid nun als alleinige Erbin der Vertanenschen Magie in das Königliche Register eingetragen.«

Ich nickte zufrieden und gab ihm das Exemplar zurück, in dessen oberer Ecke der Aufdruck für das Register zu lesen war. »Wer erhält Einblick in dieses Dokument?«

»Nur meine Kollegen und ich. Selbst das Königshaus muss einen Antrag stellen, um Einblick zu erhalten. Sollte das geschehen, würden wir Euch natürlich unmittelbar unterrichten.«

»Wunderbar. Dann erwarte ich die Rechnung.«

Er verbeugte sich steif, gab uns nacheinander die Hand, mir diesmal zuerst. Als Rodin an der Reihe war, sah er meinem Bruder nicht einmal in die Augen. »Alles Gute.«

Rodins Stimme war kühl, jedoch beherrscht. »Vielen Dank.«

Ich wartete, bis der Notar sich entfernt hatte. Dann fixierte ich meinen Bruder.

Er war leichenblass. Seine Stimme war heiser. »Du warst sehr schnell. Fast ein bisschen gierig.«

»So kennst du mich, oder?«

Ein schmales Lächeln umspielte seine Lippen. »Ich nehme an, du hast sichergestellt, dass er für sich behält, dass du die Erbin bist?«

»Bei unserem Händedruck, ja. Er wird das Dokument ablegen, ohne einen zweiten Blick darauf zu werfen. Seinen Kollegen wird er erzählen, dass du dir die Magiequelle der Familie Vertanen in Gänze einverleibt hast. Niemand wird erfahren, dass alles mir gehört.« Von einer plötzlichen ungewohnten Regung gepackt, schlang ich die Arme um meinen Bruder und vergrub den Kopf an seiner Brust. Ich hatte einen so dicken Kloß im Hals, dass Schlucken allein ihn nicht herunterbrachte. Rodin tätschelte auf brüderlich unbeholfene Art meinen Rücken. Ich hob den Kopf und sah ihm in die Augen, die denen unseres Vaters so sehr glichen. »Ich hab dir angesehen, wie schwer es dir gefallen ist, still zu halten. Ich weiß nicht, ob ich es umgekehrt ebenfalls gekonnt hätte. Die ganze Macht liegt jetzt bei mir. Das muss sich für dich seltsam anfühlen.«

»Ich vertraue dir eben.«

»Und ich dir.«

Eine Weile standen wir so. Rodin hatte am Grab unserer Mutter geweint. Völlig ungeniert hatte er es zugelassen, dass ihm Tränen über die Wange liefen. Er verstellte sich nie und das machte mir Sorgen, gleichzeitig bewunderte und beneidete ich meinen kleinen Bruder dafür, dass er es sich erlaubte, so ganz er selbst zu sein. Schließlich war ich es, die sich mit trockenen Augen aus der Umarmung löste. »Ich hab Gerüchte gehört, dass im Süden nicht nur Kinder von Niederen, sondern auch zunehmend von Kleinmagiern verschwinden. Stimmt das?«

»Leider ja. Bisher wissen das aber nur die Grauen.«

»Du hast spioniert?« Es war im Grunde keine Frage. Schon als kleiner Junge war Rodin ein Meister darin gewesen, sich in jedes nur denkbare Tier zu verwandeln. Inzwischen hatte er sich bestimmt zehnmal mehr Runen angeeignet, als ich es geschafft hatte. »Lass mich raten, Fliege?«

Er nickte und sah ein bisschen schuldbewusst aus. Spionieren war seinem Ehrgefühl nach nichts, was man tat. In meinem Magen bildete *sich ein Knoten der Angst. Jemanden in Insektengestalt zu belauschen, war die erfolgreichste Methode, doch weil das jedem klar war, war es auch die gefährlichste. Es war brandgefährlich, und zwar im wahrsten Sinne des Wortes. Ehe man sich nämlich in der relativen Sicherheit, beispielsweise in der Ecke eines Bilderrahmens, verstecken konnte, musste man zuerst den offenen Raum durchqueren. Wynterhaavs Bewohner besaßen aus einer langen Tradition des Spionierens und Ausspioniertwerdens jedoch ein geschultes Auge für alles, was durchscheinende Flügel und Krabbelbeine hatte. Niemand schätzte es, dabei beobachtet zu werden, wie man seine Geliebte beglückte oder ein Komplott schmiedete. Insekten holte man daher gleichsam im Vorübergehen aus der Luft. Ich verkniff es mir, Rodin darum zu bitten, vorsichtig zu sein. So eine Bemerkung mochte ihm zwar zeigen, dass ich mich um ihn sorgte. Gleichzeitig würde ich ihm damit aber sagen, dass ich ihm nicht zutraute, dass er auf sich aufpassen konnte, und das konnte mein kleiner Bruder sehr wohl, wie er unzählige Male bewiesen hatte. »Was hast du sonst herausgefunden?«*

»Königin Eda und ihr Leibwächter sind im Kreis der Grauen wieder Gesprächsthema.«

Der Name dieser Schlampe genügte, um meinen Puls in die Höhe zu treiben. »Erzähl.«

»Sicher?«

»Natürlich.«

»Ich habe eine neue Rune gemeistert, die der Zitterspinne.« Er lächelte versonnen. »Ein so zartes verletzliches Tier, dafür aber perfekt, um zu spionieren. In dieser Gestalt gelang es mir mühelos, unter Malenas Rock zu schlüpfen und an ihren Rocksaum geheftet in das Audienzzimmer von König Walther zu reisen.«

»Du bist unter den Rock der Prinzessin gekrabbelt?«

»Ich hab darauf geachtet, alle sieben Augen streng auf den Boden zu richten.«

»Spinnen haben acht …« Ich unterbrach mich und sah ihn tadelnd an.

Er grinste jungenhaft, was das Grübchen an seinem Kinn erscheinen ließ, das mir so gut gefiel. »Ein Scherz. Ich sehe Frauen gern in Unterwäsche und noch lieber hab ich sie nackt vor mir. Aber nur, wenn sie sich freiwillig vor mir ausziehen.«

Wärme für meinen kleinen Bruder stieg in mir auf, der längst zwei Köpfe größer war als ich.

»Mein kleiner Ausflug war jedenfalls höchst interessant. König Walther und Malena haben gestritten. Heftig. König Walther ist felsenfest davon überzeugt, dass seine Erstgeborene lebt. Drüben, in der Anderswelt. Er hat zugegeben, was alle sowieso längst wissen, dass er schon lange heimlich nach ihr suchen lässt. Bisher sind allerdings alle seine Boten verschollen.«

»Natürlich sind sie das. Wir wissen schließlich, wer auf die Königin aufpasst.« Ich merkte, wie Rodin mich beobachtete. Er war darauf gefasst, dass ich die Fassung verlor. Er hatte Pech, denn wenn ich wollte, war meine Beherrschung eisern. »Du weißt, dass mir die Version lieber wäre, in der sie alle drei tot sind, Königin, Leibwächter und Kind. Aber mal angenommen, mein Wunsch wird mir nicht erfüllt. Was hat das für Konsequenzen? Will er das Kind zurückholen?«

»Das hat er zu Malena gesagt. Ziemlich direkt sogar. Der Mann ist den Gefühlen seiner Tochter gegenüber völlig blind. Gegen Ende der Unterhaltung fegte die Prinzessin jedenfalls eine kostbare Vase von einer Kommode und stürmte hinaus. Das kleine Spinnchen an ihrem Rock hatte Mühe, nicht irgendwo abgestreift zu werden.«

Ich hatte Malena schon lange nicht mehr gesehen, aber als Kinder waren wir uns ein paar Mal begegnet. Sie war jünger als Rodin und ich. Wenn ich heute an sie dachte, sah ich ein schlaksiges Mädchen im honiggelben Seidenkleid vor mir, das aufgebracht mit den feinen Satinpantöffelchen aufstampfte und so lange schrie, bis es seinen Willen bekam. Trotzdem konnte ich sie verstehen. Wie jeder im Land war sie davon ausgegangen, dass sie ihrem Vater auf den Thron nachfolgen würde. Jetzt zu erfahren, dass die Erstgeborene jederzeit auftauchen und ihr dieses Recht streitig machen könnte, musste ein Schock für sie gewesen sein. »Die Prinzessin wird das nicht einfach schlucken.«

»Da bin ich sicher. Vermutlich will sie ihre Stiefschwester lieber tot sehen.«

So wie ich. Es gefiel mir nicht, was es über meinen Charakter aussagte, dass Malena und ich eine Gemeinsamkeit hatten, aber es war unleugbar. Vater wäre enttäuscht von dir. Er hat dich Großmut gelehrt und du bist bitter geworden. Ich merkte, dass Rodin mich musterte. »Worüber denkst du nach?«

»Ich dachte an Vater. Ich habe mich daran erinnert, wie er war.«

»Ich wünschte, ich hätte ihn kennengelernt.«

»Das hat die Schlampe von einer Königin erfolgreich verhindert.«

»Ellinor, die Königin war …«

»Nicht! Verteidige sie nicht. Nicht auch noch du.« Es kostete mich Kraft, doch es gelang mir, zu meinem gewohnten Gleichmut zurückzufinden. »Hast du den neuen Schutzzauber über dem Anwesen bemerkt?«

»Mir selbst ist nichts aufgefallen, aber Myrkur hast du damit verwirrt.« Grinsend fügte ich hinzu: *»Er hat gleich mehrere Runden über dem Wald gedreht, im vergeblichen Bemühen, herauszufinden, was plötzlich anders ist.«*

»Und? Hat es ihn sehr geärgert?«

»Wie man es nimmt. Dass du etwas versteckst, ist ihm natürlich klar. Da der Schutzzauber ihn aber davon abhält, aus der Luft heraus irgendetwas zu sehen, kann er nur raten. Wir müssen abwarten, ob er eine seiner Marionetten losschickt, um die Gegend zu Fuß zu erkunden.«

»Ich habe Wehre aktiviert, die uns warnen, wenn Fremde kommen.«

»Eine Warnung ist schön und gut. Mir wäre es allerdings lieber, es gäbe Wehre, die Fremde gänzlich davon abhalten, den Wald oder das Anwesen zu betreten. Nun ja, um auf Myrkur zurückzukommen, er hat sich jedenfalls Mühe gegeben, etwas aus mir herauszukitzeln, hat versprochen, über alles zu schweigen.« Er machte eine Kunstpause. »Schließlich hat er es sogar geschworen. Auf Drachenehre.«

Wir sahen einander an, dann prusteten wir gleichzeitig los. Gemeinsam mit Rodin zu lachen, tat unendlich gut. Es erinnerte mich an früher, als ich noch nicht so ernst und verbissen gewesen war. Schließlich wischte ich mir die Lachtränen aus den Augenwinkeln. »Das hätte ich gern miterlebt.«

»Er war anschließend so schlecht gelaunt, dass die Landung ziemlich holprig geriet. Ich hab mir ein paar Rippen geprellt.«

»Kann es sein, dass du noch kein einziges Mal heil von einer Begegnung mit ihm zurückgekommen bist?«

Rodin zog eine Grimasse. »Ich könnte dich nur halb so oft besuchen, wenn er nicht bereit wäre, mich zu fliegen. Du bist mir jederzeit ein paar geprellte Rippen wert.«

»Verschwende deinen Charme nicht an mich!«

»Charme?« Er sah mich ärgerlich an. »Ich liebe dich, Ellinor. Ich sorge mich um dich. Ich weiß, dass mich das in deinen Augen zu einem schwachen Menschen macht, aber auch du würdest nicht plötzlich auseinanderfallen, wenn du zugeben würdest, dass du ebenso empfindest.«

Doch, genau das würde ich. Rodin ahnte nicht, dass er in dieser Hinsicht so viel stärker war als ich. Ich schlug einen kühlen Ton an. »Bleiben wir beim Thema – Myrkur. Früher oder später wird er die Hütten im Wald entdecken.«

»Er wird schweigen.«

»Um welchen Preis?«

»Er machte neulich eine Bemerkung darüber, dass seine Geschöpfe nicht komfortabel wohnen. Wir werden uns von einem Teil des Inventars trennen.«

Mutter stammte aus Salebyrr. Sie hatte Vater geliebt, war ihm jedoch sehr unglücklich auf dieses Anwesen in der tiefsten Provinz Wynterhaavs gefolgt. Um es ein wenig gutzumachen, hatte Vater ihr erlaubt, den Wohnsitz der Familie Vertanen mit ihrem erlesenen Geschmack neu auszustatten. Es war ein nie endendes Projekt, das sein plötzliches Ende gefunden hatte, nachdem er Sarrazan für mich gekauft hatte. Auf Drängen von Mutter war er schließlich der Grauen Garde beigetreten, deren Mitglieder für ihren Dienst reich entlohnt wurden. Es hatte nicht lange gedauert, bis er aufgestiegen und der Leibgarde Königin Edas zugeteilt worden war. Anfangs hatten Mutter und ich seinem Klatsch vom Königshof mit Begeisterung gelauscht. Darüber hinaus überhäufte Königin Eda ihn mit Kelchen, Pokalen, Vasen und Ähnlichem. Bis zu ihrem Tod hatte Mutter dran festgehalten, dass dieser goldglänzende Plunder für die Ehre ihres toten Ehemannes stand und nicht für seinen Verrat am König und an uns, seiner Familie. Als ich nun eine Gelegenheit sah, das Zeug loszuwerden und sogar einen Nutzen daraus zu ziehen, musste ich nicht zögern. »Einverstanden. Myrkur kann alles haben, was er wünscht.«

»Ich werde ihm das nicht auf die Nase binden, sondern hart mit ihm verhandeln. Wer weiß, wie häufig wir seine Verschwiegenheit noch brauchen werden.« Er grinste. »Der ganze Wald wird also voller Kinder sein. Das wird eine spannende Zeit für dich.« Er lachte laut über das Gesicht, das ich zog, dann streichelte er mich liebevoll an der Wange. »Ellinor, du *darfst nicht vergessen, an dich zu denken. Um andere glücklich machen zu können, muss man selbst Glück empfinden.«*

Ich neigte den Kopf seiner Hand entgegen, aber nur einen Augenblick, ehe ich mich löste. »Ich bin nicht am Glück dieser Kinder interessiert. Ich will ihr Leben retten. Das muss genügen.« Fröstelnd rieb ich mir die Arme. Kein anderer Ort in Wynterhaav war weiter vom sonnenverwöhnten Königshof entfernt als mein Zuhause. Im Augenblick war zwar Hochsommer, dennoch standen wir mit Jacken vor dem Haus. Ich hatte sogar einen dünnen Schal um den Hals geschlungen. Das unwirtliche Klima hatte jedoch dafür gesorgt, dass wir über alle Generationen hinweg nie mit Invasoren zu kämpfen gehabt hatten. Wer neidete einem schon Kälte, Wälder und schroffes Gebirge? Es gab einige magische Baronien im näheren Umkreis und zwei Kleinmagierhöfe. Früher, ehe Vater entschieden hatte, sich der falschen Frau gegenüber loyal zu verhalten, hatten unsere Eltern prächtige Bälle gegeben. Rodin war noch nicht geboren, und ich hatte natürlich nicht teilnehmen dürfen. Aber ich hatte oft am oberen Rand der Treppe gekauert und heimlich zugeschaut, wie meine Eltern, schön gekleidet und strahlend vor Vergnügen, ihre Gäste begrüßten.

Rodin nahm meinen Arm. »Komm, wir gehen hinein.«

Wir spazierten auf das Haus zu. Ohne das Spektrensichtgerät sah das Gebäude aus wie immer. Mauern aus fleckigem Stein, dunkelgrüne Holzläden und auf dem Dach der vertraute Anblick der roten verwitterten Ziegel. Dennoch war ich sicher, dass wir beide an das dachten, was wir durch das Spektrensichtgerät gesehen hatten. Ich unterdrückte einen Schauder. »Dort zu wohnen wird ab heute nie wieder dasselbe sein.«

»Vermutlich nicht.«

»Wie nahe seid ihr einander gekommen, du und Malena?«

»Wir plaudern ab und zu miteinander.«

»Erzähl mir nicht, dass dein berühmter Charme ausgerechnet bei ihr versagt?«

»Wenn ich jetzt zugebe, dass dem so ist, gibst du mir hoffentlich keinen Tipp. In dem Fall kann ich gleich aufgeben.« Es war brüderliche Neckerei, dennoch traf es mich. Ich war auf vielen Gebieten kompetent, aber in Sachen Liebe hatte ich keine Erfahrung. Rodin, feinfühlig wie immer, merkte meine Verstimmung und warf mir einen entschuldigenden Blick zu. »Im Augenblick richtet sich Malenas ganze Konzentration darauf,

ihre Mutter auszustechen. Neulich habe ich sie gesehen, wie sie am Arm ihres Vaters hing, als wäre sie seine Ehefrau und nicht sein Kind.«

»Die meisten Töchter vergöttern ihre Väter.«

»Nichts dagegen, wenn es in gesundem Maße geschieht.« Er blickte nicht zu mir, die Botschaft kam dennoch an. Hatte ich Vater wirklich auf ein Podest gehoben, wie Mutter es mir so oft vorgehalten hatte? Ich hatte immer glauben wollen, dass die Eifersucht aus ihr sprach, weil wir uns nie so nahe gewesen waren. Vielleicht hatte sie jedoch recht gehabt. In Wynterhaav waren Frauen nicht so viel wert wie Männer und Töchter wurden von ihren Vätern selten mit Aufmerksamkeit und noch weniger mit Zärtlichkeit überschüttet. König Walther verhielt sich Malena gegenüber anders und auch Vater hatte sich nie darum gekümmert, dass ich nur ein Mädchen war. Ich unterdrückte einen Seufzer.

Wir betraten die Eingangshalle. Ich betrachtete den Boden, sah jedoch nur das gewohnte Bild. Trotzdem fing mein Herz an, rascher zu schlagen. Rodin hatte die Kontrolle über die Magiequelle der Familie Vertanen vollständig mir überlassen und sich damit komplett von mir abhängig gemacht. Die Verantwortung drückte mich fast nieder, aber eine Alternative gab es nicht. Es war in der Geschichte Wynterhaavs durchaus vorgekommen, dass ein männlicher Erbe fehlte und eine Prinzessin den Thron bestieg. Rodins und mein Plan sah vor, dass er ihr den Hof machte und ihr Ehemann wurde. Die Niederen wurden mehr und mehr unterdrückt, bald würden sie gar keine Rechte mehr besitzen. Es war schwer bis unmöglich, über den Rat Einfluss zu nehmen. Als Malenas Gemahl bestand für Rodin jedoch gar keine schlechte Chance, etwas zu bewirken. Die Prinzessin war verwöhnt und meinem Empfinden nach nicht besonders schlau. Ich zweifelte daran, dass sie am Regieren großes Interesse entwickeln würde. Es bestand die Gefahr, dass sie wichtige Entscheidungen dem Rat überlassen würde und im schlechtesten Fall würde das die Position der Traditionalisten stärken. Schlecht für die Niederen. Schlecht für alle, die sich ihre persönliche Freiheit bewahren wollten. Mit ein wenig geschicktem Taktieren könnte Rodin als Malenas Ehemann bald derjenige sein, der die Geschicke Wynterhaavs lenkte. Wie immer, wenn ich an diesem Punkt meiner Überlegungen ankam, stieß ich an eine innere Barriere. Es bereitete mir Unwohlsein, darüber nachzudenken, wie Malena am besten zu manipulieren war. Ich wünschte mir von

Herzen eine starke Frau auf dem Thron. Dann sagte ich mir wieder, dass ihr nichts Besseres passieren konnte, als mit Rodin verheiratet zu sein. Er würde ihr die Chance geben, sich zu beweisen, und nur im Notfall eingreifen. Nun fühlte ich mich besser. Ich lächelte meinen kleinen Bruder von der Seite her zärtlich an, doch er hatte die Stirn in Falten gezogen und war ganz in seinen Gedanken vertieft und bemerkte es daher nicht. Machte er sich Sorgen? Er hatte erst kürzlich erwähnt, dass Malena sich verändert habe. Dass sie nicht so naiv sei, wie sie sich gab. So wie ich die Prinzessin in Erinnerung hatte, war das kaum vorstellbar. Andererseits hatte ich sie seit einer halben Ewigkeit nicht mehr gesehen. Rodin hatte jedenfalls darauf bestanden, dass wir dieses kleine Spiel mit dem Notar abzogen. Mein Bruder war nicht so eitel, dass er glaubte, sein Aussehen und eine gute Portion Charme würden genügen, um das Herz der Prinzessin zu gewinnen. König Walther, sofern seine Tochter etwas auf seinen Rat geben würde, hatte mit Sicherheit im Blick, welcher seiner Edlen die größte Magiequelle in die Ehe einbrachte. Doch in dem Fall, dass ihm als Malenas Ehemann etwas zustoßen würde, sollte diese Macht nicht in ihre Hände fallen.

Ich war inzwischen in meinem Zimmer angekommen und riss gleich die Türen des Kleiderschranks auf. Die Sommer in Wynterhaav sind kurz, dafür dürfen wir uns an leuchtenden Farben und betörenden Düften berauschen. Der Blick aus dem Fenster zeigte mir ein prächtiges Meer rosafarbener, weißer und himmelblauer Blüten und darüber einen strahlend blauen, wolkenlosen Himmel. Der Inhalt meines Kleiderschranks stand der Pracht draußen in nichts nach. Kleider, Röcke und Blusen waren in duftigen Pastelltönen gehalten; ich besaß dutzendweise hauchdünne Seidenstrümpfe, spitzenbesetzte Unterwäsche und noch mehr Firlefanz, wie man ihn am Königshof trug. Gegen Santinas Protest pflegte ich mich selbst um Ordnung in meinem Schrank zu kümmern. Alles war penibel gefaltet, sorgfältig auf Bügel gehängt. Mode war meine einzige Schwäche, doch sie war zugleich ein teures Vergnügen, das heute sein Ende finden würde.

Rodin war mir hinterhergeschlendert. Er kam ins Zimmer, setzte sich aufs Bett und beobachtete mit ungläubigem Blick, wie ich den kompletten Inhalt meines Schrankes hervorholte, als würde ich einen Hasen ausweiden, und alles achtlos auf den Boden fallen ließ. »Was tust du?«

»Mich in meinem neuen Leben einrichten.«

»Und das heißt?«

»Mutters Schmuck wird bei Myrkur landen, die Möbel ebenfalls, im Lauf der Zeit wird er alles bekommen. In diesem Schrank befindet sich nur Unfug. Nächstes Jahr ist kein einziges Kleid mehr in Mode und ich werde es mir zukünftig nicht leisten können, den neuesten Farben und Schnitten hinterherzuhecheln. Ich habe Fran herbestellt, sie hat wunderschönen schwarzen Samt dabei, vielleicht … vielleicht gönne ich mir auch ein Kleid aus Seide, doch diese werden ich nicht in einem Jahr wieder wechseln, sondern tragen, bis sie auseinanderfallen.«

»Du in Schwarz?« Er sah mich bekümmert an. »Daran könnte ich mich nie gewöhnen.«

»Denk an die ganzen Mäuler, die wir zukünftig stopfen müssen.«

»Und warum behältst du deine Kleider nicht einfach noch ein bisschen? Für mich sehen sie fast neu aus.«

»Das sind sie auch. Aber da ist außerdem das Problem mit Myrkur. Im Ausgleich für sein Schweigen werden wir ihm nicht nur die Möbel geben, die er sich wünscht, sondern obenauf diesen glitzernden Stoffhaufen. Seine Frauen werden sich freuen, was wiederum ihn freuen wird.«

Nachdenklich betrachtete Rodin den schnell anwachsenden Seidenhaufen zu meinen Füßen. »Ich werde ihm meine Sachen ebenfalls anbieten, für seine Marionetten.«

Ich verzog das Gesicht. Es war so unendlich abstoßend, wie Myrkur nach Lust und Laune in die Körper seiner männlichen Bediensteten schlüpfte, ihren Geist übernahm und sie zu allem benutzte, was er in seiner Drachengestalt nicht tun konnte. Ich sah Rodin streng an. »Oh nein, das wirst du auf gar keinen Fall tun. Für dich gilt natürlich das genaue Gegenteil. Es wäre sogar gut, wenn du in nächster Zeit am Hof ein bisschen protzen würdest. Mit Magie und Vermögen.« Prüfend betrachtete ich ein Paar hauchdünner Strümpfe. Sie hatten sieben Goldstücke gekostet und ich hatte sie genau ein Mal getragen, da ich mich selten am Hof aufhielt und es in Wynterhaav zu kalt dafür war. Nach einer Weile fiel mir auf, dass Rodin ungewöhnlich still war. »Was ist los?«

»Ich dachte gerade daran, dass wir all unsere Hoffnung auf meinen Erfolg mit Malena setzen. Ich weiß, welche Art Mann ihr gefällt. Jemand, der Mode und rauschende Feste liebt, der immer auf dem Sprung ist zur nächsten Vergnügung, der nächsten Sensation. Was könnte sie mit einem *grübelnden Bücherwurm anfangen, wie ich es bin? Wenn ich ernsthaft bei ihr landen will, muss ich meine Persönlichkeit komplett umkrempeln.«*

Er sah so unglücklich und gleichzeitig so entschlossen aus, dass in mir ein Gefühl grenzenloser Zärtlichkeit aufstieg. Dennoch wahrte ich eine strenge Miene. »Jammer nicht!«

Er warf mir einen kühlen Blick zu. »Wenn ich die Prinzessin richtig einschätze, fühlt sie sich außerdem von Männern angezogen, die ihr in ihrer Skrupellosigkeit in nichts nachstehen oder sie sogar übertreffen. Ich bin sicher, in dieser Richtung kann ich von dir lernen.«

Das war zu scharf, um noch als Scherz durchzugehen. Doch ich tat ihm den Gefallen nicht, mich getroffen zu fühlen. »Was das anbelangt, solltest du bei Myrkur in die Lehre gehen. Niemand ist hinterhältiger und gemeiner als er.«

Rodin lachte auf und die Schatten schwanden aus seinen Augen. Er konnte einfach nie lange böse sein. »Ich habe ihn mir schon öfter als Vorbild genommen, als ich eingestehen möchte. Immer dann, wenn ich bei Hofe als arrogantes Arschloch auftrete, hab ich sein Bild im Kopf.«

»Übertreib aber nicht. Gerade weil du höflich, sensibel und mitfühlend bist, wird sie dich unterschätzen. Es kommt auf die richtige Mischung an.« Ich war mit Ausräumen fertig und schloss die Schranktüren. Mein Blick fiel in den Spiegel an der äußeren Tür. In meinem schwarzen Trauerkleid mit dem streng geflochtenen Zopf sah ich düster und ein ganzes Stück älter aus. Es gefiel mir. Ich wandte mich ab und schob mit dem Fuß den bunt schillernden Haufen beiseite. »Wann reist du an den Hof zurück?«

»Noch heute Abend.«

Es klopfte und Santina trat ein. Irritiert betrachtete sie den Kleiderhaufen. »Soll ich das aufräumen?«

»Nicht nötig. Sorge einfach dafür, dass es zu Myrkur gebracht wird. Ich hab später noch einen Brief für ihn, den du dazulegst.«

Santina missfiel ihre Aufgabe sichtlich, doch sie kannte mich gut und wusste, wie wenig Sinn eine Diskussion mit mir machte, wenn ich mich einmal für etwas entschieden hatte. Meine Freundin, die nur zufällig auch die beste Dienerin der Welt war, lächelte mir daher warm zu. »Schwarz wird Euch hervorragend stehen.«

»Was wäre ich nur ohne dich?« Santina nahm es als rhetorische Frage und erwiderte nichts, doch ich hatte es vollkommen ernst gemeint.

Ein vager Plan nimmt Gestalt an

Zu Fuß brauchte man bis zu Myrkurs Bau etwa eine Stunde. Als Schnee-Eule schaffte ich es, trotz übelster Windverhältnisse, in der Hälfte der Zeit. Ich landete, wandelte mich zurück in meine menschliche Gestalt und sah mich angeekelt um. Der Boden im Eingangsbereich der Höhle war mit zerborstenen Knochen und Fetzen krauser schwarzer Wolle übersät. Es stank nach Blut. Anscheinend hatte Myrkur es heute eilig gehabt und auf sein übliches, angeblich magenschonendes Prozedere mit den armen Schafen verzichtet. Ich ahnte, was der Grund dafür war, und meine Laune wurde noch schlechter, als sie ohnehin schon war.

Auf dem Weg in die Kernhöhle überlagerte der gewohnte Duft nach Gräsern und Kräutern jedoch zunehmend den Blutgestank. Vereinzelt lagen nun auch Seidenteppiche auf dem Steinboden. Sie sahen immer noch so gepflegt und edel aus wie an dem Tag, an dem ich sie zu ihm hatte bringen lassen. Vermutlich lag irgend ein geheimer Drachenzauber darauf, um sie zu schonen. Insgeheim freute es mich, dass Myrkur seine Schätze, die zum Großteil einmal unsere Schätze gewesen waren, nicht nur hortete, sondern sich Mühe gab, sie zu erhalten. Santina, der ich einmal davon erzählt hatte, war im Scherz bereit gewesen, das Lager des Unholds zu teilen, wenn er im Gegenzug seinen Zauber auf das Anwesen ausdehnen würde. Selbst mit einer Brigade von Dienstmädchen war der weitläufige Landsitz nur unter großen Mühen in Schuss zu halten. Doch das war es nicht allein. An manchen Tagen gebärdete das Haus sich wie eine Riesenkatze, der es nach einer gründlichen Fellpflege verlangte und die sich übellaunig verhielt, wenn ihr Wunsch nicht erfüllt wurde. Übellaunige Magie bedeutete, dass das Gebäude bis in die Grundfesten durchgeschüttelt wurde und das war ähnlich erschreckend, wie ein Erdbeben zu erleben.

Myrkur war beschäftigt. Auf welche Weise, verriet mir das laute Stöhnen, das aus seiner Kernhöhle drang. Trotzdem bemerkte er natürlich, dass ich da war. Er klang gut gelaunt. *Rodin, wie nett, dass du vorbeischaust. Du hättest keinen besseren Zeitpunkt erwischen können! Zieh dich rasch aus und gesell dich zu uns. Du kannst Gisa haben. Sie schmollt ein bisschen mit mir, doch was soll ich machen? Ich hab nur zwei Hände und auch nur einen …*

Danke! Das musst du nicht weiter ausführen. Ich hab es eilig und bin nur gekommen, um dir einen Vorschlag zu unterbreiten.

Langweilig. Komm morgen wieder.

Jetzt oder nie.

Lass mich überlegen, ich wähle – nie. Und nun zieh dich entweder aus oder verschwinde aus meiner Höhle. Die Freundlichkeit war mittlerweile restlos aus seiner Stimme geschwunden. Da Drachen ebenso über Gefühle kommunizierten wie mit Worten, spürte ich, wie ernst es ihm war. Wegen mir würde er sein Vergnügen nicht unterbrechen.

Ich ließ mich nicht davon beeindrucken und betrat die Hauptkammer seines weitverzweigten Baus. Direkt in meiner Blickrichtung, im mittleren Teil der Höhle, vergnügte sich eine kleine Gruppe splitternackter Menschen auf einer auf dem Boden ausgelegten Samtdecke. Es waren drei Frauen und ein Mann. Dieser lag nackt auf dem Rücken. Er war groß und muskulös gebaut, das Gesicht kantig und fast schon aufdringlich maskulin. Eine vierte Frau, es musste sich um Gisa handeln, saß ebenfalls nackt auf dem breiten flachen Felsenrand, der den unterirdischen See säumte. Sie starrte mit einem Ausdruck tiefer Kränkung auf ihre vermeidlich glücklicheren Rivalinnen. Als der Mann mich näher kommen hörte, drehte er den Kopf in meine Richtung. Stirnrunzelnd beobachtete er, wie ich heranschlenderte. *Eine kleine Orgie könnte mich amüsieren. Auf dein gewohnt langweiliges Gelaber hab ich dagegen keine Lust. Bist du jetzt gleich nackt oder soll ich dir die Kleidung vom Leib brennen?*

Lass mir doch wenigstens einen Moment Zeit, um anzukommen.

Er brummte. Da ich nicht von einer Flamme gekitzelt wurde, nahm ich an, dass er bereit war, sich heute gnädig zu zeigen.

Dann wollen wir mal sehen, ob dich das zum Mitmachen animiert. In einer einzigen geschmeidigen Bewegung drehte er sich zu der Blonden mit dem reizenden Muttermal auf dem Schulterblatt herum, packte sie und zog sie auf sich. Sie gab ein überraschtes Quietschen von sich, dann lachte sie. Es war ein warmer, zärtlicher Laut, der rasch in tiefes Stöhnen überging. Es war alles andere als leicht, sich nicht von der hier herrschenden Stimmung anstecken zu lassen. Ich wandte den Blick von der kleinen Gruppe ab, schlenderte in der weitläufigen Höhle umher und gab vor, eine Sammlung wertvoller Vasen zu betrachten, die ich tatsächlich noch nie zuvor gesehen hatte. Bei meinem allerersten Besuch hier waren die Wände kahl gewesen und von einer dicken Reifschicht bedeckt. Doch der Drache hatte schnell dafür gesorgt, dass es in seinem Bau trocken und warm war. Myrkur und ich fingen schließlich an, miteinander Geschäfte zu machen. Seither lagen die wertvollen Seidenteppiche auf dem Felsboden, über die Ellinor und ich als Kind gelaufen waren. Unser Elternhaus war groß und wir hatten viele Teppiche besessen, weswegen sie stellenweise zweifach und dreifach übereinanderlagen. Einige besonders exquisite Exemplare hatte Myrkur an den Felswänden aufgehängt. Überall in der Höhle standen außerdem unsere ehemaligen Vitrinen, die Beistelltische und die mit Goldintarsien eingelassenen Kommoden. Einige der Schubladen waren dermaßen mit Gold- und Silbermünzen überfüllt, dass sie sich nicht schließen ließen. Aus anderen quollen Colliers, Ohrringe, Armbänder und diamantbestickte Seidenschals. Etwa die Hälfte der wertvollen Stücke stammte aus meinem und Ellinors Erbe. Der Rest war vermutlich geraubt. Ich inspizierte zwei eisenbeschlagene Holztruhen, die neu waren, und gab mir verzweifelt Mühe, nicht auf die Geräusche hinter mir zu reagieren. Es war jedoch verflixt schwer. Meinem Körper war es nämlich herzlich egal, dass mein Kopf das Geschehen moralisch verdammte. Ich wandte meine Aufmerksamkeit wieder den Goldmünzen zu, hätte jedoch nicht sagen können, ob sie aus dem Drachenschatz in den Bergen stammten. Jedenfalls war unsere letzte gemeinsame Reise etwas, über das wir noch reden mussten. Ich überlegte gerade, wie und wann ich am besten davon anfangen sollte, als erneut Myrkurs Stimme in meinem Kopf erklang. *Deine Taschen wirken ein wenig leer.*

Das sind sie.

Ich nahm an, du seist gekommen, um mir die gestohlenen Goldmünzen zu bringen.

Was ich mitgenommen habe, sehe ich als Entschädigung dafür, dass du mich in der Wildnis sitzen gelassen hast. Weißt du, wie viel Zeit es mich gekostet hat, an den Königshof zu gelangen? Ich schlenderte weiter durch die Höhle, starrte die ausgestellten Schätze an, ohne etwas zu sehen, und versuchte mit zunehmender Verzweiflung, mich irgendwie abzulenken. Die Tore zu Myrkurs Gefühlswelt waren leider weit offen und solange er unsere geistige Verbindung aufrechterhielt, war es so, als läge ich selbst auf dieser verdammten Decke.

Ich hörte ihn leise glucksen. *Du kannst froh sein, dass ich gerade auf so angenehme Weise abgelenkt werde. Ich bin sogar in so großherziger Stimmung, dass ich dir den Diebstahl nicht nur verzeihe, sondern dir sogar das Gold schenke. Komm zu uns auf die Decke.*

Danke, aber nein.

Wieso? Er klang ehrlich verblüfft.

Ich schätze dein Angebot, Myrkur. Es spricht für deine großherzige Gastfreundschaft. Doch ist das etwas, das ich nur mit einer Frau und lieber im Privaten tue, informierte ich ihn.

Dazu hattest du in jüngster Vergangenheit keine Gelegenheit, das weißt du besser als ich. Es ist offensichtlich, wie verspannt du bist. Das Denken stockt, wenn man unbefriedigt ist. Man trifft unkluge Entscheidungen.

Vielleicht hast du recht, trotzdem lehne ich ab, danke. Während ich sprach, spürte ich Gisas Blick auf mir. Ich hatte sie vorhin nur flüchtig gemustert, doch ihr wunderschöner Anblick stand mir deutlich vor Augen. Ihre helle zarte Haut, das lange rotblonde Haar, lang genug, um ihre Brüste zu bedecken, wofür ich dankbar war. Sie konnte dem Gedankenaustausch zwischen Myrkur und mir nicht folgen. Ebenso wenig hörte ich, was zwischen ihr und ihm gesprochen wurde.

»Rodin?« Ihre Stimme war hell und klar.

Da sie mich ansprach, sah ich mich gezwungen, zu ihr zu sehen. Ich bemühte mich, den Blick strikt auf ihr ovales Gesicht zu richten. Zugegebenermaßen fiel es mir schwer. Myrkur hatte recht. Es war zu lange her, dass ich bei einer Frau gelegen hatte. Ich lächelte sie an. »Ja?«

Sie warf ihr Haar zurück, ihr Lächeln vertiefte sich. »Ich würde deine Aufmerksamkeit wirklich begrüßen. Setz dich zu mir.«

»Danke für die Einladung.« Ich nickte ihr freundlich zu und setzte mich mit genügend großem Abstand zu ihr auf den Rand des Wasserbeckens. »Ich bin jedoch hier, um mit Myrkur etwas Wichtiges zu besprechen.«

Sie zuckte die Schultern und sah wieder übellaunig zu ihren Gefährtinnen hinüber.

Myrkur knurrte mich in Gedanken an. *Nimm dich ihrer an und ich bin dir einen Gefallen schuldig. Zwei Flüge. Na, was sagst du?*

In Anbetracht meiner geplünderten Börse war dieses Angebot eine weitaus größere Verlockung, als es die gesammelte Nacktheit in der Höhle darstellte. *Nein danke.*

Er insistierte nicht länger, was verständlich war, denn die drei auf der Decke taten alles, um sich seine Aufmerksamkeit zu sichern.

Ich schloss die Augen, was sich als Fehler herausstellte. Das Geschehen in der Höhle erinnerte mich an einen Abend, an dem ich in Katergestalt auf der Rückenlehne des Sofas gedöst hatte, als Kjell sich mit seinem Laptop vor mich setzte. Ich mochte es, mir zusammen mit Alice Filme anzuschauen. Kjell war eine ungleich schlechtere Gesellschaft, doch ich war gespannt, was für einen Film er aussuchen würde. Es dauerte nicht lang, bis ich begriffen hatte. Ich gebe zu, dass mich das Geschehen auf dem Bildschirm ein paar Minuten zu fesseln vermochte. Das änderte sich jedoch schlagartig, als Kjell den Reißverschluss seiner Jeans öffnete. Sofort war ich vom Sofa heruntergesprungen und wie angestochen in die Küche gerannt. Das, was Myrkur mich durch unser geistiges Band gegen meinen Willen empfinden ließ, war ungleich intensiver. Und viel, viel verlockender. Natürlich hätte ich mein Heil wie damals bei Kjell in der Flucht suchen können. Myrkur war jedoch in allerbester Laune. Das gab es selten und ich musste die Gelegenheit für mein Vorhaben nutzen. Also entschied ich mich zu bleiben. Ich würde mich damit ablenken, indem ich darüber nachdachte, was für eine weitere Rune mir noch nützlich sein könnte. Doch ich hatte die Situation unterschätzt. Myrkurs Empfindungen drohten nur zu bald, mich zu überwältigen, und ich verstand auf einmal, wieso der Drache jegliches Interesse an einem Gespräch verloren hatte. Erstaunt stellte ich fest, dass er sich seinen Freundinnen völlig hingab. Er hielt nichts zurück, war weit offen. Die allerkleinste Berührung weckte neue und noch tiefere Ekstase in ihm. Gegen meinen Willen wurde ich von dem Gefühl seiner überschwänglichen Lust mitgerissen. Es war verstörend. Widerlich. Doch gleichzeitig auch faszinierend. In dieser Situation an Alice zu denken, war natürlich ein großer Fehler. Doch wann dachte ich einmal nicht an Alice? Wie unzählige Male zuvor schon geschehen, glitt ich unbemerkt in einen Tagtraum mit ihr hinein und merkte nicht gleich, wohin meine Fantasie mich führte. Und dann war es auf einmal zu spät. Myrkur, seine Frauen, seine Lust, meine Lust, alles verschmolz miteinander.

Als ich die Augen wieder aufschlug, lag ich auf dem Rücken. Ich fühlte mich benommen. Über mir sah ich das kreisrunde Einflugloch, durch das Myrkur in seine Höhle gelangte. Ich hätte gern gewusst, welche Art Magie er verwandte, um die Kälte draußen zu halten. Neben mir spürte ich eine Bewegung. Ich wandte den Kopf und sah Gisa, die auf mich herunter lächelte. »Danke.« Sie gab mir einen Kuss auf die Stirn und reckte träge die Arme in die Höhe, um sich zu strecken. Der Anblick ihres geröteten, zufriedenen Gesichts, der Duft, den sie verströmte – es gab keinen Zweifel, was geschehen war.

Myrkur reagierte auf meinen aufwallenden Ärger mit einem Lachen, das meinen Schädel dröhnen ließ. *Ich hätte an dieser Stelle eigentlich ein Dankeschön von dir erwartet.*

Verdammter Mistkerl.

Wie ungerecht du bist.

Ich setzte mich auf und sah mich nach meiner Kleidung um. Meine Lederhose trieb im Wasser. Ich versuchte, mich so entspannt wie möglich zu geben, während ich erst meine Unterwäsche anzog und dann in mein Hemd schlüpfte. *Willst du nun hören, weshalb ich hier bin?*

Eigentlich möchte ich hier noch ein bisschen weitermachen.

Du hast mich manipuliert, Myrkur, das nehme ich dir übel. Lass uns jetzt wenigstens über das reden, weswegen ich hergekommen bin.

Plötzlich hörte sich das launische Drachenbiest gar nicht mehr so gut gelaunt an. *Gut. Du hast jetzt mehr von meiner Aufmerksamkeit, als dir vermutlich lieb ist.*

Ich möchte mit dir über den toten Drachen sprechen und darüber, wer dafür verantwortlich sein könnte.

Du hast herausgefunden, wer ihn getötet hat?

Ich hab eine Vermutung.

Eine Vermutung ist nichts wert.

Hör erst zu, ehe du urteilst. Am Hof gibt es einen Kleinmagier, ich hab dir von ihm erzählt.

Der, der das Turnier gewonnen hatte und dadurch zu einem Edlen wurde?

Ich nickte. *Eben dieser. Ich habe den Kampf damals nicht gesehen, doch ich kenne den Edlen Lord, gegen den er angetreten ist. Sogar ich hätte Mühe gehabt, ihn zu besiegen.*

Sogar du? Myrkur lachte. *Woher willst du wissen, dass du gesiegt hättest? Bisher warst du doch immer zu feige, an einem Turnier teilzunehmen.*

Du meinst, es sei klug, nur der Eitelkeit wegen aller Welt zu demonstrieren, wo meine Stärken und Schwächen liegen?

Als ob das der wahre Grund wäre! Vergiss nicht, dass ich dich kenne, Rodin. Sobald du in Schwierigkeiten gerätst, läufst du weg.

Wenn es nur irgendwie geht, vermeide ich einen Kampf. Das ist richtig.

Ich sagte doch, du bist feige.

Das kannst du gern so sehen, wenn du es möchtest. Ich war es gewohnt, von ihm verspottet und provoziert zu werden, er versuchte damit, mich aus dem Gleichgewicht zu bringen. Stoisch fuhr ich fort: *Eine zweite mögliche Kandidatin für den Mord an deinem Drachenfreund ist Prinzessin Malena. Sie verbringt viel Zeit bei den Runen-Ingenieurinnen und hat, Gerüchten zufolge, in jüngster Vergangenheit ebenfalls ein erstaunliches Quäntchen Macht hinzugewonnen.*

Ich spürte, wie sich Myrkurs Interesse erneut seinen Frauen zuwandte. *Das ist alles, was du mir zu bieten hast? Ein paar Vermutungen?*

Es ist ein Anfang. Fürchtest du nicht, dass dich das Schicksal deines Drachenfreundes ebenfalls treffen könnte?

Myrkurs Antwort bestand in verächtlichem Lachen, aber ich hatte gelernt, auf Nuancen zu achten, und mir entging nicht die Unsicherheit, die darin mitschwang. Er machte sich sehr wohl Sorgen! Und das zu Recht, wie ich fand. *Hör zu, Myrkur, im offenem Kampf hätte ein Magier selbst gegen den schwächsten aller Drachen keine Chance, das wissen wir beide. Und auch sonst gibt es kein Wesen in Wynterhaav, das so etwas bewirken könnte. Der Alte ist gestorben, weil ihn jemand ausgetrickst und auf heimtückische Weise seiner Magie beraubt hat. Lass uns gemeinsam herausfinden, was gespielt wird, und es beenden.*

Ich bin nicht auf die Unterstützung eines Menschen angewiesen, weder um einen Feind zu finden noch um ihn zu töten! Helle Wut schlug mir entgegen. Meine Nackenhärchen stellten sich auf, als wären sie Schutzschilde und nicht bestes Brennmaterial für ungnädiges Drachenfeuer. Myrkurs Stimme in meinem Kopf war schneidend. *Was versprichst du dir davon, mir etwas vorzumachen?*

Was meinst du? Ich mach dir nichts vor. Durch kleine Wellenbewegungen war meine Hose an den Beckenrand getrieben. Ich fischte sie heraus, erhob mich und zog sie an.

Du behauptest, es sei dir wichtig, Rache für einen ermordeten Drachen zu nehmen. Das nehme ich dir nicht ab.

Es geht nicht allein um Rache. Wynterhaav steht an einem Wendepunkt. Prinzessin Malena wird sich bald die Krone aufsetzen. Was denkst du, wird sich das Leben für die magischen Kreaturen Wynterhaavs anschließend zum Besseren oder Schlechteren wenden?

Woher soll ich das wissen? Du bist die Hofmade, die in ihren Arsch hineinkriecht.

Richtig, du weißt es nicht. Du bist jemand, der keine Ahnung hat, was in dem Land passiert, in dem er lebt. Die Niederen, verzeih den Ausdruck, werden zunehmend rechtlos. Ich machte eine kurze Pause, um den nächsten Satz besser wirken zu lassen. *Man hat einen Drachen abgeschlachtet. Höchstwahrscheinlich, um ihn seiner Magie zu berauben. Ich habe es vor den Rat gebracht. Denkst du, dass es irgendwen interessiert hat? Das hat es nicht. Einige der Edlen haben für eine Sekunde ein betroffenes Gesicht gemacht und das war es dann. Wenn du hoffst, dass Malena nach ihrer Thronbesteigung den Drachen einen Sonderstatus einräumen wird, ist das ein Irrtum. Ich bitte dich, mich zu unterstützen. Jetzt. Ich brauche jetzt deine Hilfe.*

Eine Weile herrschte gefährliche Stille. Auf der Gefühlsebene konnte ich Myrkurs Unentschlossenheit fühlen. Ich hatte ihm gerade ein paar Wahrheiten an den Kopf geworfen, vor denen er offenbar gern weiter die Augen verschlossen hätte. Das hatte den Zorn in ihm gereizt. Würde seine Wut auf mich den Sieg davontragen oder konnte er mir verzeihen, dass ich eine Schwäche von ihm bloßgelegt hatte? Mein Mund war so trocken, dass mir die Zunge am Gaumen klebte. So eindringlich wie möglich fuhr ich fort: *Wir beide wissen, dass deine Magie mächtiger ist als die des begabtesten Edlen. Genau das wird Malena anspornen, auf den Untergang der Drachen hinzuarbeiten. Sollten weitere Drachen auf diese geheimnisvolle Weise umkommen, wird sie es so aussehen lassen, als läge es an einer Schwäche, die dein Geschlecht ereilt hat. Es wird nicht lange dauern, dann werden sich irgendwelche wagemutige Magier in aller Offenheit zusammenrotten und ihr Glück versuchen. Sie werden die Erinnerungen an die Drachenkämpfe aufleben lassen. Sie werden sich mit dem Sieg von damals brüsten und ihren Vorvätern nachzueifern suchen. Selbst wenn es ihnen nicht gelingen sollte, dir mehr anzutun, als deine Ruhe zu stören – willst du das zulassen?*

Meine Worte sanken schwer wie Steine in sein Bewusstsein. Er entgegnete nichts, weil ich recht hatte.

Auf einmal entstand Unruhe auf der Decke am Boden. Der Mann sprang in einer einzigen geschmeidigen Bewegung auf die Füße. Nackt und breitbeinig stand er vor mir. Er starrte mir in die Augen und ließ die beeindruckenden Muskeln spielen. Ich war nicht sicher, wo das hinführen würde, doch es schien mir angemessen, ihm ein anerkennendes Nicken zu schenken. *Du hast dir einen guten Körper ausgesucht.*

Der Mann reagierte nicht auf meine Worte, streckte die Hand aus und half nacheinander seinen Gefährtinnen auf die Füße. Ich ging davon aus, dass er mit ihnen ebenfalls in Gedanken sprach, denn keine verlor auch nur ein einziges Wort. Gisa zog eine brennende Fackel aus ihrem eisernen Halter an der Höhlenwand. Sie und die anderen verschwanden in einem Seitengang. Unterdessen kleidete der Mann sich an. Nachdem er fertig war, schlenderte er in die hintere Ecke der Höhle. Dort war das reich mit Schnitzereien verzierte Himmelbett meiner Eltern aufgebaut. Die Liegefläche war unter unzähligen Kissen und Decken begraben. Früher hatte ich mich jedes Mal geärgert, wenn ich bei meinen Besuchen in der Drachenhöhle die Möbel und Schätze erblickte, die einst meiner Familie gehört hatten. Ironischerweise sorgte ich mich dieser Tage eher deswegen, dass Myrkur nichts mehr von Ellinors und meinem Erbe würde haben wollen, weil er das Interesse an unseren Tauschgeschäften verloren hatte. Ich beobachtete, wie der Mann sich auf das Bett setzte, den Rücken am Kopfteil anlehnte. Ich wusste, was als Nächstes kommen würde, dennoch überlief mich ein Schauder, als sich seine Augen schlossen und sein Kopf auf die Brust sank. Dann erschlaffte sein ganzer Körper. Wie es wohl sein mochte, eine von Myrkurs Marionetten zu sein? Ich hoffte, dass ich es nie herausfinden musste. Langsam drehte ich den Kopf dem unterirdischen See zu.

Es dauerte nicht lange, bis der Drachenkopf die Wasseroberfläche durchbrach. Myrkur beherrschte das Kunststück, durch wohldosierte innere Hitze vollkommen trocken aus dem Wasser aufzutauchen. Nicht ein Wassertropfen glitzerte auf seinem mitternachtsschwarzen Schuppenkleid. Ellinor, deren Obsession für die Farbe Schwarz über die Jahre beständig gewachsen war, bat mich hartnäckig darum, ihm eine der Schuppen abzuschwatzen, die er von Zeit zu Zeit verlor. Es war noch nicht lange her, als ich ihrem Drängen nachgegeben und ihn deswegen gefragt hatte. Myrkur hatte sich nicht so geschmeichelt gefühlt, wie ich gehofft hatte. Im Gegenteil. In seinen Augen war bereits die Frage pure Anmaßung gewesen. Ich hatte wie üblich für meinen Fehler mit einer Brandwunde bezahlt.

Hast du vor, die Dinge in Wynterhaav im Sinne der Drachen zu lenken?

Im Sinne der Drachen und aller übrigen magischen Kreaturen. Ich möchte, dass ihr ebenfalls im Rat vertreten seid.

Dein Plan sieht nicht zufällig vor, Malena zu ehelichen?

Es gelang mir, das Gesicht nicht zu verziehen. *Ich gebe zu, dass das früher das Kernstück meines Plans gewesen ist. Mittlerweile gibt es möglicherweise eine Alternative.*

Möglicherweise?

Die Idee ist noch zu frisch, um Genaueres darüber sagen zu können.

Soso. Nun, ich bin froh, dass die Malena-Sache nicht mehr aktuell ist.

Ach ja? Wieso?, hakte ich nach.

Dein Vorhaben wäre zum Scheitern verurteilt gewesen.

Weshalb?

Wäre ein Wolf an einer Beziehung mit einem Häschen interessiert? Myrkur gab sich die Antwort selbst. *Vermutlich nur, wenn er Hunger hat.* Er lachte.

Ich fand die Bemerkung weniger witzig und ließ ihn das spüren.

Wisse, Menschlein, nur dir zuliebe bin ich halb befriedigt von der Decke aufgestanden. Es wäre besser, wenn du mich nicht für ein Luftgespinst gestört hättest. Wie lautet der Plan?

Zweifelsohne hatte ich es nun mit einem sehr zornigen Drachen zu tun. Beschwichtigend hob ich die Hände. *Königin Eda hat nach ihrer Flucht in die Anderswelt eine Tochter geboren.*

So hörte man.

Als Erstgeborene hat diese Anspruch auf den Thron. Ich habe vor, ihr zu ihrem Recht zu verhelfen.

Wieso sollte das ein Vorteil sein? Mit Malena wissen wir wenigstens, was für eine Art von Laus sich am Königshof festsetzt.

Alice ist anders als ihre Stiefschwester. Sie achtet jedes Leben, hat eine offene Geisteshaltung, verurteilt nicht.

Wie lange kennst du sie schon?

Fast ein Jahr.

Myrkur gab ein verächtliches Schnauben von sich. *Es ist unmöglich, einen Charakter in so kurzer Zeit einzuschätzen.*

Dann schau her.

Ein Vorteil unserer Kommunikation von Geist zu Geist war, dass ich ihm mühelos jede meiner Erinnerungen zeigen konnte. Ich holte den Moment hervor, als Kjell mit der Zeitung nach mir schlug und ich in meiner Wespengestalt zu Boden taumelte. Da ich schwer angeschlagen und einer Bewusstlosigkeit nahe auf den Fliesen gelegen hatte, bestand meine Erinnerung nur aus Gehörtem – Alice und Kjell im Streit darüber, ob man eine Wespe töten durfte oder nicht. Ich war dem Tod sehr nahe gewesen. Nur Alice' sprühender Zorn, ihre leidenschaftliche Verteidigung hatten mich bei Bewusstsein gehalten. Ich wunderte mich daher nicht, als ich spürte, wie Myrkurs Interesse an ihr erwachte. Plötzlich schlugen seine Gedanken jedoch eine mehr als unerwünschte Richtung ein.

Das ist die Frau, an die du vorhin gedacht hast.

Es gab keinen Zweifel, welchen Moment er mit vorhin meinte. Verdammt. Ich war wirklich ein Idiot.

Wo befindet sie sich?

Das ist unwichtig.

Der Drache, von dem bisher nur der gewaltige Kopf zu sehen gewesen war, erhob sich nun zur vollen Höhe aus dem Wasser, offenbarte den langen schlanken Hals, den breiten Brustkorb, die eng an den Körper angelegten Flügel. Dass er sich aufrichtete, war kein gutes Zeichen. Das richtig fiese Drachenfeuer, das Feuer, das einen denken ließ, man würde mit brennendem Pech übergossen, erzeugte er nämlich nur in aufrechter Haltung. Prompt fing das Narbengewebe unter meinem Lederhandschuh zu jucken an. Der Versuch, meine Angst vor ihm verstecken zu wollen, wäre vergebliche Liebesmühe gewesen. So wie ich seine Empfindungen spürte, waren ihm meine ebenfalls bewusst. Trotzdem war es immer besser, sich vor ihm entspannt zu geben. Da mir vom Hochschauen ohnehin bald der Nacken schmerzen würde, streckte ich mich auf dem Beckenrand aus und verschränkte die Hände unter dem Kopf. Ein Bild vollkommener Entspannung, wäre da nur nicht mein rasender Puls gewesen.

Eine Weile starrte Myrkur auf mich hinunter. Er schien unschlüssig, wie er weitermachen sollte. Ich konnte mir gut vorstellen, dass er zwischen seinem Wunsch, mich zu rösten und im Anschluss daran sein Liebesspiel wieder aufzunehmen, und seiner bohrenden Neugierde hin und her schwankte. Ich verhielt mich still, atmete ruhig.

Schließlich siegte Myrkurs Wissbegierde. Er sank wieder ein Stück ins Wasser zurück. Seine Gedankenstimme war klar und sachlich. *Alice befindet sich bei Ellinor.*

Hatte er einen konkreten Verdacht oder stocherte er im Nebel? *Wie kommst du darauf?*

Deine Schwester hat vor ein paar Stunden die Wehre rund ums Anwesen verstärkt.

Ich kann mit dir nicht über Ellinors Angelegenheiten sprechen.

Ich rechnete mit der nächsten Drohung oder wenigstens einer scharfen Erwiderung.

Zu meiner Verwunderung beließ Myrkur es jedoch dabei und bohrte nicht nach. *Was, wenn diese Alice nur vorgibt, die Erbin zu sein?*

Du hast die ehemalige Königin zu Lebzeiten nie zu Gesicht bekommen und Gemälde von ihr existieren nicht mehr. Jedes Mädchen mit rotem Haar könnte behaupten, die verlorene Prinzessin zu sein.

Ein Gemälde, auf dem Königin Eda abgebildet ist, hängt unter einem Wandbehang versteckt im Schlafzimmer des Königs. Es zeigt die beiden am Tag ihrer Vermählung. Ich hatte das durch Zufall entdeckt, als ich, anlässlich eines kleinen Spionageausflugs, in meiner Spinnenform unter den Wandbehang gekrochen war.

Ich spürte die Entsprechung von einem Augenbrauenheben. Myrkur war skeptisch, doch zugleich wuchs die Aufregung in ihm spürbar. *Ich habe außerdem Fotos in Alice' Wohnung gefunden, auf denen sie mit ihrer Mutter zu sehen ist. Es gibt keinen Zweifel, dass ihre Mutter Königin Eda ist.*

Was ist ein Foto?

Wieder zeigte ich ihm eine Erinnerung.

Kurz herrschte Schweigen und dann: *Warum ist sie so merkwürdig angezogen? Hat sie versucht, sich in der anderen Welt als Mann zu verstecken? Dann hätte sie sich auch die Brüste abbinden müssen und das Haar schneiden.*

Das ist einfach nur Kleidung, wie man sie in der Anderswelt anhat.

Hosen bei einer Frau? Das gefällt mir nicht. Trägt Alice immer noch Hosen?

Ich knurrte. *Das ist das, was dich bei all unseren Problemen am meisten interessiert?*

Welche Kleidung ein Weibchen anhat, ist wichtig. Einen Rock hebe ich einfach hoch, wenn ich sie nehmen will, während eine Hose eher hinderlich ist.

Alice ist eine Frau, kein Weibchen. Und schon gar nicht ist sie dein Weibchen!

Das sehen wir noch. Erzähl lieber weiter von deinem Plan. Ich erkenne da nämlich ein Problem.

Ich starrte nach oben in Myrkurs Augen. Seine Pupillen hatten sich zusammengezogen. Es bedeutete, dass er nicht annähernd so gelassen war, wie er zu sein vorgab. Ich war ebenfalls meilenweit davon entfernt, entspannt zu sein. Mit Mühe gelang mir ein zustimmendes Nicken. Ich wusste, auf welches Problem er anspielte. Alice hatte wie jedes Kind von Magiern bei ihrer Zeugung von beiden Elternteilen den jeweiligen magischen Anteil geerbt, der seither wie ein Samenkorn in ihr schlummerte. Gewöhnlich wurde die Magie im Rahmen einer feierlichen Zeremonie von den Eltern erweckt, wenn das Kind das zwölfte Lebensjahr vollendet hatte. Es kam immer wieder vor, dass eines der Elternteile verhindert war. Dann konnte das später nachgeholt werden. Geschah das nicht, würde das Kind nie Magie wirken können. Die große Frage war nun, ob Königin Eda dieser Pflicht vor ihrem Tod nachgekommen war. Es gab keine Möglichkeit, dies herauszufinden. Erst wenn König Walther seine Tochter im Angesicht der königlichen Magiequelle berührte, würden wir es erfahren.

Myrkur hatte mir Zeit gegeben, den Gedanken zu Ende zu spinnen. *Ich sehe, du hast ebenfalls daran gedacht. Es stellt sich außerdem die Frage, ob König Walther lang genug leben wird, bis du sie zu ihm gebracht hast. Wie willst du das überhaupt anstellen?*

Wir beide werden mit Alice nach Salebyrr fliegen. Ich werde sie in den Palast schmuggeln und in meinen Räumen verstecken. Zunächst werde ich mit den Mitgliedern des Rats sprechen, von denen ich annehme, dass sie es begrüßen würden, Prinzessin Malena zu ersetzen.

Der Drache dachte nach und ich spürte, wie er sich zunehmend für die Idee begeisterte. *Was du dir überlegt hast, ist nicht uninteressant. Ich könnte mich in der Höhle verstecken, in der ich auch sonst immer auf dich gewartet habe. Alice bleibt bei mir. Am Hof selbst ist es zu gefährlich für sie.*

Mit seiner letzten Bemerkung lenkte er das Gespräch unwissentlich zum eigentlichen Grund für meinen Besuch. *Ich bin auf ein interessantes Buch gestoßen. Darin geht es um ein Drachen-Ritual.*

Dachte ich mir doch, dass du am Ende darauf hinauswillst. Er kicherte und war ganz offensichtlich hochzufrieden mit sich, als er mein Erschrecken bemerkte. *Dachtest du wirklich, ich wüsste nicht, worauf das hier hinausläuft? Das Ritual ist die einzige Möglichkeit für dich, an wahre Stärke, Schlauheit und Ausdauer zu gelangen. Von Potenz ganz zu schweigen.*

Natürlich. Der letzte Punkt durfte auf seiner Liste nicht fehlen. *Heißt das, dass du einverstanden bist?*

Ja.

Ich spürte keine negative Emotion bei ihm, keinen Widerstand. Statt beruhigt zu sein, wurde ich nervös. Was hatte ich übersehen? Na ja, über die Tatsache hinaus, dass dieses Ritual laut meiner Lektüre für Menschen selten gut ausging. Ich sah ihn abwartend an.

Ich habe eine Bedingung.

Na also. Das klang endlich wieder nach dem Drachen, den ich kannte. *Was für eine?*

Du musst Alice heiraten.

Unmöglich.

Das ist meine Bedingung.

Sie ist bereits verlobt. Sein Name ist Kjell, erwiderte ich.

Und das sollte uns weshalb interessieren?

Sie liebt ihn.

Liebe? Beißender Spott schlug mir entgegen. *Liebe interessiert niemanden. Wir haben andere Probleme. Ich schließe nicht aus, dass ein Teil der Ratsmitglieder Alice auf dem Thron akzeptieren würde. Nicht wenige mochten die geflohene Königin. Sie werden allerdings niemals akzeptieren, dass ein völlig Fremder aus der Anderswelt mit ihr herrscht. Du siehst, dieser Kjell würde nur stören.*

Du unterschätzt, was für ein mächtiges Gefühl die Liebe ist. Alice würde darauf pfeifen, dass sie eine Königin sein konnte. Sie würde jede sich bietende Gelegenheit ergreifen, um Wynterhaav zu verlassen. Wynterhaav und mich. Ich presste meine Faust auf die Brust, doch das half nicht gegen den plötzlichen Schmerz, der sich mit Fangzähnen und Krallen und Gift über mein Herz hermachte.

Sofort war die gesammelte Aufmerksamkeit des Drachen wie durch ein Brennglas auf mich gerichtet. *Du empfindest etwas für sie.*

Freundschaft.

Nein. Es ist Liebe, die dumme, zahme Liebe eines Menschen. Er stutzte. *Vielleicht nicht ganz so zahm, wie ich zunächst dachte. Du hast bisher nie so für eine Frau gefühlt.*

Ich wusste nicht, was ich erwidern sollte. Er hatte recht. In mir wurde die Magie unruhig und ich fing an, mich nach dem Eisloch zu sehnen.

Myrkur schwieg eine ganze Weile. Offenbar musste er erst die Erkenntnis verarbeiten, dass ich Gefühle für Alice hegte. Als er wieder sprach, schüttete er zu meinem Erstaunen nicht den Hohn über mir aus, den ich erwartet hatte. *Liebe – nun, wie gesagt, sie verkompliziert die Sache natürlich. Glücklicherweise bin ich dafür nicht anfällig. Sobald wir mit Alice verheiratet sind, kann ich dich ebenfalls davon befreien.*

Mein Kopf steckte in der Schlinge und ich hatte keine Ahnung, wie ich ihn da wieder herausbekommen sollte. Dann musste ich eben deutlich werden, auch auf die Gefahr hin, ihn zu verärgern. Der letzte Funken meiner vorgetäuschten Ruhe löste sich in Rauch auf. Ich konnte unmöglich weiter still auf dem Rücken liegen bleiben. Ich sprang auf und legte den Kopf in den Nacken, um Myrkur weiter ansehen zu können. *Meine Gefühle für Alice stellen kein Problem dar und ich werde einen Weg finden, damit sie Königin sein und dennoch mit Kjell glücklich werden kann. Im Klartext heißt das, ich werde sie auf gar keinen Fall heiraten und du – wirst ihr sowieso nicht nahekommen.*

Ich werde ihr sogar sehr nahekommen. Wir werden sie nämlich beide heiraten. Nie zuvor saß ein Drache auf dem Thron. Dank dir wird es nun endlich so weit sein! Myrkur breitete die Flügel aus. Er streckte den Hals, wölbte den Brustkorb vor, legte den Kopf in den Nacken und stieß ein triumphierendes Brüllen aus.

In rasendem Zorn starrte ich zu ihm hinauf. *Du auf dem Thron? Vergiss es. Ich bin mit einem konkreten Angebot zu dir gekommen und darin war kein Machtanspruch für dich enthalten. Wir beide verbinden uns durch das Ritual und tun alles, damit Alice ihr Recht als Thronerbin geltend machen kann. Unter ihr werden die magischen Wesen wieder Einfluss erlangen. Dein Gewinn aus der Sache wird sein, dass du Rache für deinen toten Freund nehmen kannst und dir keine Sorgen mehr um deine Sicherheit machen musst. Eine Heirat mit Alice steht nicht zur Diskussion.*

Wenn du meine Hilfe haben möchtest, ist die Hochzeit das Herzstück unserer Vereinbarung. Erst im Anschluss daran führen wir das Ritual durch. Und bereite dich schon mal darauf vor, dass die Verbindung zwischen uns beiden nicht gleichwertig sein wird. Das würde uns schwächen. In einer Gefahrensituation können wir nicht erst lang darüber diskutieren, was die beste Vorgehensweise wäre. Einer muss die Entscheidung treffen. Wer sich im Ritual durchsetzt, bestimmt den Kurs.

Du scheinst keinen Zweifel zu hegen, dass du das sein wirst.

Nein. Du etwa?

Meine Hoffnung war nicht groß, doch eine kleine Chance rechnete ich mir aus. Myrkur wusste garantiert mehr über das Ritual als ich und seine Magie war stärker. Allerdings pflegte er mich zu unterschätzen, und das mochte ein Vorteil sein.

Ein Gefühl, das sich wie Vorfreude auf einen sicheren Sieg anfühlte, wehte von ihm zu mir herüber. Er fühlte sich großzügig, war allerbester Laune. Seine innere Stimme vibrierte vor Energie, als er wieder sprach. *Eine Sorge kann ich dir nehmen, lieber Freund. Dein Status wird über seinem stehen.*

Er sprach natürlich von seiner Marionette, dem Mann, der so lange reglos auf dem Bett liegen bleiben würde, bis Myrkur sich wieder seines Körpers bedienen wollte. Mir war klar, wie geschickt der Drache vorging, indem er bereits jetzt versuchte, mir den Gedanken an mein Versagen in den Kopf zu pflanzen. Ich verzog das Gesicht und hörte ihn lachen. Gleich würde es mit seiner guten Laune vorbei sein. *Es wird kein Geschäft geben. Schade.*

Was heißt das?

Ich wappnete mich gegen das, was gleich kommen würde. *Wie ich schon sagte, Alice zu heiraten, steht nicht zur Diskussion.*

Die einzige Warnung, die ich bekam, war sein scharfes Einatmen. Ich kannte das Geräusch besser, als mir lieb war. Ein Angstschauer überlief mich. Jedes einzelne Härchen an meinem Körper stellte sich auf. Zum Glück stand ich inzwischen auf dem Beckenrand. Hätte ich noch auf dem Rücken gelegen, wäre es mit mir aus gewesen. So blieb mir die eine winzige Sekunde, die nötig war, um mich zur Seite zu werfen, ehe sein Feuerstrahl herabzischte. Statt mich komplett zu erwischen, leckte die Flamme nur vom Becken abwärts über mein linkes Bein. Mit einem Platschen landete ich im Wasserbecken. Leider brannte Myrkurs magisch aufbereitetes Höllenfeuer im Wasser weiter.

Ich hatte mir im Vorfeld für verschiedene Szenarien überlegt, welche Runen mich im Falle eines Angriffs am besten schützen würden. Nun paddelte ich eilig als Kaulquappe auf eine Ritze in der Felswand zu. In meiner Kaulquappengestalt war ich unverletzt, doch wenn ich später in meine menschliche Gestalt zurücksprang, würde ich leiden. In Gedanken brüllte ich Myrkur an. *Verdammtes Mistvieh! Der Angriff war unnötig!*

Heirate Alice. Komm wieder und zeig mir die Runen, die es beweisen. Anschließend begehen wir das Ritual. Wenn du das nicht willst, auch gut. Für diesen Fall sei jedoch gewarnt. Solltest du dich dann noch einmal in meine Nähe wagen, verbrenne ich dich zu einem Stück Kohle.

Am veränderten Wasserdruck spürte ich, wie Myrkur untertauchte und gemächlich davonschwamm. Erst nachdem auch das letzte Echo seines Geistes in mir verblasst war, wagte ich mich aus der Felsritze.

Fran

Ich war so in Lady Ellinors Tagebuch versunken, dass ich gar nicht merkte, wie viel Zeit vergangen war. Als ich Stimmen vor der Tür hörte, schrak ich zusammen. Das Notizbuch fiel zu Boden. Die Tür öffnete sich. Rasch schob ich es mit dem Fuß unter den Sessel. Ich ließ einen nervösen Blick zu der Whiskyflasche auf dem Tablett wandern. Ich hatte mir während des Lesens ein kräftiges Schlückchen gegönnt. Na ja, eher zwei oder drei Schlückchen, und ich hoffte, dass Lady Ellinor den Pegelstand ihrer Flasche nicht allzu genau kannte.

Santina kam herein und brachte den Geruch nach Schnee mit. Sie wirkte abgehetzt. Ich warf ihr einen fragenden Blick zu, doch sie schüttelte unmerklich den Kopf und trat zur Seite, damit eine zweite Person eintreten konnte.

»Lady Alice, das ist Fran. Sie ist Lady Ellinors geschätzte Schneiderin.«

»Hallo.« Ich lächelte den beiden zu. Ich hätte Santina die Lady gern auf einem Silbertablett zurückgereicht. Der Blick, mit dem sie mich bedachte, signalisierte jedoch überdeutlich, dass ich die Klappe halten sollte.

Fran grüßte nicht zurück. Sie starrte mich so verwundert an, als sei ich eine Kröte in einem rosafarbenen Ballettröckchen. Ich starrte nicht gerade zurück, doch ich musterte sie neugierig. Fran war eine kleine runde Person mit mindestens Schuhgröße 46, was irgendwie lustig aussah. Über ihren Schnabelschuhen hatte sie eine leuchtend rote Pluderhose an, darüber trug sie ein gleichfarbiges Hemd und eine Brokatweste in Lindgrün. Alles an ihr war so bunt und grell, dass ich nur mit großen Augen schauen konnte. Mit Farben wurde man hier, am Arsch der Welt, nämlich nicht gerade verwöhnt. Ich war nicht ganz sicher, welchem Geschlecht ich Fran zuordnen sollte. Die üppigen Hügel unter der Weste deuteten auf Brüste hin. Ihre Gesichtszüge waren dagegen maskulin und ihre Oberlippe zierte ein feiner Flaum. Ich beschloss, mich einfach Santina anzuschließen und Fran als eine Sie zu sehen.

Fran musterte mich eine schiere Ewigkeit durch ein goldenes Monokel, das sie sich ins linke Auge geklemmt hatte. Sie tat es auf eine Art, dass ich mich trotz meiner Kleidung nackt fühlte. Als sie sprach, tat sie es an Santina gewandt. »Sag bitte nicht, dass ich nur deshalb länger bleiben muss, um ein Dienstmädchen auszustaffieren.«

»Aber nein, das ist Lady Alice. Sie ist …«

»Lady! Dass ich nicht lache. Sie ist sein Betthäschen. Das sehe ich sofort.« Fran schnalzte mit der Zunge. »Nie im Leben hätte ich dem guten Lord Vertanen allerdings einen so gewöhnlichen Geschmack zugetraut. Ein Dienstmädchen. Ich bitte dich! Er ist so ein hübscher Kerl, hat Manieren. Gibt es am Hof keine Edeldame, die er sich fürs Bett holen kann?«

Wow! Hatte sie mich gerade als Nutte bezeichnet? Der Whisky, der in Partylaune durch meinen Blutkreislauf taumelte, ließ mich jedoch nur grinsen. Eine steile Karriere, Alice. Erst Eigentümerin eines Cafés, dann Dienstmädchen und schließlich als Krönung das gute alte Betthäschen.

Santina fand Frans Kommentar nicht so witzig wie ich. Sie stemmte die Arme in die Hüfte. »Pass auf dein Schandmaul auf, Fran. Ich möchte Lord Vertanen nicht mitteilen müssen, dass Lady Alice sich Unverschämtheiten von dir anhören musste.«

»Dann willst du die Scharade mit der Lady tatsächlich weiterspielen?« Fran sah mich mit einem Gesichtsausdruck an, der klarmachte, dass man ihr so einen Mist nicht erzählen konnte. Mir im Übrigen auch nicht. Lady Alice. So ein Blödsinn!

»Dann zieht mal dieses unförmige Hemd aus, werte Lady.«

Ich sah zu Santina, die nickte, schlüpfte ein bisschen widerwillig aus dem Lederhemd und gab es ihr, damit sie es auf einem Stuhl ablegen konnte.

Fran kam zu mir und schritt langsam um mich herum. Dabei ließ sie einen abschätzigen Blick über meine Figur wandern. »Du könntest hübsch sein, vielleicht sogar schön, wenn man dich ein bisschen aufpäppeln würde. Das Haar …«, sie seufzte, »schade darum, aber da hilft nur die Schere. Auch die Hände. Zeig her.«

Ich hielt ihr meine Hände entgegen. Die Haut an den Knöcheln war rot und aufgesprungen, meine Nägel waren abgebrochen. Ich schämte mich nicht deswegen, schließlich wusste ich, warum sie so aussahen. Doch unter Frans abschätzigem Blick fühlte ich mich dennoch zunehmend unwohl. Als Nächstes begutachtete sie mein Gesicht und machte wieder dieses schnalzende Geräusch mit der Zunge. Sie hob die Hand und rubbelte mit den Fingern über meine Stirn. »Entspann dich! Das gibt sonst Falten, die bekommst du nicht mehr weg.«

Mein Stirnrunzeln vertiefte sich. »Ich finde Falten nicht schlimm und überhaupt weiß ich eigentlich gar nicht, weshalb ich hier bin. Ich brauche keine Kleider. Santina, kann ich gehen?«

Santina kam nicht dazu, etwas zu sagen. Fran schnaubte. »So, Lady Alice braucht also nichts. Wie gut, denn ich möchte nichts für sie anfertigen.« Sie drehte sich zu Santina. »Das Betthäschen und ich sind einer Meinung.«

»So ist es.« Ich marschierte zur Tür. Die im Türblatt eingelassenen Augen waren wach und sahen mir neugierig entgegen. Ich blieb stehen, streckte die Hand nach der Klinke aus und zögerte. Ich würde mich nie daran gewöhnen, dass man in Wynterhaav mit den Türen sprach, sie darum bat, sich zu öffnen. »Würdest du bitte aufgehen?«

Das größte Auge in der Mitte zwinkerte träge. Die Tür blieb zu.

Santina tauchte neben mir auf. So leise, dass Fran es nicht hören konnte, flüsterte sie: »Siehst du? Das Haus möchte auch, dass du neu eingekleidet wirst.« Sie packte mich am Arm und zog mich in das Zimmer zurück. »Ihr solltet Fran wirklich noch eine Chance geben, Lady Alice.« Und wieder leise zu mir fügte sie hinzu: »Überleg selbst, du brauchst warme Kleidung und Wäsche, Schuhe, die Nässe abhalten. Der Frühling hier im Norden ist ziemlich feucht.«

Ich flüsterte zurück. »Das ist unnötig. Zu Hause hab ich alles, was ich brauche.«

Santina schenkte mir einen mitfühlenden Blick. »Es schadet nicht, wenn du auf alles vorbereitet bist.«

»Seid ihr fertig mit dem Getuschel?« Fran stemmte die Fäuste in die Hüften. »Ich hab nicht endlos Zeit und würde nun gern erfahren, was dein Lord sich für seine Dame vorgestellt hat?«

»Für heute genügt es, wenn du eines von Lady Ellinors Kleidern für sie umarbeitest, damit Lady Alice so rasch wie möglich aus dieser Dienstmädchenuniform heraus kann. Alles andere bespricht Lady Ellinor mit dir.«

»Na gut. Von mir aus.« Fran ging wieder um mich herum, doch diesmal war ihr Blick nicht mehr abschätzend, sondern professionell. Sie zog ein Maßband aus der Westentasche sowie ein Notizheft und einen angekauten Bleistift.

Ich stand still und fand es auf einmal ganz gemütlich. Im Raum war es schön warm und der Whisky hatte sich wie ein angenehmer Nebel um mein Denken gelegt. Ich summte vor mich hin und dachte nach, während ich auf Frans Anweisung hin die Arme hob, ausstreckte und anwinkelte, den Rock raffte und ihr erlaubte, meine Wadenstärke zu messen. Das, was ich im Tagebuch gelesen hatte, ließ mich nicht los. In erster Linie beschäftigte mich das Schicksal der geflohenen Königin und ihres Kindes. Ich hätte zu gern gewusst, was weiter mit ihnen passiert war. Lady Ellinor brachte ihr ganz offensichtlich keine guten Gefühle entgegen, wegen einer Sache, die den verstorbene Lord Vertanen mit der Königin verbunden hatte. Eine Affäre? Das glaubte ich eigentlich nicht. Auf jeden Fall war etwas geschehen, das sie als Verrat an der Familie betrachtete. Leider schien alle hier im Haus fest davon überzeugt zu sein, dass ich das Kind dieser Königin war. Bezogen auf Lady Ellinor bedeutete das, dass sie ihre negativen Gefühle auf mich übertrug. Immerhin wusste ich jetzt, woher ihre Abneigung rührte. Meine Gedanken fingen gerade an, um das zu kreisen, was ich über Myrkur gelesen hatte, als Fran zurücktrat und Santina zunickte. »Ich hab einige andere Dinge zu erledigen, ehe ich mich um die Änderung kümmern kann. In schätzungsweise einer halben Stunde ist es jedoch fertig. Solange kann sie baden gehen. Sie stinkt nämlich.«

Santina gab einen empörten Ausruf von sich und kurz hatte ich den Eindruck, dass sie sich auf Fran stürzen wollte. Rasch packte ich ihren Arm und tätschelte ihn. »Lass gut sein. Sie hat ja recht.« Seit dem Morgen war literweise Angstschweiß in meine Dienstmädchenuniform gesickert. Ich wusste selbst, wie streng ich roch.

Auf einmal legten Fran und Santina gleichzeitig den Kopf zur Seite, um zu horchen. Es war so synchron geschehen, dass ich auflachte. »Was ist?« Auch ich lauschte. Außer dem Heulen des Windes, der seine Wut am Haus ausließ, hörte ich allerdings nichts.

Santina war bleich geworden. Sie packte mich am Arm. »Ihr müsst mit mir kommen, Lady Alice. Schnell.« Im Eilschritt waren wir an der Tür, dann draußen im Flur.

Sie hielt mich so fest am Arm gepackt, dass es schmerzte. »Was ist los?«

»Lady Ellinor steht vor der Eingangstür … sie hat Besuch dabei und braucht vermutlich den Salon.«

»Und warum versetzt dich das in Panik?«

»Wie kommst du darauf, dass ich panisch bin?« Sie lachte gekünstelt. »Ich dachte nur, jetzt wäre eine gute Gelegenheit, Kekse zu backen.«

»Dann bleibt der Besuch länger?«

»Möglich. Ich dachte jedoch vor allem an die Kinder. Die können ein bisschen Ablenkung gebrauchen.«

»Das ist eine fantastische Idee!« Ich strahlte sie an. »Aber soll ich nicht vielleicht wirklich zuerst baden, wenn ich so stinke?«

»Es ist nicht annähernd so schlimm, wie Fran tut.« Sie zog mich weiter.

Auf einmal fiel mir das Tagebuch ein. Mist. Es lag immer noch unter dem Sessel. Lady Ellinor oder ihr Gast mussten ihn nur ein winziges Stück verschieben und dann würde sie wissen, dass nur ich es gewesen sein konnte, die es dort hingebracht hatte. Zwar bereute ich nicht, darin gelesen zu haben, doch wenn sie mich einen Kopf kürzer machen wollte, verstand ich sehr gut, weshalb. Ich war zu hundert Prozent sicher, dass ich die allerletzte Person auf diesem Planeten war, von der sie wollte, dass sie ihre intimsten Gedanken kannte.

Ich wollte mich losreißen und zurückrennen, doch Santina war schneller. Sie brüllte einen Befehl. »Schließe dich!«

Direkt vor meiner Nase fiel die Küchentür ins Schloss. Ich wirbelte zu Santina herum. »Ich muss ganz, ganz dringend zurück in den Salon. Ich beeile mich.«

»Das geht jetzt nicht.«

»Warum?«

»Weil sie schon da sind. Was willst du dort überhaupt?«

»Nichts.« Ich biss mir auf die Unterlippe. Ob die Tür auf mich hören würde, wenn ich sie bat, sich zu öffnen? Ich wagte es zu bezweifeln. Trotzdem versuchte ich es. »Öffne dich!«

Nichts.

Santina sprach wieder im Flüsterton. »Was ist los, Alice, ich meine, Lady Alice? Was quält dich?«

Konnte ich sie darum bitten, das Tagebuch für mich zu holen? Nein. Ich würde nicht riskieren, dass sie damit erwischt wurde und wegen mir Ärger bekam. Aber vielleicht gab es eine Alternative. »Unter dem Sessel in Lady Ellinors Salon liegt etwas, was dort nicht sein sollte. Wir gehen zurück. Wenn du sie kurz ablenken könntest, kann ich es holen.« Doch kaum hatte ich es ausgesprochen, überlegte ich es mir anders. Das Risiko war zu groß, dass Lady Ellinor es bemerkte, wenn Santina mir half. Das würde ich nicht riskieren. »Nicht so wichtig. Vergessen wir es.«

Santina beugte sich nahe zu mir und zischte: »Was liegt unter dem Sessel, Alice?«

»Oh verdammt, Santina. Bitte lass es dort, was es auch immer ist, okay? Ich werde mich selbst darum kümmern.«

»Okay.« Sie lächelte mich an. »Du bäckst jetzt, und zwar möglichst so viele Kekse, dass wir morgen alle Bauchweh haben.«

»Du gehst nicht in den Salon!«

»Ach ja, die Tür wird sich nicht für dich öffnen.«

»Santina!«

»Mach dir keine Sorgen.« Damit ging sie.

Ich sah ihr hinterher und hatte kein gutes Gefühl. Nein. Gar kein gutes Gefühl.

Gespräch mit Adlon

Bei der Rückverwandlung vom Tier in einen Menschen gab es im Vergleich zu der Verwandlungen in ein Tier einen wesentlichen Unterschied. Am Beispiel der Wespe, die Kjell mit seiner Zeitung aus der Luft geholt hatte, sah das so aus: Hätte Alice nicht verhindert, dass ihr Verlobter auf mich trat, wäre ich als Wespe gestorben, weil mir in diesem Moment die Kraft gefehlt hätte, in eine andere Gestalt zu springen. Alles, was ich an Magie aufbringen konnte, lief in die Selbstheilung. Kaum hatte ich mich ein wenig erholt, konnte ich jedoch mühelos in meine Katergestalt schlüpfen. Brauchte ich irgendwann erneut die Wespengestalt, würde ich in einem brandneuen Insektenkörper landen. Bei der Rückverwandlung in den menschlichen Körper war das leider anders. Man musste genau da weitermachen, wo man aufgehört hatte. Und das bedeutete, dass heute ein Abendprogramm vor mir lag, dass wenig Grund zur Freude bot.

Entsprechend war ich ziemlich missmutiger Stimmung, als ich mich auf die Hinterbeine stellte, um an der Hintertür zur Küche zu kratzen. Der Wind heulte ums Haus und es dauerte eine Weile, bis mich jemand hörte. Schließlich spähte Santina durch einen Türspalt zu mir hinaus. Da es in der Luft zu turbulent gewesen wäre, hatte ich mich für den Rückweg in einen Wolf gewandelt. Beim Anblick des großen weißen Untiers stieß sie einen erschrockenen Laut aus. Ehe sie mir die Tür vor der Nase zuschlagen konnte, wandelte ich mich rasch in Lewis.

Sofort riss sie die Tür wieder auf. »Lord Vertanen? Kommt schnell herein! Warum wandelt Ihr Euch nicht, seid Ihr verletzt?«

Ich schätzte Santina auch deshalb so sehr, weil sie im Rekordtempo Schlüsse ziehen konnte. Ich maunzte bestätigend, strich ihr um die

Waden und schlüpfte dann an ihr vorbei ins Warme. In der Küche duftete es nach Keksen. Ich schnupperte erfreut. Sofort war ich in Gedanken bei Alice, doch sie war nicht unter den Frauen im Raum. Mit erhobenem Schwanz spazierte ich weiter bis in die Küchenmitte, wo ich stehen blieb, um mir ein paar Streicheleinheiten abzuholen. Hätte Ellinor mich dabei beobachtet, wie ich mich schnurrend vom Personal hinter den Ohren kraulen ließ, hätte sie mir einen mehrtägigen Vortrag darüber gehalten, was Anstand war. Außer ihr sah jedoch niemand etwas Anrüchiges an meinem Verhalten und die großzügig verteilte Aufmerksamkeit hob meine Laune. Zwar blieb ich in jeder Gestalt immer noch ich, einige typische Eigenschaften des Tieres nahm ich aber dennoch an. Als Kater schlief ich am liebsten auf der Bank vor einem warmen Kachelofen und wenn man ein Schälchen Sahne vor mich hinstellte, leckte ich es bis auf den letzten Tropfen aus.

Schließlich hatte ich genug und ging zur Tür weiter. Santina begleitete mich bis in meinen Schlafraum. Ich sprang aufs Bett und sah sie auffordernd an.

»Soll ich Lady Ellinor holen?«

Ich blieb reglos.

»Also nein?«

Ich miaute. Santina fragte auf diese Weise so lange nach, bis sie wusste, was sie mir bringen sollte. Die letzte Frage, ob ich ihre Hilfe benötigte, verneinte ich wieder durch Schweigen.

Santina brachte mir alles, was ich verlangt hatte, und verließ dann mit besorgtem Blick das Zimmer. Auf dem Nachttisch befanden sich in Griffweite zwei Whiskyflaschen. An die ebenfalls bereitliegende Schere, mit der ich mir nachher die Kleidung vom Leib schneiden würde, hatte ich nicht gedacht, doch Santina war so vorausschauend gewesen, eine mitzubringen. Auf dem Boden neben dem Bett hatte sie eine große Schüssel mit Eiswasser platziert. Darin saugten sich einige dünne Laken voll, die ich verwenden wollte, um mir kühlende Umschläge zu machen. Meiner Heilmagie sei Dank, musste ich mich nicht um die Gefahr einer Entzündung kümmern. Gegen die Schmerzen würde ich jedoch wenig ausrichten können. Eine Weile lauschte ich dem Regen, dann kauerte ich mich auf der dicken Wolldecke zusammen, die Santina aufgelegt hatte, um die Matratze zu schützen, und versank in einer tiefen Meditation. Ich würde den Schmerz annehmen, mich aber nicht von ihm fortreißen lassen. Dann war es Zeit, die Herzrune zu aktivieren und in meinen Körper zurückzuspringen. Die Meditation hatte meine Magie beruhigt, dennoch war ich in Sorge. Die Qual würde kaum auszuhalten sein. Hätte ich vielleicht lieber direkt ins Eisloch gehen sollen? Die Verlockung, mich eine Weile in Lewis' Gestalt auszuruhen, war gewaltig. Als Kater ging es mir gut. Ich lag auf der kuschligen Wolldecke und mein größtes körperliches Unbehagen war ein leichtes Hungergefühl. Das würde sich rasch geben. Dazu müsste ich nur wieder in die Küche spazieren und bekäme postwendend genug Sahne und Streicheleinheiten, um die folgenden Stunden zufrieden hinter dem Ofen zu liegen und zu schlafen. Es wurde mit jeder Sekunde verlockender, genau das zu tun. Nur ein paar Tage. Nur ein bisschen Erholung. Der Gedanke an Alice und welche Gefahr ihr drohte, trieb mir den Gedanken jedoch schnell aus dem Kopf. Ich aktivierte die Herzrune.

Ich wechselte die kalten Umschläge im Minutentakt. Bald schmerzten meine Kiefer, so fest presste ich die Zähne aufeinander. Um mich vom Schmerz abzulenken, grübelte ich über einen Alternativplan nach, wie ich Alice auch ohne Myrkurs Hilfe schützen konnte. Doch meine Gedanken führten nirgendwo hin.

Die Schmerzen waren gerade ein wenig abgeklungen, als Ellinor die Tür aufriss. Sie war leichenblass. »Du musst sofort kommen.«

Ich bedachte sie mit einem ungnädigen Blick. »Hat Santina dir nicht gesagt, was mit mir …?«

Sie unterbrach mich mit einer ungeduldigen Handbewegung. »Verbrennungen, ich weiß. Das ist nicht das erste Mal, oder? Du musst dich einfach zusammenreißen, wie sonst auch. Adlon ist hier.«

Eine Faust krampfte sich um meinen Magen. »Wo ist Alice?«

»Ihr gilt dein erster Gedanke?«

»Wo ist sie?!«

Ellinor fauchte. »In der Küche. Sie bäckt und verschwendet meine Vorräte.«

»Da ist sie nicht mehr.«

»Dann hat Santina sie in ihr Zimmer gebracht.«

»Sie soll unter allen Umständen dortbleiben.«

»Ja! Mir ist klar, dass er sie nicht sehen darf. Aber komm jetzt. Der Mistkerl saß schon zu lange in meinem Salon. Er hat versucht, mich über dich auszufragen. Du musst ihn loswerden, Rodin.«

»Ich sagte doch, ich kann nicht.« So vorsichtig ich es nur vermochte, schlug ich die feuchten Tücher zurück. Darunter kam das rohe geschwollene Fleisch zum Vorschein. Als der Luftzug über die Wunde strich, stöhnte ich vor Schmerz.

Ellinor wurde eine Spur blasser. »Verstehe.«

Da ich das Tuch nun schon mal abgenommen hatte, nutzte ich die Gelegenheit, es durch ein frisches, kühleres Exemplar zu ersetzen. Erschöpft lehnte ich mich anschließend in das Kissen zurück. Schweiß stand mir auf der Stirn. »Santina soll ihn zu mir bringen. Ich sorge dafür, dass ein möglicher Verdacht sich entkräftet und er verschwindet.«

»Es gefällt mir nicht, aber ich muss so schnell wie möglich zu den Kindern zurück. Aber sei gewarnt. In der Sekunde, in der Adlon das Gefühl hat, dass hier etwas merkwürdig sein könnte und sich dem Wald nähert, um das zu überprüfen, werde ich ihm deine Alice ausliefern!«

»Ich habe dir gesagt, dass ich sie unter allen Umständen beschützen werde. Daran hat sich nichts geändert. Ich beschütze sie auch vor dir.«

Ellinor sah mich an und ich erkannte, wie verletzt sie war. Dann versteinerte ihre Miene. Ohne ein weiteres Wort rauschte sie hinaus.

Es dauerte keine fünf Minuten, bis es klopfte.

»Herein.«

Die Tür schwang auf. Santina trat ein. Adlon folgte ihr auf den Fuß. Santina hatte daran gedacht, eine weitere Whiskyflasche mitzubringen, was gut war, die anderen beiden hatte ich geleert. »Darf ich Euch sonst etwas bringen, Lord Vertanen?«

»Danke nein.«

Sie ging.

Adlon sah sich im Zimmer um und hob bezeichnend die Augenbrauen. Seit dem Tod meines Vaters war er nicht mehr hier gewesen. »Ihr lebt recht spartanisch, wenn Ihr Euch nicht am Hof befindet.«

Ich lächelte spöttisch. »Die liebe Ellinor eifert den Traditionalisten nach und gönnt sich – und mir – seit Vaters Tod keinen Luxus mehr. Ihr wollt nicht wissen, wie anspruchslos mein Frühstück heute Morgen ausgesehen hat. Wir hatten Porridge. Sie lässt ihn mit Wasser zubereiten. Kein Salz, keine Butter.« Ich verzog das Gesicht zu einer Maske des Abscheus.

Adlon nickte, wirkte jedoch nicht überzeugt. »Ich frage mich schon lang, warum man sie nicht mehr bei Hofe sieht, und wenn sie kurz erscheint, ist sie wie eine traurige alte Krähe gekleidet. Sehr bedauerlich.« Er verschränkte die Hände auf dem Rücken und stellte sich ans Fußende des Bettes. Sein Blick glitt zur Wasserschüssel, in der Blutschlieren trieben, und weiter zu den Resten meiner Hose, die mitsamt der Schere auf dem Boden lagen. »Ich möchte mir nicht anmaßen, Euch Ratschläge zu erteilen, Lord Vertanen, doch wollt Ihr Eure Schwester nicht vielleicht dazu ermuntern, wieder mehr am Leben teilzunehmen? Selbst unsere eifrigsten Traditionalisten sehen nicht so … verhärmt aus.« Er versuchte sich an einem entschuldigenden Lächeln, was jedoch kläglich misslang. »Lady Ellinor hat bei unserem Gespräch eben ein bisschen angespannt auf mich gewirkt. Gibt es Probleme?« Er musterte mich scharf.

»Fast das ganze Personal ist krank. Es beunruhigt meine Schwester, dass niemand weiß, was das für ein Übel ist, das uns zusetzt. Ich fürchte, auch ich habe mich angesteckt.«

Hastig trat Adlon einen Schritt zurück. Wie jeder in Wynterhaav fürchtete er Krankheiten, die von den Reisen zwischen den Welten zu uns herübergebracht worden waren. Man konnte seine Selbstheilungsrune dahingehend regulieren, dass sie auch fremde Krankheiten heilte, doch es brauchte Zeit, bis das gelang. Im Gegensatz zu den Menschen der Anderswelt, für die eine zweiwöchige Erkältung keine allzu große Sache war, hatten wir Magier uns daran gewöhnt, innerhalb von Stunden gesund zu werden. Alles, was länger als zwei Tage dauerte, beunruhigte uns daher bis nahe an den Rand der Panik.

Ich wischte mir mit dem Ärmel Schweiß von der Stirn. »Sagt man nicht, dass der König an einem Virus leidet, der aus der Anderswelt mitgebracht wurde?«

»Ja … das sagt man.« Er stellte sich ans Fenster, was ein ordentliches Stück vom Bett entfernt war, und tat so, als sähe er hinaus. »Darf ich Euch als alter Freund der Familie einen Rat erteilen?«

Ich reagierte nicht. Mein Schweigen war unhöflich, doch das war in Ordnung. Adlon würde diese Reaktion von mir erwarten. Er und mein Vater waren die allerbesten Freunde gewesen, dann unternahm die Königin einen Fluchtversuch und es stellte sich heraus, dass sich die beiden in unterschiedlichen Lagern befanden, was ihren Treueeid anbelangte. Der Rang meines Vaters innerhalb der Grauen war unter dem seines besten Freundes gewesen. Adlon war damals gerade frisch zum Hauptmann aufgestiegen und der Ansicht, er müsse hart durchgreifen. Er befahl seinen Männern, sich zu wandeln, um sich auf die Flüchtenden zu stürzen. Man erzählte sich, dass mein Vater versucht habe, seinen Freund zur Vernunft zu bringen. Als er damit keinen Erfolg hatte, wandelte er sich ebenfalls und stellte sich schützend vor Königin Eda. Königin Eda und ihrem Liebhaber war die Flucht gelungen, weil mein Vater sich ganz allein dem Rudel entgegengestellt hatte. Nur deshalb lebte Alice überhaupt, weil er sich geopfert hatte.

Adlon und ich musterten einander. Er seufzte. Auf einen Schlag wirkte er älter. »Nun, mein Rat lautet folgendermaßen: Kehrt erst an den Hof zurück, wenn Ihr vollkommen genesen seid. Die Prinzessin reagiert dieser Tage nicht sonderlich gut auf diejenigen, die in die Anderswelt reisen, und schon gar nicht, wenn diese eine weitere unbekannte Krankheit anschleppen.«

Ich nickte zustimmend.

Wieder schwiegen wir.

Ich fragte mich, was ihn hergebracht hatte. War es, weil er ahnte, wer der Kater gewesen war, der ihm am Tag vor der großen Eröffnung die sichere Beute vor der Nase weggeschnappt hatte? Oder ging es um den gestrigen Besuch, den ich dem Wonderland abgestattet hatte?

Ich war dort gewesen, um das Versprechen einzuhalten, das ich Alice in meinem Brief gegeben hatte. Ich hatte die Ohrringe, die ich angeblich aus dem Drachenschatz mitgenommen hatte, um sie Prinzessin Malena zu geben, bei dem Pfandleiher eingetauscht, bei dem ich damit schon einmal erfolgreich gewesen war. Da es nie zu der Audienz bei der Prinzessin gekommen war, hatte ich sie noch in meinem Besitz gehabt. Von einem Teil des Geldes hatte ich ein umfangreiches Frühstück für Jasper gekauft und es an den Platz gebracht, zu dem Alice immer gegangen war. Ob er rechtzeitig vorbeischauen und es in noch genießbarem Zustand vorfinden würde, wagte ich jedoch zu bezweifeln. Der kleine Unterstand, den er für seine Sandwichtüten gebaut hatte, war zerstört. Bei meiner kurzen Untersuchung hatte ich Jaspers Witterung nicht wahrgenommen. Er war schon länger nicht mehr dort gewesen. Als ich am Abend in Fuchsgestalt am Café vorbeigeschlichen war, hatten sich drei von Adlons Männern auf mich gestürzt. Dass sie in mir keinen normalen Fuchs sahen, sondern einen Wandler, hätte Zufall sein können, doch dann war ich nach Wynterhaav zurückgesprungen und sie waren mir auf den Fuß gefolgt. Etwas, was nicht möglich sein sollte. Wohin jemand springen würde, konnte man im Normalfall nämlich höchstens erraten.

Adlon überraschte mich mit einer Frage, die erschreckend präzise an meine Gedankenkette anknüpfte. »Ihr wart der Fuchs, dem wir hinterhergejagt sind.«

»Was für ein Fuchs?« Ich sah ihn verwundert an.

»Wo hat Euch das Messer erwischt. Hier?« Er tätschelte sich den Bauch, um die Stelle zu zeigen, und kam dabei einen beiläufigen Schritt auf mein Bett zu. Er stieß mit dem Fuß die Schüssel mit dem Eiswasser an. »Das sollte gewechselt werden. Wenn Ihr wünscht, gehe ich gern in die Küche und frage nach frischem Wasser.«

Damit er unterwegs ein bisschen herumschnüffeln konnte? Ich lächelte kühl. »Santina wird sich gleich darum kümmern.«

Er erwiderte mein Lächeln auf Art eines besorgten Großvaters, liebevoll, aber mit mildem Tadel. »Und nun lasst uns bitte bei der Wahrheit bleiben. Bei unserer kleinen Hetzjagd durch die Wälder seid Ihr in eine Schlucht gestürzt. Das war bestimmt schmerzhaft, hat Euch aber den nötigen Vorsprung verschafft. Ich vermute, von dort aus seid Ihr geflogen?«

»Ich muss Euch enttäuschen, Adlon. Ich war zwar in der Anderswelt, doch ich habe sie nicht in Fuchsgestalt verlassen.«

»Ach nein?« Er stand inzwischen unmittelbar vor meinem Bett. Plötzlich packte er das nasse Laken an einem Zipfel und schlug es zurück. Mir entfuhr ein schmerzerfülltes Zischen. Adlon verzog das Gesicht.

Ich riss ihm das Laken aus der Hand und breitete es wieder über meine Beine. »Was soll das?«

»Ich war neugierig. Wollte sehen, was Euch dazu zwingt, im Bett zu bleiben.«

»Ihr hättet einfach fragen können.«

»Sieht schlimm aus. War das der Grund für das beeindruckende Magiefeuerwerk früher am Abend oder doch eher die Sache mit dem Messer und der Schlucht?«

»Ich hatte Schmerzen, das genügt.«

Adlon nickte. »Meine Männer beobachten das Anwesen schon seit einer Weile. Hier muss einiges schiefgehen, so oft, wie die Magie in den Himmel schießt.«

»Ich sagte es bereits, wir haben mit einer ernsthaften Krankheitswelle zu kämpfen. Hochansteckend und schmerzhaft. Und warum sollten die Leute Kraft darauf verwenden, ihre Magie zu beruhigen, wenn sie doch jederzeit und mit Leichtigkeit zu ihnen zurückströmt?«

Er sah mich nachdenklich an, nickte dann.

»Nun wüsste ich aber gern, weshalb Ihr mein Anwesen beobachten lasst. Was versucht Ihr herauszufinden? Wie es sich anfühlt, wenn man sich fast die Eier abfriert?«

Adlon lächelte dünn. »Sagt mir doch einfach, was Ihr in der Anderswelt zu suchen hattet. Ich weiß, dass Ihr der Fuchs wart.«

»Ist das eine offizielle Befragung? In wessen Namen seid Ihr hier? Des Königs?«

»In wessen Auftrag könnte ein Grauer sonst unterwegs sein?«

Was er da versuchte, war eine bekannte Taktik, die ich auch gern anwandte. Eine Antwort geben, die nahe genug an der Frage dran war, ohne dass sie irgendetwas aussagte. Ich würde ihn jedoch nicht so rasch vom Haken lassen wie er mich zuvor. »Das habe ich Euch gerade gefragt. Also, ja oder nein? Hat Euch der König hergeschickt?«

»Wieso habt Ihr dieses Café beobachtet?«

»Oder steckt die Prinzessin dahinter?«

Adlon wirkte allmählich genervt davon, dass ich seine Fragen mit Gegenfragen beantwortete. »Um die Sache abzukürzen und weil es nicht mehr lange ein Geheimnis sein wird: Die Graue Garde kann seit Kurzem verfolgen, wohin jeder einzelne Edle springt. Können wir nun über den Grund Eures Aufenthalts in der Anderswelt sprechen?«

»Nein, Adlon, das können wir nicht. Außer, dies ist ein Verhör im Auftrag des Königs.«

Er lachte laut auf. »Wie Euer Vater. Auch ihn konnte man nicht so leicht einschüchtern.«

Ich nahm die Whiskyflasche, trank einen Schluck, schloss die Augen und gab mir einen Moment, um den Zorn abfließen zu lassen, der sich in mir aufgebaut hatte. Nachdem ich ins Labor der Ingenieurinnen gerufen worden war, hatte ich mit dem Schlimmsten gerechnet, doch dann erfahren, dass sie die Höhe der erlaubten Sprünge auf zwölf hochsetzen wollten. Es hätte mich stutzig machen müssen, denn welchen Unterschied sollte das machen, ob wir zehn oder zwölf Mal springen durften, ehe wir zum Aufladen kommen mussten? Nun wusste ich, was in Wahrheit dahinter gesteckt hatte. Beinahe mehr als die Tatsache, dass man mich nun jederzeit orten konnte, schockierte mich der Umstand, dass es zur Routine geworden war, solche Veränderungen ohne Einverständnis durchzuführen. »Also kann man uns nun orten.«

»Eine gute Sache, ihr müsst gar kein so abfälliges Gesicht ziehen.«

»Eine gute Sache? Ihr beraubt uns der Freiheit zu reisen, wie es uns beliebt.«

»Aber woher denn.« Wieder dieses Großvaterlächeln. »Ihr könnt weiterhin ganz nach Eurem Belieben herumreisen. Die Rune wird schließlich immer wieder auf null gestellt. Dazu müsst Ihr nur im Labor vorbeischauen. Und warum soll die Garde nicht wissen, wohin Ihr reist? Nur wer etwas zu verheimlichen hat, wird sich daran stören.«

»Es sollte mich eigentlich nicht wundern, dass Ihr das so seht. Kontrolle über andere zu haben, war Euch schon immer wichtiger als alles andere.«

Er ließ sich nicht provozieren, das widerliche Lächeln blieb fest in seinem Gesicht kleben. »Ihr wart oft genug in der Anderswelt, um das Leben dort zu beobachten. Ist Euch nie aufgefallen, wie selbstverständlich die Menschen es hinnehmen, dass sie kontrolliert werden? Kontrolle ist der Schlüssel zu Sicherheit und Wohlstand. Ich bin ein großer Bewunderer der Kameras, die man in der Anderswelt an jeder Ecke findet, wenn sie unsereins das unbeobachtete Wandeln auch sehr erschweren.« Er lachte leise vor sich hin. »Wir werden eine Entsprechung für unsere Welt finden, seid dessen gewiss.« In seinen Augen glomm ein fanatisches Funkeln. »Es ist gut, dass Prinzessin Malena endlich mit dem Chaos aufräumen wird, das überall in Wynterhaav herrscht.«

Damit hatte er fast eingestanden, in wessen Auftrag er hier war. Ich starrte Adlon ungläubig an. Das war alles schlimmer, als ich befürchtet hatte. Ich fragte mich, was für ein Süppchen Malena und ihre Hexen im Labor sonst noch am Köcheln hatten. Würden sie weitere Runen umschreiben wollen? Natürlich würden sie das. Der Gedanke war entsetzlich. Runen waren etwas zutiefst Persönliches. Zwar konnte sich fast jedes Mitglied einer magischen Familie beispielsweise in einen Kater verwandeln, doch dabei handelte es sich nicht um ein beliebig austauschbares Modell. Das Tierfell war unsere zweite Haut, oder die dritte, zehnte, zwanzigste, je nachdem, wie viele Runen sich jemand angeeignet hatte. Über Monate hinweg war ich jeder Katze hinterhergeschlichen, die über den Ställen wohnte. Ich hatte sie dabei beobachtet, wie sie jagten, fraßen, sogar wie sie sich paarten, hatte mit ihnen gespielt, sie gestreichelt, mich von ihnen kratzen und beißen lassen, um auch diesen Aspekt aus nächster Nähe zu studieren. Die Summe all dieser Beobachtungen war in Lewis geflossen. Wenn ich er war, dann verband sich meine Persönlichkeit mit der des Katers zu einer Einheit. Ich war in diesem Katzenkörper ebenso sehr zu Hause wie in meinem menschlichen Körper. Was würde sich ändern, wenn die Runen-Ingenieurinnen anfingen, mit den Tierrunen zu experimentieren? Darüber würde ich nachdenken müssen, doch nicht jetzt.

Adlon rieb sich fröstelnd die Hände. »Wie könnt Ihr es nur im Norden aushalten?«

»Ich liebe meine Heimat. Die Kälte erscheint mir ehrlicher als die feuchtwarmen Winde des Südens.«

»Ehrlichkeit ist ein gutes Stichwort. Wollt Ihr mir nicht endlich verraten, weshalb Ihr um das Wonderland herumgeschlichen seid?«

Nachdem wir das mit der Kontrolle geklärt hatten, sah ich keinen Sinn mehr darin, es zu leugnen. Wenn er meine Reiserune lokalisieren konnte, spielte es keine Rolle, in welcher Gestalt ich unterwegs war. Ich bückte mich nach der Schüssel mit dem Wasser, wrang ein neues Laken aus und ersetzte das auf meinen Beinen. Die Wunde sah deutlich besser aus. Eine dünne neue Schicht Haut hatte sich über dem geschwollenen Fleisch gebildet. Ich knuffte das Kissen in meinem Rücken zurecht und sah ihn achselzuckend an. »Ich wollte mir die verloren gegangene Erbin ansehen. Leider bekam ich sie nicht zu Gesicht. Ihr vielleicht?«

»Sie ist hier, oder?«

»Darf ich in aller Freundschaft sagen, dass das eine dumme Frage war?« Ich grinste ihn böse an. »Aus welchem Grund hätte ich am Nachmittag vor dem Wonderland herumlungern sollen, wenn sie sich hier befände?«

»Das ist die eine Frage, die ich noch nicht beantworten kann. Tatsächlich passt es nicht ins Bild, dass Ihr dort gesehen wurdet.« Adlon zog ein Paar Handschuhe aus seiner Jackentasche, streifte sie über und sah mich ernst an. »Eurem Vater zuliebe hoffe ich, dass Ihr wirklich nichts mit dem Verschwinden von Prinzessin Alice zu tun habt. Ich will nicht noch einen Freund sterben sehen müssen.«

Ich erwiderte seinen Blick, ohne mir anmerken zu lassen, wie es in mir arbeitete. »Erstens sind wir beide keine Freunde. Und dann habt Ihr meinen Vater nicht sterben sehen. Es war kein irgendwie gearteter Unfall. Ihr habt den Befehl gegeben, ihn zu töten!«

Adlon zuckte nicht mit der Wimper. »Die Zeiten ändern sich gerade, Lord Vertanen. Achtet darauf, am Ende dieses Wandels auf der richtigen Seite zu stehen.«

»Und welches ist die richtige Seite, alter Freund?« Ich sah ihn höhnisch an. Die von Prinzessin Malena?

»Grüßt Eure Schwester von mir.« Er ging zur Tür, drehte sich dann jedoch noch einmal zu mir um. »Fast hätte ich es vergessen. Ihr wisst, dass die Ranke des Königs einmal im Monat kontrolliert werden muss?«

»Man hat es uns gesagt.« Sogar in sehr deutlichen Worten. Wer nicht rechtzeitig auftauchte, um seine Rune überprüfen zu lassen, und das bedeutete in einem monatlichen Turnus, würde Schmerzen leiden. Wodurch diese hervorgerufen werden würden, hatten die Runen-Ingenieurinnen jedoch für sich behalten. Und natürlich hatten sie diese gute Neuigkeit erst zum Abschluss der Prozedur verkündet.

»Gut. Ich wollte sichergehen, dass Ihr es wisst, für den Fall, dass Ihr über die Gebühr im Norden festgehalten werden solltet.« Er lächelte väterlich.

Ich sah ihm fest in die Augen. »Ich verabscheue Euch und wofür Ihr steht, Adlon. Es ist mir unbegreiflich, was Vater einmal in Euch zu sehen geglaubt hat.«

»Oh, wir waren uns ähnlicher, als Ihr denkt.« Adlon öffnete die Zimmertür und schaute genervt, als er Santina entdeckte, die dort mit einem müden Lächeln auf ihn wartete. Vermutlich hatte er gehofft, wenigstens auf dem Weg hinaus die Gelegenheit zu bekommen, ein wenig im Haus herumzuschnüffeln.

Kaum hatte sich die Tür hinter den beiden geschlossen, sank ich ermattet in mein Kissen zurück. Ich war völlig erledigt und das lag nicht nur am Wundschmerz.

Adlons Auftauchen hatte alles verändert. Da man mich verfolgen konnte, war es zu gefährlich, mit Alice irgendwohin zu springen. Hier bleiben war aber ebenso unmöglich. Vor allem, nachdem ich wusste, dass sie das Anwesen beobachteten und bereits wegen der Magieausbrüche misstrauisch geworden waren. Wie ich es drehte und wendete, kam ich immer wieder auf den Drachen zurück. Ich brauchte Myrkurs Hilfe, um Alice zu schützen. Für sie bedeutete das, dass sie das Wonderland aufgeben musste, Kjell nie wiedersehen würde und als Ausgleich dafür meine Frau werden musste. Ich schloss die Augen. Bei den lebenden Sternen, das war nicht gut! Lieber hätte ich mich nackt in Myrkurs Feuerstrahl gestellt, als Alice diese Neuigkeit überbringen zu müssen.

Santinas Magie

Ich stand mit Leanor als Aufpasserin an der offenen Hintertür der Küche, als Santina endlich wiederkam. Der Sturm hatte nachgelassen. Der Himmel war klar, die Sterne standen hoch. Die Nacht war so friedlich wie schon lange nicht mehr und etwas von diesem Frieden ließ sich auch in mir nieder. Auf den Wangen spürte ich noch die Hitze des Backofens. Das erste Blech war mir verbrannt, weil ich die Temperatur des Ofens nicht richtig eingeschätzt hatte. Doch anschließend hatte ich ein duftendes Blech nach dem anderen zum Abkühlen bereitgestellt. Santina stellte sich neben mich. »Sind noch welche für mich übrig geblieben?«

Ich deutete auf den Teller, auf dem sich die Haferkekse und Nussplätzchen unter einem sauberen Geschirrtuch türmten.

Santina nahm sich zwei Nussplätzchen und kam wieder zu mir. »Wie bist du an Lady Ellinors Tagebuch gekommen? Und vor allem, wo hast du das gefunden?«

Ach verdammt. Es war mir vorhin doch gleich verdächtig vorgekommen, dass sie so schnell aufgegeben hatte. Der Schreck verflog jedoch rasch. Wenn sie hier bei mir stehen und es mir erzählen konnte, war ihr ganz offensichtlich nichts geschehen. Ich zuckte die Schultern und versuchte, nicht allzu schuldbewusst auszusehen. »Ich wollte sie eigentlich nur berauben. Für meine Flucht, weißt du? Als ich auf der Suche nach irgendetwas von Wert ihr Zimmer durchsucht habe, bin ich darauf gestoßen.«

Santina reagierte nicht im Mindesten schockiert. »Hast du darin gelesen?«

»Ja.« Ich schluckte. »Ich nehme an, es ist dir gelungen, es heimlich zu holen?«

»Das war nicht schwer.«

»Wirst du mich verraten?«

Santina sah mich nachdenklich an. »Das hab ich noch nicht entschieden.«

»Schau mal … ich weiß, dass es nicht richtig war. Wenn sie es schon wissen muss, sage ich es ihr selbst, okay?«

Sie nickte zögernd.

»Wo ist es?«

»Ich hab es zurück an seinen Platz gebracht.«

»Danke.«

»Du wirst es ihr gestehen?«

Ich seufzte. »Ja. Mach ich.«

»Gut.« Santina wirkte zufrieden. »Lord Vertanen möchte dich in einer Stunde sprechen. Lass uns in dein Zimmer hinaufgehen. Du solltest wirklich ein Bad nehmen.« Sie sah auf einmal entschlossen aus. »Und Fran hat unrecht. Dein Haar ist ein bisschen verwahrlost, aber schneiden müssen wir es nicht.«

Santina brachte mich in das Gästezimmer, in dem Lady Ellinor mich über die neue Sicht aufgeklärt hatte. Ich wusste noch nicht genau, was ich davon halten sollte, auf welch heimtückische Art sie meinen Geist manipuliert hatte. Es war nicht richtig gewesen, das ohne mein Einverständnis zu tun, doch gleichzeitig war ich ihr dankbar. Damals in den ersten Tagen hätte ich es bestimmt weniger gut verkraftet als jetzt. Oder? Ich war nicht sicher. Ich wollte darüber mit Santina sprechen, doch zuvor gab es noch etwas anderes, was ich wissen wollte. »Santina, wieso hat Lady Ellinor die Kinder bei sich aufgenommen?«

»Weil ihre Eltern Angst um sie haben. Angst, dass sie getötet werden.«

»Wer tut so was? Warum?«

»Niemand weiß es. Es fing vor etwa fünf Jahren an, dass Kinder von Niederen tot und ihrer Magie beraubt gefunden wurden. Sehr vereinzelt nur. Anfangs zumindest. Inzwischen passiert es täglich. Lady Ellinor hat ein Netzwerk gegründet. Wir sind ihre Dienstmädchen, aber wir sind auch Vermittler und in dieser Funktion reisen wir abwechselnd in Wynterhaav herum. Wir sprechen mit den Eltern und wenn sie uns die Kinder anvertrauen, bringen wir sie her. Niemand weiß, wohin wir sie bringen. Nicht einmal die Eltern selbst.«

»Wer sind die Niederen?« Diese Bezeichnung gefiel mir ganz und gar nicht.

»Magische Wesen wie ich.«

»Das ist wirklich schlimm, Santina, und es tut mir sehr leid.«

Sie nickte. »Danke. Aber jetzt möchte ich für eine Weile nur von etwas Schönem sprechen. Außerdem hab ich dir eine Demonstration meiner Magie versprochen.«

»Ja!« Begeistert klatschte ich in die Hände.

»Gut. Es ist Zeit für ein Bad, meinst du nicht?«

Aus dem angrenzenden Badezimmer ertönte ein Hüsteln.

Ich ging ins Bad. Die Wanne war mit Wasser gefüllt. Dampf stieg in duftenden Schwaden auf. Es roch nach Vanille. Auf dem Schemel neben der Wanne entdeckte ich sogar angewärmte Handtücher. Ich war überwältigt vor Dankbarkeit. Santina musste eimerweise heißes Wasser heraufgeschleppt haben. »Wow! Ist das wirklich für mich?«

Santina war mir gefolgt. »Für wen sonst?« Sie grinste stolz. »Das ist übrigens meine Form von Magie.«

»Was meinst du?«

»Während wir beide eben in der Küche standen, hab ich mich geteilt und das hier gerichtet.«

»Wie, geteilt?« Ich sah sie verständnislos an.

»Du erinnerst dich, als ich heute Nachmittag sagte, mit dir zusammenzuarbeiten würde mich aufhalten?«

»Ja?«

»Normalerweise teile ich mich, um ein Zimmer zu richten. Während eine Santina das Fenster putzt, schüttelt die andere die Betten auf und die dritte wischt den Boden. Das konnte ich in deiner Gegenwart natürlich nicht praktizieren, vor allem, da gleichzeitig immer nur eine von uns sichtbar sein kann. So gut ist nicht einmal Lady Ellinors Schleier, dass dir das verborgen geblieben wäre. Es hätte bestimmt merkwürdig auf dich gewirkt, wenn sich ein Kissen von selbst aufgeschüttelt hätte, oder?«

»Ab und zu ist mir schon aufgefallen, dass plötzlich irgendwo etwas lag, was wenige Augenblicke zuvor nicht dort gewesen war. Nie war jemand zu sehen, der es gebracht haben konnte. Warst das immer du? Oder können die anderen das auch?«

»Immer nur ich. Ich bin eine Seltenheit.«

»Das ist so faszinierend!« Vor Aufregung zitterte ich am ganzen Körper. Ich verschränkte die Hände hinter meinem Rücken. Je früher ich an den Punkt kam, an dem ich das Ungewöhnliche als das neue Normal betrachtete, desto besser. »Darf ich sehen, wie du das machst?«

Sie machte ein Gesicht, das deutlich verriet, wie sehr sie gehofft hatte, dass ich das fragen würde.

Und schon ertönte eine Stimme aus dem Schlafzimmer. »Kommst du mal kurz?«

Ich rannte hinüber. Santina stand am Fenster. Auf dem Bett war ein Silbertablett abgestellt. Darauf befanden sich ein Teller Kekse, eine Tasse und eine Teekanne. »Das hat eine der Santinas reingebracht, als wir im Bad waren?«

»Genau.« Sie setzte sich auf das Bett, nahm die Kanne und schenkte ein.

Im Bad hüstelte es wieder.

Ich stürmte zurück.

Dort stand Santina und prüfte in einer vorgeschobenen lässigen Geste mit der Hand die Temperatur des Badewassers. Dabei grinste sie vor Stolz bis über beide Ohren. Ich linste zur Tür hinaus ins Schlafzimmer und wieder zurück. Japp, es waren zwei Santinas. Die Santina im Bad zwinkerte mir zu und löste sich auf.

»Ich bin beeindruckt! Wirklich. Total von den Socken.«

»Die Nebengestalt zu manifestieren kostet Kraft, deswegen kann ich sie nur kurz aufrecht erhalten, aber ja, ich finde auch, dass das beeindruckend ist.« Stolz fügte sie hinzu: »Es macht mich zur perfekten Zofe.«

»Außerdem ist es prima, um Leute zu belauschen, oder?«

Ich hatte es als Spaß gemeint, doch Santina versteifte sich merklich und wechselte rasch das Thema. »Wie gesagt, wir sind die perfekten Diener. Ich könnte dir gleichzeitig in die Stiefel helfen und dir deinen Mantel aus dem Nebenzimmer holen.«

Ich lächelte sie an. »Oder ich erledige beides selbst.«

»Willst du mich beleidigen?«

»Nein. Aber ich will mich von einer Freundin auch nicht bedienen lassen.«

Kurz hatte ich den Eindruck, als ob ihre Hörner ein bisschen goldener schimmerten. »Das sehen wir noch. Jetzt wirst du erst deinen Tee trinken und anschließend gehst du in die Wanne.«

Ich protestierte nicht.

Im duftenden Wasser zu liegen war so herrlich, dass ich darüber sogar das ärgerliche Gemurmel der Badezimmertür ignorieren konnte. Um nicht von diesen unsäglichen Augen angestarrt zu werden, hatte ich eines der Badehandtücher über sie gehängt. Ich rutschte in der Wanne so weit abwärts, dass ich bis zum Kinn im Wasser lag. Es schien ein ganzes Leben her, dass ich mich so wohlgefühlt hatte. Santina drängte darauf, mir die Haare waschen zu dürfen. Ich hatte nicht vor, sie jemals als Dienerin zu betrachten, aber als sie hartnäckig behauptete, mich verwöhnen und nicht bedienen zu wollen, gab ich nach.

Zurück im Schlafzimmer entdeckte ich als Erstes ein Kleid nebst Unterwäsche und weiterem Zubehör, das auf dem Bett für mich bereitlag. Diesmal wusste ich, dass die andere Santina die Sachen geholt hatte, während wir im Bad gewesen waren. Seufzend betrachte ich das schwarze Kleid. Fran hatte vermutlich nicht mehr getan, als den Saum herunterzulassen, denn die Hexe und ich besaßen eine ähnliche Figur. Das änderte natürlich nichts daran, dass das tiefschwarze, mit Spitze versehene Kleid in jeder Hinsicht dem Geschmack Lady Ellinors entsprach. Ich dachte einen Moment nach, dann sah ich Santina entschlossen an. »Würdest du mir eine Frage beantworten?«

»Natürlich.«

»Existieren die Sachen noch, mit denen ich hergekommen bin?«

»Ja.« Sie lächelte und schien ein paar Zentimeter zu wachsen. »Ich hab sie in meinen Schrank gehängt für den Fall, dass du irgendwann danach fragen würdest.«

Santina sagte nichts dazu, dass ich das extra für mich umgeänderte Kleid verschmähte, sah mich in meinem Wonderland-Outfit jedoch äußerst kritisch an. Mein Blick war nicht weniger kritisch. Der Rock war am Bund zu weit und die Strumpfhose war nicht so warm wie das Paar, das ich bisher getragen hatte. Dennoch war ich zufrieden. Es verlieh mir ein Gefühl von Geborgenheit, die eigenen Sachen zu tragen.

»Fertig?«

Ich nickte.

»Gut, dann kommt bitte. Lord *Rodin* erwartet Euch im Salon.«

»Würdest du bitte beim Du bleiben?«

Sie schüttelte ernst den Kopf. »Das müssen wir uns beide abgewöhnen.«

»Dafür gibt es keinen Grund.«

»Nein, Alice.«

»Aber wenn wir allein sind? Bitte.«

Sie seufzte und wirkte auf einmal ganz traurig. »Also gut. Von mir aus. Wir werden sowieso nicht mehr lang zusammen sein.«

»Was? Wieso?«

»Du gehst von hier weg, schon vergessen?«

»Nein. Natürlich nicht.« Ich sah sie betroffen an. Santina nie wiedersehen zu können, wäre ein schrecklicher Verlust. Auch sonst fühlte ich mich merkwürdig. Ich horchte in mich hinein und erkannte, dass ich Angst hatte. Einige Aspekte meiner jüngsten Geschichte hatte ich mir noch nicht so richtig vor Augen geführt. Verständlich. Ich konnte das alles nur in kleinen Häppchen verdauen. Doch ich würde es bald tun müssen und ganz sicher, ehe ich den Weg nach Hause antrat. Was hatte Rodin gesagt? Er hatte mich entführt, damit ich nicht entführt wurde. Ich glaubte ihm inzwischen, konnte aber nicht einschätzen, was es in letzter Konsequenz für mich bedeutete.

So lange es Leute gab, die dachten, dass ich die … na ja, die Thronerbin war, stand jedoch zu befürchten, dass es einen erneuten Entführungsversuch geben würde. Würde Kjell mich beschützen können? Er hatte gesagt, er würde für mich töten. Mir kam der irre Gedanke, dass er das vielleicht sogar schon getan haben könnte. Ich runzelte die Stirn. Jetzt ging es aber mit mir durch! Ich seufzte und dann kam mir ein neuer Gedanke. Konnte es möglich sein, dass ich von hier gar nicht wirklich wegwollte? So schrecklich es mir anfangs vorgekommen war, hier zu sein, hatte ich mich inzwischen daran gewöhnt. Ich hatte jeden Morgen gewusst, wie mein Tag aussehen würde, Porridge am Herd, Küchendienst, Schweineeimer, Eier sammeln, Böden schrubben, Staub wischen, Schweineeimer und so weiter. Ein Angstkloß entstand in meinem Bauch, der mit jeder Sekunde größer wurde, in der ich über meine Zukunft nachdachte. Einem Impuls folgend warf ich mich Santina um den Hals. »Was können wir tun, um uns nicht aus den Augen zu verlieren? Kannst du mich nicht besuchen? Rodin könnte dich vielleicht bringen, wenn wir ihn bitten. Oder kannst du selbst die Welten wechseln? Und wie kann ich überhaupt die Welt wechseln? Brauche ich dazu diesen bitteren Tee?«

Santina drückte mich fest, dann schob sie mich ein Stück von sich und sah mich unglücklich an. »Ich weiß nichts von diesem Tee und was den Rest anbelangt, werden wir sehen, was passiert.«

»Aber Rodin wird mich doch nach Hause bringen, nicht wahr? Er ist der Typ Mensch, der seine Versprechen hält.«

Santina sah mich bekümmert an. Sie nahm mich an der Hand. »Das wirst du gleich herausfinden.«

Balancieren auf einem vereisten Seil

Ich wusste genau, wie Alice aussah, wenn sie am Morgen ihre erste Tasse Tee trank, noch ganz verschlafen und mit wirren Locken. Zuerst schnupperte sie genießerisch, dann blies sie vorsichtig auf die Oberfläche, ehe sie die Augen schloss und einen ersten winzigen Schluck kostete. Ich wusste auch ganz genau, wie sie aussah, wenn sie wütend war. Der warme Glanz in ihren Augen schwand und ihr wunderschöner, sonst so herrlich großzügiger Mund wurde hart. Auf diese Weise sah sie normalerweise nur Kjell an, doch heute, dessen war ich mir gewiss, würde ich es sein, der diesen Blick von ihr erntete.

In Gedanken hatte ich mir eine Liste mit den Punkten gemacht, über die sie Bescheid wissen musste, ehe ich auf das Eigentliche zu sprechen kam – meinen Vorschlag, sie zu heiraten. Nervös tippte ich mit den Fingern auf die Sessellehne. Ich hatte eine Hose angezogen, in der ich Bewegungsfreiheit besaß, trotzdem war es höllisch unangenehm, wie der Stoff über die Wunde scheuerte. Das Warten zog sich endlos, aber möglicherweise kam es mir auch nur so vor, weil ich so nervös war. Die Augen an der Tür waren größtenteils geschlossen, ich spürte jedoch, wie mich das Haus beobachtete, während es kontinuierlich Magie in mich einsickern ließ.

Als sich die Augen in vollkommener Synchronisation öffneten, wusste ich, dass Alice gleich da sein würde. Mein Herz wechselte augenblicklich zu einem schnelleren Takt. Ich atmete tief und langsam aus und entspannte die Muskeln. Ich wollte Gelassenheit ausstrahlen und wie ein Mann wirken, der ganz genau wusste, was zu tun war. Alice sollte sich in meiner Gegenwart sicher fühlen.

Die Tür öffnete sich in dramatischer Langsamkeit. Flüchtig fragte ich mich, ob das Haus eine ganz eigene Art von Humor besaß. Sehr oft waren Quietschgeräusche zu hören, oder lautes, geradezu filmreifes Knarzen. Santina und Alice tauchten im Türrahmen auf. Sie standen eng beieinander. Alice trug die Kleider, die sie bei ihrer Ankunft angehabt hatte. Sie wirkte nervös, lächelte mich jedoch an. Santina hingegen sah aus, als litte sie schreckliche seelische Qualen. Vielleicht wurde sie auch krank, denn die Goldfarbe ihrer Hörner wirkte stumpf. Sie warf mir einen flehenden Blick zu, den ich so deutete, dass ich mich gut um Alice kümmern sollte, dann wirbelte sie herum und löste sich wenige Augenblicke später in Luft auf. Alice starrte besorgt auf die Stelle, an der Santina gerade noch gestanden hatte. »Sie ist heute nicht wie sonst. Irgendetwas stimmt nicht mit ihr.«

Das Gefühl hatte ich ebenfalls. Als ich auf dem Weg hierher an Ellinors Gemächern vorbeigegangen war, hatte ich gehört, wie die beiden flüsternd miteinander gestritten hatten. Worum es bei der Auseinandersetzung gegangen war, wusste ich leider nicht. Beim Eintreten der beiden hatte ich mich erhoben, nun deutete ich auf den Lehnsessel, den ich nahe an den Kamin geschoben hatte, damit sie es schön warm hatte. »Komm herein. Setz dich bitte.«

Alice trat zum Sessel, blieb jedoch davor stehen.

»Zu nahe am Feuer?«

Sie sah mich überrascht an. »Ich werde mich in der Nähe von offenem Feuer vermutlich niemals völlig entspannen können. In den vergangenen Monaten habe ich jedoch so sehr gefroren, dass ich ein Kaminfeuer inzwischen durchaus schätze. Feuer bedeutet nicht nur Zerstörung, das ist mir klar geworden. Es schenkt Geborgenheit, Wohlbefinden. Wenn ich diesen Frieden mit nach Hause nehmen kann, ist nicht alles schlecht gewesen.«

Ich deutete abermals zum Sessel. »Ich gestehe, dass ich mich dringend setzen muss. Würdest du mir also den Gefallen erweisen und Platz nehmen, damit ich nicht unhöflich sein muss?«

»Oh. Na gut.« Sie nahm Platz. Es sah ungemütlich aus, wie sie mit kerzengeradem Rücken ganz vorne auf der Kante saß. »Entspann dich doch bitte.«

»Ich bin entspannt.«

Ihre Stimme war flach, was auf das Gegenteil hindeutete, doch ich wollte nicht darauf herumreiten. Ich räusperte mich. »Bei unserem letzten Gespräch bin ich sehr plötzlich gegangen.«

»Davongerannt, meinst du?«

»Das trifft es wohl besser.« Ich schenkte ihr ein entschuldigendes Lächeln. Alice lächelte zurück und auf einmal hatte ich Mühe, mich zu konzentrieren. »Ich habe mir jedenfalls fest vorgenommen, unsere zukünftigen Gespräche zu Ende zu führen.«

»Das heißt, du würdest mich ins Eisloch mitnehmen, sobald es schwierig für dich würde? Denn da musstest du doch hin, weil deine Magie auszurasten drohte, oder?« Sie bemerkte meinen überraschten Blick. »Santina hat mir erklärt, warum du gar nicht anders konntest als wegzurennen.« Sie atmete tief ein und streckte die Hände gegen die Flammen. »Ist die Hitze gerade nicht zu viel für dich?«

»Es kann sein, dass ich irgendwann im Laufe des Gesprächs das Fenster öffnen werde.«

»Das hat beim letzten Mal schon nicht funktioniert.«

»Da war ich nicht darauf gefasst, was für einen Verlauf unsere Unterhaltung nehmen würde. Heute bin ich gewappnet.« *Weil dieses Gespräch in jedem Fall höllisch unangenehm werden wird.*

Sie nickte. »Ich kontrolliere meinen Atem, wenn ich meine Gefühle in den Griff bekommen muss. Wenn du dich der Kälte aussetzt, hat es einen ähnlichen Effekt, oder?«

»Das mit dem Atmen praktiziere ich ebenfalls und es gibt weitere Praktiken, um die innere Ruhe zu bewahren, die ich dir bei Gelegenheit demonstrieren werde, wenn du möchtest. Kälte wirkt sich am allerschnellsten auf die Magie aus. Es ist wie beim Nudelkochen. Wenn es zu stark aufsprudelt, hilft es, einen Schluck kaltes Wasser zuzugeben.«

Sie hob die Augenbrauen. »Du kannst kochen?«

»Das möchte ich nicht behaupten, aber ich habe viel Zeit in der Küche verbracht und einer Person dabei zugesehen, die ich sehr mag.«

»Hm.« Alice runzelte die Stirn.

Was hätte ich geantwortet, wenn sie gefragt hätte, wer diese Person war, die ich sehr mochte? Hätte ich es gewagt, ihr ehrlich zu antworten? Nein. Meine Gefühle für sie mussten unerwähnt bleiben. Ich hatte mir vorgenommen, Alice die unausweichliche Heirat mit mir dadurch erträglicher zu machen, dass ich es ihr als eine Art Geschäft zwischen uns vorschlug.

Sie starrte wieder ins Feuer. »Ich hätte diesen Magieausbruch gern gesehen.«

Ich verzog das Gesicht.

»Ist das ein ungebührlicher Wunsch?«

»Es ist eine gefährliche Schwäche, in einen derartigen Zustand zu geraten.«

»Bist du nicht ein wenig zu hart zu dir?«

»Im Gegenteil. In dieser Angelegenheit kann ich gar nicht streng genug mit mir sein. Die Kontrolle über seine Magie zu wahren, ist in bestimmten Situationen lebenswichtig. Stell dir eine Auseinandersetzung zwischen zwei Magiern vor. In der Sekunde, in der einer von ihnen auf einen Schlag sämtliche magische Kraft verliert, hat der andere gewonnen. In früheren Zeiten endete so etwas tödlich.«

Alice hörte mit ernstem Gesichtsausdruck zu. Ihr Blick war dabei auf das prasselnde Kaminfeuer gerichtet. Mir war aufgefallen, dass sie Augenkontakt mied. Ahnte sie endlich, dass sie mich bereits kannte?

Wir schwiegen. Alice betrachtete die züngelnden Flammen. Ich betrachtete Alice. Sie hatte gebadet, ich roch den Duft von Ellinors Lavendelseife. Die roten Locken fielen ihr offen und in neuem Glanz auf den Rücken, wodurch ihr hager gewordenes Gesicht ein bisschen weicher wirkte. Die faszinierenden Kupfersträhnen, die ihre Mähne durchzogen, glänzten und funkelten im Licht des Kaminfeuers und schienen mit den züngelnden Flammen zu flirten.

Ich holte tief Luft und machte mich bereit. Dann knackte ein Ast und ein Funkenregen sprühte. Alice zuckte zusammen, dann sah sie mich lächelnd an. »Ich glaube, ich hab gerade zum allerersten Mal in meinem Leben gedacht, dass Feuer wunderschön aussieht. Findest du das nicht auch?«

Ich nickte zögernd. Alice' Beziehung zum Feuer und wie sie es geschafft hatte, ihre Angst davor zu überwinden, interessierte mich … nun ja, brennend. Beide waren wir von seiner zerstörerischen Kraft gezeichnet, sie seelisch, ich körperlich. Verband uns das nicht irgendwie? Es war sowohl irritierend als auch ärgerlich, wie ich immer wieder an einen Punkt gelangte, an dem ich beinahe schon verzweifelt nach Gemeinsamkeiten zwischen uns suchte. Ich machte mir energisch klar, dass ich nicht hier war, um meiner Geliebten einen Antrag zu machen. Ich war hier, um der Frau, die als Einzige mein Land retten konnte, ein Geschäft vorzuschlagen. Erneut machte ich mich zum Weitersprechen bereit.

Diesmal machte mir Alice einen Strich durch die Rechnung. Plötzlich sprang sie auf.

Ich wollte mich ebenfalls erheben, doch sie machte eine Geste, die mir bedeutete, sitzen zu bleiben. »Hast du auch welche gekriegt?«

»Keine Ahnung, wovon du sprichst?«

»Bin gleich wieder da.«

Sie stürmte auf die Zimmertür zu, zögerte kurz und sagte dann mit lauter, klarer Stimme. »Bitte öffne dich!«

Die Tür gehorchte so prompt, dass es beinahe an Ehrerbietung grenzte.

Als sie zurückkam, trug sie ein Tablett, auf dem sich zwei Teetassen und ein Teller befanden. Darauf stapelten sich … Kekse.

Mit einer Hand balancierte sie das voll beladene Tablett, während sie gleichzeitig den kleinen runden Beistelltisch zwischen unsere Sessel schob. Als sie wieder Platz nahm, streifte sie ihre Sneaker ab und zog die Beine hoch. Mit strahlendem Blick sah sie zu mir. »Tee und ehrliche Kekse. Damit lassen sich alle Dinge der Welt besser besprechen.«

Ich starrte die Kekse an. Sie sahen perfekt aus, mürbe und zugleich knusprig, und sie dufteten fantastisch. Alice besaß die Begabung, aus den einfachsten Zutaten etwas Besonderes zu machen. Das war nur möglich, weil sie das, was sie tat, so sehr liebte. Mir wurde die Kehle eng. Was wollte ich ihr nur antun?

»Ich bin so dankbar dafür, dass deine Schwester mir erlaubt hat, diese Kekse zu backen. Es war allerdings auch eine Herausforderung.« Sie lachte. »Die Temperatur des Backofens richtig einzuschätzen, ist eine Kunst für sich. Das erste Blech ist völlig danebengegangen. Ich hab Vorräte verschwendet, und das gegen Ende des Winters, wenn ohnehin alles knapp ist.« Plötzlich wurde sie traurig. »Ich gehe davon aus, dass ich für eine Weile untertauchen muss, ehe ich das Wonderland eröffnen kann? Zuerst müssen alle, die hinter mir her sind, begreifen, dass ich die falsche Person bin. Du …«, sie schluckte, »du wirst mir doch helfen, diesen Irrtum zu korrigieren?«

Ich hob eine Augenbraue. »Santina muss Ellinor und mich belauscht haben, als wir in der Eingangshalle über dich gesprochen haben, und sie hat es dir prompt mitgeteilt.«

Alice sog die Unterlippe zwischen die Zähne und versuchte, unschuldig zu schauen. »Keine Ahnung, was du meinst.«

Fasziniert betrachtete ich ihre feucht glänzenden Lippen. Als es mir bewusst wurde, hob ich rasch den Blick zu ihren Augen. »Immer wenn du das machst, weiß ich, dass du entweder schwindelst oder gleich etwas Unüberlegtes tun wirst.« *Und es ist so verdammt verführerisch*, fügte ich in Gedanken hinzu.

Sie hielt meinem Blick etwas länger stand als zuvor, ehe sie ihn erneut abwandte. »Was tue ich immer?«

»Auf deiner Unterlippe herumkauen.«

Alice wirkte beleidigt. »So was Dummes mache ich nicht.«

Ich hob die Augenbrauen. »Oh doch. Du hast es gerade eben getan. Deine Lippen sind sogar noch feucht.«

»Mit dumm meine nicht das mit den Lippen. Ich meinte … dass ich nicht schwindeln würde, also dass es dumm sei zu schwindeln.« Sie sog die Unterlippe ein, nur ganz kurz, dann lachte sie auf. »Meine Güte, das ist peinlich.«

»Hm.« Ich schmunzelte.

»Na gut. Ich weiß, dass ich das mit der Lippe mache. Ich will es mir abgewöhnen. Es ist so ein Klischee!« Wieder lachte sie. »Und mit Santina hast du auch recht. Ich hab geschwindelt, weil ich nicht möchte, dass sie Ärger bekommt.« Eine feine Röte überzog ihre Wangen.

In der ganzen Zeit, in der ich sie mit Kjell beobachtet hatte, war sie kein einziges Mal rot geworden und auch er hatte sie das eine oder andere Mal beim Schwindeln ertappt. Ich hatte nicht das Gefühl, als löge Alice jemals mit Vorsatz, es entschlüpfte ihr einfach, wenn ihr etwas nicht in den Kram passte oder, was weitaus häufiger vorkam, wenn sie Angst hatte, jemanden zu verletzen. Erwischte man sie dabei, was beinahe die Regel war, wand sie sich nicht endlos, sondern gab es freimütig zu. So wie gerade eben. »Ich kann dich beruhigen, ich kenne Santinas Angewohnheit zu lauschen nämlich gut, und ich bin ihr, besonders in diesem speziellen Fall, nicht böse. Ich frage nach, weil ich auf diese Weise entscheiden kann, ob ich mit meinen Erklärungen bei null anfangen muss oder mir Worte sparen kann.«

»Weiß deine Schwester ebenfalls Bescheid über Santinas kleines Hobby?«

»Natürlich.«

»Und ihr akzeptiert es beide, einfach so?«

»Wir wissen, dass wir uns auf Santina zu hundert Prozent verlassen können. Abgesehen davon stehen Ellinor und sie sich sehr nahe. Meine Schwester hat, soweit ich weiß, keine Geheimnisse vor ihr und würde eher eine Kröte schlucken, als diese Freundschaft zu gefährden.«

»Das ist gut.« Alice stieß geräuschvoll den Atem aus. »Und wie sieht es nun aus, wirst du mir helfen?«

»Ich werde dir helfen.«

Sie strahlte mich an.

»Allerdings leider nicht so, wie du es dir erhoffst. Du bist die Erbin für Wynterhaavs Thron und hast eine Pflicht deinem Volk gegenüber.«

»Du hast recht. Das ist nicht das, was ich hören möchte.« Ihr Gesicht verdüsterte sich. »Aber von mir aus. Glaub das ruhig, wenn du unbedingt möchtest. Kjell wird etwas einfallen, um dieses Problem zu lösen. Ihm fällt immer etwas ein.« Sie nahm ihre Tasse, trank jedoch nicht, da ihre Hand unkontrolliert zitterte. Vorsichtig stellte sie sie wieder ab. »Wann bringst du mich heim?«

Nun war es so weit. Ich stand am Abgrund. »Ich werde dich nicht in die Anderswelt zurückzubringen. Es ist unmöglich.«

»Warum?« Noch blieb sie ruhig, nur ihre Augen verengten sich.

»In Wynterhaav sorgt die Graue Garde für die Einhaltung der Gesetze. Seit Neuestem hat sie die Möglichkeit, zu kontrollieren, wohin wir Edlen springen. Vermutlich wissen sie sogar, ob ich dabei in Begleitung bin oder nicht. Auf jeden Fall beobachten sie mich. Sie wären uns in dem Moment auf den Fersen, in dem wir in der Anderswelt ankommen.«

»Dann war es jemand von der Grauen Garde, der mich entführen wollte?«

»Richtig.«

»Kjell wird mich beschützen.« Leise fügte sie hinzu: »Wie merkwürdig. Neulich sagte er, er würde für mich töten. Als ob er irgendetwas von diesen ganzen Schwierigkeiten geahnt hätte.«

Ich sah sie überrascht an. Was für ein Zufall, dass nur wenige Straßen von ihrer Wohnung entfernt drei Leichen aufgetaucht waren. Kjells Heiratsantrag war obendrein zu einem verdammt passenden Zeitpunkt gekommen. Der König war so krank, dass niemand mehr mit seiner Gesundung rechnete. Der Thron war in greifbare Nähe gerückt. Das hatte meinen Argwohn gegen den guten Kjell ordentlich geschürt. Er könnte immerhin der zweite oder dritte Sohn eines kleineren Edlen sein, ich kannte sie schließlich nicht alle. Mein jüngster Besuch in der Anderswelt hatte in erster Linie ihm gegolten. Ich war neugierig gewesen, ob er Adlons Angriff als Wolf überlebt hatte. Er hatte es nicht nur überstanden, sondern zu meiner Überraschung auch noch das Wonderland in Eigenregie eröffnet. Es war nicht viel los gewesen, doch er hatte völlig erledigt ausgesehen, sorgenvoll und … wütend. Beides konnte ich bei aller Antipathie, die ich für ihn empfand, gut nachfühlen. Ich überlegte, ob ich Alice von der Eröffnung ihres Cafés erzählen sollte, entschied mich aber dagegen. Ich würde nur dann etwas sagen, wenn sie ausdrücklich nach Kjell fragte. Was sie bisher nicht getan hatte. Und war der Umstand, dass sie sich nicht für ihren Verlobten interessierte, nicht irgendwie aufschlussreich?

Alice hatte mich in Ruhe nachdenken lassen, doch ihr Blick war erwartungsvoll auf mich gerichtet. Ich schluckte den Kloß hinunter, der sich in meiner Kehle gebildet hatte. »Ganz bestimmt würde Kjell alles in seiner Macht Stehende tun, um dir zu helfen. Guter Wille und ein paar Muskeln werden gegen die Grauen jedoch nicht genügen.«

Alice drehte die Tasse in den Händen. »Aber es gibt doch bestimmt irgend eine Möglichkeit für meine Rückkehr, oder? Dir fällt bestimmt etwas ein.«

Es lag so viel Hoffnung in ihrer Stimme, es zerriss mir das Herz. Bedauernd schüttelte ich den Kopf. »Wie gesagt, sie wären uns in der Sekunde auf den Fersen, in der wir drüben ankommen würden.«

Sie starrte mich über den Rand der Teetasse hinweg mit großen traurigen Augen an. »Bedeutet das, dass ich nie wieder heimkann?«

»Ich weiß es nicht.«

Sie blinzelte schnell, wie um Tränen zu unterdrücken. Würde sie weinen? Nein. Sie hob den Arm, um mir den ausgefransten Ärmel ihrer Strickjacke zu zeigen. »Ich liebe diese alte Jacke. Ich liebe es, dass sie mir ein bisschen zu groß ist und dass sie nach nassem Schaf riecht. Und ich liebe dieses kleine Loch hier, dass Lewis beim Spielen hinein …« Sie stockte, sah mir in die Augen, schüttelte den Kopf, sah zur Seite und sprach rasch weiter. »An mir ist nichts königlich, nicht mein Aussehen, nicht meine innere Haltung. Nichts. Ich hab noch nie den Wunsch verspürt, mächtig zu sein.«

Und genau das machte sie zur perfekten Königin. Es brachte mich fast um, dass ich den Überschwang an zärtlichen Gefühlen, die ich für diese Frau empfand, unterdrücken musste. Leise, damit sie meine Emotionen nicht an der Stimme heraushören konnte, sagte ich: »Du sollst dich doch gar nicht ändern, Alice. Im Gegenteil. Genau so eine Königin wie dich braucht Wynterhaav.«

»Nein.« Entschieden schüttelte sie den Kopf. »Eine Herrscherin muss auch herrschen wollen! Ich dagegen möchte nur in meiner Backstube stehen, mit den Gästen plaudern und ihnen eine schöne Zeit bereiten. Am Abend will ich aufräumen, das letzte Geschirr abwaschen und nach Hause gehen, zu Kjell und Lewis. Ich bin gar nicht dazu fähig, Entscheidungen für ein ganzes Volk zu treffen. Man muss für diese Aufgabe erzogen worden sein.«

Ob sie auch noch so denken würde, wenn sie ihre Stiefschwester kennengelernt hatte? »Ich werde dir dabei helfen, diese Aufgabe zu meistern.«

»Selbst wenn ich nie nach Hause zurückkann, werde ich nicht Königin werden. Vergiss es also wieder, okay?« Sie wollte einen Schluck von ihrem Tee trinken, doch die Tasse in ihrer Hand zitterte stärker als je zuvor, und sie gab es endgültig auf. »Und überhaupt, als könnte ich einfach daherspaziert kommen und sagen: ›Hey, das ist ja ein hübscher Thron. Das ist jetzt meiner.‹«

»Dein Anspruch auf den Thron ist leicht zu beweisen.«

»Ach ja? Wie?«

»Im Schlafzimmer von König Walther hängt ein Gemälde, auf dem die Königin zu sehen ist. Niemand, der dich sieht, wird anzweifeln können, dass du ihre Tochter bist.«

»Um das vergleichen zu können, müsstest du wissen, wie meine Mutter ausgesehen hat. Wie wäre das möglich? Sie ist schon lange tot.«

Ich weiß es, weil ich deine Sachen durchwühlt und so gut wie alle Gespräche mit Kjell belauscht habe. Ich stöhnte innerlich auf. Dies war der perfekte Zeitpunkt, um Tee gegen Whisky zu tauschen. Ich erhob mich, sehr langsam, sehr vorsichtig. Die verletzte Haut spannte und juckte, doch es war erträglich. »Wir gehen in die Küche. Ich brauche meine Medizin.«

»Beantworte meine Frage!«

Ich ging zur Tür. »Ich hab ein Foto von deiner Mutter gesehen. Das mit dem Babybauch.«

»Warte!« Alice musste zwar in ihre Sneaker schlüpfen, doch bei meinem Schneckentempo war sie natürlich trotzdem schnell an meiner Seite. Ärgerlich zischte sie mich an. »Erst vor ein paar Minuten hast du versprochen, dass du einem Gespräch nicht mehr ausweichen würdest.«

»Ich brauche eine winzige Pause. Du weißt schon, wegen der überkochenden Nudeln. Und ich bin nicht davongelaufen, ich habe dich gebeten, mich in die Küche zu begleiten.«

»Okay. Gut. Von mir aus!« Sie hörte sich nach wie vor aufgebracht an, was nur zu verständlich war. Plötzlich schlug ihr Ton jedoch in Besorgnis um. Sie sah mich von der Seite an. »Warum läufst du so komisch?«

»Ich habe Schmerzen.«

»Was ist passiert?«

»Eine Auseinandersetzung«, sagte ich knapp.

»Santina sagte, du kämest ständig verletzt nach Hause. Das entspricht offenbar der Wahrheit.«

Ich zuckte die Schultern.

»Steht diese neue Verletzung im Zusammenhang mit mir?«

Verdammtes Weib! Wieso waren ihre Fragen nur immer so auf dem Punkt? »Ich habe eine Entscheidung getroffen, die schließlich zu der Verletzung geführt hat. Darauf hattest du zu keiner Zeit Einfluss, woraus sich ergibt, dass du dir diesen Schuh bitte nicht anziehen sollst.«

»Das ist nichts anderes als eine langatmige Umschreibung für – ja, Alice, es hat mir dir zu tun.«

Restlos alles in meinem Leben hat mit dir zu tun, Alice und genau so will ich es auch. Natürlich konnte ich auch das nicht sagen. Ein wenig hilflos zuckte ich erneut die Schultern. Ja, genau. So verhielt sich ein Mann, wenn er einer Frau vermitteln wollte, dass er wusste, was er tat und sie folglich bei ihm sicher war.

»Santina hat auch angedeutet, dass ich die in Wynterhaav zurzeit am meisten gesuchte Person bin. Ein paar Leute wollen mich anscheinend vor den Traualtar schleppen, während der Rest …« Sie fuhr sich mit dem Daumen in einer bezeichnenden Geste über die Kehle und sah mich fragend an. »Ja?«

»Das stimmt leider.«

»Super. Und Ellinor wird mich vor die Tür setzen.«

»Uns.«

Sie sah mich an und dann schnell wieder weg. »Wenn ich nur wüsste, wie es Kjell geht. Er dreht bestimmt durch vor lauter Sorge um mich. Wie schade, dass du nicht in meine Welt reisen konntest, um nach ihm und Jasper zu sehen.«

Ich durfte ihr nicht länger verschweigen, dass ich dort gewesen war. »Ich habe ihn gesehen.«

Ihre Augen wurden groß. »Wann?«

»Heute Morgen.«

Verständnislosigkeit zeichnete ihre Miene. »Hattest du nicht vor, es mir zu erzählen?«

Ich zögerte.

»Also nein!«

Wir waren an der Küchentür angekommen, die sich eben vor uns öffnete. Leanor kam heraus. Bei ihr befand sich ein Dienstmädchen, das ich noch nicht kannte. Sie sah aus wie eine jüngere Version Leanors. Es kamen ständig neue Leute ins Haus. Ellinor bot längst nicht nur den Kindern einen sicheren Unterschlupf, sondern auch Niederen, die sich gegen einen Edlen aufgelehnt hatten und deshalb verfolgt wurden. Die Köchin knickste und ihre Begleiterin tat es ihr ungelenk nach. »Benötigt Ihr etwas, Lord Vertanen?«

»Nein danke, Leanor. Mach Feierabend und ruh dich aus.«

»Wo denkt Ihr hin, Lord Vertanen, ich kann …«

Alice unterbrach sie sanft. »Wenn Lord Vertanen etwas braucht, werde ich mich darum kümmern. Du schuftest seit dem frühen Morgen. Lass mich helfen. Er ist bei mir in guten Händen.«

Leanor schenkte Alice ein dankbares Lächeln und scheuchte das Mädchen vor sich her die Treppe zu den Dienstbotenräumen hinauf. Alice sah ihnen mit einer Art freundlicher Neugierde hinterher. »Es muss praktisch sein, wenn man acht Arme hat. Kein Wunder, dass sie die Kartoffelberge so schnell verarbeiten kann.«

Wir betraten die Küche. Alice wartete, bis ich die Tür gebeten hatte, sich hinter uns zu schließen. Dann fuhr sie zu mir herum. »Ich hab geschwindelt. Ich werde mich kein Stück um dich kümmern!«

»Das ist in Ordnung, weil ich mich sowieso um dich kümmern möchte.«

Das brachte sie kurz aus dem Konzept. Die Wut war jedoch gleich wieder zur Stelle. »Warum hast du mir nicht sofort gesagt, dass du bei Kjell warst?«

Ich verschränkte die Arme vor der Brust. »Ich hatte meine Gründe.«

»Welche?«

»Es gibt ein paar Dinge zu besprechen. Wichtige Dinge. Ich musste entscheiden, wie ich dieses Gespräch am besten angehe und Kjell war nicht meine Priorität.«

»Nicht deine Priorität?« Sie stützte die Hände in die Hüften. »Du fängst schon wieder damit an.«

»Womit?«

»Zu entscheiden, was gut für mich ist. Du willst mich vor irgendetwas bewahren, oder?«

Schon wieder ein Treffer. Es war erschreckend, wie gut sie mich einzuschätzen wusste. »Was ist daran verkehrt, wenn ich mir Gedanken um dich mache?«

»Ich kann verstehen, dass du darauf geeicht bist, auf deine Gefühle achtzugeben. Ich lege auch gewiss keinen Wert auf die Erfahrung, wie es sein würde, wenn einem die ausgeflippte Magie das Dach über dem Kopf wegsprengt. Aber für mich gilt das nicht. Falls ich ausrasten sollte, fliegt höchstens mal eine Tasse. Ich krieg mich außerdem schnell wieder ein.«

»Es ist mir ein inneres Bedürfnis, die Menschen zu beschützen, die mir anvertraut sind, Alice. Das kann ich nicht einfach so ablegen.«

»Ich wurde dir nicht anvertraut, Rodin. Ich bin aus Gründen hier, die ich nicht angestoßen habe. Das macht mich nicht automatisch zu einem unmündigen Kind. Ich bin froh und dankbar, dass du mir helfen willst. Aber wenn du nicht damit aufhörst, mich zu bevormunden, verzichte ich darauf. Ist das angekommen?!«

»Ich will dich nicht beschützen, weil du schwach bist, auch wenn du das zweifelsohne bist. Ich muss es tun, weil du wichtig bist. Für Wynterhaav.« *Und für mich.* Ich gab mir Mühe, sie meinen Ärger über die Zurückweisung spüren zu lassen. Sie konnte sagen, was sie wollte. Nichts und niemand würde mich davon abzuhalten, sie zu beschützen, und zwar auf die Art und Weise, die ich für richtig hielt.

»Wie geht es Kjell?« Alice fing an, in der Küche umherzuwandern.

»Er hat das Wonderland eröffnet.«

»Er hat, was?« Sie wirbelte zu mir herum. Hätte ich ihr erzählt, dass Ellinor die Kinder aus dem Wald zum Frühstück zu verspeisen pflegte, hätte ihr Gesichtsausdruck nicht entsetzter sein können.

Es war schäbig einem Mann gegenüber, der nicht hier war, um sich zu verteidigen, doch heimlich freute ich mich über ihre Reaktion.

Alice schüttelte ungläubig den Kopf. »Das ist ein Scherz, oder?«

»Weshalb sollte ich darüber scherzen?«

»Weil der Mond in einer Backstube eher zu Hause wäre als Kjell. Das kann nichts werden! Bis ich zurück bin, hat er das Wonderland in einen Onlineshop verwandelt und sämtliche Gäste vergrault!« Kaum hatte sie das gesagt, wurde ihr Gesichtsausdruck schuldbewusst. »Als würde das eine Rolle spielen.« Sie atmete tief ein und aus. Ich wusste, dass sie in Gedanken ihren Atem zählte und zählte leise mit, da es nicht schaden konnte, mich ebenfalls ein bisschen zu beruhigen. Schließlich war sie so weit, ruhig weitersprechen zu können. »Wie kommt er zurecht?«

»Er hat Leute eingestellt, die ihm helfen. Das Café ist nicht gut besucht, tut mir leid, das sagen zu müssen, aber er gibt sein Bestes, das zu ändern.«

»Ja, klar, das ist auch gar nicht schlimm. Im Gegenteil. Es ist süß von ihm, dass er das für mich macht.« Sie hörte sich jedoch nicht im Mindesten so an, als fände sie es süß. Ihre Stimme war hart und der Nachhall ihrer Verärgerung klang darin mit. »Weswegen warst du dort?«

»Zum einen wegen Jasper. Ich hatte es dir versprochen.«

Ihre Augen leuchteten auf. »Und?«

»Ich fürchte, er war schon eine Weile nicht mehr an dem Häuserspalt.«

»Das hab ich befürchtet.« Ihr Gesichtsausdruck wurde streng. »Du hast mich beobachtet, als ich ihm die Sandwiches gebracht habe.«

Es war eine rhetorische Frage und ich sparte mir die Antwort. »Ich war nicht nur wegen Jasper da. Ich wollte mich vergewissern, dass Kjell Adlons Angriff überlebt hat.« Das war immerhin ein Teil der Wahrheit. Alice musste nicht wissen, dass ich ihren geliebten Kjell im Verdacht gehabt hatte, ihr seine Liebe nur vorzugaukeln, weil er in Wirklichkeit ein schlauer Edler war, dem es gelungen war, sich in ihr Leben zu schleichen. Wäre das der Fall gewesen, hätte ich ihn kaum dabei angetroffen, wie er alles nur irgendwie Mögliche tat, um den Traum seiner Verlobten zu retten. Ich mochte ihn nach wie vor nicht, doch wegen Alice freute es mich, dass ich mit meinem Verdacht falsch gelegen hatte.

Alice sah mich nachdenklich an. »Ich kann nicht fassen, dass er von einem Wolf angegriffen wurde. Wieso hat er das so unbeschadet überstanden?«

»Weil wir beide seine Aufmerksamkeit auf uns gezogen hatten.«

»Den Wolf habe ich bisher immer als Teil eines Traums angesehen.«

»Das ist Ellinors geistigem Schleier zu verdanken, sie wollte …«

»Ich hoffe, du willst sie jetzt nicht in Schutz nehmen und mir diese Untat als etwas verkaufen, was eigentlich gut für mich war.«

Ärgerlich presste ich die Lippen zusammen. Es galt zwar auch in ihrer Welt als unhöflich, jemanden zu unterbrechen, doch in Wynterhaav war die Reaktion darauf in der Regel schärfer. Besonders dann, wenn eine Frau es wagte, einem Mann ins Wort zu fallen. »Ich hatte nicht vor, Ellinor zu verteidigen. Allerdings schadet es nicht, sich über die Beweggründe eines anderen im Klaren zu sein. Es wäre besser, ihr beide würdet einander verstehen.«

»Hm.«

»Darüber hinaus bin ich da, um dich zu unterstützen.«

»Das ist nicht nötig. Wie ich es dir schon oft genug gesagt habe: Ich komme zurecht. Ich habe das Schlimmste erlebt, was einem Kind passieren kann. Meine Eltern sind gestorben. Daran musste ich wachsen, ob ich wollte oder nicht. Ab und zu fährt das Leben wie ein stürmischer Wind in meine Baumkrone, wenn du so willst, aber meine Wurzeln sind fest verankert.«

»Ein schönes Bild. Es geht hier jedoch um einen Tornado, der auf dich wartet, und nicht um einen kleinen Sturm.«

»Lassen wir die Wettermetaphern, okay? Ich lasse die Geschehnisse auf mich zukommen.« Sie seufzte. »Zurück zum Wolf, er war also echt?«

»Wie man es nimmt. Sein Name ist Adlon, er ist der Hauptmann der Grauen. Der Wolf ist die Gestalt, in die er sich wandeln kann.« Alice' Miene gab mir keinen Hinweis darauf, ob sie endlich die richtigen Schlüsse gezogen hatte und wusste, dass Lewis und ich eins waren. Ich ging durch die Küche und fing an, Türen zu öffnen. Bestimmt wusste Alice, wo der Whiskyvorrat zu finden war, doch ich wollte sie nicht fragen, denn das hätte sie unweigerlich daran erinnert, dass sie Ellinors Dienstmädchen gewesen war.

»Und das mit dem Schrumpfen? Bin ich wirklich so winzig geworden, dass … dass mich mein Kater …«, sie holte tief Luft, »mich im Maul durch London geschleppt hat?«

»Deine Erinnerung trügt dich nicht.« Ich wartete darauf, ob sie weiter nach Lewis fragen würde, doch das geschah nicht.

Alice stieß erneut einen tiefen Seufzer aus. »Okay. Wenigstens weiß ich jetzt, dass es Kjell gut geht. Dass er das Café eröffnet hat, bedeutet, dass er die Hoffnung auf meine Rückkehr noch nicht aufgegeben hat.«

Ich nickte und machte ein neutrales Gesicht.

»Wozu war das Schrumpfen nötig?«

»Wir können bei einem Sprung Gegenstände mitnehmen, aber normalerweise keine normalen Menschen, außer sie sind sehr klein. Es ist eine Frage der zur Verfügung stehenden Energie.«

Sie nickte nachdenklich. »Meine Mutter war angeblich die frühere Königin deines Landes. Besaß sie Magie?«

»Ja.«

»Aber ich bin ein normaler Mensch?«

»Das erfahren wir erst, wenn König Walther dich berührt hat.«

»Mein angeblicher Vater.«

»Nein. Dein Vater.«

Sie schnaubte. »Kommen wir noch einmal darauf zurück, dass du angeblich weißt, wie meine Mutter ausgesehen hat. Liegt es nur daran, dass ich ihr ähnlich sehe, oder gibt es weitere Hinweise?«

Von nun an balancierte ich auf einem eisigen Seil. »In deinem Schlafzimmer steht ein Foto in einem Rahmen auf einer der Kommoden. Darauf ist deine Mutter zu sehen.«

»Du hast vorhin schon erwähnt, dass du das Foto kennst. Darf ich fragen woher?«

Ich gab meine Bemühungen auf, etwas anderes außer Töpfe und Pfannen und Teller in den Schränken zu finden. Der Whisky musste warten. Ich ging zu Alice, trat ganz dicht zu ihr. Als sie den Kopf drehen wollte, um wie die Male zuvor meinem Blick auszuweichen, nahm ich ihr Gesicht sanft in beide Hände. »Du weiß, wer ich bin, Alice. Du weißt es schon längst. Deine Frage nach dem Foto beantwortet sich von selbst, sobald du es vor dir zuzugeben bereit bist.«

Etwas flackerte in ihren Augen. Doch dann trat sie zurück und meine Hände gaben sie frei. Genervt schüttelte sie den Kopf. Ihre Locken flogen und verbreiteten den Duft nach Lavendel. »Du gehst mir auf die Nerven mit deinen ewigen Andeutungen, dem Schweigen, den Rätseln!«

Der Ärger war ein Schutzwall, den sie zwischen uns errichtete. Ich wusste das. Trotzdem war es schwer, mich nicht davon beeinflussen zu lassen. Ich liebte Alice. Dieses Wissen war heimlich in mir gewachsen und es bedeutete keine Erleichterung, dass ich es inzwischen vor mir zugeben konnte. Es schmerzte, dass ich ihr meine Liebe nie würde gestehen können. Obwohl ich dagegen ankämpfte, war meine Magie erneut in Aufruhr und löschte Jahrzehnte der festen Überzeugung aus, dass ich einer der stabilsten Magier Wynterhaavs war.

Alice hatte sich mittlerweile ein paar Schritte von mir entfernt und kehrte mir den Rücken zu. Ich ging zu ihr, berührte sie jedoch nicht. Ihr Rücken war abweisend. Ihr Schweigen dröhnte mir in den Ohren. In meiner Katergestalt hätte ich mich an sie geschmiegt und alles wäre leichter gewesen. Sollte ich mich wandeln? Ich dachte kurz nach, verwarf die Idee jedoch. »Um auf unser Thema zurückzukommen. Du bist Königin Edas Tochter und damit die Erstgeborene, der

Wynterhaavs Thron gehört. Ignoriere es weiter, wenn du möchtest, dadurch wird sich nichts an dieser Tatsache ändern.«

»Ich glaube dir, dass es dieses Gemälde gibt, von dem du erzählt hast. Es könnte gut sein, dass meine Mutter in Wynterhaav eine Doppelgängerin hatte. So etwas kommt vor. So oder so bleibt mir aber vorerst nichts anderes übrig, als mitzuspielen. Ganz egal, wie ich darüber denke, sind die Gefahren für mich nämlich real.« Sie straffte den Rücken, wie sie es immer tat, wenn sie sich innere Stärke verleihen wollte. »Ich werde alles daran setzen, diesen Schwachsinn aufzuklären, und dann gehe ich heim.«

Immerhin. Es war ein erster Schritt. »Wie wäre es, wenn du mir verrätst, wo ich meine Medizin finde und ich dir dafür ein bisschen von Wynterhaav erzähle?«

»Medizin?«

»Whisky.«

Sie deutete auf den Bauernschrank neben der Eingangstür. »Unterste Tür.«

»Da hab ich vorhin schon nachgeschaut.«

»Ja, aber nicht richtig. Du musst die Töpfe beiseiteschieben. Dahinter lagert Leanor eine ganze Kiste.«

Ich folgte ihrer Anweisung und zog gleich darauf die versprochene Kiste heraus. Zufrieden betrachtete ich die zwölf mit Siegel versehenen Flaschen. In der Anderswelt war guter Whisky extrem teuer. In Wynterhaav hingegen konnte man den edelsten Brand für ein paar Kupferstücke an jeder Ecke kaufen. Als ich mich mit der Flasche in der Hand zu Alice umdrehte, hatte sie bereits zwei Gläser geholt. »Hat es mit den Gefahren überschießender Magie zu tun, dass du ihn wie Medizin trinken willst?«

»Sagen wir so, ein bisschen Nebel im Gehirn zu haben ist zwar nicht annähernd so hilfreich wie das Eisloch, doch es hilft, die Magie in Schach zu halten.« Ich hätte mich auch an die offene Hintertür stellen können, doch der Aufenthalt im Eisloch und dann auch noch die eisigen Wadenwickel vorhin hatten mir gereicht. Die Kälte steckte mir jetzt noch in den Knochen. Ich schenkte mein Glas bis zur Kante voll und gab in ihres zwei Fingerbreit. »Gut, also hier sind ein paar Fakten über Wynterhaav. Wie viel Menschen leben in London? Acht Millionen? Wynterhaavs Bevölkerung ist halb so groß. Auf einer Landkarte betrachtet, schlängelt es sich wie ein lang gestrecktes breites Band zwischen den Nachbarländern entlang. Anguristan im Osten und Vreill im Westen. Im äußeren Süden wie im Norden ist das Klima extrem. Hier, auf Ellinors Anwesen, befinden uns an einem Punkt, an dem Leben gerade noch so erträglich ist. Weiter nördlich erstreckt sich die Eiswüste. Der Königshof wiederum bildet am südlichen Ende die bewohnbare Grenze. Danach kommen Steinwüsten, verbrannte Erde. Die Landwirtschaft konzentriert sich auf den kleinen gemäßigten Teil dazwischen.«

»Und der Rest deiner Welt?«

»Unerforscht.«

Sie nickte und sah mich aufmerksam an. »Erzähl mehr.«

»Unser Herrschersystem ist eine Monarchie, mit der Einschränkung, dass es den Rat der Edlen gibt. Dieser hat Mitspracherecht und wird aus den Großmagiern des Landes gebildet. Jeder im Rat besitzt jeweils einen Wahlstein, und Stein meine ich wortwörtlich, der an den ältesten Sohn der Familie weitervererbt wird. Der des Königs ist exakt so schwer wie zwei Drittel der Steine aller Adligen zusammen. Steht ein Thema zur Diskussion, werden die Steine in die große Waage im Ratssaal geworfen, das Ergebnis ist unmittelbar ablesbar. Da es so gut wie nie vorkommt, dass sich der Rat geschlossen gegen seinen Herrscher stellt, kann man davon ausgehen, dass das entschieden wird, was dieser wünscht. Wie überall wird Politik hinter verschwiegenen Türen gemacht und immer sind es die Mächtigen, die ihren Willen durchsetzen. Vor allem die Edlen der mittleren Lande haben Einfluss auf den König.«

Alice hatte mir konzentriert zugehört. »Kommt es nie vor, dass der Rat bei einer Abstimmung gewinnt?«

»Höchst selten.«

»Wird offen gewählt?«

»Ja.«

Sie verzog den Mund. »Das würde ich als Erstes abschaffen.«

Ich unterdrückte ein zufriedenes Lächeln.

»Haben Frauen die gleichen Rechte wie Männer?«

Ich hatte mich lange genug in der Anderswelt aufgehalten, um zu wissen, was das Wort Feminismus bedeutete. »Die Antwort wird dir nicht gefallen.«

»Immer heraus damit. Mir gefällt in Wynterhaav so einiges nicht, da wird das keinen großen Unterschied machen.«

Wenn sie sich da nur nicht täuschte. »Von Frauen wird erwartet, dass sie jung heiraten, noch vor dem siebzehnten Lebensjahr.«

Erwartungsgemäß verzog sie das Gesicht. »Deine Schwester ist aber ledig. Oder ist sie verwitwet?«

»Ellinor ist unverheiratet. Das war jedoch nur möglich, weil Mutter sich nach dem frühen Tod unseres Vaters nicht wieder vermählt hatte.«

Sie nickte düster. »Ich ahne, wie es weitergeht. Frauen müssen erst ihren Vätern und später ihren Ehemännern gehorchen.«

»Zumindest in der Öffentlichkeit. Hinter verschlossenen Türen sieht es manchmal anders aus.«

»Gilt das auch für die Königin?«

»Ist ihr Ehemann der herrschende Monarch, dann ja. In deinem Fall wärst du die Herrscherin und dein Ehemann hätte dir nichts zu befehlen.«

»Ich ihm aber auch nicht, oder?«

»Richtig.«

»Und was ist mit diesen Grauen? Wer befehligt diese?«

»Die Königin.«

»Immerhin. Mein angeblicher Vater lässt nach mir suchen, sagst du. Weil er mich auf dem Thron sehen will?«

»Dein Vater lässt dich suchen, das stimmt. Es gibt Hinweise darauf, dass er dich als seine Erbin einsetzen möchte, doch mit absoluter Sicherheit kann ich es dir nicht sagen.«

»Aber du weißt, dass mich dieser Wolfsmann, der mich geschrumpft hat, in seinem Auftrag entführen sollte?«

»Vordergründig ja. Es ist aber ebenso gut denkbar, dass Adlon einen anderen Auftraggeber hat. Ich habe vor, das bald herauszufinden.«

Wenn ich ihren Gesichtsausdruck richtig deutete, wurde ihre Stimmung gerade immer düsterer und ich fühlte mit ihr.

Schließlich stieß sie einen tiefen Seufzer aus. »Die Frauen hier im Haus scheinen aber auch alle ledig zu sein.«

»Sie gehören ausnahmslos den Niederen an. Es wurden in den vergangenen Jahren allerlei Gesetze erlassen, die ihnen eine Heirat erschwert.«

»Eine reizende Welt, in die du mich geholt hast.«

»Nimm die Aufgabe an. Als Wynterhaavs Königin könntest du unsere verkrusteten Gesellschaftsstrukturen aufbrechen.«

Ihr Blick wurde nachdenklich. »Der Rat der Edlen ist also ausschließlich mit Männern besetzt? Mit Männern, die es gewohnt sind, ihren Frauen ganz nach Belieben Befehle erteilen zu können?«

»Richtig.« Ich ging davon aus, dass sich Prinzessin Malena bestimmt auch schon längst Gedanken darüber gemacht hatte. Ihr Verhalten in letzter Zeit ließ darauf schließen, dass sie vorhatte, die Dinge bereits jetzt zu ändern, noch ehe sie auf dem Thron saß. Im Augenblick fraßen ihr die Lords aus der Hand, weil jeder hoffte, mit ihr den Thron besteigen zu können.

Alice kippte ihren Whisky hinunter, schüttelte sich und hielt mir das Glas hin.

Ich schenkte zwei Fingerbreit nach. Meins machte ich erneut voll.

Sie zog die Augenbrauen hoch. »Das nennst du aber nicht gerecht geteilt, oder?«

»Stimmt. Es ist ungerecht. Um dieselbe Wirkung zu verspüren wie du, muss ich mindestens zwei Flaschen leeren. Weißt du, wie oft man auf die Toilette rennt, wenn man so viel Whisky getrunken hat?«

Sie kicherte und ich war glücklich, weil sich die Stimmung zwischen uns wieder gelockert hatte. »Komm, wir setzen uns.«

»Wohin? Hier gibt es nichts.«

»Darf ich?« Ich packte sie an der Taille, hob sie hoch und setzte sie auf den sauber geschrubbten Arbeitstisch, der praktischerweise hinter ihr stand. Eine zarte Röte stieg in Alice' Wangen. Mein Herz schlug schneller. Ich musste mich dazu zwingen, sie wieder loszulassen. Leise sagte ich: »Was willst du noch wissen?«

Alice zupfte gedankenverloren an einer Haarsträhne, wickelte sie um den Finger und sah mich unter gesenkten Lidern hervor an. »Machen wir es anders herum. Gibt es etwas, von dem du denkst, dass es noch wichtig wäre? Dann erzähle es mir.«

»Lewis.«

»Ah. Diese Sache.«

»Dann hast du darüber nachgedacht?«

»Ihr beide seid eins.« Mit diesen Worten schlug sie die Augen auf. Zum ersten Mal ging der Blickkontakt von ihr aus. Sie sah mir direkt, sehr direkt in die Augen, nickte und wandte den Blick wieder ab.

Ich war heilfroh, dass sie nicht hören konnte, was das mit meinem Herzen angestellt hatte.

»Inzwischen weiß ich, dass Magie real ist und dass aus Hauptmännern Wölfe werden, warum sollte die Möglichkeit nicht ebenfalls existieren, dass sich jemand in einen Kater verwandeln kann? Lewis war bei mir, als ich an meinem ersten Morgen hier aufwachte, ich habe seine Wärme gespürt.«

»Wie wäre es, wenn ich mich für dich verwandle? Dann weißt du es nicht nur theoretisch. Ich glaube, das könnte dir helfen. Soll ich?«

Ein knappes Nicken.

»Es geht blitzschnell. Möchtest du dabei zusehen oder ist das im Augenblick zu viel?«

»Ich würde es gern sehen … aber lieber irgendwann anders.«

Ich reichte ihr mein leeres Glas. »Warum schenkst du uns dann nicht einen weiteren Schluck ein?«

»Gute Idee.« Sie drehte sich so, dass sie mich nicht sehen konnte, und griff nach der Flasche. Ihre Hand zitterte so stark, dass sie den halben Whisky danebenschüttete.

Auch ich zitterte, wenn auch nur innerlich. Vor Anspannung. Vor Sorge. Dann wandelte ich mich.

Alice hatte uns eingeschenkt. Sie wartete eine kleine Weile, in der die Anspannung in mir ins Unermessliche wuchs, ehe sie sich langsam zurückdrehte. Ich spürte den überwältigenden Impuls, auf den Tisch zu springen und von dort weiter in ihre Arme zu klettern, so wie ich es Hunderte Male zuvor schon getan hatte. Es nicht zu tun, kostete mich meine gesamte Widerstandskraft, doch ich saß so reglos vor ihr auf dem Boden wie die Statue einer Katze. Weder Schwanzspitze noch Ohren zuckten.

Ein Strahlen ging über Alice' Gesicht. »Ach Lewis, da bist du ja wieder!« Sie bückte sich, ihre Hände streckten sich in meine Richtung und ich konnte nicht anders, ich fing zu schnurren an. Plötzlich presste sie den Handrücken vor den Mund, rannte zur Hintertür, riss sie auf und kotzte sich die Seele aus dem Leib.

Annäherung

Ich spürte, wie Rodin hinter mich trat und mein Haar zur Seite nahm. Ich würgte und spuckte, trotzdem gelang es mir, ein »Verpiss dich!« herauszupressen. Die Hand verschwand und tauchte wenig später wieder mit einer Stoffserviette wedelnd vor mir auf. Ärgerlich schnappte ich danach. Ich tupfte mir den Mund ab. Mein Magen schmerzte, meine Kehle brannte und auch mein dummes Herz fühlte sich wund an. Er hatte recht gehabt; theoretisch zu wissen, dass er und Lewis eins waren, war etwas völlig anderes, als die Wahrheit leibhaftig und schnurrend vor mir sitzen zu sehen. Ich blieb so lange an der offenen Tür stehen, bis die Kälte mich in die Haut biss. Als ich mich umdrehte, stand Rodin vor mir, in jeder Hand hielt er eines der Gläser, die ich zuvor vollgeschenkt hatte. Er schien besorgt, sagte aber nichts.

Ich schnappte mir mein Glas und nippte daran, während ich auf wackeligen Beinen wieder zum Tisch hinüberschwankte. Dort setzte ich mich auf die Tischplatte und trank einen weiteren großen Schluck. Rodin folgte mir, setzte sich jedoch nicht zu mir. Er bewegte sich nicht mehr ganz so steif und vorsichtig wie zuvor. Ich starrte in diese vertrauten Augen und hätte am liebsten mit allem nach ihm geworfen, was ich zwischen die Finger bekommen konnte. »Du hast in meinem Bett geschlafen. Kjell sagte, er habe dich auf meiner Unterwäsche erwischt.«

»Das mit der Unterwäsche stimmt nicht. Der Rest schon, und zugegeben, wenn man das so hört, scheint es … moralisch ein bisschen fraglich.«

Wenigstens hatte er den Anstand, beschämt auszusehen. »Ein bisschen fraglich?« Anklagend streckte ich ihm den Zeigefinger entgegen. »Du hast dir von mir den Bauch kraulen lassen!«

»Wenn ich in meiner Katergestalt bin, verhalte ich mich wie ein Kater.«

»Soll das heißen, dass du keine Wahl hast? Sobald dir eine Maus über den Weg rennt, musst du sie jagen?«

»Ganz so ist es nicht.«

»Das dachte ich mir. Falls du demnach dein Verhalten selbst bestimmen kannst, war das eben nur eine billige Ausrede! Du bist mir als Streuner vor die Füße gelaufen. Streuner sind scheu. Niemand hätte sich gewundert, wenn du dich die ganze Zeit unter dem Sofa verkrochen hättest. Stattdessen bist du schon am ersten Abend in mein Bett gesprungen!«

»Wie mich das dastehen lässt …« Um seine Mundwinkel zuckte ein Lächeln.

Ich bedachte ihn mit einem so eisigen Gesichtsausdruck, dass sogar Lady Ellinor schreiend davongelaufen wäre. Es hatte zwischen Lewis und mir eine enge Verbundenheit geherrscht, die ich zutiefst genossen hatte, und das war es vor allem, was ich Rodin übel nahm. Der Missbrauch dieses Vertrauens.

»Es tut mir leid, Alice. Sehr leid. Du musst dir betrogen vorkommen.«

»Würdest du es noch einmal so machen?«

»Ja.«

»Arschloch!«

Er verzog gequält das Gesicht.

Es passte mir nicht, doch ich war davon beeindruckt, dass er nicht log und sich auch nicht rechtfertigte, dabei war ihm überdeutlich anzusehen, wie unwohl er sich in seiner Haut fühlte. »Was ist mit deiner Schwester? Sie wandelt sich nie, oder hab ich es nur nicht mitgekommen?«

»Ellinor ist immer nur Ellinor.« Er dachte einen Moment nach. »Ich glaube, sie hat sich eine Wandelrune angeeignet, setzt sie jedoch nie ein.«

»Warum nicht?«

»Etwas derart Persönliches musst du sie selbst fragen. Ich mag nicht über ihre Gründe spekulieren.«

Da war sie wieder, diese Anständigkeit, die ich an ihm so mochte. Pseudoanständigkeit!, korrigierte ich mich gleich. Immerhin war er ein Stalker. Oder zumindest so etwas Ähnliches. »Ich frage mich, wieso du so lang mein Kater geblieben bist. Ich kann mir nicht vorstellen, dass es in meinem Leben viel auszuspionieren gegeben hat.« Verächtlich fügte ich hinzu: »Andererseits, wer weiß schon, was in einem Stalker vorgeht?«

Bei dem Wort Stalker zuckte er merklich zusammen. Er sprach leise. »Ich belauschte ein Gespräch, in dessen Verlauf ich erfuhr, dass die verschollene Erbin in London lebte. Es gibt jedoch mehr als nur eine rothaarige Frau im passenden Alter in London.«

»Spielst du auf die Entführungen an?«

Er nickte.

»Weißt du inzwischen, wer dahinter steckt?«

›»Leider nein.«

»Und weshalb die Katergestalt? Wolltest du einfach nur niedlich aussehen und dich auf diese Weise in mein Herz schleichen, oder gibt es dafür noch einen anderen Grund?«

»Von den Leuten, die König Walther über die Zeit hinweg in deine Welt schickte, um dich zu finden, kam kaum einer zurück. Ich rechnete mir bessere Überlebenschancen aus, wenn ich in meiner Katergestalt herumschnüffelte. Wie man sieht, war die Idee gut. Ich lebe noch.« Er zwinkerte mir zu. »Du fandest mich niedlich, ja?«

Sein Blick tastete nach mir. Mein erster Impuls war auszuweichen, wie ich es schon die ganze Zeit getan hatte. Der Grund dafür war bisher jedoch gewesen, dass ich mich vor der Erkenntnis gefürchtet hatte, wer er in Wirklichkeit war. Nun wusste ich es. Rodin war Lewis. Lewis war Rodin. Ich erwiderte seinen Blick. Schon von der ersten Sekunde unserer Bekanntschaft an hatte ich mir eingebildet, in Lewis' Augen mehr zu erkennen als das, was man bei einem gewöhnlichen Kater erwarten würde. Nun stellte ich fest, dass es keinen Unterschied machte, ob er Pelz trug oder nicht, es war immer schon Rodin gewesen, den ich gesehen hatte.

Seine Stimme war dunkel und ein bisschen kratzig. Ich hatte das nun schon öfter bei ihm bemerkt und ahnte, was es bedeutete. Irgendetwas wühlte ihn auf. Ich vielleicht?

»Ich wusste sehr schnell, dass du die gesuchte Erbin bist, doch dann konnte ich mich nicht entscheiden, wie ich weitermachen sollte, und bin einfach geblieben. Ich hoffe, du wirst mir irgendwann verzeihen können, dass ich dich über so viele Monate hinweg getäuscht habe.«

Ich hatte Mühe, mich nicht durch diese gefährliche Kombination aus tiefen Blicken und verführerischer Stimme in den Bann ziehen zu lassen. Rodin war verdammt überzeugend, so reumütig und zerknirscht, wie er sich gab. Doch gegen das, was er mir immer noch als Wahrheit über meine Eltern verkaufen wollte, sträubte sich alles in mir. Dabei hatte ich das geringste Problem damit, dass meine Mutter angeblich aus Wynterhaav stammen und sogar eine Königin gewesen sein sollte. Eine Königin und verheiratete Frau. Das war der Punkt, der mich rasend machte. Es konnte einfach nicht sein, dass sie ihren Ehemann wegen eines Liebhabers verlassen hatte, dass sie weggelaufen war. Ich hatte wenig mehr von meinen Eltern behalten als die Werte, die sie mir vorgelebt hatten. Meine Mutter konnte einfach keine Ehebrecherin gewesen sein. Nie im Leben wäre sie heimlich mit einem Liebhaber abgehauen und schon gar nicht, wenn sie das Kind eines anderen in sich trug. Ich stellte das Glas ab, presste meine Hände gegen die Schläfen. Ich wollte nicht darüber nachdenken. Stattdessen klammerte ich mich an das, was Rodin mir über sich und Lewis erzählt hatte. »Okay, noch einmal. Du sagst, dass du nicht wusstest, wie du weitermachen solltest. Aber das ist doch kein Grund, warum jemand die Katze eines anderen Menschen spielt, oder? Es hätte doch sicher genügt, ab und an vorbeizuschauen. Warum musstest du ein Teil meines Lebens werden?«

»Das ist einfach.« Er sah mich offen an. »Es war unwiderstehlich schön, in deiner Nähe zu sein.«

Herzklopfen. Ärgerliches, dummes Herzklopfen.

»Ich habe jede einzelne Minute mit dir genossen, vom gemeinsamen Aufwachen am Morgen bis hin zu den Stunden am Abend, wenn du müde aus dem Wonderland zurückgekommen bist.« Er blickte mich an und in seinen Augenwinkeln nistete ein Lächeln. »Nicht einmal die Tatsache, dass du mir widerliches Trockenfutter aufgezwungen hast, hätte mich davon abgehalten, dir noch viele Tage länger auf vier Pfoten hinterherzutappen.«

Ich wedelte genervt mit der Hand vor dem Gesicht, um das Lachen zu verbergen, das sich auf meine Lippen gestohlen hatte. »Na gut. Lassen wir das Thema. Es ist mir im Grunde sowieso egal. Du bist mir egal.«

»Nein.«

»Nein? Entschuldige, aber nur ich kann beurteilen, wer mir egal ist und wer nicht.« Ich stieß ärgerlich die Luft aus. »Du bist mir piepegal!« Das war gelogen, ich wusste es. Wäre er mir gleichgültig, würde ich mich nicht so verletzt fühlen.

Rodin setzte sein ernstes Gesicht auf. »Mein Nein bezog sich darauf, dass wir das Thema nicht einfach so fallen lassen dürfen. Du musst noch heute einige wichtige Entscheidungen treffen und wir haben leider nicht die Zeit, lange zu diskutieren. Adlon war heute hier. Er hat Verdacht geschöpft.«

Wieder klopfte mein Herz schneller. Diesmal aber vor Angst. »Ellinor war bestimmt nicht begeistert.«

»Das ist richtig.«

»Verdammt!« Ich stellte das Glas ab, sprang vom Tisch und fing erregt an, durch die Küche zu tigern. Obwohl ich gerade behauptet hatte, dass ich mit dem Thema durch sei, ertappte ich mich dabei, dass ich von vorne anfing. »Du hast mich gestalkt. Das ist nichts, was man einfach loslässt, verdammt!«

»Stalken trifft es nicht ganz, weil ich kein ungesundes Interesse an deiner Person entwickelt habe.« Nach einem kurzen Moment des Nachdenkens fügte er hinzu: »Was nicht heißen soll, dass ich kein Interesse an deiner Person entwickelt hätte.«

»Klar, du glaubst ja auch, dass ich die Erbin eines Königreiches bin. Bist du deshalb so nett zu mir, weil du über mich an den Thron herankommen willst?« Mein Herz schlug so wild, dass es gleich aus meiner Brust hüpfen würde. Ich fürchtete seine Antwort.

Er sah mir in die Augen. Fester Blick, feste Stimme. »Wenn du in dich hinein hörst, weißt du, dass es anders ist.«

Ich zuckte die Schultern und spürte, dass ich ihm gern glauben würde. Trotzdem schüttelte ich den Kopf. Meine Gedanken flogen wirr durcheinander. Ich konnte keinem Gedankengang zu Ende folgen.

»Themenwechsel?«

»Ja bitte.«

»In der Zeit, in der ich bei dir war, sind drei Männer aus Wynterhaav gestorben, die zuvor in deiner Wohnung waren.«

Ich stöhnte entsetzt auf. »Das ist nicht besser, Rodin!«

Er sah mich nur an.

»Sollte ich sie etwa kennen?«

»Erinnerst du dich an die Geschäftskollegen, die Kjell am Tag vor der geplanten Eröffnung eingeladen hatte?«

»Ja, natürlich. Ich mochte sie nicht. Und die sind gestorben?« Ich runzelte die Stirn. »Oder meinst du ermordet?«

»Ermordet.«

Entsetzt schnappte ich nach Luft. »Es hat mit mir zu tun, nicht wahr?«

»Indirekt hat wohl so ziemlich alles mit dir zu tun, so leid es mir tut, das zu sagen. Aber das ist nicht gleichgesetzt damit, dass du daran irgendeine Schuld trägst. Vermutlich haben sie Kjell vorgemacht, dass sie an einer Zusammenarbeit mit ihm interessiert sind, um an dich heranzukommen. Was arbeitet dein … Verlobter überhaupt? In der ganzen Zeit, als ich bei Euch war, habe ich es nicht herausgefunden.«

»Geschäfte im Internet. Weißt du, was das ist, das Internet?«

Er kratzte sich hinter dem Ohr. »So ungefähr.«

»Er berät Leute, die einen Onlinehandel aufmachen wollen. Er hätte es auch sehr gern gesehen, wenn ich meine Kekse online verkauft hätte.«

Rodin schien etwas sagen zu wollen, verkniff es sich aber. Ich hätte wetten können, dass es irgendeine unfreundliche Sache über Kjell gewesen wäre. Irgendwie ärgerte und freute mich das gleichzeitig. »Kjell war eifersüchtig auf dich.«

»Ich auch auf ihn.«

Rodin hatte das in völlig nüchternem Ton gesagt, was dazu führte, dass ich es erst gar nicht begriff. Als ich es tat, schoss Wärme in mein Gesicht. Ich glühte wie eine kleine Sonne. Das musste der Alkohol sein.

Er legte den Kopf schräg und sah mich sinnend an. Dann sprach er in einem Ton weiter, als hätte er nicht gerade angedeutet, dass er … dass er … Ich würgte den Gedanken ab, ehe er sich in meinem Kopf festsetzen und Ärger machen konnte. »Was die Ermordung dieser drei anbelangt, hatte ich zunächst Kjell im Verdacht.« Er hob abwehrend die Hände, als er meinen Gesichtsausdruck sah. »Ich bin inzwischen überzeugt, dass er nichts damit zu tun hatte. Heute Abend habe ich erfahren, wer stattdessen höchstwahrscheinlich ihr Mörder war.«

»Wer?«

»Adlon. Entweder war er es in eigener Person oder er hat einen seiner Grauen beauftragt. Die Fäden zieht jedoch, da bin ich sicher, deine Halbschwester, Prinzessin Malena.«

Halbschwester. Ich musste lachen. Das hatte in dieser Story gerade noch gefehlt. Ich protestierte nicht einmal. Früher oder später würde ich herausfinden, wie ich Rodin und Ellinor und, wenn ich schon dabei war, das ganze verdammte Königreich Wynterhaav davon überzeugen konnte, dass sie mit mir den falschen Rotschopf erwischt hatten. Bis dahin würde ich mir die Mühe sparen, immer wieder das Gegenteil zu beteuern. »Prinzessin Malena also, ja? Für mich hört sich das an, als gäbe es bereits eine Erbin.«

»Niemand, der bei klarem Verstand ist, wünscht sich, dass sie den Thron besteigt. Außerdem bist du die Ältere von euch beiden und hast damit das Recht, aber auch die Pflicht, zu regieren.«

»Aha.« Ich sah zu Rodin, der brütend in sein leeres Glas starrte, und fragte mich, mit welcher Schreckensnachricht er als Nächstes um die Ecke kommen würde. Dass da noch etwas lauerte, wurde mit jeder verstreichenden Sekunde deutlicher. »Alles klar so weit?«

Er sah auf, der Blick verhangen und deutliche Anspannung um den Mund. »Ich hab mir das Gespräch zuvor sorgfältig zurechtgelegt, doch nun ertappe ich mich dabei, dass ich lieber ein paar Wochen im Eisloch verbringen würde, als auf den Punkt zu kommen.« Er ging zur Hintertür, öffnete sie weit und atmete ein paar Mal tief durch.

Ich ging zu ihm und nahm dabei den Whisky und das Glas mit. »Mach es wie beim Pflasterabreißen. Ein Ruck und ab.«

»Es wird dir nicht gefallen, was ich sagen werde.«

Hatte ich es nicht geahnt? Ich sah ihn ärgerlich an. »Wenn jemand so etwas sagt, hofft er gewöhnlich, dass sein Zuhörer dem, was gleich kommen wird, automatisch einen Bonus gibt.«

Er lachte, ein warmer Ton, der direkt aus seinem Bauch zu kommen schien. Ich mochte das Geräusch, es war wie Schnurren, nur Lachen eben. Ich trank von meinem Whisky und wusste gleichzeitig, dass ich besser aufhören sollte, da ich anfing, wirres Zeug zu denken. Und zu fühlen.

»Du liegst richtig. Ich hab das auf diese Weise formuliert, um mich langsam heranzutasten. Ich hab Angst vor deiner Reaktion.«

Jetzt bekam ich ebenfalls Angst. Vielleicht war die Idee, sich heranzutasten, gar nicht so übel. »Womit hat es zu tun? So ungefähr?«

»Mit dir und mir, aber auch mit einer weiteren Partei, die ich dir allerdings erst vorstellen werde, wenn es sich nicht länger verhindern lässt.«

»Verdammt gute Taktik, mich neugierig zu machen.« Ich kicherte.

Er sah mich prüfend an. »Du solltest lieber auf Tee umsteigen.«

»Warum?«

»Schwere Zunge.«

Statt seinem Rat nachzukommen, füllte ich mein Glas und trank es in einem Zug leer. »Magst du Kjell eigentlich?«

Darüber musste er nicht lange nachdenken. Sein Mund verzog sich zu einem spöttischen Grinsen. »Du verlangst zu wissen, ob ich den Kerl mag, der mich kastrieren lassen wollte? Rate.«

Das Lachen platzte gegen meinen Willen aus mir heraus. »Er geht davon aus, dass Lewis ein Kater ist. Außerdem wäre dir das recht geschehen.«

In Rodins faszinierende Augen trat ein beunruhigendes Funkeln. »Wer weiß, ob du für immer so denken wirst.«

»Du kannst dir Fell wachsen lassen, so viel wie du willst, deinen Bauch werde ich nie wieder kraulen. Nie. Nie. Wieder.« Ich hickste.

Er beugte sich zu mir. »Ich weiche einer Herausforderung niemals aus.«

»Ich auch nicht.«

Wir starrten einander an. Keiner blinzelte. Es erinnerte mich an die unzähligen Blickduelle mit Lewis. Der alte Ehrgeiz, ihn zu schlagen, erwachte in mir. Dann wurde mir klar, was hier geschah. Damit, dass er sich als Lewis zu erkennen gegeben hatte, sorgte Rodin dafür, dass ich unbewusst alle positiven Gefühle, die ich für meinen Kater gehegt hatte, auf ihn übertrug. Dazu ließ er mich andauernd merken, wie sehr er mich mochte und sich um mich sorgte. Das Ergebnis davon war, dass ich mich immer stärker zu ihm hingezogen fühlte. Als wäre das nicht genug, arbeitete ich ihm sogar noch selbst in die Hände. Ich war allein in einer fremden Welt, sollte bald das einzige Zuhause verlassen, das ich hier kannte, während dieser gruselige Adlon mir auflauerte. Ich brauchte Rodin. Ich brauchte ihn geradezu verzweifelt. Kein Wunder, dass ich nichts lieber wollte, als ihm vertrauen zu können. »Ich kann nicht bei Ellinor bleiben und auch nicht zurück in mein Leben. Ich glaube, den Part hab ich jetzt endgültig kapiert. Was habe ich für Alternativen?«

»Du gehst mit mir an den Königshof.«

»Gute Idee. Sind dort nicht alle auf einem Haufen versammelt, die mich töten oder heiraten wollen?« Ich kratzte die letzten Reste Hoffnung in mir zusammen und sah ihn flehend an. »Wie lautet der echte Plan, der gute Plan?«

»Alice, ich ...« Er verstummte und ich hatte das Gefühl, als würde er einen inneren Kampf mit sich ausfechten.

»Warte! Bevor du es mir sagst, warte.« Mit zitternden Händen schenkte ich mir noch mal ein.

»Oh nein, du hast genug.« Ehe ich wusste, wie mir geschah, hatte er mir das Glas abgenommen.

»He!«

Er ließ den Inhalt auf den Boden plätschern. Seine Unentschlossenheit war anscheinend gewichen, denn seine Stimme war nun kühl und fest. »Es gibt nur einen Weg, wie ich dich beschützen kann.«

Dieses Gespräch war von der ersten bis zur letzten Silbe auf diesen einen Punkt hinausgelaufen, das wurde mir in diesem Augenblick klar. Ich ahnte, was dieser Punkt sein würde, wollte es aber nicht wahrhaben. »Lass hören.«

»Ich heirate dich.«

Wieder starrten wir einander in die Augen, doch diesmal ohne Wärme. Dann senkte er den Blick. Es kam mir vor wie ein Schuldeingeständnis. Ich war so enttäuscht, dass mir übel wurde, dann übernahm rasender Zorn die Herrschaft über meine Gefühle. Ich hatte recht gehabt. Ich hatte verdammt noch mal recht gehabt! Ich starrte Rodin weiter an, versuchte, ihn mit reiner Willenskraft dazu zu bringen, mir in die Augen zu sehen. Doch Rodin, der bisher immer so hartnäckig den Augenkontakt zu mir gesucht hatte, blickte stur auf seine behandschuhte Hand. Er hatte sie zur Faust geballt. *Verräter!* Ich spürte, wie ich innerlich verhärtete. »Das hast du großartig arrangiert, gratuliere. Ich stecke in der Falle.«

»Das tun wir beide, Alice.« Nun sah er endlich auf. Sein Gesichtsausdruck war undeutbar. »Also, sagst du Ja?«

»Wieso kann mich nur eine Heirat mit dir schützen?«

»Diese Heirat ist Voraussetzung für ein Bündnis, das ich einzugehen gedenke. Ein Bündnis, das wir unbedingt brauchen, wenn wir überleben wollen.«

Wir. Immer wieder dieses verräterische Wir. »Dann verhelfe ich dir also zum Thron und zu einem netten Bündnis. Mehr und noch mehr Macht für Rodin. Geht es dir auf den Wecker, wie schäbig du hier leben musst? Erhoffst du dir ein Leben in königlichem Prunk?« Er wollte etwas sagen, doch ich wedelte mit der Hand durch die Luft und unterbrach ihn. »Egal. Es ist mir scheißegal. Ich weiß jetzt jedenfalls, wo wir beide stehen.«

»Dann sagst du Ja?«

»Bleibt mir eine Wahl?«

»Willigst du ein, meine Ehefrau zu werden? Sprich es aus. Laut.«

»Ja, verdammt! Ich werde deine Ehefrau. Deine beschissene, verdammte Ehefrau!« Kaum hatte ich das in die stille, dunkle Küche hinausgeschrien, spürte ich ein Brennen wie von tausend Ameisenbissen auf meinem rechten Unterarm. Hastig schob ich den Ärmel der Strickjacke zurück und betrachtete verwirrt die zarten weißen Linien, die sich von meinem Handgelenk ausgehend bis zum Ellbogen hinauf schlängelten. »Was ist das?!« Mit dem Handballen wischte ich hektisch über meine Haut. Doch außer dass sie sich rötete, passierte nichts. »Rodin! Was zu Hölle ist geschehen?«

Er schob seinen Hemdsärmel ebenfalls hoch und zeigte mir die Linien, die seinen Unterarm zeichneten. »Das Haus ist einverstanden.«

Mein Blick flog zur Tür. Sämtliche Augen waren weit geöffnet und sie blickten so klar und wach, wie ich es noch nie zuvor gesehen hatte.

»Die Magiequelle der Familie Vertanen hat dein Versprechen gehört und es angenommen. Die Runen auf unserer Haut beweisen, dass wir verlobt sind, und das, Alice, ist ein bindender Vertrag.«

»Ich nehme es zurück!« Verzweifelt rubbelte und rieb ich über die spinnenfeinen Linien, ohne etwas bewirken zu können. »Ich hab zu viel getrunken, das weißt du! Mein Ja zählt überhaupt nicht! Es kann nicht zählen.« Ein Schluchzer entrang sich meiner Kehle. »Kjell! Was habe ich nur getan? Ich habe ihn verraten.«

»Alice …«

»Du hast mich sauber hereingelegt, Rodin Vertanen.« Ich lachte auf. Ein harter, bitterer Laut. »Du hast bekommen, was du vermutlich von Anfang an wolltest.«

»Du ahnst nicht, wie sehr du dich darin irrst, Füchschen.« Er stellte das Glas auf den Boden, das er mir vorhin abgenommen hatte, und schnappte sich die halb volle Flasche. »Es ist ein Geschäft, Alice, keine Sorge. Auf körperlicher Ebene will ich nichts von dir. Du wirst Königin und verhilfst den Niederen zu ihrem Recht. Später, wenn Ruhe und Frieden in Wynterhaav eingekehrt sind, suche ich nach einem Weg, um dich von deinen Pflichten zu befreien und heimzubringen. Bis es so weit ist, wirst du mit meiner Gesellschaft klarkommen müssen.«

»Ich hasse dich!« Kaum hatte ich das ausgesprochen, bereute ich es bereits. Auf Verstandesebene war ich überzeugt, dass er ein Verräter war und mich von Anfang bis Ende manipuliert hatte. Meine Gefühle spielten jedoch eine ganz andere Melodie. Ich hatte keinen Beleg dafür, im Gegenteil, alles sprach dagegen, dennoch, tief in mir drinnen fühlte ich, dass alles ganz anders war. Oder war das nur der Alkohol, der in meinem Blut kreiste? Wer zum Teufel war dieser Mann, der schweigend und mit gesenktem Kopf vor mir stand? Rodin sah aus, als trüge er die Last der ganzen Welt auf seinen Schultern. Mein Herz wurde schwer.

Rodin sah auf, fand meinen Blick, dann nickte er und ehe ich meine Worte zurücknehmen konnte, trat er in die Nacht hinaus.

Auf einmal wurde ich von schrecklicher Angst erfasst. »Rodin! Komm zurück. Bitte.«

Doch er ging weiter, sein Rücken kerzengerade, sein Schritt schnell und entschlossen. Er drehte sich nicht um.

Ende Teil 1

Lust auf mehr?

So geht es in Band 2 der Dilogie weiter:

Ein kleines Problem mit Pelz

Santina saß auf meinem Bett und wippte mit den Füßen. Vor dem Fenster weinte sich der Himmel die Augen aus. Das perfekte Wetter zu meiner Stimmung.

»Aber es war doch sicher auch ein klein wenig romantisch?«

»Nein. War es nicht.« Ich blinzelte, um die Tränen zu vertreiben, die schon wieder aufsteigen wollten. »Erstens. Er liebt mich nicht, sondern will mich benutzen. Zweitens. Ich bin bereits verlobt und das hat er einfach ignoriert. Drittens. Ich habe unter Zwang eingewilligt, weil ich sonst völlig allein durch eine fremde Welt irren muss und von Wölfen gefressen werde.«

Santina sah mich weiter mit diesem schwärmerischen Gesichtsausdruck an, der mich zunehmend nervte. Ihre kleinen gebogenen Hörner, die durch Löcher in ihrer weißen Dienstmädchenhaube hervorstachen, schimmerten golden. »Aber du wirst ihn heiraten. Lady Alice Vertanen; das klingt so, als hätte es immer schon sein müssen. Ich finde, Euch hätte nichts Besseres passieren können.«

Ich schnaubte ärgerlich.

»Außerdem ist mir die Reihenfolge dieser kleinen Aufzählung nicht entgangen.«

»Welche Aufzählung?«

»Die, an deren Ende die Wölfe stehen, die Euch fressen werden.«

Ich dachte kurz nach. Punkt eins. Er liebt mich nicht. Hatte ich das tatsächlich zu meinem Hautproblem erhoben? Ich sah, dass Santina sich nicht einmal Mühe gab, das zufriedene Lächeln von ihrem Gesicht zu wischen. »Du ziehst falsche Schlüsse.«

»Oder Ihr zieht falsche Schlüsse.«

Ich sah mich nach etwas um, was ich nach ihr werfen konnte. Das war ein Impuls, den ich zurzeit oft verspürte. Zu Santinas Glück waren nur die weichen Kissen auf meinem Bett in Griffnähe, weshalb ich es auch gleich lassen konnte.

»Still halten!« Fran umkreiste mich brummend wie eine mürrische Hummel. Sie hatte den Mund voller Stecknadeln. Ich hielt still und versank wieder in meinen trüben Gedanken. Gleich nachdem ich Rodin mein Einverständnis zu seinem hinterhältigen Plan, mich zu heiraten, vor die Füße gespuckt hatte, war er verschwunden. Santina hatte mich später in der Küche gefunden, wo ich heulend unter dem Tisch gesessen und Whisky direkt aus der Flasche getrunken hatte. Zwei Nächte lang hatte ich mich geweigert, das Bett zu verlassen. Die vergangene Nacht war dafür umso kürzer gewesen. Noch vor Sonnenaufgang hatte Santina mich geweckt, indem sie mir die Decke weggezogen und nicht zurückgegeben hatte. Rodin, der seit seinem abrupten Abgang nicht mehr zu Hause aufgetaucht war, hatte einen Boten geschickt, woher auch immer, der Santina Anweisungen für mich gegeben hatte. Eine persönliche Nachricht für mich war nicht dabei gewesen. Seither litt ich nicht nur unter grässlichen Kopfschmerzen. Mein Herz war gebrochen. Irgendwie.

Für heute und vermutlich für mein ganzes restliches Leben hatte ich jedenfalls jeglichen Widerstand fahren lassen. Protestlos ließ ich mich seit den frühen Morgenstunden in ein Kleid nach dem anderen stecken. Ich hielt still so gut ich konnte, während Fran hier etwas absteckte, dort etwas zusetzte und mich wieder und wieder aufforderte, gerade zu stehen. Auf dem Bett bauschte sich mittlerweile ein Berg aus seidig schimmernden Kleidern. Ein Traum für jedes Mädchen. Ein Albtraum für Alice. Ich hatte keine Ahnung, wie Fran so schnell arbeiten konnte. Wahrscheinlich verfügte die Schneiderin über eine ganze spezielle Magie, die ihr eine ungewöhnliche Schnelligkeit verlieh oder, das war meine Top eins unter den Vermutungen, über zehn zusätzliche unsichtbare Händepaare. Ich besaß nun jedenfalls mehrere Garnituren seidener Unterhöschen, Schnürleibchen für den Tag und kostbare, mit Spitze versehene Korsetts für den Abend. Fran wurde nicht müde zu betonen, dass ein Korsett die beste Freundin einer Frau sei, da ihr, einmal darin eingeschnürt, nichts anderes übrig bliebe, als jeder Situation mit Haltung zu begegnen. Haltung, an der es mir ihrer, und im Übrigen auch meiner, Ansicht nach mangelte. Weiter bestand mein neuer Kleidervorrat aus einem Dutzend schlichter Tageskleider, wobei das Wort schlicht in meinem und Frans Sprachgebrauch nicht dieselbe Bedeutung besaß. Dazu kamen sieben Ballkleider mit Unterröcken, die zwar federleicht, dabei aber so voluminös waren, dass sie ganz allein einen der drei riesigen Schrankkoffer füllen würden, die ich an den Königshof mitnehmen sollte. Die passenden zierlichen Schuhe, mehrere Hüte, Handschuhe und Handtaschen sowie Umhänge und Capes waren bereits in zwei kleineren Lederkoffern verstaut, die neben der Tür parat standen. Ich fragte mich, was Kjell gesagt hätte, wenn er wüsste, dass Strickjacken und Cordröcke vorerst aus meinem Leben gestrichen waren.

Kjell. Wie schon so oft in den letzten Stunden, war es ein Fehler gewesen, an ihn zu denken, denn sofort schossen mir Tränen in die Augen. Oder war es gar nicht wegen Kjell, sondern wegen des edlen, ach so anständigen Lord Vertanen, dem Arschloch, das mir und meinem Glück mit Kjell im Weg stand? So sicher war ich mir leider nicht. Warum nur, verdammt, machte es mich so traurig, an Rodins Verrat zu denken?

»Ihr seht großartig aus, Lady Alice! Ach, es ist so schön, zur Abwechslung mal wieder Farben in diesem Haus zu sehen, oder, Fran?« Santinas Stimme war zu munter, um glaubhaft zu sein. Ich wusste, dass sie fürchtete, ich würde wieder in die graue Stimmung zurückfallen, die mich in den letzten beiden Tagen beherrscht hatte. Tatsächlich war meine Laune gedämpft, doch zugleich war ich mehr denn je entschlossen, zu Kjell und meinem früheren Leben zurückzukehren. Ich musste zuvor nur ans andere Ende Wynterhaavs reisen, wo Rodin versuchen wollte, meinen angeblichen Anspruch als Thronerbin vor dem Rat der Edlen durchzusetzen. Meine vermeintliche Halbschwester wiederum, Prinzessin Malena, würde das mit an Sicherheit grenzender Wahrscheinlichkeit zu verhindern suchen. Gewann Team Alice, würde ich Königin werden. Dann musste ich nur ein paar Tage lang regieren, das eine oder andere Unrecht in Wynterhaav zurechtrücken, ehe ich endlich nach Hause zurückdurfte. Vorausgesetzt, Rodin hielt diesmal sein Versprechen. Was ich nicht glaubte. Ich würde ihm nie wieder glauben! »Santina?«

»Hm?«

»Kann man sich in Wynterhaav scheiden lassen?« Fran und Santina wechselten einen Blick, der mir nicht gefiel. »Nun?«

Santina hüpfte vom Bett und fing an, die Kleider zusammenzulegen. »Was meinst du, Fran, sollen wir die Kleider vielleicht noch einmal durchgehen, um sicher zu stellen, dass Lady Alice für alle Gelegenheiten gerüstet ist?«

Fran nahm die Stecknadeln aus dem Mund und steckte sie an das kleine Nadelkissen, das sie sich ums Handgelenk geschnallt hatte. Sie schaute betont unschuldig, weil sie wie ich ganz genau wusste, dass dieser Blick Santina zuverlässig auf die Palme brachte. »Dir ist wohl gerade entgangen, dass dich das Betthäschen etwas gefragt hat. Willst du nicht antworten?« Fran zwinkerte mir zu. Obwohl ich nun offiziell Lady Vertanen werden sollte, hatte sich ihr spöttischer Ton und das ungebührliche Verhalten mir gegenüber nicht geändert, wofür ich sie nur umso mehr mochte.

Santina ließ sich diesmal jedoch nicht ärgern. »Nein, Lady Alice, ich bedaure, aber so etwas wie eine Scheidung existiert in Wynterhaav nicht.«

Ich nickte. Das hatte ich befürchtet.

Fran, die ein ganzes Stück kleiner war als ich, sah mich von unten herauf abschätzig an. »Noch seid Ihr nicht verheiratet. Wenn Ihr das nicht wollt, dann lasst es einfach.«

»Fran!« Santina starrte die Schneiderin böse an. »Lady Alice wird Lord Vertanen heiraten, weil sie nicht dumm ist und weiß, dass sie im anderen Fall von Wölfen gefressen werden wird.«

Ich warf Santina einen säuerlichen Blick zu. »Danke für die Erinnerung.«

Sie zuckte die Schultern. »Es ist nun mal so. Da draußen, auf Euch allein gestellt, sterbt Ihr. Ob Euch ein Wolf anfällt oder ob Ihr in eine Schlucht stürzt oder vor Erschöpfung umfallt, ist eigentlich egal, wenn das Ergebnis ist, dass Ihr anschließend tot seid.« Sie senkte den Blick demonstrativ auf meine Füße, die in meinen mittlerweile sehr ramponiert aussehenden Sneakern steckten. »Und zuallererst werden Euch die Zehen abfrieren.«

Wie zur Bestätigung grollte Donner.

Alle drei sahen wir zum Fenster. Ungebrochen rauschte der Eisregen herab.

Fran gluckste. »Ach ja. In diesem Teil des Landes hat der Frühling wahrlich einen ganz besonderen Zauber.«

Danach herrschte Stille. Santina machte sich daran, die erste Ladung Kleider zusammenzulegen und in einem der Schrankkoffer zu verstauen. Fran kniete unterdessen vor mir nieder und befestigte das letzte Stück Spitzensaum am unteren Teil des Rocks. Ächzend richtete sie sich schließlich auf. »Wir sind fertig. Wie gefällt es Euch?«

»Ich schätze, es ist okay.« Demonstrativ wandte ich dem Spiegel den Rücken zu.

Santina verfiel in einen schmeichelnden Ton: »Schaut Euch das Kleid doch bitte an, Lady Alice. Ihr seht darin wirklich wunderschön aus.«

»Kein Interesse.«

»Aber warum denn nicht? Jede Braut ist an ihrem Brautkleid interessiert. Denkst du das nicht auch, Fran?« Noch nie hatte ich Santina so gestelzt und bemüht reden hören. Fast tat es mir leid, dass ich so kühl zu ihr war, doch sie hatte sich von der ersten Sekunde an auf Rodins Seite geschlagen und das nahm ich meiner Freundin übel. Sie trat vor mich und lächelte übertrieben begeistert. »Farbe und Schnitt sind vielleicht etwas ungewöhnlich für einen Ort wie diesen, doch Ihr seid auch eine ungewöhnliche Frau.«

Ich streckte ihr die Zunge heraus.

Fran trat an meine rechte Seite, stellte sich auf Zehenspitzen und fing an, an meinen langen roten Locken herumzuzupfen. »Euer Haar, nun, ich gebe es zu, der Farbton ist einzigartig, vor allem diese kupfernen Strähnen. Sehr apart. Auch Euer Gesicht ist schön, klare Züge … edel, vielleicht sogar königlich.«

Königlich. Von wegen! In der trotzigen Stimmung, in der ich mich befand, hätte ich mich am liebsten wie einen leeren Sack Kartoffeln zusammenfallen lassen, nur um zu demonstrieren, wie wenig von einer Königin in mir steckte. Doch das dumme Korsett verhinderte es in gewohnt zuverlässiger Manier.

»Eure Haltung allerdings …«, Fran gab ein ärgerliches Schnalzen von sich, »daran müsst Ihr hart arbeiten, wirklich hart, sonst macht es den ganzen Auftritt kaputt!«

Santina und Fran waren in den vergangenen Stunden mehr als einmal wegen mir aneinandergeraten. Santina schien der Ansicht, dass sie zwar so viel an mir herummeckern durfte, wie es ihr gefiel, dass sonst aber niemand das Recht dazu besaß. Auch diesmal warf sie Fran einen vernichtenden Seitenblick zu. »Mach dir um Lady Alice keine Sorgen, sie wird im Nu in ihre neue Rolle hineingewachsen sein.« Zu mir gewandt fuhr sie in liebevollem Ton fort: »Aber Fran hat leider auch ein bisschen recht, wir müssen an Eurer Haltung arbeiten. Ihr seht wie ein erschrockenes Mäuschen aus und nicht wie die zukünftige Königin. Schaut in den Spiegel!«

»Hilf mir erst aus dem Kleid.«

»Warum?«

Ich ignorierte sie und wandte mich an Fran. »Würdest du mir bitte heraushelfen?«

»Mit Vergnügen.« Die Schneiderin, die sich höchstwahrscheinlich nur deshalb auf meine Seite stellte, weil sie Santina damit sichtlich zum Schäumen brachte, hatte mich mit wenigen Handgriffen aus meinem Hochzeitskleid befreit. »Ich hänge es in den Schrank. Dann müsst Ihr es nicht sehen, bis es so weit ist.«

»Danke.«

Fran vollführte einen tiefen Knicks vor mir, schielte dabei aber zu Santina hinüber. »Aber gern, Lady Alice. Immer zu Diensten.«

Auch ich sah zu Santina. »Wo sind meine Sachen?«

»Welche meint Ihr?« Sie sah mich nicht an, beugte sich über den Kleiderhaufen auf dem Bett und nahm ein dunkelgrünes Samtkleid zur Hand. »Das hier ist perfekt für die Tageszeit.« Sie wollte es mir herüberreichen.

»Du weißt genau, welche Sachen ich meine. Wo sind sie?« An dem Tag, an dem ich nach Wynterhaav gekommen war, hatte ich ein T-Shirt, dicke Wollstrumpfhosen, einen Cordrock und eine gemütliche übergroße Strickjacke angehabt. Santina hatte die Sachen über die langen Monate, in denen ich die Dienstmädchenuniform des Hauses Vertanen tragen musste, in Verwahrung genommen und sie mir erst vor ein paar Tagen zurückgegeben. Heute Morgen waren sie jedoch zum zweiten Mal verschwunden gewesen.

»Hm, ach ja …«

Mir schwante Übles. »Santina?«

Sie zögerte. »Ich habe sie, nun ja, verbrannt.«

Fassungslos sah ich sie an. Auf eine gewisse Weise hatte die schlichte Existenz dieser Kleider die Tür zu meiner Welt, zu meinem Zuhause, ein winziges Stück weit offen gehalten. Sie waren alles, was ich von dort mitgebracht hatte, waren greifbare Erinnerung. Und jetzt waren sie endgültig weg. Auf einmal war ich schrecklich mutlos. Ich hatte nicht einmal mehr die Kraft, mich aufzuregen. Meine Schultern sanken herab. »Hast du das echt gemacht?«

Sie nickte und wirkte mindestens ebenso unglücklich wie ich.

»Anordnung von Lady Ellinor?«

Wieder nickte sie.

»So ein Miststück.« Den Worten fehlte jegliche Kraft, trotzdem hätte Santina ihre Herrin und Freundin vor ein paar Wochen noch in Schutz genommen und mir versichert, dass es einen guten Grund für die Entscheidung gab und es nicht nur schlichte Bosheit war. Diesmal schwieg sie jedoch. Überrascht sah ich sie an. »Das lässt du so stehen?«

»Kommt, zieht Euch an. Ihr habt Gänsehaut.« Wieder reichte sie mir das grüne Kleid.

Als wir fertig waren, lächelte Santina wieder ein bisschen. »Aber das jetzt werdet Ihr Euch doch hoffentlich anschauen.« Energisch packte sie mich an den Schultern und drehte mich zum Spiegel herum.

Seufzend gab ich nach. Ich musterte mich lange. Das Kleid fühlte sich nicht nur gut an, es saß auch perfekt. Der lange figurbetonte Rock fiel bis zu meinen Knöcheln. Das im Ton etwas dunkler gehaltene Schoßjäckchen war hochgeschlossen, tailliert und mit zierlichen Hornknöpfen versehen. Ich besaß von Natur aus nicht gerade ausgeprägte weibliche Kurven, doch Fran hatte es mit raffiniert angebrachten Abnähern und strategisch gut platzierten Schleifen und Rüschen fertiggebracht, mir eine weibliche Silhouette zu verpassen. Der satte dunkle Grünton passte perfekt zu meinem fuchsroten Haar, das mir ungekämmt und voller Haarnester bis weit auf den Rücken herabhing. Widerwillig gab ich zu, dass mir sowohl Schnitt als auch Farbe des Kleides ausgezeichnet standen. Nur mein Gesichtsausdruck wirkte irgendwie verloren. Santina und Fran hatten recht, wie eine Königin sah ich nicht aus. Unwillkürlich richtete ich den Rücken gerade auf.

»Besser.« Santina klatschte erfreut in die Hände. »Nehmt jetzt noch die Schultern zurück, hebt das Kinn und versucht, ein bisschen arroganter zu schauen. Gut. Was meinst du, Fran?«

»Ich finde, dass sie immer noch wie ein Reh aussieht, das vor die Flinte eines Jägers gelaufen ist. Wichtiger als die Körperhaltung ist die innere Haltung.«

»Wir werden auch daran arbeiten.«

»Na dann, viel Vergnügen. Ich hab keine große Hoffnung.« Frans Blick, mit dem sie mich im Spiegel musterte, war scharf, prüfend und – berechnend?

Santina ließ unterdessen die Tür des ersten Schrankkoffers zuschnappen. Anschließend zurrte sie den breiten Lederriemen fest, der den Koffer wie ein Gürtel umspannte. Fran löste kopfschüttelnd den Blick von mir und ging zum Bett hinüber. Mit beeindruckender Geschwindigkeit half sie Santina dabei, Wäsche zusammenzulegen. Ein unsichtbares Paar Hände war den beiden dabei behilflich. Santina besaß die Fähigkeit, bis zu drei weitere Personen von sich abzuspalten, die unabhängig von ihr agieren konnten. Dabei konnte sie jedoch immer nur eine Manifestation sichtbar werden lassen. Sie nannte sich selbst die perfekte Dienerin und wir hatten ständig Auseinandersetzungen deswegen. Für mich war sie eine Freundin und ich fühlte mich höllisch unwohl, wenn sie sich wieder einmal nicht davon abbringen ließ, mich zu bedienen.

»Wie wäre es, wenn Ihr jetzt noch den Mantel anprobiert? Und die Stiefel.« Fran hatte die Wäsche in den Schrankkoffer geräumt. Nun hielt sie mir ein Paar pelzgefütterte Stiefeletten entgegen.

»Sorry, Fran, aber ich ziehe weder Stiefel noch Mantel an.«

»Ach? Und wozu hat man mich dann so zur Eile angetrieben, beides anzufertigen?«

Ich seufzte. »Ich war es nicht, die dir den Auftrag erteilt hat.«

»Alice.« Santina ließ den Unterrock sinken, den sie gerade zusammenfaltete. »Darüber müssen wir wirklich sprechen.«

»Nein, müssen wir nicht!« Ihr unsichtbarer Zwilling hielt ebenfalls mit der Arbeit inne. Fasziniert starrte ich auf das über dem Bett schwebende Seidenhemd.

»Deine Sneaker sind weder standesgemäß noch halten sie warm.«

Ich bemerkte den begehrlichen Ausdruck in Frans Gesicht, mit dem sie meine Schuhe anstarrte. Ich hatte das Gefühl, sie lauerte nur darauf, dass ich sie auszog, damit sie sie sich schnappen konnte. »Standesgemäß interessiert mich nicht. Und da wo ich hingehen werde, ist es warm, hast du gesagt.«

»Das stimmt. Trotzdem müsst Ihr erst einmal an den Königshof reisen.«

»Sieht diese Reise eine Schneewanderung vor?«

»Nein. Aber Eisregen ist schlimmer. Du musst endlich Vernunft annehmen. Das sind keine Schuhe für das Wetter da draußen!«

»Sie haben mich durch den Winter gebracht.«

Ein abschätziger Zug legte sich um Santinas Mund. »Und das wundert dich nicht?«

»Nein.« Ich lächelte sie sanft an. »Zumindest nicht mehr. Ich könnte wetten, dass du jeden Morgen irgendetwas Magisches mit ihnen machst. Wofür ich dir auch sehr, sehr dankbar bin. Mach es einfach weiter und alles ist gut.«

»Tut mir leid. Damit ist es vorbei.«

»Gut. Dann bekomme ich eben nasse Füße und werde krank. Wenn ihr eine Königin mit laufender Nase auf den Thron setzen wollt, bitte.«

Fran kicherte. »Darf ich das auch?«

»Was?« Santina fuhr zu ihr herum. Ihre Augen blitzten vor Zorn.

»Oh, ich frage mich nur, ob ich Lady Alice ebenfalls duzen darf, so wie du es die ganze Zeit tust, liebe Santina.«

Santina sah mich erschrocken an. »Bitte verzeiht, Lady Alice.«

Mein kindischer Trotz war auf einen Schlag weg. »Hey! Ist doch nicht schlimm. Mir geht dieses vornehme Getue sowieso auf die Nerven. Sag bitte einfach wieder Alice zu mir.« Ich ging zu ihr und wollte sie tröstend umarmen.

Santina entzog sich mir jedoch. »Ab jetzt wird es nur noch Lady Alice für mich geben, auch wenn wir allein sind. Und Ihr behandelt mich gefälligst, wie es sich für eine Lady gehört. Ich bin eine Dienerin und fertig.«

»Wir sind Freundinnen, Santina.«

»Nicht mehr.«

Ich lachte unsicher. »Das meinst du nicht ernst.«

»Ihr müsst Euch den Hofsitten anpassen. Wenn Ihr weiter mit Niederen wie Fran und mir auf dieselbe freundschaftliche Art verkehrt, wie Ihr es hier zu tun beliebt, wird man Euch als Adlige nicht ernst nehmen und im schlimmsten Fall sogar verachten.«

»Aber … ich soll doch als Königin dafür sorgen, dass ihr«, ich wedelte mit den Händen, um das Wort *Niedere* zu umgehen, das ich mich auszusprechen weigerte, »dass ihr mehr Rechte bekommt und Ansehen. Ich kann und werde nicht so tun, als ob ich etwas Besseres sei.«

Santina sah aus, als würde sie mich am liebsten umarmen und gleichzeitig kräftig durchschütteln. »Das müsst Ihr aber tun. Um etwas im Rat zu bewirken, braucht Ihr die Unterstützung der Edlen. Sie werden Euch nicht ernst nehmen, wenn Ihr nicht ein paar Eurer … Angewohnheiten ändert.«

»Aber jeder weiß doch, oder wird es zumindest bald erfahren, dass ich nicht aus Wynterhaav bin. Sie werden verstehen, dass ich …«

Santina und Fran schüttelten unisono den Kopf.

»Na gut. Ich werde mich königlich benehmen. Den Mantel und die Stiefel werde ich aber trotzdem nicht anziehen.«

Fran betrachtete mich nachdenklich. »Ich glaube, sie meint es ernst.«

»Ich meine es todernst«, sagte ich, diesmal mit Nachdruck. Bisher hatte ich klaglos alles akzeptiert, was die beiden mit mir angestellt hatten. Ich war bereit, mich für Bälle, auf die ich nicht gehen wollte, in Seide und meterweise Tüll zu hüllen. Rodin hatte zwar versprochen, dass wir eine Scheinehe führen würden, doch ich nahm nicht an, dass außer uns jemand davon wissen sollte. Bestimmt gab es irgendein Gesetz in Wynterhaav, das einen zur Vollziehung der Ehe zwang, und diesen schlafenden Hund wollte ich auf gar keinen Fall wecken. Deshalb hatte ich klaglos akzeptiert, dass man mir Haare zupfte an Stellen, über die ich lieber nicht nachdenken wollte. Man hatte mir Hände und Füße gerubbelt und sie über Nacht in einer Cremepackung ruhen lassen. All das für eine Fake Hochzeitsnacht.

Santina gab ein resigniert klingendes Schnauben von sich. »Gut, verschieben wir diese Diskussion auf …« Ihre Stimme verklang, sie sah zur Tür und erbleichte.

Neugierig geworden, folgte ich ihrem Blick. Statt jedoch wie sie alle Farbe zu verlieren, schoss mir die Röte in die Wangen. Auf der Türschwelle stand Rodin. Er war frisch rasiert, trug jedoch dieselbe Kleidung, in der ich ihn zuletzt gesehen hatte. »Lasst mich mit meiner Braut allein.«

Fran eilte ohne ein weiteres Wort zur Tür.

Santina zögerte, doch dann knickste sie und folgte der Schneiderin. Im Hinausgehen sah sie mich an und ich hatte das Gefühl, als wolle sie mir eine Warnung zukommen lassen. Am liebsten hätte ich ihr zugerufen, sie möge bleiben, doch kein Ton entwich meiner Kehle. Die Tür, deren weit geöffnete Augen aufmerksam blickten, schloss sich leise hinter den beiden Frauen und ich war mit Rodin allein.

Mit zunehmender Beklommenheit beobachtete ich, wie er quer durch den Raum auf mich zu schlenderte. Er sah aus wie Rodin, er bewegte sich wie Rodin, doch irgendetwas war anders, irritierend anders. Mein Herz klopfte zum Zerspringen. Nur mit Mühe unterdrückte ich den Impuls, zurückzuweichen. Einen halben Schritt von mir entfernt blieb er stehen. Ich starrte in die vertrauten Augen und ein Schauder überlief mich. Bisher hatte ich, wenn ich ihn angeschaut hatte, immer auch ein bisschen etwas von Lewis in ihm erkannt. Alles, was an meinen Kater erinnerte, war jedoch verschwunden und Rodins Blick lag schwer und fremd auf mir.

...

Julia Adrian

Winters zerbrechlicher Fluch

ISBN: 978-3-95991-244-0, Klappenbroschur, EUR 19,90

Verschenke dein Herz mit Bedacht,
denn es ist aus Glas und Glas zerbricht in den falschen Händen.

Als Cinderella auf den Ball gerauscht kommt und des Prinzen Herz stiehlt, steht Mary vor den Scherben ihres Lebens. Schließlich sollte sie selbst Duncan heiraten und Königin von Maywater werden. Doch das Schicksal gewährt ihr eine zweite Chance. Denn am Ende der Nacht ist die schöne Fremde im Himmelskleid verschwunden und als einziger Beweis ihrer Existenz verbleibt ein gläserner Schuh.

Doch wer hätte gedacht, dass ein Schuh aus Glas so schwer zu zerstören ist?

Halo Summer

Foschröschen – Das wahre Märchen

ISBN: 978-3-95991-778-0, Klappenbroschur, EUR 14,90

Rosalie lebt eingesperrt und streng bewacht im Schloss ihrer Eltern, fern von jedem Stachel, der einem verfluchten Mädchen wie ihr zum Verhängnis werden könnte. Als ein Frosch in ihr einsames Gefängnis einbricht, stürzt sich Rosalie in ein Abenteuer, das Spannung verspricht. Doch was so klein, grün und harmlos beginnt, entpuppt sich schon bald als die gefährlichste prinzliche Katastrophe, die ihr hätte zustoßen können.

Kerstin Arbogast

Die Braut des Winters

ISBN: 978-3-95991-541-0, kartoniert, EUR 12,90

Haare, lodernd wie Feuer. Haut, so weiß wie Schnee.
Alte Kräfte, die im Verborgenen schlummern, zu früh geweckt.
Ein Erbe, das die Natur erschüttert und Liebende entzweit.

Prinz Aywen Nyivalor hat die kalten und langen Winternächte auf der heimatlichen Burg satt. Er reitet in die Wälder hinaus, um den Winter und die Langeweile zu vertreiben. In den vereisten Nordklippenwäldern fin-det er eine junge Frau, bewusstlos und dem Tode nahe. Um sie zu retten, nimmt er sie mit auf Burg Nyivalor. Während sein Vater, König Radrann, der Fremden voller Misstrauen begegnet, öffnet der junge Prinz ihr sein Herz. Doch die Unbekannte hütet nicht nur ein Geheimnis, das Aywen gefährlich werden könnte, sie hegt auch den Wunsch nach Freiheit, der das Schicksal des Prinzen bestimmen könnte.

Kann ihre aufkeimende Liebe dennoch Bestand haben?

Jo Schneider
Dem Feuer die Seele (Band I der Drei Kronen Saga)
ISBN: 978-3-95991-521-2, kartoniert, EUR 14,90

Sommerprinzessin Ciara leidet Nacht für Nacht unter den Qualen ihrer unheilvollen Albträume, die sich realer anfühlen, als sie eigentlich sollten. Laut den Weisen ihres Landes soll die Erklärung für ihr Leid an einem ganz besonderen Ort zu erlangen sein – doch der befindet sich inmitten des feindlichen Winterreichs.

Ciara begibt sich auf eine Mission, die sie das Leben kosten könnte, und macht Bekanntschaft mit einem Wesen, das in den kalten Landen so gefürchtet wie verehrt ist: dem Winterkönig. Er bietet ihr einen Handel an, der sie zu den begehrten Antworten führen könnte. Doch sollte sie ihrem Erzfeind wirklich vertrauen?